U0917063

淮安诗征

第二册

《淮安诗征》编委会 编
荀德麟 主编

中州古籍出版社
·郑州·

第二册

中州古籍出版社

第二册目录

卷三　淮安区卷

卷三　淮安区卷

陈　琳

陈琳(?～217),字孔璋,广陵射阳人。东汉末年文学家,"建安七子"之一。曾任大将军何进主簿。谏阻何进召边将入京,不纳。进事败被杀,避难冀州,入袁绍幕。绍败后被俘,曹操爱其才,使为记室。后升为门下督。建安二十二年(217),染疫疾而亡。明张溥辑有《陈记室集》。

饮马长城窟行

饮马长城窟,水寒伤马骨。往谓长城吏,慎莫稽留太原卒!官作自有程,举筑谐汝声!男儿宁当格斗死,何能怫郁筑长城。长城何连连,连连三千里。边城多健少,内舍多寡妇。作书与内舍,便嫁莫留住。善待新姑嫜,时时念我故夫子!报书往边地,君今出语一何鄙?身在祸难中,何为稽留他家子?生男慎莫举,生女哺用脯。君独不见长城下,死人骸骨相撑拄。结发行事君,慊慊心意关。明知边地苦,贱妾何能久自全?

游览诗

高会时不娱,羁客难为心。殷怀从中发,悲感激清音。投觞罢欢坐,逍遥步长林。肃肃山谷风,黯黯天路阴。惆怅忘旋返,嘘唏涕沾襟。节运时气舒,秋风凉且清。闲居心不娱,驾言从友生。翱翔戏长流,逍遥登高城。东望看畴野,回顾览园庭。嘉木凋绿叶,芳草纤红荣。骋哉日月远,年命将西倾。建功不及时,钟鼎何所铭。收念还房寝,慷慨咏坟经。庶几及君在,立德垂功名。

吉中孚

吉中孚(?～约768),楚州山阳人,久居鄱阳,大历十才子之一。工诗,与卢纶、钱起等齐名。初为道士,后还俗。至长安,谒宰相。有人荐于天子,日与王侯高会,名动京师。未几,进士及第,授万年尉,除校书郎。又登宏辞科,为翰林学士。历任谏议大夫、户部侍郎、判度支事。著有诗集一卷,见《新唐书·艺文志》。

奉同秘书苗丞菘阳山闲居引

有山磋硪兮有水潺湲,王孙独往兮春草经年。溪路独行兮到时何处?渔父相见兮水上天边。犬吠前村兮极浦,回风入林兮微月映户。白石磷磷兮曲水疑衣,哀猿啾啾兮空山半雨。谷口苍茫兮天阴,人间离别兮年月深。花迷流水不知处,心忆君家难得寻。

送归中丞使新罗册立吊祭

官称汉独坐,身是鲁诸生。绝域通王制,穷天向水程。岛中分万象,日处转双旌。气积鱼龙窟,涛翻水浪声。路长经岁去,海尽向山行。复道殊方礼,人瞻汉使荣。

张夫人

张夫人生卒年、籍贯皆不详。约代宗、德宗时人,吉中孚之妻。事迹散见《又玄集》卷下、《唐诗纪事》卷七九。《全唐诗》存诗5首,断句6句。

古　意

辘轳晓转素丝绠,桐声夜落苍苔砖。涓涓吹溜若时雨,濯濯佳蔬非用天。丈夫不解此中意,抱瓮当时徒自贤。

柳　絮

霭霭芳春朝,雪絮起青条。或值花同舞,不因风自飘。
过尊浮绿醑,拂幌缀红绡。那用持愁玩,春怀不自聊。

拾得韦氏花钿以诗寄赠

今朝妆阁前,拾得旧花钿。粉污痕犹在,尘侵色尚鲜。
曾经纤手里,拈向翠眉边。能助千金笑,如何忍弃捐。

诮喜鹊

畴昔鸳鸯侣,朱门贺客多。如今无此事,好去莫相过。

哭魏夫人

香散帘帏寂,尘生翰墨闲。空传三壶誉,无复内朝班。

赵 嘏

赵嘏(约806～?),字承祐,楚州山阳人。嘏尝早秋赋诗曰:“残星几点雁横塞,长笛一声人倚楼。”杜牧之呼为“赵倚楼”。会昌四年进士及第,一年后东归。会昌末或大中初复往长安,入仕为渭南尉。约宣宗大中六、七年(852、853)卒于任上。存诗200多首,其中七律、七绝最多且较出色。

忆山阳二首

其 一

家在枚皋旧宅边,竹轩晴与楚陂连。芰荷香绕垂鞭袖,杨柳风横弄笛船。
城碍十洲烟岛路,寺临千顷夕阳川。可怜时节堪归去,花落猿啼又一年。

其 二

折柳矶边起暮愁,可怜春色独怀羞。沾襟正叹人间事,回首更惭江上鸥。
鹍鸠声中寒食酒,芙蓉花外夕阳楼。凭高满眼送清渭,去傍故山山下流。

楚州宴花楼

门外烟横载酒船,谢家携客醉华筵。寻花偶坐将军树,饮水方重刺史天。
几曲艳歌春色里,断行高鸟暮云边。分明听得舆人语,愿及行春更一年。

寄 归

三年踏尽化衣尘,只见长安不见春。马过雪街天欲晓,乡迷云树泪空频。
桃花坞接啼猿寺,野竹亭通画鹢津。早晚粗酬身事了,水边归去一闲人。

长安秋望

云物凄清拂曙流,汉家宫阙动高秋。残星几点雁横塞,长笛一声人倚楼。
紫艳半开篱菊静,红衣落尽渚莲愁。鲈鱼正美不归去,空戴南冠学楚囚。

曲江春望怀江南故人

杜若洲边人未归,水寒烟暖想柴扉。故园何处风吹柳,新雁南来雪满衣。
目极思随原草遍,浪高书到海门稀。此时愁望情多少,万里春流绕钓矶。

江亭晚望

碧江凉冷雁来疏,闲望江云思有余。秋馆池亭荷叶歇,野人篱落豆花初。

无愁自得仙翁术，多病能忘太史书。闻说故园香稻熟，片帆归去就鲈鱼。

长安月夜与友人话故山

宅边秋水浸苔矶，日日持竿去不归。杨柳风多潮未落，蒹葭雪冷雁初飞。
重嘶匹马吟红叶，却听疏钟忆翠微。今夜秦城满楼月，故人相见一沾衣。

经汾阳旧宅

门前不改旧山河，破虏曾轻马伏波。今日独经歌舞地，古槐疏影夕阳多。

江楼书感

独上江楼思悄然，月光如水水如天。同来玩月人何处，风景依稀似旧年。

长信宫

君恩已尽欲何归，犹有残香在舞衣。自恨身轻不如燕，春来常绕御帘飞。

徐　积

徐积(1028～1103)，字仲车，宋楚州山阳(今江苏淮安)人。治平四年进士。历任扬州司户参军，楚州教授，和州防御推官、宣德郎。三岁父殁，因父名石，终身不用石器，行遇石，避而勿践。事母至孝，母亡，庐墓三年。政和六年(1116)谥节孝。存《节孝先生文集》30卷，清人段朝端编有《宋徐节孝先生年谱》1卷。

题淮阴泰山行宫庙

泰山隆隆，作镇于东。有如配林，在淮之阴。
厥庙维严，厥貌维肖。斯民章之，是为别庙。

籴官粟有感

持钱籴官粟，日夕拥公门。官价虽不高，官仓常苦贫。兼并闭囷廪，一粒不肯分。伺待官粟空，腾价邀吾民。坐视既不可，禁之亦纷纭。扰扰田亩中，枵腹才几人。我欲究其源，宏阔未易陈。哀哉天地间，生民常苦辛。

有　感

群儿鞭笞学官府，翁怜儿痴傍笑侮。翁出坐曹鞭复呵，贤于群儿能几何。儿曹相鞭以为戏,翁怒鞭人血流地。等为戏剧谁后先,我笑谓翁儿更贤。

比邻卖饼儿每五更未旦即绕街呼卖
虽大寒烈风不废而时略不少差因为作诗且有所警

城头月落霜如雪,楼头五更声欲绝。捧盘出户歌一声,市楼东西人未行。北风吹衣射我饼,不忧衣单忧饼冷。业无高卑志当坚,男儿有求安得闲。

淮之水示门人马存

君不见,淮之水,春风吹,春雨洗。青熏衣,绿染指,渔不来,鸥不起。潋潋滟滟天尽头,只见孤帆不见舟。斜阳欲落未落处,尽是人间今古愁。愁兮愁兮将奈何,莫使骚人闻棹歌。我曹自是浩歌客,笑声满面春风和。

送山阳太守李公

维淮东南,孰为州最?曰李大夫,实劳于外。公虽老矣,方壮方刚。处剧而静,不烦以详。大率郡县,事如草芒。而况楚州,车轮中央。传繇其中,客出四旁。北迎大车,南乱巨航。公移私讯,骈檄交章。大夫酬应,谈笑以将。大夫甚健,日力有余。事至立决,罪无囚拘。教以好语,完其体肤。据案而坐,处之须臾。吏休两廊,庭中空虚。所以楚人,爱公之敏。挥刀截绳,弯弓射隼。敏所以辅,其本则明。穷奸破伪,窥心见情。譬如工师,譬如良匠。手无所设,目无所妄。物随以就,法随以施。大寻小尺,方矩圆规。嗟民虽愚,所欲有几。曰敏曰明,曰公有体。曰不生事,曰不悖理。不阿不隧,不激不诡。民以是悦,众以是和。何以送之,其可弗歌。在昔奏事,实采谣言。凡我乡党,宜歌斯篇。

望淮篇示门人

闲花落尽春无有,脚踏青红望淮走。到淮适值晚潮来,满淮鼓吹风波吼。传声急唤钓鱼船,船未到时洗双手。买得船中双白鱼,便访前村五青柳。旋烹野茗问村醪,五柳荫中坐良久。此行大略类陶潜,但乏黄花白衣酒。操舟人去一点鸥,帆人云开何处收?孤鸥浴处依浅滩,修竿放饵投深流。岂无野妇荷而汲?亦有老翁行且讴。君看此景值几钱?此时正是夕阳天。便教金印大如斗,何似鱼庵共钓船。有人问君莫要说,怀中取出吟诗篇。

东海大松

东海有物天下雄,万灵戮力生奇松。天精地粹萃其下,沧溟百道来相通。一根直去穿九泉,一根斜插鲸鱼渊。远者压折巨鳌背,近者倒缠山根偏。小枝可就千钧弩,大者可挂万斛钟。唯有老干苦难状,吕光营外堆玄龙。身披北帝雄犀甲,虎贲连臂围不匝。无计都将大地遮,有心尽把浮云刷。樛枝入地旋复上,怪怪奇奇非一状。谷陵相变任古今,土木两行专王相。列帜空遗渭川叠,犒师留得杨隋帐。玄驹来撼亭亭盖,绿鱼飞入沧浪漾。最是半霄风雨声,山妖走尽川魅惊。十万争挥铁槊骑,百千齐阚黑旗兵。有时海面波涛小,一部仙韶下蓬岛。残声逐水散鸣琴,遗响穿云聚啼鸟。混沌以来凡几朝,清气浊气浑未消。独叶耸来新盖凤,双柯合处旧藏蛟。其本既异其事殊,德若有容材有余。大鹏斥鷃皆可居,相忘似有江湖鱼。美哉此木真不凡,能以智免斧斤间。过尽工师无所用,庄周应作不材看。大松大松如此奇,方舆圆盖不可知。阴阳山海气合离,不然神物相护持。

按:东海大松在云台山,时在海中,乃三代时物。

望淮亭和君锡并简敦复

其　一

烟波何处是汀洲,白鸟归来且下楼。木落更随寒雨尽,山空仍带夕阳愁。
诗简去是兰亭事,客棹来非剡水游。我问两人同榜彦,仕方行义若为羞。

其　二

泽国茫茫似十洲,有情空上夕阳楼。可凭流水传人意,莫望远山添客愁。
南浦雪思乘棹往,北轩春负插花游。若论仕宦何非义,二子无容说愧羞。

喜雨上山阳守

山阳太守奉更书,尽束行装载舳舻。已有仁风为惠爱,更留甘雨活焦枯。
粳塍带溜苍苗奋,麦陇藏烟绀款敷。看去北郊临去日,争光献酒是农夫。

送山阳宰高奉议

大夫归旆暖摇春,正好浮淮向汴津。一片青苗迎去棹,两堤芳草伴行人。
当官事业今弥卲,满橐文章老更新。记取吾乡蒙实惠,吟翁亦是旧编民。

题紫极宫

不须骑凤跨鲸鳌,来访蓬宫是我曹。玉笈著书金简重,碧牌题字紫垣高。
因思大道闲闲意,顿觉浮生事事劳。一榻清风曾昼卧,略无尘梦及三刀。

题东轩

我家东轩好凭栏,柳一株边水一湾。城下人烟都似野,城头云树恰如山。

登淮阴古城

此城不可名甘罗,淮阴侯国冤忿多。其气郁郁而勃勃,遂令平地生嵯峨。

淮阴义妇

淮阴妇人何决烈，貌好如花心似铁。杀身沈子须臾间，身虽已死名不灭。

汤炳龙

汤炳龙，字子文，元淮安路山阳县人。曾任庆元市舶司提举。著有《北村集》。

题江贯道《百牛图》

我本山阳田舍叟，家有淮南数千亩。江南倦客老不归，此田都为势家有。犹记少年学牧时，去时日出归日西。我生衣食仰此辈，爱之过于百里奚。只今辛苦耕砚席，无处卖文长绝食。卷中邂逅黑牡丹，相逢喜是曾相识。负郭无须二顷田，一双栗角能几钱？数口之家便可饱，要如此图知何年？平生富贵非所愿，城府近来尤可厌。何时倒乘牛背眠东风？胜如仰看宣明面。

按：据此诗知北村为山阳人，非丹阳人也。

陆君实挽诗

其　一

七日阴霾事可知，楼船鱼贯果谁为？人心自感兴元诏，天意难同建武时。
黄屋朔风哪有济，角巾东路觉无期。公为万古纲常计，儿女拨船不暇悲。

其　二

间关海岛岂谋身，婴臼存心力不能。天上龙章空结梦，人间鱼腹了中兴。
英雄一死从君父，忠义遗编托友朋。万里楚魂招不得，诗成唯有泪沾膺。

卞思义

卞思义，字宜之，元淮安路山阳县人，曾任浙西宪府属掾、庸田制司掾史。有《宜之集》。

题舒秀实《锄隐》

宾幕归来野兴浓，卜居还得近城东。绕篱自劚荆榛地，傍屋添栽杞菊丛。
一镬燕泥春雨后，数声牛笛暮烟中。红尘轩冕非吾事，老圃如今愿已同。

罗 铨

罗铨,明淮安府山阳县人。明永乐十九年(1421)辛丑科殿试金榜第三甲第14名进士。

蔡 园

林间花树倚城隈,解绶初当别业开。适志自高歌凤意,清时宁老卧龙才。
一帘明月西都赋,半榻清风北海杯。早岁已悬安石望,恐烦丹诏日边来。

按:蔡园在山阳城东南,山阳蔡四如建。

刘 安

刘安,字志康。明淮安府山阳县人。宣德中由选贡生知南宫县,升杭州府知府,累升浙江右布政司,右参政。

漂母祠

一饭世所有,不及王孙饥。千金亦易报,受者未必辞。王孙虽饥困,气骨亦自奇。老母阿堵中,亦识英雄姿。但解哀王孙,安计报施为?知有千金报,一饭亦不施。所以千载后,妇人而须眉。

金 铣

金铣,字宗闰,号省庵,明淮安府山阳县人。正统元年(1436)举人。历官蕲州知州,广信知府,礼部员外郎。有《省庵集》留世。

寄寄亭

自是东西南北人,寄亭寄在楚江滨。啸歌聊遣闲中趣,吏隐全忘见在身。
满院松阴惊午梦,一帘花雾恼晴春。明朝受代朝天去,笑问蓬瀛幻未真。

游紫霄宫

东望仙源思不穷,乘凉访旧紫霄宫。一庭寂寞无人到,三洞茫茫有路通。
风袅茶烟笼竹外,鸟衔花瓣出云中。主人奏罢鸾笙后,笑向金丹九转功。

涟水夜宿丹房赠羽士舒玄靖

仲冬望日厌舟航，移宿三涟羽客房。月满松窗如昼白，夜添花漏似年长。

心猿扰扰知魔境，梦蝶翩翩想醉乡。何得道成无所系，日倾元露舞霓裳。

注：明正统（1436～1449）间作此诗。

寄史参议德敏

几欲题诗寄远思，此情料得故人知。雁拖秋色云千里，梅泛寒香月一枝。

扇影朝回鳷鹊观，佩声梦绕凤凰池。龙吟莫笑司空剑，上下风云会有时。

按：史参议即史敏，字德敏，山阳人，进士。

齐 昭

齐昭，字云汉，明淮安府山阳县人。正统中由监生授长清训导，擢御史，升山东提学佥事。《山阳县志·仕绩》有传。

西湖烟艇

万顷波光浸太清，独怜渔父刺船轻。芦中忽没飘飖影，柳外徐来欵乃声。

盟鹭狎鸥迷远近，醉烟歌月任纵横。年来只欲从詹父，短棹夷犹过此生。

史 敏

史敏，字德敏，号松泉。明淮安府山阳县人。正统十年（1445）进士，历任刑部主事、员外郎，河南布政司右参议、右参政。著有《松泉集》，《山阳县志·仕绩》有传。

寄顾存道

金榜英贤别帝乡，铜章墨绶治宜阳。关山路绕烟霞重，草木春寒雨露香。

休慕陶潜栽柳宅，且传潘岳种花方。钩帘日与锦屏对，援笔醉吟清兴长！

顾 达

顾达，明南直隶大河卫（今江苏淮安市淮安区）人，字存道，号贯初子。成化十四年（1478）进士。历知宜阳县、兵部主事、员外郎、陕西行太仆寺少卿。正德中参与修《淮安府志》。有《锦屏山二十咏》等。

病中思乡

家住新城古刹旁，小桥流水浴斜阳。月明鹤影翻松径，风暖莺声闹草堂。
一箸脆蔬蒲菜嫩，满盘鲜脍鲤鱼香。病多欲去增惭愧，未有涓埃报圣皇。

西湖烟艇

船载香醪乐趣多，暖烟深处酌金螺。萍开白鹭窥苍沼，荷动红鳞跃碧波。
清颍风光真可并，古杭时景未能过。醉归不用喧丝竹，自有渔人送棹歌。

杨 谷

杨谷，字迁乔，号管湖，明淮安府山阳县人，正德三年（1508）进士，历官松江知县、监察御史、通政司右参议，《山阳县志》有传。

西湖烟艇

竹笠倚兰桡，湖光入望遥。半帆凌浩渺，一叶任漂摇。
沽酒维村市，乘潮度野桥。一竿渠自足，若个老尘嚣。

金牛冈

昔人此屯戍，刁斗暮云低。今日闲登眺，丘原碧草齐。
遗钱浑蚀土，断碣半藏泥。清世怜佳景，荒才空短题。

沙河古渡

迢遥南北路，来往渡沙河。落日行人疾，斜阳过客多。
隔波停旅骑，外浦唱渔歌。亦有知津问，其如沮溺何？

节孝书院

新宫倚东郭，仰止切吾侪。卓行真难并，遗芳尚可怀。
行人恋榆柳，野老拜庭阶。更爱遗文在，还堪勒小斋。

王嗣宗

王嗣宗，明淮安府山阳县人。

思　归

欲挂衣冠神武门,先寻水竹渭南村。却将旧斩楼兰剑,买取黄牛教子孙。

胡　琏

胡琏(?～1542),字器重,号南津,明沭阳人,后世居淮安府城。正德六年(1511)进士,出为广东兵备使,南京刑部郎中,官至户部右侍郎兼佥都御史。有《南津集》。

夏日林居

随时知物理,苔竹称幽襟。食麦怀农力,烹葵学圃心。
蜩螗巧已尽,蝴蝶化何深。习静门常闭,闲阶草欲侵。

韩信城

大将真王迹,荒城故国原。英雄能忍辱,富贵拟酬恩。
沙树弓旌列,风蓬云鸟翻。功成下钟室,感慨至今存。

节孝书院

祠庙崇先里,衣冠肃正儒。苏湖高第业,淮海后生模。
孝谊神明悦,文章气度敷。百年余柳菊,清馥满庭除。

野　人

野人丘壑不去心,卜筑平河殊未深。鸡犬相闻亦邻里,亲交每忆烦招寻。
却无租吏追呼累,费答诗篇长短吟。纵在田间拘礼数,将簪白发弗能禁。

胡效谟

胡效谟,字帝猷,胡琏之子,明南直隶淮安府沭阳县人,随父侨居淮安府山阳县。由荫生任云南瀓江府知府,晋中宪大夫。

赋得田园杂兴

其　一

收割事都罢,因而人迹稀。溪头多蟹脱,雾里有鱼飞。

鸡犬沿村去，牛羊半夜归。僧心不僧戒，醉饱著禅衣。

其　二

晚秋湖面清浮酒，千里陶然醉夕阳。好月厌流同破碎，白云扶浪任轻狂。
斜烘荻叶黛如拭，透染荷花红越香。醺得新沙滩软嫩，双双酣睡紫鸳鸯。

漂母墓

泗口荒坟谁复问，朝风暮雨草萧萧。淮阴市上恶年少，漫认当年胯下桥。

胡一炳

胡一炳，字与大，号怀翼，诸生，胡琏长子胡效才之孙。

潘埙宅赏荷次韵

一夕炎蒸散，莲塘便欲过。披衣无剧暑，对酒可微酡。
夜静飞青露，风轻袭绛罗。铅华宜及赏，莫惜几高歌。

蔡　昂

蔡昂，字衡仲，号鹤江，明淮安淮城人。正德二年(1507)领乡荐第二，甲戌殿试第三名(探花)。授编修，历官礼部左侍郎兼翰林侍讲、翰林学士兼詹事。赐尚书，卒葬淮安城南包家园。有《颐贞堂稿》传世。

淮阴曲

淮浦高楼高入天，楼前贾客常纷然。歌钟饮博十户儿，吴歈不羡江南船。迩来寂寞居人少，韩侯城下生春草。力尽难供长官求，大室将焚无宿鸟。老人向我分明语，地有官仓谁适主?积粟翻为腐鼠谋，当途又见横豺虎。虎哉虎哉尔勿狂，地官分义明秋霜。镇压会须虎戢翼，尔民从此安耕桑。

节孝书院

节孝祠前梅树古，嘉宾离离足风雨。野人采摘进中堂，堂下婆娑纷拜舞。百年淮海一徐翁，史家立论文章宗。谁使名编卓行后，翁乎上友南阳龙。

钵池山

侵晓烟霏开昧爽，淮川下瞰平如掌。山头黄鹄动成群，山下青芝日应长。昔年飞步凌蓬莱,凤笙鹤驭云中回。兹山在眼不一到,空令满地生苍苔。

韩信荒城

汉家司晨鸡用牝,真主南巡将星殒。苍凉故国吊遗踪,落日清淮去无尽。王孙不归城亦荒,沙头草树纷成行。尚有千古不平气,化为双剑腾青苍。

刘伶台

建威参军竹林叟,今古闲情一杯酒。何缘此地有高台,台下颓波正东走。晋朝名胜俱蒿蓬,惜阴尚说长沙公。感激谁能诉真宰,会须一划遗台空。

按:刘伶台:在淮安城东北7里,临淮,今城东乡刘伶村境内。

金牛高冈

淮西青山近如咫,谁能移置西湖里。天遣此冈枕湖涘,仿佛土牛鞭欲起。上有老桧凌风烟,湖光着此须增妍。斜阳倒影浸空碧,水仙开镜梳朝鬟。

南浦月华

沙口鱼罾闲个个,秋风不动蛟龙卧。璧彩清涵水面圆,微风暗触玻璃破。兰舟桂楫坐中流,美人不来生远愁。翛然露下荷衣秋,晨光渐起天东头。

按:南浦即南湖东岸。淮安南湖与西湖(管家湖)相通连。

西湖烟艇

三年京国纷尘鞅,十里西湖劳梦想。披图一见已欣然,况复还家对萧爽。杭州颍州天凿开,渔舟远泛苍烟来。倚棹回看天欲雨,鲤鱼吹浪声如雷。

过崔镇

巷曲柳交阴,篱疏豆吐花。驱车下长坂,唤渡立平沙。
充市多农具,临流半酒家。谁能弃行役,此地问生涯。

夏五月还自中都舟行登浮山

浮山半出淮水头,园峰延合抱深幽。桑麻沃垠连千顷,金碧禅林擅一丘。
向处渔樵参法侣,有时钟磬落沧洲。斜阳长伴人来往,谁向沙边一系舟?

沈天资

沈天资(1469~1542),明隆庆中诸生。乾隆《山阳县志》第21卷“列传”之“隐逸”中有传。传曰:沈天资,字世学,初留意用世之学,教授生徒经史之暇,兼习武备。年既老,遂渐韬晦。督学御史李涞前令宝应时,尝从讲学。至是,闻天资尚在诸生中,欲廪之,天资闻之,遂谢诸生不与试。淮安平桥沈氏族谱排八世,“天”字辈。

与大司徒胡南津先生平桥对酒

平桥梧竹清秋新,几杖追随陇亩人。棋枰竟夕不肯罢,喧呼绝倒情何真。竹洪老健机仍秘,竹洲豪侠气犹神。杨柳系船方稳卧,稻花覆水未忧贫。饭牛歌,聊苦辛;听鸡舞,喜何殷。唐虞之世渔樵身,邱壑之介江湖滨。乾坤何处非天民。今日非昨日,明日还饮醇。不妨高会,重乐嘉宾。

潘　埙

潘埙(1476~1562),字伯和,号熙台,明淮安府山阳县人。正德三年(1508)进士,授工科给事中,三迁至兵部科都给事中。嘉靖七年累官右副都御史,巡抚河南。

社祀用南津湖上早春韵

肃肃秩禋祀,坎坎鼓高原。瓣香祠下祷,两旗云中骞。奏歌水禽舞,采藻池鱼翻。人神妙感孚,陟降英爽存。悠悠畎亩情,酌言谢溪荪。人皆有稼穑,吾能乐琴尊。

望雨谣

有河不润焦土秧,有天不庇田舍郎。城中雨多花欲伤,田中不洗牛背疮。二麦已救前年荒,又指儿女完新粮。且留老身守空庄,有雨无雨官府唤取修河塘。

春日黄河阅工书所见

古渡徒杠成,南北半分路。极目望征帆,名利竞朝暮。
长虹下饮川,怪底生烟雾。农事不须忧,龙挂溪头树。

新　秋

韩信城边月,刘伶台下秋。莫惊尘海梦,好伴醉乡游。
天地蘧庐主,风云漭荡俦。夕阳重搔首,曳履且闲讴。

淮阴祠

将军不爱死，官家非少恩。功高真宰忌，形似假王存。
翁走荒村腊，鸦啼古木魂。怀乡下双冢，麦饭无儿孙。

九日登紫霄宫

为掖青霞上紫霄，经秋霜鬓短萧萧。风驱宿雨烟初尽，霜落高枝叶半凋。
杯酒闲情应共得，桑田尘劫几同消。兴酣还倚云林望，双鹤盘旋碧海遥。

韩侯钓台

城外河流滩转声，矶边鱼阵漫相惊。一竿钓汉龙曾跃，百战封齐狗自烹。
漂母双睛真诧异，舍人数语未分明。只缘蹑足生云梦，堪笑谋臣妇女情。

平桥社鼓

社鼓冬冬隔岸闻，愿抛垄断学耕耘。几村绿绕三桥水，两熟晴翻万顷云。
幽雅登歌时报赛，农书把玩日忧勤。千劳一蜡神明惠，烂醉柴扉卧夕曛。

社 祭

天高风日冷戚戚，水落江涵雁影低。隔岸鼓钟秋社散，涤场霜露晚禾齐。
渊明秫熟田尤薄，庞老山深路不迷。肮脏不知天地老，支离尘土漫东西。

盱眙山

盱眙山色郁苍苍，淮水西流走帝乡。茏气腾天云不断，龟灵伏地怪诸藏。
三王植本开陵寝，万里朝宗送苇航。肉食几人思砥砺，忧勤当日属高皇。

潘 采

潘采，字世珍，号锡川，潘埙子，明淮安府山阳县人。廪生。

游钵池山

枳壳花开风正香，登临才至已斜阳。古藤交树浮疏影，野水连云泛远光。
仙驭不来花自老，遗踪犹在鸟空翔。何时真隐依山麓？明月清风任楚狂。

潘蔓

潘蔓(1538～1606),字孟深,潘埙长孙,明淮安府山阳县人。太学生,官胶州同知。荐升鲁王纪善,以老乞归。操行清雅,诗文甚丰,精书法。著有《楚泽吟》《北游吟》《闲中诗草》《溪上编》《古诗思家林》《胶西三草》等。

杨汝枌将适吴枉过荒庄得田字

自爱鹿门隐,清溪抱秫田。高人能枉驾,浊酒且论元。
雁度寒砧外,帆飞落照边。孤舟何处宿,新月满前川。

平村与蔡卌卿夜集得砧字

僻居溪水上,佳客狎招寻。径有羊求迹,人非沮溺心。
清酤来远市,白雪振高林。坐爱秋宵永,寒生村外砧。

潘蕃

潘蕃,字仲蔚,号敦复,潘埙孙。府学庠生。著有《大梦轩草》。

溪田即事

场圃新依射水涯,尘寰不隔老烟霞。门前未种陶潜柳,陇畔还栽邵子瓜。
辟地为粳堪卒岁,诛茅结屋可移家。萧条生计何须问,老向渔樵愿已奢。

潘苞

潘苞,字微竹,号麟石,潘埙孙。著有《鹿门稿》。

溪上书怀

长啸掀髯天地孤,不妨姓字卧菰蒲。闲门永日从罗雀,浊酒荒村自挈壶。
泽畔飘飖怜白雪,梦中消息笑青蚨。远心寂寞浑如水,一片清溪是五湖。

沈坊

沈坊,字伯礼,号环洲。明淮安府山阳县人,府学诸生。状元沈坤之弟。

水后宿田舍作

鸡鸣茅屋夜将阑,独醒深忧世路难。水溢长淮连岁决,霜飞中野渐冰寒。
嗷嗷鸿雁栖无定,扰扰征徭病未安。老我腐儒偏过计,欲从浮海事渔竿。

陆　远

陆远,明淮安府山阳县人。正德二年(1507)举人。官通判。

节孝祠

道统师资接孟邻,政和褒谥墨常新。濒淮井郭三千户,谁是山阳第一人?

南浦月

镜湖十里接金牛,菰米莲房共一舟。午后清风偏沁骨,几人诗酒度高楼。
按:南浦即南湖东岸。明末清初南湖尚存部分水体。

金牛冈

金牛铸瘗是何年,赢得名成骨已仙。南望有湖通白马,古今佳胜不虚传。

西湖艇

楼船无数倚斜曛,箫鼓声喧隔水闻。忽有好诗堪入画,采莲人唱遏云行。

吴承恩

吴承恩(约1500～约1582),字汝忠,号射阳居士,明淮安府山阳县人。小说家,名著《西游记》作者。自幼敏慧,又好学习,博览群书,以文名著于乡里。嘉靖中补贡生。曾任浙江长兴县丞、荆府纪善,晚年专心著述。尚著有《禹鼎志》(已佚)、《射阳先生存稿》4卷。吴承恩也是词赋高手。

《二郎搜山图》歌

图为吾乡豸史吴公家物,失去五十年,今其裔孙醴泉子复于参知李公家得之,青毡再还,宝剑重合,真奇事也,为之作歌。

李在唯闻画山水,不谓兼能貌神鬼。笔端变幻真骇人,意态如生状奇诡。少年都美清源公,指挥部从扬灵风。星飞电掣各奉命,搜罗要使山林空。名鹰攫拿犬腾啮,大剑长刀莹霜雪。猴老难言欲断魂,狐娘空洒娇啼血。江翻海搅走六丁,纷纷水怪无留踪。青锋一下断狂虺,金锁交缠擒寿龙。神兵猎妖犹猎兽,探穴捣巢无逸寇。平生气焰安在哉,牙爪虽存敢驰骤?我闻古圣开洪蒙,命官绝地天之通。轩辕铸镜禹铸鼎,四方民物俱昭融。后来群魔出孔窍,白昼搏人繁聚啸。终南进士老钟馗,空向宫闱啖虚耗。民灾翻出衣冠中,不为猿鹤为沙虫。坐观宋室用五鬼,不见虞廷诛四凶。野夫有怀多感激,抚事临风三叹息。胸中磨损斩邪刀,欲起平之恨无力。救月有矢救日弓,世间岂谓无英雄。谁能为我致麟凤,长令万年保合清宁功。

金陵客窗对雪戏柬朱祠曹

我梦倒骑银甲龙,夜半乘云上天阙。星河下瞰冻成石,卷起随风散为屑。划然长啸斗柄摇,两岸缤纷堕榆叶。仙娥并驾白鸾凤,顾我殷勤赠环玦。觉来开户仰视天,拊掌惊呼太奇绝。乾坤表里总一色,但见梅花扑香月。狂铺鹿革坐翳花,长笛横吹古时铁。飞来老鹤向我鸣,顾影蹁跹弄明灭。是时身在水精域,肝胆森森并澄澈。祠曹老郎隔桥住,鼻气吹珠挂寒鬣。披书缩颈读映窗,声与饥鸦共呜咽。茶香酒美君倘来,火箸铜瓶水方热。

赠张乐一

鲁郡张君登我堂,手持素卷求诗章。自云所乐在于一,平生此外无他长。世人嗜好苦不常,纷纷逐物何太狂。猿惊象醉无束缚,心如飞鸟云中翔。多歧自古能忘羊,羡君执策由康庄。清宁天地合方寸,妙合太极生阴阳。灵台拂拭居中央,殊形异状难遮藏。吉凶倚伏视诸掌,指挥进退知存亡。逝将去我游四方,卢敖雀跃无何乡。春明陌上送君酒,古梅忽透先天香。多君此乐真少双,熙然能使予心降。举头忽见天上月,金波一片流精光,散彩皎皎分千江。

瑞龙歌

忆昨淮扬水为厉,冒郭襄陵汹无际。皆云龙怒驾狂涛,人力无由杀其势。忽然溪壑息波澜,细草平沙得龙蜕。峥嵘头角异寻常,犹带祥烟与灵气。神奇自古惊流传,蛰地飞天总成瑞。高加堰报水土平,世运神机关进退。司空驰奏入明光,百辟趋朝笑相慰。独不见当年神禹治九州,奏绩元圭动天地。今兹吉兆协神龙,千古元符远相继。伫看寰宇遍耕桑,万年千年保天位。

围棋歌赠鲍景远

海内即今推善弈,温州鲍君居第一。我于二十五年前,已见纵横妙无匹。当时弱冠游淮安,后来踪迹多江南。品流不让范无博,收奖先蒙杨邃庵。能棋处处争雄长,一旦遇君皆怅惘。甲第公侯饰马迎,玉堂学士题诗访。去年我客大江东,鸡鸣寺中欣相逢。四方豪隽会观局,丈室之间围再重。架肩骈头密无缝,四座寂然凝若梦。忽时下子巧成功,一笑齐声海潮哄!如来解臂各天涯,胡为又见条侯家。团宾转主十日饮,欢喜连宵通烛花。河桥鸣冰雪涂树,别我又将何处去?文楸玉子即为家,野鹤闲云本无往。由来绝艺合烟霄,何事尘中仍布袍。愿尔逢人权放着,世间万事忌孤高。

秋　兴

淮水风吹万柳斜,高楼飞燕识繁华。波翻漂母投金地,海近仙人泛斗槎。
日观千樯通贡篚,云旌双廓引清笳。明珠不博枚皋赋,尊酒茅堂岩桂花。

平河桥

短篷倦傍河桥泊,独对青旗枕臂眠。日落牛蓑归牧笛,潮来鱼米集商船。
绕篱野菜平临水,隔岸村炊互起烟。会向此中谋二顷,闲搘藜杖听鸣蝉。

赠子价(朱曰藩)

我爱朱郎龙凤种,即今诗思逼刘曹。玉鞭紫气瞻风骨,金殿春云照羽毛。
绝世飞扬人未识,致身儒雅道何高。投君海上三山赋,赠我花间五色袍。

邵郡公邀同郭山人饮招隐庵

水环幽榭绿渐渐,暖日从游二妙兼。秋社欲催玄鸟去,晴沙喜见白鸥添。
斜阳野望移前席,远树轻阴入半帘。多幸山公怜病客,许陪高逸侍清严。

按:邵公名元哲,淮安知府。亭在西湖嘴对岸。

忆冯雪园时役于京

弹铗归来梦采芝,灯前忆尔醉狂时。风尘到处经双眼,丘壑何年借一枝。
宝带镫球燕市酒,锦囊驴背灞桥诗。还家好买西湖曲,万朵芙蓉映钓丝。

堤　上

平湖渺渺漾天光,泻入溪桥喷玉凉。一片蝉声万杨柳,荷花香里据胡床。

潘叔明

潘叔明,字公生,号维溪,明淮安府山阳县人。邑诸生,潘蕃子。

老子山

一自青牛去，空山千载存。丹池清见底，何处觅玄元。

沈　坤

沈坤（1507~1560），字伯载，号十洲，明淮安府大河卫(今淮安新城)人。嘉靖二十年（1541）状元。历官南京国子监祭酒，升北京国子监祭酒。以母丧守孝居乡，值倭寇犯境，组织乡兵操练以抗倭，卓然著功。后遭诬陷，瘐死诏狱。府、县志有传。

五日赐宴

凤阙开筵俨画图，千官仙仗拥传呼。菖蒲泛酒光摇绿，角黍萦丝日射朱。
献寿祝延长命缕，销兵飞试赤灵符。愿今储艾思医国，长奉尧尊颂帝衢。

送胡宗海地官督储淮浦

其　一

远浦清江带白沙，仙人分署此为家。云深直欲穷丹壑，天阔真疑泛海槎。

其　二

使星行近斗牛墟，龙剑光寒出匣初。仕路几人逢昼锦，名山何处访奇书。

杨于臣

杨于臣，字子世，一作名世，号篁里。明淮安府山阳县人。明嘉靖中府学廪生。博学多才，不乐举子业，精研经史，兼通百家小说。有《桂玄堂集》《实录备草》。《山阳县志》文苑有传。

清　河

河淮莽交注，悍激争东奔。百室聊成聚，临流开县门。秋水每时至，一望无平原。河伯所吐弃，艾牧或作村。朝谋不及夕，恶知长子孙！流离不复返，赋役日以繁。议欲委其地，徙民成空言。积逋逮胥吏，抢地狱吏尊。宁解宦游乐，恻恻畏烦言。谁能告天子？蠲恤来殊恩。

山 阳

山阳山何许,钵池留半环。凿邗出末口,乃在肘肋间。昂首语青雀,舻尾高于山。冠盖途相望,莫贳供亿艰。五插不复完,流沙垫重关。仁矣陈元龙,高堰障潺豔。农惰土亦窳,淳风讵可还。戴星日出入,劳瘁凋心颜。拊摩亟昕夕,孑遗当不菅。愿言采风使,存此勿遽删。

淮 郡

郡界淮南北,星野跨徐扬。重湖汇南陲,东望联扶桑。大河并淮趋,激怒不可当。后轩前以轻,瓯脱艰膏粱。即幸不为鱼,蔽天来飞蝗。重臣转漕轴,七省仅输将。征调苦四出,加派增流亡。虽称海王国,偶笑腴地商。中原与江表,转制居中央。卓哉大都会,引颈望龚黄。

冯一蛟

冯一蛟,字仲雨,号淳叟,明淮安府山阳县人。万历二十八年(1600)诸生。著有《闲园十二书》。

北极庵同友人眺桃花垠故处

极目桃花坞,空余名字留。光阴诚过客,人代亦浮沤。
繁衍笙歌地,萧条芦荻洲。唯余沙上鸟,泛泛不知愁。

按:北极庵在古淮安城北门外,桃花垠(今周恩来纪念馆所在地)在庵之东。

雪后甘罗城对月

荒城名字古,曲曲抱河流。英气蜚千祀,雄名付一丘。
栖乌惊冷月,积雪冻行舟。万顷玻璃色,微茫水上浮。

王 典

王典,字尧载,号龙淮,明淮安府山阳县人。万历四年(1576)举人,官乐清县。有《龙淮诗文集》。

陆丞相

宋家善养士,收功在厓山。正色立危朝,血泪何斑斑!精卫沉沧海,招魂不可还。明明燕市月，相望无惭颜。

淮阴少年行

淮阴少年争叱咤，瞋目语难相凌骂。王孙佩剑空雄豪，俯首从之出胯下。君不见，张禄先生既相秦，仅免绨袍一故人。又不见，故李将军诏复起，遂杀灞亭醉呵吏。王孙王楚锦衣归，却召少年作中尉。吁嗟乎，王孙六合罗胸中，举目转盼生长风。重瞳之子拔山雄，谈笑遂收垓下功。何况里中数年少，忍争得失羞鸡虫，古庙无人守尸魂，回顾荒凉堪一哭。我挥长句吊王孙，正值淮阴春草萋萋绿。

河堤工成

东注江淮万里遥，年年交涨乱南条。莫言排决烦人力，且喜平城壮圣朝。
白马沈波吴练远，苍龙蜕骨楚氛消。万家烟火层城暮，爱听乡人击壤谣。

题远举楼

虎节遥分圣主忧，海天苍莽入危楼。东南财赋劳飞挽，西北边陲控上游。
万片云帆天际落，一江春水槛前流。轻裘雅望仍多暇，浪说通漕有酂侯。

按：远举楼即淮安老城西门城上子楼。

张世和

张世和，字价夫。明淮安府山阳县人。诸生。

宿通源寺

招提门外晚烟苍，信宿绳床更漏长。法坐仰瞻金佛色，禅灯静对火珠光。
维摩有意飞花艳，支遁多缘共食香。便觉真诠于此得，泠泠清梦到西方。

按：通源寺旧址位于今市区通源路。

丁尧生

丁尧生，明淮安府山阳县人。万历诸生。

登金牛墩谒大司成沈十洲墓

湖上重游往事迁，水亭山阁尚依然。柳丝不改当年绿，花萼犹争旧日妍。
松暝鹤归初日下，芷香燕掠晚风前。十洲何必论三岛，自是金牛有洞天。

蔡翰臣

蔡翰臣,字世卿。明淮安府山阳县人。万历诸生,官蜀王府纪善。

泾河放闸

秋水汤汤灌百川,蓼汀蘋渚渺相连。黍苗历乱西风里,鸿雁哀鸣落照前。
地辟龙门原赴壑,堤穿蚁穴亦滔天。何人为砥中流柱?碧海桑田总晏然。

张世才

张世才,字德夫,号幼白,明淮安府山阳县人。万历十七年(1589)进士,官礼部仪制司郎中。著有《远心园集》。

晚入清江

大河聊鼓棹,风飒草萧萧。云净风衔日,沙明岸拍潮。
前村渔火暗,比屋市声嚣。渐喜松扉近,乡思半欲消。

集环碧轩放舟

里社衣冠总旧游,蔬盘长日共淹留。中林未厌看山兴,野浦还从泛月舟。
扑坐水花香送斝,开帘兔魄影横钩。留欢试傍城隅好,波色岚光晚更幽。

宝带河成

湖水当时曲抱城,河堤改筑事多更。漫言川后安澜久,且喜淮流绕郭清。
雉堞连云瞻象纬,虹桥跨壑走涛声。波回岸转舟如叶,郑国渠成百世名。

张大程

张大程,字九万,号鹏羽。明淮安府山阳县人。万历中选贡生,官南雄府通判。

淮安金牛冈

曾骑紫气度西荒,饵得丹砂金穴藏。草长几经湖水碧,禾登一任垅云黄。
铸成大宛拟天马,叱起初平类石羊。纵使五丁开蜀道,眠看烟月挂崇冈。

淮安西湖艇

十里西湖一镜天，微茫几艇逗湖烟。蒲帆斜挂轻绡湿，浅鸟惊飞绿水溅。
风递菱歌疑别浦，月明渔火影前川。个中领略清幽趣，泛宅浮家即是仙。

沈　森

沈森，字莘夫，号平湖，明淮安府山阳县人。万历元年(1573)中诸生。著有《怀咏堂小草》。吴山夫云：平湖先生为宣德中户部尚书沈公翼之裔孙，隐居平桥，读书力田，泊如也。

游灵慈宫

水抱亭台山抱楼，淮干此是小瀛洲。长桥横泛千林月，曲径深藏万壑秋。
风递荷香来几席，日熏花气上帘钩。凭栏一眺欲飞去，风吹仙音何处求。

按：灵慈宫亦称铁树宫，在清江浦禹王台左，明正德八年建，清嘉庆五年、道光十七年重建。淮安府城亦有。

六弟厚夫招同强秀淮避暑西圣寺

河朔招寻入小山，炎蒸长日不侵颜。荷花荡里鸥相狎，杨柳湖干月共闲。
云锁空廊僧出定，烟笼古殿鹤飞还。对君且尽樽中酒，莫遣星星两鬓斑。

注：西圣寺在古镇平桥河西岸，与东圣寺相对。

秋　兴

西风落叶点秋衣，日日荒村对翠微。万里雁将寒信至，百年酒共故人稀。
布帆遥映云边树，茅屋孤开溪上扉。独有农歌听不厌，场头明月正相辉。

暮春即事

闲来杖策小桥东，冉冉溪云淡淡风。麦秀轻寒犹望雨，舟行浅水不须篷。
千章古木遥连绿，万点飞花晚褪红。又是一年春事晏，牧童吹笛半山中。

东庄避暑

褦襶田间憩片时，熏风吹乱鬓边丝。也知老去无多日，且听蝉声进酒卮。

沈文郁

沈文郁，字丕显，号完白，明淮安府山阳县人。万历中郡诸生。平桥镇沈氏族谱排十世，沈朴子沈文郁。著有《浚灵斋拙咏》《南游小草》《集唐诗》一卷。《柘塘脞录》：完白先生性耽吟咏，隐居泾南村舍，集古法书、名画以自娱。

冬日喜郢中罗善长过淮

荆扉方昼掩，高士忽相过。字擅笼鹅誉，才占吐凤多。
尘氛浑解脱，壮气未蹉跎。白堕拼相醉，情深发浩歌。

秋日诸丈过访联句

潦水初收一尺强，同人来醉辋川庄。（喜裴）
残霞远映芙蓉艳，寒露偏滋桂子香。（丕显）
剩有野云随客座，忽闻村笛佐诗狂。（云参）
两难四美深相洽，此外从教岁月忙。（振宗）

沈 柿

沈柿，字梦实，号景山，明淮安府山阳县人。万历十年（1582）举人，先后任荥阳县、南溪县知县。著有《入蜀吟》《田间吟》《短草蛩吟》。《山阳县志》“仕绩”有传。

龙兴寺

暇日聊乘兴，来过支遁林。欣看新驻锡，却忆旧论心。
香积分天食，茶烟逗午阴。谈空忘坐久，更喜益朋簪。

重经射阳湖有感呈杨大令

忆昔曾为湖上客，湖天极目使人愁。风涛浩渺鱼龙卧，葭苇萧条鹳鹤游。
一自桑麻开沃壤，几多篱落接沧洲。羡君千载平成绩，太史重书大有秋。

按：杨名瑞云，盐城令。

过高堰周桥

蜿蜒金堤百里长，汉家天子重宣房。垂杨路满人行少，唯有寒蝉噪夕阳。

王鸣鹤

王鸣鹤(约1550～1609),字羽卿,明淮安府山阳县人,中举后命为淮安卫指挥同知,万历十四年(1586)武进士,明朝著名戍边武将、杰出的军事理论家,被皇帝誉为“天下将才第一”。其还是诗人、书法家。著有《路鸢集》《西征集》《百粤集》《绥带集》。

省春岩题诗

省春岩畔探春信,绛蜡光中见腊梅。素影不随红泪堕,冰姿还映火莲开。
折来香满凭风引,刻罢诗成赖酒催。寄语封姨休见妒,瑶华玉烛在春台。

练国事

练国事(?～1645),字君豫,明河南永城人。万历四十四年(1616)进士,曾任淮安府山阳县知县。官至兵部左侍郎,加尚书。

万柳池

城中草色水中云,无复淮阴市上氛。楼外帆飞空使马,石边苔老尽成纹。
漫追河朔金樽倒,遍际辽阳羽檄殷。航海乞灵仙子外,不知何以策明君。

张泰烛

张泰烛,一作莲烛,字尔调。明淮安府山阳县人。万历三十七年(1609)举人,仪部张幼白公子。著有《远心园诗》。

远心园怀古

东北隅通万斛舟,居人鳞集纸房头。筑城改运成荒圃,辟地为园得倚楼。
伍相祠联水月寺,射阳湖接菊花沟。无边陈迹俱难问,唯有听鹂载酒游。

原注:当联城未筑时,地名纸房头,为运船屯集处,远心园中有倚楼,张仪部所构。

倚楼怀赵承祐

赵嘏才华足自豪,倚楼长笛遏云高。谁知千载成孤调,空咽长淮卷暮涛。
满目酒人推阮籍,当时旧宅近枚皋。为君结构成高卧,词藻风流在彩毫。

喜潘元驭暂谢牛明府西席还旧社对酒作

已醉河阳满县花，归来秋色到蒹葭。调工郢曲霏成雪，气入幽关散作霞。
任教漏声杯底尽，莫令明月菊边斜。真人犹动东行奏，绛帐高悬惜别赊。

张芝阶

张芝阶，字尔符，明淮安府山阳县人。太学生，张幼白季子。

园　居

小室书连屋，虚亭竹拂窗。冲波鱼两两，鸣树鸟双双。
世态看云变，雄心仗酒降。花前呼秉烛，留客倒银缸。

安　氏

安氏，明淮安府山阳县人，太学张芝阶妻。

秋日登状元楼

圣主抡才遇早奇，乡居时负蓼莪悲。御倭郭外成坚壁，受谤朝中作系累。
墓冷空埋长剑恨，楼高尚忆苦吟时。秋风吹彻长淮水，父老怀恩泪暗垂。

自注云：楼为沈祭酒坤读书处，祭酒御倭保障淮人，受诬而死。

张奕颖

张奕颖，字谷孙，号九霞，明淮安府山阳县人。张幼白孙。崇祯三年(1630)举人，授户部主事。著有《霜吟》。

三洲吟

极目望云山，桐柏渺难指。仙人不可接，但见长淮水。长淮昔独流，澄清无纤滓。奔湍过鹿原，激荡龟山趾。涡濠既会合，洪泽乃镇耳！三洲竟何在？淮浦无乃是。常武大雅章，率彼复截彼。蠙珠暨鱼贡，旅币并琛矢。想像属斯洲，彝民复栖止。年代屡迁易，沙崩岸常徙。三洲遂弥漫，钟鼓音何起？唯有山阳湾，险急六十里。避之凿内河，洪泽渐逦迤。谁知九河堙，南迁与淮迩。溃决何代无，宣房筑瓠子。惜哉唐宋后，浊流浩无纪。与淮合清口，淤沙日垫底。见河不见淮，但曰黄河矣。鸿蒙判二气，岳渎安常理！泾渭各源流，河淮异涯涘。胡为清浊淆？良为川后耻。击汰发长吟，谁能复挽此？

环碧堂与古水陆院隔一水是欧阳永叔游赏处

虚堂浮远碧，隔岸对精蓝。杨柳风蝉静，芙蓉水镜涵。
旧游思永叔，禅意冷瞿昙。鱼鸟亲人久，遗踪尚可探。

望云门外觅古杏花村

射水迎淮渎，江流到郡门。空多杨柳岸，尚想杏花村。
雨过明霞出，烟连碧草繁。沧桑无限意，一望已消魂。

按：望云门即淮安老城西门。昔年江水乘潮直至淮城下。

樱桃园

樱桃犹发昔年红，春色芬芳古郡东。花里藏兵能退贼，至今人说楚王功。

按：在淮安旧城东，传为韩信夫人樱桃娘故居所在。

沈　传

沈传，号泾阳子，明淮安府山阳县人。天启元年(1621)中郡诸生。(平桥沈氏族谱排11世，沈文郁子沈传。)

病中初度自寿

新与希夷乞睡方，维摩小榻任徜徉。虚观银海冰壶色，静吸华池玉液凉。
闲际萦心唯白简，病除爱我有青囊。极知境冷增清韵，莫谓黄花瘦沈郎。

甲申秋避乱湖中过平桥址

戍角声声九月秋，故乡人作异乡留。衰荷应候征新色，丛菊新开忆旧游。
风幕寻巢魂已逝，龙髯欲挽泪先流。当年此是狂歌地，今日新亭如许愁。

沈　瀫

沈瀫，明淮安府山阳县人。

赵嘏宅

藕花香细柳风轻，楚水光涵竹户清。当日忆家诗尚在，至今留与故人赓。

卞为豹

卞为豹，明淮安府山阳县人。天启末诸生。

宴花楼和赵渭南韵

春横楼外剡溪船，客到仍开花里筵。万堞雉烟浮海日，三洲龙气护淮天。
重赓白雪枚公后，不负青山谢宅边。长笛一声芳草发，却教吹暖绿年年。

吴交泰

吴交泰，字征道。晚明淮安府山阳县人。

九日登巽阁绝顶

振衣此地即高台，竟日淹留览胜回。帆影曳云随鸟没，笛声背水送鸿来。
醉凌海色千觞少，雄夹天风雨腋开。华发不禁追往昔，茱萸岁岁迫相摧。

夏曰瑚

夏曰瑚(1602～1637)，字肤公，号涂山，晚明淮安府山阳县人。崇祯四年(1631)会试探花，授编修。有《礼记提纲》。

恢台园成

傍水成幽筑，诛茅得草堂。所期垂钓处，俨似浣花庄。
杨柳月初上，薜萝风正凉。何能谢缨冕？读《易》濯沧浪。

金牛墩怀古

蔓草连荒野，天高雁阵分。村翁谈往迹，英主宿雄军。
箭镞沙场冷，牛羊夕照曛。最怜埋骨处，祭酒只孤坟。

按：金牛墩为山阳状元沈坤葬处。

涟城晚秋感兴

河梁鱼罾市三星，松栝风高塔雨铃。海国青霜遥夜急，惮人劳梦几时醒。
茧丝无计偿厄漏，水旱尤难卜瓦灵。农事才修催贴站，衰杨凄切短长亭。

李天授

李天授，字杜若，明淮安府山阳县人。诸生。《山阳县志·文苑》有传。

坐张天闻倚楼

扪竹踏苍凉，书声在此处。入林初来言，古照揭真素。坐久见新光，返照疑初曙。倚楼纵遐观，旷感矜所顾。春风动群植，枳花吹满路。寒姿出青松，高森足良晤。

钵池山遇雨

怅望仙人境，芳风振古留。忽来双屐雨，坐对一溪秋。
古寺荒寒入，空林返照流。隔山钟磬落，疏韵湿悠悠。

张应锡

张应锡，字兼庵，明淮安府山阳县人。崇祯十六年(1643)武进士，官南日寨参将，迁潮州营参将。著有《六友堂诗集》。《山阳县志·隐逸》有传。

安东春怀

今生何足幸？白发旅怀多。客舍经三月，吾家隔两河。
寒冰饥鸟啄，春树野云过。兵气消南国，归心托放歌。

夏日山庄怀安东朱隐士

田间四五月，亦足慰蹉跎。鸟啄残桑椹，风摇新芰荷。
村童知事少，麦饭适饥多。不禁怀高蹈，飘零隔大河。

登敦煌塔望洪泽诸湖

城西古塔晋僧留，肯用人扶到上头。绝顶方知俯鸟背，遥空聊尔寄神游。
天根泊水经多劫，客子乘风正晚秋。屈指年来多白发，危栏倚遍发长讴。

按：敦煌塔在淮安旧城西门内。

张养重

张养重(1617～1684),字斗瞻,号虞山,明末清初淮安府山阳县人。崇祯十六年(1643)诸生,明亡落籍。时为淮安诗坛魁首。他以其坚贞的人格与高洁的诗品赢得了当世名流如王士祯、阎尔梅等人的极口称道。著有《古调堂集》。

南　园

南园种瓜豆,仲夏渐成蔬。凌晨课僮仆,带露向园锄。瓜豆日已好,采摘日已疏。野人惜勿力,勿令篱架虚。有客投轩来,爱我畦上居。肯留数昕夕,与君饱其余。

悯　水

高堰如城水如贼,年年防水水莫测。丙辰五月雨十日,波撼长隄守不得。洪水倒注势可骇,桑麻到处成沧海。蛟龙得意占民居,饱餐人肉甘于醢。尸骸遍野谁人收?数口牵绳逐乱流。自料偕亡无计脱,骨肉尚冀同一邱。间有巢林与升屋,或存或坠俱枵腹。不食三日亦饿死,性命悬丝更惨酷。昔闻此水高于城,城廓人民昼夜惊。古人禋祀沉苍璧,郡门投楔洪流平。谁云此事绝新奇,厌胜之术古有之。圣贤捍御大灾患,堤防疏导能先期。呜呼!城廓人民尔莫舞,而今四境无干土。皇天夺尔衣食资,饥寒侧目皆豺虎。

按:明隆庆以后,河臣潘季驯厉行束水攻沙、蓄清涮黄之策,大筑高家堰,淮安地区河患日重。万历四十四年(1616)五月二十七日湖决,淮扬两郡溺死者无算。

送万年少归南村

南村莫话柴桑居,草堂不是花溪宅。与君策杖行蒲汀,好倩妙手传丹青。就中绘友得友趣,风诗伐木歌嘤嘤。回首林阴日薄暮,相送移舟向前渡。图成省识画中人,一片烟云容我住。

赋得夜雨连淮泗和杜于皇

四月维夏天气长,杜于张帆下维扬。晚过珠湖不肯住,摇指淮阴乘风渡。两岸漕船八十里,樯灯累累一时起。火树摇光光烛天,千帆不动影相连。此时杜于感慨多,心伤往事泪如河。当年海运风波恶,东南民力悲萧索。此河一开天下通,至今犹忆平江功。边疆强富数百载,仓皇一旦山河改。昔日飞挽宁不足,今日衔尾淮水曲。可怜世事反掌间,对此那得更开颜。须臾夜阑灯火息,独掩篷窗声寂寂。

九月十一日纪事

霜风覆城天欲晓，泠泠月照河边草。一声雁过将军营，四面吹角秋心老。孟浪萑苻无赖儿，揭竿竞起淮阴道。深入严城学跳梁，荆轲弗密舞阳小。短兵巷战黄尘昏，可怜血刃膘肝脑。事既不成死无名，空余腐肉饱乌鸟。

冬日田园杂兴

古木吹平野，南山已罢耕。依墙屯犊豕，就日补柴荆。
开瓮当蔬熟，呼邻遣稚迎。明朝传社腊，比户各欢声。

初冬同再彭湖心寺观涨

湖雨何时涨，冬来尚不收。鱼浮阶面出，水入寺门流。
树远知前岸，天空失去舟。老僧看未厌，策杖日登楼。

涟水夜归

残水留寒月，宵征路正长。人迷黄叶渡，马缩白桥霜。
野衲随钟起，田夫唤犊忙。河流声不远，夜半更苍茫。

涟水道中

水落黄河欲降霜，奔湍万里势苍茫。人烟近眼先红叶，客路催行半夕阳。
大野晴云飞海鹤，西风秋草伏天狼。短衣远马投村店，豆粥孤灯共一床。

南庵自白门返湖心寺同杜湘草程宛超方圣黄大宗过访不值

红叶江南落有时，片帆飞处望吾师。云中锡杖来初地，霜后芒鞋赴旧期。
久别还虚今日聚，相寻翻似昔年离。一湖寒水山门掩，欲问前溪更访谁?

渡黄河

停车问渡古黄河，帆倦回风激浪多。东走赤沙赌夹雨，南来碧树晚连坡。
千寻岸立翻轻燕，万里波浑吼巨鼍。落日欲投荒店宿，恐惊魑魅暗中过。

雨中重过钓台

再访先生欲见难，空江风雨逼人寒。白云中断千峰树，碧涨新添七里滩。
只有阴晴随箬笠，从无兴废到渔竿。回头前日登临地，烟满双台何处看。

同社招曙戒季贞集湖心寺

几年不共此登楼，槛下长川水自流。鸿雁一朝来远塞，风云千里变高秋。
弟兄作赋才名老，宾主开樽笑雨稠。竟日冯陵贪纵目，烟波无限引新稠。

携家归白马湖

背郭呼船到草亭，孤帆一路柳青青。自怜子美贫兼乱，残似渊明影答形。
到处有情寻钓舫，何人相伴看春星。归来只觅山中酒，痛饮无烦诵楚经。

登龙光阁

危楼面面玉玲珑，俯瞰层城气概雄。万堞参差迷近远，两河喷荡失西东。
谁家砧响凉风外？有客帆飞落叶中。我记阁成犹弱冠，前贤高宴坐晴空。
按：阁为崇祯时朱未孩中丞建。

登刘伶台

河上荒台草乱青，登台披草问刘伶。如何我亦埋名客，沽酒无钱只独醒？

张玙若

张玙若，字伯玉，诸生，明淮安府山阳县人。史可法开府扬州时，曾以布衣参公军。可法殉难后，作文以祭之。有《南游草》。

淮阴侯钓台歌

吁嗟乎！天意真可疑，韩侯功高三族夷。拒通拒涉矢天日，兵权既去反何为？家人告变安知实？欲加之罪宁无辞！后贤谅称不叛刘，紫阳《纲目》嗣春秋。会陈书执楚王信，继书后杀淮阴侯。不以反书不去爵，推明心迹阐厥幽。吕雉残忍赤人族，图王吕氏生翻覆。讵知身死肉未寒，家无少长骈就戮。志载轶事韩公雍，当年治兵粤西东。粤有洞长诸韦氏，表称原是韩侯宗。昔当夷族中尉过，窃侯幼子投萧何。丞相私给汉图记，渡江寓书越王佗。改封韦氏长诸蛮，萧书佗册今班班。天意从来不可测，天道从来多好还。君不见汉室江山安在哉？淮阴至今有钓台！

清河口

汉水时通泗，河流下会淮。遂无波浪涌，还见风沙埋。
贾客伤飞鸟，长年逐野豺。烹鱼何处觅，弹铗岂吾侪。

李挺蕃

李挺蕃,字升庵,明淮安府山阳县人。崇祯中诸生。

柘塘述怀

其　一

幽居足素愿,自觉市城疏。俯仰此天地,寒温只草庐。
园蔬因客剪,酒秫倩人锄。竟日宜匡坐,还观种植书。

其　二

结茅成小隐,乐志憩湖滨。鸡犬欢新节,林皋爱早春。
昼天长若古,水意淡于人。绿野堪怡悦,悠然脱角巾。

李挺秀

李挺秀,字颍升,号子苍,明淮安府山阳县人。天启中诸生。著有《惕介山槃存稿》。

文通塔

谁支瓦砾上于天?传说仙人自昔年。多少废兴增太息,傍城依旧护朝烟。

尚严陵

尚严陵,字存赤,号养初,明淮安府山阳县人。万历十七年(1589)诸生,子祥卿、祜卿、禧卿俱能诗。有《消日居散言》。

新秋饮韩侯钓台

流光变金素,天际耸云屏。古树凌霄鹤,轻帆戏水蜓。
昔年人自杰,今日地犹灵。歌发随风远,擎杯月在亭。

刘文照

刘文照,字雪舫,明直隶宛平人,世居山阳。著有《揽蕙堂偶存》。

泗州道上

极目离离土一丘，汉皇陵庙此山头。宫云有意终朝变，淮水无情逐夜流。
汤沐昔年曾赐履，禾麻今日不完秋。疲驴踏遍残阳外，烟树萧萧动客愁。

清河夜泊

孤舟离绪又清明，一挂蒲帆千里程。去住向谁商出处？飘零到我负生平。
云连海气天无色，风鼓河流夜有声。襆被春寒眠不稳，凄然双泪落三更。

邱俊孙

邱俊孙（1609～1689），字吁之。明淮安府山阳县人，邱象升、邱象随之父。崇祯十六年（1643）进士，后任户部主事兼兵部职方司主事，清军入关后降清。后任至汉阳知府。顺治间罢官归里，卒祀乡贤。

涟城晚照

大淮东下直如弦，海口算缗此泊船。北郭桑麻阳翟贾，六街烟火武城弦。
水晶盐放牢盆满，金碧楼高井干连。吾邑邻疆才一望，萧条衰柳咽寒蝉。

吴　珊

吴珊，字嵩三，明淮安府山阳县人，崇祯中诸生。《山阳县志》“隐逸”有传。

节孝先生祠

淮流浩浩来，其水清且沚。千古成一人，万年成一子。徐君钟灵异，笃生在斯里。缅彼遇石心，念父无生死。寻常忠孝事，今古称绝轨。谁为空桑人？相望颡不泚。

河道难

君不见，淮水汤汤下东海，千年故道分明在？又不见，黄河之水归渤溟，一涓一滴禹功成？二水分流安澜久，沧桑几度河东走。昆仑直下篡桐柏，夺我淮流主人宅。主客相争迄不宁，沙停海岸高如城。以此二水战心腹，淮流溃南黄溃北。鲸鲵入市鼋鼍奔，沙鸥一去归无门。行人过此辄叹息，昔日桑麻何处村？

冬日集一草亭时茶坡归自天都虞山归自琼海天章归自莱阳赋三远人诗

腊月春风入，人归此一堂。各言山海事，共尽百年觞。
松柏无凋节，图书有静香。岁寒闲聚首，留得几徒狂。

雪舫至淮

霜落淮南更此游，王孙执手钓台秋。穷交老尽风尘隔，客路饥驱日月流。
冀北马空无骏骨，海东家在有渔舟。怀人万里凭樽酒，短鬓萧萧为白头。

岁暮安东逢张兼庵

涟水西头白日曛，冰坚十日恰逢君。相随唯有霜天雁，夜夜孤飞逐海云。
风打窗棂雪溅花，有家归去羡无家。长廊曝背僧寮好，日影曈曈诵《法华》。

胡从中

胡从中，字师虞，明淮安府山阳县人。崇祯十五年(1642)举人，晚明著名书法家。入清后隐居乡野，以诗书自娱。曾任《淮安府志》总纂。著有《藉湖堂诗集》。

招隐亭

古人邈难即，姓字寄琳宫。日落神仙远，花分杖衲红。
鸣琴怀晚节，采药仰真风。云树西湖末，高天沧海同。

按：招隐亭在淮安河下湖嘴大街运河西岸，明隆庆间，知府陈文烛延焦山隐士郭次甫来淮，因筑此亭，为觞咏之所。

人日集茶坡草堂

节惊人日至，忽忽数东皇。此日何能改？论人半已荒。
新云低户黯，旧草倚年芳。莫讶乾坤别，春盘列草堂。

登七星楼

清秋宪府登临地，峻阁凌云驾海鳌。金榜直通南极迥，玉窗低瞰北辰高。
背天鹗去横霄汉，遵渚鸿飞快羽毛。只为闾阎图乐土，大夫那惜翦蓬蒿。

按：七星楼在淮安淮扬(徐)道署后圃。

倪之煌

倪之煌，字天章，号懒庵，亦号钝道人。山东临清人，寓居淮安府山阳县。生活于明清之际，望社成员。

平河桥

残秋九月早寒骄，江北霜严草树凋。天引湖光渔唱断，舟过村居酒帘招。
归家已近心尤切，作客多艰兴不消。更喜篙师能解事，溯流努力进双桡。

晚　泊

天清泽国蓼花红，欲渡南湖浪正雄。野老卖鱼依晚市，游人沽酒对秋风。
维舟两岸蒹葭外，落日千家烟火中。坐听水声心自远，暮城鼓角到孤篷。

抵舍张虞山过草堂风雨留宿夜话

三径无尘遍藓痕，草堂风雨易黄昏。隔江感旧怀瑶瑟，入夜论诗对绿樽。
花落香残蝴蝶梦，春归血老杜鹃魂。天涯久客疏知己，我正思君看叩门。

杜　浚

杜浚，字于皇，黄冈人。世居淮安府山阳县河下镇。

八月八日同天章饮虞山张子斋中归经一草亭夜谈

步出蓬蒿径，还过一草亭。僧扉知不远，客履恰须停。
夜雨传杯静，秋灯说鬼青。征鸿太嘹呖，幸得醉中听。

乔崇烈

乔崇烈，明清之际淮安府山阳县人。

过南斋感怀舅氏大理公

外家梨栗记当年，竹马枝枝竞着鞭。岁月渐多人半鬼，斋廊无改树参天。
遗交自过勤笺疏，幼子还能校简编。不道老成凋谢久，西州门外涕涟涟。

平桥道中

尽日西风抵纤丝，篷窗一卷裕之诗。就中闲味还堪记，黄浦前头睡觉时。

释大衣

释大衣，字南安，一作南庵，号睡翁，别号石头，闽人，初卓锡南京栖霞寺，明清之际来淮安府山阳县，住湖心寺倚舟堂，后居清江浦檀度寺。与淮上名士张虞山等相友善，为两淮名僧，著作甚多。

返湖心寺呈诸相识

楚州高谊果翩翩，短发追随二十年。法道无能与世重，行藏尚喜有君怜。
风吹垂柳丝丝月，雁带清霜拍拍天。只为旧交多怅望，河头返棹趁晴烟。

释传遐

释传遐，字柴村，明末清初人，淮安湖心寺住持。淮上著名诗僧。

湖心寺杂诗(选二)

其　一

前年高堰决，水没床头书。散轶如飘梗，斜阳若捕鱼。
深藏惭此日，泛览笑当初。竖子通宵诵，老夫怀所余。

其　二

稻获川光大，湖空野兴高。瓦盂香饭熟，草布制衣劳。
此户黄茅屋，方舟青竹篙。堂皇晴景豁，幽鸟动寒蒿。

张鞠存吏部马西樵孝廉过湖上

地僻存吾拙，何烦枉驾寻？漫因初霁好，应惜是春深。
草阁无多步，湖天共此心。荒寒如不弃，还过听幽禽。

释灯岱

释灯岱，字岳宗，淮安湖心寺僧，传遐弟子。能诗。

同友人夜泛萧湖

萧家湖上散晴烟，最好凉秋薄暮天。绿酒喜看名士宴，青衫闲坐野人船。
桂轮似镜亏犹半，玉露如珠滴已圆。夜色此时真入画，水光遥与白云连。

丁大来

丁大来，字载夫，号龙骧，明末清初淮安府山阳县人。崇祯六年(1633)岁贡。清时官长泰令，改望江县教谕，安庆推官。有《龙骧遗诗》行世。

平江伯祠

元勋崇庙祀，历世叹公长。功业存疏凿，香烟重典章。
水流新日月，人拜旧冠裳。明德依然是，丹青半夕阳。

按：平江伯祠，一称陈公祠，祀明平江伯陈瑄，位于淮阴光华化学厂内。清乾隆间加祀潘季驯，遂称陈潘二公祠。本世纪初整体移至清江大闸口。

通济闸

水门人力建，奇险亦云稀。壁束雷霆斗，天垂组练飞。
鱼龙空欲上，舟楫复何依。惯习怜漕卒，年年向帝畿。

按：通济闸在淮阴区马头镇东南七里沟。后名惠济闸。

淮　河

河转向清口，端流合二源。怒奔淘日月，疾卷撼乾坤。
望祀明堂远，朝宗沧海尊。频年盛阴气，愁绝又堪论。

靳应昇

靳应昇(1605～1663)，字璧星，号茶坡。明末清初淮安府山阳县人.明末秀才，清顺治元年(1644)中岁贡生。博学工文，尤长于诗。与同里张虞山、阎再彭日夕倡和，一时称为“三诗人”。著有《渡河集》《二子诗初刻》。

一蒲庵[illegible]巢雨后晚眺

晚风从南来，西村雨正歇。野客散孤怀，爽气度林樾。箕踞此空巢，岸帻复散发。远睇湿云飞，静观翔鸟没。萍合鱼梦定，烟归树光发。向夕鹤墩清，端坐待明月。

漂母祠

老妪何许人？漂于淮之浒。一饭哀王孙，高义空千古。妇人眼犹青，可笑重瞳瞽。

送万年少归南村

我渡北河君南村，三十里路各闭门。君今相遇君言病，酒力不胜酒气病。只今感慨谁独深，冰霜晚见故人心。明朝相送扁舟去，笑注楞伽卧烟村。

鲈鱼歌

淮阴近日鲈鱼美，不待秋风常出水。市南市北何处多？钓台西去枚生里。细鳞簇簇白如银，入馔光碟妙无比。

隰西草堂

虽少冬青树，犹余古薜萝。闲居真处士，枯坐老头陀。
云水随缘过，江山入梦多。问津如有客，夜半看黄河。

听杨怀玉太常弹琴

哀怨竟何事？无人知此音。双亲万里泪，故主百年心。
白日飞寒雨，浮云掩夕阴。忧来谁可诉？密坐听难任。

坐鹪巢望饮牛草堂怀张虞山刘麦涟东

记得春风柳叶稠，湖滨约共此扁舟。饥来斗麦驱人去，客到双柑空尔留。
凫渚风帆烟外远，草堂云树雨中收。山斋夜夜余诗话，只为怀人起暮愁。

平河帆渡

迎门流水见行舟，千里关河尽客游。人听鸡声晨棹发，日烘鸦背晚帆收。
风波习惯曾无厌，湖海为家各有求。独是蒲团趺坐者，一瓢犹伴水田鸥。

重九雨中坐倪天章一草亭

一天风雨当重九，欲步高台举足难。云外客来双履湿，坐边花发几枝寒。
不烦出户谋沽酒，且与吟诗共倚栏。最爱主人能好事，草堂秋兴正漫漫。

和先哲龚圣予自题画马原韵

轻蹄瘦骨踏重关，逐电追风列上闲。四百军州人尽散，谁骑丞相到厓山？

陈台孙

陈台孙(1611～?),字阶六,号楚江,明末清初淮安府山阳县人。崇祯十三年(1640)进士,知富阳县,寻改平湖县,授吏部主事。清顺治二年(1645)归故里,自号楚州酒人。有《鹪笑斋集》《蜃舫集》。

杂 诗

淮阴坐坛上,垓下功竟成。梁王绝楚粮,亦能善用兵。王爵未须臾,趣汤皆已烹。唯见醢醢肠,不闻哀苦声。昔日誓山河,徒为带砺盟。何不图三分,努力自横行。宁为田与项,不为韩与彭。智哉黄老术,可以保陈平。迁延刘吕间,复能垂令名。子房虽辟谷,宁必待长生。

新城藩府

忆昔淮南幕府开,连云棨戟侈雄才。三军鼓角城边静,千舰旌旗海上回。
茂草空庭喧燕雀,黄河旧垒郁风雷。踟蹰为望梅花岭,丞相祠堂万古哀。

陈 涞

陈涞,字维东,清淮安府山阳县人。顺治五年(1648)举人,十八年(1661)平谷知县。

韩侯钓台

君侯身死钓矶存,流水城西咽古魂。
钟室受俘赤帝子,广南未绝韩王孙。

阎修龄

阎修龄(1617～1687),字再彭,号饮牛叟,又号容庵,晚号丹荔老人,明淮安府山阳县人,阎若璩父。明末贡生。明亡,遁迹白马湖滨,结一蒲庵隐居,结望社相唱和,一时风雅之士翕集。著有《秋心》《秋舫》《冬涉》《影阁》诸集及《眷西堂诗文》《红鹤亭词》。

王默生靳茶坡张虞山过访一蒲庵

畦吠沙田港,怀人雨一楼。云阴愁夜月,滩响敌高秋。

入寺花前酒，到门湖上舟。新荷香正好，夕影共淹留。

一蒲庵纳凉

到此离城郭，红莲小径长。香蔬烹豆荚，新水试茶枪。
几日慳风雨，谁人足稻粱。一匙常愧饱，散发话羲皇。

悼　鹤

鸿爪空留迹，靡芜春水生。前犹迎客舞，忽作断肠声。
千岁知尧历，孤飞返蜀城。最怜余只影，翘首暮云平。

喜郑掌和梅杓司杜苍略见访

三子临溪水，侵晨叩我门。风霜人尽苦，冰雪卷常存。
吴楚传烽燧，渔樵总弟昆。低徊芳草路，犹识六朝恩。

闻一蒲庵水涨

薜荔为墙暮雨侵，西风一夜白波深。草堂从此嗟摇落，兰若何堪再陆沉！
羸犊已驱原上牧，渔舠应共水滨吟。相怜独有中庭月，光涌禅门照佛心。

郊行有感

春日潜行古渡头，携尊何地足淹留？眼前花柳浑闲事，野鸟空山独唤愁。

戴时遴

戴时遴，字郁山，清淮安府山阳县人。顺治中诸生。著有《竹轩诗存》。

万柳池晚眺

白蘋秋水近柴荆，薄暮闲穿柳岸行。雉堞烟中过帆影，仙楼云外落棋声。
人归远浦传菱唱，鱼跃清波引钓情。如此风光堪寄傲，何缘愁恨似虞卿？

陆求可

陆求可（1617～1679），字咸一，号密庵，清淮安府山阳县人。顺治十二年（1655）进士，授裕州知州，擢刑部员外郎、福建提学佥事，转参议，未任卒。著有《密庵诗文集》。

龙兴寺

偶过竹院啸烟霞，爰客山僧自煮茶。日暮绕林啼鸟倦，春深满地落残花。

按：龙兴寺，在淮安城西北清风门外，东晋大兴二年(319)建。

淮上西湖

寻幽来旷野，湖上倒芳樽。秋水白无际，晚烟青有痕。
残芦围断岸，破屋倚空村。抚物更多感，寒虫诉石根。

西湖夜泛

夜来潮水静，小艇载琴樽。独雁沉霜影，群鱼触月痕。
残花双岸远，村落几家存。好月依良友，秋心与细论。

金牛墩

苍然平楚外，耸峙压淮疆。战伐思前代，萧条古刹冈。
湖翻千里白，云落半堤黄。惆怅登临久，渔歌出野航。

张新标

张新标，字鞠存，号淮山，张九霞子，清淮安府山阳县人。顺治六年(1649)进士，历官吏部、户部主事，晚举博学鸿辞，不就。著有《淮山诗选》。《山阳县志·仕绩》有传。

重过节孝先生祠

古祠枕荒丘，俎豆亦云久。至孝感风雷，大节光陇亩。逮吾先哲人，表章称尚友。遗像列崇阶，高碑峙左右。岁时伏腊辰，肃礼遍童叟。庶使人心淳，再致风俗厚。今我适东郊，四顾复何有？啄食鸟雀喧，营窟狐兔守。此地古北邙，寸壤争休咎。未知数年间，尚有遗踪否？中古礼乐衰，风厉甚毋苟。缔造存典型，愿随采风后。

原注：先大王父刻先生语录，先父曾经理其祠。

招隐亭即事

吾庐一水隔，问渡即花宫。石井苔犹碧，丹炉火欲红。
荷香常带雨，竹荫自生风。挥麈来高唱，玄言未许同。

春日村居

一水当门曲，刺天柳色黄。风和迎蛱蝶，溪暖浴鸳鸯。
种稻疏泉脉，寻僧上野航。前村欢社饮，人影动南塘。

张鸿烈

张鸿烈，字毅文，清淮安府山阳县人。康熙十八年(1679)召试博学鸿词，授检讨，历官大理寺副。著有《山阳县志稿》《曲江楼集》《渡江草》《红乐轩集》等。

娑罗树碑

君不见，云书鸟篆恣奇文，岣嵝石鼓源流分。后汉伯英变今法，入妙超神得右军。谁与授者卫夫人，洞精遒媚轶群伦。当时宋翼早入室，能同逸少传其真。宋齐梁陈少作手，李唐初兴无不有。虞褚犹存钟王意，欧阳方劲偕颜柳。晋人风味不复存，绍宗墨妙人知不？北海太守超故常，雄才大略争扶匡。一麾曾刺沧海滨，余情泼墨生奇光。珠玑错落蛟龙走，神骨依稀宗二王。借问此碑何自始？娑罗曾植楚州里。瞿昙枝叶自流沙，变现灵奇散珠蕊。是时佛法初演宗，给孤祇树修金容。楚州守佐皆好事，名碑初立惊天龙。祇树名碑称二绝，沧桑兵燹多磨灭。神物还应归玉霄，树久难寻碑被窃。昔曾登岱蹑巅危，欲补秦皇无字碑。

韩侯钓台怀古

吁嗟乎！王孙已矣，台乌乎存。大河洋洋流千古，英雄割据终黄土。真王假王竟如何？志士功成心独苦。喑哑声来赤帝驰，有客垂纶若未知。入关徒取丞相籍，坛无大将胡能为？是时韩侯仗剑出，手挈山河归汉室。齐楚频封安足酬，感恩却在登坛日。惜哉功高不避身，后车之系随飞尘。景阳碧血为幽草，荣幸无如屠狗人。吁嗟！漂母何贤雉何刻？侯也纯忠难再得。英雄得失亦何常，封茅食土空纷张。侯惟志存万户邑，遂使青磷委路旁。有人弹剑淮阴市，年来磨灭怀中字。村醪麦饭吊秋原，昔日荒台何处是？荒台日暮起悲风，鸟尽弓藏千古同。唯我子房自超绝，辟谷远寻黄石公。

刘伶台怀古

刘伶台下水泠泠，刘伶台上草青青。长鲸吸破中山甑，天上几年无酒星。左手荷锸右携枸，醉来随意眠林壑。生逢曲蘖不肯醒，兵厨良酝还堪索。千余年后有荒台，朱檐碧瓦都尘埃。形骸土木瞻遗范，晋代衣冠安在哉？我今策马携尊台畔来，呼君起饮三百杯。

儿背画马 伤宋末遗逸龚翠岩也

汴宫潴后临安喧，匹马不敢窥中原。龚生晚出事已去，麻衣草屦归邱樊。家无壁，凭无几，纵笔淋漓画奇鬼，九原岳韩呼不起。按儿背，画良马，谁骑追战沙漠野？龚生非徒画马者！张万岁，王毛仲，真马蕃息连钱动。生也顽民作画师，雾鬣风鬃寓哀恸。

状元兵 雪沈祭酒冤也

倭蹦华夏古所无，震荡陵寝趋中都。祭酒思报国恩殊，尽散家财招卒徒。红旗闪闪卷甲趋，大歼岛寇淮海隅。楚州太守气豪粗，守城亦挽两石弧。才不相下诉切肤，释倭不攻攻文儒。同辈腾谤流天衢，曾参杀人宁非诬？坐令淹禁缧绁拘，为倭报仇何其愚！功存桑梓名难污，险狠堪恨林与胡。

原注：同乡给事中胡应嘉构陷祭酒，知府范槚持其狱，御史林润劾之，被逮，瘐死狱中。

招隐亭

其 一

亭改名仍旧，风流忆主宾。能文陈太守，高士郭山人。
此道今如土，招贤事莫论。沙荒湖嘴外，望古绿杨津。

其 二

更忆追游地，蹉跎四十年。改庵存旧迹，觞咏属前贤。
鹂哢三春晚，荷香六月天。白头余剩在，谁复过流连！

李 铠

李铠，字公凯，号惺庵，清淮安府山阳县人。顺治十八年(1661)进士，授绥阳知县，补铁岭知县，召试博学宏词科，授翰林院编修，历官太常寺卿、通政使司、内阁学士。著有《恪素堂集》。《山阳县志·文苑》有传。

秋日杂诗

万里滞播川，客心久踌躇。秋杪故乡人，传我双鲤鱼。开缄惊喜集，读罢转愁余。初夏河伯骄，洪涛没田庐。近乃塞宣房，十室九空虚。遥念伯与仲，宿昔事诗书。耕凿既不效，担石安能储？霜寒岂不同，卒岁竟何如！

与四兄话乡园事

乡园归未得，风俗近何如？俭岁还输赋，家贫恐废书。

休夸枚叔里，且讲白公渠。赖此安耕凿，吾生乐有余。

李时震

李时震，字雷中，号恂庵，清淮安府山阳县河下人。顺治十八年(1661)进士，授内阁中书，二载告归，筑且园，养亲自娱。著有《去来吟诗集》。

高汉思移居柘塘

为爱山林好，因将城市疏。怀人留丽句，遁迹寄新庐。
波静欣垂钓，云深乐荷锄。悠然何所系，日对古人书。

王家营别诸同人

脂车春晓别园林，握手依依思不禁。千里关山今夜月，一时樽酒故人心。
缘堤柳浪催行色，绕树莺簧弄好音。尺素自然频见寄，临歧那复更沉吟。

漂母祠

怜才老妪愧须眉，千古名留一片碑。赢得扁舟来往客，长廊粉壁遍题诗。

程　轩

程轩，字左车，清淮安府山阳县籍贯，顺治间人。

万年少业师隰西草堂

晚岁贪贫贱，衡门烟水深。松风鸣佩玉，萝月引床琴。
中夜看天地，微吟问古今。宁知隰西外，江海自浮沉。

程　涞

程涞，字维东，清淮安府山阳县人。顺治十八年(1661)进士，官直隶平谷县。幼偕弟娄东肄业曲江楼，与当时诸老宿齐名，文稿散佚不传。《淮安诗城》选其诗二首。

新城藩府

东平事业竟如何，淮上孤藩叹黍禾。翚革不随浮海去，荆榛惟有故园多。
家无垣屋谁师俭，水绕宫墙仅逝波。若使当年身便死，武侯庙柏并婆娑。

刘谦吉

刘谦吉(1623～1709),字六皆,清淮安府山阳县人。康熙三年(1664)进士,由中书历官山东提学道。有《讱庵诗钞》《雪作须眉诗钞》。

洪泽湖中

始旦开洪泽,旭日生微煦。鱼龙净波涛,空阔无一羽。须眉明镜中,历历都可数。当其恣狂澜,百怪狰狞舞。骇浪高于天,万石撄之腐。虽有长年者,撑突亦战股。高卧过安流,竟者篙与橹。烟际浮远空,遥旷与终古。

留别淮阴

小住为佳耳,胡然别绪添！及春鳊项缩,到席蟹脐尖。
雅会何由得？征怀可自嫌。平桥分缆去,回首几家帘。

春日草堂集诸父执

先子茶炉雅事稀,累年追旧款晴扉。村烟绕屋梅花乱,春夜堆盘韭叶肥。
移席小山人未倦,论诗满座兴遄飞。韶光今日佳无比,散策欹巾缓缓归。

赠丘大参吁之先生曙戒季贞尊人

四月平桥雨一犁,田禽聒聒唤深泥。先生拄杖何为者,看到秋禾五尺齐。

邱象升

邱象升(1629～1689),字曙戒,号南斋,清初淮安卫人。邱俊孙之子。顺治十二年(1655)进士,官至大理寺左寺副,平反大狱颇多。有《谷音》《入燕》《岭海》《白云》《草堂》诸集,有《南斋诗集》。

高堰叹

扰扰滇南振金鼓,声闻巴蜀连秦楚。长淮我住信乐郊,讵知昏垫逾今古。禹绩犹记九河疏,无复宣房瘿北渠。地中不治治地上,黄金卷扫空唏嘘。星宿西源东泻海,桐柏下与洪泽会。清口涌出势相当,彼此清浊划有界。征战曾经几十霜,水门启闭竟无常。天妃闸口日滚滚,清水不敌浑水狂。西风排激穿石走,夏五弥月淫霖久。二渎交冲堰不支,齿牙横决七十口。浩浩怀襄天地涨,鱼腥蜃幻迎四望。日射鼋鼍窟宅迷,雾合鲸鲵波涛荡。七邑可怜何处村，号呼转徙惨朝昏。屋上有船不得系，城头无屋那能存？人生最苦遭乱世，遥见烽烟犹可避。河伯突怒卷翻来，须臾沉溺无噍类。特恩何幸邀皇穹，百万不惜沙泥中。坐使孑遗快安澜，岂独辅轮天庾漕艘通。

舟阻平桥再还省母

几日开官舫，迟回只半程。却因归省易，倍憾远游轻。
霜草长堤白，河冰浅壑明。冲寒三十里，树树哺鸦鸣。

回澜阁

危阁盘江屿，停桡落日过。天垂山麓外，户敞水云多。
坏瓦穿仓鼠，翻潮浴巨鼋。故园望何处，壁上起悲歌。

秋日陆咸一招泛郭家池

萧然廉阁俯池幽，招客偏宜坐素秋。蔬圃霜残留戏蝶，芰塘风急起眠鸥。
鱼罾斜傍疏篱挂，酒舫轻随落叶浮。荡漾不知城日隐，梵林暮鼓出中洲。

按：郭家池即今勺湖公园，其东临始创于隋代的龙兴寺，向为文人雅集佳处。

漂母祠

一饭于人岂足言，英雄知己最难谖。当年不有酬金事，漂母何由此日存？

邱象随

邱象随（1631～1701），字季贞，号西轩，清淮安府山阳县河下人，拔贡。邱象升之弟，康熙己未（1679）博学鸿词，授翰林院检讨，历司经局洗马。著有《西轩诗集》《西山纪年集》《淮安诗城》。

过招隐亭

太息五游去，风流事事残。一林秋雨细，半壁夕阳寒。
烽燧留筇杖，烟波倚石栏。凄凉词赋客，未许吊刘安。

原注：五游山人郭次甫。王元美作记，岁久失传。凭吊者多援淮南故事。

过新城东平侯旧府

帅府高悬督府旗，依稀锁钥似当时。悬云画阁眠搜犬，接市阴槐叫野鸱。
清角行吟人迹断，哀笳彻夜鬼磷吹。穿城力引长淮入，只与浮舟下海涯。

漂母祠

推食何如进食心，只知厚待是淮阴。可怜百战河山报，不抵区区几饼金。

邱履泰

邱履泰，字大来，清淮安府山阳县人。崇祯廪生，顺治十六年(1659)岁贡，官内阁中书。

北归望湖心寺

隔岸湖心寺，烟云分外幽。丛林寒鹊噪，荒刹老僧留。
海内谁知己？天涯尽客愁。归车将脱辖，纵目水悠悠。

阎若璩

阎若璩(1638～1704)，字百诗，号潜丘，山西太原籍，世居江苏淮安府山阳县。清初著名学者，清代汉学(或考据学)发轫之初最重要的代表人物之一。著有《古文尚疏证》《潜邱札记》等。

平河舟望

满目鱼龙气，俱从一棹收。垂垂天欲尽，汩汩地应浮。
渴日海奔急，断霞川带悠。灵槎如有信，直拟到牵牛。

过渔庄

夹岸水红花，舟行逐港斜。渐无人识处，只有网为家。
溪上涓涓月，潮平片片霞。愿言秋赛近，酬酒贺桑麻。

东湖泛舟过石霞举紫岚兄弟

野水初无岸，人从树杪行。萍开缘桨动，凫散值舟横。
未厌身漂泊，还怜尔弟兄。广陵涛正壮，八月赋南征。

阎若琛

阎若琛，字紫琳，清淮安府山阳县人。顺治进士，授兵部主事，升嘉兴知府。

贞女歌　为高家未婚妇

淮海山之阳，有卫曰“大河”。蒋侯称世胄，生女如曹娥。十岁能纺织，终日机与梭。十三身端好，高门寻斧柯。一语当亲意，承言两姓和。天不吊清白，婿也婴宿疴。父死亦已久，孀母相抚摩。母为宗祧虑，迎婚恐蹉跎。未能待吉日，儿身奄逝波。吁嗟掌珠坠，天道竟何如！女闻告父母，欲语泪滂沱。身是高家妇，分当一相过。荆钗与裙布，常服见阿婆。阿婆牵衣泣：“儿亡误汝多。”敛衽重致谢：“妾心不可磨。”归家妆饰变，无复湘裙拖。家本勋旧族，卖珠事牵萝。于今三十载，亮节尚崔峨。

送虞山南归

朝来仲蔚赋归欤，襆被萧萧任卷舒。千里梦魂迷蒋径，两年心事系潘舆。
烟消绿树啼莺后，沙涨黄河放鹢初。双眼望穿淮浦月，踏歌相送意何如？

卞为鲸

卞为鲸，字友龙，清淮安府山阳县人。与弟为豹俱驰声庠序中。顺治十一年(1654)举人，清初望社诗人。著有《长啸阁集》。《山阳县志·文苑》有传。

闻蠲赋

诏下五云端，穷檐万国欢。恩非由汲黯，谴不及倪宽。
酷吏威将杀，流民骨未残。春陵行可哭，闻此辍凄酸。

寄淮上曲江楼文会诸子

美人不可见，频梦亦奚为？落日华阳道，长风漂母祠。
相思寻旧简，投报渴新诗。剩有临文意，竿头进昔时。

按：曲江楼在淮安河下萧家湖依绿园内，为文人雅集之所，成《曲江楼稿》风行海内。

宿湖心寺

带月来投宿，逃禅历上方。幡风心不动，花雨梦犹香。
破壁涵虚白，疏篱振落黄。山城多戍鼓，清夜助悲凉。

潘取临

潘取临，字大也，清淮安府山阳县人。顺治十一年(1654)举人，戊戌会试副榜，选常熟教谕。

射阳湖

河源渺何处?已来沧海东。浮云横雁路,丛苇逼蛟宫。
帆挂千家雨,涛生一枕风。舟人话畴昔,尘满射湖中。

潘 夏

潘夏,字西河,清淮安府山阳县人。顺治中诸生,著有《湫沧亭集》。《山阳县志·文苑》有传。

八月之西庄观获

秋雨暮来归,西溪农已促。蝗飞侵我禾,潦深荡我菽。稍有蝗余穗,更沉流潦曲。督我百里道,驱我风雨出。岂不怀佳夕?未能盈十斛。所重父母遗,聊以为饘粥。

周 鳞

周鳞,字乔岳。山阳(今江苏淮安)人。顺治、康熙间两中副榜,官潜山教谕。有《日省编》《炯鉴录》。

千金亭怀古

持竿空日日,王孙事可哀。英雄未得志,一饭亦艰哉。漂母敦大德,终始意无猜。人生尚恩义,千金等尘埃。如何重报日,恶少猥同来。

游湖心寺

萧寺镇湖曲,垂杨隔岸分。远烟明似水,高陇碧于云。
雀啅迎人语,荷香吹面醺。闲来携手处,白日静纷纭。

潘 煜

潘煜,字旦复,清淮安府山阳县人。康熙中诸生。

万柳池

炎歊避地应无计,选胜遥期万柳池。廿亩澄澜清鉴发,四围苍翠绿侵眉。

披风蝉噪喧仍静，听雨渔歌合复离。日暮放船空际望，水光树色景中迷。

张而闇

张而闇，字邃子，清淮安府山阳县人。顺治中恩贡生。

癸巳九日集卞友龙听秋阁

小阁城南烟树迷，板桥咫尺浣花溪。十年闲放人厨顾，九日登临客阮嵇。
一雁横天秋水阔，片帆归浦夕阳低。移樽更尽茱萸兴，月落霜寒乌夜啼。

马　骏

马骏，字图求，号西樵，清淮安府山阳县人。康熙八年(1669)举人，官嘉兴主簿，荐博学鸿词，未试而卒。诗书琴印皆精妙，为望社重要成员。有《听山堂集》等。

里胥叹

得已之役役不已，里胥夜半鞭夫起。脚踏层冰手抔土，髀肉冻裂黄河里。可怜民命等鸿毛，哀怨无声山月高。孟冬捉人季冬放，尚说翻工到河上。河上河徙河岸决，惊涛一片喷黄雪。千村万落窜烝黎，河伯为灾里胥悦。里胥悦，金钱竭。

清河道上愍潦

空村浮浅涨，百里尽飞烟。异县秋同潦，孤城晚进船。
春农迟有误，冷雨落无边。倦客曾无故，悲生八月天。

射阳城下怀古

风俗耕渔重，人今苦赡生。海天才罢战，井邑屡移兵。
地接厓山路，祠留陆相名。秋船城下过，怀古意凄清。

九日集郡庠尊经阁

今古东南地，论交海岳通。耆英千里至，诗赋一时雄。
胜会登官阁，华筵变楚风。诸公沉醉后，丝管彻高空。

按：明清之际，淮安城聚集全国各地众多诗人，成立著名文学社团——望社。马骏所咏本次雅集在淮安府儒学内尊经阁。

清河道中

荒荒黄道长，沙草射残阳。黄河秋渡马，黑树夜行狼。
盗贼寒仍出，干戈岁稍藏。予怀随望去，重为恤人丧。

湖舫度曲

数声清曲蒲风外，风点明星草露前。情绝烛红人不见，隔林西面尽湖天。

刘 珵

刘珵，字美当，一字超宗，清淮安府山阳县人。康熙中岁贡生，选青阳县训导。著有《灌花老圃集》。

百诗斋中分赋得铜雀瓦磬

零落漳台瓦，凄凉韵玉清。西陵谁望幸？东序偶同声。
匪石心如转，兼金价似轻。霸图消歇尽，此物独硁硁。

刘 愈

刘愈，字文起，清淮安府山阳县人。康熙二十一年(1682)进士，官工部屯田司主事，以内艰归，不复出。著有《百一篇》。《山阳县志·仕绩》有传。

闰三月再过湖心寺

晴沙围古寺，落照在平田。耆宿归何处？烟波忆往年。
重寻花雨境，两度暮春天。风月闲如此，谁能学坐禅？

王兆熊

王兆熊，字玉凫，一字沂庵，清淮安府山阳县人。康熙五年(1666)举人，授安平知县。在官二年卒。著有《纫兰吟》。《山阳县志·仕绩》有传。

田园漫兴

未遂澄清志，归来学把犁。绿畴鲜马迹，青草遍牛蹄。
日落长堤没，云深古木低。樵歌何处起？短笛夕阳西。

春日过八蜡庙

精庐春自好,徐步入方塘。溪柳匀新绿,瓶梅绽暖黄。
云低栖野寺,竹影瘦匡床。徙倚经坛晚,清风度夕阳。

阮　晋

阮晋,字鹤缑,清淮安府山阳县人。有《自吟亭诗集》。

淮阴侯祠

云连淮阴城,波撼淮阴道。淮阴有荒祠,淮流常浩浩。丰碑既已残,松楸亦已老。缅彼垂纶人,勋业烂苍昊。指顾三齐定,转盼群雄扫。何以功成后,此身竟不保?男儿觅封侯,谁知把钓好?

陆公祠

先生节烈有谁攀,只许文山与叠山。浩气自留云汉表,孤魂应在雪涛间。
庭荒碧草青风冷,门暗金铺白昼闲。一望威仪神凛凛,千秋展拜泪潺潺。

赵忠烈祠

皇祐兵戈事已休,何人更说赵康州。捐躯自属君臣分,攀様如闻父老愁。
姓字辉煌垂简册,蘋蘩寂寞冷松楸。天心到处怜忠孝,寸草孤儿一线留。

吴　愈

吴愈,字亦韩,清淮安府山阳县人。康熙中拔贡生,官黟县教谕。著有《共学启蒙》十二卷,诗古文十卷。《山阳县志·儒林》有传。

赋得月映清淮流

桐柏何竦峙,淮流发其巅。浩浩千里外,不与浊为缘。遥夜生明月,映之更沦涟。水月成一体,波流光与迁。问有何所著?言无何所捐。有无双遣外?参此水月禅。寄语学道人,此理非言诠。

龚圣予画《唐马图》

画马高士不可呼,当时破屋丛菰芦。胸有天闲三万匹,神骏磊落无人识。有时索酒瓮生尘，儿背作几墨光腾。绝笔大叫风棱起，换得垆边春酒美，把酒高歌歌不已。缟素之色黯欲无，矫矫不与几马徒。我披此卷烧酒毕，高士在焉呼之出。

杨开沅

杨开沅，字用九，号禹江，清淮安府山阳县人。康熙四十四年(1705)进士，授编修。著有《理学乙未论》《河道论》《景姚山房文集》等。

韩侯钓台

王孙蠖伏迹偏奇，远托磻溪世未知。吞饵三齐无尺土，垂纶两汉奠鸿基。
高原鸟尽功难赏，长乐钟鸣恨已迟。刘项山河谁复是?荒台犹自峙淮涯。

杨开泰

杨开泰，字汇征，回族，清初淮安府山阳县人。工诗。有《春帆》《南村》《草堂》诸集。《山阳县志·文苑》有传。

春阴杂感八首(节选)

其 一

回思丙子夏，筑坝遏淮黄。官道埋秋水，人家哭夕阳。
龙蛇蟠老树，鸡犬剩高冈。循吏沿门索，填阛土一囊。

其 二

高堰寻常决，堤防那得支？滔天当此日，由地是何时?
鹑结中洲聚，鸠形远市移。监门曾绘否?仰伫九重知。

其 三

帝念淮民切，銮舆入楚城。正逢春雨涨，不独夜涛惊。
决坝昭神武，疏河戴圣明。感恩诸父老，翻觉泪频倾。

周于汤

周于汤，清初淮安府山阳县人。

钵山晚眺

山高望不极，落日散氤氲。荒碣千重黛，遥天一角云。

鸟声归薄暮，人影立斜曛。渐晚还延伫，林端笙鹤闻。

李孙伟

李孙伟，字远令，清淮安府山阳县人。康熙中岁贡生，崇明县训导。著有《玉诜堂诗存》。

南　庄

橹声迢递渐相催，柳岸蒲湾几溯洄。水阔稻田骄雁鹜，村深蓬径长莓苔。
寒蔬入馔山家味，新柘成阴野父栽。安得优游篱侧卧，菊英满地此徘徊。

徐转迅

徐转迅，字动盈，清淮安府山阳县人。康熙中岁贡生，全椒训导。著有《横秋阁高卧堂诗集》。《山阳县志·文苑》有传。

开元寺

心澄是止水，意淡即空山。寺僻烟霞古，僧贫岁月闲。

许志进

许志进，字念中，清淮安府山阳县人。康熙三十年(1691)进士。福建主考，官至礼科给事中。著有《谨斋诗集》。

安东渡河

堤势压危城，河流撼地声。扁舟吾利涉，四月水犹平。
为壑他年事，其鱼万古情。柳津沙岸外，薪土漫纵横。

庙湾道上

孤城临海岸，天水远依微。潮蹴河流转，风平估舶飞。
鱼盐归小市，花柳簇长围。咫尺蓬莱浅，沙田荠麦肥。

题漂母祠

王孙岂饿死，一饭意何如？古屋依飞鸟，清淮徙怒鱼。

能先萧相识,如授圯桥书。此际浑难忘,君恩报岂疏!

张 增

张增,字合江,清淮安府山阳县人。康熙中诸生,官兵部郎中。

三月三日集万柳池

古人重上巳,祓禊临流水。本以除不祥,非作游观美。渺渺春女心,奕奕冶容子。采兰兼赠勺,风流不知悔。何如会兰亭?此事亦已矣。城南万柳池,风日佳无比。少长忽咸集,散步林皋里。聚饮水之涯,开襟情何已!月淡复烧灯,光辉彻花底。有兴一舒眉,人生行乐耳!

张 坊

张坊,字谯源,一字表民,清淮安府山阳县人。康熙中诸生。张鸿烈子,早卒。著有《谯源诗集》。《山阳县志·文苑》有传。

七夕曲江楼

密柳丛篁拥一楼,碧溪新涨入初秋。争言问渡当兹夕,谁复浮槎续旧游!
云隐长河看漠漠,月来高阁故悠悠。赋惭庾谢空凭眺,乞巧无心祝女牛。

元宵集天祐堂观灯怀家大人京邸

积雪才消启夕筵,轻寒帘外远浮烟。春来明月三分夜,人醉银花万树天。
眼底琴樽仍旧物,灯前箫鼓又今年。长安极北遥相忆,朝罢裁诗兴渺然。

戴 晟

戴晟,字晦夫,号西洮,又号唐器,清淮安府山阳县人。康熙中诸生。著有《寤砚斋集》。《山阳县志·文苑》有传。

东庄观荷

负郭沟塍曲,圆荷间稻畦。近风翻白纻,映日舞清溪。
侧想香粳熟,欣看碧叶齐。晚凉高兴发,属和有新题。

七夕后集藉湖草堂

一轮犹未满，四乡已清光。碧叶明如镜，红花暗有香。
微风来几席，片刻异炎凉。知己悦情话，深深月转廊。

邱 回

邱回，字迩求，清淮安府山阳县人。康熙中附贡生，邱象升子。乾隆元年(1736)举博学鸿词。著有《翼堂诗集》。

秋日同人过湖心寺

久忆湖心寺，招寻到渡头。霜浓秋水落，村远曙烟收。
渺渺长淮岸，飘飘一叶舟。已无尘世意，云树不胜幽。

题漂母祠

楚汉烟销世几新，荒祠犹寄古淮滨。寒云野水三间屋，白发青裙一代人。
竿首饥乌啼落日，阶隅断石卧荒榛。一言直下英雄泪，千古人思荐渚蘋。

题宴花楼次皇甫茂政赵承祐韵

其 一

淮干南向古城楼，暇日支筇到上头。东望潮涛应近海，西看萧苇不胜秋。
苍茫远带孤村影，凋敝谁宽圣主忧？不敢临风发长啸，恐惊人谓我何求。

其 二

太守行春列画船，名贤招集此开筵。千行柳色涵新雨，一片湖光接远天。
鸿爪尽消沙溆上，渔歌还起戍楼边。风流胜会谁当继？空自凭栏忆古年。

刘永祺

刘永祺，字颂眉，清淮安府山阳县人。康熙中诸生。

西 庄

西庄竟夜雨，户外即维舟。绿野平翻浪，黄云尽覆流。
农归迷故径，渔去没中洲。何日疏沟洫？年年乐有秋。

刘中柱

刘中柱，字砥澜，号禹峰，清淮安府山阳县人。康熙后期由廪生授临淮县教谕、国子监学正、兵部主事、户部郎中，督京仓，有清望。出守真定府，后以老乞归。

湖啸叹

其 一

盲风吹浪高于山，洪泽东下翻狂澜。蛟龙鼓鬣走万顷，尽驱平地如海宽。

其 二

河伯仗剑排云下，雷师弯弓四面射。下土作孽天降诛，湖村不使留片厦。

其 三

银沟集上屋压屋，金钗涧里无人哭。艾塘庙接吕梁桥，家家裹束波间宿。

其 四

可怜命忽伤黄泉，昨日湖边炊晚烟。扬帆打鼓官船来，犹望船头呼报灾。

张 坦

张坦，字步周，清淮安府山阳县人。康熙六十年(1721)诸生。

爱莲亭

水国开精舍，清机处处流。鱼知庄子乐，鹤爱远公幽。
古岸新苔滑，斜阳老树秋。莲心尘不染，坐对近芳洲。

杜首昌

杜首昌(1643～?)，字湘草，明末清初淮安府山阳县人，出生盐商之家。嗜书史，不计生业，家有绾秀园，水石花草，胜甲一郡。善行草书，工诗词，卓绝一时。因“黄鹂养就娇情性，骂得桃花没处飞”之句，被艳称为“杜黄鹂”。崇祯十七年春，福王避难居其园中，见杜妹极美，能琴能棋，遂订婚约。杜首昌入清不仕，游历他乡，家遂败落。有《杜稿编年》《绾秀园诗选》等。

珠湖泛舟遥望韩侯钓台

溶溶春水生，浩浩晴波阔。中流恣夷犹，心眼顿开豁。近舟鸥鹭狎，跃且鲂鲤活。微风淡轻云，天宇净毫末。沈酣发啸歌，淋漓兴泼泼。平时苦拘束，顷刻尽摆脱。颓放任诗狂，吸吞快酒渴。不谓文士饮，气能大将夺。韩侯盖世勋，千载叹短褐。岿然一碑存，遐瞩增忉怛。良宴本图欢，长喟临风遏。舟迥隔岸林，夕阳刚半抹。

早春忆止园

名园正放及时花，屐齿轻轻惜草芽。鱼怯微寒藏暗水，鸥乘新暖浴晴沙。
金尊满引雕栏曲，锦缆徐牵画舫斜。风景分明才到眼，云山遍向意中遮。

栎园先生枉驾荒园适予往谒不遇

晨起荆扉带露开，松阴满径湿生苔。短筇才向牙樯去，高盖偏寻土室来。
青草停车辉陋巷，白云出岫隔荒台。浣花曾有严公到，只愧当时杜甫才。

山紫湖晚眺

归渡丝丝闹渡头，去舟不断又来舟。闲情只合贪烟水，立尽斜阳得自由。

邱起元

邱起元，字珠岩，清淮安府山阳县人。诸生，康熙四十四年(1705)南巡，召试诗赋第一，取入内廷供奉。著有《江峰集》。《山阳县志·文苑》有传。

过平河桥

一棹四十里，万柳遥村碧。鸡犬声嘈嘈，居人欢日夕。稻香出南亩，何如天子泽？我亦农家流，二顷谋未获。今且过江去，锄犁暂时释。

渡　河

出门三十里，破浪渡黄河。气与波涛壮，诗兼雨雪多。
前途逢雁影，旧隐愧渔歌。聊复乘风去，天边试一过。

周云书

周云书，字霡侯，清淮安府山阳县人，主要生活于康熙年间。有《栎村诗集》。

漂母祠

辘釜不幸遇邱嫂，餔食又有亭长妻。箪豆自是寻常事，俗态往往呈须眉。况乃妇人何足校？益见漂母胸怀奇。诸母皆漂身寂寂，一母饭信名巍巍。千秋庙貌几修饬，四方行客来瞻依。穷途屡下志士泪，高义犹感愚氓唏。盘餐置壁事已古，贳酒折券同堪咨。母也又胜王与武，岂因见怪捐金资。嗟乎！英杰坎坷人不识，轑釜蓐食将安归？

淮阴侯钓台

留得空台震古今，天生伟器岂湮沉！分蛇逐鹿垂纶眼，背水囊沙擘饵心。
他日重瞳隳百战，当年一饭胜千金。不因奋迹风云会，入市宁辞胯下侵。

撒文勋

撒文勋，字尧庵，清淮安府山阳县人。生活于清康乾间。

万柳池小集

云水清环处，飞觞引兴长。柳塘莺语碎，花陌燕泥香。
地拟辋川胜，人同曼倩狂。醉来归路寂，明月照沧浪。

按：万柳池在淮安府城西南隅，紧傍运河堤，即今月湖，是历古之名胜，为千余年来文人雅集的佳处。

丁　潍

丁潍，字密州，清淮安府山阳县人。雍正六年(1728)诸生，乾隆四年(1739)进士，曾任福建长汀知县。

雪后与友人望山子湖

其　一

江城雪尽冷初消，湖上冰开水面遥。闲与故人看霁景，春风缓步度三桥。

其　二

桥外垂杨渐吐丝，新街两岸景舒迟。剧怜一派通源水，问道源头总未知。

丁　淮

丁淮，字桐岩，丁潍弟，清淮安府山阳县人。

暮经钵池山

风细翠烟轻，四周湖水平。夕阳清磬响，柳外晚啼莺。

吴宁谧

吴宁谧，字静公，清淮安府山阳县人。康熙二十三年（1684）举人，选广德州学德正。著有《铸错轩稿》《桐川乐府》。《山阳县志·仕绩》有传。

雪中渡河

三月渡河河水平，六月渡河水泊城。北风今夜冰片大，船小畏冰不敢过。打冰开，渡船来，中流索钱声喧豗。雪不住，日将暮，解囊添钱求速渡。

过板厂西街访万年少隰西草堂故址

野水残云外，沙门慧寿居。此间留别业，岁晚伴樵渔。
地僻经过少，年深巷陌虚。夕阳空徙倚，谁为一回车？

倪典学

倪典学，字灵次，清淮安府山阳县人。康熙三十五年（1696）举人，选长洲县教谕。《山阳县志·仕绩》有传。

赋得春水满四泽

春入阳初上，陂塘望不穷。催花连夜雨，解冻及时风。漠漠孤村外，粼粼夕照中。鸥群舍南北，鱼戏沼西东。堤柳连根绿，溪桃倒影红。山庄纡径入，花屿小桥通。苔曳依兰桨，云轻送箬篷。短蒲滋近岸，芳草界长空。河灌将无异，仙源渺不同。暄和看谷雨，播种便田功。

乙卯冬程君亦僧邀集娱轩未赴次迩求韵

老懒城闉出未能，觉来高卧逊高僧。已闻白足堂堂去，安得生公细细承。
水阁留宾多旧雨，南邻荒圃怯春冰。追欢犹记繁华事，星灿珠联斗宝灯。

卢景抡

卢景抡，字东生，清淮安府山阳县人。康熙中诸生。

庚戌大水免赋

蠲赋前代有，圣主独全除。不惜金钱匮，唯忧蔀屋虚。
鞭笞应暂歇，膏血得留余。下里惟相庆，攒眉是吏胥。

邱如升

邱如升，字养正，清淮安府山阳县人。贡生。湖广常宁县知县，升巩昌府靖远同知。

春郊烟雨

万绿重重隐郡城，满溪春水拍堤平。杨花落尽萍初合，一路莺声带雨声。

刘汉中

刘汉中，字勃安，一字拙安，清淮安府山阳县人。康熙中岁贡，选东流县训导，不就。有《颂酒诗文集》。

过淮阴侯祠

人杰起淮阴，项嬴成裂瓦。身后留荒祠，何有椒浆泻。
冕服观健儿，庭楹嬉系马。谁为王孙哀，扫除将彗把？

上巳同诸友坐紫霄宫

城隅晴丽踏青莎，道院兰芳适兴过。静许古琴横几对，香随佳茗入瓯多。
不须曲水谋修禊，却羡临池可换鹅。方外浑然忘坐久，邻园新月挂藤萝。

沃　乐

沃乐，字韶音，清淮安府山阳县人，康熙中诸生。

淮阴侯钓台

淮阴城下水弥弥，国士当年抱钓丝。寄食已惭亭长妇，带刀还怯市中儿。
鳌归龙伯登坛见，网设渔且蹑足危。何似富春江上客？羊裘不易帝王师。

田兴助

田兴助，字九一，清淮安府山阳县人，康熙间人。

景会寺秋日

寥寥人事外，寂寂寺楼中。阶草荣枯异，秋云淡宕同。
凉生一夜雨，梦醒半窗风。不是忘情境，须知境本空。

杨哲夫

杨哲夫，字存愚，清淮安府山阳县人。康熙中诸生。

枚皋旧里

荒凉文馆是耶非？汉代才名间世稀。芳躅已随秋草没，故居犹见白云飞。
何尝宣室无明主？闲置梁园等布衣。惆怅长堤求往迹，深情无限对斜晖。

王　灿

王灿，字射九，清淮安府山阳县人。康熙中邑禀生，巡按王雷臣孙。著有《问津堂集》《滇行草》《庚戌集》《耕亩杂草》。《山阳县志·文苑》有传。

黄淮并急三城索土堵门有感

万里源长流万派，一方独汇此狂澜。浊黄清泗蛟龙怒，荡地兼天星斗寒。
不惜斗金排黑浪，却教三户借泥丸。刍荛纵有绸缪计，无子空秤巧妇难。

许其恕

许其恕，字忠行，清淮安府山阳县人。约生活于雍正乾隆年间。

淮阴侯故城

我仪淮阴侯，因访淮阴市。淮阴旧筑城，乃在清淮汜。帝能将将国士死，从此孤城没蒿藟。汉家宫阙四百年，铜驼一卧荒烟里。废垒鼪鼯安足论？仰天握手诃青史。我来何处吊渔竿？长恐泪溢台前水。

刘伶台怀古

晋魏方忿争，中原日涂炭。名贤甘隐迹，铩羽悲中散。养生适得死，沉醉不知乱。伟哉刘伯伦，兀然释忧患。雷霆不足惊，羁绁何能绊？韬精托晦冥，高风留傲岸。此地景芳躅，筑台临河畔。黄河辞故道，沧桑几更换。山林互明灭，瓦砾滋散漫。风流未泯没，千载增浩叹。

戴　暲

戴暲，字闇士，晦夫弟，清淮安府山阳县人。著有《怡斋诗集》。《山阳县志·文苑》有传。

东庄夏日

村户无人至，时开箧内书。饭炊登陇麦，羹斫落潮鱼。
邻纺闻风外，农耘督雨余。夜来仍犬吠，歉后少宁居。

东庄晚晴闲步

雨歇断虹明，斜阳放晚晴。未辞芒屦湿，稍觉葛衣轻。
沟水竞长往，田畦底不平。已忘归路远，树杪月痕生。

依绿园

秋水浮亭榭，凭栏面绿漪。露荷犹剩叶，风柳不多枝。
径仄依廊曲，岑孤蹑磴危。望中饶野趣，芦荻隐茅茨。

王景灏

王景灏，字亦梁，清淮安府山阳县人。雍正十二年(1734)诸生，乾隆间岁贡，赣榆县学训导。著有《亦梁诗草》。

初到河口过天妃庙

闻道河流险，今瞻庙貌崇。丹楹争焕彩，飞阁欲凌空。
地镇鲸波息，勋侔禹迹隆。汤汤千载是，俎豆共无穷。

湖堤晚行

水啮荒堤一线浮，河湖夹岸尚争流。洪涛怒激鱼龙跃，浊浪惊添风雨愁。
四野渺茫迷去路，千川弥漫失平畴。沙洲一点明渔火，策蹇何心更逗留。

吴　江

吴江，字岷山，清淮安府山阳县人。雍正中岁贡，官丹阳训导。

墨池怀古

池头水落径苔荒，翰墨犹争日月光。定有蛟龙潜夜雨，非徒碑碣饱秋霜。
近城灯火分渔艇，傍塔烟云绕佛场。海岳风流谁接武，诗文今喜遇欧阳。

边寿民

边寿民(1684～1752)。初名维祺，字颐公，号苇间居士、绰绰老人。清淮安府山阳县人。康熙四十三年(1704)诸生。善画花鸟、山水，尤以画芦雁驰名，有“边芦雁”之称。工诗词、精书法。和郑板桥、金农等人齐名。著有《苇间老人题画集》等。

芦　雁

其　一

三三两两傍芦花，风湛寒江月净沙。多少孤舟未归客，十分秋思在天涯。

其　二

板桥一曲水通村，岸阔沙平绿有痕。我画芦雁求粉本，苇间老屋日开门。

其　三

孤飞随意向天涯，却傍江湖觅浅沙。恐有渔舟邻近岸，几回不敢宿芦花。

任 瑗

任瑗(1693～1774),字恕庵,号东涧。清淮安府山阳县人。年十八,不应科举,讲学静坐三年。后又改治程朱理学。乾隆元年(1736)应博学鸿词试罢归,遂决志不复出。著有《纂注朱子文类》《论语困知录》《易学象数传心录》《六溪山房文稿》《六有轩存稿》等。

金 山

江流忽辟易,天际袅烟鬟。樵路钟声外,僧帆树色间。
月明龙入钵,潮落鹘归山。何日辞妻子,丹砂驻暮颜。

游栖霞偕若衡兄作

好穷奇绝境,特地上峰巅。瀑响三秋雨,松含六代烟。
山多皆拱寺,江远欲浮天。愁绝区中事,相留可判年。

寄答遂堂先生

忆坐冰斋夏日凉,归来两见菊花黄。怀奇敢望孔文举,推毂还闻盛孝章。
鸥梦不知江水阔,鸿音时隔岭云长。可知寂寞墙东客,录尽床头种树方。

田 家

柳阴荷锄归,豆荚未出土。呼儿夜饭牛,昨宵有微雨。

程晋芳

程晋芳(1718～1784),初名廷璜,字鱼门,号蕺园,安东籍,长居淮安府山阳县。清经学家、诗人。乾隆三十六年(1771)进士,由内阁中书改授吏部主事,迁员外郎,被举荐纂修四库全书。家世业盐于淮扬,殷富。与商盘、袁枚相唱和,并与吴敬梓交谊深厚。著述甚丰,著有《蕺园诗》30卷、《勉和斋文》10卷等。

饮席既散复与家侄瀣亭口亭登餐胜阁玩月泛舟珠湖作

歌阑灯火歇,宾主也余欢。登高望素月,清气在林峦。惬此酒人怀,旷彼物外观。芳塘明夕景,平波试迴沿。樵风响远音,丛筱淡疏烟。中流任容与,闲话羲皇年。但觉夜钟永，不知风露寒。他时续幽思，澄水垂纶竿。

中秋同人泛舟珠湖作

新霁逢佳节，疏舲且共扬。人皆待明月，我独恋斜阳。
水阔芦初白，天寒菊有芳。依依几株柳，暮色似横塘。

甓社舟中

泽国苍茫里，云帆一叶过。亭荒秋树少，湖润夕阳多。
渔舫有时集，劳人何处歌。依依淮浦月，相送耿金波。

阮葵生

阮葵生(1727～1789)，字宝诚，清淮安府山阳县人。乾隆十七年(1752)举人，二十六年(1761)进士，官至刑部右侍郎。有《七录斋诗文集》《茶余客话》。

忆勺湖草堂歌

朝宗门西荻花白，湖光一曲环城碧。虹桥宛转浸玻璃，鹤观櫹槮围竹石。忆昔潇湘使节旋，先公解组赋归田。绛纱列坐多才士，白社论文尽少年。少年意气都宏远，永战谁甘旗鼓偃。丽句流传速置邮，奇文欣赏荣华衮。命俦啸侣唱喁于，大雅轮教我辈扶。客爱雕华刘孝绰，人传清俊庾肩吾。风流文采掩当代，青紫从来轻一芥。时逢丞相小车来，屡解尚书苍玉佩。十年家法奉经师，出门遇合契针磁。轺车争写芙蓉句，馆阁传抄芍药词。当时未识欢娱好，宦游始觉乡心绕。下山泉异在山清，出岫云怜归岫少。南北东西马首分，荷衣焚尽愧移文。中年丝竹愁安石，陈迹彭殇怆右军。惨绝中年归雁塞，跣奔夜月麻衣坏。蒿里闻讴恨未休，蓼莪读罢诗从废。寝门挥泪尽孤寒，湖上祟祠垩艭丹。履迹衣香思缥缈，天光云影水弥漫。水云深处藏林屋，影堂经舍森花木。霜露浸门蚀藓苔，春秋荐果闻歌哭。故国归来百感纷，重提往事杂悲欣。晚年得士逢张尹，世讲论交拜纪群。一声风笛三篙水，又促邮签戒行李。江头空盼绿鳞笺，勒尾重题金凤纸。桃源前度忆刘郎，聚散飞况事不常。海内兄弟烦折柬，天涯风雨复联床。萍梗相逢忍相别，絮言软尽心如铁。政事文章两不成，尊前怪我头堆雪。诸公才调擅严徐，出处行藏道岂孤。冰清河润留循绩，虚谷荒江好著书。回首松楸泪痕湿，西风独向苍茫立。卅载真惭读父书，一椽虚拟戴僧笠。湖边风景有谁争，辜负儿时诵读声。草堂东畔余蔬圃，欲荷鸦锄约耦耕。

吴初枚

吴初枚,字冠雅,号寄天,清淮安府山阳县人,吴玉搢之子。乾隆中诸生。著有《寄天诗剩》。

襄　贲

旧日襄贲县,苍凉近若何。尘沙官道迴,葭苇邑门多。
古堞平荒草,秋涛起大河。真应泣釜底,行客那蹉跎。

按:襄贲:故城在安东治北。刘宋泰始中侨置。

涟城晚眺

古堞枕黄河,招邀试一过。乱云堆嶂岭,浊浪走蛙鼃。
尚有乘槎志,还愁瓠子歌。那堪回首处,带郭满烟波。

涟水米公祠

米公祠庙枕荒丘,遗迹争夸旧郡侯。一代声名成放旷,千秋图史足风流。
门余断碣昏斜照,鸦向闲庭噪晚秋。曾是昔年文酒地,只今行客不胜愁。

寄王凡仲

凡仲名邦杰,镜湖先生次子,邑诸生。

三世文章共切磨,廿年风雨日经过。情联骨肉猜虞断,活到穷愁涕泪多。
尚喜中年结衡宇,何当小别阻关河。评花斗酒寻常事,为尔懵腾减啸歌。

程国耆

程国耆,字霞起,号锦沄,清淮安府山阳县人。乾隆间人。

题韩侯钓台

丰碑屹立大河隈,怅望王孙旧有台。一剑已随亡鹿去,千秋还羡钓鱼来。
身悬楚汉争相倚,功胜萧曹合见猜。莫问将坛何处是,烟波沙鸟足徘徊。

刘培元

刘培元,字万资,清淮安府山阳县人。曲江十子之一。

韩侯钓台怀古

王孙沉迹方数奇,城隅垂钓聊尔为。一朝登坛作大将,兴刘蹙项凭驱驰。鼎足三分谢不取,羞与绛灌为等夷。功名若复保盈泰,当同吕望垂磻溪。不尔辟谷随黄石,犹令严濑方清规。被诬授命在长乐,仰天叹息心谁知?蒯通就捕为争辩,当年反状犹传疑。呜呼临风吊国士,空台屹立何崔嵬!

周台孙

周台孙,字味莶,号梅居、宣衡,清淮安府山阳县人。乾隆十四年(1749)诸生,著有《绿满山房吟稿》。

过张岸斋太史宅

两水湾环太史家,门临北郭带烟霞。风流消息无人问,破壁残亭点落花。

按:在淮安河下。

丁玉衡

丁玉衡,字小山,清淮安府山阳县人。乾隆二十年(1755)诸生。

回施庵寓楼

古寺有高楼,巍然镇灵鹫。天涯一散人,居此旦复昼。虚窗对水开,老树迎堤秀。西北近重关,东南俯斥堠。落日过轻舠,欸乃声急溜。于此豁幽情,倚栏听涛吼。皎皎风月清,萧萧雷雨骤。悲喜两萦怀,起伏无终究。世事自古今,登临何先后。长往发清吟,白云杳楚岫。

朱善正

朱善正,字建中,清淮安府山阳县人。乾隆间诸生。

游钵池山

翘首云烟外，登临坐翠微。萧条存古寺，冷落见村扉。
地僻仙常住，林疏鸟乱飞。相逢唯野衲，谈笑任天机。

常 循

常循，字箴传，号怡庭。清淮安府山阳县人。乾隆三十年(1765)拔贡，三十三年(1768)举人，三十七年(1772)会试中正榜，任国子监助教。《府志》有传。

高丽古鼎歌

古寺氛氲白云起，仿佛来游汾水沚。宝鼎传留镇化城，铜斑苔藓映犽豝。缤纷四面瑶草青，晶莹百斛龙文紫。于今法物辉诸天，当日异珍历万里。唐宗用兵致远物，宋祖檀施博禅喜。菌蠢犹涵辽海云，玲珑时杂天花芷。况复时代阅千年，剥蚀遗形益奇诡。豕腹空蹲飞宝盖，玉铉徒存缺金耳。几回抚玩重徘徊，古之鼎无乃是。

吴 进

吴进，字揖堂，人称飏村先生，清淮安府山阳县人。乾隆中诸生。有《一咏轩诗草》《射阳四先生诗选》《续山阳耆旧诗》等。

夜泊安东柴市

旅泊天将雪，风威欲冻河。伤脾碎晚食，怀闪厌人歌。
小市张灯少，穷乡吠犬多。到家公百里，偏觉有蹉跎。

按：柴市在涟水县境内朱码镇。

忆一蒲庵(并序)

庵在平桥河西，去郡城四十里。殿宇草阁十数间，为阎再彭先生筑。栽花种竹，一鹤一僧。良辰，先生拿舟约同望社诸子觞咏其间，与张虞山、靳茶坡两先生过留尤殷。此前辈事，追慕以赋。

幽暗绿阴深，郁郁湖边树。门外水空流，无人鹤自步。衔杯坐高阁，远望绡帆去。境旷怡心神，情闲得佳趣。客散留僧房，一月犹栖寓。以此绝人寰，聊为偃息处。

忆一草亭

旧日亭何在，人言枕市河。晚风花气冷，秋雨树声多。
醉后犹开瓮，愁来亦放歌。二三白社子，霁月坐藤萝。

按：一草亭乃明山阳文士倪之煌所居，在淮安旧城西门外。

春晚过爱莲亭

禅居自寂静，况复绕清流。花润非关雨，亭寒不待秋。
疏钟鸣碧殿，孤鸟宿芳洲。归棹迟迟发，言乘素月游。

过通源寺

露重晓光浓，清香满院中。殿高先见日，林密细含风。
瀹茗留幽客，传灯忆远公。关津门外近，水长见船篷。

吴之榕

吴之榕，号南林，字荫千，清淮安府山阳县人，居海州。乾隆诸生。有《南林诗抄》。

过涟城

纵棹来涟水，桃花满渡头。春风空自好，落日易生愁。
浪横孤城险，云封古塔幽。墨池何处问，芳草乱烟稠。

杨　禾

杨禾，字稼轩，清淮安府山阳县人。乾隆中国子监生。著有《寒窗唱和诗》《邗江游草》。

喜宫霜桥至

稼轩诗已佚矣！窃尝悼之。存此一章，真气磅礴，声色嗅味，足以窥见一斑。霜桥名国苞，泰州人，诗才画笔，异日亦可载入流寓。

相逢唯一笑，入座即挥毫。旅况尝应尽，狂吟兴转豪。
虚堂鸣古剑，冷月照青袍。莫问生涯事，烧灯醉浊醪。

金 坦

金坦,字易斋,一字爱吾,清淮安府山阳县人,乾隆五年(1740)诸生。

韩侯钓台

钓台何所在,千古枕淮流。汉主多芳饵,王孙但直钩。
云雷方渭水,风雨愧羊裘。残碣孤城外,空标位列侯。

漂母祠

亭长妻无识,刘家后寡恩。千秋重漂母,只眼饭王孙。
高谊须眉愧,明禋俎豆存。当年若受报,此事不堪论。

卢 涌

卢涌,清淮安府山阳县车桥人,潘德舆舅氏。

河兵谣

黄河之水天上来,洪湖东汇趋蓬莱。运道上下此要塞,宣防调剂须奇才。我昨经河渚,河兵与我语:“今年夏徂秋,湖河幸安堵。”湖河安堵民欢悦,其奈河兵衣食绝。那似前年与去年,土方秸料皆金穴。河流保障重阳后,桃北睢南不可救。纵然运道无龃龉,赤子沉灾遭躏蹂。河不决,河兵愁,河既决,淮民忧,民忧兵愁谁复论,莫求治法求治人,到今犹颂潘与陈。

沃 林

沃林,字松亭,清淮安府山阳县人,乾隆二十三年(1758)诸生。著作有《秋心集》。

草湾四时即景

其 一

晴烟袅袅覆群芳,万树垂杨抱玉妆。流水桃花春未老,黄家园上好风光。

其 二

浓阴一望绿迢迢,团扇清谈影动摇。万点萤光浮水面,晚凉人立天平桥。

其　三

长堤如带好徘徊，漠漠寒烟雁阵来。秋水伊人情更远，吟魂遥寄碧云隈。

其　四

霜林鸦背夕阳红，飒飒初闻凛冽风。万里同云千树雪，卷帘人在玉光中。

杨其禄

杨其禄，号绰园，清淮安府山阳县人，乾隆中岁贡生。

榷使唐沈阳夫子会课春风亭咏红白荷

其　一

清随冶萼点疏霞，十里赪云护若耶。浥露艳生歌管席，凌波香送小姑楂。
鱼衔倒影红衣动，风卷明妆绿扇遮。谓是亭亭翻绮丽，横拖宫锦碧池斜。

其　二

拂拂清风泛水滨，高枝唯染露华新。香生别院人如玉，波静中宵月似银。
仙侣洞中千岁种，太华峰顶十分春。灵源为濯脂痕净，细袖摇舟妬素贞。

汪廷珍

汪廷珍（1757～1827），字玉粲，号瑟庵，清淮安府山阳县河下人。乾隆五十四年（1789）第二名进士，授编修，历官礼部侍郎、翰林院掌院学士，协办大学士兼礼部尚书，赠太子太师，卒谥文端，入乡贤祠。著有《实事求是斋诗文集》。《清史稿》有传。

题柳衣园

波图乡思总依依，碧水沿门柳映矶。头白已沾三月絮，汁青曾染几人衣。
梁园宾客空遗迹，张绪风流早嗣徽。何日扁舟访幽野，绿荫深处咏遗晖。

阮钟瑗

阮钟瑗（1762～1831），字次玉，号定甫，淮安城人。清嘉庆中岁贡生，“蹈省闱十六次，五荐不售”，在家继承祖业。能诗文，有《修凝齐集》。

楚州太守行

虬须太守猛如虎，黄堂统如昼击鼓。县官狐鸣假虎威，磨牙握爪噬童羖。诜诜胄子泽官士，习射圜桥方注矢。府贴一纸下庠门，后先对簿来何驶。相见无言勃然怒，声声鞭扑如雨注。一挞一十有七人，校官手颤不得住。孱躯股裂无完肤，有口轄噤不容诉。我怜校官工脂韦，君家先贤士所希。学道爱人有明训，不师乃资夏楚威。此曹贪婪莫须有，胡不别白明是非。明日戟辕众哀吁，羽书飞下诘其故。太守虎踞不自安，扬帆潜向虎邱去。

竹枝词

篆香楼畔采莲歌，莲叶田田醮碧波。到此只应忘暑气，水心亭子受风多。

盛大士

盛大士(1771～1836)，字子履，号逸云，清镇洋(今江苏太仓)人。嘉庆五年(1800)举人，官山阳教谕，诗、画俱佳。有《蕴素阁集》《溪山卧游录》。

鬻孙谣

淮滨老翁发垂耳，冻瘢黧黑饥欲死。庸耕儿子惯作苦，忽遇时疫竟不起。两孙大者八九岁，幼者尚在襁褓里。可怜逋债逐岁增，终日叩门闻厉声。幼孙乳哺不忍弃，携其大者来入城。儿妇牵衣拦路哭，翁亦垂泪泪盈目。论价无心较重轻，但求少贷鞭笞酷。临行回首重提携，饷以饼钞聊充饥。分衢南北望不极，彼此一去无消息。荒郊日夕下牛羊，淮流呜咽人断肠。仰视飞禽举双翼，安得引孙置翁旁。归来邻舍诉凄恻，掩泪相看问价值。却因同病更相怜，灯火黄昏少颜色。东家鬻女钱数千，西家鬻男钱数百。咒梵骨肉不相保，生男不如生女好。鬻女可支一月粮。鬻男只供几日饱。如翁衰病面枯槁，卒岁何能免饿殍。摇手禁口毋多谈，门外追呼又奔扰。

淮阴竹枝词

迢迢驿路白云隈，风色津亭暮鼓催。忽听樯乌声不断，前头可是豆船来。

李宗昉

李宗昉(1779～1846)，字芝龄，号靖远，清淮安府山阳县人。嘉庆七年(1802)进士第二名，官至礼部尚书。著有《闻妙香室诗文集》24卷、词1卷，《黔记》4卷，《致用丛书》17卷。

王子乔丹井

丹成何处觅仙才，俯览人寰首重回。尘世空争鸡鹜食，灵泉唯傍凤凰台。

犹传锦水成三色，好共云浆酌一杯。日暮桔槔声四起，机心多愧药炉灰。

注释：灵泉指钵池山丹井。旧传丹井未涸时日变三色。

潘德舆

潘德舆(1785～1839)，字彦辅，号四农，别号艮庭居士、三录居士、念重学人、念石人，清淮安府山阳县车桥人。道光八年(1828)解元，为嘉、道间著名学者、诗文家。著有《养一斋全集》传世，包括诗10卷，文14卷，《念石子》1卷，《丧礼正俗》1卷，《诗话》13卷，《词集》3卷，《札记》9卷，《示儿长语》1卷，《金壶浪墨》1卷。《清史稿》有传。

寓　感

其　一

中年忧乐多，陶写赖丝竹。谁传淡荡人，尚未恬幽独。矧我侘傺久，欢场弥局促。闻歌唤奈何，乱我肠九曲。象板催清尊，华筵列明烛。平生未得志，安用娱耳目。

其　二

河梁咏残月，望舒今已圆。不见离亭人，溪童哄村烟。击鼓复扬旗，酬饯会中元。象教吾不知，人乐当如年。转思羁旅悲，不若安园田。马牛任人呼，鹿豕与往还。亲友无离别，岁月凭推迁。肥遁策不就，身世真茫然。

其　三

平生爱佳士，心许辄不疑。但觉所爱人，吐辞皆珠玑。我心纵明镜，古念几西施。况出尘匣中，何能别妍媸。媸妍信难别，金石岂可移。居不羞敝庐，行不更故衣。既为漆与胶，缠绵何已时。

其　四

燕齐越千里，怀古恨倥偬。不见古伟人，但见岸旁冢。迟暮名未立，倏忽亦邱垄。眷彼柏下人，迈征得不勇。荒哉一死生，墓木壮已拱。

其　五

荡我万古胸，登彼百尺亭。亭下何所有，水绕沙邱城。秦皇击六国，威力如怒霆。厥终一壤土，野火奔狐麢。我来眺空阔，万物皆蓬萍。北去卫水浊，南来汶流清。清浊尚混淆，盛衰何定形。仰首语飞鸿，吾意其冥冥。

其 六

雕俎集飞蝇，麾之复来前。醯鸡既处瓮，瓮外原无天。拘挛在真性，变化真无权。我心爱远游，衰疾来牵缠。形病不足忧，神病殊可怜。低首愧渊鱼，举首惭天鸢。

过匡衡故里碑下

大儒盛时栋，伪儒衰世珍。西京雅重儒，鱼龙非其真。子政忠被谤，衡也坐秉钧。小心事权要，大言论妃嫔。儒者学何事，大节宜轮囷。哀哉匡张辈，所学岂不醇。经术与文章，无补瓦裂身。乃知患失念，六籍之荆榛。小雅好正直，垂诫何谆谆。说诗求解颐，知非鲠亮人。史笔既斧钺，丰碑何嶙峋。徒以汉丞相，震惊乡里民。车过仰天叹，我毋羞贱贫。

题俭卿袖海集

其 一

道古歧日多，华士逐曹好。吐辞利齿牙，陈编忍能盗。之子布经席，誓必入主奥。达用愿可酬，六合被雅诰。闭关偶高吟，万象一洒扫。本立末足观，小技验深造。

其 二

烟村夹东涧，我老着栖息。春风敷野花，淡泊久无色。夫岂甘泥涂，守故以量力。眼中百尺桐，盘盘半空直。此村应气运，清阴配槐棘。合听高冈音，钟鼓表风德。

其 三

赋质万不同，臭味岂阔远。一心斩荆榛，天许共文苑。君材俯众木，我亦奋锄垦。依倚二十年，分条合根本。君其益去莠，通力勉岁晚。忧道印所须，旁人怪缱绻。

秋夜就吴丈鞠通饮

秋阴暖西陆，万籁腾商声。黄尘起通衢，谁与宣精诚。我乡有高士，观物提鉴衡。入世蓄真气，七十如孩婴。感怆民疮痍，血泪相和倾。热心抱古痛，岂曰身命轻。我闻三太息，位贱犹怦怦。饮酒亦何好，不饮弥味长。道浅愁自多，假酒伸回肠。嵇阮岂酒徒，悲时亲醉乡。此郎根柢疏，所学难升堂。读书数十年，岂师晋士狂。岁月苦不居，世事真难量。丈人勿幽忧，月上姑倾觞。

赠丁郎

鸳雏产丹穴，被体皆文章。拊翼振奇采，老凤生辉光。吾友毓才子，成童如老苍。诗歌拟退之，欲与高颉颃。下笔恣瑰怪，语重声清锵。宾客各动色，之子洵超常。座间一老生，嗟赏词慨慷。相士数十年，到今增凄凉。今人不逮古，岂以才短长。高才博通人，过眼纷琳琅。惘然负所学，诵读成秕糠。善钧己录位，不使民物康。述作为一时，竞响犹蜩螗。遐观韩氏诗，余事非宏纲。忠义填骨髓，六经其肝肠。万死屹不动，纸上才轩昂。咄咄丁氏子,年盛不可量。安知厉风力,不如韩崛强。束发抗此志,进取乃古狂。老生为父执,贡谀理则伤。群鸟嘈汝侧,汝宜千仞翔。保兹威风德,世世称归昌。

摄山万松歌

三里不见寺,五里不见山。但闻松声谡谡起万壑,此身陡落波涛间。高者切汉应龙起,夭矫奇状鳞斑斑。下者依岩瘦鹤峙,腾攉逸翮神闲闲。烛龙照之不见底,空蒙庨窌一碧耳。冬春万古无衰颜,翠色蟠天停日晷。忽然幻作悬崖僧,长身峻骨头鬅鬙。忽然化成玉京女,婆娑绿发天魔舞。奇鬼搏人不可测,踞虎磨牙在咫尺。萧萧万马尾生风,如在沙场高处立。就中几树何瑰奇,枯干造天旁无枝。僧言六月雷霆火,往往黑夜搜蛟螭。我行到此神震竦,扑面凉飙兼雪涌。须臾直上登巃嵸,下视群山山欲动,万顷绿云飞滃滃。

梅花岭吊史阁部

江淮一旅勤王急,手捧虞渊将坠日。天使贵阳据奇货,潞王不立福王立。深宫歌舞夜达晨,老臣血泪沾衣巾。徒存正统春秋法,恐负师言社稷臣。四镇庸奴怯一战,啮指题书指骨颤。告身已付嗣子奔,有眼皇天存一线。哀笳数声血如雨,身作维扬城下土。耻言骸骨归故乡,以我衣冠还太祖。岭头日落啼神鸦,冠裳惨碧蕴泥沙。此邦性柔公使直,四时人拜霜中花。吾淮不祭典阙佚(公尝为漕帅,吾淮亦当有祠),圣朝特壮邗沟色。分明后死李庭芝,何必前身文信国。降臣借口救生灵,看取祠堂碑版明。从来信义立民命,一城效死是长生。

粮艘行

粮艘峨峨来上流,小船钻隙彳亍游。粮艘横行尾插岸,小船倡仄愁复愁。天际一舵落不测,以山压卵卵击石。樯欹桨折白版坼,性命泥沙在顷刻。东船西舫皆黎熏,吞声束手谁哀矜。达官来往不敢问,路人长忆长中丞。

按:该诗揭露官漕船兵弁欺压普通民船的专横场景。

登郡城楼

其　一

孤客登临迥,寒烟俯万家。人无徐泗悍,俗得广陵华。
燕马迎芳草,吴船送暮鸦。津梁只供给,本计在桑麻。

其　二

千里迢遥望,楼衔夕照昏。黄淮争此土,盐漕控中原。
驿走舆台急,城临棨戟尊。残冬濒海县,方待拊循恩。

韩侯钓台

滋溪八十竟兴周，功业全从一钓收。仗剑辱方来市井，垂竿意乃在王侯。
此公口口安知汉，蒯彻能谋忍负刘。秋水荒田回首恨，千年风景让羊裘。

顺河作

鸡声角角客匆匆，霜洗晨曦分外红。冰雪人须浑似雪，泥于马足欲生风。
小池犹泛江南鸭，远岸全栖塞北鸿。休更回头望乡作，计程明日已山东。

淮阴竹枝词

其 一

垂阳夹岸浮翠螺，听水听风劳者歌。试向荻庄深处望，帆樯争似乱山多。

其 二

女墙缺处野烟生，新旧城楼绕夹城。楼下水门舟一叶，略窥人影未分明。

其 三

冶游裙屐映缤纷，宛转红桥绿水痕。同看珠湖好明月，木兰舟过柳衣园。

其 四

郭家池馆藕花风，香在空蒙水气中。并舫似怜花解语，霎时鱼戏各西东。

其 五

十里邮亭两岸舟，春风送客宴花楼。夜潮好趁风帆利，似识明朝阻石尤。

其 六

新蒲入馔酒频携，歌管深宵醉似泥。一种离情消不得，劝君且莫啖秋梨。

按：荻庄在淮安萧湖上；柳衣园在淮安曲江楼侧；郭家池在淮安城西北隅；宴花楼在淮安城南门，唐时建。

村 居

十亩桑麻百亩田，人家一带簇溪烟。数声牧笛来何处？牛在斜阳坂外眠。

朱于宣

朱于宣，字惠方，号菘山，清淮安府山阳县板闸人。由教习授封邱知县，捐俸资修学校，劝农课桑，期年大治。嗣升北河同知，署开封府事。有《岱秀山房集》《吟湘集》《楚游草》。

过韩侯钓台

韩侯不得志，甘辱屠沽子。丈夫须真主，两君悬生死。背贵不可言，长揖谢蒯通。胡乃游云梦，鸟尽藏良弓。秋风吹浮云，长陵没夕照。鼓楫钓台下，河声流浩浩。

陈梅岑

陈梅岑，清乾隆年间长居淮安榷关。

淮安榷署夜坐

前喧鼓角后笙竽，识否朱门客思孤。千里清淮一轮月，藕花香里梦西湖。

读张继《枫桥夜泊》反意成一绝

雨不成丝柳带烟，暮天远水正无边。客愁最怕钟声搅，不向枫桥夜泊船。

吴景廉

吴景廉，字砺乎，清淮安府山阳县人。嘉庆中布衣，有《诗草》一卷。

甲申纪灾

筹定修防拥节行，欢言祖饯乐升平。堂中方说德星聚，湖上忽闻淮堰倾。
老弱伤心随逝水，乡园回首不聊生。下游一带灾尤甚，试听哀鸿雪里声。

许汝衡

许汝衡，字苹农，清淮安府山阳县人。嘉庆十一年(1806)诸生，道光五年(1825)拔贡，廷试授知县，改教职，选金匮训道，未任卒。能诗文，有《素位堂诗存》。

甘罗城

洪河日东驰，空城抱流水。谁锡甘罗名，楚州留遗迹。
寒庐落雁多，野树孤烟起。夜月女墙旁，清淮泻千里。

韩信庙

霜枫坐停车，古庙森萧瑟。高鸟时飞飞，钓竿冷秋色。

仗剑决成功，泛舟昧远识。伫钦国士风，千载悲钟室。

漂母祠

王孙自伤贫，母也慰潦倒。千金何足多，一饭微时少。
落日古淮干，饥驱感行道。寒流洴澼余，芳馨荐苹藻。

公路浦

昨发淮阴城，片帆下袁浦。黄河西北来，万里喧金股。
伫思匡亭拜，失势惭公辅。一误当途高，百身何足补。

北海碑

只树久不存，丰碑轶颜柳。为有北海书，草木死不朽。
如何赝易真，字体未分剖。神物会且归，著笔蛟龙走。

步骘亭

临湘本儒者，誉擅江东彦。授经方下帏，督兵自麾扇。
谁显将相名，三亭自昔建。惆怅故城南，断桥烟草遍。

按：《咸丰清河县志》记载："步亭在淮阴故县西桥南。"与韩亭、枚亭并称三亭。

九日偕焦文甫麓樵兄咬金墩

题糕何处不重阳？兄弟登高兴倍狂。风雨每随焦遂约，江山多为许浑忙。
凌云一著东山屐，醉月休空北海觞。归去不须伤往事，满城秋色树苍苍。

丁 晏

丁晏（1794～1875），字俭卿，号柘堂，清淮安府山阳县人。著名经学家。道光元年（1821）举人，官至内阁中书。晚年主讲丽正书院。著有《尚书余论》2卷、《石亭纪事续编》2卷。编有《颐志斋丛书》《山阳诗征》等20余种。又刊刻骆腾凤数学著作《艺游录》，"遗稿凡十余万言，俱手自缮写"。《清史稿》有传。

篆香楼看木兰游景会寺
至钵池山访丹台登显真亭

元巳约看花，羁绊忽牵俗。今朝寻胜游，春光快瞻瞩。木兰烂漫开，高柯出墙屋。玉碗堆繁英，双林攒簇簇。景会古招提，断碑没趺足。河决感沧桑，填淤塞平陆。钵池余一抔，冈峦若起伏。驾言访丹台，王乔亲受箓。鸡唱升云中，但闻松谡谡。道旁多回坟，方土自畚掘。至教日陵夷，花门肆邪曲。滋蔓怀殷忧，愚氓悲横目。徙薪早知几，燎原安可扑。吾爱山下人，齐力事耕筑。朝暾已灌园，夕阳犹叱犊。麦苗青于莎，菜花黄似菊。农圃倘可为，焉敢慕仙躅。

萧湖曲

萧湖之滨有曲江楼，始建于张鞠存吏部。中有依绿园、云起阁，楼东为黄兰岩观察止园。舫阁、梅花岭今皆废圮，唯岭形犹存一坏，俗所称黄家山也。楼后归岑山程氏，改名柳衣园，而曲江楼旧额犹存。程氏又对于湖起荻庄，敞厅飞阁，曲榭回廊，园亭之胜甲于吾淮。呜呼！使此园而易主，犹得为游观之所，燕集之区，在彼在此，自达观视之，则一也。乃一旦毁而为墟，以百有余年之名园，不三旬而划尽，过客经此，能无咨嗟！抚今追昔，作《萧湖曲》。

萧湖瑟瑟春波绿，中构名园曲江曲。飞檐架阁耸凌霄，水榭回廊三十六。自从吏部起新楼，金管词人擅胜游。萧山赋就明河曲，皓月连湖万顷秋[①]。园东对峙分林壑，观察兰巖开舫阁。翩翩公子亦风流，叠石玲珑香雪萼。梁园宾散铜铺关，一坏犹说黄家山。沈池寥落琴台在，裴第凄凉月牖残。岑山着姓来淮土，闻道名园易新主。玉山雅集延英流，放棹凭衿命俦侣。琴南太史忻周旋，水南道人雅相与。苇间画笔浩亭诗，白民素老高文许[②]。拍肩歌啸若神仙，觞咏流连自千古。旧游歇绝如云烟，鹾贾营构纷连骈。绮疏绣桷穷雕缛，馔玉炊金极毳鲜。荻庄元赏开游宴，春秋无日无华筵。龙舟竞衍深泅戏，鹊架争输下聘钱。晚钟已动犹未歇，宵深草露遗花钿。画船箫鼓笼纱蜡，金谷笙歌炫锦缠。可怜奢荡官盐坏，岂有台高能避债。瓦鳞鼠窜幕栖乌，舞榭倾摧蛛网挂。阮厨遗迹灶觚攲，日落阴房鸱鸟怪。雍门零涕曲池平，老妪悲啼居宅卖。划除砼砾剷土中，唯剩荒畦莳韭薤。只今茂草走秋磷，更有何人杯酒酹。富商别墅今颓垣，祚薄门衰不忍言。请君看取淮南北，不独萧湖一废园。

按：①毛西河《赋明河篇》有"明河将水荡为烟，皓月连湖泻成镜"之句。②园中联吟角艺，有程沆琴南、程嗣立水南、边维祺苇间、邱谨浩亭、周振采白民、王家贲素修诸老。

送关忠节公天培灵辆挽歌

呜呼人生孰无死，如公一死垂千秋。公今完节亦已矣，诸公后死徒含羞。男儿识得忠孝字，笑随老母归山丘。今夕是何夕，寒风砭骨凄深秋。烛龙晦蔽不敢照，浮云四翳纤阿收。三更迸落雨如注，鬼神饮泣天为愁。哀思只有士民送，如闻战马声啾啾。我来执绋一洒泪，萧萧白发嗟盈头。

淮安北门城楼新成金天德大铜钟悬楼上自天德辛未迄今甲辰六百九十三年余为《钟铭款识考》并系以诗

楚州屹立银铸城，谯楼巨丽鸠工营。上有洪钟悬桂栋，沈霾灰烬喑无声。我来拂拭忽披露，年几七百光逾莹。天德辛未辨题识，绍兴中叶工初成。九月霜肃炼始就，西方秉气乘金精。不与斋鱼饭僧寺，移来百雉辉雕甍。淮阴古郡连海澨，半天发响鸣长鲸。金源封号陀满氏，都统太守麾行旌。临安南渡日侵削，海陵肆虐驱民兵。是时奸相格天阁，未许施全斫长脚。金牌自坏万里城，朝议已成真铸错。骑驴老子隐西湖，丸蜡行人淹朔漠。闻钟皆作不平鸣，五夜凄凉风雨恶。鄂王碧血沈冤魂，津园艮岳如烟云。独留此钟映楼橹，铭辞镌自邳州军。兵燹历尽如有神，振威安远伊何人。北门管籥永呵护，铿然立横思武臣。

甲申十一月十三日纪灾

其　一

御黄未筑涨弥漫，沙垫置淤转漕难。启函不闻疏水势，堙流翻欲涤河滩。

杞人叹息忧方亟，漆室咨嗟泪暗弹。河伯汹汹频告警，太平宰相奏安澜。

其　二

羽檄飞驰报决防，犹闻歌吹宴华堂。徙薪世岂无先见，斩马人思请上方。

国帑难支愁未已，民生入告说无伤。襄勤一去知今日，洒泪祠前奠瓣香。

按：道光四年(1824)秋汛，黄河爆发特大洪流，殃及洪泽湖决口，苏北饱受涝灾。

黄以炳

黄以炳，字蔚雯，号少霞，一字退坪。清淮安府山阳县人。嘉庆十三年(1808)举人，官泰兴、金匮训导。著有《茗香亭诗集》《茗香亭词》。

过曲江楼废址

一溪寒玉淡斜晖，客到西园盖不飞。海内文章今日尽，眼前风物此楼非。

断垣淋雨无三尺，老树酣霜尚十围。欲问昔时觞咏地，画廊曲槛尚依稀。

按：该诗作于乾嘉之际。从诗中可见曲江楼已零落不堪，仅剩断垣残壁；稍早之诗人张坊《七夕曲江楼》诗："密柳丛篁拥一楼，碧溪新涨入初秋。争言问渡当兹夕，谁复浮槎续旧游！云隐长河看漠漠，月来高阁故悠悠。赋惭庾谢空凭眺，乞巧无心祝女牛。"

郭　瑗

郭瑗(?～1822),字芋田,号蘧蘧。清淮安府山阳县人。嘉庆五年(1800)诸生。与同里潘德舆友善。著有《寓庸室遗草》。

淮阴竹枝词二首

其　一

百子堂前湾复湾,天妃闸下浪如山。篙师鳞次踏霜立,小吏披裘放早关。

其　二

三汛防河桃伏秋,清江占得小扬州。长街也作繁歌吹,一斗黄金一浪头。

马如骏

马如骏,原名如凤,字仲骧,清淮安府山阳县人。嘉庆十四年(1809)诸生,道光间岁贡。

韩侯祠

城外荒祠隐暮烟,韩侯遗事说当年。举朝识士推萧相,终古明冤赖史迁。
相背言深空负友,杀身祸迫转疑天。英灵若细衡生死,吕后何如漂母贤。

周　澍

周澍,字雪坪,清淮安府山阳县人。嘉庆十四年(1809)诸生,道光间岁贡。著有《唾余诗存》。

河兵谣

耕凿老无力,去为河上兵。画看河水色,夜听河水声。河伯忽凭怒,驱涛响铿鍧。势猛不可撼,堤工危将倾。疾行报官长,官长怒且惊。嗔余不解事,浮言动愚氓。闻彼操觚士,方颂黄河清。

刘湘沄

刘湘沄,字汇三,清淮安府山阳县人。嘉庆十四年(1809)诸生。著作有《环翠堂诗集》。

清淮晓渡

城边啼早鸦，残月侵淮水。月外几晨星，落落犹可指。棹歌在中流，直下洪波里。风声兼水声，孤帆去何驶。四顾寂无人，水天净如此。顷刻度平川，渔舟接逦迤。回首望孤城，远霞天半起。

堤柳曲

其 一

种得垂杨傍岸西，人家一带淡烟迷。年年春满江南路，不见长条绿满堤。

其 二

纤纤弱柳自回环，浅绿轻黄古渡闲。堤上行人似流水，不须携酒唱阳关。

其 三

屈指韶华又几时，柔枝嫩叶舞参差。绿阴深护柴门迥，摇动春光是酒旗。

其 四

几度微风拂陌尘，香苞乍吐艳阳辰。长亭疏影藏鸦好，惆怅思思渡水人。

其 五

瘦叶青归绕玉楼，迎来骢马送兰舟。天公若解长条意，分付东风住到秋。

其 六

半眠半起画桥中，依倚离亭态最工。莫唱今宵残月句，闲愁无限入东风。

徐登鳌

徐登鳌，字子切，一字墨南，号海峰，清淮安府山阳县人。嘉庆十七年(1812)诸生，道光二年(1822)举人，江浦教谕。有《海峰诗抄》《虚白室诗草》《惜间剩稿》等。

由王家营北行

回首乡关远，摇鞭去路赊。河声催白日，风力卷黄沙。
心逐车轮转，行随雁影斜。不愁投宿晚，村落有人家。

淮阴怀古十首

其 一

片片征帆问去程，东南形胜此峥嵘。山连芒砀河流抱，水咽邗江石堰横。
暮雨潇潇涵远驿，夕阳渺渺下重城。英雄畸士皆黄土，千载谁留竹帛名。

其　二

刘项兴亡一钓竿，天教漂母劝加餐。未闻相背言听蒯，谁见濒行手握韩。
生死竟归巾帼掌，功名原作假王看。高台自向淮滨矗，不是当年大将坛。

其　三

游遍梁园醉玉罍，吴王咈谏事堪哀。幕庭许握中郎节，父子同称著作才。
老去蒲轮青眼在，归来桃坞白云开。更怜步相亭终古，数亩瓜田冷碧苔。

其　四

李杜登坛第一流，风骚宿将赏音优。芰荷香远人吹笛，杨柳风多客倚楼。
水驿重逢悲旧梦，竹轩归去倦闲游。秦皇有咏休遗恨，幸入司勋铁网收。

其　五

半壁江南战未休，貔貅几队尚依刘。一家骨肉丹心结，五代干戈正气留。
酣睡可怜君避暑，降书无奈病逢秋。独伸大义亲能灭，张许勋名足与侔。

其　六

南郭先生有故庐，耳聋好笑世情疏。一生避石伤乌哺，千里娱亲应鹤书。
教衍苏湖根至性，诗酬玉局乐闲居。蓼莪废诵寻常事，双杏枝枝荫里闾。

其　七

鼙鼓中原动地时，临安有诏驻王师。髑髅堠下摧骄虏，涟水军来揭大旗。
岂竟黄龙堪痛饮，谁令白雁兆先知。临风血泪朝衣湿，海底孤忠老不移。

其　八

蛾眉谣诼易相倾，报国倾躯气未平。输粟曾挥使者节，破倭争识状元兵。
乌啼杜宇冤魂濯，血染苌弘碧草生。古木丛祠太萧瑟，一天风雨作松声。

其　九

小朝廷运共羁縻，开府扬州势已危。四镇调停余涕泪，三军杼柚费支持。
雷湖旗卷烽烟靖，海舶云飞露布迟。绝命词章衣带赞，精灵千古不胜悲。

其　十

二分明月淮阴市，一曲高楼静夜歌。宝鼎重寻蜗篆古，残碑犹剩藓痕多。
带刀旧俗今如此，闻笛新愁可奈何。莫把华年付淮水，酒边奇气未销磨。

王元鼎

王元鼎，字爕夫，清淮安府山阳县人。嘉庆间廪生。

步鹭亭

人去亭空暮草存，谁寻遗迹到荒村。孙吴作相新持节，卫子论交旧灌园。

麦饭一盘谁白眼，瓜田数亩欢青门。漫言功业江东盛，到此英雄也断魂。

韩侯钓台

云飞芒砀万方愁，数语登坛海内收。到死未甘分鼎足，余生曾是话刀头。
空饶相国追亡虏，不及严陵有钓舟。淮水茫茫波浪阔，千年魂魄蓼花洲。

枚皋里

夕阳一径冷苍苔，院宇谁家旧姓枚。十九首里留古调，二千年上想奇才。
缘杨作赋心犹壮，白发为郎志已灰。可惜匈奴抗节事，史书未载没尘埃。

叶　珩

叶珩，字佩葱，号省庵，清淮安府山阳县人。嘉庆二十三年(1818)诸生，道光间廪贡生，候选训道。

淮阴怀古

长淮桐柏道无穷，俊杰灵钟造化功。盖代文章名父子，怜才巾帼女英雄。
故侯瓜蔓秋风里，国士鱼竿夕照中。奇节至今馨俎豆，石旁孝与海边忠。

卢贞吉

卢贞吉，字芭元，号竹楼，清淮安府山阳县人。道光元年(1821)诸生。

淮阴竹枝词

其　一

直通淮海是盐河，淮北盐须此地过。肯使捆盐人袖手，盐河北岸爨烟多。

其　二

粮船货尽走风樯，簇簇风樯过女墙。不到端阳船过尽，沿堤放闸好栽秧。

其　三

黄河南徙逼淮干，调剂清军策治安。不到黄淮交汇处，不知今日障河难。

咏板闸竹枝词

板闸人家水一湾，人家生计仗淮关。婢赊斗米奴骑马，笑指商船去又还。

王春芳

王春芳，字南卿，清淮安府山阳县人。道光四年(1824)诸生，廪贡生。著有《寄庐吟草》《寄庐诗话》《寄庐笔记》《山阳所见录》。

洪泽湖远眺

纵目长湖水，空蒙接远天。不风还激浪，无雨亦生烟。
大贾千樯集，长堤一线悬。哪堪回首忆，鱼鳖泣当年。

胡克敬

胡克敬，字梓农，清淮安府山阳县人。道光间廪生。著有《漱六斋诗文稿》。

淮上秋晚

淼淼清淮流，萧萧杨叶秋。暮云凌塔顶，新月挂城头。
灯火隔林寺，笙歌何处楼。韩侯钓台畔，三五捕鱼舟。

淮阴侯钓台歌

南昌寄食信雌守，筑坛拜将信龙吼。当时若无两妇人，亭长沛公齐耐久。惜哉丈夫柔如棉，贵贱两妻皆不贤。淮阴城下炊烟早，长乐宫中腥血鲜。遂令漂絮一老姥，青眼荧荧独千古。荒祠至今依高台，亭长沛公无尺土。呜呼妇人多祸胎，王孙贵贱均堪哀。羊裘老子见几早，也有崚崚一钓台。

释渊如

释渊如，清道光十二年(1832)左右在淮，为篆香楼诗僧。

九日雨中庆献淮榷使招同莲幕诸公雅集昙香精舍得“禅”字

其　一

红叶一村雨，黄花九月天。云龙践高会，诗酒集群仙。
恰拟香山社，还参玉版禅。晚来吟兴永，花气落尊前。

其　二

座上皆名彦，诙谐共洒然。却怜寒蝶影，都化醉僧禅。

松子满阶绿，钟声千树圆。他年图画里，风雨认飞泉。

寄那云衢榷使

其 一

山子湖边柳万枝，使星归后雨如丝。即今贾客行歌地，犹记文翁化俗时。
北阙秋高卿月朗，香林诗就晓钟迟。恰看古壁兰亭在，岁月昙云谨护持。

其 二

潇潇吟梦绕金台，千里言恩酒一杯。爱佛重思前柱石，安禅仍向旧蒿莱。
西风淮水流波永，玉树春山待鹤来。仰首不辞频北望，数丛篱菊为公开。

丁一鹗

丁一鹗，字超伯，清淮安府山阳县人。道光四年(1824)诸生，丁酉优贡，署宝应教谕。

甘罗城

蒙恬北筑固咸京，又说甘罗拓石城。自是山河分楚界，那教壁垒建秦嬴。
青钱岂必前贤瘗，翠堞空留故相名。小步三洲寻断碣，射阳一望暮云平。

漂母祠

漂母荒祠泗水滨，楚坡庙貌亦重新。欲寻秋雨枫祠树，都付春风柳舍尘。
魂返孤亭常寂寞，碑埋清浦久沈沦。增陵也话投金事，指点淮干迹共湮。

枚皋宅

事母分钱异地留，何曾旧宅暂栖投。赋高平乐传家学，诏拜郎官老宦游。
既尔乡园邻楚水，缘何踪迹托梁州。诗人寄兴寻常事，莫笑当年赵倚楼。

段逢元

段逢元，字春泉，清淮安府山阳县人。道光十四年(1834)诸生，廪贡生。

淮北盐政歌

昔年盐归淮北掣，掣盐人家声势赫。男不耕耘女不织，笑指盐引有正额。自从改票拙谋生，生计既窘生命轻。为农无田商少钱，咄嗟朝夕难支撑。悔不从前事耕作，斥卤新垦地方薄，稍余菽粟即为乐，繁华退尽归淡泊。

朱　廉

朱廉，清同治、光绪年间人。有《洁庵遗诗》。

登盱眙第一山贺州牧绪藩韵

其　一

云烟都向望中收，凭眺能消万斛愁。为爱玻璃泉一勺，清高怕逐逝波流。

其　二

支祁曾访入龟山，到此登临更解颜。鸡犬桑麻隔尘世，桃源疑尚在人间。

程步荣

程步荣，字桓生，号桥门，清淮安府山阳县人。道光七年(1827)诸生，廪贡，著有《咏书草堂诗集》。

平桥夜泊

又别淮阴市，河桥第一程。贫原倦奔走，老尚恋功名。
新月淡人影，浮云薄世情。莫嗟双鬓白，天意重秋晴。

杨庆之

杨庆之，字笏山，清淮安府山阳县人。道光十年(1830)诸生，咸丰间恩贡。著有《一草亭诗文集》《春宵呓剩》《骈斑骰枣簃诗话》《五弗措子》《一拳一勺》《就正草》。

淮阴竹枝词二首

其　一

盐河闸闭运河开，小小关楼抱水隈。双缆迢迢帆谡谡，有人报到豆船来。

其　二

天妃闸势郁嵯峨，南对新河北旧河。每到鲤鱼风起后，禹王台里祭生鹅。

韦　坦

韦坦(1801～1850)，字竹坪，号恬斋，清淮安府山阳县人。幼年家境贫寒，立志走科举入仕之途，以改变家庭穷困面貌。21岁补诸生，道光十二年(1832)中举，十六年(1836)中进士，授兵部武库司主事，为官有声。

泾　河

去家喜未远，夜泊荒村前。疏星照寒水，高树盘苍烟。鼾息出邻舫，中有征人眠。击柝来健儿，索取巡更钱。戒言勿酣睡，奸宄潜钩连。昨闻日未暮，要路横戈鋋。宰官恶奔诉，奔诉防羁缠。叹息处辗转，河溜声涓涓。

丁寿征

丁寿征，字子静，丁晏侄，清淮安府山阳县人。道光十四年(1834)诸生，丙午优贡，候选知县。著有《十六国疆域表》《说文揭橥》《夏小正校注》《于役草》《南还草》等。

将抵王营车中赋此赠佩绅

与君并辔出都门，深荷提携笑语温。御李奇缘今有幸，推袁私谊本来敦。
乡园分手思云树，旅店同心忆酒樽。何待攀条惜千里，清淮小别已消魂。

陆瑞生

陆瑞生，字仲雪，清淮安府山阳县人。道光十四年(1834)诸生，廪贡。著作《淮山陆氏遗草》。

漂母祠

野色上遥浦，荒祠隐绿杨。当时哀饿殍，原不为真王。
远水碧波冷，谁家午饭香。风流足千古，岂止愧南昌。

河堤晚望

夕阳西坠海天空，云树楼台暮霭中。蟾魄广生千里白，桅灯高没一星红。
轻帆顺下东流溜，骄马长嘶远岸风。最好人烟寥廓处，长河秋水豁双瞳。

徐宝书

徐宝书，字绍山，号少珊，登鳌子，清淮安府山阳县人。道光二十二年(1842)诸生，附贡候选训道，署徐州府教授，著作有《从厚斋存稿》。

韩山晚眺

淮阴将略忆堂堂，此日登临兴倍长。翘首乡关何处是，海天东去走苍茫。

胡以德

胡以德，字仲宣，清淮安府山阳县人。道光二十七年(1847)诸生，廪贡生。

喜雨行

长河底涸走车辙，赤日行空铄石热。农家引水聚蚁忙，万顷禾塍干欲裂。星夜哀鸣叩大府，肉食未许民情吐。纷炷心香礼上苍，河流不望望甘雨。阴云四合低沉山，欲雨不雨苍茫间。突若雷慑蛟龙吼，百丈银河走天关。扶桑十日曦轮匿，喧喧秧鼓无休息。上帝若靳恩泽施，三农枉费耕耘力。我欲尔等趋俭约，天心梦梦难臆度。安得大吏浚河源，不雨亦能安耕凿。

曹　驹

曹驹，字小仓，裕泰子，清淮安府山阳县人。道光间监生。著有《种诗楼吟草》。

观流民有感

晨起赴书斋，出门爱初旭。秋风无几时，处处严霜肃。彳亍流民来，惊心而怵目。稚子牵爷行，婴儿倚母哭。嗷嗷呼可怜，怆惶面如鹄。僵卧径草黄，充饥鲜粱菽。寒重罩低蓬，并少茅茨屋。命已如丝悬，衣待振赀赎。偶闻长官来，三五遮道伏。愿悯流亡贫，愿发官仓粟。长官散青蚨，惠泽先茕独。岂不念生灵，白骨盈沟渎。浩劫叹无辜，剥尽难为复。人生各有命，安居即大福。糟糠有余欢，草庐万事足。志士首阳饿，贪夫五鼎熟。养生所最恶，旨酒兼太肉。富贵如浮云，淡泊吾所欲。安得当世人，各各敦古朴。

胡骏珂

胡骏珂，字荻村，清淮安府山阳县人。生活于清道光间。著有《来鸥轩诗稿》。

有感示友

高冈生凤雏，长大秉松节。翱翔无所依，自叹孤飞孑。岂类商人妇，难鸣冰玉洁。幸逢碧梧枝，与时希采折。但折无所苦，脉脉两情洽。不愿金屋逢，愿共同心结。一朝欢悦乖,命薄无如妾。人生有别离,明月有圆缺。但愿月重圆,丝罗根复接。凤兮来双飞,恩情终莫绝。

题朱觉崖贻绘便面

世路多坦途,人心若局促。转早瘫与盲,洒然无拘束。以耳代吾目,以股代吾足。不艳万户侯,不羡黄金屋。日日尘世中,酣歌忘宠辱。嗟彼热中人,终朝徒碌碌。跬步涉颠危,见几胡不速。

登千金亭

春残散步长堤曲,淮水长流去不复。千金亭上白云飞,芳草年年向谁绿。忆昔王孙困风尘,偃蹇曾遭胯下辱。贤哉漂母一饭恩,岂望千金报弥笃。一朝风云得际会,亡秦灭楚功成速。勋高祸起未央宫,应悔假王食汉禄。一恩一怨两妇人,回首烟波使人哭。我亦生长淮市中,三十年来老白屋。炎凉历尽变幻更,兴来狂歌悲击筑。今有王孙无母哀,留此空亭励薄俗。千金之报等闲耳,安得漂母今再续。吁嗟乎,安得漂母今再续,悠悠淮水浮云逐。

周景行

周景行,字辔琴,清淮安府山阳县人。道光十六年(1836)诸生,岁贡生。

枚皋宅

故国未归去,中原久借居。那知淮水上,犹有数椽余。
废宅空秋草,传家只谏书。昨宵听风雪,梁苑梦何如。

张景煌

张景煌,字星桥,清淮安府山阳县人。道光十八年(1838)诸生,同治三年(1864)举人。

漂母祠怀古

我闻亭长妻,深情中道阻。又闻羹颉侯,其母吝施与。一饭亦何奇,如珍视稷黍。卓哉漂母贤,打絮联伴侣。临餐哀王孙,分给供饮茹。斯时大将才,锥在囊中处。饭信竟十日,羞闻报德语。妇人而须眉,慷慨意相许。楚有伍子胥,濑水遇贤女。青眼两裙衩,为此磊落举。荒祠立淮干,铭恩荐桂醑。望报本无心,那复计樽俎。

秦　焕

秦焕(1817~1891),字文伯,清淮安府山阳县人。咸丰九年(1859)举人,咸丰十年进士。官至广西按察使,有政声,荐为桂林循吏第一。光绪十六年(1890)入觐受褒誉。著有《剑虹居诗文集》。

顺河集早发

茅店栖迟月未残,仆夫催我上征鞍。状如龛佛垂眉苦,情似缧囚措足难。
瘦马叱过荒戍险,朔风吹透敝裘寒。前途知有萑苻警,时把龙泉拂拭看。

席上赠尹杏农

一从艺苑仰鸿名,十载才猷重帝京。风节直超温御史,文章旧压鲁诸生。
本来素志轻尊遂,能纵危言忤圣明。空自闻鸡惊坐起,龙泉日在匣中鸣。

和丁柘唐师《庚申守城》

南北烽烟乱不休,两番定变费持筹。蜗庐亦托师门庇,燕幕终为井里忧。
牢待亡羊空补缉,室从未雨要绸缪。名山何必蒲轮至,惴惴机宜答庙谋。

潘亮熙

潘亮熙,字元纯,清淮安府山阳县人。潘德舆三子,道光十九年(1839)诸生,咸丰间岁贡。著有《浑斋小蕖》。

胯下桥怀古

楚猴跳踊秦鹿走,天子剑提赤帝手。淮阴有人负奇气,何乃兀兀蒙尘垢。商贾不善吏不为,高才岂理时人口。虽好刀剑中情怯,此语知心实不朽。古来大勇若弗胜,将略全功在虚受。君不见,自从齐楚徙封后,伍哙犹觉非其偶。岂伊少年真壮士,狭路相逢能掣肘。众人之耻不为耻,大任乃能独担负。吁嗟乎。侯若终身守此知,汉家那得烹功狗。行人莫漫泣穷途,且向桥边沽美酒。

范以煦

范以煦(1817～1860),字咏春,别号退民,清淮安府山阳县人。中举以后,仍在乡里教授生徒,著书立说。著有《淮堧小记》《淮流一勺》《楚州石柱题名考》等,对后世研究文化名城淮安的历史、舆地、风物、掌故等,都有很高的参考价值。

登龙光阁

峥嵘杰阁俯高城,每一登临无限情。士有立身怀烈愍,人从极顶识文明。
金张觞咏无虚日,李郭留题见令名。千仞振衣风谡谡,松涛乍向绮窗行。

十八里店怀古

战垒秋高急暮流,轴舻衔接客维舟。横波铁锁寒明月,疑有联帆出渡头。

殷自芳

殷自芳,字沚南,号霜圃,清淮安府山阳县河下人。道光二十五年(1845)考取秀才,后为增贡生,官候选训导,未到任。一生研究水利,代表作为《筹运篇》。

凤里春感

其　一

欢筵忽变阵云昏,惊起梨园昨夜魂。外府尽抛谁管库,扁舟何处再开樽。
瞬看重地成瓯脱,偏是卑官恋国恩。袍笏俨然为厉鬼,睢阳正气赫然存。

原注:板闸巡司张公视事甫一月,贼至,朝衣冠骂贼,死于公署。

其　二

镇日阴霾黯不开,横风吹送赤眉来。楚囚尽对狂刀泣,秦火都教广厦摧。
夜半贞魂啼碧血,春寒冤骨掩苍苔。怀清台古偏无恙,一点天心子细猜。

原注:里中妇女重节操,此变死者甚多。

徐日劲

徐日劲,清代人。

西湖嘴送北山兄南游

楚州西望片帆飞，岁暮歌诗志采薇。风雨重扬秋又老，池塘生草梦先归。
移家栗里前期在，泛宅苕溪旧隐非。兄弟相看更无语，天涯涕泪湿征衣。

张景恒

张景恒，清代人。

萧湖即事

荻外荷花柳外桥，天涯何处不魂消？浪团画舫横前渡，人采红菱弄短箫。
鸥鹭一池新月上，楼台几座暮钟遥。归途好唱江东曲，收拾诗瓢并酒瓢。

薛　超

薛超，字苏台，清淮安府山阳县人。咸丰四年(1854)诸生，同治间恩贡。

甘罗钱

淮阴镇下一里许，荒城寥落河之浒。忽起零星秦制钱，土花剥蚀风钟古。此钱遗失当何时，欲问居人人不知。通神妙喜有灵爽，全身铸入关公祠。钱兮钱兮今已逸，行人犹记甘庶子。郑重宜阳战绩多，名传不是钱能使。

杨景行

杨景行，字仰之，清淮安府山阳县人。同治八年(1869)诸生，廪贡。

钓台怀古

高台何苍茫，空波映寒日。时有蓑笠翁，拿舟自闲逸。忆昔汉功臣，微时可称述。手持篧篧竿，忍饥未能出。青眼有漂母，顾此龙凤质。无双国士才，谋生几无术。赢秦定天下，画策多阙失。似此珊瑚枝，铁网殊不密。

邱心坦

邱心坦，字履平，清淮安府山阳县人。箴任，入海州籍。同治间监生，光绪间军功保知县。有《归来轩诗稿》《东征集》。

淮阴题壁

忆昨驱车过太行，高秋马色渡河黄。剩将广武英雄泪，来吊淮阴猛士乡。
咄咄王孙轻恶少，纷纷屠狗博真王。钓台一上风云变，愁见饥鹰下大荒。

熊德庆

熊德庆，字兰坡，原名裕棠，清淮安府山阳县板闸人。道光间监生，山东候补主簿。著作有《浣花阁诗草》《词草》。

清淮晓渡

暮从袁浦来，朝向清淮泊。好风交渡头，急雨拖日脚。柁移浪花圆，兵行人影错。倚窗望女墙，怀古感落寞。国士本无双，斗城围柳郭。野水不断流，浮云欣有托。顿觉尘梦清，难将俗虑著。樯高流莺飞，帆饱乳燕掠。蜗舍炊烟浓，雉堞朝霞薄。春水柔橹来，一路草如幕。

淮阴竹枝词

其 一

盐河一带柳湾环，行到莲亭意自闲。十里桃花红似锦，游人又上钵池山。

其 二

城南城北踏青回，曾过刘伶台畔来。翘首春光齐拍手，纸鸢飞上白云堆。

其 三

三里塘过七里塘，柳花拂面菜花黄。清明祭扫家家有，一片纸灰上野棠。

其 四

四月年年赛会朝，篆香楼外漫停桡。笙歌画舫知多少，不是头桥即二桥。

其 五

天中又说看龙舟，三五成群互唱酬。抢得一凫争讨赏，满船箫鼓向中流。

其 六

小步荻庄兴未减，招舟又过柳衣园。女墙掩映垂杨细，六扇窗斜绿到门。

其 七

七夕争传看巧云，满盘瓜果篆香熏。一湾河汉一钩月，贪说双星到夜分。

其 八

盂兰会说得超乘，东市仙官西市僧。一簇珠幡风定处，儿童争散纸红灯。

其　九

中秋时节好风光，月色团圞近酒觞。物候最关儿女意，声声箫唤卖花羊。

其　十

一片蒲葭一片荷，小停云外水生波。渔人晒网月初上，长笛几声唱晚歌。

其十一

春来秋去万艘多，天半风帆映远波。莫向高堤西望去，孤城尽日慨长河。

其十二

寒鸦零乱各西东，绕过冬来凛朔风。试到珠湖看雪景，楼台冷落淡烟中。

程　钟

程钟，字袖峰，晚清淮安府山阳县河下人。诸生。义夫节妇程允元、刘秀石之裔，性至孝，以课徒度日，留意乡邦文献，著有《竹西诗稿》《淮雨丛谈》。卒于光绪年间，年74岁。里人私谥曰“贞介先生”。

餐花吟馆同人偶集次韵徐宾华

其　一

僻巷吟翁住，开轩待客临。灯窗欣聚首，杯茗共谈心。
赏故资耆宿，论诗重雅音。消寒宜结会，觞咏惬幽襟。

原注：莘翁著《河下园林记》诸书。

其　二

清旷寒宵景，窗前月乍临。菊犹支傲骨，梅已抱冬心。
吟弄有真乐，知交多赏音。莫谈桑海事，谈到欲沾襟。

二月朔与同人茶话联云道院感赋

春风佳日到中和，花弄晴晖鸟弄歌。离乱丧心前岁事，光阴弹指一岁过。
枌榆尚幸能安堵，江海其如未息波。识破浮生都似梦，吕仙祠里一吟哦。

状元楼工竣里人致祭乡贤沈公礼成即事

其　一

赵家轩畔沈公乡，旧有闻人共里坊。史乘尚堪寻事迹，文章今更吐光芒。
昔时楼阁嗟倾圮，此日经营为表彰。崇德报功存古迹，非关科第乐称扬。

注：“闻人”原注“谓阎征士。史乘即史书”。“文章今更吐光芒”原注“运河西岸掘得漕抚王公遗爱碑，系公撰文”。

其　二

御寇当年赖我公，毁家纾难矢精忠。两千卒练摧勍敌，三百年余识隽功。
棂槛重新规制拓，馨香敬荐礼文隆。故乡遗迹常留此，合与徐庐陆墓同。

游福建庵即景有述

芦花已白露为霜，秋末冬初步水乡。屈曲长堤通古寺，参差衰柳映斜阳。
一碑细读经营久，半日闲游兴趣长。不逐繁华寻冷淡，吾侪也算古之狂。

仲夏追忆听秋馆主人

听秋山馆又重来，漠漠帘栊夏日开。绕径依然千个竹，隔窗犹是几株梅。
已无上客争投刺，曾与吟翁共举杯。三载主宾情话洽，故园惆怅独徘徊。

柳衣园废址

其　一

阮池北岸本名园，柳色青青压粉垣。中有曲江楼最古，主人珍重旧题存。

原注：阮池详见《县志·古迹》；楼本建自张氏，后归程氏，匾额仍旧。

其　二

亭馆如今已就湮，珠湖烟柳几经春。晚甘曹墅都榛蔓，胜迹何堪问水滨。

原注：晚甘园及曹氏别墅皆附近名园也，今同湮没。

裴荫森

裴荫森(1823～1895)，字樾岑，清淮安府阜宁县洲门人，长居淮安河下。同治二年(1863)进士，历任工部主事、福建按察使、船政大臣、光禄寺卿。为洋务运动的重要干将。因操劳过度，归淮养疴，病逝于淮安河下白酒巷宅内。

袁浦粥厂谣

江南檄官设粥厂，袁浦城隅择平壤。增五千众如用兵，筑十七圩备分饷。植栅张幕编藩篱，谓避寒冻息劳攘。都水大官遣吏来，冰雪惨淡风雨哀。牢羊蠢蠢受羁束，屋乌哑哑争喧豗。半勺糠秕半勺粥，勺中彻底沉煨灰。卑官稽册但蒿目，老翁搘碗吞声哭。厂中日掩骸几何，枉费官家半仓谷。数百豺狼万鸠鹄，留与吏胥餍粱肉。明镜下彻当元辰，摘发奸伏回阳春。日八十斛绝侵蠹，众六七万舒酸呻。免身者饭病者药，并饲汝牛安汝人。救荒善策择士类，勿信吏胥心至仁。

劝济灾民诗

炊烟累日断荒村，散粥人来救馁魂。君看桐城张相国，振饥福音在儿孙。江湖满地断炊烟，万口嗷嗷剧可怜。黍谷春风炊煦处，果然生佛力回天。落落惊秋夜有霜，田园都付水汪洋。饥鸿遍野空嘹唳，飞向天涯觅稻粱。鸠鹄纷纷实可哀，善门还仗善人开。古今多少簪缨族，都自阴功积德来。

王鸿翔

王鸿翔，字研僧、一作研荪，丹徒籍，世居淮安府山阳县河下。光绪二十九年(1903)进士，官翰林院编修。善书法，家庭颇具园林之盛，系徐宾华夫子故友。

裴耔青招饮即席呈徐宾华夫子

绿野堂开丽日迟，青桐百尺挺孙枝。袖中携得珊瑚架，快读斜川五日诗。

题《勺湖图》

觥觥阮顾两宗师，经术文章孰绍之。一盏湖波荐兰芷，秋风来拜二公祠。

湖心寺四首

楞严丈室

金经插架静牙签，万象森罗涌指尖。野鸽飞来添砚水，一丸香墨写楞严。

宝镜堂

崇阁宝镜敞精庐，狮座三千绰有余。题榜黄鹂大手笔，龙腾虎卧右军书。

绿筠精舍

年来避暑诣精蓝，软葛轻罗客两三。修竹万竿森凤尾，不须更访绿天庵。

梦觉山房

巡檐几曲碧栏干，芋火围炉不觉寒。梦醒妙香参鼻观，梅花两树胜旃檀。

李鸿年

李鸿年，字笠夫，清淮安府山阳县人。在其父李元庚《山阳河下园亭记》基础上，于宣统三年(1911)完成《山阳河下园亭记续编》，记录《园亭记》缺漏园亭29处。

题《勺湖款春图》

携朋载酒豁胸襟，来祝荷花放胆吟。卅六湖波分一勺，汪伦潭水共情深。

黄钧宰

黄钧宰（1826～1895），字天河，原名振均，清淮安府山阳县板闸人。道光甲辰（1844）诸生，己酉（1849）拔贡，奉贤教谕。著有《金壶七墨》《比玉楼传奇四种》《寰海新闻》等。

赠禹山

碌碌二千里，依依十六旬。携将燕市月，分作故乡春。
肮脏虚前约，浮沉愧此身。感君金石意，不敢学垂纶。

到　家

客里竭奇想，归来成浪游。天风翔燕雀，池水郁蛟虬。
稍喜乡园乐，休怀杞国忧。典衣谋一醉，犹及展中秋。

龙爪槐

古槐清荫满琳宫，三百年来碧藓封。争似苍松鳞爪活，破空飞去作双龙。

徐　嘉

徐嘉（1834～1913），字宾华，一字遁庵，清淮安府山阳县人。少孤苦力学。著有《顾诗笺注》《味静斋诗文集》《丛笔》《杂诗》《拾沈录》《夜存录》等。

题《河下园亭记》六十截句

李丈莘樵撰河下园亭记，有洛阳名园之感焉，寒窗灯尽，读一终篇，涕笑无端，题六十截句归之。

搜遗补阙备輶轩，盐法河渠两镜原。二百余年全盛后，来听诗老话开元。

招隐亭

筑亭招隐此风遥，五岳山人韵寂寥。不尽芙蕖杨柳外，一声寒磬雨潇潇。

按：招隐亭，沔阳陈文烛太守为郭次甫筑，在运河西岸。

阮　池

郭家墩畔蓼花风，前辈风流说隐翁。欲泛扁舟寻旧迹，一篙烟水月明中。

按:隐翁阮月窗隐居,相传在郭家墩。

恢台园

太史恢台卜筑初,东湖春水照簪裾。薜萝杨柳闲风月,输与青蓑夜打鱼。

按:夏涂山太史园,在莲花街今福建庵。

一草亭

浮生草草怅飘蓬,无限沧桑两寓公。山子湖滨湖嘴上,鸟啼花落几春风。

注:隰西草堂,倪天章、万年少两先生隐居。

茶坡草堂

寒烟衰草问茶坡,洒涕看天唱渡河。今日新城访遗宅,满池蒲叶战尘多。

按:靳茶坡先生本居新城,刘泽清兵扰,乃渡河隐居,著有《渡河集》。

听山堂

东溪一径水湾环,杜老留题说听山。自是征君有清韵,浓阴如画护柴关。

注:东溪滨马征君西樵宅。

止 园

观察鸿胪世胄家,止园舫阁竞繁华。梅花岭下梅花屋,几辈诗人哭落霞。

注:黄兰岩观察宅。杜湘草有哭黄大宗诗。

华平园

萧家田畔好园林,花易摧残月易沈。犹记观荷词客满,扁舟摇过绿杨阴。

注:郭家墩徐山琢侍郎园,侍郎有《观荷诗集》《岭云阁文编》。

居易堂

青藜吹火旧家声,五叶巍科各署名。居易堂中贤贵介,莳花种竹见平生。

注:菜桥刘黼扆先生宅。

怡 园

列职即直赋友于,明时归兴托莼鲈。人生解识天伦乐,宦海风波是畏途。

漱石轩

娄东后裔士无双,共抱残编对夜釭。重过高轩增太息,何年风雨话西窗。

注:程娄东先生宅,余与先生裔孙凤云共夜读此。今年兵燹,巍然尚存。

漪 园

夕阳樵担满堤来,泗水先生亭馆开。重访漪园高会处,当年无限好楼台。

原注:湖嘴西泗水先生宅。

思 园

故宅思园草不春,为山一篑迹全陈。棠梨花下娇啼鸟,曾识量才玉尺人。

原注:菜桥刘讱庵佥事之故宅。一篑园,茶巷佥事之别业。

依绿园

依绿园林夕照斜，曲江吏部擅风华。明河赋后词人少，一片秋云上苇花。

按：萧湖张鞠存吏部毅文检讨园，即曲江楼也。

绾秀园

渡江龙去我何之，绾秀园中抱膝时。情性自娇心自苦，新诗吟煞杜黄鹂。

原注：湖嘴杜湘草先生宅。先生有句云："黄鹂养就娇情性，骂得桃花没处飞。"人目为杜黄鹂。

耕岚阁

御史微时读高阁，舍人归后开名园。蝉联甲第夸堂构，留与孙曾远溯源。

眷西堂

潜邱学业迈钱黄，牛叟家风富缥缃。指点着门深巷古，秋山红树眷西堂。

注：竹巷状元里阎百诗征君宅。

移云草堂

沈约移云小结茅，徐陵池馆问西郊。闲来细检茶余话，鸟带春风过柳梢。

李夔章

李夔章，字秉襄，号舜卿，清淮安府山阳县人。光绪十三年(1887)诸生。

漂母祠

千古崇祠漂母尊，曾从末路馈盘飧。晨炊畴解苏秦饿，乞食空销伍相魂。
一饭竟能怜国士，千金应自报王孙。休谈高后谋钟室，最易分明怨与恩。

韩信庙

汉家宫阙暮烟空，庙貌千秋俎豆隆。推食解衣思故主，囊沙背水建奇功。
十围古柏含秋雨，一带斜阳照晚枫。太史何为有间语，偏教国士负精忠。

胡福臻

胡福臻，字实甫，清淮安府山阳县人，胡以德子。著有《容膝书屋附稿》。

钓　台

其　一

半壁斜阳半砌苔，王孙当日此徘徊。汉家一代歌风地，不及荒台楚水隈。

其　二

底须将略话登坛，剩有荒台枕水干。为想富春垂钓客，功名何必换渔竿。

淮上竹枝词

其　一

无限帆樯绕郭来，郭边犹剩故侯台。渔儿晒网斜阳里，犹话当年将相才。

其　二

牵挽粮艘昼夜嚣，清黄交汇水云饶。黄河徙去湖滩现，旧日湖心长麦苗。

吴炳仁

吴炳仁(1840～1921)，字菀甫，安徽三界镇人(今安徽明光)。漕运总督吴棠幕僚，以劳绩保举知府，分发江苏。曾任大胜关税务、扬州知府。辛亥革命后，杜门不出。

题《勺湖款春图》

少小写淮阴，爱此风景好。嬉戏湖水滨，游赏惜草草。

段朝端

段朝端(1844～1925)，近代诗文家。字笏林，号蔗叟，蔗湖退叟，贡生，江苏淮安人。近代诗文家。清光绪五年(1879)起，署仪征教谕、甘泉训导、兴化教谕、海州学正、仪征训导等。还曾应聘为《江苏通志》《淮安府志》分纂、《续纂山阳县志》《山阳艺文志》总纂，《楚州丛书》的主要撰述人和资料提供者。其诗词收入《椿花阁诗集》。

七日鲍紫来以近作见示拈此奉酬兼感近事

清夏四五月，曾作朐山游。儒冠愧土苴，素餐呼可羞。民气颓不扬，殷勤询所由。盐法日无敝，卤薄花不稠。上官急科敛，闾左横戈矛。公私互欺蒙，谁为前箸筹。今读故人诗，恻恻如有忧。既痛浮惰习，复为耕凿谋。异哉盐荚中，乃有元道州。

江都梁苍立寄示纪江北灾诗依韵奉和

我是江北人，老病尚健饭。白首遭奇灾，忧极不暇叹。水旱已心恻，况乃蝗滋蔓。禾稻无孑遗，田庐付浸灌。流亡遍江淮，低头就鱼烂。残黎生意尽，有似灰中炭。纵横千百里，巧历那能算。万室迫饥踣，焉得不召乱？梁侯念乡里，披衣坐待旦。入府治文书，一纸发千万。

原注:苍立襄办账务。

救亡与已乱,两事可并案。方今国势弱,刷耻贵果断。诛求不培养,经营只得半。覆巢无完卵,苦心蒙愦唤。君久识此理,高吟南山粲。长夜何漫漫,晦明顷刻判。今岁又苦潦,降灾天已惯。儒生无寸柄,故纸聊讲贯。止溺知未能,燎原吁可惮。回斡祝苍天,一饱苏穷汉。

题张力臣《符山堂图》

荒溪敝庐人三个,闭户谈经作日课。张家兄弟都绝伦,符山一堂如斗大。主妇具膳方□间,稚子能文亦入座。缥湘秘笈插架富,金石遗文塞屋破。作书师法追程邈,哦诗鬼胆堕李贺。江都朱生好画手,隐趣一一资敷佐。酒瓻茶臼工位置,想见伯倡仲叔和。门前风景太萧瑟,古柳寒鸦伴穷饿。庞眉书客满宾寮,那许高轩摇辔过。我昔京洛得遗集,孤本直欲居奇货。尔来读此诧未见,摩挲老眼知无奈。丁生尔且慎藏□,题句彪缤尽楚些。草堂图可配庐鸿,袖手须防寒具□。

题《勺湖图》

勺湖之水如瓜瓢,勺湖杨花扑地香。荒城四面缭而曲,横堤一道平且长。芳时最好是三月,永和禊事流杯觞。倾城遨游直到夜,芙蕖万柄相扶将。承恩门楼在其北,闸谯隔断千帆樯。龙兴古寺本奢阔,襟带塔院包僧房。一湾湖水尚明瑟,烟篷雨棹疑潇湘。

闵斯曲

不见儿身长,但觉儿衣短。机中卖剩布,儿身遮不满。孩提怯生人,回身就娘抱。长大苦别离,悠悠四方道。母肠与儿脐,一气贯注之。堕地日以远,须念未截时。

春　蔬

艳说青泥坊底芹,少时下笔有余欣。春蔬那及吾淮好,入馔蒲芽不论斤。

查畹香

查畹香,女,清苏州人,生于清道光年间。原为侯门潘氏之妇,与山阳杨鼎来青梅竹马,暗定终身。后与杨私奔成婚。此诗为杨鼎来赴京赶考前,查氏所赠之诗。杨不负查氏所望,中同治七年(1868)进士。杨、查夫妇不为封建礼教所容,戏称其为“汤夫人”。查氏终于巨大社会压力之下,于光绪年间郁郁而死。杨挽亡妻联曰:“前世情缘今世了,他生未卜此生休。”

赠杨郎赴京会试

淮水清清河水浑，安排行李送王孙。明年三月桃花浪，君唱传胪妾倚门。

按：此诗见《清朝野史大观》。

王鼎铭

王鼎铭，字新甫，清淮安府山阳县人，王声律(禹堂)之子。诸生。遇镇中公益善举皆首先提倡，不避劳怨。惜未五十而殁。

寿襟兄徐宾华先生

一代骚坛主，群英着意培。名都多雪印，后进仰风裁。庭宇无凡品，诗书育隽才。遥瞻城北路，葱郁气佳哉。著作千秋富，彬璘羡等身。当时推大老，犹子亦词臣。清望隆山斗，英才数凤麟。作人由寿考，多士仰扶轮。

注：徐宾华与新甫公为连襟。徐宾华公为前清举人，著名学者，以毕生精力研究顾炎武先生诗集，曾有句云："一生心血在亭林。"

谒方正学祠

世已沧桑换，祠仍俎豆香。正名书篡贼，冒死问成王。
失节渐胡解，同心有练黄。故宫留片石，夜夜吐寒芒。

原注：方正学祠，参见王彬《题方正学祠》。

书　怀

理罢琴书且闭关，炉香茗碗爱清闲。百年易过心无尽，一事无成鬓已斑。
经世文章焚若草，当门兰蕙贱如菅。从今收拾千秋想，只与渔樵共往还。

原注："百年易过心无尽"，新甫公后因家境拮据，弃儒经商，并有意于发展桑蚕事业，以期造福乡里，曾赴各地调查桑树之品种及栽培方法，并写成专书，书甫成而公竟逝也矣。公逝世之年，适为戊戌政变之年，其时公有姨侄周实丹，年十三岁。实丹公后又号"无尽"，名其书斋曰"无尽庵"，其亦取"百年易过心无尽"之意欤？

刘 鹗

刘鹗(1857~1909),字云抟,又字铁云。祖籍江苏丹徒,寄籍山阳(今淮安)。他学识博杂,被海内外学者誉为小说家、诗人、哲学家、音乐家、医生、企业家、数学家、藏书家、古董收藏家、水利专家、慈善家。所著《老残游记》是十大古典白话长篇小说之一。

断丝什

断丝续竹,飞金逐肉。火炎昆冈,七日来复。断丝续竹,飞金逐肉。直道不行,其次致曲。断丝续竹,飞金逐肉;花好月圆,人淡如菊。

原注:断丝续竹,古乐府谣谚名。昆冈,《千字文》,“玉出昆冈。”“七日来复”,《周易·复卦》,“反复其道,七日来复。”

落叶诗

落叶别树,飘零随风。客无所托,悲与此同。念彼落叶,犹可为薪。用熟五谷,以饱饥人。虽委弃之余,其德足以伸。吁嗟乎,吾不及落叶之仁!

银鼠谚

东山乳虎,迎门当户,明年食尘,悲生齐鲁。残骸狼藉,乳虎乏食;飞腾上天,立豕当国。乳虎斑斑,雄据西山;亚当孙子,横被摧残。四邻震怒,天眷西顾;豗豕殪虎,黎民安堵。

原注:乳虎即毓贤。飞腾上天,指刚毅入值军机。立豕即刚毅。豗豕殪虎指刚、毓伏法。

齐河题壁

地裂北风号,长冰蔽河下。后冰逐前冰,相凌复相亚。河曲易为塞,嵯峨银桥架。归人长咨嗟,旅客空叹咤。盈盈一水间,轩车不得架。锦筵招妓乐,乱此凄其夜。

狭 邪

驱车出门去,去作狭邪游。狭邪何所有,可以消百忧。锦帐杂花聚,绣幕春云浮,燕姬舒皓腕,赵女扬轻讴。明铛垂两耳,珠翠烂盈头。满堂芳菲菲,一举累百瓯。履舄既交乱,客去髡独留。即此是兜率,神仙何所求。

述　怀

余年初弱冠，束修事龙川。虽未明道义，洒扫函丈前。无才学于禄，乃志在圣贤。相从既已久，渐知叩两端。孔子号时中，知时无中偏。万事譬诸物，吾道为之权。得权识轻重，处久循自然。因物以付物，谁为任功愆。此意虽浅近，真知良独难。灵台有微滓，一跌千仞渊。

堂堂塌道情

尽风流，老乞翁，托钵盂，朝市中，人人笑我真无用。远离富贵钻营苦，闲看乾坤造化工，兴来长啸山河动。虽不是相如病渴，有些儿尉迟装疯。

原按：本辞为《游记》外篇残稿的引子。

原注：尉迟句，元人杂剧有《尉迟装疯》。尉迟为唐大将尉迟敬德。

为泰州高氏三峰草堂《日长山静图》题诗

铸山煮海不为富，七相三公不为贵。唯有《南陔》数首诗，千秋万古留生气。高子扬州古宿儒，一官潇洒寄明湖。相逢诗酒成知己，袖出先人养孝图。披图再拜瞻遗像，婉容怡色丹青上。令我愀然动孝思，燕云南望增惆怅。齐门挟瑟悔前非，碌碌依人常苦饥。我亦有家归未得，西风吹冷老莱衣。

自　嘲

铁公好古如好色，鉴赏宽宏笑深刻。骨董鬼子雁行来，抱负牛腰横座侧。清晨舒卷至日昃，拣选精英论价值。低昂有时未即就，寤寐碌镞思必得。商彝周鼎秦汉碑，唐宋元明名翰墨。家藏精刊殿板书，横床插架势为崱。昼日搜罗夜拂拭，精神疲敝囊橐啬。债主纷纭渐相逼。呜呼！心虽未餍力已穷，此时先生得少息！

原注：牛腰，言字画等物捆载如牛腰之粗。

题赵文恪光《涉江采芙蓉图》图绘公及女公子小像同舟

昆明池水含灵曜，毓后钟贤人未觉。一日云腾北阙蛟，群嗟雾隐南山豹。戚党争传蜀襭袍，乡人共仰泥金报。明良喜起四十年，诗书来改儒生貌。丁字沽前海水深，西洋兵革昼阴阴。锦筵夜缚巴夏礼，金甲宵奔僧格林。一介虬须入贯索，满朝蟒玉委华簪。纵囚俯顺冤民志，留后遥安圣主心。须臾四海风尘定，天戈到处平枭獍。万国旌旗启壮图，九重谟典开新命。杨柳风微淑气浓，芙蓉露满锦江红；轻舟独载谢道韫，佳句闲吟左太冲。当年巴使遭徽索，廷士争言宜大辟。公云英法异朝鲜，即有愆尤非叛逆。至今玉帛满寰区，始信高贤见自殊。此时若有法孝直，前年应作谏兵书。

原注:赵光字蓉舫,云南昆明人。清嘉庆二十五年(1820)进士。历官至兵、户两部侍郎,卒谥文恪。《清史稿》第421卷有传。

曹州题壁

得失沦肌髓,因之急事功。冤埋城阙暗,血染顶珠红!
处处鸺鹠雨,山山虎豹风。杀民如杀贼,太守是元戎。

都中晤吴季清大令

三年苦思忆,万里偶相逢。我已成黄草,君仍似古松。
涕洟谈国事,飘泊诉游踪。局蹐看天地,茫茫何所容。

原注:"吴季清大令",铁云先生在山东的同僚。大令为县令(知县)的雅称。

除 夕

北风吹地裂,萧瑟送残年。仆告无储米,人来索贯钱。
饥乌啼暮雪,孤雁破寒烟。念我尚如此,群生更可怜!

夜 坐

日下居难久,秋时感易深。灯前孤坐影,笔底远归心。
窗纸虫声扑,床书鼠迹侵。宵分人籁寂,清响出修林。

原注:录自陈汝衡《说苑珍闻》。

梦中作

辛丑三月初五夜间,梦在伊犁为沈君设祖帐。远望山川大漠,历历在目。即席赋诗云:

瀚海稽留客,天南沈少微。关河三万里,风雪一人归。
予意难为别,君情不可违。离亭开祖帐,风急片云飞。

原注:瀚海,唐羁縻都督府之一。用以控制铁勒回纥诸部。沈少微,指沈虞希。祖帐,相传黄帝少子名祖,好出外游历,死于道路。后人奉他为道路之神。

忆丙子岁归淮

江湖愁日下,风雨返山阳。南河寻新址,西坝访旧庄。
忽见双珠出,聊探一骊尝。优昙光易逝,橄榄味弥长。

记　得

记得当初乍定情，一帘花影坐调筝。但欣银烛垂双穗，哪管铜壶到几更。
尽启栏笼招语燕，暂停丝竹听啼莺。相携不羡封侯印，只愿双栖过一生。

鄂中四咏

登黄鹤楼

清晨携酒出花堤，试一登临万象低。神女昔留苍玉珮，士人犹唱白铜鞮。
江流直扑严城下，山势争趋汉水西。此去荆州应不远?倩谁借取一枝栖!

登洪山寺

登山一望乱山多，城市清如掌上螺。一水中流分武汉，满山苍翠长藤萝。
青烟匝地余残垒，碧血沉沙有断戈。莫问古来争战事，眼前盛世且高歌。

登晴川阁

背负龟山俯大江，玲珑四面启轩窗。后湖帆影参差出，隔岸钟声断续撞。
倚槛快当风习习，披襟但听水淙淙。西行更看洪炉冶，独坐篮舆过石矼。

登伯牙台

琴台近在汉江边，独立苍茫意惘然。后世但闻传古迹，当时谁解重高贤。
桐焦不废钧天响，人去空留漱石泉。此地知音寻不着，乘风海上访成连。

原注：鄂中四咏，系清光绪二十二年(1896)，先生倡议办卢汉铁路，应鄂督张之洞之召赴鄂时作，时在夏秋之交。

登太原西城

山势西来太崒嵂，汾河南下日悠悠。摩天黄鹄毛难满，遍地哀鸿泪不收。
眼底关河秦社稷，胸中文字鲁春秋。尼山渺矣龙川去，独立苍茫岁月遒。

太原返京道中宿明月店

南天门外白云低，揽辔东行踏紫霓。一路弦歌归日下，百年经济起关西。
燕姬赵女双蝉鬓，明月清风四马蹄。不向杞天空堕泪，男儿意气古今齐。

原注：二诗皆清光绪二十三年(1897)赴山西议办路矿时作。其时曾致书罗振玉先生谓："蒿目时艰，当世事百无可为。近欲以开晋铁谋于晋抚，俾请于朝。晋铁开则民得养而国可富也。国无素蓄，不如任欧人开之，我严定其制，令三十年而全路矿归我。如此则彼之利在一时，而我之利在万世矣。""明月店""清风店"：均今京广路正定北京段上地名。

杂感四首

其 一

积骸成莽阵云黄，九月乘槎入帝乡。梦里鸳鸯空草草，眼前燕雀总茫茫。
玉鱼金碗朝陈市，碧血青磷夜吐光。毕竟是非有定论，满城人尽怨端刚。

其 二

西望长安想翠华，蓬莱宫阙阵云遮。干戈缭乱名王府，刁斗森严上相家。
百姓含辛空有泪，九门茹苦尽无哗。回思众恶盈廷日，天纵神拳不住夸。

其 三

端毓刚徐赵李伦，兴高采烈杀洋人。两宫法驾依回匪，半部尚书作顺民！
十一国旗飘上苑，三千宫女感东邻。太和门里轻球起，疑是红灯又显神。

沪上小诗

其 一

谶书劫运介猪牛，大厦将倾不可留。举酒胸襟思举国，同袍气概合同仇。
愁看大泽龙蛇起，忍使颓波日夜流。谁假斧柯诛首恶，男儿耻作杞人忧。

其 二

一曲秦歌泪满裳，仰瞻北斗断人肠。黄龙有厄迁西晋，苍狗无端蔽太阳。
和尚难成思魏绛，都城出让类刘璋。破国孤臣唯涕泗，崇文门外月如霜。

原注：刘鹗作于庚子八月。樽本照雄引自怀德堂《硕园先生诗集·卷二》，刊日本《清末小说》1986年10月1日的《刘德隆、朱禧、刘德平编〈刘鹗及老残游记资料〉介绍》。

迎 銮

也随乡老去迎銮，十里花袍一壮观。风雪不侵清世界，臣民重睹汉衣冠。
玉珂璀错金轮过，步障东西御道宽。瞻仰圣天龙凤表，吾君无恙万民欢！

原注：先生辛丑日记十一月二十八日九钟往迎銮得诗四首之一。余未存稿。

壬寅四月与龙川诸学长聚于沪上之愚园锡朋先生议作《愚园雅集图》各举所愿余任补竹之役并纪以诗

其 一

成连一去海天空，二十年来任转蓬。天上星辰联旧雨，人间桃李感春风。
分诗构画情何极，把酒论文思不穷。牧马归群今已验，伫看霖雨起苍龙。

其 二

天花如雨点瑶琴，千里想思寄竹林。短节半能谐凤律，高枝皆已作龙吟。

愿依堕露听清响，更采闲云补绿阴。我有俗尘湔不得，此君教我总虚心。

原注：壬寅为清光绪二十八年，其时毛实君（庆蕃）任上海江南制造局总办。毛为龙川弟子，分别邀黄锡朋（葆年）、蒋子明（文田）来上海会于愚园。与会者均龙川弟子，黄、蒋弟子及其子弟。会后遂定南北合宗。

壬辰咨送总理衙门考试不合例未试而归腊月宿齐河城外

魄落魂消酒一卮，冻躯围火得温迟。人如败叶浑无属，骨似劳薪不可支。
红烛无光贪化泪，黄河传响已流澌。那堪岁岁荒城道，风雪千山梦醒时。

光绪辛丑六月十七日题日记上

烟柳丝丝覆院门，凄凄切切近黄昏。城中城外人俱病，愁雨愁风客断魂。
百药不灵无上策，两花交萎怕中元。柔肠一寸重重结，半向人言半不言。

原注：按诗记侍姬郭氏病事，城外人指郭姬。城中人指朱姓女。时均病革，先祖药之不效也。

宿戈驿

万山重叠一孤村，地僻秋高易断魂。流水潺潺硷且苦，夕阳惨惨淡而昏。
邮亭屋古狼窥壁，山市人稀鬼叩门。到此几疑生意尽，放臣心事复何云。

七叠同狱钟君笙叔饯宋侍御芝栋之乌孙原韵用以自嘲亦相嘲也

勘破华严五十三，皈依净土日和南。半弓拓地培新绿，一井窥天见蔚蓝。
太史书从宫后作，昭明经在狱中参。纵横驰道无千寸，辜负良朋惠脱骖。
车幕残毡当罽裀，余温保命学凝神。骨如太古之前物，心是羲皇以上人。
瓦缶汲泉朝供佛，沙瓶煮酒夜留宾。时时勤拂菩提树，明镜台空不染尘。

安香夫人名复履为予同学友□□四月初七日送之颍上上船后回寓不寐偶成二律无所寄托而云也

其　一

碧城楼阁望中春，旖旎风流绝代人。柳浪荡魂晴有絮，松涛洗耳净无尘。
尊前添酒难为醉，襟上题诗易怆神。无限低回情未吐，云英原是女儿身。

其　二

情丝如发远迢迢，系着人心分外牢。宝树成林围七札，天花铺地衬双翘。

并肩密赠黄金盒,对月同吹紫玉箫。此去东南应速转,莫教辜负好蟠桃。

沈虞希以采芝所绘兰花嘱题

依稀空谷见精神,翠带临风别有真。谁料弥天兵火里,素心花对素心人。

虞弦落落听希声,似采灵芝赠远行。一片幽情弹不出,冰绡飞出董双成。

题《勺湖莲隐图》应周石君刺史之嘱二首

其　一

勺湖深处最清幽,一片红莲好荡舟。闻道高人殊恋此,湘纨一幅画中收。

其　二

数间茅屋绕秋蒲,抛掷长征叹道迂。记取湖边好风景,归来岂让鹿门图。

由天津附轮舶之沪

横悬一榻似僧龛,电激雷轰睡不酣。半夜奇温通枕褥,已知海境入江南。

无题二首

其　一

些子嫣红褪海棠,东风不任一宵狂。朝来笑向菱花说,今日应梳堕马妆。

其　二

清香细细影悠悠,烦恼无缘到枕头。半醉半醒云雾里,此乡无地不温柔。

戏　作

二十八点钟,往返一千五。依旧在天津,未离一寸土。

注:录自刘鹗《己巳日记》九月十一日日记。

昨　夜

脸霞红到鬓云边,静敛双蛾未足眠。低唤檀郎休息罢,一丝丝气软于棉。

致赵明湖

避风十日荒湾泊,又出荒湾涉怒涛。敢与波臣争高下,一枝萍梗任风飘。

题画诗

珠玑石畔望银河,郎若无心妾奈何?织就回文旋不见,敢使画幅剪秋萝。

题画二绝

其　一

绒绒细草绿如丝，正是春江水暖时。三五成群随意动，天机活泼有谁知。

其　二

开到桃花百草菲，草湖水满鲫鱼肥。故乡风景年年好，惟问王孙归不归。

东昌府题壁

沧苇遵王士礼居，艺芸精舍四家书。一齐归入东昌府，深锁嫏嬛饱蠹鱼。

题《唐诗三百首》卷页五首

其　一

阿姊停针每见怜，小时指授绣灯前。而今此卷犹传世，回首沧桑四十年。

其　二

风尘潦倒鬓如丝，久没心情学咏诗。手把此编三五读，依稀还是下帷时。

其　三

少陵悲苦青莲达，同是伤心感乱离。谁料目今刚李辈，昏凶十倍国忠时。

其　四

二十年来数宦囊，古书名画百余箱。蛮烟瘴雨仓皇走，北望燕京泪几行。

其　五

旅馆无聊枉泪滋，且将韵语寄相思。牙签十万知何处？重读儿时一卷诗。

题叶鹤卿蝴蝶帐沿四绝

其　一

暮春三月花含烟，游丝袅娜清明天。香车宝马烂无数，彩云忽堕芳尊前。

其　二

绣衣缥缈瑶池女，翠袖玄裙对飞舞。玉管金簧曲未终，天风谡谡吹红雨。

其　三

滕王榻上春风多，谢女机中彩色和。欲把深情托贞石，非烟非雾度银河。

其　四

杨柳青青胜裙褶，桃花片片舒娇靥。芳草王孙归不归，天涯处处飞蝴蝶。

正月十四夜到长崎十五日夜眺

山势双排照眼青，两丛灯火灿繁星。东风一夜真奇幻，吹立南朝许道宁。

道在瓦甓

其 一

庚子长虹夜竟天，香灰血水满幽燕。几声炮火京城陷，闻说端王失重权。

其 二

东华门外榷场开，无数英雄尽发财。只有痴人刘老铁，断砖残瓦拾将来。

其 三

更有痴人卞子新，竟将瓦甓当奇珍。一方毡子一丸墨，坐对晴窗较拓频。

按：以上三绝乃己巳端阳为卞子新题手拓汉砖条幅。

十五日游茂木距长崎十三里有奇也

最高岭上野人家，花面丫头会卖茶。隔海有山青似黛，穿林辟路曲如蛇。
松杉影里丛丛竹，波浪声中簇簇花。此水此风忘不得，七弦琴上觅伯牙。

十六日过四国九州

海程千里岛联绵，茂树无垠望落烟。孤屿中川居不得，亦无隙地尽山田。

十七日到神户游布引观泷

南宋丹青写照真，仙山松柏四时春。可知布引飞泷下，有个支那采药人。

十八日到奈良游春日神社看驯鹿

清和人物本同洲，唇齿相依大业遒。求友不妨行万里，劳君为我再呦呦。

十九日游西京清水寺

清水寺前云万顷，高峰瞻仰劳腰颈。茂树蒙茸似重裘，回头却念家山冷。

二十日游岚山

松毛泉水嫩芽茶，小憩山坳碧玉家。毳绿锦屏参淡赭，野人指点说樱花。

二十四日口号

绝代佳人许定情，名山胜迹半游经。平生乐事知多少，第一风流哑旅行。
学堂政界余无与，更不工商苦调查。借问此行何所事，半游名胜半看花。

吉原纪游

其　一

泥金镂凤大屏风，绣帔佳人一字红。八尺铁栅当面立，嘉名应锡野鸡笼。

其　二

维新服色紫裙长，粉板高悬大改良。一度春风钱四十，恼人偏作学生装。

其　三

上等佳人不见人，平悬小像借传神。许多引手平茶屋，专待渔人去问津。

新桥地游

征歌选舞酒亭中，真个销魂别有宫。参透禅宗欢喜法，春宵二十五圆通。

红叶馆

其　一

红叶馆中最高舞，散雪回风应节鼓。漫天枫叶落樽前，仿佛天花随红雨。

其　二

制度虽精理未全，过于严峻失天然。风流不得真销受，怨女啼红二十年。

注：红叶馆，日本歌舞伎座名。

八月十五日京城楼望雨

其　一

心泉汩汩绕阶流，雨脚斜飞飞满楼。怅望云山寄遐想，故乡今日是中秋。

其　二

布衾寒澈梦难成，旅馆危灯半灭明。三四五更人语寂，听风听雨听松声。

原注：京城，今朝鲜南部汉城。

星冈茶寮

荆布女儿玉作肌，星冈风景最清奇。酣歌艳舞不得到，只有高人来说诗。

原注：星冈茶寮，为日本东京旗亭之一，骚人墨客，多开诗会于其地，故云。

八　月

天上无纤云，地下无纤尘。海水黑于墨，月色白于银。
波涛争上下，船行急于马。成连来不来？我亦移情者。

马关春帆楼观潮

潮随天时来，不受地约束。溅波飞上楼，余沫洒山麓。
吼挟蛟龙声，翛翛满林木。帆樯竞西驰，万羽蜉蝣白。

日光中禅寺道中

绝壁悬岩不可攀，翠屏掩抑几重关。马蹄激涧飞湍上，人影朱黄紫碧间。
璎络垂天松穗穗，回纹盘岭路湾湾。天公缔造非容易，合是东都第一山。

华严泷

飞泉直下一千尺，旋入深渊不可测。涌出喷湍白似银，洄澜旋转玻璃碧。
源高势急不见水，朵朵白云堕空紫。危矶伫望心骨惊，硿硿雷声震耳骨。

白龙泷

早岁胎簪见盛容，今年此地又重逢。可知刘累云孙在，世职还应袭豢龙。

原注：淮源胎簪山白龙潭有泷。

蜿蜒直下几何里，曲折盘旋至于此。我穿云气踏天根，直自龙头迄龙尾。

原注：刘累，《史记·夏本记》："帝孔甲立。天降龙二，有雌雄。孔甲不能食。未得豢龙氏。陶唐既衰，有刘累学扰龙于豢龙氏；以事孔甲。"

汤 泷

枫叶满碧山，片片赤如火。银河几时颓？遥从半天堕。却如侠美人，权奇复婀娜。吐气成虹霓，花压云鬟亸。溅沫洒须眉，溪边石上坐。佳兴谁最多，一个支那我。

原注：华严泷等，日本语称瀑布为泷。华严泷为日光名景之一。

春日神社别院七木寄生一本枝条并茂无枯菀之殊对之有感

七木非同类，相依一体成。高枝能挹露，低叶藉敷荣。
异种通呼吸，殊源共死生。吾将师事汝，日月鉴精诚。

酬丹波雪子

玉手琼卮制末茶，去年晴雪扫梅花。诵郎佳句酬佳茗，纪取西溪第五家。
来岁郎来再品茶，山前山后尽樱花。瑶函先日云中下，迎到今村阿姐家。

注：丹波雪子，日本女子名；制末茶，日本有末茶之法；晴雪梅花，我国旧日讲究用雪

水泡茶;并喜扫取梅花上雪水澄净瀹茗;今村,日本人姓。

仁川待渡诗

其　一

蓬莱西望隔苍烟,独立山楼意惘然。海气蒸成云五色,乱山无数总浮天。

其　二

鲜花含露满妆台,玉女窗扉四扇开。天际一丝青似发,美人遥指海潮来。

其　三

罟师集网暮潮新,倚槛临风看逼真。正值斜阳山口挂,得鱼都是粉红鳞。

其　四

角声惊梦三更醒,海气嘘人六月寒。正是寂寥无遣处,多情明月上栏杆。

其　五

三更以后静无声,风息天高夜气清。灯塔旋光时隐现,两三萤火海中明。

平壤道中口占

千里清江水,迢迢送客亭。国殇何处是?社鬼久无灵。
风雨闻人哭,山川带血腥。孤臣无涕泪,惨对一灯青。

塔之泽往箱根道中

峻坂陟天阶,时时走绝崖。白云迷望眼,红叶衬芒鞋。
竹箭低如醉,松针净似揩。泉声长在耳,俗虑总忘怀。
险境神难妥,新诗韵不谐。茫茫何所见,天地两无涯。

赠刘道士

道人居市不居山,治病救人岂等闲。凭得阳春两只脚,一生几度玉门关。

原注:据新疆史料,刘鹗流放新疆时,常与一刘姓道士研讨医道。

颜承烈

颜承烈(1866~1914),字绍武,光绪三十四年(1908)加入中国同盟会,参加黄花岗起义。“二次革命”时,任江北讨袁第一师师长兼右路军司令。1914年8月于镇江被袁逆密探缉捕,9月就义于上海高昌庙西炮台。

示 儿

示儿一:逐利追名从来不求,旧恨新仇到此都休!
示儿二:半耕半读继承先业,一心一意光复河山。
示儿三:吾生宏愿未遂,中华雷声已起。
按:颜公在狱中留下遗嘱三则。

王宗筠

王宗筠(1866~1948),字稚青,号志清,淮安县人(今宝应县泾河下崔堡)。贡生,终生务馆。著有《溪堂琐记》《虚生白室丛钞》《诗草》《南溪草堂诗略》《崔堡小志》。

偕王研荪毛元征游紫霄宫听吴道士弹琴

尘襟聊洗涤,来此一听琴。夐绝上清境,超然太古音。凉秋风在树,静夜月窥林。余亦烟霞客,时萦访道心。吾师真不俗,把卷弗停披。东郭廿年隐(吴号东郭小隐),西湖千首诗(吴曾住西湖某山)。胸中蕴丘壑(吴善画山水),象外悟成亏。举世知音少,徒为钟子期。经世文章焚若草,当门兰蕙贱如菅。从今收拾千秋想,只与渔樵共往还。

甲子二月十五丁韵中五十冥寿怆然有感

交谊坚金石,当年互乐群。常倾车笠愿,岂料死生分。
月冷金萱阁,风凄宿草坟。平生知己感,惆怅独思君。

题邵天雷《剥庐诗文集》二首

其 一

寿世文章在,源从经籍来。汪洋昔韩柳,庸峭近曾梅。
自有千秋业,居然八斗才。腐儒议宗派,袛合作舆台。

其 二

袖里新诗本,能将万象收。十年家国恨,一斛古今愁。
江上余高咏,湖滨感旧游。神州留国粹,不废等河流。

衰 柳

西风萧瑟肃微霜,垂柳条条渐欲黄。疏影尚能筛夜月,苍颜犹自恋斜阳。
五更残雨栖鸦稳,万里新寒驿马忙。指日春光回客舍,暂时摇落不须伤。

枯　草

萋萋生意满郊原，此日飘零怆故园。风起色尝迷野晓，雨余青不到衡阳。
明妃塞北征人泪，开府江南旅客魂。信是枯荣随造化，年年归思动王孙。

残　菊

万花摇落隐斜阳，剩有东篱菊傲霜。人重寒香称大隐，天留瘦影殿群芳。
韩公老去秋应淡，陶令归来径已荒。毕竟此花为寿客，颓然长伴月昏黄。

初春感作

烽火深红磷火青，谁将近事卜苍冥。年荒难使枯肠润，风起犹闻战血腥。
薪米艰难流异地，河山破碎泣新亭。漫漫长夜何时旦，混沌常教梦不醒。

病中口吟

偶因小劫谪凡尘，落拓生涯八十春。老病龙钟枯管秃，耽吟忘是白头人。
襟上曾多旧酒泪，爱寻诗友共芳樽。黄花紫蟹传消息，如此秋光不出门。

王宗沂

王宗沂，字印梅，淮安县人，诸生，王宗筠二弟。著有《枕溪书屋诗草》。

过洪泽湖

烟雨苍茫里，湖光四面环。树浮天尽处，船拥浪中间。
雉堞时存没，渔舟任往还。片帆风送急，遥望老君山。

邵天雷

邵天雷（1868～1934），字无妄，淮安车桥人。与张冰合刊《冰雷合稿》。

涧东学舍

万马喧松籁，千鸦乱水烟。孤怀一二士，讲学到林泉。
佛说上乘法，众生谁仔肩。不知戴盆下，何以望高天。

注：涧东学舍在淮阴县涧桥东。

运河归舟

苍茫云水与蒹葭，枯树寒禽噪月斜。独客孤帆临水宿，不知何处女儿家。
三十六湖沙水清，风帆微日远天明。便当买个渔舟去，雨笠烟蓑淡世情。

杭 州

严城吹角破烟霜，隐约晴湖画有光。万顷雪残天目秀，隔江云聚禹陵荒。
东来甲楯怜勾践，南渡旌旗忆宋康。寂寞钱塘门外路，一泓寒水咽兴亡。

寄谢丈子玉

海陵红粟米为乡，秋水沦漪野望长。明哲谢时甘吏隐，巢由在野任狷狂。
但教混俗浮杯酒，未许澄清拂剑芒。揽辔登车何处去，十年尘梦阅沧桑。

次后玉衡用杜少陵秋兴韵

广陵城阙柳行斜，五度秋风怅岁华。九万鹏程思健翮，十千蚁爵泛灵槎。
倚楼久厌闻长笛，谯戍今看奏暮笳。陈乐荒唐炀帝杳，吴儿莫怅后庭花。

苏 州

其 一

作客怀人总系思，金阊门外漏迟迟。十年湖海销魂梦，况是扁舟卧雨时。

其 二

寒烟疏柳近枫桥，寂寞空山剑气销。伍胥浮江孙子老，何人吴市学吹箫。

扬州本事诗

纵酒征歌事可怜，寥寥短鬓愧华颠。当筵我是伤心客，惨淡银灯泣素弦。

淮 寓

其 一

荒城百雉咽淮流，露柝声声警夜愁。大地龙蛇争逐鹿，年年风雨拜韩侯。

其 二

时世仓皇方用武，书生穷贱且论文。谁言胯下王孙怯，短剑横腰泣暮云。

其 三

涧桥残月照归舟，闲话沧桑欲白头。好就刘伶台下醉，人间无地可埋愁。

顾震福

顾震福(1869～1935),字竹侯,淮安县人。北平女子师大教授,清末民初文字学家、经学家、著名谜家。著作有《小学钩沉续编》8卷,《齐诗遗说续考》1卷,《鲁诗遗说续考》1卷,《韩诗遗说续考》1卷,《毛诗别字》6卷等17种之多。

依蔗叟韵奉题《丽泽觞咏图》二首

其　一

销尽青襟旧酒痕,旗亭犹借杏花村。一泓秋水流遗泽,四座春风惑及门。
北海樽开传雅集,南丰香爇沁诗魂。王筠谬许饶丰韵,齑臼题碑愧外孙。

其　二

仓桥东望抹烟痕,写出沧州抱水村。摩诘辋川新画本,河汾讲席旧师门。
酒垆如见黄公肆,邻笛空招楚客魂。剩有楹书堪世守,籯金胜似付儿孙。

原注:顾震福是顾翊辰之父,此二首是在顾翊辰题过以后所作。顾震福系韦福安的女婿,故诗中有"王筠谬许"和"愧外孙"等语。

王宝琦

王宝琦(1870～1942),字洪矩,淮安县人,附贡生。性慷慨,好施与,扶危济困。精医理,远近驰名。镇中公益及慈善事皆出资首倡,或独任其事。学校、桥梁、寺院、施材局、育才会皆赖以成立。喜为诗,有《颐园吟草》。

和志清元日口占(原韵)

吟坛步武我还留,止酒难同大白浮。偏历尘缘磨岁月,且随劫运度春秋。
闲歌佛偈怀居易,虚博医名愧伯休。生塘营谋添旧债,好山能更几回游。

偕朱翰卿游信阳贤山

乘兴酣游策马来,天风吹上最高台。千寻汉柏罹兵火,剩有灵根卧草莱。

梅花岭

选得佳城葬玉棺,梅花长伴旧衣冠。孤臣节概传千古,铁干冰心一例看。

毛乃庸

毛乃庸(1875～1931),字伯时,后字元征,别号剑客,淮安县人。清光绪十一年(1885)入县学,曾任江北师范教务长、江南高等学校教授、江苏通志局分纂等。曾参加《淮安县志》编纂。辛亥革命后,返淮著书立说。著有《十国杂事诗》《十六国杂事诗》《后梁书》《北辽书》《辽进士考》《季明封爵考》《檀香山岛国志》《勺湖志》等百余卷。

张 良

子房年少时,颇学纵横技。意气吞秦皇,椎车博浪里。俗士苦无识,诧为雪韩耻。岂知子房心,所愿不在此。区区横阳君,孤立无援倚。子房若为韩,辛苦偕经理。栈道既可烧,司徒不归仕。迁怒激项王,反掌遭屠毁。郦生趋刻印,六国方窃喜。子房若为韩,闻否当欣起。遗著进嘉猷,利害洞心耳。遂令故宗邦,不得延宋祀。本欲雪韩仇,乃以斩韩祀。始知子房心,第欲立功耳。功成复何求?请从赤松子。

咏 史

管仲相齐桓,转败能为功。范蠡佐勾践,雪耻倾吴宫。艰难赖旋斡,报国摅公忠。古今不相远,未必无英雄。抟鹏得劲翮,一举凌高空。

风雨夜坐

床头泥落闻鼠行,狂风飞瓦如雷鸣。檐前雨线剪不断,望穿窗纸天难明。下床取火照书轴,眼涩灯枯晕红绿。空庭月黑无鸡啼,鬼车飞过邻家屋。

走马引

红锦花袍金络马,缓辔摇摇大旗下。连天烽火照阴山,仓皇走马先入关。先入关,将军喜,回头语健儿,汝曹今免沙场死。

泛郭家池

湖光天影涵玲珑,扁舟载酒随轻风。篙师送我入花去,莲花莲叶翻青红。画船来往不知数,笙歌吹遍湖西东。楼台倒影浴金碧,长桥蟠曲如飞虹。舟回路转隔蒲苇,一支瘦塔撑青空。科头被发坐篷底,举酒酌客倾千钟。久居城市厌嚣热,清凉到此开心胸。五湖烟水浩无竟,挂帆思去巢云松。

赤嵌城　哀台民也

赤嵌城头鬼夜哭，白骨如山压城麓。炮雷一震城门开，长须虾夷海上来。马前酋长发新令，文物衣冠更旧政。峨峨大岛悬南天，狉獉一启三百年。诗书礼乐沐王化，奈何从此污腥膻。虾夷得意肆荼毒，日日括金还括粟。姬姜憔悴执盘匜，王谢流离溷厮仆。横行淫掠复何堪，轻乃拘囚重诛戮。城中碧血化青磷，城外狐狸饱残肉。天寒日暮哀遗民，北望神州泪盈掬。泪盈掬，鬼夜哭，不恨虾夷不诉苦。但恨生不得为中国民，死不得葬中国土。

莲花漏　讽枢臣也

莲花宫漏催银箭，至尊夜御延英殿，内官走马呼群臣，玉带貂裘尽时彦。从容剑佩到丹墀，鹓鹭分班开雉扇。天子筹边夜不眠，诸臣赐对容犹劝。但言奏捷在须臾，小丑何容劳圣念？劳圣念，明日金銮再召见。明朝再见将何如？怀中幸有和戎书。

不读书　思人才也

不读书，读书成腐儒。腐儒眼孔小于鼠，经济词章两无取。袖中一卷干禄文，日日咿哑如学语。国家制举在得人，此辈登科复奚补？不读书，读书成腐儒。腐儒之误不在书，因噎废食愚乎愚。但愿至今以后慎选举，惟取实行毋空疏，人才之生无日无。

宝剑篇

邪溪水涸蛟龙起，飞入干将冶炉底。盘空光逼星辰昏，抽锋划天天有痕。玉蟾倒转金乌奔，八方荡决消纤尘。风胡久死不论价，至今虎气犹精神。我持此剑欲安试？拂拭鹈膏空淬砺。不如改铸作铅刀，明朝沽向屠牛肆。

开愁歌

辘轳万转筹丝绕，衰荷笑客成枯槁。醉眠横倚太清闲，白昼看天日轮小。酒杯碎掷声如雷，横风蹴地昆仑颓。男儿何事不称意？乾坤劫尽犹成灰。愁眉怨尽吴霜重，天付头颅须有用。快刀臆断剖云团，俯瞰瑶京招赤凤！

和仲舅雨过

尚有夕阳在，断霞遮复明。垂风花朵重，向晚葛衫轻。
病骨苏余润，重檐豁暮晴。愿倾银汉水，沾溉快生平。

大堤秋眺

苍茫钓台侧，日落走风沙。急水迴行棹，高城插断霞。
乞儿堤畔宿，津吏渡头哗。形胜江淮地，承平息鼓笳。

赋得海

直觉天都失，全无地可容。来潮更昼夜，分国界蛟龙。
神怪中流见，菁华百宝钟。不须劳设险，即此固皇封。

赠吴温叟即题其诗集

大地一浮物，吹嘘生乱潮。横流今浩荡，我辈各飘摇。
抚髀英雄感，巢堂燕雀骄。多君能自遣，歌咏寄幽寥。

校宛平周孝楷范伯遗诗毕题此

生前不相识，死乃定遗文。已揽谪仙月，难为东野云。
愁心泻春水，恨雪瘗秋坟。亦有年华感，凄凉岂为君？

过迎仙桥旧址

炼汞烧铅得道迟，鸾骈鹤驭杳无期。求贤已失罗昭谏，爱士唯容吕用之。
群盗长安移国步，将军幕府建仙祠。西风一炬扬州火，辛苦当年版筑时。

送吉甫归岔河镇

霜凝洪泽云，秋冷柘塘水。小艇载君归，怅望斜阳里。

无　题

其　一

谁说登仙事果难，笑君空炼九还丹。只须偷得瑶池药，便可飞身向广寒。

其　二

不见安期海上来，空随青鸟到蓬莱。碧城紫帐归何处，剩有珊瑚水底栽。

首夏杂咏

红染阑干绿映扉，南园风景已全非。余春一瞥成何用，齐下珠帘护落晖。

徐钟恂

徐钟恂,字信伯,号绍泉,江苏山阳人。光绪三十年(1904)甲辰恩科殿试二甲第一名,授编修。光绪三十二年(1906)赴日本留学。宣统三年(1911)秋,掌清江法院。一年后归田养母。因植花满庭,故晚号“花隐”。工诗词。有《花隐诗存》《花隐词剩》。

庚子夏勺湖观荷诗成寄题黄松舲太守《藕花舫图》

记曾手披藕花图,雪窗寒色生肌肤。眼前生意道不得,墨池冻裂诗肠枯。勺湖归棹熏风凉,丈藕作花溪水香。隔溪楼阁互铃语,雨过月出云天苍。人生到此万缘息,羞向风尘斗才力。污泥不染清净身,此景曾从卧游得。松舲先生家长沙,兴来烟水船为家。半生宦迹不自道,涂写清江千顷花。花中雀舫小于叶,画轴诗囊复稠叠。云水光中好须眉,惊飞花底白蝴蝶。仙源吏隐人中豪,竹簃清啸霜天高。诗卷传家重彝鼎,举酒劝客空山醪。去年披图酣宵宴,今年看花伤世变。一局已输北道棋,金缯不继来鏖战。汉通西域非失计,失在儿戏无藩卫。国势人心朝夕危,顷刻去留舟不系。吁嗟去年复今年,问花无语心茫然。雪泥鸿爪类如此,携图重话秋窗前。

杨庄晚渡

到家翻作客,十日又征途。野色连村暗,乡音隔县殊。
新潮平岸草,落日下田芜。谁识幽闲趣,烟波一钓徒。

辛丑正月十九日袁浦舟中作

还家才一月,门外又骊歌。儿语留行苦,亲年老奈何。
客途偏雨雪,国事正干戈。百里长河月,心烦梦幻多。

顺河集晚泊

蒲帆十幅御风轻,一日能兼两日程。诗草重删求入古,岸花倒放总多情。
窗延新月分灯影,舟拥春潮误雨声。树里人家富鸡犬,几回梦熟几回惊。

题《勺湖图》

阮顾继起增辉光,使星返照来衡湘。文章道义相激劝,寒士欢颜开草堂。

卢福臻

卢福臻(1850～?),字介清,诸生。淮安县人,世居车桥卢家滩。先世固多诗人,民国七年(1918)排印有《咏淮纪略》。

山阳湾

一湾淮水经山阳,环流西北势最强。来自清口太湍急,曲折奔腾不可当。日夜东趋下末口,迅如脱兔坡前走。往往南漕忧沉溺,到此踌躇都束手。雍熙运使沙河开,六十余里险不来。天储方喜庆安澜,稳渡舟师欢若雷。无何淮徙运亦止,大局纷更从此始。几寻故道几徘徊,神禹之功难回矣。

按:山阳湾在淮安城西北,为淮、泗水交汇处以下的著名溜湾,长六十余里,水流迅急,风波覆舟频繁,往来舟船视为危途,宋雍熙年间开沙河运河,明永乐年间开清江浦河均为避开山阳湾的复河工程。

隰西草堂

菜市桥西访隰西,草堂沉寂夕阳低。芦汀柳岸含新意,渔户园丁问旧栖。
北极星沈天欲泣,南村路回鸟空啼。风衣饲帐菇蒲曲,有志无成恨永赍。

射阳山人

山人英敏最工书,只为家贫未秩居。金石能文鸿业润,厄穷终老燕贻虚。
邱搜遗稿飞蓬后,陈序新编付梓初。风雨籧庐思博洽,一时作手冠乡闾。

按:《西游记》作者吴承恩自号射阳山人。

陆丞相祠

丞相祠堂何处寻,徐庐松柏共森森。石边尽孝人同仰,海底埋忠我益钦。
风雨厓山亡国恨,烟云淮水故乡心。一经负帝攀髯去,庙享千秋直至今。

原注:陆丞相祠在淮安旧城山阳县衙东,祀南宋陆秀夫。

绰绰道人

性天疏放俗难羁,进退从容余裕时。兴寄飞鸿秋万里,苇间三绝画书诗。

按:画家边寿民号绰绰道人。

镇淮楼

南北枢机旧额题，铜壶刻漏已难稽。疏窗四面周巡便，守卫金城俯瞰低。

曹钟昌

曹钟昌，淮安人，清末民初诗人，生卒年不详。

勺湖九韵

淮扬烟景比钱塘，挂眼青山是女墙。南北高城峰势远，水云片片数西方。书院西邻太乙宫，湖心亭子纳南风。长桥记卧沧波上，安得如虹比跨虹。宦游不记几春秋，爱往杭州抵淮州。一样六桥分内外，皇经阁比望湖楼。拳山勺水艇如瓜，西望湖滨塔影遮。欲比雷峰看夕照，赏心美景属荷花。绿杨几树正当门，苏小春情熟比伦。多少荒坟松柏下，不知何处月香魂。西北高楼近钓台，韩侯更比岳王哀。渔沟直肖精忠柏，欲折雄心百不回。清芬自古有涟漪，循吏声名百世知。为何淮安贤志府，风流还比白苏祠。前朝寺观复余几，不见残僧空数稀。若把三城比三竺，圆明灵隐各依稀。昔贤曾著西湖志，今代西河善属辞。从此江南与江北，山公都作习家池。

陶思澄

陶思澄(1883～?)，字芷泉，北京人。清光绪二十九年(1903)任山东编译局文案。翌年，任师范学堂提调。民国后历任山东行政公署秘书官、北洋政府财政部盐运使、两湖米捐总局总办、淮安关监督等职。

寄慧翁

读《湖上留题录》，回忆昔年榷酤淮上，公余恒到寺览胜，因述所见。补作二律以寄。

其　一

昔年奉使到山阳，闲访精兰绕荻庄。亭圮难寻招隐址，尘封未改倚舟堂。
绿阴深处鸣驺系，红雨飞时好鸟翔。差喜远公知爱客，具餐玉版话僧房。

其　二

殿宇摩云峙水滨，规模重整焕然新。仰看宝镜仍题额，始信金刚不坏身。
种竹千竿蠲俗虑，拈花一笑悟前因。起衰欲演《传灯录》，毕竟南庵有替人。

按：慧翁指湖心寺住持慧之。荻庄在淮安萧湖上。

张 冰

张冰(1883～1939),名紫文,字雪抱,一字余生,淮安县人,南社诗人。早年毕业于两江政法学堂,民国时期历任浙江省宁海等地检察官,后辞官回乡为律师。与周实、阮式、邵天雷为同乡挚友。

失 题

大道沉沦日,雄心付劫灰。灯残风雨夜,诗役鬼神哀。
落拓怜才大,佯狂济世隤。眼宽天地窄,怀抱向谁开?

次无妄姻丈人菊去非联句韵

莫谓人天隔,长庚入梦星。卧看银汉碧,坐对夜灯青。
四野多新鬼,中原失典型。狂夫悲混浊,政客事优伶①。
斫地一狂醉,呼天百不灵。伤时存直史,厌世悔传经。
安得倚天剑,恨无吐水瓶②。乐章比汤武③,礼服效娉婷④。
当代风云急,何时醉梦醒。边城征马瘦,商女舞衣馨。
塞上悲笳动,秋边冷露零。阴霾沉大陆,风怒偃千霆。
屈子遭残毁,史迁陷腐刑。清名污浊世,投赋吊沧冥。

原注:①交通总长某日招各长官演剧为乐。②见扬雄《太元经》。③新制乐章,比隆汤武。④新制长官礼服为绣锦衫裙。

次人菊韵

半生无计拯元元,白日荒唐清昼昏。韩国党争亡半岛,拿皇政略碎中原。
愁肠九转悲戎马,热泪千行洒国门。中夜啼猿听不得,一声呜咽一销魂。

酬黄癞柏韵

儒生岂愿逐征尘,都为微名劳此身。北地乡情凭雁足,南天风景托诗人。
一官异地烦车马,三叠阳关判主宾。同学临岐应洒泪,知君惜别最酸辛。

书 愤

造化无灵日月昏,南方谁与赋招魂。故人寂寞怜霜鬓,游子飘零剩泪痕。
未见须眉能报国,更无粉黛解酬恩。昔年豪气消磨尽,剑胆琴心两不存。

哭周实丹四绝

其　一

魑魅狰狞日，英雄惨死时。腥风和血雨，又上汉旌旗。

其　二

热血洒冰海，丹心比赤曛。可怜淮上月，夜夜照孤坟。

其　三

侠烈一抔土，灵芝产九茎。淮阴悬汉帜，公死亦如生。

其　四

欲哭哭无泪，伤心心已灰。平生一知己，魂绕楚城隈。

酬吴江黄子病蝶韵

其　一

沐猴冠带事全非，豺虎纵横暂掩扉。磨剑十年空自许，于今事业悔投机。原注：余事律师业乃投机性质也。

其　二

朋侪血洒冰天热，愧说余生侠骨遒。车辙屡穷应痛哭，眼枯无泪向人流。

痛　哭

卅年奔走成虚梦，痛哭江湖老此身。四壁只余孤剑在，可怜名士不逢辰。

无　题

其　一

灿灿黄金空有价，年年未许续明妃。记曾啮臂心相许，翻作来鸿去燕飞。

其　二

情海惊涛十丈飞，沧桑时局与心违。蛾眉未许黄金续，怕见孤鸿塞上归。

读南社十九集附刊怆然赋此

热血横飞满太空，精忠贯日化长虹。只因了解平权理，不愿尊君愿大同。

梨花里访亚子

云路苍茫水接天，骚人宅傍水之前。此身甘向山中老，不管兴亡只自怜。

被 囚

其 一

依本无辜枉被囚，临江寄泪故园流。伤心国事应求死，不忍慈帏为子忧。

其 二

忽为官吏忽为囚，事事浮沉逐水流。乱世不如归隐好，无恩无怨更无忧。

题亚子《分湖旧隐图》

悠悠湖水分吴越，落落山川入画图。旧有松陵高士宅，莫教蔓草乱靡芜。

周 实

周实（1885～1911），字实丹，一字剑灵，号无尽，自号山阳酒徒。清淮安府山阳县车桥人。南社成员、同盟会会员，就读于两江师范学堂。宣统三年（1911）六月，组织建立南社分社淮南社，以诗文鼓吹革命。辛亥革命爆发后，返乡领导山阳光复，为山阳县令姚荣泽诱杀，壮烈殉国。著有《无尽庵遗集》等。

抚 剑

乱世多恩仇，盈胸画块垒。慷慨鸣不平，匣中双剑在。铮铮百炼钢，万古矢不改。置之明镜旁，夜夜腾光彩。愿汝化为虹，跌宕亘四海。遍斩奸佞头，功成为奏凯。噫嘻！白日去不回，朝夕置杯待。龙泉倘有灵，雄心肯轻馁？

谒韩侯祠

淮南木落秋萧萧，此邦今古几人豪？枚生故里殁蓬蒿，渭南词句空萧骚。卓哉我侯真英雄，少年脱略王与公。刘家解衣推食术亦工，尽驱三杰入彀平关中。吁嗟呼！钓竿一掷登将坛，身经百战假王难。无端长乐钟室冤风寒，胸头热血直夺丹枫丹。枫丹草碧长如此，庙貌岿然侯不死。在世难教产禄王，保身羞与良平比。落日荒沙鸣不平，千年呜咽长淮水。淮水悲凉日奔走，亭长恩仇翻覆手。鸿门竟忍分杯羹，鼎镬何辞烹功狗！伍相摧残文种诛，震主功高祸亦陡。祸福纷纷凭喜怒，无上君权推汉祖，他年追思猛士嗟何补。遂令富春山下披裘人，清风亮节高千古。

拟决绝词

卷施拔心鹃叫血，听我当筵歌决绝：信有人间决绝难，一曲歌成鬓飞雪！鬓飞雪，拼决绝，我不怨尔颜色劣，尔无怨我肠如铁！请决绝，如雷之奋如电掣，如机之断如帛裂，千古万古惩此覆辙！惩覆辙，长决绝，海枯石烂乾坤灭，无为瓦全宁玉折。

驱　闷

吴头楚尾滞王孙，未遂豪情未报恩。异地风霜游子梦，故宫花草美人魂。
苍凉禾黍埋黄瓦，憔悴杨枝吊白门。凄绝蒋王山下路，几多华屋变荒坟。

商园即景

秦淮一带冷凄凄，莫说中朝旧鼓鼙。红树半欹墙内外，白云倒漾水东西。
寒蛩吊月鸣无力，沙鸟亲人飞渐低。怕过石头城下路，往来痕迹尽轮蹄。

《民立报》出版日少屏索祝爰赋四章

昆仑顶上大声呼，共挽狂澜力不孤。起陆龙蛇鳞爪健，处堂燕雀梦魂苏。
重重草木羞依附，莽莽荆榛待剪除。千万亿年重九日，自由花发好提壶。

京口旅次夜雨

淮南消息滞青鸾，旅馆为家惨不欢。千里关河穷阮籍，一椽风雪艳袁安。
历朝政法于今变，壮岁功名自古难。惭煞题桥旧司马，依然落拓过江干。

邗江舟中

其　一

金空裘敝太郎当，怅望烟波人渺茫。山色争随云隐约，船唇故任浪低昂。
绿梧叶悴心难槁，红豆根除意未忘。落落衫衾归去也，男儿何以慰高堂。

其　二

一棹西风出白门，漫漫湖水易黄昏。满天云气浑如墨，远树灯光定有村。
寒雨时从窗隙进，怒涛争向枕边奔。丈夫壮岁犹如此，大陆谁招已逝魂。

郡城客舍偶赋

并世诗人工部少，千年热泪贾生多。深情拟织回文锦，壮志谁挥返日戈。
银汉未填缘尚浅，蓬山更隔事如何？计来我亦堪归去，十亩栽花醉放歌。

书　愤

誓斩仇雠频看剑，为浇块垒且倾杯。千金骏骨生谁市？一点犀心死不灰。
春去忍教鹃泣血，魔多竟有鸩为媒。窗前手展《离骚》读，艳怨凄馨未易才。

晚坐纳凉口占小律

缟衣素袂自芙蕖,香沁诗脾雨过初。萤火依稀月淡淡,蝉声断续风徐徐。
古槐覆地碧成幄,修竹横窗绿上书。半晌藤床贪久坐,满天露雾湿衣裾。

书　感

淑身救世仍无策,弋利沽名两未工。种种狂言成画虎,区区末技悔雕虫。
金戈铁马情空壮,玉佩霓裳梦未通。万古千秋成怅望,人天能否此心同?

书　愤

丹心爱国时遭谤,白眼看人岂合宜?市骏高歌士不遇,画蛾微惜我犹疑。
凤凰忽作乌鸦伴,鸿鹄宁求燕雀知?侠骨刚肠还自赏,休将毁誉校群儿。

独　步

偶披白袷步郊原,谁向江关拓小园?芳草成茵贪独坐,落花满袖淡无言。
山中叆叇多云气,襟上模糊尽酒痕。生恐江南飞絮早,鹃声处处恼王孙。

秦淮闻歌

吹箫击剑两蹉跎,惜少旗亭曲付佗。王气沈霾秦月在,野田邂逅郑风多。
金吾不禁闲歌舞,玉女唯知贱绮罗。谁识银筝红袖侧,有人流涕对山河。

祝劫火后之《民立报》

其　一

缚马雄姿倚马才,辛勤卷土判重来。人心共矢收余烬,吾舌终难付死灰。
彪炳万言光日月,精诚一念造风雷。燃犀从此躬形相,夜夜文昌烛九垓。

其　二

热血丹诚誓不疲,文章光焰夺朝曦。金丝几见罹秦火,田海无劳吊汉池。
百炼头颅堪独立,九州耳目仗先知。西邻狎侮东邻笑,珍重江郎笔一枝。

宰　相

其　一

卿云纠缦大星明,上相尊严莫与京。自诩和戎能却敌,难工伴食况调羹。
弄獐伏猎诗书玷,附凤攀龙妾妇情。地老天荒人寂寂,枉将宰肉学陈平。

其　二

一代侯王兼宰辅，还将门第陋金张。上台气焰熏天久，前席谋猷割地忙。
独拥貂蝉长乐老，旁搜蟋蟀半闲堂。摘瓜抱蔓黄台殿，更有何人请上方。

吊黄花岗七十二烈士

其　一

瘴雨蛮烟路几千，楝花落尽一潸然。三年化碧心难灭，九转成丹目已穿。
誓起鲁阳麾赤日，忍教胡月犯黄天。匣中夜夜青锋啸，愿作人豪不羡仙。

其　二

腥风血雨误归期，痛哭江头杜拾遗。弩末已无穿缟力，刀头休作赐环思。
狰狞猛虎磨牙日，夭矫神龙见首时。虏运将衰炎运在，南阳会睹汉旌旗。

其　三

日暮归来泪满襟，钟期去后判椎琴。春花寥落无生气，夏木凄凉有死心。
遗恨千年秦殿柱，招魂三月楚江浔。长缨枉说擒南越，年少终军不可寻。

其　四

直将刍狗视人群，无限苍凉日暮云。斗志未酬填海鸟，痴心枉作负山蚊。
荒烟孤岛田横客，夜月悲笳翟义军。猿鹤沙虫同一烬，累累七十二荒坟。

祝《铁笔报》出版

人世争存唯黑铁，独扛铁笔作文豪。甲兵十万胸中富，毛瑟三千腕底操。
彪炳麟经严斧钺，纵横龙气上云霄。自从百炼千锤后，岳岳词锋不可挠。

红　梅

非无脂粉痕，独挟冰霜气。置身太一前，空山自华贵。

送　别

郎意风前絮，郎踪波上萍。那堪懊侬曲，重唱与郎听。

春　尽

南浦草凄凄，撩人杜宇啼。春归留不得，飞絮满前溪。

扬子江舟中

其　一

春鸟秋虫不尽声，百无聊赖以时鸣。怒涛怪石相冲击，似助劳人说不平。

其 二

山势千寻平地起，楼船百尺自天来。要倾扬子江中水，浇尽胸中块垒堆。

九月九日登高

笑我才名成画饼，问谁诗句敢题糕。淮南千里峰峦少，丘垤无端也自高。

咏玫瑰花

侠女生来有芒刺，美人讵必无铅华？前生本是玲珑玉，想入非非幻作花。

迎神曲

乍晴时节好风光，箫鼓船头水气凉。儿女也知忠义好，一齐稽首礼睢阳。

原注：相传都天神即唐张睢阳也。

离 愁

九折回阳万斛愁，天涯何处觅封侯。双飞紫燕撩人甚，栖向雕梁爱并头。

过高邮湖

谁家屋角闪斜晖，小艇捞鱼一叶微。隐约白云红树里，湖天归鸟逐帆飞。

清明日踏青有感

其 一

杯酒盂浆家祭日，斜阳芳草晚归时。风前一掬伤心泪，我亦人间无母儿。

其 二

蘼芜绿遍路西东，袅袅杨枝挽玉骢。争说去年凭吊处，桃花如雪满东风。

其 三

世间哀乐难平等，人耳啼声杂笑声。前路茫茫心似醉，沿溪十里踏莎行。

醉 书

朱家郭解真知己，骆马杨枝好侍姬。一剑一箫两孤负，江南草绿流莺啼。

惜花词

其 一

春光何处不繁华，十万金铃愿自奢。翻笑放翁心地窄，绿章只为海棠花。

其　二

到眼无端皆碧草，多情自古属红妆。落花一片心难灭，堕入春潭水亦香。

痛　哭

其　一

痛哭慈亲恩太厚，千磨万劫不能酬。几回夜雨消魂地，欲挽长河入眼流。

其　二

能佛纵能容忏悔，我侬无计答劬劳。粉身灰骨终何补，大海深沉太岳高。

将由甸乡之金陵赋此志别

其　一

我生负气慕游侠，愿作嵚奇磊落人。国耻亲恩同在抱，微躯何敢怨风尘。

其　二

蚍蜉撼树枉多事，鹦鹉能言便骂人。鸿鹄高翔燕雀笑，公等碌碌吾何瞋。

其　三

得失荣辱关寸心，安能与世同浮沉。眼前所见尽余子，世外相知横一琴。

其　四

此去黄金谁筑台？狂歌狂哭风云哀。江南江北好山水，忍对新亭浊酒杯。

七　夕

绮怀剑气两消磨，心巧其如命拙何？无量相思无量苦，人间何处不银河。

无　题

欲遣陈思赋洛神，珊珊仙骨谪风尘。苎萝村里红颜老，畴信西施是美人？

《桃花扇》题词

其　一

爱国心肠亡国泪，美人芳草付悲歌。桃花扇面斑斑血，那及云亭纸上多。

其　二

未肯麾戈学鲁阳，征歌选舞日匆忙。亲仇国耻都忘煞，不怨朝臣怨福王。

其　三

谁向神州起义师，钗丛酒阵学情痴。河山已碎家何在？犹掷黄金买侍儿。

其　四

千古勾栏仅见之，楼头慷慨却奁时。中原万里无生气，侠骨刚肠剩女儿。

其 五

甘向新朝作贰臣，梅村芝麓负君亲。多情只有灵和柳，犹自依依恋故人。

睹江北流民有感三绝

其 一

江南塞北路茫茫，一听嗷嗷一断肠。无限哀鸿悲不尽，月明如水满天霜。

其 二

寂寞蓬门四壁立，凄凉芦絮褐衣单。那知华屋雕梁客，坐拥红炉竟说寒。

其 三

夙抱改良农学愿，沈沈不醒奈他何。化身倘作催耕鸟，普向人间劝插禾。

读 史

其 一

青史千年久寂寥，中原尚武几人豪。卖刀卖剑纷纷语，消尽兵魂不可招。

其 二

翠柏苍松蜀相祠，老臣允称后人师。南阳早定中原局，出世原来入世时。

其 三

北顾神州虏骑多，南朝王气久消磨。老臣爱国心难死，还向临终唤渡河。

十兄弟坟

其 一

风雨难渝生死盟，抠衣展拜感纵横。燃萁煮豆知多少，功利翻教汩性情。

其 二

姓字沈埋不可寻，此坟未圯见人心。酒酣独立斜阳外，欲赋鸰原泪满襟。

卢廷栋

卢廷栋，清末民初淮安县人。

游荻庄即事

其 一

未款芦碕境已偏，河桥细柳欲生烟。薄寒天气还如此，水暖沙喧更可怜。

其 二

万树梅花隔板桥，生香次第著寒条。补烟亭上一长啸，海鹤飞来手可招。

高行素

高行素(1886~1960),名幼攀,字寄萍,淮安河下人。十九岁中秀才,壮年徙徐州,挂牌行医。主持彭城中医学会事务数十年。著有《医方集粹》《妇科概论》《脏腑药式提要》《手批〈柳选四家医案〉》《重编吴鞠通温病条辨全书》《行素轩诗稿》等。

游戏马台吊项羽

其　一

此日重游戏马台,追思往事一徘徊。关中奚必争先入,垓下还堪待后来。
舞剑不妨频借箸,分羹大可共衔杯。八千子弟共遗恨,水咽乌江今尚哀。

其　二

虞兮花放美人红,壮志柔情一脉通。四面楚歌疑似里,千秋孤愤奈何中。
评才我亦无余子,杀敌谁能活太公。怪煞庸愚成俗见,惯将成败论英雄。

五十述怀

其　一

不惹愆尤不受恩,草庐清梦不惊魂。敲棋先解棋中劫,避世思寻世外村。
和靖鹤梅犹是累,向平儿女未全婚。林泉别有天然趣,雨后青山送到门。

其　二

十年前已鬓苍苍,国难家愁或举觞。怜我飘零增白发,济人惭愧说青囊。
池塘春水生新绿,杨柳柔条蘸嫩黄。富贵本非贫士愿,但思郅治到成康。

其　三

五十年华百不成,误人未必是聪明。有情山好钱难积,无税田唯砚可耕。
忧患饱经乡念切,沧桑屡变客心惊。忘机结得超然侣,溪畔沙鸥柳上莺。

其　四

草色青青又见春,口丝细雨湿轻尘。寒随历尽方回暖,诗未功深已惯贫。
翠竹虚心称益友,苍松劲节仰丰神。年来料理韩康业,作个逍遥世外人。

题庄甲安《泽畔行吟图》

其　一

不堪回首望天涯,壮志蹉跎夙愿差。事往成尘浑若梦,国方多难敢言家?
时兮不利增惆怅,逝者如斯感岁华。孤愤满怀何所似,半如屈子畔长沙。

其 二

笠泽湖滨水接天，行吟随处寄林泉。时知不合惟思隐，世已无求但悟禅。
剩有渔樵堪作侣，多情鸥鹭却相怜。羡君乐此余生事，都付吟边与醉边。

挂牌行医处小启

涉猎方书二十年，粗工未敢拟前贤。若云济世翻欺世，但遇贫穷不要钱。

彭城秋感

其 一

浪迹频年西复东，良辰多在客愁中。秋来易作飘零感，身世何如一断蓬。

其 二

寒蛩唧唧隔芸窗，远寺疏钟断续撞。归去来能行不得，几回乡思动秋江。

其 三

天涯旅雁竞安归，自觉年来百事非。看到野花无限好，任他风雨自芳菲。

其 四

门前翠竹伴苍梧，愿傍青山绿水居。明月一肩风两袖，囊无长物祗琴书。

其 五

如何空自负年华，鸥鹭相随便是家。愿得买田三十亩，半栽菊秫半桑麻。

其 六

逍遥独自掩蘅茅，懒惰无心作解嘲。旧垒危巢泥已落，重为乳燕筑新巢。

按：此诗作于1932年。

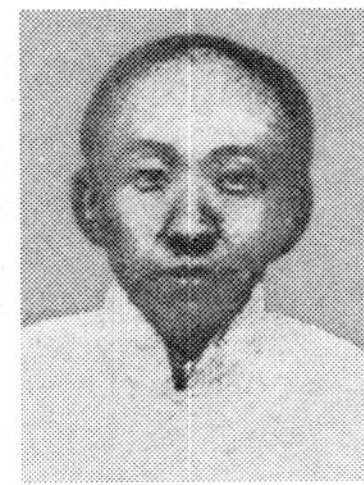

阮 式

阮式（1889～1911），字梦桃，号翰轩，清淮安府山阳县人，南社成员、同盟会会员。在两江师范学堂与周实相识。宣统三年（1911）六月，与周实共同组织建立淮南社，以诗文鼓吹革命。辛亥革命爆发后，参与领导山阳光复，被山阳县令姚荣泽杀害。

瓦 枕

昔人枕圆木，梦魂徒踢脊。我有瓦半规，约略长一尺。辞却鸳鸯侣，独挺鲨鱼脊。颓然倒玉山，一睡朝至夕。爽气侵发根，凉风生两腋。

梁　燕

春明花丽锦堂开，高卷珍珠玉剪来。入户如闻钗上语，穿檐疑自掌中回。
定巢逼近鸳鸯瓦，拂羽轻沾玳瑁灰。绕栋歌声沉夜月，双双稳宿谩相猜。

露筋祠

荒祠冷落枕河滨，尚有行人说露筋。侠烈直当方鲁妇，蘋蘩应许配湘君。
松筠节概三冬见，瓜李嫌疑一线分。宁可委身沟壑死，千秋白日与青云。

吊秋璇卿

闺杰成仁颈血鲜，浙潮呜咽此奇冤。汉明党籍犹无女，巾帼灵魂赋自天。
一死好成三字狱，再生不值半文钱。泰山之重诚千古，就义从容薄海传。

董鹏飞

董鹏飞（？～1967），名应举，淮安钦工大董庄人。清末秀才，1928年2月作诗歌颂中共组织的横沟暴动。

横沟暴动（鹤顶格）

横世英才盖世雄，沟通民志乐从戎。暴徒虐政遭摇撼，动力勋猷显巨功。
大道已呈前进景，快马争逐北群空。人人称快劣绅倒，心向征程背负弓。

周万林

周万林（1892～1976），淮安县板闸人，板闸著名塾师，人称周大先生。幼年饱读诗书，历史诗文知之甚广，于诗词字画颇为精通。长子周秉琼为革命烈士，其为烈属。自编《百家诗》1册。

湖嘴晚眺

赵嘏楼头日未斜，枚皋故里是吾家。闾阎聚处云犹暖，稼穑田间实更华。
小憩竹床瞻角亢，轻挥蕉扇擘光霞。水湄倒泻垂杨柳，明月东升噪暮鸦。

宴春菜馆题壁

宴春菜馆枕淮流，远近云光入座幽。夜雨屐声穿晓市，夕阳帆影掩晴楼。

醺酣宾客谈秦过，曲折笙歌奏汉游。满座酡颜腾笑语，咸夸佳境足勾留。

无 题

其 一

施榷长淮扼北南，就中藏市是民甘。闾阎茕独恩蒙溥，沟壑孱氓泽亦覃。
异世人才思共睹，先贤禄位祀同龛。而今欲觅甘棠荫，犹记萋萋草色蓝。

其 二

宽商由不赋其廛，适有范公置义田。六顷膏腴常负郭，三关旧戍尽临川。
锄禾预识丰年瑞，蓄艾能疗宿疾痊。欲展善猷今有借，得鱼端合莫忘筌。

伯先公园题壁

崇祠忆昔旧登临，瞻拜先贤再整襟。铁瓮城头翻夕照，金山寺麓动秋砧。
千帆隐约粘天际，万户喧哝透谷深。指点奇峰上十六，五州山矗白云岑。

注：镇江为纪念辛亥先烈赵声（字伯先）而建的公园。万林先生于1966年在镇江瞻拜伯先公园题作。

民国廿九年新筑岸

淮安关口石为堆，冲激洪涛势若雷。新筑堤工三十丈，闾阎安堵幸无灾。

咏断虹

三日甘霖雨气余，闲云淡荡掩吾庐。东郊忽有残虹见，犹是蜃楼未尽嘘。

炼丹台

炼丹台畔水潺潺，景惠寺前路一弯。相约故人瞻袯褉，袖中惹得彩云还。

咏后湖亭神树

渺渺后湖漾白茅，依湖独戍俯青郊。群鸦不解人间事，犹向神枫葺旧巢。

江琴荪

江琴荪（1894～1989），原名承训、辛亥先烈江来甫嗣子。清宣统二年（1910）毕业于江苏陆军小学。十几岁便与韩德勤、笑萍、郭大荣等同学三十余人，向其父、时任新军第三十三标第一营管带的江来甫提出加入该军，被编入该标敢死队（炸弹队），投身于孙中山、黄兴领导的辛亥革命。

纪念江来甫烈士

神州万代国魂在，泪洒云山凭悼哀。血染中华封建史，帝王将相不重来。

周恩来

周恩来(1898～1976)，字翔宇，出生于江苏淮安驸马巷。伟大的马克思主义者，无产阶级革命家、政治家、军事家、外交家，中国共产党、中华人民共和国和中国人民解放军的主要创建人和领导人。

为江南死国难者志哀

千古奇冤，江南一叶。同室操戈，相煎何急？

送蓬仙兄返里有感

其　一

同侪争疾走，君独著先鞭。作嫁怜侬拙，急流让尔贤。

群鸦恋晚树，孤雁入寥天。唯有交游旧，临歧意怅然。

其　二

东风催异客，南浦唱骊歌。转眼人千里，销魂梦一柯。

星离成恨事，云散奈愁何。欣喜前尘影，因缘文字多。

其　三

相逢萍水亦前缘，负笈津门岂偶然。扪虱倾谈惊四座，持螯下酒话当年。

险夷不变应尝胆，道义争担敢息肩。待得归农功满日，他年预卜买邻钱。

春日偶成

其　一

极目青郊外，烟霾布正浓。中原方逐鹿，博浪踵相踪。

其　二

樱花红陌上，柳叶绿池边。燕子声声里，相思又一年。

按：春日偶成作于1914年，作者时年16岁。

为刘志丹陵题诗

上下五千年，英雄万万千。人民的英雄，要数刘志丹。

次皞如夫子伤时事原韵

茫茫大陆起风云，举国昏沉岂足云。最是伤心秋又到，虫声唧唧不堪闻。

无　题

大江歌罢掉头东，邃密群科济世穷。面壁十年图破壁，难酬蹈海亦英雄。

按：此诗作于1917年，作者赴日留学前夕。

顾翊辰

顾翊辰(1900～1992)，又名翊群，顾震福子。1921年赴美留学，后在上海金融界任职，为订立《中美白银协定》功臣。抗战期间，任广东省政府委员兼财政厅长，主持中国农民银行，代理财政部常务次长、国际货币基金会中国首任执行干事，晚年定居美国。著有《危机时代的中西文化》及多部金融国际货币著述。

步段蔗老原韵

展卷凄然认雪痕，萧疏如见郭边村。已非洞鹿开黉舍，况更羊昙哭寝门。
先辈遗风留梦影，当年佳话剩诗魂。吉光片羽应珍重，比拟楹书付子孙。

注：1929年4月，顾翊辰在清江与其表弟韦联榎相遇，请他续题《丽泽觞咏图》。

李朋庚

李朋庚(1906～1996)，淮安县淮城镇南门珠市街人。出身儒商世家，幼蒙壮学，饱读诗书，琴棋书画，样样精通。毕生虽以经商为业，闲暇辄吟诗作画，操琴吹箫，颇具雅名。

画　梅

画梅入道深，笔笔出天真。尺短寸长处，花繁蕊稀生。
俏枝香雪下，清池皓月升。胸怀山海志，腕底可通神。

夜　吟

夜黑灯明少，蛙声唱晚草。草庐白发人，独坐易诗稿。

云南季风

阴云压大荒，萧萧北风狂。何来偏有信，年年见苍凉。

春潮偶成

春睡何迟迟，日高杨柳丝。嚷嚷世声里，鹊音是好诗。

山　行

溪上独行客，不闻飞鸟喧。拾阶无远路，家在玉泉边。

题任洽和山水

意取董北苑，法出僧巨然。笔溶王氏蒙，墨分子久烟。

偷　梅

折枝惜连连，藏春身后裢。有人知偷梅，但恨梅香远。

老　梅

其　一

山间老梅卧，冷暖无蹉跎。冰雪自啸啸，逆寒花似火。

其　二

老卧野山中，寂寂自从容。炎凉浑不顾，寒尽花还红。

其　三

卧地百年春，昂扬向天争。凌寒意不曲，新英衔玉痕。

携友山行

策杖松林枝，闲云过岭时。心随山道远，出世两相知。

月窗摹梅

早梅立寒风，月暗疏枝横。窗上铅华淡，轻描意不松。

题梅竹图

一树梅花红，几片竹叶青。相映成佳趣，春风知同心。

墨　梅

画梅惜墨先，用水何称贱。但求春色好，不羡胭脂鲜。

见友人画梅偶得

出枝容易结梢难，情致逸逸见舒展。天理从来不拗人，自然而然是真诠。

画梅二首

其　一

画梅最是远俗事，心静手颠笔未迟。能识自然造化机，无我便是好梅枝。

其　二

枝少花稀气未虚，从来画梅斯难取。不求满树灿如雪，清逸独标出墨盂。

玉　兰

霜雪之洁励其品，姣姣独秀清入云。不藉画家神来笔，沁香万里琼蕊新。

梦写墨竹

梦里画竹用笔殊，枝枝叶叶有余熟。糊涂写来浑得意，反是清明俗不除。

题扇面山水

从来画树不居中，偏正相倚古所宗。兴来滥然写竹扇，误将师言入松风。

集淮扬菜名成句

月映仙桥柳堤烟，远浦归渔雪峰连。芦汀雁集疏林晚，红玉蒲葭天妃宴。

草庐偶吟

坐山拨雾无人晓，独伴泉音心气高。长岭朦朦天漫漫，窗台寒梅一枝俏。

画　梅

未落笔先花已生，有心枝蕊无心成。幽然馨香播千里，风雪不压清名声。

奇　石

瘦身不因肥水少，皱痕亦非愁肠多。漏尽更深还独坐，参透芸芸是佛陀。

叹韩侯祠歌舞

汉鼎千秋赖三杰，雄才楚王勋冠绝。本是怀古先贤祠，如今日夜歌不歇。

玛继宗

玛继宗(1908～1996),又名马济中,号绿桐,回族,淮安河下人。早年从汪筱川习医,又入江苏省立医政学院习西医。1950年被选为淮安县各界人民代表会议代表及常务委员会副主任,历任淮城医药协进会副主任、县卫生工作者协会主任、苏北首届人民代表会议代表及苏北卫生工作委员会委员、省政协委员,1956年起连续四届任淮安县政协副主席。著有《玛继宗诗文集》。

鹤　吟

独立来何处?栖栖野水湄。丹沙犹耀日,素羽欲迎人。
饮啄江湖远,孤高鸟雀嗔。何当故山去,重守老梅春。

注:作于五七干校。

题晓山诗草

读罢瑶章后,怦然动我思。葱茏时代感,慷慨性灵词。
莫厌千回改,难寻一字师。愿为松与柏,同葆岁寒姿。

依韵和鸣珂赠诗

分襟三十载,故里喜重逢。世态风云幻,心期尔我同。
青山朝易别,白首曲难终。雪后梅花好,自珍玉一丛。

到涟水

淮涟原接壤,旷日始又临。绿树桥边合,黄河故道邻。
市容欣渐改,塔址渺无寻。咏罢汤茗后,归途几振襟。

人民执政明宗旨

壮丽东南世共传,今尤胜昔更斐然。横沟旗举民心奋,灌溉渠成水害蠲。
机械轰隆工业茂,农田方正稻花鲜。人民执政明宗旨,建设文明众曰贤。

贺淮安市诗词协会成立

壮丽东南旧有名,欣闻诗社庆初成。体裁声韵姑从昔,思想波澜合诵今。
领导关心先做序,同人古今各抒情。从来后者多居上,伫看枝枝彩笔生。

南京解放40周年步毛主席《解放军占领南京》韵

子孙世代属炎黄，住遍高原踏遍江。只为独裁人共弃，而今民主众欣慷。
龙盘古邑山河美，铁铸雄师世界王。内活外开深改革，坚持基础重农桑。

贺新春茶话会

接市政协贺新春茶话会通知，赖病体未愈，未克亲临，兹谨献七律一首，聊作贺词。

历尽严冬又是春，万方景物总精勤。人如朝旭腾腾上，事比汤盘日日新。
进则需为民作仆，退而亦应善其身。群公集会何高雅，祝比老梅淡益馨。

夏日勺湖即事

以勺名湖事恐讹，几重蒲柳几重荷。临流小榭游人集，隔水高楼贵客多。
龙化曲廊喷细雨，塔翻倒影蘸清波。邻园如许佳桃李，应有弦歌答棹歌。

注：湖北岸建有宾馆，湖南岸建有淮安中学。

叠前韵酬一农老

湖形似勺信非讹，冉冉红衣正放荷。世味淡时钟韵永，石桥曲处晚霞多。
且凭小技雕文石，莫漫登楼感世波。最是辋川诗兴好，嚼残冰雪又赓歌。

再叠前韵酬振老

云水栖迟志不讹，开窗心事托冰荷。偶因俚句匆匆出，竟引珍珠串串多。
一塔青留唐代史，满湖绿胜阮家波。白头共际清明世，合把豪情付浩歌。

三叠前韵兼吊书院阮公

三桥四水景毋讹，又见秋光冷上荷。屈指风骚文物少，绕湖烟霭夕阳多。
天香乍得金飘粟，书带依然翠欲波。蘋荐未赓灵爽在，我来重唱百年歌。

原注：清毗陵吕星垣《勺湖草堂赋》中有“左农畴，右僧屋；四水抱，三桥东”等句。勺湖书院中植有百年老桂一株。乾隆四十三年(1778)，阮裴园门人王太岳所作《勺湖书院图歌》中有“带草灵芸香袅袅”句。

漂母池韩侯钓台合咏

漂母崇祠接钓台，几番经过几徘徊。王孙报德千金舍，巾帼施恩一饭哀。
谁料竟罹钟室祸，不如持竿免烹灾。千秋庙貌翻新后，贻为今天吊古材。

再谒吴承恩故居

东趋便到射阳簃，轮奂风光胜昔时。几上须眉存古貌，窗前竹树发多枝。
西游久作奇文赏，北面甘为后学痴。今日心香烧一瓣，登堂端合献新词。

颂淮安为历史文化名城

壮丽东南第一州，三城连贯敌称银。雄心虎将平夷狄，慧眼龙钟识贱贫。
史有西游西汉杰，才连倚马倚楼身。一从破壁飞腾后，不仅完人是巨人。

纪念温病学家吴鞠通逝世150周年

能把三焦代六经，只怜身世欠分明。白头应解前朝事，青史徒教后辈断。
学术共须求进展，乡邦何事动无名。汪朱序传依然在，门户蠲除气自平。

乙丑冬和淮阴靳中仁同志雪后来淮见赠原韵

雪后江山未易描，步趋如我敢称豪？胸无乐府难成曲，耳听宏词欲舞韶。
红杏得时能作雨，青山随意可为桥。何须频唱江南好，淮北三冬正放桃。

首届敬老日咏怀

寿登耄耋古犹难，况值时清倍觉欢。迎得重阳斟菊酒，颁来敬老壮诗坛。
鬓眉一任斑斑白，人地终期片片丹。改革促将余热在，宏观未敢献微观。

赠洪泽诗友

老犹相见未嫌迟，莫叹三生鬓有丝。南雁传君寥廓梦，“西游”累我几多诗。
五陵豪气因人发，两字虚名愧客知。满目青山明夕照，赏心最是晚晴时。

喜赋同窗

读《春涛吟》第一辑，见有老同学王绍和大作，惊喜之余，喜赋一律。

一别无端卅载多，倥偬人事两蹉跎。不期洪泽临湖社，重听王郎斫地歌。
莼菜秋风吾倦矣，杏林春色尔云何。敢将七字迟回意，盼取双鱼早日过。

登北固山北楼

孤岭拐江峙一楼，登临真个动高秋。烟漫极浦艨艟满，霜落阴崖草木愁。
壮志擒王龙作证，雄心试剑石为留。关山东顾风云恶，吊古徒贻老大羞。

挽陈畏人

陈畏人谢世之明年,余始得噩耗。追挽二律,以寄哀思。

其 一

初闻惊叹倏成悲,风义平生近友师。小榜嵌崟聊拜石,无多感慨懒吟诗。
芸编冷落三千卷,藜杖空悬一两枝。料得窗前丹桂树,也应伤逝损幽姿。

其 二

几间老屋隐东皋,拂拂银髯大布袍。明哲输公遵舌逝,易倾劝我惧台高。
种花深院门先闭,堆案奇书手自抄。此日星辰寥落甚,有谁剪纸把魂招!

读《西游记》二绝句

其 一

每在惊心动魄中,插穿幽默只轻松。神奇世界人情味,虚实真能一体融。

其 二

淮地方言别富丰,说来乡土味犹浓。輶轩深入人群里,一一搜罗入记中。

《西游记》的主要人物

孙悟空

其 一

石破天惊迸一猴,典型雕塑古无俦。英雄手段神奇态,博得人民喜不休。

其 二

斗天斗地斗群妖,凭仗金箍棒一条。更有别开生面处,玄工八九妙巅毫。

其 三

敢把齐天大圣称,彼苍无道我来惩。灵霄殿是金銮殿,上下王朝一齐崩。

唐 僧

其 一

法门领袖本无差,曾在名王序里夸。仙露明珠方朗润,松风水月此清华。

其 二

心慈手软描玄奘,作者分明妙笔藏。不有颟顸迂长老,那能引出好文章。

其 三

不辞万里去西天,历尽艰辛志益坚。遭难如何刚八一,想因九九好还原。

其 四

能葆元阳十世真,得他便可得长生。剧怜一块唐僧肉,多少男妖女怪争。

其　五

拜佛应同佞佛分，懵然便拜是唐僧。劝君莫学唐僧样，一见权威便奉承。

猪八戒

其　一

又似刁钻又似呆，行为狼抗语诙谐。谗言便入唐僧耳，莫骂瘟猪是蠢材。

其　二

漫言好色又贪财，灾难多时欲小差。使用若教能适当，柿同千里照推开。

其　三

羞将丑态对新人，尴尬情怀扭捏春。笑柄至今留八戒，黑灯黑火去成亲。

其　四

碎银私积耳根摁，又被猴王诈出来。也识金银能买命，临危不惜贿阴差。

注：狼抗，方言，意即高傲、憨直。

沙　僧

其　一

一从归佛别流沙，紧紧追随不少差。莫谓此君能力薄，顾全大局亦堪夸。

其　二

妄咒金箍失误多，唐愚猪佞各偏颇。问君底事安缄默？坐视英才受折磨。

三　月

三月残花贱似泥，闭门唯对草萋萋。等闲唤得东风入，杨柳千条又向西。

勺湖竹枝词

其　一

沿堤杨柳绿斜斜，满路深红浅白花。柳是眉痕花是面，湖波如镜照几家。

其　二

茅屋三间窄似舟，泥郎小坐且勾留。自言市远无香茗，白水清清奉一瓯。

其　三

避暑沿溪泛画船，大悲阁上好凭肩。郎情须似当头日，妾貌真同出水莲。

其　四

垂柳堤边看打鱼，勺湖也是小西湖。柳条绾得鱼儿口，能绾郎心向妾无？

其　五

户外青苔迹未磨，同心谁唱百年歌？愿郎情似长淮水，莫学湖名一勺多。

夜　归

小饮前村夜始归，山妻秉烛出庭帏。檐边冻雀惊人起，却向邻家屋上飞。

故人喜重逢

诗人高鸣珂兄劫后由徐回淮，感赠一律。

西望愁云郁不开，故人谁分汝能来。怕听浩劫生俄顷，喜见新诗绝尘埃。

十月繁霜花剩菊，五更孤枕泪成灰。萧湖湖水深如许，未抵秋风独客哀。

按：日军占领徐州前，鸣珂兄曾奉母携妻等，避于徐州城外之深山中。后日军大举搜山，兄虽得幸免，而余人悉蒙难焉！此诚人生之惨剧，鸣珂更为终身遗恨。

劫中吟

1968年，造反派在淮安体育场召开所谓"淮安县第一次万人对敌斗争大会"。当时被斗对象为陈心一（县法院院长）、高彦春（县委宣传部副部长）、玛继宗（县政协驻会副主席）、姚镜（县供销合作总社主任）、高端延（县委宣传部副部长）、朱培（县人民银行行长）等6人。会后被揪游街，悲愤不已，口占一首。

石破天惊事有无，高台跪受万人诛！九霄红日分明在，哪怕狂徒信口污。

去"李家跳"出诊

由"五七"干校移至园艺场继续改造，但已劳作较轻，环境宽松。时有患者闻名延医，余亦被允前往应诊。

绕罢芦滩又过桥，远村烟柳似相招。君家门巷吾能记，屋角东南一鸟巢。

"文革"述怀

影事前尘一笑开，十年风雨壮诗怀。从此莫当书生看，曾闯金戈铁马来。

纪念周总理90诞辰步《大江歌罢》原韵

昆仑西峙泰山东，高耸云天目不穷。自是群伦推表率，襟期岂止万夫雄。

敬赠淮安市诗词协会顾问祝以信

一种东风百样春，当年政协见经纶。分将余热从文艺，管教骚坛勃勃新。

赞《淮安诗苑》

来诗句句尽堪传，编审周详项目全。姹紫嫣红看不尽，该刊真是百花园。

赏　画

妙笔高情两不差，朵云飞入野人家。玉农居士今重在，文采风流倍觉加。

镇淮楼

八方车马往来风，卓立通衢气势雄。若把楚城比明月，镇淮楼是广寒宫。

殷逸尘

殷逸尘（1911～1977），原名殷吉成，淮安县河下人。1949年前历任《淮报》《晓报》记者、新浦盐税局秘书等。中华人民共和国成立后任西李小学、板闸小学教师。与河下文士玛继宗、高鸣珂、高景唐、孙原非、姚春扬、汪继先等唱和诗词。

赠绿桐（玛继宗）先生

卅载艰难志少狂，萧湖画舫几飞觞。风云大地盈亏月，哀乐中年鬓有霜。
鸳侣多诗情味咏，牛刀小试政声扬。菟裘花大堪娱乐，丹桂芳兰济一堂。

赠姚春扬先生

由来畏友是良朋，直谅忠诚久服膺。七秩应从心所欲，百斤犹是力能赢。
及门桃李花千岁，小圃蔬茄布几层。明岁齐眉双庆寿，添丁含笑抱孙曾。

赠孙原非先生

不赋闲情唱柳枝，怕从病榻写相思。霜飞十月隋堤冷，月明三更客馆迟。
力透骨髓玄秘塔，情同肺腑透灵诗。且当珍重名山业，洗尽清愁酒一卮。

赠章湘侯先生

遥天南极寿星明，龙马精神鸥鹭情。花放一庭娱晚景，春回三指济群生。
鸳鸯白发齐眉寿，兰桂红心绕膝行。四十余年兄弟爱，相思偏是隔三城。

赠张大林徐风仕卜宜华三少友

问年二六愧才疏，一笑昂藏七尺躯。凿壁何尝怠刻苦，攻关各自下功夫。
千寻艺岭须攀顶，万里长征正首途。浩荡春风吹不尽，三株红藕出萧湖。

赠宜华等少年友人

其 一

凄清晓月向人窥,料峭寒风阁牗吹。百年终许山青健,九仞付为一篑亏。

其 二

徒壁相如唯卧病,呕肝长吉好吟诗。艺苑高峰千百丈,登攀有志莫违时。

孙原非

孙原非(1911~1981),名稼炎,以字行,又晚号淮南钝叟,淮安县河下人。经营估衣,1955年公私合营。闲时吟诗填词,1981年5月被增补为淮安县第五届政协委员。

参加市政协大会有感

麦草欣欣尽向荣,吾淮此际举群英。一天霖雨苍生望,半壁南阳领导情。
古邑行看容渐秀,颓风到此气全新。不图头白成霜雪,能与诸公看太平。

题著名画家傅又新所做山水画

平远江南色,孤高塞北风。神州今似铁,胡虏莫与戎。

祝中国共产党建党60周年

千真万确无疑义,万确千真铁证多。中国若无党领导,河山乱舞一群魔。

咏牡丹

魏紫姚黄次第开,三春丽日绝纤埃。要知百媚千娇色,都是东风送得来。

题卜宜华绘山水画诗

其 一

小桥流水一弯环,极目秋风万叠山。寄语强险休虎视,亚夫已满北门关。

其 二

江山壮望一嵯峨,到眼风光分外多。寄语胡儿休虎视,国人久已枕长戈。

杨道生

杨道生(1911~1942),又名杨本基,革命烈士,淮安城人。1936年加入民先队,1938

年加入中国共产党，担任成都战时出版社社长及中共成都市西城区委书记、乐山中心县委书记，1942年6月在成都东门外沙河堡野地被国民党反动派杀害。

狱　中

中原大地起腾蛟，三字沉冤恨未消。我自举杯仰天笑，宁甘斧钺不降曹。

注：杨㭎牲后，董必武曾用电报将这首诗发往延安，向中共中央作专门汇报。后收录于《革命烈士诗抄》。

王辛笛

王辛笛（1912～2004），笔名辛笛、心笛，淮安县人。民盟成员。1935年毕业于清华大学外文系，旋赴英国爱丁堡大学英国语文系进修。历任暨南大学、光华大学教授，中华全国文艺协会上海分会秘书，诗歌音乐工作者协会上海分会负责人，上海烟草工业公司、上海食品工业公司副经理，中国作协第四届理事、作协上海分会副主席。有旧体诗集《听水吟集》。

步槐聚居士《说诗》《寻诗》三律原韵述怀

1973年8月28日钟书以旧作《谈艺三章》见示，同年9月17日答寄钟书。

其　一

不拘一格破樊笼，投老何能涸辙穷。烟雨中秋偏妒月，星辰昨夜半因风。
鸳文信美难为水，蚁业无多瞬更空。自古书生病迂阔，撚须到断句方工。

其　二

心平如镜对秋江，盛世何容学楚狂。瓦出今陶欣有托，玉成他手正无妨。
仰君博雅诗谈艺，愧我侵寻病觅方。莫笑吟边淡生活，天涯旧雨各茫茫。

其　三

悲欢离合寻常见，狂狷由来两不同。诗梦偏逢鸡塞雨，乌台何苦马牛风。
全凭日月光华转，默沐祥和教化中。灯火阑珊无觅处，从容洒脱句能工。

缅怀周总理逝世10周年

周公遗爱话当年，栋折梁摧恸万千。到底萧曹风范在，闻鸡起舞后能先。

重庆即景

其　一

初访渝州夙愿偿，杜鹃花下子规狂。枇杷山上看灯夜，璀璨江城一凤凰。

其 二

嘉陵无处不风光，悬缆行车稳似床。寄语江东佳子弟，凭高来此看家乡。

赠林真先生

香江胜友气如云，尺素频通早识君。豪迈偏多旖旎语，何时煮酒更论文？

奉和黄裳九溪杂诗

其 一

菜花深处蝶为家，十里茶香境未赊。一路渐行衣渐暖，溪声伴我作生涯。

其 二

入世从无出世心，不关动乱与探寻。闲来重拾风篁路，剩有嵩阳访旧吟。

其 三

偶因诗句寄幽思，投老逢春竟著痴。四月初闻莺乱语，山前山后采茶时。

赞家乡淮扬菜四绝句

其 一

两年两度运河滨，多味乡音分外亲。一路禾香村酿熟，垂杨秋色正宜人。

其 二

赐馔何来八大锤，油氽鸡腿代名词。冷脐切片姜丝衬，公子无肠逞菊姿。

其 三

冻肉凝脂拌蟹黄，薄皮敞开一包汤。蒸笼抓取防伤手，齿舌从容着意尝。

其 四

勺湖采得蒲儿菜，恰称清腴狮子头。话到当年全膳席，还从父老赞文楼。

陈 阳

陈阳（1913～2001），江苏淮安人。新四军老战士，曾任淮安县图书馆馆长，县级淮安市老干部诗词协会副会长。与友人编著《当代诗人歌颂周总理》《巨星升起的地方》《陈阳诗词选》等。

痛悼吉乐山同志

淮东称俊杰，风雨作前锋。奔走争民主，高呼求大同。
铁窗三出入，马列作师宗。虽历坎坷路，心红自始终。

咏长城

鬼斧神工舞巨龙，蜿蜒万里贯西东。崇山峻岭连屏障，铁壁铜墙拒豹熊。台上烽烟伤敌胆，城头战鼓震苍穹。始皇功过凭谁说，游客惊奇各露容。

咏故宫

辉煌殿宇帝王家，凤阁龙楼接彩霞。珠宝连城夸富贵，金銮御阙数豪华。昏庸误国迷宫舞，苛虐凌人醉月斜。今日皇宫仍古貌，游人众口论声哗。

游玄武湖

玄武湖中泛小舟，湖山倒影映层楼。垂杨拂动梳青发，桂棹轻划惊白鸥。鹦鹉声声询客好，冰鞋辘辘滑凉州。花香四溢游人醉，绿霭无边眼底收。

游鼋头渚

鼋头渚上已逢秋，莽莽涛声尚未休。极浦飞云连画栋，征帆运影落层楼。千年泉壑经桑海，万顷烟波带月流。古塔凌空云影动，湖山秀丽饰神州。

步韵太白楼诗社社长马依群先生《吊赖宁》

烈火金刚小赖宁，英雄事迹实惊人。投奔火海忘安危，进出险区负苦辛。一场凶灾留怨恨，几番搏斗撼乾坤。少年视死如归罕，胸有雷锋胆识真。

寄语故友次韵李柯平同志

绕膝儿孙爱笑音，天伦乐趣暖人心。远行管镇酬村叟，频见湖滨戏水禽。幽迹明陵云散聚，郊原泽国雾深沉。寄居外地翻诗史，遥看老山楚客吟。

游太白楼

采石矶头太白楼，谪仙风采几千秋。床前明月光如水，蜀道青山翠欲流。醉月斋中讴傲骨，清风亭上颂诗遒。苍松掩映衣冠冢，牛渚江边客竞游。

纪念周总理

其　一

神州莽莽泛崇光，花谢花开遍地香。难得擎天治国手，人间兴旺万年长。

其　二

春去秋来整十年，艰辛历尽换尧天。而今重读长征史，四化还须着祖鞭。

学诗心得

铁杵成针费苦心，推敲一字值千金。吟诗须有愚公志，攻破难关报捷音。

参观射阳簃

阙文遗韵广搜求，藉托神魔笔底收。演出西游传后世，射阳簃里度春秋。

勺湖堤畔

勺湖一览碧波平，水底文峰塔影清。堤柳荫浓风细细，声声啼鸟画中鸣。

游刘鹗故居

《老残游记》说游踪，揭露清廷腐败风。击中豪门隐痛处，充军怨气震苍穹。

姑苏名胜

姑苏名胜几千秋，旧貌新颜尽眼收。柳绿桃红花似锦，园林典雅满苏州。

游忠王府

天国忠王殿宇新，吴中越古越青春。玲珑满目胜珠玉，古色古香启后人。

游狮子林

叠石成狮妙在头，如林山石已千秋。楼台殿阁廊回折，石舫龙舟水上游。

游虎丘山

石洞卧薪誓报仇，吴王倾国爱风流。千人岩石传神话，留得今朝说虎丘。

游雨花台

雨花台上雨新晴，浩气长存血染名。彩石殷红垂不朽，生时伟大死光荣。

谒中山陵

辛亥功成意志坚，紫金山上谒先贤。中山陵畔苍松翠，封建推翻赞逸仙。

游莫愁湖

其　一

莫愁少女立湖山，似见腮边泪未干。自小贫穷灾难重，满湖卷起碧波澜。

其　二

猛见莫愁若有愁，心潮起伏自低头。而今枷锁早锤碎，赤县姑娘争上游。

运河堤上即景

河上轻舟绿映间，乘风破浪过淮关。迎来天际文峰影，驶去千樯万里帆。

晚秋闲眺

谁持彩笔水边舞？绘出丹青淮上秋。一片枫林红似火，层楼倒影尽临流。

谒淮安烈士陵园

满园碧草满园松，绿叶繁花掩映中。一塔擎天人敬仰，只缘血染江山红。

《白沙红叶》读后感赋

白沙红叶饰秋光，红叶题诗意更长。却道真州风景秀，朝阳辉映着新装。

高鸣珂

高鸣珂(1914～2008)，名之珪，号鹤影词人，淮安县河下人，名医高行素长子，1930年赴彭城随父临床实践。1938年春，徐州发生周棚惨案，日寇屠杀高家14口人，后又因有抗日倾向身陷囹圄。出狱后一直在徐州行医，1970年全家下放邳县石桥乡，后任徐州市鼓楼医院副主任医师。擅长诗词，著有《哑钟余响》等。

戊寅(1938年)家难后作

其　一

哀哉国难起，日寇侵吾土。顽敌太疯狂，烧杀如狼虎。三军挡不住，百姓遭荼苦。台庄大捷后，敌酋狂恼怒。铁蹄几十万，直扑徐蚌埠。

其　二

孤城围万骑，汹汹势破竹。奔雷绕柱来，众室同倾覆。流血成渠川，尸骸高积屋。妇孺累提携，吞声不敢哭。我虽得暂脱，偷生非所欲。生世悲不辰，一门遭杀戮。穷尽天下辞，无以传其酷。痛定思复仇，中原待光复。

追悼先父行素老人

哀哉吾父逝，七十有四龄。一病竟不起，长逝归幽冥。平生性好学，博古且通今。著作千万言,字字含芳馨。流传遍海内,渊雅振士林。丧乱暨兵燹,手泽悲凋零。箧中余片段,一爪与一鳞。珍藏永为宝,后世作典型。春晖竟不驻,哀痛无限情。追念罔极恩,掬涕徒沾巾。

乙丑年雪晴即事

一夜北风寒,雪花大如掌。拂晓晴云开,天气自清朗。岭头千树梅,南枝信堪赏。驴背有诗人,披裘忽来访。

为抗战胜利而作

连年抗战育人杰,英雄无敌威名立。战争烽火遍中原,老少健儿挽戈戟。顽敌凶残城池陷,烧杀抢掠民遭劫,捐躯报国死何辞,壮士头颅烈士血。平型大捷敌垒倾,血战台庄尤惨烈。驰驱滇缅斩魔爪,喋血昆仑坚如铁。敌酋胆破举降幡,一朝万里狼烟灭,举国欢腾庆胜利,亿万同胞皆喜悦。

外行吟有作

出门将何之?行行郭外路。徐步支瘦筇,掉头一回顾。
浮云幻苍狗,落霞隐孤鹜。遥望深林中,幽禽自来去。

题毛泽东诗词后

一代风骚将,千秋著作才。高歌腾秀气,浅咏惬幽怀。
浩荡凌霄汉,精诚独往来。名篇传诵久,三复自低徊。

悼戴厚英女作家

乍闻君已死,吾泪不能干。一代才人尽,千秋作者难。
浮生原似梦,世患竟如山。数卷遗文在,凄凉不忍看。

删定五十年前旧作《剪水词》录稿后自题

一卷伤心句,千秋待赏音。聊将今古事,付与短长吟。
明镜凋华发,清泉濯素襟。高歌吾已倦,青眼世难寻。

原注:1996年9月6日,夏历丙子秋七月二十四日,鹤影词人高鸣珂自题于彭城旷庐,时年八十有三。

戊寅年四月十九日家难感作

人间此日最堪哀,泪眼模糊不忍开。寥落亲朋疏问讯,凋零骨肉聚泉台。

天心竟忍摧童孺,物理何从测去来。今古茫茫如梦幻,百年瞬息付蒿莱。

戊寅家难后与家大人夜话感而有作

闭门一室自周旋,健者飘零逝者迁。围坐煎茶留父子,余生抵几弄丹铅。
形骸真觉天人愧,瘖瘵端资魍魉怜。零泪聚衫今又满,吐胸奇句压毫巅。

狱中杂感三首

其　一

十洲三岛路迢迢,中国男儿志气豪。杀敌雄心终未死,梦中犹握手中刀。

其　二

地狱沉沉上帝昏,一声长啸破烦冤。家亡国破生何托,卵坠巢倾恨莫言。
抚剑哪堪思去日,挥鞭不忍望中原。偏天促地吾何适,收拾河山志尚存。

其　三

蹈海攀天百不辞,大难来日岂堪思。聊支残息仍加饭,暂遣孤怀强近诗。
漫嗟落寞冰心冷,尚有峥嵘铁骨姿。余生不死终能待,坐俟河清会有期。

按:1941年初冬,高鸣珂在徐州家中被日伪特高课逮捕入狱。三个月后方出离虎口,其他被抓者均惨遭杀害。其间所成诗集为《狱中吟》。

狱中寄内子秀庭

四年共守甘贫贱,一别真当隔世看。磨剑愿为知己死,抱琴羞向世人弹。
漫夸鸿案相庄久,多恐牛衣对泣难。料得高堂添白发,近来哪忍说加餐。

狱中寄呈家君

其　一

斜川记得依坡老,十载悠悠历苦辛。造物无端幻刍狗,此生不幸作诗人。
一门骨肉伤凋瘵,万国兵戈启劫尘。闻道士为天下死,哪堪累及白头亲。

其　二

同昏八表今何世,万感茫茫郁寸心。游侠地多燕市客,已有猛士勇椎秦。
衣冠患难摧童孺,尘世沧桑变古今。家国恩仇都未了,匣中何物作龙吟。

登镇江北固山作时携铎儿及钰权两侄同往

南徐北固行吟地,吊古寻碑几度来。俯仰沧桑无限感,登临怀抱若为开。
漫从沧海寻归路,空对江山思霸才。信步荒墟携子侄,废垣断垅一低徊。

漫 兴

齿豁头童鬓早霜，残书数卷对匡床。一窗竹影兼梅影，四野山光接水光。
明月哪知圆缺易，浮云底事往来忙。瘦筇伴我行吟惯，采得长生药满囊。

郭外行吟即景有作

鸡犬桑麻郭外村，行吟款步访前墩。男耕女织田家苦，樵唱渔歌野色昏。
瘦石一拳犹起立，高松千尺自盘根。云深莫辨青山路，茅屋临溪昼掩门。

春日寄怀淮阴景唐大兄

忽惊大地换春风，燕语莺歌处处同。磨灭年华诗卷里，消除块垒酒杯中。
无端明月分千里，剩有梅花寄寸衷。寥落田园生计拙，弟兄漂泊各西东。

信 步

苍茫独立晚来天，人在清溪瘦石边。树秃不闻风飒飒，泉深犹觉水涓涓。
云横断浦迷孤岫，日落空山冷暮烟。信步前村忘远近，欣看废圃变良田！

七十咏怀

七十从心古亦稀，老来健步尚如飞。漫搔白发窥明镜，且驻黄昏玩夕晖。
贫士但求衣食足，丰年差喜稻粱肥。欣看祖国宏图展，笑向西山挹翠微。

忆淮安故乡书寄景唐大兄

老去时时忆故乡，残山剩水梦难忘。昔年亲友无人在，去日儿童似我长。
衰柳哪堪成秃树，寒鸦依旧伴斜阳。一丘一壑行吟地，却爱萧湖与荻庄。

忆先君先母

先君见背三十一载，先母见背五十三载，追忆往时，不胜怆恻！爰赋一律，用志风木之痛、孺慕之思。

回头三十一星霜，往事何时不系肠。孤露余生成白首，诗家旧业守青囊。
梅花又报开东阁，萱草无由向北堂。怅望白云亲舍杳，痴儿护落涕沾裳。

新春漫写所感

电光石火犹存我，斗转星回又到春。行乐最宜新岁首，苦吟聊慰异乡身。
消除块磊胸无物，点缀江山笔有神。一咏一觞非自遣，天涯寥落几诗人？

淮安故乡枚里旧宅感赋

家在东南第一州，夕阳城郭暮烟收。孤亭莫辨枚皋宅，长笛空思赵嘏楼。
风景不胜兴废感，江山谁识古今愁。旧时门巷无寻处，去日儿童已白头。

七七事变后感事有作

其　一

四野飞丸画角寒，残星犹照大河干。可怜白骨填壕垒，忍当卢沟晓月看。

其　二

塞上秋风匹马过，旌旗飘荡汉山河。哀兵一发神州地，血战沙场英烈多。

杂　感

其　一

浪迹江湖感断蓬，飘零南北与西东。升沉阅尽沧桑眼，万态纷纭变幻中。

其　二

故乡云水隔千重，家在东南第一峰。眼底众芳零落尽，岁寒只有后凋松。

其　三

料峭春寒雪满窗，卷帘忽见燕飞双。沉吟四壁寒如水，滚滚川流入大江。

其　四

苍茫四顾欲何之，身世蹉跎鬓已丝。故物青毡犹伴我，箧中空有未焚诗。

其　五

一囊琴剑伴驰驱，依旧昂藏七尺躯。莫笑贫无锥可立，胸罗万卷有奇书。

其　六

眼前百态与心违，来日艰难去日非。却爱故园风景好，天涯漂泊几时归。

其　七

江水东流日向西，天涯芳草自萋萋。不如归去鹃声苦，啼到酸辛莫再啼。

其　八

不如意事总萦怀，沦落风尘遇合乖。已负恩仇无一可，匣中双剑久沉埋。

其　九

浮生笑口几曾开，絮果兰因亦可哀。如此乾坤偏着我，为谁辛苦为谁来?

其　十

十年沧海感沉沦，踏遍江山万里尘。识字本为忧患薮，著书聊遣不祥身。

其十一

自笑狂歌未减狂，十年回首鬓成霜。眼前多少伤心事，断尽平生未断肠。

其十二

蹉跎老大百无成，不觉新来白发生。独向大荒挥剑立，悲歌总带不平声。

其十三

烦冤岁月付悲歌，惨绿吟衫涕泪多。壮不如人身已老，茫茫来日竟如何?

其十四

依然破屋伴孤灯，自顾衰迟百不能。壮志消磨豪气挫，等闲无梦到飞腾。

其十五

陵谷而今几变迁，不堪回首海成田。繁华如梦无寻处，事往岂成过眼烟。

其十六

为谁憔悴到而今，往事低徊感不禁。检点牛衣空有泪，萧条琴瑟已无音。

其十七

落花时节忆江南，草长莺飞蝶正酣。修禊兰亭传韵事，流光弹指又重三。

其十八

昼长无事卷珠帘，美味熊鱼哪得兼。生计迫人无好况，朝朝柴米与油盐。

其十九

人间歧路尚漫漫，来日真堪说大难。我欲高飞无健羽，满天风雨不知寒。

其二十

著作曾无一日闲，穷愁岁月付丹铅。区区文字从吾好，一卷长留天地间。

按:该组诗作于1962年。

圩东村居杂咏

其　一

石桥汤海暂移家，半近山巅半水涯。抱瓮田园勤灌溉，耕云锄月卧烟霞。

其　二

竹林湖畔卜幽居，万绿丛中结茅庐。三尺长镵聊托命，躬耕垄下作农夫。

其　三

川岳回环树几丛，湖田一望郁青葱。插秧栽稻勤耕植，辛苦农家亦受穷。

其　四

百亩良田雨露滋，苦心耘植积肥施。辛勤劳动忘昏昼，盼到日有三餐时。

按:1970年夏作。其1988年结集时写道:“鹤影晚年被放于邳邑石桥乡汤海村之竹林湖滨。环溪筑茅屋数椽，挈老妻弱女栖息于中，颜曰旷庐，以见余之旷然而无所不适也。耕耘之暇，偶以吟咏自遣，久之积稿盈尺。爰于暇日，手自排比，计得古、近体诗及长短句各若干首，名曰《田园小草》《露初星晚词》，以留爪痕。”

季廉方

季廉方(1915~2004),字伯康,祖籍泰州,生于镇江。毕业于南京中央大学,曾任教于中央大学附属中学,1969年秋下放至淮安县盐河中学任教,1978年返回南京师范大学附属中学任教。在淮期间,与同从南京下放的周本淳、孙肃、常国武结为感情十分密切的诗友,诗作曾由后学鲁家用搜集整理成《山阳四友酬唱集》。长于文字、声韵、训诂之学,著有《季氏音述》。

周本淳兄见访

快叙竟日,夜不成寐,月窗沉吟,率赋长句。

人生不相见,动如参与商。参商不相值,久别遘山阳。飞雪走访戴,不殊剡风光。剧谈别后事,豪情犹故常。师友生死讯,唏嘘心悲凉。忆昔赣中聚,怀古吊滕王。促膝论同聚,剪烛话高樟。流连逾六旬,分手各短长。迁淮既三载,不知足蹊香。淮海风月好,文史足相羊。纪垆细把盏,恍如梦黄粱。同来偕新友,抵掌话建康。淮师见故旧,开襟各轩昂。三吴拜南园,为我尽一觞。春江花月夜,再醉浮屠旁。

注:此诗约作于1974年冬末春初之时。

谢止戈夫妇久山来访

踏雪辱过访,快谈一何乐。山阳情义笃,年初慰落寞。同邑偶相闻,文心殊不恶。年老归恬淡,胸臆罗丘壑。抱残不求怜,印契古贤作。旷达久为怀,蠖屈守葵藿。

茶酒柬久山

我爱茶铛君爱酒,一回畅饮一陶然。有茶有酒尽情欢,何用顾忌羡神仙。龙井茶叶洋河酿,启我文思发幽玄。一回相见一回饮,举杯笑对两忘筌。一城一郊固非远,相见时难月自圆。一回相见一回老,莫待龙钟著祖鞭。

悼周总理

其　一

淮水钟灵秀,钦奇迥出群。艰难综九政,纷扰立三军。
风度钦关外,威仪肃素君。梁颓惊海裔,吾亦泣斜曛。

其　二

星沉大地暗,梁坏四陲倾。功绩因时著,才华匹敌灵。
扶危肩重任,济弱德为馨。海甸同声哭,英名照汗青。

答本淳国武君

牛斗文星聚，联吟亦乐哉。文心方屈贾，赤胆起风雷。
殊忝神交契，一清内结哀。凉飚天外起，携酒入城来。

和常止戈

未践平桥约，空亏盛菊时。病秋唯止酒，扫兴懒吟诗。
聚散原无据，盈虚夺胜棋。南天遥怅望，红豆寄相思。

重阳后四日止戈邀我入城四友小聚三日畅谈共欢赋此志盛

迢递城南路，轻车托尾行。秋高云树黯，月朗道心明。
酒饱愁肠结，笔抒知己情。快哉此小聚，亦足慰平生。

感事枨触夜不成寐再迭前韵述怀见志

坐抛故训事农桑，逆水迎风掩橹樯。已效武侯甘犬马，还教卜式牧牛羊。
名山事业成书空，斗酒生涯付梦梁。莫怪未秋先鬓白，老斯口口太仓皇。

书　愤

春风不到楚州西，九载蹉跎眼转迷。亥豕磨勘消岁月，丹黄斟酌付泉溪。
晓钟应破庄周梦，短剑还惊祖逖鸡。华复犹堪供驱使，青骢重踏翠虹堤。

盐中即景

盐河光景殊堪玩，书屋栖迟喜岁登。枕上朝阳红似火，窗间明月照如灯。

答国武

开轩剧赏辘轳诗，不意田畴得此奇。引笔袅娜多异致，道州风范尤钦迟。

注：此诗约作于1972年夏。

答久山

梦觉金陵眼已花，无端枫落月西斜。老来已分填沟壑，鸠占鹊巢未可嗟。

久山冒雪来探

多君冒雪顶风来，促膝倾心琥珀杯。贫贱交情终不易，鸡鸣待访孝陵梅。

谢本淳惠赠《唐才子传校正》

才子诗囊佳话美，草窗淮上久爬疏。顾黄盈君堪继业，剔秕存真好读书。

题《蹇斋诗录》

蹇斋终遂平生志，沥血呕心一卷诗。盛世知人来太晚，平桥岁月枉低眉。

读本淳《蹇斋诗录》

满腔心血寄诗文，故旧笑谈恍若闻。寄迹楚州浑不赖，行吟黔贵更杭闽。

原注：集中涉及郦承诠、王驾吾、王气中、赵遂之、王明孝、常国武、孙肃诸师友。

题周蹇斋《扶桑吟草》后

春访扶桑开眼界，圣堂慕谒感怀多。今朝文教重评价，吾辈旁观唤奈何。

吊孙久山

其　一

盐河执教共晨昏，茹苦含辛欲断魂。息影石城仍落寞，膏旨一卷胜词存。

其　二

文楼唱和记犹新，孰意久山成古人。财酒豪情挥若昨，还从追忆慰亡魂。

马达远

马达远（1917～2006），淮安区季桥镇大湾村人，出身于农民家庭，毕生从事教育工作，出版过《藕湖斋文稿》《国语故事选译》等著作，发表大量论文。

八十抒怀

贫富悬殊意不平，穷娃苦读腹饥鸣。壮年常抱著书志，暮岁犹存济世情。
昂首奋蹄期有至，丹心发愤讵无成。当今兴国靠科技，学贯中西人服膺。

纪念长征胜利60周年

从闽突围上陕甘，红军壮举震人寰。泸桥铁索攀悬过，大渡筏船冲浪难。
草地陷人深灭顶，雪山坐歇少生还。儿孙永记长征路，千险万险若等闲。

插　柳

冷手持锄可几回，凿冰开土置基肥。沿河插柳枝枝活，会见长杨绿叶垂。

早　练

四九严寒何用愁，西山早练汗淋头。鸡鸣不落祖生后，尽速攀登峰顶楼。

李　风

李风(1918～?)，女，山东人。1940年开辟淮安抗日根据地，中共淮安县委第一任书记。新中国成立后，曾任石油学院副书记、副院长，石油工业部炼化司副司长。

居安忧患固金汤

从戎投笔离家乡，淮地举旗抗日忙。巾帼持枪卫祖国，男儿执刀杀东洋。
敌军龟缩土楼里，黑狗尸横大路旁。胜利毋忘血泪史，居安忧患固金汤。

忆在延安拜见周恩来副主席

其　一

淮安抗日火熊熊，奉调延安大局同。主席得知来故里，连称父母官中雄。

其　二

平易近人仰岱宗，光明磊落几能同。千军万马棋罗布，辅弼精诚盖世功。

高之谨

高之谨(1918～1938)，女，淮安县河下人，出身于书香门弟，高行素女儿，幼时随父在徐州生活。少有诗才，著有《篝灯集》。20岁时不幸在徐州周棚惨案中惨遭杀害。

勺湖观荷

勺湖湖畔藕花香，曾把芳容比六郎。寄语游人休乱采，留将翠叶盖鸳鸯。

原注：《旧唐书·杨再思传》："再思以为莲花似六郎。"

俞　臻

俞臻(1918～2004),淮安县人,抗战时期曾任淮安县农救会长、中共淮安第一任县委秘书等职,1948年7月任淮安县县长,1949年3月带领400多名干部南下常熟、吴县等地。中华人民共和国成立后调紫金山天文台、南京地质矿产研究所、江苏省农林厅任领导工作。

开天辟地的人

余先后在紫金山天文台、南京地质矿产研究所工作多年。对两单位过去所取得的成就,十分赞佩。故作四言古风以颂扬,并寄厚望。

顶天立地,妙想天开。上天路广,入地门开。霄壤万物,重新安排。地下宝藏,任人去采。人间太空,随尔往来。

喜闻淮安盐井喷浪

钻机万丈起雄风,直破重岩闹地宫。喝令藏王休吝啬,请交蕴宝莫从容。
双双探井传佳讯,道道喷流舞玉龙。百里盐层呈富景,金山银岭接苍穹。

创基打下千秋业

其　一

万众一心共救亡,高潮再起古淮乡。抗倭浪涌工农戟,建政天开日月光。
减息减租除桎梏,克城克镇灭豺狼。秧歌腾舞山河复,百里纺纱粮满仓。

其　二

炮火声中土改忙,保田歃血擦刀枪。紧依群众成优势,撤出城关摆战场。
铁壁铜墙频奏捷,王牌美械尽输光。蒋朝崩溃三山倒,古邑重辉日照长。

缅怀周总理

其　一

回忆当年去北京,亲闻总理笑连声。忠言教诲如鞭策,生世难忘心印铭。

其　二

无私无畏献忠贞,为国为民言必行。工作通宵眠不得,办公室里灯长明。

其　三

人民总理重岐黄,甚赞中西各有长。相互支持成绩大,笑声来自怀仁堂。

全党楷模永世存

十载长思带泪痕，天涯何处慰忠魂？丰功伟绩春长在，全党楷模永世存。

赞淮城重金招贤纳士

其 一

关公昔日在曹营，上马提金下马银。古代用贤能重聘，而今淮镇重参行。

其 二

南巡讲话感淮城，下士礼贤敞大门。重奖功臣开拓者，小康指日众欢腾。

颜景詹

颜景詹（1921～？），淮安县人，1939年秋参加革命工作，原任中共江苏省东辛农场党委书记，正厅级离休干部。

读屈原辞赋感怀

壮志空怀兴国愿，投身逆境展雄才。尽忠九死难移志，一片丹心励后来。

离休感赋

其 一

历尽艰辛满鬓霜，韶光易逝感沧桑。黄昏虽近犹腾热，夕照桑榆胜曙光。

其 二

告退闲居非我志，残年更要惜光阴。黄昏刻意勤求索，四化添砖表寸心。

纪念吴乐群烈士

其 一

烈士殉身卅五年，而今祖国更新天。头颅换取江山丽，热血凝成金石篇。

其 二

策应横沟执斧镰，淮盐到处点烽烟。历经骇浪惊涛险，斩怪擒魔仗铁肩。

其 三

英雄立志着先鞭，易水河边显壮然。怒向刀丛斥逆虏，慨歌一曲震云天。

李开古

李开古（1922～2015），江苏涟水人，国民党黄埔军校17期毕业生，原淮安市（县级）水利系统干部，退休后曾长期在淮安区老年大学诗词班学习诗词。

咏　柳

玉立亭亭分外娇，素妆淡淡画中描。迎风翩翩摇曳态，婀娜细细屡伸腰。
飞絮纷纷情未了，柔丝缕缕意难消。神州滚滚春潮涌，破浪层层跨巨鳌。

欢度中秋佳节

金秋气爽月团圆，万户千家备盛筵。畅叙亲情深似海，富民强国颂高贤。
鞭声阵阵庆佳节，火树银花开笑颜。期盼中华成一统，台湾宝岛五星悬。

重阳节感赋

重阳节日老人香，万户千家奉寿觞。玉液琼浆多激趣，游山玩水漫寻芳。
层层建立老龄委，样样关心叟者康。追昔抚今霄壤别，甘棠甜爱想中央。

黄埔同学聚会感赋

同窗聚会在泗阳，联谊交欢喜气扬。漫话乾坤欣大好，放歌盛世赋瑶章。
高龄乐享康而寿，晚景烟霞彩有光。宽室安居勤学习，吟诗放曲雅兴长。

爱我中华

挥毫一曲爱中华，高枕无忧岁月遐。虚度光阴今“九二”，回思往事眼前花。
挖沟筑堡歼日寇，投笔从戎保国家。三十二年搞水利，清风两袖夕阳斜。

游樱花园

小溪清澈水淙淙，夹岸苍松倒影浓。鱼尾轻摇梢上过，鹅儿游戏碧波中。
骚人曲径谈风雅，商贩摊旁夸正宗。新建园林多秀丽，樱花蓬勃染天红。

金秋乡村游

神怡心旷远村游，无限风光眼底流。沃野棉田飘白絮，大棚菜地果优稠。
千重稻菽千重浪，一网鱼虾一网舟。丽日晴空秋色美，高吟歌唱庆丰收。

秋　韵

云淡天高气爽凉，撩人风韵是秋光。稻黄果熟妆金野，鸭壮蟹肥欢碧塘。
湖畔芦花飘玉雪，篱边菊蕊傲银霜。南飞候鸟啼时序，画出长空雁字行。

忆抗日

当年抗日气如虎，投笔辞亲入黄埔。弹雨枪林何所惧，爱民救国为邦土。

咏　荷

出水芙蓉一梦幽，清纯淡雅显风流。洁身防腐浑无染，宁守清贫竞自由。

咏　藕

红莲碧叶水中生，地下长眠藕长成。出自污泥尘不染，洁身史册载清名。

老年自觉受尊敬

其　一

尊重老年风尚好，中央决策美名扬。晚霞绚丽人称颂，幸福花开乐吉祥。

其　二

老年自觉受尊敬，礼貌文明花吐馨。品德优良标榜样，子孙贤孝世人钦。

90寿辰自赋

耆年九十日方长，苦尽甘来顺理章。吾辈辛劳今得逸，愿为影镜照儿郎。

花　扬

花扬（1922～1996），淮安县范集人。曾任范集乡农民抗日联合会主任、中共盐南区委委员、区长、区委书记、淮安县委宣传部代理部长，中共上海市闸北区委宣传部副部长，上海春申诗词学会会长、《苏北征程》主编。

谒吴承恩故居

闻名举世赏西游，四百年来誉未休。不羡金陵当祭酒，唯崇山岭作王猴。
取经是乃真磨炼，悟道全凭苦探求。寓意于书公灼见，千秋万代世人讴。

咏　春

一夜东风化雨雷，梅花枝上悄然开。衡阳阵雁唤归去，紫燕衔泥北国来。

游扬州瘦西湖

西湖堤畔柳丝长，十步亭楼接画廊。桥上五亭连影动，买花人过水飘香。

宋振东

宋振东（1922～2008），淮安区人。教育系统干部，曾任淮安县中学总务主任，勺湖诗社社长、淮安县老干部诗词协会副会长、淮安市诗词协会理事。

中华儿女志多奇

前事不忘后事师，中华儿女志多奇。连年抗战功铭史，众志成城力转危。
亡我野心成幻梦，笑它失道举降旗。今歌胜利神州固，烈士功勋永树碑。

登西塞山

巍峨西塞壮神州，秀丽山峦一望收。遗迹帝都犹在目，往时王气忆从头。
山湖依旧湖光丽，江水翻腾水洑流。铁锁楼船何处去？抚今吊古话春秋。

留芳百世

其　一

伟人尽瘁献终身，四海含悲痛绝伦。革命丰碑超泰岳，甘棠遗泽震乾坤。
爱民正气千秋壮，建国宏勋万代存。亘古名垂永不朽，留芳后代学精神。

其　二

德高望重传千古，浩气长存仰大贤。岁岁今朝挥涕泪，人人奋笔谱哀篇。
遗言犹注恤民难，易箦不休谋国肩。全党楷模人敬仰，终教青史慰黄泉。

赞岁寒三友

耿直坚贞梅竹松，霜侵雪压仍从容。虚心劲节高风格，玉骨冰肌本性同。
不与百花争媚态，结成三友斗严冬。岁寒含笑香如故，一任群芳嫉妒中。

农村春早

冰山雪海已全消，几点青痕上杏稍。分蘖麦苗茁茁壮，吐芳梅萼萼娇娆。
野含膏雨将舒柳，花漾信风欲舞腰。社教宣传春意暖，工农图画着新描。

贺中华诗词学会成立

神州自古称诗国，代有人才骚客多。共仰燕京重结社，铭勋椽笔任讴歌。
吟坛隽彦增邦色，曲调继承新韵磋。千载盛名翰墨著，群英荟萃共揣摩。

《非常大总统》影片观后感

其 一

革命先驱民族魂，忠心赤胆振乾坤。驱除鞑虏讨袁贼，拯救中华誉一尊。

其 二

推翻帝制共和建，起义武昌响应多。联俄联共施善政，救民救国伏妖魔。

咏 竹

其 一

群花争艳满园中，时至冰霜不见容。唯有东皋君子竹，经春历夏又秋冬。

其 二

影清绕屋罩浓荫，亮节高风不染尘。除却松梅能与友，虚心傲骨自亭亭。

咏 梅

其 一

铁干盘根碧玉枝，霜欺雪压几多时。清香未减风流在，珠影孤芳只自知。

其 二

一枝潇洒出墙东，风味依然不改容。茅舍甘同松竹友，晚晴胜绝傲三冬。

其 三

冰天犹有绽花蕾，俏不争春独自开。闲眺遥知不是雪，寒风时送暗香来。

杨 欣

杨欣，淮安区人，杨道生烈士之子。中共党员，历任参谋、秘书、副主任等职。离休后住北京，从事传统诗词创作。中华诗词学会会员。

谒周总理故居和纪念馆

淮城居俊杰，马列播东方。唤众驱倭寇，挥旗灭蒋帮。
振兴华夏运，力挫“左”倾狂。吾辈当承志，自强步小康。

重睹故居哀忆父

其　一

父率全家走异乡，身投革命志贞刚。宁甘斧钺明心迹，矢志唯求共产昌。

其　二

随父离家走异乡，峥嵘岁月气方刚。横戈跃马征南北，霜鬓欣逢世运昌。

谒韩侯祠

汉王位定嫉勋功，鸟尽弓藏命送终。名赫权高如勇退，何须饮恨未央宫。

谒漂母祠

漂母垂怜胯下郎，恩施饭食热心肠。韩侯不识高风义，愧捧黄金枉自伤。

谒梁夫人祠

如雷击鼓惊天地，顿使金军胆气寒。百橹齐飞摧敌阵，红颜智勇誉兵坛。

访吴承恩故居

一介书生愤世雄，妖魔鬼怪画图中。今人普赞西游好，仍盼金猴再立功。

谒关天培祠

挥师沥血抗英军，卫国禁烟举世闻。孤胆千秋传浩气，青锋起处斩妖氛。

返乡感怀

梦断乡关超半世，归来声噎泪沾巾。萦怀乘鹤诸亲友，喜庆淮安日月新。

夜　吟

其　一

诗情一缕涌心头，欲罢难休苦索求。刮肚搜肠须捻断，西窗霜重月如钩。

其　二

写诗改作两皆难，唯恨神情少笔端。偶得生花风雅句，霞光初露晓星残。

张铁民

张铁民,原籍淮安,中国台湾中社诗社社长。

咏周恩来

其 一

周氏恩来政治家,运筹帷幄思无邪。子房智略千秋颂,诸葛忠谋万世夸。
合纵连横援大汉,折冲樽俎拯中华。心明似镜清如许,学博才高品益嘉。

其 二

周恩来氏籍淮安,中共之神克万难。蹈险扶危经巨浪,临深履薄挽狂澜。
精谋熟虑心田阔,远瞩高瞻眼界宽。大政治家兴国运,纵横捭阖息争端。

奉和高桂生《纪念革命先驱孙中山先生》原韵二首

其 一

孙公革命率同人,颠覆清廷废帝宸。儒道弘仁邦一统,春秋大义笔千钧。
自由前进欣开泰,民主先驱喜轶伦。辛亥成功青史耀,中华建国共和陈。

其 二

起事初期似月胧,渐趋明朗不凡同。一人倡义世间福,四海归仁天下公。
清室帝王如伏蛰,武昌辛亥若征鸿。中山革命承汤武,救国安民气势雄。

故乡情

祖国淮安我故乡,乡亲亲热热心肠。感情联系千程远,文化交流万里长。
政府新筹帏幄胜,家园旧地土泥香。和平统一神州际,即速回归喜欲狂。

两岸文化交流

炎黄胄裔本同根,相敬相亲各自尊。两岸和平皆发展,双方忍让共生存。
感情联系扬诗教,文化交流振国魂。唯有心思民族爱,中华一统谢天恩。

同胞爱

人心有爱思无邪,民族之光灿似霞。诗教宏扬依杰士,骚风广被赖方家。
感情互结祯祥集,文化交流福祉加。本是同胞宜忍让,和平统一大中华。

日本篡改侵华史实

倭奴孽畜实非人，暴虐侵华最不仁。淞沪战争千古恨，江宁屠杀万年瞋。
吞吾东北惊天地，炸我西南泣鬼神。铁证如山腥血史，哪堪篡改乱其真。

春　兴

物换星移斗柄回，有司青帝送春来。上林似锦黄莺织，外野如茵紫燕裁。
游目骋怀随仰俯，赏心乐事任徘徊。花花世界寻芳客，尽兴而归笑口开。

寻　根

探亲开放互通函，西渡高悬海上帆。寻觅根源追远祖，不教忘本义非凡。

反台独

蓬莱仙岛系神州，坚反台奸独沐猴。两岸同胞心有爱，相逢一笑解千仇。

保护钓鱼岛

神州领土钓鱼岛，严禁东洋鬼乱来。紧密相联全合作，共同保护理应该。

张达旦

张达旦，原籍淮安，中国台湾中社诗社总干事。

奉和张铁民社长

史实岂容假乱真？卢沟起衅祸殃民。侵华暴虐惊天地，抗日忠贞泣鬼神。
万里河山摧锦绣，八年烽火暗平津。乞降往事分明在，笔伐休教累裕仁。

李春初

李春初，原籍淮安，中国台湾中社诗社副社长。

依韵和张铁民社长《寻根》

楚客寻根归故里，飞舟渡海借风帆。能偿宿愿衷心乐，孝道无亏志不凡。

冯祥鸾

冯祥鸾,原籍淮安,居中国台湾。

依韵和张铁民社长《寻根》

海角寻根岂畏谗,江山如画一归帆。八千里路云和月,大陆风光确不凡。

詹景峰

詹景峰,原籍淮安,居中国台湾。

依韵和张铁民社长《寻根》

大陆河山势不凡,侨民纷挂返乡帆。欲寻根地驰千里,故旧重逢泪湿衫。

朱痴卿

朱痴卿,原籍淮安,居中国台湾。

依韵和张铁民社长《寻根》

大陆洞开欣客衫,卅年始得赋归帆。寻亲探旧迁桑梓,重会家人泪水衔。

林谦庭

林谦庭,原籍淮安,居中国台湾。

依韵和张铁民社长《春兴》

身闲扶杖过岩隈,郊野清纯绝俗埃。景物繁华诗思涌,风光旖旎画图开。
人追杜牧寻春去,我效王维载笔来。阡陌纵横行欲遍,流连山水竟忘回。

陈林轩

陈林轩,原籍淮安,居中国台湾。

依韵和张铁民社长《春兴》

春回大地百花开，草木争荣各斗魁。紫燕绕梁寻旧地，黄莺穿树觅新材。
农歌陇上勤耕种，樵咏山中畅往来。骚客迎春邀雅集，吟诗遣兴乐倾怀。

仇绍唐

仇绍唐，原籍淮安，居中国台湾。

观月有感

中秋观月思情牵，海陆相通天地连。一国何须分彼此，人心迫切盼团圆。

万学诗

万学诗，原籍淮安，居中国台湾。

返乡抒怀兼赠两淮同窗

两岸欣通岁岁归，故乡满目沐朝晖。无边稻海黄金浪，几处棉畴白玉堆。
花放勺园观菊艳，树环楼阁赏枫绯。胸存爱国怀桑梓，九卷诤言辩是非。

原注：余在台出书九卷，如《台湾危机在哪里》《台湾路该怎么走》等。

赞淮安古城

古城壮丽得天骄，人杰地灵应自豪。宝塔凌空文化耀，书生恣意写妖娆。

庄森乔

庄森乔，原籍淮安，居中国台湾。

故乡情怀

少壮离乡半纪年，楚台情系梦魂牵。游湖共摄相偎影，登塔同观满目妍。
人倚高楼尤念月，车行香陌欲追天。菊花烂漫肥黄蟹，游子归来醉故园。

朱寿柏

朱寿柏，原籍淮安，侨居美国。

居美偶感

其 一

寄旅台湾四十秋，忽闻政改乐悠悠。三通广遂人民愿，回里探亲得自由。

其 二

由台转美定侨居，住宅远离闹市区。仆逸庭前瓜菜种，妻闲室内制衣裾。

其 三

德州为美二州区，地广产油民富余。华屋空调无冷暖，悠然自得乐安居。

其 四

探亲数度尽人伦，梓里欣闻处处春。改革风华非昔比，何时永蹈故乡尘？

薛理茂

薛理茂，原籍淮安，侨居法国，法国巴黎龙吟诗社社长。

月明钟声

天连古塔塔播钟，明月床前客梦惊。夜色无边流水翠，星眸静赏绮弦清。

帆行澎湃

层峦砍截大江流，拍岸狂涛去自悠。上下风帆齐破浪，弄潮天地主沉浮。

景况宜人

高山怪石自嶙峋，竹里松间见故人。山水迷离疑入梦，羽觞共饮乐天真。

身轻自在

山前草色绕谁家，谷里松涛泊汉槎。小坐临流观自在，无情风月浪淘沙。

高士杰

高士杰，淮安市淮安区人。教师。

赞平桥得月楼豆腐

平桥重镇运河旁，得月楼飘豆腐香。碗内盛来如琥珀，锅中烹烩溢芬芳。
淮人设宴尊头菜，清帝亲尝赞玉浆。若问厨师何佐料，蟹黄鸡汁作羹汤。

咏鼓楼茶馓

鼓楼茶馓久流芳，岳氏而今献艺长。送礼咸称高尚品，亲尝共赞脆酥香。
经销内地蜚声振，远售重洋美誉扬。游旅观光中外客，来淮无不带回乡。

咏淮安土特产

文楼汤包

河下偎依古运边，文楼座上客留连。沾唇吮吸汤包美，入口品尝蟹味鲜。
姜醋麻油加外佐，皮膏鸡汁馅中添。桂香菊艳时机好，赴席忘归觉似仙。

鼓楼茶馓

鼓楼茶馓树先标，岳氏家传技艺高。口味香酥宜老少，枝形网曲似荷包。
手中搓面盘缠绕，锅内麻油炸一交。中外驰名三获奖，群商播誉抢经销。

蒲芽菜

天妃宫畔绿蒲生，食取根间白嫩茎。味出天然经众品，香添佐料益加清。
抗金梁氏充军饷，宴客淮人作席珍。谁说草儿难算菜，名居特产受欢迎。

平桥豆腐

平桥豆腐作羹煎，鱼脑蟹黄鸡汁添。家宴淮人为首菜，御筵皇帝也尝鲜。
原和白菜同堪口，更与海参作并肩。特产名驰淮地外，飘香余味世人传。

纪念辛亥革命烈士周实阮式殉难80周年

饮恨悠悠八十年，先驱烈士谱悲篇。丹心敢比江淮净，赤胆犹如日月妍。
还我河山将振臂，蹈其瀚海渺无缘。革新未遂生前愿，长使英雄泪涌泉。

晚秋勺湖赏菊

香满勺湖菊正华，姣娆错落赞黄花。群芳敛迹谁争艳，众卉凋零孰吐葩。
敢与青霜为伴侣，愿和冷月作邻家。此生博得陶公爱，装点三秋似彩霞。

《非常大总统》影片观后感

反帝驱清志气宏，联俄联共助工农。革新走向全民路，天下为公愿大同。
道路铺平启后继，乾坤扭转立先功。影坛再塑伟人迹，地覆天翻一代雄。

《淮海诗苑》创刊纪念（鹤顶格）

淮浦襟联颂古邦，海天一瞥好风光。诗中有景堪寻味，苑内无花赖墨香。
创社却为倡后起，刊坛亦是步前方。纪词格律皆新颖，念句咸歌国运昌。

祝贺张老同友80寿辰

舌耕为业话三千，恳恳勤勤数十年。笔墨书成功底硬，丹青绘出画中妍。
党恩若露滋先觉，师德如风惠后贤。耋寿豪吟诗兴雅，离居应感乐无边。

赞邓小平南巡讲话

南巡讲话意深长，继往开来甚有方。姓社联资奔富路，研科掌技赴康庄。
两条基本明关键，一个中心是大纲。十亿人民齐奋进，神州无处不春光。

拯民德泽沐金瓯

烟阁凌云一望收，车如流水旅游稠。馆基缔奠传千古，景物长存美四周。
辅国功勋昭宇宙，拯民德泽沐金瓯。楷模党范垂青史，吐握精神万世讴。

欢呼“长征”号火箭发射成功

中华科技上高峰，一箭双星射太空。隆誉新闻惊世界，长征号角震苍穹。
巨轮转速加飞跃，特异功能夺化工。漫道神州增特色，更为全亚树雄风。

赞《枫林诗词》（鹤顶格）

枫叶红时映沪光，林园深处有花香。诗吟海内存知己，词颂中华国运昌。

高桂生

高桂生（1923～2010），淮安区人，中共党员。曾任建湖县乡镇党委书记、淮安市（原县级）教育局长、科委主任、淮安市（原县级）老干部诗词协会会长、淮安市（原县级）诗词协会副会长、《淮安诗苑》主编等职。

恭贺淮安市诗词协会成立

淮堧生瑞气，历代毓骚人。文事兴民事，诗魂震国魂。
奇葩千朵放，风雅百家鸣。诗协今成立，高吟报晓春。

赞梁红玉

其　一

巾帼梁红玉，抗金树楷模。沿江善阻击，守岸任巡逻。
玉面迎银月，红裙映绿波。金山智击鼓，奋战胜喽罗。

其　二

抗金保楚地，回驻北辰坊。与卒同甘苦，协夫献计方。
蒲芽当膳食，芦荻作营房。南宋江山固，英雄百世芳。

纪念抗日胜利50周年

促成联合同抗日

赤胆张扬秉义行，西安事变震乾坤。促成国共相联合，团结军民反掠侵。
开辟新区游击战，统编改属国民军。方针韬略善筹划，抗日春雷处处鸣。

全国军民起怒潮

日机轰炸卢沟桥，全国军民起怒潮。国土沉沦心叵忍，山河破碎恨难消。
平型关上凯歌奏，旷野村中赤帜飘。勇往直前雪国耻，奋身杀敌逞英豪。

全民奋战奏凯歌

神州亿众耀炎黄，岂让倭奴魔爪张。妇女荷枪巡阵地，农夫担架上前方。
民兵潜伏打游击，童子送笺放哨忙。奋战八年欣祝捷，而今迈步赴康庄。

赞孔繁森

其　一

辞鲁西征意志坚，甘为藏族战高原。频经风雪犹欣暖，尝尽辛酸却觉甜。
踏遍荒山探宝矿，研兴阿里辟财源。丹心一片忠于党，两袖清风执政廉。

其　二

艰辛履雪冒风沙，热爱藏民胜自家。遥别故乡成眷属，操劳阿里养孤娃。
代疗输血拯人命，送暖献衣救阿妈。舍己利人自古罕，英模典范实堪夸。

颂九五宏图

莺歌燕舞报春晖，九五宏图花盛开。建设文明传喜讯，腾飞经济响春雷。
振兴华夏歌千古，进入小康震九垓。全国人民齐奋斗，隆隆战鼓日相催。

告慰忠魂

伟人逝世十周年，告慰忠魂几变迁。四害消除逢胜日，亿民焕发乐尧天。

宏图建设蒸蒸上，改革花开朵朵妍。纪念含悲化作力，振兴华夏不休肩。

善走水路奔小康

鸭司令致富

湖中群鸭总超千，老沈善当司令员。让玩让休三检点，欲收欲放一篙禅。

早开栏薄散寻食，暮聚滩头归宿眠。日产百斤全色蛋，小康生活度余年。

养鱼丰收

湖泊新开百亩塘，渔家科学养鲢鲂。鱼分大小栏分放，食有精粗喂有方。

水里通空增氧气，夜间引饵照灯光。年终捕获鱼丰产，美满前程进小康。

赞古顺河酒

淮左顺河堪自豪，酿成美酒溢香飘。只缘古矿甘泉美，抑系川师技艺高。

精用五粮蒸玉液，名驰万里夺金标。千吨年产争先进，效益腾飞上九霄。

喜迎香港回归

其　一

中华南境一明珠，清帝无能卑割除。领土主权竟忍失，金瓯完整岂糊涂。

百年耻辱怀胸忿，一旦雪清振臂呼。香港同胞情益悦，国行两制显功殊。

其　二

忍吞耻辱百年期，鸦片害人带患遗。清帝腐衰遭外侮，英夷强暴占边陲。

中华崛起升红日，香港回归落米旗。亿众扬眉歌盛事，江山增色显荣姿。

和台湾中社诗社社长张铁民《纪念孙中山先生》

其　一

出自翠亨一伟人，革除封建旧寮宸。推翻帝制歌千古，崛起中华举万钧。

为国为民怀大志，联俄联共秉天伦。年臻辛亥风雷激，革命先驱史册陈。

其　二

先驱革命启朦胧，远虑深谋建大同。力创人间齐致富，主张天下皆为公。

三民主义明宗旨，五族共和宪制鸿。拯救国家兴社稷，才思敏捷志豪雄。

新加坡《狮城吟苑》读后赋赠狮城诗词学会会长李金泉先生

狮城群彦任吟哦，古韵新声善琢磨。冷眼评鞭旧世界，热心赞颂新加坡。

阳春白雪高弹奏，下里巴人亦唱和。余愿虔心结挚友，认真阅读细揣摩。

步新加坡李金泉吟长《狮城诗词学会成立感赋》原韵

炎黄胄裔本同俦，奉读瑶章益启猷。海岛涛声惊异梦，骚坛吟咏盼交流。
何言鷦鸟师鸿鹄，莫谓犊羔附豹彪。恳向奠君多领教，同将宝砚作耕畴。

纪念关天培

将领生来志气豪，禁烟卫国任操劳。茫茫海上掀风浪，沸沸心中起怒潮。
鸦片千箱摧毁烬，江山万里显容娇。抗英六载边陲固，战绩辉煌功绩高。

感赞状元兵

身任状元却练兵，抗倭踊跃志英明。丹心搁笔佩戎甲，赤胆荷枪勇出征。
为保庶民安职业，岂容敌寇乱胡行。英雄最后含冤死，今古令人愤不平。

胯下桥怀古

韩信生平有略图，率师兴汉主沉浮。亦荣亦辱堪豪杰，能屈能伸是丈夫。
气盖山河诚浩荡，胸容沧海尚宽舒。岂谈胯下区区事，却给屠夫捕盗徒。

秋观淤黄河畔棉区

连片棉区无际垠，晚秋纵目顿更新。滩涂利用全成锦，大地披装尽是银。
陌上车输机器响，村头歌伴轧花声。西风袭我身虽冷，但喜冬寒暖世人。

游勺湖二首

其　一

文通塔罩水晶翠，更喜湖光映日晖。画舫舱中多逗趣，蜈蚣桥上几徘徊。
留心寻蹈周公迹，纵目仰观汪氏碑。谁说桑榆风景晚，酣游犹带彩霞归。

其　二

浓妆淡抹色天然，菱茭芙蕖出水鲜。一勺湖中多媲美，百花园里斗婵娟。
依依柳傍空中鸟，淡淡云浮水底天。再步周刘故宅处，虔心瞻仰效先贤。

窦娥巷怀古

窦娥巷里漫徘徊，故事倾心实痛哀。愤恨张驴施毒计，惜怜窦氏被诬栽。
天炎六月雪飞舞，地涸三年旱酿灾。贞女含冤终有恨，天章回府感胸怀。

纪念红军长征胜利60周年

忆昔长征非易凡，全凭热血化江山。红军越岭千重万，跃马离天三尺三。
阵阵腥风吹草地，潇潇血雨洒疆滩。一桥飞渡十三索，十步进攻拐一弯。
突破层层封锁线，打开道道险难关。炊餐常断胡知饿，冰雪频侵不觉寒。
望雁南飞仰玉汉，抗倭北上到延安。天兵神速惊寰宇，赤帜高飘卷巨澜。

灌溉总渠流水赞

其　一

天上银河岂出银，总渠流水却流金。镶成稻谷推黄浪，引得渔人来问津。

其　二

沿渠涵闸流淙淙，灌润农田谷盛秾。水患千年变水利，禹王亦得赞其功。

其　三

灌溉总渠水色浓，垂杨两岸舞东风。禾苗润泽双歧秀，胜入桃源乐世隆。

游览运东闸

其　一

水船两闸连成龙，人过车行紧接踵。天上人间原有别，总渠底事贯长虹。

其　二

泛滥千年遍地流，易涝易旱万民忧。而今巨闸成屏障，气死龙王便罢休。

参观宁连一级公路两淮段

旋登板闸立交桥

南北东西万里遥，旋登板闸立交桥。飞车上下交叉过，纵目匆匆接九霄。

行经大运河

京杭运道古新河，两道长虹卧碧波。水陆交通齐发展，车船高速似穿梭。

建成致富康庄道

鬼斧神工显技才，高宽坡度善安排。建成致富康庄道，经济腾飞振两淮。

登庐山

登匡庐有感

四百周旋任骋驰，高低远近景奇姿。山明水秀皆含韵，草木云岩尽是诗。

游仙人洞

苍岩翠壁洞幽深，内有仙人吕洞宾。漫步兴高游入境，身沾玉液倍清心。

观瀑布

足蹈诗仙李白迹，扶筇攀步香炉峰。凝眸瀑布飞流下，千丈银绸挂九重。

渔滨河岸酒飘香

渔滨岸上产浓醇，选用五粮精制成。来往纷纷沽酒客，顺河便是杏花村。

徐志高

徐志高（1924～2004），淮安区人。1945年参加工作，1980年加入中国共产党。《楚风吟》副主编、中华诗词学会、江苏省诗词协会、淮阴市诗词协会会员。编著《古楚凯歌》。在省内外各种刊物发表诗词近200首。

祖国颂

中华已崛起，处处歌声扬。农副皆增产，工交新谱章。
人民生活好，国富力量强。十亿同心干，奋身夺小康。

血涤山河耻

其　一

倭寇侵华日，人民是倒悬。卢沟飞弹雨，淞沪骤硝烟。
半壁山河碎，中华血泪涓。豺狼称霸道，国耻史无前。

其　二

圣地延安檄，抗倭众志坚。雄文持久论，抗日大旗悬。
血涤山河耻，戈挥强虏歼。连年拼搏战，一曲凯歌悬。

瞻仰周恩来纪念馆

少有凌云志，古今一伟人。胸宽包瀚海，志大立昆仑。
拯国功勋著，济民入死生。雄才寰宇仰，万代大名存。

喜见丰收景

中秋天气爽，稻熟满畴黄。虾大菱鲜美，鱼肥藕嫩香。
村村猪满圈，处处鸭成行。极目丰收景，农家喜若狂。

悼念王士义同志

闻悉君先逝，吾侪泪湿襟。抗倭蒙险苦，解放献忠心。

常熟留佳誉,淮安众赞钦。难忘相处日,吊念致哀情。

腾空上泰山

空中一索悬,邀客上青天。刚别凤凰岭,瞬登府峻岩。
转身临日近,俯首察云烟。游欲心陶醉,浑然疑是仙。

颂青莲岗文物

世称宝地青莲岗,文物万千土里藏。商缶腹空灰有黑,周盘壁矮赤兼黄。
秦杯润滑古人智,汉碗瓷光工艺良。石斧贝钱年代早,当今考古意深长。

洪泽湖夕眺

登堤远望落霞天,灿烂湖光映目眩。暮色苍茫船入港,欣看绿柳绕炊烟。

观文峰塔

唐塔文峰耸一隅,勺湖荷露托名珠。龙兴古刹今非昔,朗朗书声入耳娱。

孙泽民

孙泽民(1924~2010),淮安区人,中共党员。历任教师、《淮安日报》编辑、淮安县文化馆、图书馆副馆长等职。中华诗词学会会员、县级淮安市诗词协会常务副会长。

淮上吟坛增异彩

淮安诗协聚精英,济济人才特色新。前辈后生同酌韵,良师益友结知音。
百花齐放弘文化,五彩缤纷耀地灵。壮志豪情扬国粹,诗词歌赋自哦吟。

登镇淮楼

镇淮楼峙古城中,拾级攀登百感从。整洁街衢商旅密,繁荣市面物资丰。
文明双建前程美,经济翻番后步宏。改革腾飞兴四化,淮安万象入时空。

过胯下桥

自古英雄出少年,裤裆受辱苦熬煎。学文练武成才干,谋略精韬育杰贤。
韩信心中膺大任,将军胯下弃前嫌。荣归故里寻凡子,当众封官带谢言。

谒关天培祠

天培祠里挺青松,郁郁葱葱见节忠。外患好防同敌忾,内奸难辨害人虫。
抗英六载金汤固,昏帝一时玉石空。血洒虎门惊敌胆,身捐祖国唱雄风。

走窦娥巷

窦娥巷内窦娥冤,故事相传动地天。六月雪飞群戴孝,三年干旱众鸣冤。
是非颠倒无公正,黑白混淆不敢言。幸有天章侦此案,方教贞女显清廉。

观刘鹗故居

《老残游记》久名驰,刘鹗奇才举世知。立论著书通乐学,能医会算善诗词。
黄河图考功臣奖,甲骨文抄拓印师。国计民生留业绩,故居遗物见无私。

访吴承恩故居

故居河下射阳簃,名著西游记事奇。玄奘真心传佛道,怪魔恶意把人欺。
悟空变法除妖雾,能净机灵化险夷。大闹天宫称大圣,承恩秉笔誉名师。

颂梁红玉

红玉从军女杰英,抗金报国出芳名。挥戈草荡冲锋勇,击鼓金山战略灵。
运水东西歼敌寇,大江南北杀金兵。驻淮七载金汤固,巾帼英雄众所钦。

学习干部楷模孔繁森

干部楷模

家居齐鲁孔繁森,援藏支边献自身。热血耗完图藏富,丹心掏尽为民生。
奉公克己无私欲,勤政助人不染尘。卖血抚孤传美德,楷模典范照明灯。

恩泽藏民

繁森虽逝却犹生,恩泽藏民德永存。见义勇为争贡献,知难而上踏征程。
扎根沙漠开新宇,造福高原辟富门。双建文明真善美,丰功伟绩刻碑文。

赞古顺河酒

顺河矿井涌甘泉,福水长流美味甜。特聘川师高技艺,酿成曲酒质优先。
千吨年产销中外,万里飘香誉大千。老窖琼浆登榜首,品尝一口喜心田。

大湾故里换新装

少小离家老返乡，大湾故里换新装。村村瓦屋楼房起，户户余粮米麦香。
庄后轮窑砖瓦出，河中养蚌宝珠藏。电灯电视荧屏亮，生活小康幸福长。

劳动致富奔小康

南闸老何住水乡，靠船致富赴康庄。开头二百本钱少，现有万元实力强。
多种经营成大户，加工粮食建机房。农机修理增收入，报上扬名万里香。

喜迎香港回归祖国

国耻难忘一百年，割离香港苦难言。约期丁丑投怀抱，喜看明秋月更圆。
北斗星高光大地，东方照耀力回天。一邦两制前程美，特色江山奏凯旋。

淮安颂

日新月异赴康庄

总渠交汇运淮江，水陆畅通百业昌。市场繁荣连亚美，财源茂盛达欧洋。
客来外国谈生意，货等淮安运远方。改革腾飞增特色，日新月异赴康庄。

城乡处处好风光

淮安改革浪潮狂，经济翻番赴小康。五谷丰登歌大有，各行兴旺喜非常。
劳心劳力开新业，合股合资利各方。捷报频传兴四化，城乡处处好风光。

纪念抗战胜利50周年

驱倭抗战靖烽烟，日寇投降载史篇。推倒三山除腐恶，振兴四化换新天。
两翻经济谋民富，双建文明固政权。发展科研增特色，小康生活忆前贤。

北上抗日奏凯歌

长征胜利六旬年，庆祝联欢忆杰贤。沐雨栉风除恶雾，跋山涉水闯云天。
多亏主席英明策，全赖红军智勇兼。北上延安驱虎豹，频频捷报凯歌传。

新旅功绩载史篇

新旅诞辰六十年，辉煌业绩育英贤。宣传抗日驱倭贼，发动全民斗地天。
五万路程传捷报，廿余省市遇机缘。毛周元老齐称赞，人小功高载史篇。

欢呼世界妇女大会在我国召开

欢呼盛会在京开，接待嘉宾好友来。中国妇联推骨干，全球代表荐英才。
自强自立自尊爱，互学互帮互谅谐。发展和平争贡献，文明双建上台阶。

女人能顶半边天

妇联“四大”喜空前，隆重召开奏凯旋。万紫千红增异彩，五光十色倍新鲜。
能文能武同参政，劳力劳心共掌权。发展和平成大业，女人能顶半边天！

雷

隆隆巨响震天庭，大显神威动地心。惩腐倡廉扬正气，狂风暴雨复枯林。
闻声失箸人堪笑，得韵挥毫众所钦。闪电轰鸣光宇宙，龙飞狮舞报佳音。

孙　肃

孙肃(1924～1994)，字久山，徐州市人。江苏教育学院古代文学副教授，编有《旧体诗格律》《词律五十调》《词学通论》等。在淮期间，与季廉方、周本淳、常国武为诗友，在淮诗作见《山阳四友酬唱集》。

悼周总理

遗恨哭千古，江城夕照明。无声怒鬼魅，有泪泣神英。
九政存余爱，三军缅旧情。苍茫惊岁晚，翘首企升平。

周总理逝世周年祭

闻道阊门陨巨星，万家咽泪暗吞声。素旐白马终疑梦，楚水淮云总是情。
并世勋劳光日月，毕生肝胆著贞诚。凄凉望断江南路，后死何时奠两楹？

赠国武游黄山

灵山风雨几经年，拄杖天都百虑湔。清露一帘龙女梦，黄云千里采莲篇。
半山寺古空歌啸，大士岩高可醉眠。此去羡君成快举，奋飞彩笔写岚烟。

总理逝世10周年

其　一

廿年魑魅委尘沙，夜路迢遥正有涯。试看神州春暮道，风中开遍碧桃花。

其 二

祠宇神归正十年，人间瑞气起非烟。风檐展卷仪型在，仰止常存俎豆前。

代季老忆小盘谷旧居

可怜燕子为谁来，归去庭空风雨哀。最是江南春意晚，一帘飞絮乱花开。

袁 鹰

袁鹰（1924～ ），原名田钟洛，江苏淮安人。当代著名作家、诗人、儿童文学家、散文家。曾任《人民日报》文艺部主任，中国作协第三、四届理事，第四届主席团委员。已出版文学创作、评论、随笔集40余种，多次获全国性优秀文学奖。

结婚40年赠妻

还记结缡日，悠悠四十年。风霜同携手，哀乐总相牵。
留得丹心在，何愁白发添。今生情未了，再续后生缘。

陈锦珊

陈锦珊（1925～ ），淮安区人。中华诗词学会会员、江苏省诗协理事、苏州市沧浪诗社副社长、《姑苏吟》副主编、《达轩先生诗词集》主编。

浴血抗倭传捷报

忆昔难忘却，神州浩劫长。雄师驱日虏，碧血洒疆场。
友睦千秋计，芳邻百事昌。蠢人须自律，玩火莫轻狂。

屈原颂

爱国诗人百世过，湘江依旧荡清波。骚坛永志先贤赋，史册犹存绝笔歌。
长夜明珠惊鬼魅，千秋正气扫妖魔。忠奸喜恶昭昭见，无限深情吊汨罗。

怀念王士义同志

楚城噩讯震心弦，往事依稀在眼前。八载驱倭披雨露，三年反蒋历烽烟。
毕生廉洁清名著，一片忠贞浩志坚。半纪奔波垂业绩，江南挚友悼英贤。

陈耀华

陈耀华(1925～2001),淮安区人,1943年参加革命工作,曾任淮安县小学、中学校长。江苏省诗词协会会员、淮安市诗词协会会员。

赠勺湖诗社社友

半载筹诗社,奔驰未歇肩。勺湖邀会友,楚都集群贤。
共议吟哦旨,同磋珠玉篇。挥毫歌盛世,勿负舜尧天。

赞首届教师节

英才成辈出,统属园丁功。党政军民学,东西南北中。
人人称卓越,个个颂光荣。首届教师节,楚城盛会隆。

老年大学即景

学海寻佳境,殷殷学子情。临碑摹古意,泼墨寄童心。
不觅千钟粟,但求一字经。媪翁余热旺,乐此不知龄。

初　夏

时值清和节,乡村老少忙。黄童捶细土,白叟灌泥浆。
青壮推猪粪,妇联栽小秧。离休吾干部,煮饭送茶汤。

缅怀显妣

妣亡今十载,离职六冬春。顿起沧桑变,尚为幸福门。
新男已伉俪,东女抱甥孙。黎玉均成长,夫妻想老人。

读《天安门诗词三百首》有感

小诗人悼大诗人,一片悲歌泣鬼神。却恨四凶怀恶意,不容万众表哀情。
天安门外潮如海,纪念碑前花似银。千古忠奸难掩盖,从来泾渭最分明。

纪念周总理逝世10周年

青年立志挽沉沦,革命一生茹苦辛。有守有为贤领导,无私无畏大豪英。
中天日月千秋色,大地江河万古春。留得甘棠遗爱在,碑前人尽泪纵横。

春游感赋

胜日寻芳兴致浓，闲游信步乐融融。风吹杨柳千门绿，雨润杏桃万户红。
群鸟高飞均展翅，百花齐放各争荣。一年好景随春到，大块文章恰慰侬。

读《南京英烈》有感

南京英烈实堪钦，为国捐躯照汗青。耿耿忠心传宇宙，铮铮傲骨扭乾坤。
非凡气节垂千古，高尚情操重万钧。革命先驱今宛在，后人感激泪盈襟。

赞老干部诗词协会

离休干部诗词会，筹备于今始组成。本属吾侪同盼望，原来骨肉是斯文。
共歌四化升平日，齐奏群民捷报辰。堪羡诸公欣命笔，一挥而就夙名闻。

离休感怀

任教于今三十三，历程一一记心间。始而筹办丁陶校，继则承担高级班。
五六年秋当校长，戊申岁底调乡关。韶光易逝徒增齿，体质日衰鬓发斑。

纪念车桥战役胜利42周年

其 一

淮东重镇数车桥，顽伪日军作老巢。寅岁楼台成瓦砾，未年黎庶受煎熬。
虎威凶猛任狐假，桀犬疯狂竟吠尧。风月峥嵘何度过，水深火热命难逃。

其 二

倭寇猖狂有几年，楚歌四面倍凄然。天天扫荡遭灾难，日日清乡颇酷严。
逼得卖儿兼鬻女，无辜被打又花钱。三光政策太残忍，引领遥看解倒悬。

其 三

黄粟大军胆气豪，申年春季打车桥。将军指战威名大，部队冲锋士气高。
父老送茶迎子弟，人民见日乐逍遥。雄师攻进暗碉堡，活捉倭奴破鬼巢。

其 四

中华儿女多奇志，解放车桥卌二年。幢幢高楼平地起，株株大树入云巅。
宏图初展创奇迹，捷报频飞夺锦旗。百废俱兴非昔比，万民同庆乐尧天。

楚城颂

生在楚城甚丰焉，地灵人杰有渊源。赵诗卫历久称艳，边画枚辞今更鲜。
窦巷梁祠传万代，吴簃关宇赋千篇。周公盛誉贯中外，余谓古淮出俊贤。

勺湖即景

首玩勺湖路未讹，稀蒲野柳杂茭荷。伏时避暑诗人集，夏日寻芳骚客多。
塔榭两新除旧貌，水天一色映清波。生平不与趋炎伍，甘效醉翁酒后歌。

离职周年有感

离职归田已越年，居安慎守乐陶然。古云无职一身福，今谓有钱诸事圆。
众论适宜麻雀战，我言还是舌耕田。兴来握笔吟诗句，老友欣逢结夙缘。

示 儿

新春握笔赋新辞，教子成材应久持。迈步长征由此日，教书伊始即今时。
钻研旧课兼新课，做到先知觉后知。制度规章宜慎守，从今永伴砚台池。

1984年夏季淫雨连绵

淫雨连绵八九天，顿教老朽倍凄然。田园积水近公尺，昼夜排涝靠电机。
墙倒圈沉无可赖，草潮灶漏更难言。干群永夜保堤坝，老少终朝斗汛期。

惜 春

王孙芳草感天涯，为爱春光故驻车。不少情人忙折柳，更多游子恋飞花。
因萦别恨肠千转，欲吐诗怀手八叉。珍重临歧须记取，莫教辜负好年华。

夏日农村即景

割完三麦又栽秧，户户家家忙上忙。笑语欢声全鼓劲，争先恐后各逞强。
英明政策人称赞，正确方针国盛昌。团结拧成绳一股，发家致富志昂扬。

迎春曲

火树银花万象新，神州十亿共升平。轻歌曼舞迎佳节，笑语欢声话党恩。
创建文明垂典范，加强法制顺民心。龙腾虎跃人长寿，万里河山处处春。

黄昏恋

欣是熙天盛世人，新风指煦软红尘。老松沾露枯枝活，古井生澜文縠清。
敷听投缘倾积愫，旋闻海誓缔鸳盟。举觞喜祝黄昏恋，相敬如宾娱晚晴。

颂淮阴农校

齐民要术育神农，帐设湖心届届红。先觉热衷开诱导，后知苦学解愚蒙。
技研物理除虫害，课讲行科植谷丰。青出于蓝歌俊杰，园丁德厚誉无穷。

荧荧苏北一明珠

悠悠淮泗楚天殊，风雨沧桑道不孤。洪泽钢堆羞恶浪，运河清水夺长车。
插田到处能生米，撒网随时可得鱼。工业新星粮百亿，荧荧苏北一明珠。

歌颂周总理丰功伟绩

南昌起义美名流，振臂高呼贯九州。万里河山归旧主，一轮红日照当头。
三山推倒兴民主，四海高歌得自由。扫尽烽烟除反动，功勋伟著照千秋。

勉友人

莫信人言丑异常，殷勤梳洗贴花黄。才华不定身肥瘦，美德何凭体短长。
出国有谋夸晏子，椎秦无虑赞张良。胸存俗念求仙貌，自筑愁城百事荒。

赠友人

流水高山寄远心，海天魂系伯牙琴。他乡握手知音在，湖畔倾心感慨生。
世态炎凉怀往事，心情契合见交深。悠悠岁月黄花老，一夜书声伴雨声。

过南京长江大桥

长江虹贯大江边，天堑通途耀眼前。南北车龙空际舞，东西鲸舶浪中颠。
水流波动摇灯影，日照云飞出水烟。景物交融成一脉，振兴华夏独争先。

读《姑苏吟》喜赋

阅读姑苏诗一卷，煌煌大作倍欣然。七旬党庆刊专辑，满幅琳琅耀眼帘。
吾老荣担沧领导，不才颇愧楚吟员。而今迈步从头越，搜索枯肠再着鞭。

祝贺中国共产党诞生70周年

七十年来非等闲，翻天覆地换人间。毛周开国闯千险，江李中兴破百艰。
收拾金瓯生气暖，澄清玉宇不阴寒。元勋已老党难老，永葆青春有接班。

新春偶成

迎羊送马乐何如，春满乾坤福满坡。火树银花迎节日，晴空瀚海戏姮娥。
三沟美酒屠苏饮，五谷丰登家国和。万里江山娇滴翠，防微杜渐免沉疴。

三度瞻仰周总理故居

绿水滔滔万古流，千年人杰壮山丘。英风永傲淮城地，笑貌盛妆钟鼓楼。
全党楷模辉日月，一生功业写春秋。峥嵘院落连环宇，跨鹤还思振九州。

赞洪泽春涛诗社

节近端阳忆故人，传来佳作贵如珍。胸藏锦绣词中现，纸现云烟笔下生。
春满神州人共晓，涛传泾口我方闻。羞将俚语呈诗社，聊品香茶敬一樽。

乙丑除夕即兴

争燃爆竹嘻黄口，喜换桃符笑白头。处处霓灯呈电鼠，家家米饭饷春牛。
连天焰火连双岁，遍地笙歌遍九州。乙丑有闻皆捷报，寅年更上一层楼。

中秋吟

佳节平分一半秋，每逢此夕乐悠游。冰轮皓洁磨空转，玉宇光明匝地幽。
万里关山皆不夜，满湖诗酒载行舟。遥怜隔海诸亲友，是否今宵解恨愁？

春　日

青烟袅袅渐浮空，窗外寒消春又浓。芳草萋萋铺野色，流莺恰恰舞东风。
小桥杨柳迎人绿，南浦桃花带雨红。我趁芳天舒雅兴，轻舟载酒乐融融。

笔　征

历来书法重精神，疏密咸宜笔落成。气畅情舒无拘谨，神飞兴逸不轻盈。
纵横点画奔腾势，运用挥毫跌宕声。雨雪交加临阵上，云烟滚滚启长征。

泾口新貌

条条渠道水源长，泾口而今盛稻粱。连续丰收鱼米麦，三全其美灌排航。
行行绿化如棋局，幢幢高楼似厂房。人类天堂人创造，风光何必羡苏杭。

纪念林则徐诞辰200周年应福州三山诗社征稿爰赋

其 一

侯官自古圣贤乡，林帅威名震五洋。曾在洪湖降水怪，旋来粤海固金汤。
拓开塞北田千顷，焚化欧西土万箱。忽坏长城和议足，无妨勋节放光芒。

其 二

封疆大吏数公尊，云贵高原足底奔。为拯万民于水火，全凭双手扭乾坤。
功高泰岱垂青史，节秉旌麾驻白门。修复长堤十三堡，江淮赤子永怀恩。

县剧团赶排《枫涛漫卷》赋二律

其 一

功夫不负苦心人，三载构思始得成。万里蜀巴来导演，全团子弟费经营。
律音谱就丹枫颂，庙火曾明黑夜灯。四十年来难表达，长歌一曲寄深情。

其 二

舞台幕幕展英姿，犹似将军克敌时。缚虎出奇传将令，假途灭虢笑韩痴。
谋求合作施宾礼，志在勤王赠慨辞。倏忽风云淮水涌，“枫涛漫卷”羽书驰。

纪念毛泽东主席逝世10周年

神州大地主沉浮，人物风流千古殊。唤起工农齐踊跃，遵循马列绘宏图。
百年魔怪纸船送，十亿群伦草木苏。万丈光芒辉赤县，蓬莱虽远不迷途。

愿学吾公再著鞭步陶老《赠盐城市湖海诗画社》原韵

洪泽湖边集众仙，阳春白雪谱新篇。双番计划昭寰宇，七五蓝图映海天。
翰苑笔飞传大作，文坛虎变集云烟。不才勉凑巴人句，愿学吾公再著鞭。

观首都春节晚会有感

火树银花不夜天，万民同庆乐陶然。龙腾狮跃非凡比，此唱彼随分外鲜。
式式形形多样化，谈谈说说喜空前。良辰美景果如是，五彩缤纷耀眼帘。

中共十一届三中全会10周年感赋

三中盛会不寻常，历史关头拨导航。改革良筹翻旧貌，振兴谋略换新装。
山河呼啸辉煌业，华夏腾飞谱典章。思绪万千如梦寐，前程似锦百花香。

纪念淮安城解放40周年

大军滚滚入淮安，小别三年奏凯还。残敌溃逃随逝水，楚城解放见新颜。
镇淮楼畔欢歌起，漂母祠旁笑雨潸。战局如磐花怒放，金陵王气黯然删。

新安小学60周年校庆感赋

新安小学育新人，化雨春风六十春。桃李芬芳千万辈，宣传队伍栋梁臣。
名驰海外尽人晓，誉满中华举世闻。花甲之辰咸庆贺，鸿猷待展共飞腾。

游勺湖

其　一

胜日寻芳到勺湖，无边风景似姑苏。小桥流水含诗意，翠竹红花入画图。
曲径漫游行僻处，轻舟横渡觅归途。同人闲话沧桑变，共说新淮非旧都。

其　二

勺湖景色异平常，夹道垂杨似画廊。水榭餐厅宾自满，蒲塘芽菜味偏香。
爱寻胜迹群贤至，共羡碑园历史长。古塔宛如招待者，巍然矗立苑中央。

谒柳亚子先生故居

亚子文名世赞夸，分湖湖畔即为家。率惊藏匿吟词待，脱险高飞跨海涯。
大气凛然持正义，激流勇进发春华。先贤亮节人钦仰，耿耿情操映日霞。

悼叶剑英元帅

高龄九十阅沧桑，大任君肩作栋梁。力拔三山烟雾尽，智平四害正声扬。
澄清谬误明真理，灭尽祸端为国强。恶浪惊涛中砥柱，千秋众品誉馨香。

悼陈毅元帅

南天一柱气如虹，戎马生涯百战功。叱咤风云施将略，纵横诗笔显神弘。
青松傲雪身高洁，红叶经霜色愈浓。大地回春欣告慰，缅怀业绩仰贞风。

春谒雨花台

时届清明身在宁，雨花台上吊英灵。山间有石皆忠骨，崖畔无花不赤心。
郁郁苍松标劲节，巍巍碑碣著芳名。神州解放非容易，俱是英雄碧血凝。

纪念长征胜利50周年

万里长征举世惊，抢关夺寨出奇兵。金沙江畔军威震，大渡河边士气兴。
草地茫茫人罕迹，雪山皑皑马难行。边区痛饮黄龙酒，赫赫功勋冠古今。

纪念孙中山先生诞辰百年

紫金翠柏竞峥嵘，正气长笼第二峰。反帝反清担道义，联俄联共助工农。
驱魔遗蠹千年恨，弃旧图新一代雄。革命先行振华夏，炎黄共仰自由钟。

凭吊合肥包公祠

寒门一介读书人，从政拚捐八尺身。执法如山称铁面，爱民如子作贤臣。
青天有惠施贫富，铜铡无情及显亲。祠庙三椽淝水畔，令名应共禾白长春。

纪念吴承恩

吴氏终生度楚城，豪情浪漫喜新文。六旬龄逾创奇作，四百年来传异闻。
自幼心灵思正道，生平性敏学无垠。西游本记神妖事，借为人间扫雾云。

敬谒吴承恩故居

三春小院柳丝柔，画栋雕栏境界幽。雅舍清清迎贵客，遗容栩栩傲王侯。
书惊天地风雷动，笔走龙蛇神鬼愁。留得西游书一部，城乡传说话千秋。

参观焦山郑板桥书轩

别峰庵里几徘徊，苑阁芸轩今喜开。炳炳文章传奕世，堂堂书画独天才。
斋中兰竹人争赏，岭上篱笆公自栽。难得糊涂留墨迹，犹闻暮笛隔江来。

纪念南京解放40周年

艨艟似箭越江天，百万雄狮勇向前。大地吼声心谷震，疾风呼啸战车颠。
冲锋陷阵驱残寇，夺塞攻关报哲贤。忽报金陵飘赤帜，一匡禹鼎谱新篇。

纪念范仲淹诞辰1000周年

范仲淹公苏郡人，清廉俭朴颇忠诚。断齑划粥尽人仰，后乐先忧举世闻。
亲且贫民承厚与，疏而贤者食其门。文韬武略驰中外，青史留芳万古存。

斥官倒

为政清廉党国风，莫教官倒乱其中。权奸手有千般黑，朽蠹心无一点红。行贿贪污情恶劣，循私舞弊法难容。逐邪驱霸民安乐，十亿神州颂大同。

追忆周阮二烈士

血史沉冤泣杜鹃，追思二义恨绵绵。白门写就悲秋集，无尽撰遗愤世篇。烈士牺牲屠刃下，英雄屈害泮池边。名城再度双祠建，应立碑铭万众瞻。

祝贺亚运会在我国举行

扬眉吐气贯长虹，举国欢呼庆城中。亚运健儿皆俊杰，体坛名手献奇功。龙腾鱼跃翻银浪，虎斗狮争起疾风。祝愿花妍香万里，歌声阵阵震苍穹。

南京长江大桥晚眺

隐隐青山接彩虹，熙熙人醉画图中。名矶燕子临江峙，壮丽钟山映日雄。飞浪急湍江道远，艨艟巨舰海途通。纵横铁路连成网，万里腾飞傲碧空。

淮安平桥镇得月楼豆腐赞

平桥古镇楚南疆，得月楼飘豆腐香。过客评优翘拇指，来宾论味润喉肠。淮人宴会尊名菜，清帝亲尝赞玉浆。若问烹调何料佐，重油鸡汁作羹汤。

华夏龙

玉兔方归辞旧岁，金龙闪烁照三台。云连沧海千潮涌，气壮昆仑万象开。华夏欢腾传凯曲，炎黄奋进展英才。天时地利人心顺，拼搏声中听吼雷。

乡村三月

乡村三月意如何，联产承包效益多。民主发扬新体制，特权打破旧南柯。神州有幸兴包产，历史无情废大锅。农业当先求改革，丰收户户唱新歌。

次韵奉和吴端升社长

神交时愈六年长，莫逆于心互不忘。笑语声中容我懒，风雷脚下为谁忙。遣怀致病情何厚，伏枕成诗念可伤。从此直须重抖擞，挥毫也效楚人狂。

读“连年”诗赠家骅同志

读罢连年八首诗，深钦学海赋新词。抒情好似情真露，绘景犹如景更奇。
历尽关山归故里，欣逢盛世得天时。骚坛能长宏图志，万里河山任笔驰。

新春感怀兼呈协会诸诗友

东风初岁露华妍，又届新时第一天。世路皆为人踩出，高崖终要力攀援。
须登青岭抒宏志，莫待黄花悔晚年。黑发易为霜色染，光阴似箭猛挥鞭。

思夫(代书一律)

夫赴台澎四十春，妻为耕织守家门。秋天望断飞鸿去，春日怀欣燕子临。
夜半三更形接影，情联两地梦随魂。喜今一国存双制，伫待同居共举樽。

参观毛主席纪念堂

肃穆悠悠步殿中，伟人安卧百花丛。晶棺明净如秋水，颜面端详似旧容。
赫赫英雄辞世去，昭昭功业竟谁同。光辉思想标航路，日照神州万代红。

辛未元宵诗会

吴中春事几番忙，看了红梅赴玉堂。才读唐诗三百首，还吟新作几千章。
和风吹得江山绿，淑气催开草木香。人在吉年先试桔，纷纷墨客话沧桑。

诫子女

清贫半世一无留，数语相贻自为谋。岁月休从闲里过，才能应向苦中求。
奉公守职人称赞，违法贪财众怨尤。平易谦恭宜永记，鞠躬尽瘁作黄牛。

欢迎台胞

其 一

昔年离乱与君别，孰料相逢近古稀。大陆风光无限好，探亲访友任驱驰。

其 二

闻道故人来海上，乡亲久别又团圆。即今共饮涧溪水，应胜江南第一泉。

劝戒烟

其 一

延年益寿莫抽烟，充耳无闻不惜钱。暮暮朝朝成积毒，孰知肺腑洞如泉。

其　二

刺鼻晕头口吐圈，烟云缭绕似神仙。伤身丧志金钱废，早日催君赴九泉。

虞姬祠

其　一

国色天姿久未残，含情脉脉对愁颜。项虞忍别红妆泪，寂寞灯光彻夜寒。

其　二

战马长嘶掠夜空，红颜虎帐对重瞳。楚歌四面声悲壮，多少兴亡一瞬中。

读古文有感

古文观止颇深奥，佶屈聱牙领会难。狠下功夫多诵读，得心应手尽开颜。

评风水先生

风水先生惯说空，指南指北指西东。世间若有封侯地，何不寻来葬乃翁。

村　居

镇日村居整日还，柴门无事每常关。忧时懒去观书史，爱与幽人作往还。

秋　收

时届晚秋收割忙，镰刀挥舞闪银光。田间处处歌声起，唱得丰收粮进仓。

致施河诸老

其　一

施河一别忆耆翁，颇感招徕盛意浓。旧地重游殊遂愿，方城之战愧诸公。

其　二

一见犹如旧感情，徐公待客甚殷勤。躬逢盛宴殊惭怍，绝句奉呈代献芹。

其　三

久仰大名绍伯公，一朝觌面慰肠衷。西窗剪烛成诗友，末座叨陪喜在胸。

其　四

去岁欣逢亲舅翁，前朝诣夜话肠衷。四知堂上摆筵席，胜友如云恰慰侬。

其　五

宋老当然向导翁，三朝畅叙旧情衷。古云海内存知己，何况泾姚咫尺中。

重游徐州

彭城四十六年前，物换星移几变迁。旧日废墟楼栉比，睹今思昔忆源泉。

登西安城楼

振衣拾级上城楼，极目全城一望收。四座城楼相对峙，马龙车水似穿梭。

孙应考

孙应考（1926～ ），字逸群，号半岛翁。淮安区钦工人。抗日老战士，县级淮安市政协副主席、诗词协会会长、台联会会长。著有《半岛斋诗存》。

读周恩来诞辰百年诗词集《人民心中的颂歌》

一卷辉煌万世珍，讴歌总理百年春。推行马列真经布，职掌铨衡国事臻。
赫赫勋猷昭史册，巍巍德泽沐生民。鞠躬尽瘁群心暖，留爱人间无限情。

纪念陈毅元帅诞辰百年

警世良言"手莫伸"，断头今日斩阎君。连年抗战歼倭寇，六合征程振国魂。
文革含冤难仗剑，苍天何故毁干城？清源正本靖妖孽，崛起中华慰老臣。

纪念辛亥革命100周年

其 一

列强争食唐僧肉，昏聩"清君"赛纣王。锦绣中华危一旦，武昌首义国重光。

其 二

封建残余尸不僵，土豪恶霸竞称王。日倭亡我屠刀举，遍野哀鸿愤满腔。

其 三

一轮红日出东方，破雾拯民出火汤。推倒三山酬社稷，图强致富谱新章。

怀念周恩来总理

经天纬地扶轮手，力挽狂澜将相才。崛起中华思德泽，瀛寰谁不念恩来？

纪念新四军建军70周年

民族精英铸铁军，金刚烈火炼忠贞。步枪小米打天下，卫国长城镇国魂。

中日甲午战争120周年祭

甲午殇思不尽哀，睡狮初醒勿忘灾。今非昔比高科战，弹指千重万阵开。

第一次世界大战百年祭

哀鸿遍野血横流，千古文明一旦休。前事后师当记取，和平共处写春秋。

七七全民抗战77周年祭

卢沟晓月起风雷，抗日救亡战鼓催。屈辱百年无退路，人民力量显神威。

伏瘟神

晴空万里庆新春，空降萨斯尽噬人。铁壁铜墙非典控，白衣天使伏瘟神。

庆祝淮安诗词协会建会20周年

淮安自古号诗城，代代传承处处春。改革花开红似火，楚风敲韵五洲闻。

纪念入党参军周年感赋

救亡抗日风雷激，放下锄头扛起枪。共产党员心有党，刀山火海视平常。

原注：顺境利人成长，逆境使人成熟，残酷环境锻炼人的意志。

赞新四军

铁军威武振神州，北战南征歼敌酋。浴日补天兴赤县，辉煌业绩炳千秋。

“神州三母”赞

尽忠报国振军魂，断杼三迁贤哲人。一饭济韩兴大汉，神州三母世间神。

过胯下桥

胯下桥前偶动思，奇才未展展奇痴。若非月下萧何赶，那有韩侯漂母祠？

谒梁红玉祠

击鼓冲锋是女装，抗金卫国美名扬。淮安蒲菜成佳话，民族英雄铁甲香。

谒关天培祠感赋

关羽世尊三大贤，天培忠烈敢人先。君昏臣聩国魂散，喋血虎门惊地天。

庆祝中国共产党90华诞

一轮红日出东方，唤醒睡狮奔井岗。蹈火赴汤谋解放，以人为本谱新章。

新农家乐

其　一

现代种田科技化，耕耘不用老牛拉。如需服务手机打，遇有疑难网上查。

其　二

农务全行社会化，收储植保各成家。城乡一体高新创，笑话神农耒耜枷。

热烈欢呼神舟八号与天宫一号太空对接成功

神舟八号恋天宫，舍死忘生觅桂踪。步月穿云欣合卺，中华文化耀长空。

读《关于推动社会主义文化大发展大繁荣》文件感赋

兴衰史鉴警钟鸣，明德新民天下宁。唐宋诗词寰宇颂，中华文化再长征。

杨笑风

杨笑风（1927～ ），淮安区人。1949年9月参加工作，教育工作者。曾任淮安市淮安区老年大学教务主任、淮安区诗协常务副会长。《淮安诗苑》副主编。

纪念十一届三中全会20周年

三中开盛会，华夏响惊雷。万户米粮足，百川水产肥。
烟囱千杆立，货舰五洲飞。苏北金龙起，淮安战鼓催。

抗日胜利50周年（鹤顶格）

抗战风云烈，日皇终乞降。胜倭联国共，利国济炎黄。
五族同仇敌，十方痛打狼。周知沦陷苦，年久应毋忘。

一代风流楚风骚

五月榴花分外娇，淮安诗苑绽芳苞。文峰塔耸文光灿，古运流长古韵飘。
老骥豪情扬国粹，夕辉余热架金桥。继承发展臻昌盛，一代风流赋楚骚。

悼念周恩来总理

当代周公诞楚城，献身革命执长缨。兴邦治国功无计，务政建交声远闻。
旗降半腰哀圣哲，灰飞四海哭忠魂。而今改革正深化，祖国腾飞继有人。

咏西花厅

桃花垠上建“西花”，有幸来寻总理家。小瓦青砖呈简朴，回廊曲水亦清嘉。
黄莺啼树春来早，紫燕穿檐日照斜。怀念情深抬望眼，仰瞻金像忆无涯。

纪念周总理逝世20周年

少年仗剑出乡关，拯救中华岂等闲。跃马扬鞭驱敌寇，赴汤蹈火战凶顽。
身经重庆忘生死，语重万隆震宇寰。喜看神州忙四化，民康物阜慰先贤。

《胯下将军》电视剧观后

萧湖滩畔作垂钩，兴汉亡秦壮志酬。馈饭之恩漂母报，知音相爱美娘收。
元龙弄鬼难开罪，屠武无知免杀头。胯下将军今上映，世人谁不颂韩侯？

纪念朱德元帅逝世20周年

武略文韬集一身，三军统领定乾坤。雪山草地从容过，淮海南京叱咤平。
种树养花娱晚景，论诗弄墨喜秋明。廿年长逝萦怀念，永向丰碑悼德馨。

忆车桥战役

车桥激战绩辉煌，粟裕雄师斗志昂。攻战瓮中争捉鳖，打援路上痛歼狼。
一窝丑类断魂梦，三泽酋魁饮弹亡。红色电波传大捷，淮东光复赤旗扬！

颂大胡庄战斗

敌人偷袭大胡庄，四面强攻似虎狼。山炮重机狂扫射，瓦斯燃弹逞三光。
二连八十英雄赞，日伪百余魔鬼亡。一曲颂歌扬壮烈，保家卫国永流芳。

葛正华

葛正华(1928～)，江苏淮安人。历任中学语文教师，县教研室主任、中师函授站站长等职。中华诗词学会会员、淮安市诗词协会顾问。

纪念中国共产党诞辰90周年

中流砥柱

昆仑昂首灿东方，大海茫茫灯塔光。草地雪山歌壮举，延安圣地挽危亡。
连年抗战驱倭寇，三载挥戈逐虎狼。砥柱中流谁可敌，万钧霹雳靖玄黄。

春风万里

春风万里到天涯，滚滚惊雷绽百花。南国鼓声催奋进，中天号角焕云霞。
迎来港澳归怀抱，指日台澎赋一家。赖有邓公总设计，纵横捭阖振吾华。

中枢卓识

中枢卓识国繁昌，科学尖端壮国防。导弹凌空无阻碍，卫星照耀探精详。
三军二炮增威武，四海五洲仰导航。华夏坚强无霸道，和平捍卫共天长。

培植人才

人才培植作先鞭，重教尊师国力坚。主席精心明指示，中央规划要超前。
桃红李白皆新秀，菊傲梅寒紧接连。教育繁花雨后笋，满坛高手斗芳妍。

当代核心

日月循回照九天，后贤培养赖前贤。民为邦本成经典，青出于蓝势必先。
当代核心相示范，神州锦绣万花妍。辉煌业绩由斯著，党绘新图幸福篇。

纪念民族英雄关天培殉国170周年

其　一

关帅水师卫国疆，六年南海固金汤。怒焚西土除烟害，炮击英艎镇虏狂。
弹尽援无人壮烈，赔款割地国权丧。将星虽陨成忠节，民族精神万古香。

其　二

一生正气凌霄汉，将略超人震八荒。久恨西夷营毒品，愤驱丑类斩强梁。
虎门碧血山河壮，故里高坟日月光。今喜神州英杰广，谁来侵犯必伤亡。

淮安古城赞

淮安自古属名城，人杰地灵辈出英。韩信祠中松傲雪，楷模堂内竹摇春。
赵楼长笛无前例，吴氏西游启后昆。击鼓禁烟均爱国，名垂千古震乾坤。

参加老干部迎春诗会感赋

律转鸿钧万象驰，楚城吟侣共敲诗。抛砖引玉期高唱，涤浊扬清近凤池。
四化蒸蒸多妙笔，九州灿灿赖鸿词。骚人盛世豪情发，乐写山河展玉姿。

谒中山陵

登阶敬谒逸仙翁，塑像如真展伟容。反帝反清摧腐朽，联俄联共助工农。
非常总统推民主，一视同仁倡大同。革命先驱高万仞，永承遗志拜英风。

瞻仰周恩来总理纪念馆

辉煌金碧构三层，旖旎风光势绝伦。八面浮雕铭伟绩，一尊肖像显精神。
功高日月昭天下，气贯长虹振国魂。车水马龙中外客，流连景仰楚城春。

庐山赴会赞庐山

中华风景甲庐巅，万壑千峦入目妍。势逼九江增秀色，脉藏五老隐晴烟。
日边飞瀑悬虹彩，岭上闲云结絮棉。敢步险峰观锦绣，书坛白鹿赋新篇。

壬申敬老日喜赋

卿云烂熳布长空，晚值书坛韵欲同。学得诗歌迎敬老，来观廊画绘蛟龙。
丹枫艳艳红淮水，金菊丝丝美楚容。最是神州增特色，高谈改革咏春风。

胡锦涛总书记看望两位著名科学家钱学森吴文俊先生

登门祝福贺新年，两树梅花香满天。煦煦春风融积雪，绵绵暖语乐心田。
航天科技惊寰宇，数学机能奏凯旋。二老功勋高泰岳，中华昌盛仰尊贤。

赞南水北调工程

扬子滔滔向海流，为民造福乐悠悠。劈山座座诚艰苦，引水层层展壮猷。
幽燕清波照倩影，秦川绿野唱芳洲。喜看北国甘泉涌，敢问全球几匹俦?

赞淮河入海水道首次泄洪

洪涛滚滚自西来，流入悬湖任主裁。三闸齐开难畅出，一泓海道显殊才。
汹汹漭漭绕城去，浩浩汤汤入洞来。引得蛟龙归大海，淮河两岸永消灾。

上海世博会礼赞

开幕式之夜

浦江花月灿星空，焰火华灯飞玉龙。东道祝辞迎贵客，宾朋鼓掌赞声隆。
长裙妩媚荷花舞，“梁祝”和谐莺凤融。江海连潮明夜月，涛声万里卷苍穹。

中国馆

馆势嵯峨壮海东，五星旗卷映江红。游人中外如云涌，风物光华胜汉宫。
万朵彩霞齐夺目，千秋珍宝灿玲珑。卫星精密巡寰宇，风翥龙翔览万峰。

泰山奇观

岱势巍峨首岳雄，观奇览胜莅巅峰。遥看旭日神州艳，遍染飞霞大地红。
金带黄河穿巨野，玉盘云海耀长空。若非步绕盘山道，那得亲临仙境中？

登阅江楼

登阶健步上崇楼，锦绣名城眼底收。旭日东升光灿烂，江涛北望水天流。
五洲商侣雅联袂，四海宾朋结广游。明祖有心空了了，春秋六百愿终酬。

咏河下古镇

依城傍水得天真，“三鼎”齐全一镇生。座座园林风景秀，浓浓酒味客盈门。
状元募勇埋倭寇，艺匠西游泣鬼神。红玉鼓声犹在耳，震今铄古创新春。

世界著名小说家吴承恩与其所著《西游记》

射阳簃里出高才，千古奇文出小斋。怙恶妖魔胎丑露，诤言昏帝塞难开。
唐僧西路重重劫，大圣东云历历裁。艺苑繁星推北斗，谑谐妙臆卷风雷。

瞻仰淮安周恩来纪念馆感怀

伟人玉像擎天柱，光耀晴空日月明。德泽沐民如雨露，忠怀爱国似水清。
丹心秉政无他欲，赤胆兴邦永守贞。仰止高山千载颂，献花聊以志虔诚。

赞新安旅行团

新安学子气如虹，抗日宣传西复东。五万里程留战绩，七员小将逞豪雄。
节衣缩食忘艰苦，戴月披星卧草丛。历遍寰中廿二省，永留胜迹志丰功。

望　月

月照纱窗卅七年，思君不见梦魂牵。天翻地覆慷而慨，水远山长断复连。
往日儿童成壮士，而今丛树已参天。婵娟隔海遥相念，暮暮朝朝盼并肩。

中国站在抗击国际金融风暴之前沿

运筹帷幄气豪雄，大略宏韬振国风。欧美金融花骤萎，神州市场火犹红。

三江依旧流沧溟，五岳昂扬耸碧空。科技先行春似海，环球瞩目亚洲龙。

地灵人杰颂淮安

其　一

城傍运河一塔高，地灵人杰领风骚。韩侯佐汉匡天下，巾帼抗金誉史标。
吴氏西游惊鬼怪，天培粤海斗夷妖。高风亮节周公著，伟绩丰功日月昭。

其　二

运河淮水两泓交，千古名城今更娇。钟鼓楼前人似海，馆堂门外车如潮。
文通塔上观城美，一勺湖中划舫摇。姹紫嫣红春永驻，楷模故里物丰饶。

纪念辛亥革命100周年

其　一

推翻帝制振中华，挽救沉沦卫国家。百万先驱齐奋起，义军讨伐策雷车。

其　二

武昌首义正良时，澎湃怒涛精锐师。指日占城除旧制，高潮卷起偃王旗。

咏　梅

其　一

疏影横窗透暗香，冰姿玉骨傲风霜。倚松傍竹成三友，雪压犹能献丽芳。

其　二

迎春带雪冒寒开，粉蕊红颜不染埃。月下身摇风弄影，恍疑故友莅台阶。

季振洲

季振洲（1928～　），淮阴区人，中师文化，经济师，中共党员，1949年参加工作。淮安县第一、二届人大代表。晚晴诗社社长、县级淮安市诗协理事。

喜迎新纪元

世纪钟声响，喜迎新纪元。千人大合唱，百族舞蹁跹。
歌颂新时代，欢呼不夜天。人民多幸福，祖国更娇妍。

纪念新旅建团70周年

一群小好汉，壮志大功成。抗日宣民意，救亡振国魂。

行程五万里，荣耀百千城。光彩淮安事，泽东笔下生。

戒烟感赋

吞云吐雾久，廿载不堪言。自谓身心健，谁知气管炎。
铲除此习惯，节省我金钱。成效三年见，如今体魄坚。

斥女贪官土地局长罗某某

又见报新闻，疯狂丑陋浑。敛财超半亿，强抢一男孙。
群众戏玩弄，“土地奶奶”称。死刑来判决，法律不饶人。

纪念抗战胜利50周年

胜利于今五十年，当年苦难似深渊。妻离子散萍无定，国破家亡月不圆。
今日振兴非昔比，明朝强大更空前。有谁胆敢来寻衅，十亿炎黄有铁拳。

买菜喜赋

提篮小买上街坊，市场繁荣买卖忙。水产海鲜红白紫，菜蔬姣嫩绿青黄。
家常便饭三鲜美，来客佳肴五味香。改革腾飞生活好，前程似锦赴康庄。

庆祝香港回归

香港沧桑百五年，烽烟血火记心田。回归祖国九州庆，一统江山万里天。
两制共存利开放，千秋基业大无边。邓公构想人民福，耀眼红旗色更鲜。

赞章壮余老师

年近古稀章老师，精心授课讲诗词。抒情写景重形象，立意谋篇明主题。
学术高超通古典，思维敏捷话唐诗。赢来老树新花发，堪道诗坛一面旗。

春　游

煦煦春风处处芳，桃红柳绿菜花黄。莺歌燕舞云霞暖，蝶乱蜂喧草木香。
三麦青青苗茁壮，古淮滚滚水流长。山河景色多明丽，游目骋怀心欲狂。

闻大江截流感赋

三峡工程举世惊，大江流截合龙成。宏图一展为群众，功业千秋益子孙。
巨大电能通四海，繁荣经济耀乾坤。国强民富前途美，崛起中华谁不尊。

参观老干部书画展

西花厅内闪金光，书画琳琅挂满墙。山水竹松色烂漫，草真隶篆笔优良。
条条幅幅周公颂，字字章章情意长。一代伟人堪赞美，千秋万代大名扬。

游鼓楼广场

金秋时节精神爽，漫步鼓楼游乐场。曲折长廊画栋美，回环池水细泉扬。
灯光辉映如明月，树影婆娑对夕阳。真是休闲好去处，神怡心旷体安康。

咏　菊

云淡天高落叶飘，正逢秋菊报花朝。金黄朵朵香争放，银白枝枝孰嫩娇？
风冷霜寒何畏惧，篱边月下亦逍遥。冬来终使容颜老，入梦余香品味高。

咏　雪

寒风凛冽水无波，六出花飞若素娥。天上竟成银世界，人间如对玉山河。
无声润物似甘露，有兆丰年盛世歌。纯洁无瑕心善美，全身清白发皤皤。

纪念邓小平诞辰100周年

盖世奇才革命家，敢申猫论报中华。人人争献驱贫策，处处齐开致富花。
培养人才财永发，增强国力福无涯。抚今忆昔情难尽，高矗丰碑仰望他。

八十述怀

岁月如流八十春，少时辍学苦谋生。阳光雨露来滋润，道德文章得继承。
卌载为民多出汗，一身忘我不沾尘。欣逢盛世国兴旺，欢度桑榆福满门。

庆祝建国60周年

其　一

建国辉煌六十年，中华特色谱新篇。外资引凤驱贫困，内劲腾龙比杰贤。
城市提升舒画卷，乡村免税广耕田。神州十亿齐欢唱，国泰民安尧舜天。

其　二

建国辉煌六十年，人民做主换新天。核心四代传仁政，伟业千秋布德篇。
经济翻番增国力，科研成果励民贤。北京奥运全球誉，神七出舱奏凯旋。

牛年咏牛

魁梧望月气冲天，更乐苦耕年复年。三顿草蒿身自健，无私乳汁肉犹鲜。
不骄不躁思温雅，倾力倾心爱稼田。到老皮毛还奉献，留于饲主好多钱。

博里参观喜赋

六月农村遍地黄，路边杨柳绿成行。车驰博里诗乡镇，人到街中来品尝。
诗画诗墙美意境，民风民俗溢芬芳。耳闻目睹多兴奋，八五老翁几欲狂。

庆祝区老年大学新校舍落成

老年大学放光华，偃蹇艰难终有家。体大身高平地起，窗明几净白天花。
剑拳电脑口碑好，书画诗歌特色佳。花甲古稀齐赞颂，延年益寿笑哈哈。

敬老日有感

自古人生七十稀，而今九秩不为奇。太平盛世人增寿，欢度小康百岁颐。

反腐斗争赞

反腐斗争敢动真，穷追猛打不饶人。贪官污吏全清理，公正廉明正气伸。

学诗心得

年近古稀初学诗，白天撰稿夜深思。仄平格律该牢记，选韵认真精组词。

晨　练

镇淮楼下绿阴旁，翁媪成群晨练忙。歌舞体操春永驻，老年健康有良方。

纪念毛主席逝世20周年

其　一

盖世奇才革命家，坚持马列救中华。三山推倒除妖尽，造福人民谁不夸。

其　二

开国元勋毛泽东，德高望重众皆崇。齐家治国平天下，举世闻名一代雄。

咏关天培祠

其　一

淮安史册载英名，粤海销烟举世闻。血洒虎门惊敌胆，身捐祖国为黎民。

其　二

民族英雄志气豪，虎门碧血染军袍。壮怀激烈高山仰，启迪后侪千古标。

漕运博物馆

其　一

名城新馆造型俏，设计精良技术高。地下展厅音像美，声光配合更妖娆。

其　二

历史名城景色新，馆藏文物蕴奇情。河漕瑰宝今重现，游目骋怀愉悦心。

仲祥云

仲祥云（1929～　），江苏沭阳人。1947年7月加入中国共产党，曾任中共淮安县淮城镇党委副书记、淮安县司法局副局长。淮安市（县级）诗词协会理事。

华亭一瞥

华亭傍运水，旧地复重游。古渡停航桨，新桥跨碧流。
烟囱千嶂立，电杆百丝抽。闹市人烟密，长街摊贩稠。
厂房连广宇，机器放歌喉。商海春潮涌，扬帆竞上游。

新春感怀

欢度新春一岁增，载歌载舞乐生平。江山特色增祥瑞，华夏蓝图展崭新。
开发经营防漏洞，运筹律法涤污尘。船行大海凭操舵，立国倡廉达政清。

谒关天培祠

守边虎将赞天培，报国捐躯志不灰。英帝侵华千古恨，清廷割地百年哀。
夫人无计终还璧，邓老多方共展眉。喜看紫荆花烂漫，金瓯补缺树丰碑。

纪念长征胜利60周年

围追堵截敌猖狂，迈步长征斗志昂。遵义城头迎旭日，乌江边上闪霞光。
金沙飞渡兵机妙，铁索勇攀军旅强。陕北会师图抗日，长缨在手缚豺狼。

纪念抗日战争胜利50周年

群力奋战

五十年前国土焦，全民抗战举钢刀。日军侵略狼心狠，群力除凶斗志高。

游击周旋擒贼首，谋攻奇袭捣窝巢。悠悠历史怀今昔，岁月绵绵恨未消。

忆车桥战役

妙算神机战略高，奇兵几路袭车桥。守军据点俱歼灭，援寇芦滩也报销。
解救人民离苦海，生擒祸首入监牢。家仇国耻应牢记，谁敢侵华决不饶。

镇淮楼即景

新夏临风上鼓楼，繁华景物眼中收。西濒运水舟帆竞，东贯清扬车辙流。
北耸危楼迎日丽，南穿渠道为民谋。八方潮涌长征路，四海蜚声古楚州。

参观巽关旧址感赋

探胜寻幽觅旧踪，楚州古迹巽关中。断垣城外开新市，废阙池边走马龙。
幢幢楼台平地起，家家店铺物资丰。桑田沧海惊多变，改革花开遍地红。

离休后补读诗书感赋

其　一

乐守始终道义真，更凭规则自遵行。霞光夕照苍山秀，补读诗书岂为名？

其　二

皓首丹心乐晚晴，吟诗作画更殷勤。毋劳愧怍迎头上，愚鲁终成大学生。

纪念周总理逝世20周年

中华民族出斯人，盖世功勋举世尊。莫道高贤辞我去，乡音笑貌宛如生。

常国武

常国武（1929～2017），字止戈，南京人，曾在淮安县工作多年。南京师范大学教授、江苏省文史馆馆员、省诗词协会顾问。著有《宋代文学史》《辛稼轩词集导读》《新选宋词三百首》《辛弃疾》《中学语文教材析疑》《井天书庐诗文选》《淘庐序跋杂俎》《中国历代书法名作鉴赏辞典》（主编）等。在淮期间，与季廉方、周本淳、孙肃结为诗友，结集成《山阳四友酬唱集》。

狂歌行

小序：二十世纪六十年代末，季文廉方、周公蹇斋、孙君久山与余咸以莫须有罪名贬斥淮安孤村。耕耘之暇，辄作诗词唱和，鱼雁不绝。季文所作，辞常凄苦，不忍卒读。余因赋此寄之，兼柬蹇斋、久山，慰人亦复自慰也。

君不见奇士纷纷江南来，万马腾踏奔风雷。君不见季周夫子公孙肃，健笔凌云鬼神哭。气摩国风楚骚垒，李杜为奴苏辛仆。楚州自古多风流，风流元太让莫愁。得此数子益增色，睥睨吴越骄齐州。我欲因之附骥尾，扶摇直上碧云里。露顶狂呼叩帝阍，羲和弭节为余起。天鹏折翼下山阳，平芜稻花千里香。相携沽酒拚一醉，酒酣骋舌神扬扬。高谈殊未已，中庭月如水。无那思家山，一舸归去矣。家山好，今安在？物应是，人已改。何须弹铗悲歌声欷嘘，出有车兮食有鱼。君不闻烈士暮年心犹壮，安能局促常效辕下驹！

原注："出有车"指自行车；"食有鱼"指当年淮安农村鱼价甚贱。

耦　耕

1973年6月14日夜，与张君其立耦耕其宅畔隙地，君属余赋诗以纪。

菽麦事方毕，耕耘无违时。老牛筋骨朽，一步一迟回。与君手谈罢，耒耜聊共挥。君行去三堡，收获不可期。楚人遗弓矢，楚人自得之。去去复何憾，真趣惟君知。暝色平野合，羲和邻崦嵫。

原注：时张君将去三堡供销社履新。

牛棚有感

其　一

半世书丛里，侵寻两鬓秋。十行双目下，一蹶百年愁。
屈子沉湘水，贾生谪楚州。此身何所似？风雨一孤舟！

其　二

未遂平生志，已衰蒲柳姿。黄粱炊半熟，碧落翅先垂。
阮籍穷途泪，嵇康幽愤诗。茫茫天地里，吾道竟何之！

周总理逝世感赋

其　一

十里长安路，昏云压古城。苍天悲欲死，白马去无情。
形灭神犹在，山高水自清。眼枯还泣血，一掬荐英灵。

其　二

典则垂青史，云间一羽毛。江河行大地，日月贯长霄。
理国空伊吕，持身失舜尧。四凶徒吠影，岱岳仰弥高。

次韵蹇斋赠别

其　一

金鸡云外降，否泰竟天欤？归里惊白头，招魂喜劫余。

万方尊华岳[1],一举掣鲸鱼。即此河清日,仙楼应可居。

其 二

九州罹浩劫,府乱竟谁欤?信口颜酡后,雌黄胆破余。

鹿乎偏作马,鲁也执为鱼。十载真儿戏,韶华那可居!

其 三

诗书欣漫卷,此日赋归欤?不坏金身在,荒唐楚梦余。

已歌将进酒,谁叹食无鱼。君若翩然至,相期绿柳居[2]。

原注:①代指华国锋。②余奉调返宁,本淳兄邀集两淮友生十余人设宴为余夫妇饯行。

谪居山阳有感

此身虽在已堪惊,且向山阳载酒行。材不材间甘晦迹,味无味处自忘情。

空堂坐觉浮云定,静院时闻好鸟鸣。何用逃虚寻藕孔,我心平后路皆平。

和季廉方兄

1972年夏,江苏省教育厅委托淮安县文教局编写高中二年级语文课本的参考资料,从下放干部中遴选了周本淳、孙肃和我三人参与其事。我等在县城北郊的第二中学刚一住定,我便发现季老寄给周、孙二人的七言绝句,诗中有“三年未觉金陵梦”之句。依韵和两首。

其 一

清誉前闻满石头,年年绛帐总风流。楚州今日开文苑,何似江南白鹭洲?

其 二

莫向尊前话故丘,山阳也自擅风流。平芜千里如春碧,不许芦花尽白头。

王震华

王震华(1931~),笔名山石翁,中共党员,公务员。中华诗词学会会员、解放军红叶诗社社员、淮安区诗协顾问。著有《山石回声录》诗词集、《五十年代工商界》回忆录。

述生平

少小常因国运忧,离乡革命愿沉浮。曾经炮火风云日,漫度年华烟雨秋。任重辛劳唯党计,程遥躬俭岂私谋?青春奋发酬宏业,白发颠狂护大猷。玉笛有情吹古调,冰心无意入时流。吟诗弄墨观书画,踏草临波逐钓游。敢对苍天明素志,清廉坦荡不惭羞。

迎春词

烟花炮竹闹尘埃，香洁寒梅玉片开。昔见高科飞碧汉，今欣富裕步新台。
江山似锦全民绣，日月如花遍地栽。且看骄阳呈瑞彩，嫣红姹紫唤春来。

咏　雪

迎春万象笼银沙，一夜人寰尽掩瑕。老楝追今镶玉果，苍松抚昔着晶花。
疏梅冷放清香远，瘦竹寒凝翠绿斜。肯化琼浆酬后土，甘将洁白换丰华。

咏　桂

蟾宫寂寞走凡尘，愿入香泥共玉盆。莫道荷莲多丽色，当知桂子更宜人。
能同菊竹经寒暑，不与梅兰报冷春。翠叶珠花生满树，披霜饮露播芳芬。

咏　荷

雅静端庄赛众芳，凌波戏水浴湖塘。朱颜翠袄风中展，玉足琼肌浪底藏。
懒与牡丹争富贵，耻趋烈日任炎凉。神清魄洁称君子，身在污泥不改香。

咏　松

苍松啸舞若虬龙，沐雨经风傲九重。脱俗香梅同劲骨，凌云翠竹共襟胸。
耐寒敢在冰崖茂，长绿频催僻壑荣。壮志何愁多劫难？斧斤面对也从容。

抗　洪

暴雨倾盆卷迅飚，冲山洗树不飞雕。天昏地暗连三日，电怒雷惊裂九霄。
积水沉田掀白浪，排洪叠坝救青苗。挺胸敢与苍穹斗，万众同心史册标。

颂淮安一院医生护士

赞誉城乡遍地声，医疗护理喜回春。白衣济世如思邈，赤胆悬壶效守珍。
厚德延年蒙雨露，祛邪固本显精神。天垂秀气能开物，地孕英才度众生。

曲阜谒孔府

讲学倡仁吐玉音，胸怀博爱大同心。诗书礼乐传中外，道德文章冠古今。
七二贤人成柱石，三千弟子壮儒林。周游未遂匡扶志，留得清名万世钦。

八旬自述

征途远

波澜壮阔涌洪流，敢渡长河烟雨秋。志在为民图伟业，胸怀报国建宏猷。顶烽冒矢危何惧，沥胆披肝誓未休。岁月轮回忠职守，苍天可鉴不斩羞。

读书乐

烟景阳春气势雄，江山流水孕诗风。书中耀彩千秋选，笔下生花六艺通。仰慕高才情倍切，能吟雅韵学须丰。人生坎坷飞鸿路，一曲长歌振九重。

夕阳颂

枝残叶落渐根枯，唯有冰心在玉壶。春雨逍遥滋物少，朔风踊跃笑身孤。休提老骥征尘路，且看英才探骊珠。盛世览揆临八秩，丹诚竭尽效前驱。

周恩来总理诞辰百年祭

难忘德范忆无穷，亮节雄才报国忠。壮志擎天除旧制，豪情盖世立新风。功昭日月千秋颂，泽被山河万代崇。休觅英魂归去处，永留浩气化长虹。

港澳回归

珠还璧返赖群贤，石勒南疆洗耻篇。港岛回华同策马，澳门认祖共挥鞭。山河日丽金轮秀，海陆风和玉镜圆。联袂齐心兴大业，瀛寰谁敢启烽烟?

怀念诗人玛继宗先生

古镇诗人余未忘，家传博学继书香。抒情写景开新面，炼句修词更旧章。挥笔成文舒正气，行医配药济民方。高风厚德时怀念，默默相思岁岁长。

庆祝中华人民共和国成立50周年

天安宣告震长空，定鼎中华浴日功。收拾疮痍昌国运，驱除虎豹耀旗红。东风化雨千山秀，北斗悬耀四海融。阔步高歌人踊跃，神州代代出英雄。

赏　雪

鳞飘絮落御风轻，旋舞纷飞降太空。冷罩城乡天不晚，寒冲宇宙月增明。银尘盖地添娇艳，丽日投空放嫩晴。眼见山河千百态，胸怀造化万般情。

大雪掩污垢

茫茫大地裹银装，浊垢污泥暂隐藏。旋见用权谋利禄，频闻索贿坏纲常。

寻由考察游山水，借故引资跨海洋。吃喝逍遥编谎话，鲜廉寡耻实堪伤。

庆祝中国共产党成立90周年

东倭烧杀甚豺狼，百姓流离避祸殃。仇恨冲天嘶赤马，悲惨遍地泣红羊。
英雄飞泪山河碎，黎庶毁家骨肉丧。遵义风雷明砥柱，长征鼓角震斜阳。

赵青山

赵青山（1931～ ），又名鸿儒，淮安区博里镇人。中华诗词学会会员、当代文学学会会员、淮安市诗词协会会员、博里镇诗词协会理事。作品见《江海诗词》《中华诗词年鉴》等。曾获多项诗词奖。

赞陈赓大将

弃读从戎投黄埔，志怀高远马列遵。危难救蒋不图报，军阀腐败清浊分。坚持真理超觉海，风风雨雨向前奔。道路坎坷踏乱世，救国救民屈原心。处理叛徒追踪影，追灭敌特世奇闻。虎陷铁窗任狼狠，高风亮节立鸡群。威武不屈庭前树，黔驴技巧犬吠云。长征路上奇才显，保卫中央挑千斤。乌江天险架桥智，指挥渡江建功勋。太行山区游击战，周密部署鱼入盆。神机妙算孙武法，伏兵围歼把狼擒。钢铁铸成口袋阵，两万敌人竟装存。上党战役擒敌首，被俘军官佩服君。勇歼天下第一旅，活捉王牌大猢狲。迫使老蒋求谈判，蒋家王朝掘墓人。南征北战全无敌，百战百胜大将军。

赞诗乡

博里诗乡建，殊荣气凛然。几年花始艳，今日月方圆。
国粹光辉灿，吟坛盛会篇。千村歌婉转，百姓敢争先。

除夕有感

一夜连双岁，三更分两年。家家迎福祉，户户庆团圆。
盛世开当代，春阳缀锦妍。中华今崛起，科技创新天。

香港回归10周年有感

香港回归后，十年得跃飞。紫荆花灼灼，九域柳依依。
两制山河丽，同胞日月辉。中华终一统，台岛莫失机。

弈 棋

棋逢对手争高下，将遇良才策略磨。无限风光浮脸上，满怀雅趣漾心窝。
马依炮势冲前阵，卒仗车威过界河。胜负兵家常见事，休闲娱乐友谊多。

警告小泉

中华抗战八年长，直到东瀛乞拜降。日寇侵华极暴虐，南京屠戮太疯狂。
金瓯土地非鱼肉，亚太人民岂鹿羊。战犯犹当神祖祭，须防绞架见阎王。

退休后

退休无事入嚣尘，习字吟诗智不昏。临帖用心生乐趣，行书运笔长精神。
篇章琢就先知苦，词句锤成略觉新。论古谈今陪故旧，客来把盏品香醇。

赞地道战

地道全民日寇歼，英雄出没似神仙。金瓯处处龙门阵，沟坎条条陷阱潭。
鬼子清乡钻地下，民兵灭寇设伏圈。东西上下挨枪打，糊里糊涂被我歼。

赞冼星海

凌云壮志冼星海，抗日救亡前线奔。龙曲回旋惊寇胆，战歌动地振狮心。
音符个个激千骥，乐谱篇篇抵万军。灯塔延安明去向，乐坛千古奏强音。

观电视剧《亮剑》赞八路军团长李云龙

善谋善战李云龙，好胜争强抢主攻。无畏无私堪猛将，有识有胆大英雄。
直扑鬼子如龙虎，独闯盟营训狗熊。拔点歼敌齐赞颂，敢于亮剑向前冲。

嘲贪官

翼城县委书记武保安，8个月敛财500万，贪婪之心，令人发指。

画虎画龙难画骨，知人知面不知心。衣冠楚楚威严样，嘴脸憨憨老练君。
自许公仆为革命，画皮脸谱戏平民。愁无妙策开脱罪，受审低头后悔频。

清明谒父墓

慈父西游心不平，操劳一辈却贫穷。无钱治病焉长寿，对鬼磕头岂救生？
教育儿孙操翰墨，希图后代弃平庸。儿今孝顺人无影，谒墓哀伤泪雨倾。

邻家媳妇捡废品

家有黄金千万两，不如每日见分文。邻家有媳勤劳女，整日背筐汗湿巾。
冬抗寒风千巷跑，蓑披残雪四方寻。收回废品变财宝，明月偷生羡慕心。

吟电视剧《老娘泪》

银屏幕幕老娘泪，常挂灯笼指路明。夜月清明察有眼，贪官腐败恨无声。
劝儿自首求生路，破产偿还减罪行。霜鬓萱堂寻孽子，苍山默默动真情。

赞天地英雄刘东生王永志

感动神州英杰榜，震惊世界获殊荣。拓开宇宙巅峰站，探索星球火箭行。
黄土层层分别考，莽原垒垒合流成。风云满袖飞高路，船弋苍穹万代名。

夕阳红

七十春秋人未老，幸闻故友树新风。剃头染发同留影，洗面梳头讲美容。
白发依依谈恋爱，红颜脉脉乐相逢。老人最怕成孤雁，晚景残阳熠熠红。

万载誉

翻案分田惊玉帝，真仙不怕老君炉。腹藏大略安邦策，胸有雄才治国疏。
改变穷根贫困貌，开通致富发端途。邓公特色康庄道，理论旗扬万载书。

赞修鞋匠王菊志

小儿麻痹半伤身，却信人残壮志存。方便他人吾自慰，谋生摊位客来亲。
胸无杂念品行好，心有灵犀身骨勤。大小皮包鞋子破，钱多钱少没纠纷。

赞博里镇

公路相交博里镇，名噪海外集贤人。光流彩溢农民画，锦簇文回工律臻。
超市物华商厦耸，农村特产品牌新。无人向往蓬莱岛，仙境岂能比我村。

咏一串红

迎人摇曳身姿美，土壤肥腴育种床。春雨酥苏苗露首，夏阳酷热叶开张。
蕾苞累累佛珠串，花朵妍妍项链长。霜雪来临风撒种，明年院内子孙强。

《周恩来在重庆》观后

抗日救亡重庆驻，从容自若不凡人。一生正气为开局，四海贤能乐见君。
老蒋独裁原梦幻，周公机智显风神。人民总理人民爱，他是晨星泽万民。

晚年池墨长精神

盛世书风多浩气，晚年池墨长精神。学书读帖迎时雨，养性修身度晚春。
白发老人求骏马，阳晨阅报得奇珍。名园曲水吟诗乐，心旷神怡笔健身。

吟电视剧《大宋提刑官》

大宋提刑断案神，忠心耿耿保人民。蛛丝马迹识真伪，刀口肤伤辨浅深。
鼠窃狼贪挖社稷，藤拉蔓扯涉朝臣。耻于为伍辞官去，留下清白后代尊。

观弈有感

闲逛茶坊观博弈，中原逐鹿运奇功。无烟战场重开日，有趣鏖兵各称雄。
楚汉相争谁义战，虎狼互斗自威风。人生恰似棋枰戏，谋略三筹路必通。

中国梦

十年易主梦催人，富国强民道德纯。人事更新添虎翼，山河依旧闪龙鳞。
靖边功业和风应，护国精神甘露臻。改革创新惊世界，狼虫侵略竟无门。

赞郑板桥

其　一

七品官员郑板桥，超凡脱俗满文韬。爱民仁政书千券，侠胆义肠诗亦高。
跪乳羊羔开晓镜，事亲人子辨秋毫。不谋私利惊风雨，奉献精神上碧霄。

其　二

清风扫雪凌云气，善借狼毫泼墨情。竹石清高天意在，兰莲品格俗人轻。
百年心迹绘兰德，半世功名画竹青。廉洁官风君子树，天涯宦迹有诗鸣。

其　三

冥思苦想春秋笔，济世为民积德馨。“难得糊涂”处世事，“吃亏是福”对人生。
聪明出众仁贤誉，大智如愚日月明。乐道安民诗有骨，只尊道义画通灵。

春

东风阵阵江山翠，柳绿桃红景色新。蝶舞蜂喧芳草绿，乐陶人在杏花村。

江

东归大海不回头，洗刷春秋乐与愁。无数英雄忠义在，波澜壮阔接天流。

花

蜜蜂往返飞忙碌，鸟雀森林大会师。桃李竞开争美艳，牡丹春到更芳菲。

月

光照床前视若霜，在台故友恋家乡。浮云朵朵藏迷雾，盼望回归造福长。

夜

书山学海通幽径，诗兴袭来如有神。挥笔疾书成四韵，闻鸡方觉又清晨。

棉　花

百花争艳无名次，硕果累累孕异葩。待到高秋霜降后，寒中送暖到千家。

咏连战和平之旅

连来大陆尽春风，满目繁荣希望中。两岸民心思统一，寻根拜祖议和通。

咏太阳能

身居屋顶景奇殊，日晒风吹总自如。遣暖人间常沐浴，节能环保小锅炉。

曹操妒斩杨修

曹操恼怒斩杨修，口令猜知作理由。难道聪明还有罪？仁君总爱把贤留。

花　生

花落泥沙结果多，平生不想耀金波。葱茏遮地常言富，食品当中唱赞歌。

贺博里镇获“诗词之乡”称号

博里诗乡全国扬，诗词播德步康庄。和谐社会歌千首，华夏文明拈韵香。

唯诗能传下代人

人生有德礼彬彬，道路崎岖值晚春。职位金钱皆是假，唯诗能育后来人。

偶见旧石磨有感

石磨赋闲生绿苔,电机一响面粉来。而今大嫂何劳作?网络交流智慧开。

纪念周总理诞辰110周年

其 一

中国伟人周总理,万邦异口颂伟人。神州砥柱乾坤鼎,世界贤能席上尊。

其 二

总理一生为国奔,勤勤恳恳保人民。立言千古沧桑换,誉满全球大义伸。

李林森

李林森(1931~),江苏泰兴人。曾任洪泽县蒋坝中学教导主任、老子山中学校长、淮安县电大分校负责人等。

勤工俭学好

坝中人儿志气高,开柴压篾织金条。勤工俭学效益好,欢歌满园话技巧。克诚大将来视察,洪泽宝地传捷报。

注:黄克诚大将于1958年曾视察蒋坝中学。

庐山行

登山观奇景,赏花听泉声。瀑布赞诗圣,松竹歌满春。
山夜聚牯岭,品茶论古今。笑迎来天客,纵横定乾坤。

张学福

张学福(1932~),淮安区人,中共党员。历任乡县基层与领导职务,后在学校工作。70岁后学写诗词,80岁时出版《回顾与守望》诗文集。

恩来永活人民心中(鹤顶格)

恩荫百姓胜高堂,来去匆匆未返乡。永信马恩能济世,活为华夏斗豪强。
人间怀念环球誉,民众大鸾天际翔。心赋代番诚祭告,中华崛起创辉煌。

缅怀王嘉树烈士

燎原烽火忆先贤，为国捐躯不计年。投笔从戎离蜀地，护民驱寇进淮天。
长缨在握尽情缚，壮志未酬含恨眠。吃水岂能忘掘井，和平强国刻心田。

吊龚承元同志

廿载沉疴念庶黎，情深意切胜春辉。腾飞榜上良儿出，困寂床前贤内陪。
坎坷人生常结伴，小康岁月与君违。知音顿失成空忆，再遇疑难可问谁？

八十抒怀

其　一

八秩欣逢盛世天，精神矍铄赋新篇。儿孙绕膝天伦乐，翁媪齐眉钻石缘。
褒贬沉浮皆往事，酸甜苦辣亦悠然。忠贞信念尘难染，岁月如歌唱晚年。

其　二

虚度年华八十春，是非成败过来人。为民常惧违民意，望党焉能忘党恩。
两袖清风无怨悔，一生平淡褒青春。闲居未敢忘忧国，带刺诗词当杂文。

诗　恋

承蒙诗友荐娇娘，闺秀名门冷若霜。一见钟情频聚会，三餐夜梦总难忘。
搜肠括肚情书少，暮想朝思欲望强。不弃年高文化浅，真心百载伴红妆。

颂反腐

又一高官关监牢，黎民拍手赞如潮。纵观今古反贪史，唯我中枢胜老包。

钱，钱——反贪有感

其　一

延安小米育群贤，微薄薪金亦养廉。常忆当年前辈苦，感恩谁也不差钱。

其　二

贪官欲壑永难填，捞足黄金索美元。事发东窗方醒悟，黄泉谁用一分钱！

南海挑事斥菲律宾

淘气蛮缠小屁孩，倚爹仗势乱胡来。倘如任性不思改，巴掌一伸教你乖。

南海挑事训越南

其 一

尽力维和避折腾，共同开发欲无争。主权在我清清白，玩火谨防烧自身。

其 二

伤人砸店失天良，示威游行闹欲狂。船撞千回耙倒打，蚍蜉撼树自遭殃。

警 美

纵啖喽啰乱扩张，手长伸过太平洋。板门签字文犹在，试看谁开第一枪。

王玉珏

王玉珏(1932～)，淮安区人，原淮安市医药公司退休干部。

向日寇讨还血债

侵淮日寇罪条条，扫荡东门黄土桥。会众平端锹锨棍，倭人高举炮枪刀。
一场血战惊寰宇，数百男丁入九霄。老少妇孺齐哭倒，难忘国耻恨难消。

歌淮安古城颂恩来

苏北名城是古淮，地灵人杰涌贤才。鞠躬尽瘁谁能比？有口皆碑颂恩来。

赞老年大学

人生七十古来稀，盛世今逢事事奇。书画诗词添意趣，身心康健向期颐。

老年大学乔迁

步履维艰星月盼，六迁校址实凄凉。终于迈入新天地，吾辈高歌进课堂。

慰 儿

病魔险恶入膏肓，令我伤心更断肠。碌碌一生心却善，明朝佳客送仙方。

忆日机轰炸淮城

日寇飞机炸四门，女男老少惧惊魂。一天警报十回响，古府常常堆死人。

喜看今朝

改革吾歌三十年，国强民富日中天。洗清百五载贫弱，一跃跻身世界先。

边界狼烟又起

抗战回眸数十载，豺狼嗥叫又重来。黄粱美梦再难现，华夏戍边多帅才。

生态不容破坏

扬子黄河两巨龙，奔腾不息接苍穹。森林植被频遭毁，自坏长城发暴洪。

改革成就有目共睹

创新革故似朝霞，利国利民全世夸。伟绩丰功垂史册，乘时而上放新花。

施占山

施占山（1933～ ），淮安区人。中共党员，曾任淮安商校校长，淮安勺湖诗社社长。

咏　雪

万马奔腾松竹声，满天风雨海鸥惊。狂飚有力乾坤转，飞絮无边玉宇清。
冷月有心偏暗淡，疏枝无意总斜横。骚人何事多惆怅，一曲阳春唱不平。

车过沧州

绿水青山壮我游，随行千里结良俦。惊天铁笛繁星乱，动地车轮一月钩。
午夜曾闻过鲁府，晨曦又报到沧州。林冲发配知何处？长恨英雄志未酬。

登西塞山

东望金陵古帝州，历朝王气已全收。空留铁锁沉江底，喜见红旗上石头。
鹰搏长天怀壮阔，浪淘千古毓风流。刘郎倘若今宵在，檀板金樽唱锦秋。

咏洪泽湖

云连峰断涌波澜，到此方知大泽宽。霞蔚朝看红日艳，天高晚眺白云闲。
烟村远落蓝天外，彩影横斜玉宇间。无限风光收眼底，渔歌声送夕阳残。

兰州行

兰州西望路漫漫，客旅三千一日还。穿谷走岩钻隧道，依山傍水过秦关。云横峻岭连天远，车转悬崖绝壁间。陇上初秋风景异，梯田红叶雁声寒。

《山水情》四绝读后呈法国巴黎龙吟诗社社长薛理茂先生

远隔重洋未识荆，瑶章捧读慰平生。一支锦绣凌云笔，万里江涛击石声。未老丹心花满树，永留豪气剑长鸣。遥知大雅扶轮手，难了海天故国情。

敬步沈道初先生《咏梅》原玉

溪头风月最相亲，玉骨冰心品自珍。瘦影清流怜绿萼，高标逸韵涤红尘。沾泥只为培新秀，润物何辞碎自身。欲向江南寻信息，楚州聊寄一枝春。

步原玉奉和陈鹤桥先生

临风望月屡怀人，几度花开几度春。欲遣豪情随浪涌，甘教热血共云腾。无情岁月闲中减，有限年华奋处增。莫谓书山峦嶂险，扬鞭跃马共攀登。

夕阳似火耀乾坤敬步孙泽民同志《七十自咏》原玉

忠贞革命誓终身，北斗追随骥尾人。黑发风骚惊世界，白头兴致作诗文。挥毫泼墨酬公愿，咏志抒情乐此身。七十而从心所欲，夕阳似火耀乾坤。

咏梅三绝

心共梅花

雪满溪头清兴长，枝横影瘦点珠光。诗心欲并冰心结，共与梅花一样香。

品冠群芳

饱受炎凉自乐忧，风风雨雨度春秋。孤高独伴寒江雪，品冠群芳第一流。

长留佳话

横斜疏影上栏杆，浅唱低吟夜已阑。误识孤山林处士，长留佳话在人间。

农村即景

菜　花

久雨初晴路满苔，横河两岸菜花开。平畴浪激连天涌，万顷黄云卷地来。

春　晓

荫浓露重欲沾衣，春染千村尽翠微。雨后朝霞迷醉眼，花丛宿鸟带香飞。

孙 智

孙智(1934～),淮安区人。自幼喜爱文学,随其父孙原非习诗,常有诗作自娱。

河下古镇赞

大河之下郡城边,小镇繁华数百年。巨贾富商争落籍,骚人墨客每流连。长街石板传余韵,深巷曲庭仰昔贤。寄语诸君多驻足,寻幽探胜亦悠然。

登镇淮楼

喜上重楼舒望眼,三城一派物华新。千间广厦安黎庶,百里通衢便客行。物阜财丰人喜笑,林深花茂鸟争鸣。眼前靓景缘何致,拨雾领航怀小平。

淮安府署修复感怀

淮安府署气恢宏,想见当年威势隆。草绿苔青恰庶意,鸦啼雀噪察冤踪。居官贪墨畏天谴,公仆清廉明耻荣。前事毋忘皆足鉴,临流卓立莫趋从。

平桥豆腐赞

浑圆大豆色金黄,釜煮磨研呈脂浆。淘尽沉渣三五遍,凝成柔玉几多箱。街头随处寻常菜,高手烹来别样香。巡狩帝王惊美味,平桥豆腐誉京杭。

为儿时好友赵君寿

垂髫雀跃忆当年,转瞬儿孙绕膝前。国运昌隆歌盛世,民生康乐颂尧天。君登七秩犹风趣,余过杖乡随俗缘。待到期颐祝酒日,毋忘召我赴华筵。

为内兄黄玉田先生祝嘏

秋风乍起送新凉,千里平川稻谷香。奥运欣逢庆初度,莱衣欢聚舞华堂。才疏欲颂无佳句,情切莫嫌有俗腔。伉俪相偕长健好,期颐携手步康庄。

参加淮安区诗协二届改选赠诸诗友

骚坛有幸识群贤,捧读华章锦绣篇。欲随诸公兴雅事,东斋也学种诗田。

刘炳权

刘炳权（1934～ ），淮安区人，中共党员，农艺师。淮安市诗协会员、一品梅诗社社员、运南村诗词顾问。作品曾在本地和外地10多家诗刊发表，先后获奖3次。著有《菊梅轩诗词歌谜稿》2册。

淮安名人颂

古楚多才俊，名人代代英。韩侯兴汉业，红玉抗金兵。鞠通悬壶好，承恩才艺精。天培驱贼寇，壮烈国之魂。枚氏辞赋美，文坛笔有名。恩来功绩大，世界受恩清。服务为民众，神州处处闻。莫笑今贤少，改写旧乾坤。

纪念朱连生烈士

狼烟滚滚敌疯狂，抗日民兵上战场。蒋握兵权逃躲让，农民迎敌上前方。连生杀敌名乡里，敌寇汉奸心作慌。布阵埋兵生毒计，英雄被捉志高昂。屠刀架颈横眉对，吓得倭奴魂魄丧。日寇卢滩遭伏击，横尸遍野泪汪汪。

吴承恩颂

承恩智慧艺才高，书写猴王功业昭。一部西游扶正气，降魔捉怪出高招。悟空胆大海天闹，玉帝无能服此豪。官拜齐天称大圣，方平祸乱保天朝。唐僧西去要人保，一路风波一路跤。九九之灾来御弟，齐天大圣费心劳。师徒四众西天去，求取真经东土超。

平桥镇见闻

重返平桥镇，街头秋熟香。田间庄稼好，街道作坊忙。
户户成商贩，家家享富康。今生逢盛世，古镇变天堂。

怀念周恩来总理

望重德高优，英风播五洲。人间称美玉，恩泽惠环球。
勇气奸人怕，心劳国策筹。楷模天下士，永世仰风流。

赞淮安区植树造林

造林当代功，植树万民崇。渠道林成网，防风利在农。
城区多植树，市镇绿葱葱。锦绣平原美，生机勃勃容。

赞清洁工

上路冒寒星,踏霜鸡未鸣。只求环境美,街道扫清明。
宁愿辛劳苦,汗流全路程。城区清洁净,笑看太阳升。

游白马湖

湖水幻无穷,风云变化中。芦青生叶翠,荷绿放花红。
下网银鳞现,上堤鱼贩拥。公平交易稳,主客利丰隆。

登文通塔

高塔巍峨立,登临景色优。东观红日丽,西望运河流。
北有萧湖美,南临水闸稠。塔端朝远眺,全城景尽收。

平桥路上即兴

沿路柳丝长,菜花遍地香。清明吹麦浪,谷雨育新秧。
老少无闲客,中青做栋梁。人人为四化,跃马急奔康。

萧湖游

远视春光好,寻芳萧水旁。漂池温暖送,韩信钓竿长。
荷绿花红艳,蒲芽嫩又香。清晨红日美,夜晚月明光。

登镇淮楼

漫步镇淮楼,风光一望收。三城无旧貌,市镇各通幽。
吟友常来往,讴歌赞不休。闲谈今昔比,喜笑在心头。

赠张志友先生

四十五年前,平桥抵足眠。开怀同饮酒,敞腑各抒言。
共事互帮助,相交都洁廉。科研知识讨,工作劲头添。

再登镇淮楼

离退不言生活愁,偕亲邀友上淮楼。勺湖咫尺风光美,红日东升景物幽。
古楚登高观胜景,春光满目将人留。回眸再想从前事,苦去甘来更应讴。

萧湖风景

秋风拂拂送微凉，气爽天高莲藕香。早起阳光湖水美，黄昏月朗碧波扬。
千年建筑古今颂，历史名楼格外良。天下游人齐赞美，萧湖古镇互争强。

白马湖夏景

白马湖中白鹭飞，荷花莲藕鲫鱼肥。堤边柳绿随风舞，撒网渔翁满载归。

施兆喜

施兆喜(1934～)，淮安区人。曾任县法院执行庭庭长，喜诗词创作。

忆童年

浓雾茫茫离故乡，满怀烦恼向前方。敢迎刺骨西风吼，岂顾寒心冰雪凉。
单裤单衣身体抖，破鞋破袜脚踝伤。行人若问欲何去，唯念生存塞肚肠。

缅怀彭德怀元帅

望重德高彭老总，横刀跃马大英雄。南征北战威名震，东讨西围盖世功。
三载援朝呼得胜，十年浩劫显精忠。为民请愿不唯利，奋斗终身挺劲松。

雨后天晴

雨后浮尘尽，神州万里清。百花齐斗艳，群鸟树梢鸣。

缅怀周恩来总理

其 一

无畏无私人品好，闻名世界一英豪。文韬武略谁堪比，磊落光明德望高。

其 二

楷模魅力数周公，伟略英才盖世雄。正气一身垂万古，清风两袖立青松。

战友重逢

其 一

友好相逢忆往年，欢声笑语话桑田。不知个个苍苍发，惊喜人人皆乐天。

其 二

久别重逢来聚会，高朋满座壁生辉。谈今论古忆军事，喜地欢天频举杯。

缅怀邓小平主席

改革创新非等闲，邓公力改旧时颜。山河一片皆佳景，百姓赢来幸福年。

回故乡

其　一

相约亲朋回故乡，村头河畔换新装。高楼林立家园美，水秀山清稻谷香。

其　二

春风得意故乡还，邻里相迎涕泪含。父老亲朋问寒暖，重提往事热心谈。

反腐倡廉

其　一

贪官休要太猖狂，反腐倡廉力度强。老鼠过街皆喊打，跳梁小丑必遭殃。

其　二

为民莫想外来财，受贿贪污必遇灾。刚正清廉人赞颂，为官腐败上刑台。

其　三

改革创新天地春，倡廉反腐措施新。四条原则孚民望，八项规章群众心。

赞法官

争当四化护航员，诚对人民掌好权。慎做清官垂典范，践行宗旨学先贤。

游绿草荡

绿草荡边仙境开，荷花出水壮诗怀。码头虾蟹逗人乐，苇里鸳鸯引客来。

杨顺深

杨顺深（1934～　），淮安区博里镇人。任中小学教师40余年。为诗乡博里诗协顾问，淮安区、市、省、中华诗词学会会员，市楹联协会理事。

汶川八级地震吟记

其　一

横祸飞来不尽冤，纤声呼救泪潸潸。校园到处楼房倒，教室全无学子还。幸福家庭被吞没，和谐夫妇顿成单。婚当吉日成虞日，寿庆知天却去天。饭后上班人到位，生前岂料此终年。买衣议价三分过，出店耽时一命捐。栉比高层荣市景，生灵八万废墟间。地旋坝裂湖堤险,命保肢残体不全。厂矿悲丧生产者,区乡痛失指挥员。川人自古多英杰,再建家园定胜前。

其 二

丈夫有泪不轻弹,今日滂沱总不干。面对银屏魂欲断,眼看报纸渍留斑。惊飞鸟雀高天外,覆盖生灵瓦砾间。地裂山崩水源断,桥摧隧塌列车拦。儿孙在外心皆碎,信息联通网被残。抢救人员焉入境,圮坍蜀道更行难。诸家电厂同时废,百万灾民亟待援。有我顶天民族在,英雄从未见腰弯。

纪念建军节80周年

枪杆子里面出政权

英雄血鉴敌为师,不执戈矛命可悲。只有兵家来换代,从无墨客去禽貔。
南昌义举枪声激,山塞图存星火弥。二十二年原尽燎,石头城上易新旗。

朱毛红军

八一秋收两义军,会师圣地势无垠。为民点起星星火,窃国难逃处处焚。
贲石穿行丧敌胆,蒋邦屠杀骇人闻。兵家经典传承日,常到罗霄祭祖坟。

十年土地革命战争

率部朱毛会井冈,山头割据建家乡。红军歼敌炮声紧,群众分田协会忙。
有势有钱人叫主,无天无法我为王。农奴终到翻身日,枷锁千年一砸光。

抗日战争

连连围剿万重灾,更引豺狼破户来。委曲于人开战局,坦诚同室洗前埃。
英雄浩气长城见,帝国秋风富士哀。烈士遗骸埋未尽,抢桃炮火洞天开。

游颐和园

颐和园里养颐年,监禁垂帘集大全。不篡皇权能废帝,未谋其政尽诛贤。
山河割让已差半,殿阁遭焚又复原。斗转星移人远去,亭台草木泪流涟。

游浙江千岛湖

山色湖光映碧空,三千西子一湖中。子陵独钓红尘外,药祖行医懿德崇。
索道连山人极目,飞舟破浪箭离弓。春风熏得游人醉,宠辱皆忘此刻同。

周月堂校长60致贺

峥嵘岁月付歌弦,风起波澜不介然。灯烛陪侬愁彻夜,门生进学乐齐天。
有心织就锦千丈,无意沽名文一篇。人贵平生非已有,漫天桃李仰师贤。

忆童年

其　一

生计无门道苦辛，何来恻隐悯清贫。此间已出獠牙面，浊世仍生狗腿人。
穷汉虽穷穷有义，富翁家富富无仁。炎凉自古随时变，亲到贫时不算亲。

其　二

苛捐杂税比毛多，逼死穷人又奈何。乡约封门敲竹杠，败兵打狗洗穷窝。
匪徒绝着抓人质，霸主光天抢小婆。盼到晨鸡啼晓日，烧香拜佛念弥陀。

其　三

三春满眼见荒凉，怎耐饥肠怨昼长。梦里狼吞一锅饼，日间影照两餐汤。
田园野菜根刨净，河岸榆株皮剥光。水下深淘三尺土，天天望麦麦难黄。

咏同学

几句留言毕业前，伴眠依枕忆当年。无私无怨心相印，多义多情行效贤。
风发窗寒倾意气，梦回雁序觅诗篇。纸黄墨褪增怀念，哭数同班半作仙。

咏月季花

红月季

谁说花无百日红，三春一放到寒冬，朱颜乱血非耶是，仙子倾城异孰同。
沁苑芳菲迎赏客，袭魂馥郁醉东风。枝疏叶茂锦官重，绿萼添妆增美容。

白月季

同在三春绽放时，不争富贵亦丰姿。满株西子秋霜染，一出蛇仙冰玉肌。
四季素心难见色，月光拂影可成诗。娇容腼腆通心少，待到重阳白菊迟。

黄月季

结伴园中暗众芳，神光绝艳十分香。风流自惹红颜妒，底韵由来气色扬。
丽质怜心忆西子，金肌昭目似王嫱。多情爱吊辉煌日，一夜狂飙一梦伤。

纪念堂瞻仰毛主席遗容

感世非为以述忠，随群酬愿仰遗容。难言正本真和假，不静思潮西复东。
资本时装回故国，人间旧制刮寒风。大同理论新诠注，待看车开何处通。

狼山谒骆宾王墓

以死昂情讨武时，檄文一纸著戎衣。季春边地风沙骤，雪月枯冈鹤唳凄。
徐帜难持城上降，长安望断梦中回。狼山有幸埋忠骨，女帝屠刀犹认诗。

怀念党的好儿女

其 一

生来伟大死光荣，爆破声隆万世功。手托药包唯一念，头悬刀口见三忠。
英雄谱里今朝出，花卉丛中绝代红。壮士情怀人共识，河魂岭魄万年崇。

其 二

永立中华一面旗，霞光玉质洛神姿。惩凶怜弱慈心碎，仇敌亲民众表仪。
执法生威凭铁腕，功能无限小螺丝。精神世界千年后，大德先人造极时。

骊山怀古

其 一

巍巍高入白云间，举目凝思史事还。亲佞已藏亡国祸，承欢更助覆舟澜。
君王玩火诸侯戏，佳丽为囚异域寒。一笑谋成刀下鬼，东京祭祀望长安。

其 二

大略狂飙遂净天，神州一统史空前。长城筑就本难解，陵秘而今方索然。
权集中央先例创，制成封建后朝沿。坑儒固法行为暴，物极苛刑曾几年。

其 三

回眸一笑帝王惊，不顾伦常父子情。曾领御林唐室复，却因佳丽圣朝倾。
马嵬无奈春光短，青冢相形金屋轻。悲剧前朝原本见，长歌吟起泪双盈。

其 四

泪眼回眸日日迁，救亡声震倒山川。匹夫尚负兴亡责，元者偏教萁豆煎。
醉梦魂飞风雨骤，将军头替国人捐。兵亭昭目人何在，今日骊山昔日贤。

纪念车桥战役70周年

其 一

倭寇五千苏北侵，蒋军十万鸟惊魂。鸡飞犬吠天无日，鬼哭神嚎血洗村。
叶粟麾师除祸患，江淮到处见旌幡。苍龙不鉴前车覆，常震警钟示子孙。

其 二

抗战华东居首功，打援围点解苏中。车桥守敌瓮中鳖，芦荡援军阱底熊。
密密枪声惊水狗，翩翩舞蹈慰强龙。雄师战绩光辉耀，今看神州一片红。

嘲 越

一衣带水亦同盟，抗法谅山夷匪平。南北分庭烽燹日，乾坤一统我援兵。
叛徒唆你边疆闹，美帝兴灾南海横。人类古来能驯兽，南蛮何故不通情。

值三大战役胜利60周年看电影《大决战》

辽沈战役

蒋军压境甚嚣张，避敌锋芒占两厢。关斩锦州丧匪气，驾临东北遣师忙。
兵团落得灰飞灭，司令就擒阶下惶。此战旗开形势变，秋光一片照疆场。

平津战役

沈辽战后不迟疑，势去王朝日已西。隔敌不围围屈敌，晓之以理理全之。
北平义举千年颂，河口凭坚万命凄。祭战年过今六十，留传兵计足光辉。

淮海战役

斩除毒蝎两根螯，丢弃徐州拼命逃。钢铁墙围前路断，陈官庄乱鬼声嚎。
兵贪小命嘴茹草，将杀良驹火燎毛。卅万拒降无漏网，南京冬日气萧条。

训　越

当年入贡帝王时，我拥诸沙你已知。李下贼来随手掠，中华人岂任熊欺。
祈投霸主频摇尾，痛忘庸才乱走棋。应记镇南关外训，当心耳再被人撕。

警告菲律宾

美帝栽培作犬鹰，反华小丑自标名。靠谁犯我黄岩岛，仗势丧权主子兵。
人望安宁非软弱，国谋发展得和平。须知玩火烧身祸，拍案惊堂要你明。

训　日

缺少能源心失衡，侵凌他国动刀兵。维新一变穷凶鳄，欲壑难填不饱鹰。
武士幽灵萌兆现，神鸦社鼓叫魂声。东洋小子难知事，再覆扁舟喂海鲸。

寄语朝鲜

唇齿相依共信条，三年抗美我援朝。孔明角露隆中对，司马棋高免战招。
南北同根情本在，倭奴旧梦罪难销。中朝友谊尤珍贵，两国人民依此骄。

鹤岗矿难感怀

其　一

走险明知偏欲行，华年命绝系谋生。祸临亲属情难控，众变司空心不惊。
善后来员常例话，超前产值又连城。天天听说人为本，君莫指桑兼指名。

其　二

时时防变似惊雷，不测风云转眼来。资本无情常滴血，劳工薄命屡遭灾。

财门不对贫穷敞，机遇全朝富贵推。有说八仙同过海，不知潮水有尘埃。

栽 花

生长在农家，儿时土上爬。鬓霜无体力，院里学栽花。

杂 感

信 仰

信仰无根水面萍，党员辞退去为僧。敲门枉作砖头撂，佛事酬金日日增。

真 理

真理千条歪理无，玩权哲学与人殊。泰山湮没雌黄里，八极还能有正途。

圆 事

昨日河西今河东，东西源本一山中。皆知君子能圆事，万象从无解不通。

诗 根

难能终日坐书斋，来往乡亲多叙怀。眼看耳听动情事，诗根好在此中栽。

有感于教授争当公务员

近水楼台得月先，行权立法手遮天。清闲自得钱财便，教授争当公务员。

为调资感怀

眉飞政绩乐听讴，落满天花钟鼓楼。零七调资传号令，今成入海一泥牛。

端午感怀

其 一

汨罗江上看龙舟，时救诗贤今作游。香粽何曾饱鱼腹，人间惯作美餐求。

其 二

汨罗江上起悲风，今古风声不尽同。独有诗人情太傻，竟然和泪觅时踪。

感 言

历代忠君皆是贤，敝人今日议非然。圣传自古民为贵，还是人民大过天。

江边戏水

天堑眼前心自惊，石堤苔滑也怡情。今天偏戏长江水，算我愚翁一趣行。

赏荷感怀

绿叶青波映美姿，闻香赏色醉观池。前人敲出吟荷句，游客牵思论世时。

于成仁

于成仁(1934～)，淮安区人，退休教师。现为博里镇诗词协会顾问，中华诗词文化研究所研究员、中华诗词学会会员。诗词散登多家书刊，部分诗词参加全国性大赛且获奖。

回　归

2005年9月6日吾夫妇由美国探亲回国而作。

北美侨居整一年，日升日落念家园。皱纹细密条条嵌，白发强梁缕缕攀。
素月回归观百菊，酒楼餐饮品肴鲜。三更棒响亲朋散，掸簟铺床方困眠。

七十谢妻

四十年同甘共苦，两须白伉俪情长。教儿女敢攀金榜，敬舅姑勤习伦常。
安簟枕期夫倦寝，置佳品盼子归乡。思前事梦中常泣，陋室中书翰颂扬。

赠友人

家寒运舛读书迟，自学成才可谓奇。报国杏坛育桃李，为民学馆作人师。
让贤卸任无闲日，会友求师有剩时。日纵琵琶弦六柱，夜研国学读唐诗。

思　儿

芳草萋萋望海天，春风淡淡尽香绵。凤鸾故里危栏倚，儿女他邦翰墨研。
逐雁飞霜思日日，聚筵散客念年年。莫惜俸禄逾千万，国有无垠可垦田。

抗　旱

云贵高原遭旱魃，农田龟裂国人惊。河枯溪涸井蛙死，兽走禽离干草呈。
地北天南齐救助，军中省外派精英。输油送水汗如雨，奉献中华博爱情。

激情盛会和谐亚洲

激昂健步涌羊城，情意相投有道声。盛世亚洲迎劲旅，会师赛场战雄鹰。
和声鼓乐穿云过，谐韵吟歌载月行。亚运芳龄年十六，洲黎今日立新功。

观电视剧《十品村官》有感

细算村官为十品，扶民匡国记奇功。脱贫致富百家乐，筑路铺桥四海通。
科技兴农成大业，黉园谋略育明星。旌旗高举宏图阔，游子归来误入城。

纪念周总理诞辰110周年

一代伟人周总理，丰碑如日照中华。鞠躬尽瘁垂青史，壮志凌云绘彩霞。
亘古河山留足迹，京城官邸话桑麻。千秋良相振天下，铸造辉煌福万家。

扫墓有感

兵连祸结远离乡，慈母身亡未守丧。每见坟坛思往事，两行珠泪湿衣裳。
劬劳鞠育儿孙领，淳朴辛勤邻舍扬。寸草春晖难报德，空庭月夜透心凉。

愿两岸波涛平息

鏖战三年台海隔，如今九域未团圆。春秋轮替两行泪，手足相违六十年。
佳节包机民意顺，通商两岸众心连。惊涛骇浪该平息，华夏腾飞世界前。

拜读《红烛情缘》

赏阅华章夜不眠，笔端韵事语犹颠。砚田举步艰难世，墨海拼搏岁月迁。
琢句敲词承贾岛，谋篇设意继陶潜。雄才伟略人钦敬，皓首穷经笑坦然。

拜读《手读毛泽东诗词》敬赠朱震国先生

才人巨笔奇书著，手读毛诗华夏殊。十四作师知学富，壮年从政步新途。
传诗授画身心乐，练字操琴筋骨舒。博古通今几人许，公门桃李仗君扶。

拜读《秋色吟草》集敬赠杨顺深先生

窗前灯下读诗集，情景相融李杜篇。韵雅词丰歌盛世，文清句丽颂名贤。
抱瑜握瑾尊尼父，茹古涵今拜老师。耄耋年华挥舞笔，期颐寿庆出新编。

纪念毛泽东主席诞辰120周年

推倒三山谋解放，武装暴动建新邦。大河泽地等闲过，破浪乘风横渡江。
枪杆政权窥卓见，燎原星火策辉光。雄才伟略寰球赞，武纬文经华夏扬。

农村新貌

傍水琼楼平地起，门前大道北京通。天蓝水绿小河秀，万顷平畴五谷丰。

老伴染发

老伴稀龄华发染，青丝复现有精神。清晨梳洗镜中看，自问何方销皱纹。

杨恭华

杨恭华（1935～ ），淮安区人，公务员，中共党员，政工师。历任党委书记，县农机局党委书记，县政协党组成员、专委会主任等职务。退休后，闲居作诗自娱。

人生如棋

人生似下棋，落子不能移。不以赢为喜，麦城何足悲？
纵横儒将布，伸屈丈夫为。恪守平常态，高风众口词！

微　信

方寸之间天地广，茫茫网海任遨游。执机便晓古今事，开键能观世界楼。
思想启蒙防固化，精神调节更无忧。赏心悦目临仙境，老少皆宜共入流。

游萧湖

喜看萧湖秀色雄，桥亭台阁画图中。苍松翠竹闻啼鸟，碧水扁舟觅钓翁。
暖气微微催柳绿，和风煦煦拂花红。千姿百媚多娇艳，游客流连展笑容。

人生枯荣

四季春秋复夏冬，人生亦有盛和空。风吹皱面昨无悔，雪盖白头今尚雄。
虽去韶华心未老，更怀余热意尤浓。功名利禄东流水，穿透时间看始终。

夕照红

公仆为民两袖空，而今陋室度秋冬。半橱书籍囊中富，一部手机网内通。
亲友交融多韵味，家庭和睦沐春风。朝迎日出晚观月，夕照余生效劲松。

我家的玉兰树

我家小院玉兰树，名木群中枝叶茂。鸟语花繁彩蝶招，荫凉气爽行人驻。

顶天立地展英姿，错节盘根钻别户。今遇拆迁欣保留，欲携春色香如故。

退休闲赋

沐雨经霜花甲翁，精神抖擞步生风。峥嵘岁月今回味，养性修身乃硬功。

经霜傲雪

寒来暑往知时节，叶茂枝繁傲雪霜。幼秉家教承地气，追星伴月沐新阳。

淡　居

孤身淡住屋三间，耄耋相依广玉兰。鸟唱枝头心不动，偷来岁月入诗坛。

鹤　梦

湖畔幽幽留鹤梦，闲庭静处养天年。清风翠竹修品格，信步从容又一篇。

养　老

亲情犹似水浮莲，缘聚缘漂不着边。逸性养颜多自主，随安顺变乐怡然。

游状元府感赋

散财募勇为民谋，灭寇状元敢领头。今有埋倭墩作证，威名赫赫五侯羞。

涓滴成川

千沟万壑岂称河？静水清漪无浪波。识量知微能巨变，百川汇聚漩涡多。

陆春桂

陆春桂（1935～　），淮安区人。曾任中学教师、教导主任，淮安市职业培训中心主任、高级讲师。书法作品在全国大赛中获奖入选30余次。现为中华诗词学会会员、中国老年书画研究会研究员，淮安区老年大学书法高级讲师。

淮安新歌

第一州名千古赞，而今又见靓淮安。淮扬美食客盈座，督院府衙月上栏。老巷修成名胜地，新城造在秀园间。运河船进浪来急，涟水机腾云去闲。入海长淮水立交，进京高速电驰还。五区联动建都市，二十景观添榷关。改革歌飞驸马巷，创新诗满钵池山。和谐发展鸿图远，现代名城天更蓝！

建党90周年颂

驾驭风云九十年，中华崛起换新天。倾心救国三山倒，奋力降魔百战坚。立党为公扬正气，亲民施政铸煌篇。和谐发展建宏业，科技创新攀顶巅。两弹一星惊敌胆，五洲四海结朋缘。北流南水多兴利，西气东输造福全。民族融和奔四化，以人为本聚群贤。永跟党走康庄道，万里长征不息肩！

河下萧湖荷景

正是萧湖六月中，轻云细浪日融融。翠荷临水层层绿，丹笔书天点点红。
浅泽兴游金鲤鲫，深丛喜见玉芙蓉。渔歌棹影闲亭榭，景物和谐诗意浓。

谒淮安西花厅周恩来铜像

周公巨像立高台，佼佼英姿旷世才。义举南昌军史创，振兴中国大谋开。
一生勤政留宏业，两袖清风见雅怀。殡送长街悲泪雨，人民永记好恩来。

赞神舟六号航天成功

神箭载人巡太空，追星逐月探苍穹。中华儿女齐欢庆，世界人民尽仰崇。
科技登峰民富裕，飞船航宇国兴隆。银河开发传春讯，天上人间一步通。

北京奥运颂

瀛寰吹遍北京风，奥运花开万树荣。高筑鸟巢迎彩凤，大兴水馆聚蛟龙。
五洲友好英雄会，一梦和谐世界同。更喜福娃增瑞色，中华崛起漫天红！

汶川地震感赋

山崩地裂震魔嚎，八万生灵命尽夭。家国同悲千壑暗，江河落泪百花凋。
中央抗震筹谋好，各地驰援意气豪。众志成城排巨险，中华临难不弯腰。

建国60周年赞歌

建国兴邦六十年，辉煌业绩铸华篇。驱贫致富呈新貌，治水开山展美颜。
奥运凯歌扬赤县，神舟载客走蓝天。和谐盛世民康乐，改革图强永向前！

辛亥革命百年祭

辛亥擎旗创共和，废除帝制战群魔。浙中秋瑾伤风雨，淮上阮周血染河。

黄岗英雄留浩气,武昌壮士复高歌。中华百难今强盛,长敬先驱贡献多。

盱眙中国龙虾节即兴

沼泽栖身志不穷,泥沙食尽仍从容。春风几度逢佳运,中国龙虾正走红。

赞神舟八号天宫一号对接成功

神八天宫会太空,毫厘无误赞神工。嫦娥喜羡高科技,奔月今能带老公。

清明谒关天培祠

挥师奋勇抗英夷,威震虎门血染旗。青史丹心昭日永,春风秋月慰关祠。

题淮安黄土桥抗日纪念碑

抗日保家挥大刀,浩然正气上云霄。尸横平野血成海,千古雄风黄土桥。

赵洪池

赵洪池(1935～),字柏屏,淮安区人,中共党员,高级政工师。曾任国企法人代表。中华诗词学会会员、江苏省老年书画研究会会员、淮安区诗词协会会员。

游日月洲生态乐园

古黄河畔景观偏,吴伯雄题翰墨鲜。近水平台听曲奏,无山旷野视株连。魔宫地下声光电,展馆露天犁耙镰。矗立风车他国版,高科农业屋中田。弹琴母子伦常乐,摄影翁孙福寿延。两岸情缘思不断,九州梦寐盼团圆。

生态文明畅想曲

久闻美景天宫有,今见世间仙境般。绘就蓝图追索梦,开怀畅想枕戈眠。苍山果熟森林带,碧浪鱼肥粮米川。阵蝶围蜂花气漫,歌莺舞燕鸟飞边。河湖治理客游点,湿地自然雁宿滩。雅阁高楼芳草地,廊桥曲岸水流湾。琴棋书画情词泛,菊竹梅兰笑语欢。月静星稀挥翰墨,风恬日暖诵诗篇。节能低碳尘埃暗,环保措施空气鲜。生态文明百姓乐,欢呼雀跃众怡颜。

步唐王维《汉江临眺》韵咏古运河风光带

大道三淮接,隋堤五域通。绿荫环岸外,生态抱怀中。
石闸流清浦,楼群耸碧空。龙舟寻梦日,古镇醉诗翁。

巾帼英雄梁红玉

抗金名女将，根在北辰坊。熟悉军机广，深通战法强。
屯兵守楚郡，解难赴余杭。击鼓黄天荡，乡人敬七娘。

2014玖珑湾第二届新春花卉展

翠竹迎门立，香樟沿道环。南非引鹤望，热带种幽兰。
四壁奇花苑，沿墙异卉坛。招蜂惹蝶至，大腕众星看。

游湖心寺桥

一桥跨双亭，廊道彩虹升。暮鼓晨钟逝，书声学语馨。
龙舟争渡影，宝马竞奔形。入世隋堤倩，难忘河下行。

题韩信北路诗词一条街

漫步宏图心境舒，风骚洋溢运河都。抑扬声韵众人颂，腾伏龙蛇名手书。
楚景淮情铺盛世，姚豪嘏雅举鸿儒。传承国粹匹夫责，我入诗门做老奴。

晚晴诗社书法展观后感赋

楚辞汉赋礼仪乡，赵嘏枚皋誉四方。久仰名家传典籍，今观雅士谱华章。
诗如舞女簪花秀，书若仙娥弄影长。文化长廊风水地，骚人云集溢馨香。

癸巳重阳诗词朗诵会暨酒会

“咱家小院”宴群儒，皓首神怡意气舒。国老光临今胜昔，卢师指点石成珠。
陶公爱菊闲情露，太白豪吟海量沽。良骥奋蹄京榜逐，晚晴诗社启宏图。

醉享金湖写在第28届全国荷花展

尧都独具水之缘，绿荡天然梦自翩。“伯里夫人”藏素影，“霸王袍”里露红颜。
千层翠伞青茎碧 ，万亩芙蓉嫩蕊鲜。沉醉名花蜂蝶恋，招商重戏演清廉。

注：“伯里夫人”“霸王袍”是世界荷花知名精品。

钻石婚庆

耄龄翁媪度尧天，六十年前种玉田。月老绳牵婚后恋，檀郎意问阁中缘。
艰难雨夜糟糠日，辗转风宵俭朴年。四世同堂弹指梦，双求康乐我超然。

赞老妻

人生百事贵珍稀，耄耋家藏结发妻。少壮齐眉知节俭，晨昏举案向寒饥。
旅途相伴鸳鸯侣，病榻常陪患难姬。绕膝儿孙娱戏彩，何如共枕话期颐。

晚年幸福写真

光阴似箭催人老，夕照丹霞异彩纷。解甲归田书赵体，重登学府习唐音。
晨游古运谋身健，晚逛桃垠话友心。老伴常随知冷热，幸福难忘党国恩。

瞻仰周恩来总理铜像

立地擎天淮楚壤，雄才伟略凤鸾翔。胸怀妙策谋超亮，臂挽遐方智胜姜。
手掌中枢能下士，眉舒宇宙敢担当。为民务实清廉相，盖世丰碑耀国光。

百名县市委书记参观“党风楷模周恩来图片展”

当朝一品官为仆，俯首三思凤引雏。午坐公交听众诉，宵查马厩体民呼。
周门玉洁传家教，相府冰清树楷模。百位精英明镜照，千秋史册续新书。

参观邓颖超纪念园

名垂史册百花丛，驾鹤西归气若虹。就读南开翔宇识，投身革命润之崇。
相帮总理浮天绿，养育遗孤浴日红。“八互”精神传美誉，楷模伉俪颂双雄。

傅莹印象

2013年3月4日，全国人大举行新闻发布会，首位大会女发言人傅莹亮相。

其　一

仪表端庄姿飒爽，春风满面气轩昂。开言道歉传媒悦，答问从容听众狂。
绵里藏针谈国是，话中有理话家常。傅莹印象惊中外，华夏威严达五洋。

其　二

朱唇皓首春风送，健步登堂慧在中。蓝色衣装披智勇，金珠项链靓颜容。
谆谆告诫辞无冗，娓娓恳谈气若虹。并济刚柔巾帼杰，英才美誉亚洲东。

板闸榷关

锁钥咽喉水一湾，明清板闸市声喧。东堤署院留官影，西岸关楼过客帆。
旧址新碑旗杆矗，高桥古渡运河宽。皇家昔日征捐处，故貌今颜有续篇。

板闸吟

明清漕运五流通，凤里淮关驻此中。东座文昌升紫气，西临武帝接霞红。
隋堤水畅千舟发，石板街兴百业荣。除旧布新生态倩，群楼环伺走游龙。

贺《龙光诗声》创刊

午马驰离传福祉，魁门龙阁奏唐篪。循规守律休言傻，细琢精雕勿笑痴。
愿信十年磨砺剑，何求七步咏奇诗？因缘乐在其中志，文运亨通夕照时。

开国总理周恩来之强国梦

鸾台一品掌中枢，指点江山热汗濡。崛起中华鸿鹄志，腾飞世界瑞龙图。
为民有爱昭肝胆，理政无私涤秽污。托梦回乡看四化，功成告慰上天书。

大湖鸿雁（鹤顶格）

大会祥音递，湖区万象春。鸿图渔景旺，雁有草根心。

题古淮安藏军洞

先贤睿智统雄军，筑洞藏军制伪氛。不露锋芒排巧阵，潜师待发扫残云。

贺张志友先生《沧海桑田陆桥村》获省颁四项奖

展卷神怡一缕风，佳篇耀眼百花红。详书细载成经典，省榜荣登汗马功。

污水处理厂赞

自然环境水为先，污染源头抓在前。关注民生行国策，古城碧浪映蓝天。

贺《龙光凤鸣》诗集付梓

谁言夕照怨黄昏？吾辈勤耕抢晚晴。更喜骚坛添韵品，珠雕玉琢耀诗林。

赵　贵

赵贵（1936～ ），淮安区人。曾任村党支部书记、镇水利站站长。2006年学写诗，在《中华诗词》《江海诗词》等发表多篇。

老书记心系群众观插秧机

书记高龄八十春，始终如一惦农村。秧机抢插定增产，种稻误时能减斤。夏季驱车观水稻，秋天徒步见金银。人们掌握新方法，万亩丰收谢党恩。

赞改革开放30年

硕果累累在眼前，城乡发展马加鞭。人间享受天堂福，生活如同蜜样甜。

畅吟家乡变化

群楼别墅满村庄，装饰时髦诗画墙。跨出家门通世界，穷乡变化赛苏杭。

纪念周总理诞辰110周年

挺立严寒一品梅，花开中国九州威。清廉自律芳魂在，华夏长兴永世垂。

人生核算

键盘乱打定难安，枉法入牢声誉完。失去自由才恨晚，人生核算哪门寒？

笑　贪

两袖清风不自悲，有权乱用悔难追。回头看看贪污犯，伏法坐牢能怨谁？

除　夕

欢天喜地庆团圆，分发儿孙压岁钱。四代同堂看晚会，钟声撞响贺新年。

纪念南京大屠杀

日寇南京施暴行，大街小巷血淋淋。同胞卅万冤魂叫，万载千秋得记清。

纪念抗日战争胜利70周年

七十年前日寇狂，妄图掠夺我邦疆。全民浴血刀光闪，抗战八年终灭狼。

中国梦

炎黄赤子一条龙，聚力凝心发总攻。民族复兴为己任，富民强国定成功。

春　雨

秦油冻害叶枯焦，遍地青禾不拔苗。春雨如肥施大地，农夫乐得喜眉梢。

颂毛泽东主席诗词

诗词妙句世称奇，壮志豪情天下稀。执政强军增国力，神惊鬼泣似天师。

博里小康

小康美景两千年，纸上谈兵未达边。喜看今朝穿吃住，指标总值已超前。

药草苦马苔

乡村四野苦花苔，好药名茶被掩埋。止咳消炎防感冒，如君想用也能来。

集镇趣事

夜色来临音乐响，婆娘舞蹈满街狂。整齐动作天鹅美，散步行人帮唱腔。

陶丽清

陶丽清（1936～　），江苏建湖人。在淮安县多个小学从事小学教育工作，历任小学教导主任、小学校长。退休后任季桥诗社副社长。

柳　絮

柳絮满天扬，地白如下霜。种生沃土里，茁壮幼苗良。

珍惜好时光

迎春花艳嫩鲜黄，暖暖南风催换装。冬去春来年又是，劝君莫负好时光。

桂　花

一年四季着绿装，八月花开一树黄。沁肺浓香漾数里，月圆花好步康庄。

苏北灌溉总渠

苏北总渠为众开，良田灌溉水流来。一条宽阔泄洪道，苏皖河南无水灾。

农　家

春风柳绿丝绦长，菡萏满塘送暗香。草草花花民众院，浓浓郁郁越篱墙。

我的家

其　一

南向三间别墅楼，门前河水向东流。荷塘屋后藕菱满，桃柳堤岸报春秋。

其　二

家在楚东乡，幽篁绕院墙。百花四季艳，朝暮鸟歌扬。

写给孪生孙女

弄笛雏凤正韶华，姐妹齐飞布彩霞。文化中华博大广，苦学厚储立天涯。

王习耕

王习耕(1936～　)，原名王锡翔。淮安区季桥镇人。从事文化工作34年，获江苏省农村文化先进工作者。一生酷爱诗词创作，其作品曾在县、市级多次获奖。主持筹建季桥诗社并首任社长。

建党90周年感咏

其　一

华年九秩心潮涌，血雨腥风破万难。嘉兴游船迎旭日，井冈大炮慑凶顽。
独夫孤岛延残喘，亿众九州笑健谈。改革开放铺富路，美欧睥睨颂歌弹。

其　二

风雨兼程不歇肩，翻天覆地九旬年。三山五蠹归沧海，两弹一星惊玉蟾。
千载梦圆龙舞美，万家聚首凤歌甜。纵观华夏辉煌史，勋业今朝越古贤。

吴墨香

吴墨香(1936～　)，女，江苏镇江人，中共党员，淮安区人民医院主任医师。2005年入老年大学诗词班学习，现为晚晴诗社、巾帼诗社社员，多篇作品刊登于市、区报刊。

夏游流均镇龙珠岛

小艇湖中勇破浪，衣衫打湿爽凉多。高楼两岸树藏隐，倒影一湖漂白鹅。
河道九条汇青岛，龙鳞光照漾金波。绿珠复活领头舞，游客引吭争献歌。

船家作客

好友邀吾湖上饮，水朝船笑绽心花。谈天叙旧风清爽，弹曲讴歌树胜葩。
湖水连天天接水，宾嘉赞主主堪嘉。鱼虾蟹蚌茶烟酒，宽我心胸乐忘家。

赞　牛

埋头吃苦万千秋，目对报酬无所求。肚饿只需原野草，口干独饮水溪流。
牛排味美供人食，皮革精良胜虎裘。众说纷纭谁可比，生前奉献死无留。

颂秋瑾

推翻帝制百年后，俯首追思革命人。烈士当年呐喊景，人民此日太平春。
为求真理跨东海，因建共和发檄文。浩气长存名永在，丹心碧血女中英。

金山佳境

扬子江心孤岛耸，青螺一点缀波中。高岭多岚笼寺庙，浮江尽碧植芙蓉。
雄峰数座互连抱，宝殿一周自转通。楼宇层层皆是客，尊尊金佛见神功。

三拜岳王庙

英雄墓道三拜扶，还我河山外患驱。跃马中原解困境，挥戈北国灭胡驹。
金牌道道藏毒计，战绩煌煌成罪乎？千古丹心传万代，人间从此重西湖。

游白马湖

荡漾清波轻雾罩，逐舟鸥鹭鸭悠游。新楼几座似仙阁，阔路一条如彩绸。
闪烁星光迷我眼，皎然月色抚君头。清风习习氤氲气，最爱湖心荡小舟。

赏山色

名山路径曲，瀑布挂如帘。景色迷吾辈，来行云雾间。

游西湖

轻摇画舫赏西湖，倒影重山成画图。人醉熏风余叹息，五千史事几沉浮。

中秋月

佳节中秋万户欢，清光普照乐团圆。嫦娥寂寞舒长袖，我胜天仙月月甜。

观抗日战争影视片感言

其 一

屠刀闪闪铁蹄响，亡国辛酸胯下人。吊胆提心时怕杀，同胞含恨变冤魂。

其 二

前辈英雄争抗日，齐心诛寇保全城。中华儿女显才智，雪恨报仇正气升。

张夕良

张夕良(1936～)，淮安区季桥乡人，退休医生，在省、市、县报纸杂志上刊登百余篇保健文章，写有《益寿文集》《吃出健康》《夕阳诗缘》，为季桥诗社理事。

古稀自勉

光阴荏苒七十来，所欲从心脑未衰。阅报览书修悟性，吟诗作赋学贤才。
斟词作句珠玑炼，咬字嚼文刊报台。到老更知文化浅，余年甘做读书呆。

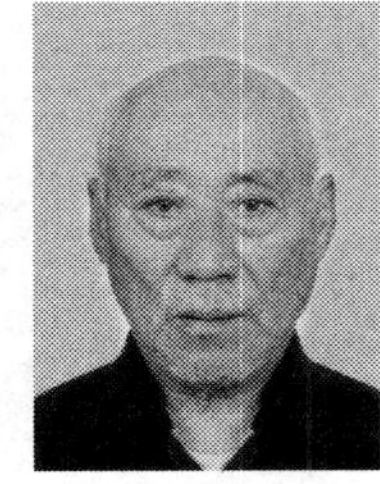

杨春荣

杨春荣(1936～)，退休教师，2007年学写诗词，曾在博里历届诗词竞赛中，获二三等奖各2次，一等奖1次；北京《中华颂》诗赛中获三等奖。

牛

金牛黎庶有情缘，自古骚人多颂篇。饥至只求三篓草，渴临不过半缸泉。
虔心挤出千杯奶，竭力翻开万亩田。俯首忠心酬夙愿，匡扶百姓小康年。

新农村建设

莺啼绿树入云空，靓丽农村披彩虹。茅屋间间随逝水，琼楼座座沐来风。
桥梁涵闸时时建，公路河渠处处通。大展宏图铺锦绣，小康道上慰周公。

赞博里诗画

丹青风雅两枝花，开在寻常百姓家。村野小姑吟日月，草根老汉绘云霞。
施肥耘土花生蕊，沐雨经风诗发芽。悦目赏心皆国粹，小楼邀友品香茶。

锄　禾

侵晨早起一田翁，舞臂锄禾不语中。人累月高身影短，风轻云淡柳荫浓。
地头小憩哼歪曲，树下稍凉沐惠风。钦羡陶潜君莫笑，田园作伴有芳丛。

梦

太平盛世乐千家，安在融庐结梦华。邀友孜孜弄诗韵，呼童翼翼捉杨花。
夜阑书屋吟风月，傍晚村头赏落霞。假借余年九千日，桃花源内品香茶。

塘河泛舟

晚霞艳艳照清河，篙影婆娑碎绿波。笑语盈盈飞两岸，一声欸乃一声歌。

放　鹅

嘎嘎盈耳脆声飞，田野群鹅剪翠微。日落西山彩霞现，萧翁驱赶白云归。

卖菜女郎

拂晓莺啼离自家，朝霞两篓走天涯。声声甜脆呼蜂蝶，笑脸盈盈三月花。

浣衣村姑

谁家少女小河边，粉面桃花映夕烟。忽见情郎笑南岸，棒槌误碎水中天。

陂　塘

绿水清清镜面平，蓝天水底见分明。白云绣在蓝天上，舟在白云颠上行。

垂　钓

桃花流水伴春风，河畔萧翁掩树丛。浮动波鳞鱼食饵，一竿提起夕阳红。

渔　翁

夕照野塘舟满霞，渔翁撒网捕鱼虾。竹篙点碎水中月，惊起叹凫入苇花。

喜吟丰收

无垠稻熟已开镰，机吼人欢各争先。垒囤入云向天笑，玉皇借火吸支烟。

渔歌晚唱

桨飞篙点舞婆娑，撒网银河碎碧波。鱼蹦虾欢唱归晚，一船明月一船歌。

柿子树

清风摇曳翠葱葱，树影婆娑展倩容。待到金秋风送爽，满枝悬挂小灯笼。

丰收倍惜盘中餐

午夜子规催早耕，汗穷力竭尚支撑。餐餐当记田夫苦，粒粒盘中都是情。

桥

烟波浩渺水流长，祖辈渡河愁断肠。改革春风播玉露，金桥飞架步扆庄。

葛寄理

葛寄理（1937～ ），淮安区人。淮安区人民医院口腔科主治医师。中华医学会、中华诗词学会会员，淮安市淮安区诗协理事。

醒讴歌

龙的传人龙信孚，三皇五帝夏商周。正邪循战千朝苦，善恶环争万代愁。
孙父呕心消旧绪，毛师喋血长新头。红旗升起红心乐，筑梦中华筑醒讴。

李聃（老子）颂

自然赤子使然灵，先杰高徒后杰星。黄帝旌旗开正道，始皇标杆拓新津。
二经思想求真教，百国行为务实谆。第一人间称老子，无双天上号元君。

屈原颂

一流才子九州子，三闾大夫千里夫。矢志为民民可醒，精忠报国国能苏。
君王眼瞎灵光黑，官吏耳聋福音糊。壮志来时同水究，雄心去处共龙图。

梁红玉

胸怀爱国志，巾帼胜于男。击鼓黄天荡，抗金美誉谈。

牛鼎海

牛鼎海(1937～),淮安区人。做过代课教师,生产队、大队干部,公社党委办公室办事员,供销社文书兼商政员,知青农场主任,农技站副站长。淮安区季桥诗社社长。

银屏观灾情更觉家乡好

地裂山摇洪水荡,心惊肉跳泪潸潸。淮安大地春常在,坦道肥畴水更妍。
不尽淮河勤送宝,极端天气懒结缘。何时有术能移地,愿送灾区园半边。

祝常法宽教授健步越期颐

鲐背之年神奕奕,耕耘奋力未曾暇。贤生似水阔沙海,巨著如辉映彩霞。
有幸前年师长拜,无为老树绿枝加。庾楼月步任驰骋,清气宗师共日华。

淮安河下春光

历谓苏杭西子功,今观河下越时空。亭台楼阁梨云梦,石径曲溪杨柳风。
特色馓香腾四海,淮扬菜美誉苍穹。和颜待见八方客,信步悠然仰玉容。

咏　梅

亭亭玉立放光华,斗雪迎风影不斜。敬仰峥嵘情耿耿,只缘君是报春花。

年近八旬有感

坠地哇哇曾判缓,延期八十已为迟。莫谈逝水东流去,偷点余光觅小诗。

楚州医院白衣天使之素风

步履翩跹秉素心,阴晴冷暖特殷勤。灵丹妙手回春术,熠熠清风秀杏林。

电瓶车带老伴进城治眼疾

春秋百五两轮飞,乡镇城池半晌归。沐日迎风香沁腑,儿闻惊诧我扬眉。

闲　居

陋室依林更觉低,矮扉曲径客临稀。夜思四句搜肠尽,鸟雀声声方破题。

老伴更换心脏起搏器

阎王召唤十三载，胸持金戈抗不归。武器更新传捷报，春风扑面放歌回。

兴隆米业写真

登稻堆

农村一辈子，未见这么多。辽阔一川担，金黄极目秋。

流水生产线

贯耳如雷彻碧霄，高山流水涌波涛。珍珠瀑泻银光闪，浓烈芬芳入海飘。

经理办公室

堂皇富丽确堪奇，诚信灼灼壁上题。手指频频敲电脑，眼睛常扫地球仪。

小岗村貌美如锦

季桥镇小岗村的环境经过二三年整治，如诗如画。2013年7月7日，诗社一行冒雨去采风，污水处理厂厂顶美人蕉整齐艳丽地绽放，曲径两旁蝴蝶花盛开。

小岗美如锦一角

玉鉴连天碧，七八蓑笠翁。桥头轻起钓，喜获一弯虹。

小岗巨变

村中昔日清波冷，锦秀今朝醉八仙。试问何神挥妙笔，农家尽似御花园。

小岗见盛世

一桥两坝三潭玉，万紫千红百韵诗。沧海桑田逢世盛，嫦塘转瞬胜瑶池。

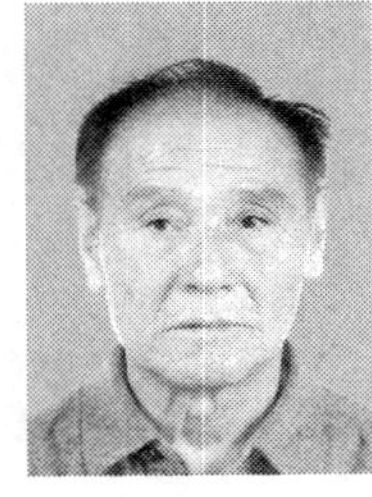

杜益之

杜益之(1937～)，淮安区人。长期从事教育事业，曾任中小学教师、校长。淮安市诗协会员、博里诗协会员。

秋　颂

炎炎盛夏藏，大地复秋光。硕果垂枝满，高粱吐穗长。
池塘鱼蟹壮，田野稻花香。醉看丰收景，黎民乐小康。

丝瓜吟

叶蔓满围墙，花开耀目黄。春风催蒂壮，秋雨润瓜长。
汤菜三餐美，纤瓤百病方。一生求奉献，笑向苦寒亡。

纪念毛泽东主席诞辰120周年

弥漫硝烟战火红，神州大地显憔容。生灵涂炭无宁处，凄景疮痍满目中。
驱寇推山摧旧制，安民治国扫贫穷。伟人挥手乾坤转，盛世清明颂泽东。

赞企业家杜爱祥

平生重自强，企业创辉煌。桑梓深情赋，闾阎赞誉扬。

孙女杜昕乘机赴新加坡读书

其　一

负笈南洋去，宏猷自苦磨。晨辉无限美，奋发莫蹉跎。

其　二

一翅入蓝天，求知出境研。险峰何所惧，报国志弥坚。

涟水机场试飞成功

万里晴空放彩霞，淮天楚地耀光华。家乡实现飞翔梦，万里征途日到家。

缝纫姑娘

年轻缝纫姑娘卢氏姐妹心灵手巧做出各式令人喜爱的羽绒服装，每天顾客盈门。

姑娘笑脸迎机唱，情系民生裁剪忙。纤手巧缝精品出，盈门顾客赞时裳。

题《回顾与守望》作者近照

疏疏花发历沧桑，笑脸慈祥目善良。矍铄精神康泰体，非凡气度傲残阳。

和张学福老《咏冬荷》

倜傥风流着普装，廉明清政傲群芳。盟鸥盛誉人传颂，晚岁诗词晚透香。

杨志宇

杨志宇（1937～　），淮安区人。从事教育工作，参与博里诗词协会的组织、创建。中华诗词学会会员。淮安市首届“农民（田园）十佳”诗人。

我国载人飞船“神舟五号”首飞成功感怀

敢问苍穹上碧霄，神舟弹指返逍遥。炎黄后辈开新宇，月殿嫦娥别寂寥。

古国千年时遇劫,新人一代敢除妖。英雄利伟蓝天梦,载誉归来十四朝。

艺术专题片《诗人毛泽东》观后感

其　一

中华百载列群雄,独领风骚毛泽东。赤县嗷嗷汤火赴,词章熠熠炮声隆。
伟人为国言行在,小丑谋私黔技穷。一代英豪荣我族,万年楷范气如虹。

其　二

诗情画意本无种,志趣高清自有风。立定主题观格调,推敲字句试文功。
铮铮铁骨诗言志,碌碌庸人腹诉穷。笑对尘寰赍远负,奋进不息乐其中。

赞"感动中国"人物日本律师尾山宏

律师当数尾山宏,正义良心终不倾。拥抱天平忘国界,要求当政效前盟。
人间正道言真话,鬼蜮邪门送友声。亮节高风情义重,常存史册说峥嵘。

为邓小平诞辰百年而作

满腹经纶旷世功,数番周折不移忠。狂澜力挽君操舵,经济腾飞民拥公。
港澳回归湔国耻,台澎寄望使长弓。江山代有英才出,华夏常歌世纪翁。

退休以后

辞别舌耕情未了,闲居不适忆群髫。常闻学子栋梁立,欣慰华年心血浇。
事务公文随令去,书山字海伴吾聊。隔三岔五友朋会,海北天南说舜尧。

博里镇诗词创作活动周年感怀

诗词伴我又经年,博览群书会圣贤。结友识朋频聚散,怡情养性乐磋研。
曾忧寂寞老难耐,未料欢忙多好眠。幸得此身逢盛世,纵歌胸臆上山巅。

2004年十大"感动中国"人物

河南省登封市女公安局长任长霞

敢斗凶顽作警酋,头颅作笔写春秋。怀忧枕患梦难入,报国兴邦志未酬。
百姓蒙冤同落泪,妇孺颂德自消忧。英年早逝民心泣,呜咽黄河水不流。

杂交水稻之父袁隆平

茫茫世界学科史,几位英才父辈称?自古无粮天下乱,而今库满囤头升。
粮山作证全球誉,饿殍难寻赤子能。后土承恩人气旺,皇天载德紫云蒸。

参加抗战胜利60周年宣讲感怀

近百年来遭寇倭，赔银割地尽悲歌。版图破碎蚕吞叶，虎豹狰狞雹打荷。
仇恨发芽成剑槊，人神共愤斩妖魔。抗争八载获全胜，牢记深仇常枕戈。

为日相小泉参拜靖国神社进一言

骨朽人间骂未休，小泉偏爱拜阴囚。大和一统黄粱梦，德首负荆时代流。
霸道横行谁永久？和平共处各春秋。东条山本奈何殁，广岛长崎人厌稠。

赞山地游击战的范例——平型关大捷

平型首战使长弓，卧虎藏龙八路中。道窄谷深留敌寇，两厢隐处是英雄。
枪声一响报仇怨，炮口开言表苦忠。魔鬼成千归地府，低迷尽扫振西东。

为温家宝总理宣布全国全面免除农业税喝彩

千年铁律入书橱，万众欢呼不夜娱。实现小康添妙策，跻身强国跨通衢。
民心沸沸禾苗壮，党愿殷殷百业苏。华夏腾飞骑骏马，阳光普照绘宏图。

2005年“感动中国”十大人物——青藏铁路建设群体

唐古拉山车笛鸣，文明大举莽原行。险滩峡谷长龙舞，冻土冰河科技赢。
钢骨水泥天路筑，边疆各族盛情迎。地球脊背赞歌唱，雪域高原来铁兵。

又见高官落马

求官望禄钱铺路，腾达飞黄虫变龙。服务难言透旱雨，回收加码刮狂风。
天罗地网寻疏漏，金玉良言装板聋。坐享其成祸根在，心存侥幸古今同。

骗子太多

医头医脚满街医，羽客尼姑制式衣。五岁孩童啼失母，七旬老妪谎无依。
路边项链藏圈套，南国芳龄作假妻。政策扶贫温饱足，贪财好善比谁痴。

保钓在即

钓鱼岛上鬼风旋，旧恨新仇万丈渊。山本东条魂未散，铜墙铁壁气冲天。
炎黄携手子孙健，东海扬波剑戟悬。敢战能和原则在，甘抛热血荐轩辕。

忙碌的打工者

地冻天寒花未开，依依惜别省城来。麦黄穗重秧龄到，家讯频传我快回。
老母村前抬望眼，小儿天际辨车牌。农忙讲究赶时节，苗不等人当令栽。

赞改变中国历史的英雄群体中国工农红军

骄傲长征七十年，古今中外史诗篇。千山万水庸人惧，九死一生高德前。
反蒋驱倭怀大志，翻天覆地使长鞭。走完世界最难路，到得延安多圣贤。

师恩长在

我为老师杨文芳拜年

一代名师一代人，万家美誉万家春。程门立雪求知切，司马题桥书意真。
业就功成思念在，山高水远不羁身。相逢佳节留诗话，盛世长歌又一轮。

学生为我拜年

电话铃声轻脆甜，语音亲切贺新年。关山漫漫问师好，岁月悠悠司礼遄。
黄卷青灯尝苦涩，才高志远上峰巅。烛光曾照少年影，胜却怀藏十万钱。

纪念孙中山先生诞辰140周年

拯救危亡献肝胆，医方探究几晨昏。三民主义应时改，天下为公亘古存。
八难三灾擎纛手，两联一助立邦根。推翻帝制见曈日，恢复中华铸浩恩。
革命成功须努力，友朋交结讲真纯。千秋大业汗青照，一代伟人民族魂。

《郑板桥外传》读后

八怪有君三绝峣，蟾宫折桂作官僚。心连黎庶美名颂，情系国家心血浇。
耿直常遭无赖怨，廉明却惹小人谣。五年范县泪留客，十里潍城膝送桥。
敢问苍穹悲乏力，辞归故土叹形憔。曾经拼搏堪欣慰，一技藏怀伴寂寥。

《假如给我三天光明》读后

天赐光明君独穷，坠身长夜守空蒙。三无世界栖冰窟，一寸丹心攀雪峰。
失去双眸知宝贵，找回自我曰神童。海伦凯勒奇人在，羞煞全球有眼翁。

读张学福同志《有感》的感应敢问人生几度秋

泉丰水冽坐长流，敢问人生几度秋？皓首穷经重弄墨，天南地北任吾游。

汶川"5·12"地震短评

第一时间——总理到现场

汶川午后报灾来，地动山摇神鬼哀！总理一听亲到场，以人为本见真怀。

第一英雄——人民子弟兵

子弟兵中壮士多，一声令下过山河。人民有难勇相助，想起当年八路哥。

第一要素——生命无价

人命关天分秒熬，不离不弃是同胞。拼将热血开生路，父老乡亲困地牢！

第一要务——抢通音路

地震逞威音路断，千军万马也徒劳。救灾抢险争分秒，四面开通好出招。

第一课堂——生死考验

大难大灾生死场，百般表现细端详。真情假意同台演，不用人帮自化妆。

第一情感——大爱无疆

地裂山崩屋尽歪，一方有难八方来。不分内外齐相助，大爱无疆尽释怀。

第一外援——俄罗斯

救灾情切看苏俄，第一时间飞界河。舆论支援心底出，人财涌助唱胞波。

第一反思——建筑质量

瓦砾堆旁有立楼，鲜明对比泛新愁。该防七级几人惦？寡母孤儿哭断喉。

参观新安旅行团事迹感赋

国破家亡血泪多，抗倭反蒋嫩肩驮。行程数万谁言苦？青史长留好汉歌。

美哉？悲矣！

祖传黑发竟遭嫌，染出红黄异域天。可叹无人帮换骨，弄来弄去是狐仙。

杨文俊

杨文俊（1937～　），淮安区人，从事农村基层工作30余年。酷爱诗词写作，淮安市诗协会员、博里镇诗协顾问。

观电视剧《解放》苏中战役七战七捷

巨剑刺天空，丰碑日月同。筹谋为庶众，斗智挫顽凶。
劲旅威风凛，天兵气势雄。粟谭垂史册，传颂建奇功。

赞惠农政策

优惠三农种好田，民丰物阜史无前。楼台栉比千家乐，农副欣荣百业繁。
村落如图林似海，田园似锦谷如山。精神物质双飞跃，再创辉煌跨骏鞍。

改革开放赞邓公

全会三中正道航，南巡鼓舞改沧桑。明时尚记风云壮，盛世犹存日月长。
德望崇高闻四海，胸怀广阔动三江。乾坤力挽见华丽，理论常谈字字香。

有感于农民学写诗

农民有幸结诗缘，聚会欣逢盛世年。圩埂场头寻韵律，窗前伏案织诗篇。
挥毫畅写农村景，放手尽描工业园。妙笔生花扬国粹，吟声直上彩云天。

农村行

农村满目如诗画，改革风催硕果华。不见当年茅草屋，小楼别墅是农家。

插　秧

五月农时夏日长，满田碧绿嫩汪汪。姑娘放意描新景，口唱情歌手插秧。

锄　草

田禾葱绿散清香，夫妇锄薅垅上忙。杂草除光流大汗，秋来收获满仓粮。

赞博里百米诗画长廊

农民飞墨艺才施，构建文明众润滋。栩栩如生千幅画，津津有味百家诗。

韦兆宏

韦兆宏(1937～)，淮安区人，曾任税务所所长。省、市、区诗词协会会员。

怀念邓小平同志

拔去穷根植富根，邓公巨手扭乾坤。披荆斩棘开新路，足食丰衣忆故人。
大别山头惊敌胆，香江水畔感君恩。春天故事天天唱，快马加鞭九域春。

春

禾苗一片青，小草立蜻蜓。彩蝶随风舞，清波戏绿萍。

图　强

雄鸡一唱力图强，富裕城乡脱旧装。社稷和谐时代好，贫穷扔进太平洋。

习近平在哈萨克斯坦大学演讲

字字铿锵静礼堂，和平互信大旗扬。共同开发繁荣景，合作仙桃捧手香。

贤内助

贤妻朴实不言娇，家务缠身独自挑。送走夕阳闲不住，时常带月到中宵。

栽　瓜

兴来整地日西斜，轻步弯腰拾草芽。遥望南天情万缕，陶公种豆我栽瓜。

赞抗战时县政府所在地——博里沟

辉煌史迹溢芬芳，抗日红区博里乡。犹忆邹平开大会，翻身做主建新房。

夜寄诗友

其　一

满面红光两耋翁，斟词酌句习诗同。莫言墨水农家少，刊物留痕胜酒浓。

其　二

古楚江淮两健翁，吟诗博弈趣相同。南飞大雁群成伴，一圃红花绿叶浓。

街头夜景

敲锣打鼓扭秧歌，舞步轻盈笑语多。灯下骚朋诗在手，安康幸福乐吟哦。

诗友小聚

其　一

兴趣相投谈笑多，三杯入肚互吟哦。即编即咏雏形赋，失态失言皆着魔。

其　二

旧友高朋纷沓来，贤妻人老乐开怀。花裙一系年轻许，国粹弘扬共剪裁。

其 三

畏友骚朋聚一堂，交流诗作在书房。切磋初稿胸怀敞，弄墨成联满屋香。

夜 读

严冬夜读宋唐诗，凛冽寒风妻说痴。信手推窗情景现，梨花千树好填词。

节 俭

发妻淳厚最勤劳，日日田间美景描。节俭持家教儿女，平生穿戴不时髦。

忆童年

儿时喜欢捉鱼虾，赤脚河边忘返家。月出东山全不顾，乡邻笑说是泥娃。

许嘉璐

许嘉璐(1937～)，字若石，江苏淮安人，曾任民进中央主席，北京师范大学中文系教授、博士生导师、校长。著名语言学家、教育家、社会活动家。现任中国炎黄文化研究会会长、山东大学儒学高等研究院院长兼理事会理事长。

过盱眙

淮水未清旱魃来，缘何穷壤屡逢灾？心存百姓瞻寰宇，破浪扬帆盼人才。

谢 篪

谢篪(1938～)，又名谢璞，字永贵，号康宁，淮安区人。师从南师大博士生导师钟振振学诗词，被评为优秀学员。

示子女

勤温政策莫穷忙，头脑清醒免祸殃。色位财名身外物，浮沉得失圃中霜。远离不法蝇头利，休近诱人陷阱旁。俭朴持家行善事，眼光远大不迷航。艰难创业须牢记，谨慎谦虚继世长。

纪念周恩来总理逝世30周年

誉满全球名总理，毕生为国玉无瑕。南昌起义枪声响，遵义拥贤史话佳。驱逐倭凶奔统战,推翻蒋独建新华。主持政协纳群议,执掌相符兴国家。日内瓦湖星耀眼,万隆大会舌生花。邢台强震临危地,南国洪灾时讯査。“文革”之中元老庇,批修会外各行抓。两番核爆倾心血,四化宏图忙不暇。半利不沾拼命干,万机日理码还加。鞠躬尽瘁归天去,联合国旗降半斜。

车桥战役

新四军中指战员,车桥战斗巧攻坚。镇居战略中心地,敌设层层防守严。圩外铁丝围作网,网周环状置深渊。镇中构筑无须说,暗堡明碉相互连。火力交叉无死角,我军突击苦难前。周详侦察细心记,地下敌情民补填。各种困难全想足,官兵擦掌又摩拳。阵前还有群诸葛,妙计奇招设想全。云梯作筏渡围水,民屋洞墙迫堡边。制造烟云登堡顶,凿穿堡顶曳雷弦。连连爆破显威力,日伪残肢飞上天。镇里核心碉堡外,围墙高耸怎攀援?调来大炮撕开口,匍匐近碉弹筒揎。飞步猛追逃寇杀,碉中堡外敌全歼。车桥战斗名扬远,彪炳汉青传万年。

上海野生动物园即景

游沪野生动物园,心中喜悦太难言。五洲珍异堪称绝,一管羊毫难表全。数虎眈眈寻猎物,群狮游荡草丛间。棕熊河岸悠然走,猎豹树阴困欲眠。猛兽均须车内看,他区一任自观焉。斑斓孔雀开屏立,笨拙鸸鹋跑曲圈。白鹭低飞掠水过,鸳鸯嬉戏小溪边。红胸鹦鹉栖竿上,黑羽鸬鹚氽碧渊。火烈鸟群行水面,珍珠鸡众步栏前。天鹅收翅落湖水,游隼戛然冲九天。斑马不惊闲吃草,羚羊奔逐各纷然。熊猫憨卧竹枝畔,扬鳄疾游若争先。大象点头摇尾踱,犀牛仰面觅银蟾。猕猴戏耍树巅跃,水獭喲噜碧水潜。袋鼠跃腾惊四座,火狐绕栅转连连。诸般禽兽得其所,该处倒成伊甸园。游罢归来惊觉得,他园动物不新鲜。

读毛泽东主席诗词

手秉千秋史,胸藏百万兵。挥毫丧敌胆,掷地响雷声。
李杜观诗赧,苏辛拍案惊。篇篇雄万古,谁敢与争鸣。

镇淮楼晚眺

暮登百尺镇淮楼,旖旎风光眼底收。排灌总渠奔大海,文通古塔接云畴。
三湖碧水引游客,四面通衢汇楚州。如练运河千里去,红霞绿树晚风柔。

潘春光

潘春光(1939~),淮安区博里镇人。先后被村迎春诗社、镇诗协、省诗协吸收为会员。

贺宋巧英70寿辰

斗转星移七十冬,艰辛历尽享殊荣。悬壶济世布时雨,垂范捐资振雅风。
誉满杏林承董奉,回春妙术继神农。仁慈博爱世人颂,德溢诗坛皆动容。

贺王老国公先生七秩之喜

海屋欣添七十筹,高朋满座乐悠悠。一生敬业同行范,两代甘为孺子牛。
任职年年拿奖状,填词句句赛珍馐。梓桑岁岁能增产,欣说先生运智谋。

改革赞歌

引资开放百家喁,林立烟囱对碧空。道坦楼高车代步,鱼肥彘壮谷盈丰。
年年灶炒三江味,日日杯斟四海琼。且借蓝天一张纸,豪歌心曲醉春风。

悼念海地地震中牺牲的中国八位维和警察

时逢异国闹分裂,赴外维和心意甘。辞故别娇从善举,排雷防爆予民安。
谁知灾难须臾事,伤及英雄顷刻间。忠骨不该遭此厄,半旗致悼吊花环。

贺孙女潘爱翠孙女婿黄金根喜结连理

靓男秀女舞蹁跹,吉日良辰喜梦圆。宝马香车接佳丽,亲朋至友颂良缘。
心藏贤德娇柔女,手制珍馐俊少年。鸾凤和鸣情切切,期颐相伴意绵绵。

采　茶

临风穿雾入云崖,疑似仙姑在散花。碧翠采来三百篓,芳菲撒进万千家。
清歌句句诱人醉,酥手双双摘晚霞。大地精华凝一体,明前雨后品时差。

回顾北京奥运盛会1周年

五环大赛满周年,盛况犹如在眼前。水立方中观折桂,鸟巢馆里竞蝉联。
征帆破浪离弦箭,跳马悬空冲地拳。金奖百枚居首位,中华傲立异邦前。

赏农民画仰韦志兰壁画感赋

菡萏姣容秀，出泥而不污。白鹅浮绿水，游上彩莲图。

采莲曲

载满清香子，回程犁碧波。鸥翔苍浪上，少女画中歌。

品味时尚

如今来客讲排场，友至家人不自忙。话毕驱车逛餐馆，春风沽酒赞中央。

农家新貌

坦道纵横巡舍环，探亲访友反而难。新居不识知何处？群起高楼无旧颜。

农机颂

福田碧浪解人意，不再弓腰流汗浆。一曲豪歌对天唱，堆山积岭满房梁。

喜吟丰收

吟哦文种进农家，一遇春风就发芽。星火燎原关不住，何愁来日万珠花。

咏　秋

其　一

桂子飘香关不住，蟹肥虾嫩任君尝。绿波缓缓翻金浪，运橘车头向北方。

其　二

雁来燕去菊花香，翠柳枝头叶染黄。枫叶流丹红似火，国光富士待收藏。

暑日佳讯

其　一

大孙喜报送来时，口诵毫挥心蜜滋。励志求知图报国，长房折桂第三枝。

其　二

喜讯传来当自豪，上天饬令任吾劳。周知枵腹赖谁赋，唯盼儿孙代代骄。

赞饮水改造工程

龙头一扭澈泉来，无毒甘甜不致癌。百姓于今能享用，瑶池玉露帝王斋。

致友人

清词雅韵赖人寻，诚谢拓荒逢热心。自信勤劳自敬重，莫听鬼祟乱方人。

步朱震国先生韵颂新春

和煦春风瑞气回，神州百业总生辉。千年农赋一朝免，富庶兴邦改革威。

酬于老成仁兄赠笔

仰仗儿时同面壁，一言出齿露贪心。于兄心意泰山重，万里鹏程万里铭。

湖光月色

蛙鼓蝉鸣不绝声，长堤踱步赏流萤。芳菲阵阵源何处？俯视莲花月下明。

咏　竹

郁郁葱葱傲雪霜，炎炎烈日送清凉。虚心向上世人范，节节昌明对昊苍。

讴歌上海世博会

海宝邀来天下客，七千万众喜摩肩。浦江两岸红旗展，禹甸腾飞夙梦圆。

为孙女潘艾霞考取研究生欣赋

喜讯传来幸未痴，贤妻砚墨总嫌迟。焚膏继晷无虚度，一举蟾宫折桂枝。

董振安

董振安(1939～)，淮安区人，淮安师范学校毕业，新安小学退休，全国物资系统优秀教师。淮安市诗词协会会员。著有《董振安诗词集》。

红船颂

红船航领九旬年，击浪搏风帆正悬。辟地开天肩大任，雄关漫道写宏篇。
春风碧染康庄路，秋雨金辉强国天。四海五洲云水怒，民跟党走永朝前。

红歌赞

响遏行云九十年，红歌曲曲绕蓝天。黄河唱显人民志，义勇军歌抗日篇。
南泥湾中千卉好，东方红后百花妍。昂然走进新时代，万众齐心不歇肩。

贺淮安涟水机场正式通航

承恩怀揣飞天梦，仗笔西游遨太空。银燕一时裁楚锦，大鹏万里耀霓虹。
机场靓丽添生气，涟水风光展丽容。欣聚港台欧亚客，昆南淮北共繁荣。

海峡两岸《富春山居图》合璧感赋

黄公心血绘奇珍，画誉兰亭阳羡焚。怒隔宫闱双百载，痛藏台陆六旬春。
《山居》合璧呈佳景，血脉连心庆美辰。两岸政文人挽手，成全佳话愿成真。

晋谒中山陵

拾级登临仰伟陵，桂香万里播芳馨。松涛弹奏自由曲，江浪歌抒博爱情。
苍翠钟山埋烈骨，繁荣华夏慰英灵。陆台同赏中秋月，一统山河民族兴。

赵　嘏

一代奇才诗誉盛，才人登第动京城。灵岩续句传佳话，题卷疑讽贬干臣。
瞻美诗文兴味足，倚楼秋望杜留闻。英年早逝遗余恨，无悔渭南存宝珍。

沈　坤

少负奇才状元第，烽烟四起捍淮乡。筹资募勇亲操练，拈箭弯弓射倭狼。
御侮筑城谋反罪，英雄冤狱毁谗殇。汗青自古人民写，笃信英名百世芳。

边寿民

傲岸不羁愤世俗，仕途无视苇蜗屋。雁嘹秋荻潜湖摹，楮墨身躬持夜烛。
瓶梅图惊淮画坊，芦鸿名共板桥竹。师前启后绘烟霞，八怪艺坛张帜独。

关天培

拒英侵粤展雄风，万丈剑光疑贯虹。截趸销烟扬正气，强军袭舰建奇功。
寄封齿印明心志，血洒虎门映碧空。少穆书联钦伟节，炎黄世代颂培公。

吴鞠通

山阳医大华佗风，德艺双馨声誉宏。典籍精研身试剂，三焦辨证杏林崇。
悬壶济世苍生救，妙手回春患者荣。仁术哲心弘养道，中华医界仰吴公。

汪达之

手捧寸丹培小花，组团新旅走天涯。宣传抗日醒民志，鼓舞人心保我华。
小好汉名呈异彩，少先队史绽奇葩。魂归故地萧湖畔，激励万千攻读娃。

青莲岗古文化遗址

灿灿青莲泛碧纹，黄淮文化耀星辰。器石种稻神农话，堤坝围田大禹根。
畜牧猎渔实物证，泥陶彩绘古书存。沧桑历尽七千载，壮丽东南天下闻。

赴半岛斋赏桂感赋

丹桂香飘半岛斋，诗朋远道访翁来。松琴竹笛吟高德，菊赋荷章咏雅怀。
欣忆往年降寇事，愤谈今日钓鱼台。虎狼丑剧又重演，保国尤须凭栋材。

参观淮安经济开发区

极目园区景物华，淮安经济绽奇葩。厂房林立飞金凤，道路四通挽彩霞。
宜业宜居环境美，利民利国口碑佳。层楼更上歌一曲，生态新城富万家。

龙光月色

盛时龙阁补天流，旧夹新城一望收。东眺丰碑红日耀，西瞻文塔白云悠。
南观绿水归江海，北望金波漾夏秋。壮丽楚州佳绝处，风光无限客多游。

水上立交

横空出世贯长虹，仰望云天拜玉龙。统领三河归海内，指挥一水奔寰中。
长江南北翻金浪，古运东西展丽容。立体铺成康泰路，神州代代沐熏风。

咏开国领袖毛泽东

韶山日出耀长空，击水中流逐大同。星火燎原惊禹甸，弯弓盘马镇罴熊。
倚天抽剑追穷寇，抗美援朝制虎疯。两弹声威寒敌胆，江山万里太阳红。

施河镇教具城

施河名镇灿晨曦，碧水蓝天画入时。教具城中商气聚，明珠道上骏神驰。
岔溪流彩风光带，塑像生辉文化基。最爱企花开不败，梦圆潋滟绘传奇。

游惠山

千秋胜景壮无锡，今日惠山呼伴游。一塔凌云沾雨露，二泉映月历春秋。
湖光水色舟迎客，岛语琴声曲绕楼。阿炳墓前仙曲绕，倾城倾国最风流。

杨开东

杨开东（1939～ ），淮安区人。历任淮安县粮食局办事员，淮安县房产公司股长，淮安县城建开发公司经理，原淮安市（县级）建设局工会主席，2000年退休。

仰贺龙铜像

天子山峰苍劲松，贺龙铜像特威风。驱倭逐蒋吾夸勇，为党亲民众仰忠。
同室操戈囚大帅，分庭抗礼枉元戎。如今常叹英魂壮，举世永怀开国公。

廉吏颂

一身正气耸云天，两袖清风塑大贤。执法严明除暴虐，爱民仁厚美名传。

缅怀钱学森

唯愿一生长报国，航天之父美名扬。期颐壮举登峰顶，华夏腾飞谢栋梁。

梅兰芳纪念馆

庭院寒梅绽放香，园林松竹伴兰芳。京魁神韵唯君占，德艺双馨万古扬。

邵景元

邵景元（1939～ ），淮安区人。中共党员、公务员、正科职级，副编审职称。退休后在关工委服务16年。著有《求真集》等。

游小三峡感赋

近游巴东巫山县大宁河小三峡，观其景、感其气、悟其韵，以为超乎瞿塘、巫、西陵三峡，故特撰诗以铭之。

自古三峡天下殊，大宁又现新河途。流急滩险刀削壁，猴戏鸟飞水映株。两岸东西日色少，一川南北氤氲多。莫言如此三峡小，可懂小巫胜大巫。

艺园又遇常熟年

1978年5月16日清晨，偕饶、李、何三人同游常熟虞山，登辛亭。途中忽闻有二女京剧试嗓、练功，声情并茂，清婉优雅。同行何氏倍为赞叹，为艺坛后继有人喜赋。

虞山脚下一辛亭，忽有半腰京曲音。退至幽林防彼笑，莫惊丝管扰伊情。
何须真戏舞台做，试嗓能逢识者评。戏霸铲锄施“二百”，艺园又遇常熟年。

缅怀周恩来总理

大鸾展翅翔遐迩，为党为民为国家。东渡西游寻法宝，南征北战作生涯。
秉公抑己千秋誉，举重挟轻百世嘉。吐哺精神当启后，毕生品愫胜梅花。

游福州鼓山即兴

山高林密鼓山地，福建榕城起旅情。迷漫雾中呼伴影，瀑溪声里辨回音。
遥思石鼓传千载，近撞金钟震百邻。待到复兴欢庆日，携孙挽老再来行。

雨中过赤壁路有感

金陵本是石头城，山雾江风几度人。攘攘熙熙千汇客，流连彳亍一孑身。
谁言长乐乐常在，孰料无情情复生。修好笺书无寄处，付之秋雨化为尘。

无缘相见别时难步李商隐《无题》韵

无缘相见别时难，流水落花情愫残。睡醒荷莲丝不尽，鸳鸯失伴泪何干。
燕山晓起容颜改，淮运夜吟心地寒。倥偬人生几许路，飞鸿宁愿久为看。

岁寒犹放水中莲

人生自古友难牵，幸有钟牙似遇仙。卑侣视笺如废纸，雅宾捧稿赏诗篇。
疾缠隐体由魔扰，意厚藏心系客怜。园景繁花素梅赞，岁寒犹放水中莲。

阳光四面来

乾坤造化台，神斧靠人开。山路何弯曲？阳光四面来。

见少先队员祭扫烈士陵墓有感

时至清明倍思亲，碑前亭下祭英灵。江山何以稳而固，缘有队旗接力行。

祝孙应考老80华诞步其《八十抒怀》韵

其　一

漫漫人生阴与晴，浮云终究不遮星。八旬未老身心健，更喜青山夕照明。

其　二

廿载领衔辛苦前，呼朋邀友铸宏篇。风骚结集辉煌事，国粹传承不歇肩。

其　三

放吟句读费推敲，关爱小康常运毫。“半岛诗存”皆锦绣，大兵照样比三曹。

其　四

杖朝钻石联翩舞，结彩张灯一片红。寿宴亲朋高曲调，新诗陈酒犒劳侬。

只因云里来嫦娥

凤凰台上凤凰游，凤去凤回江复流。何以凤台飘彩绣，只因宇宙现嫦娥。

园叟欠勤心有惭

1994年10月与1964级淮中高一甲班同学相聚。兴会之余当场涂鸦，以作存念。

欣喜群芳竞灿烂，枝青叶翠色逾蓝。莫言桃李赖肥土，园叟欠勤心有惭。

袁正仁

袁正仁（1939～　），淮安区人。中共党员，历任教导主任、校长等职。作诗词联曲三百多首（副），作品多次获奖。

家乡抒怀

楼墅沐朝阳，排排闪靓妆。门前[illegible]竹绿，窗外玉兰香。
花簇黄蜂舞，房梁紫燕忙。春风暖华夏，此处胜天堂。

镇淮楼

建于北宋立千秋，巧匠神工百尺楼。斗拱飞檐呈妙艺，雕梁画壁映明眸。
龙蟠脊檩风光秀，藤绕亭廊曲径幽。昂首岿然运河畔，楚州胜景望中收。

纪念毛泽东诞辰120周年

博古通今天地立，文韬武略世尊崇。忠心赤胆昭寰宇，正气凌云泣鬼雄。
八载斗倭歼敌寇，三年驱恶斩蛟龙。运筹帷幄宏谋展，一统山河唱大同。

特色博里

诗情画意玉琳琅，学子耕夫大笔杠。百米长廊香字句，千张笺纸写文章。
霞光缕缕梳青柳，赤日彤彤透碧窗。入目清新骚客醉，清歌曲曲永流芳。

谒毛泽东纪念堂

生平有幸谒毛公，人海无言仰玉容。初忆歼倭鏖战激，又思驱匪大旗红。
阴霾荡涤三山倒，决策英明四海荣。两袖清风彪炳史，文韬武略世称雄。

瞻仰周恩来纪念馆感赋

寻求马列志坚贞，千古中华一伟人。驱蒋救亡匡国策，锄奸灭寇立军魂。
忠肝义胆全球仰，亮节高风世代吟。浩气长存萦禹域，寄思拜谒颂周君。

新农村

层楼栉比耸苍穹，大道纵横都市通。虎踞桥头花吐蕊，龙蟠河畔柳摇风。
豪华别墅连霄汉，焕彩霓虹亮夜空。赋税千年今日免，喧阗车马画图中。

沈长凯

沈长凯(1940～)，淮安区人。洪泽监狱干警，退休后学习诗词。

芦山大地震

今早八点零二分，芦山地震大发生。七级震哨裂度大，天崩地裂巨石沉。噩耗传到中南海，一级响应先救人。江苏省派抢险队，全国各地援手伸。争分夺秒死神退，血浓于水最情真。

杨德利

杨德利(1940～)，淮安区人。退休教师。淮安区诗词协会会员。

拜读《中国奥运冠军谱》有感

几代健儿夺冠军，称雄奥运铸国魂。功勋赫赫留青简，书报纷纷动美芹。
志向相同雅诗颂，历程各异妙词吟。浩然大作谁执笔，唯我诗乡擎帜人。

满园桃李慰心身

舌耕教苑四十春，育李培桃铸后昆。红笔如针输热血，教鞭似线绣额纹。
孤灯残月随身影，冷露晨风伴我行。辗转洪淮十几载，满园桃李慰心身。

洪泽共和小学重游有感

连天湖水泽苏中，桃李斗妍情更浓。四十重游洪泽地，七旬再望少年空。
鬓霜相聚流珠泪，老耄畅谈宽众胸。屈指人生风韵事，举杯共庆夕阳红。

老友聚会

插队知青石牧、史篩娣、胡维娅于史荡小学从教多年，今年清明相聚，感慨系之。

分离卅载喜重逢，激动欢欣各不同。血气方刚从职业，夕阳初度变霜翁。
泥墙危屋无残壁，琉瓦飞檐有艺工。岁月悠悠情未了，天涯海角互心通。

纪念刘少奇同志诞辰110周年

屈死世人惊，阴霾岂掩星。民心谁可侮，青简铸英名。

颂"阳光纪检"

淮安日报刊载"请人民监督，向人民报告"一文，读后感受颇深，欣然命笔。

其　一

阳光纪检腐贪惩，万众高呼都赞成。党政行为群众管，江山万里现升平。

其　二

阳光纪检照妖镜，恶鬼邪魔都断魂。牛鬼蛇神望生畏，恢恢法网世间存。

其　三

纪检阳光威力强，贪官污吏更心慌。蛛丝马迹原形露，斩草除根现艳阳。

其　四

阳光纪检立头功，高筑平台旗帜红。朗朗乾坤成众志，和谐社会乐融融。

打手机

手机一响犯愁肠，摆弄半天无主张。媳妇一旁遮面笑，转身指点说端详。

宽带进农家

电脑进家宽带装，小孙游戏鼠标忙。女儿网上赏风景，一晚观光五大洋。

斥 猫

皮箱开洞鼠猖狂，蔬菜粮油被盗光。猫眼眯眯装假象，两家密会暗分赃。

弄孙乐

稚语呀呀手势忙，铜盆拿起似箩匡。爷爷俯首孙骑马，膝地爬行小脚扬。

寄王天星少年

男儿立志效杨时，万丈高楼靠地基。一步松弛千步乱，环环扣紧必高枝。

李锡贵

李锡贵(1940～)，淮安区人。曾任淮安市书法家协会常务理事，淮安县(市、区)书协主席、名誉主席；淮安县(市、区)政协第六至十届常委；淮安诗词协会第一届理事。其诗作自编为《敦斋吟稿》。

庭院品茶

庭院清而静，诗朋细品茶。姚黄映魏紫，翠竹伴流霞。
月照池滨树，风摇墙角花。放声歌盛世，直送到天涯。

晨 课

晓月照回廊，疏竹映绿窗。披衣研古墨，展纸法钟王。
兴至调平仄，联成写瓦当。高歌新社会，万众诵虞唐。

秋 日

秋日闲难得，书斋听雨声。瑶琴弹古曲，佳茗助诗情。
翠竹幽窗动，轻烟宝鼎生。悠然铺绢素，弄墨鬼神惊。

再游石塔湖

环湖绿柳含烟翠，塔映清波双蝶飞。白发媪翁相互挽，青春情侣并依偎。
蝉鸣树杪儿童戏，雀跃草丛钓者归。红日向西游客去，杖藜老叟带孙回。

寻 梅

大雪纷飞风色微，为营诗境远寻梅。野田犬踏留梅迹，茅屋鸡鸣绕树追。

雪压苍松姿劲挺,冰封杨柳势低垂。风停雪霁天将晚,兴尽长吟带月归。

闲　居

闲除庭院草,默诵圣贤诗。风动窗前竹,鸟啼日落迟。

会　友

老友相聚,年皆古稀,煮酒品茗,谈地说天。

白首长相聚,相逢不计年。品茶听竹雨,煮酒赏雪烟。

小　院

其　一

小院梅初放,清香入户来。欣然铺绢素,弄墨展胸怀。

其　二

小院梅姿异,黄花已半开。茶余浇蕙草,紫竹拂窗台。

中秋情

中秋佳节至,相忆两心知。隔竹看明月,清风系我思。

题正祥先生《冷梅图》

寂寂淡蕊生,疏影几枝横。冷艳谁能似,冰心自是春。

读正祥《梅山图》偶成

梅枝杂野林,浑沌不分明。唯有香风远,春山起白云。

甲午秋书法之乡“华夏行书展”天池归来

竹林幽境寂,独步忆天池。挚友逾千里,心系有小诗。

游石塔湖

春风送暖花千树,石塔湖滨柳笼烟。燕掠清波鱼跃水,游人结伴笑声甜。

访友不遇

曲径幽深竹映篱,群鹅戏水柳旁溪。柴门半启呼童子,答曰垂纶在北堤。

赞翔宇大道

车行翔宇入林园，满目葱茏起绿烟。姹紫嫣红时得见，和谐社会更无前。

嘉苑晨曲

窗外鹊鸣惊晓梦，耳边朗朗读书声。四邻老幼皆晨练，余亦焚香诵佛经。

重　逢

犹记儿时竹马情，而今相见竟成翁。为因创业稀音讯，更喜重逢论晚晴。

月　夜

书案临窗竹影摇，中庭朗月挂松梢。清晖遍洒东篱菊，断续箫声入九霄。

闲　情

古墨轻磨满室香，砚池新浴映红装。西窗自有凉风至，闲写黄庭一两张。

消　暑

闲抄旧作为消暑，俚句时时入眼帘。深悔当年没刺股，空怀素志羡诗仙。

赠陆春桂夫子

晓月临窗映绿蕉，披衣磨墨弄羊毫。烟云满纸龙蛇舞，春桂留香永不凋。

闲　居

闲呷甘醇不计年，欣然命笔效张颠。烟云满纸龙蛇舞，只羡钟王不羡仙。

荷　塘

荷塘浩渺碧连天，斗艳芙蕖娇若仙。似水惟华频摄像，清莲并蒂共参禅。

月　夜

微风拂竹流萤闪，淡月疏星宿鸟鸣。天外箫声时入耳，更深人寂步闲庭。

夜游九华山

云飞雾障苍松老，带月樵夫背负薪。紫竹幽深禅院隐，梵音阵阵醒俗人。

读南华

风摇紫竹拂窗纱，庭院初开东篱花。典籍遍翻寻哲理，清茶一盏伴南华。

有　感

自古重阳节性寒，而今重九著单衣。环境污染全球暖，人类文明实堪凄。

墨　缘

醉墨轩中结墨缘，老新书友走龙蛇。景行遗我佳毛颖，写得黄庭可换鹅。

观王兆奎师画虾

奎师画虾得天真，信笔由之似有神。写到灵魂深入处，泥沙独食不求人。

赠庄乾梅女史

女史乾梅写牡丹，姚黄魏紫竞芳颜。烟云满纸真情现，国色天香动淮安。

古稀寿宴老友相聚

忆儿时竹马情深，祝古稀功业有成。喜后辈皆为俊杰，待期颐再约来生。

访友人

竹径荫浓访故人，短篱茅屋有琴音。轻呼童子尝问讯，指在前山无处寻。

同　窗

同窗共读情难舍，转瞬全都古稀年。半世相交清若水，期颐更约再生缘。

自　励

两鬓微霜脸色红，动如鹰隼静如松。老来尚有凌云志，不弃挥毫泼墨功。

大　雪

大雪飞扬风色微，为营诗境远寻梅。南窗月色清如水，唯念伊人归未归。

益寿康

笔自纵横意自闲，我诗我写气昂扬。浓淡枯湿任吾意，古墨幽香益寿康。

题 兰

其 一

叶少花稀写墨兰，心随笔走自悠然。欲仙细叶皆知己，花若红颜静坐禅。

其 二

东涂西抹鬓成霜，闲读《离骚》三两行。风叶雨花随意写，敦斋月色照南窗。

写 字

西抹东涂鬓已霜，字无古法不成章。只为宣泄胸中意，信手挥成三两行。

答友人

新柳拂桃铺素笺，喜尝春茗润心田。世间难得唯知己，相忆相思又一年。

马文洗

马文洗（1940～ ），淮安区顺河镇人，1963年毕业于淮安卫生学校。历任医疗组长，季桥卫生院第一任防保所长，1993年调至顺河中心卫生院任副院长、院长。季桥诗社副社长。

季桥赞

镇村美景任观光，大道纵横连僻乡。开发园区繁茂景，厂房机响人欢忙。
农民拼打不趋外，就地上班无懊伤。面貌难分郊野地，农民兄弟喜洋洋。

赞王习耕老社长

王习耕79岁，中共党员，为季桥文化站站长40余年。季桥诗社首任社长。

老骥言行圣训随，成由节俭败奢靡。身难告退办诗社，心尚追求爱晚晖。
闯坎破关循韵律，请师挚友探精微。床前明月光千古，饮水长思掘井谁。

勿忘国耻

其 一

是我钓鱼台，蛮缠太不该。敌人敢动武，万炮剿狼豺。

其 二

东洋呈妄想，复辟军国狂。言听计从虎，有头无脑亡。

农家乐

其　一

退休故里迁新居，赏景菜园心境舒。天地一方闹市远，轩窗阳阁好观书。

其　二

乍观小院添新色，多谢东风去旧尘。几点梅花几点雨，半含冬景半含春。

田园风光

江山盛世春和煦，日月新天画景中。千万笑声千万乐，一天阳气一天浓。

章壮骧

章壮骧（1940～　），淮安区人，中共党员，助理会计师。中华诗词学会会员，市、区书协会员，区美术、诗词楹联协会会员。诗词楹联在区以上直至国家报刊、诗集发表、入编百余首。

赏黄花感赋

黄花开胜境，情趣竞无前。黄莺出谷舞，飞龙舞爪旋。长风万里路，白松势凌天。千姿百态美，红紫斗娇妍。问我雅兴否，心态似神仙。

天妃宫蒲菜

身在净水月湖中，肥壮根茎似巨葱。剥去老皮真相露，炒蒸烩焖赖火工。
新鲜脆嫩清香烈，国宴珍馐可显雄。鱼翅佳肴非可比，淮安蒲菜获殊荣。

桃花垠里仰丰碑

桃花垠上仰丰碑，盛赞高风青史垂。全党楷模人竞学，宏图四化正腾飞。

三农政策好

三农政策放金光，亿万农民喜气扬。城市村居都一样，神州处处似仙乡。

游梁红玉祠

巾帼英豪人尽钦，红妆翠袖映丹心。抗金击鼓雄姿在，华夏讴歌直到今。

贺晚晴诗社《龙光凤鸣》诗集付梓

闲云野鹤最怡情，耕作诗田小有成。且喜苍颜圆梦想，笑言终得发心声。

贺区书协“中国(施河)教具城杯”国庆书法大赛展

神来妙笔雍容美，翰墨飘香富丽佳。美梦九州人共绘，以书传意意升华。

咏诗乡河下

谁人不晓我诗乡，万里鹏程再远翔。请到程公桥畔看，条条石板赋千章。

冬　练

翁媪斗寒冬练功，霜凝两鬓自心红。笑谈声里梅花雪，面驻春风志更雄。

王　云

王云(1940～　)，笔名念淮翁，淮安区人，中共党员。曾任县级泰州市人武部政委、市委常委，泰州市委统战部副部长等职。中华诗词学会会员、解放军红叶诗社社员。著有《海南吟草》《桂园诗词选》《悠悠淮水情》等。

纪念中国共产党成立95周年

鸦片硝烟八十年，狼侵虎噬久熬煎。长征万里生和死，硬劈三山锤与镰。
龙跃深潭惊世界，梦追寰宇写新篇。宏图尽展黎民愿，探月神舟飞九天。

淮河大运河淮安水上立交雄姿

其　一

步出城南岚气蒙，闸桥高耸架长虹。两河交汇分行道，后浪推前连碧穹。

其　二

纵河滚滚径流东，横水滔滔江里融。魔患低头终驯服，甘棠惠众果尤丰。

刘心培

刘心培(1940～　)，淮安区人，2007年开始学写格律诗词，省诗协会员，镇诗协理事。

纪念卢沟桥事变77周年

七十七年弹指间，卢沟往事搅心澜。倭酋蓄意燃烽火，华夏倾心靖燹烟。
鏖战八年收胜果，兴邦四化启新天。民殷国治铭忧患，振武强军保泰然。

沧桑正道

举头三尺有穹苍，天理昭昭振纪纲。万卷诗书传礼义，千秋笔墨诵伦常。
仁慈忠孝顺民意，贪盗奸邪悖宪章。善恶到头终有报，人间正道是沧桑。

丰收倍惜盘中餐

面朝黄土背朝天，终日操劳为种田。戴月披星忙布谷，顶风冒雨抢锄阡。
辛劳育出黄金谷，汗水浇开白玉棉。日食三餐来不易，珍珠粒粒尽艰难。

农　家

三层绣阁敞宽怀，拥抱春光入院栽。花果园中蜂蝶舞，锦屏堂上画图开。
铁牛入陌耕云雨，宝马临门卸货材。矍铄田翁窗下坐，舒笺濡笔咏和谐。

毛泽东颂

开国元勋第一人，领航操舵掌乾坤。一身浩气惊寰宇，五卷雄文泣鬼神。
伟业鸿猷描锦绣，深韬远略建丰勋。兴邦治国英明主，拓启神州万象春。

游上海城隍庙

古刹千年留胜迹，琼楼画阁映重霄。凉亭水榭千秋月，幽径回廊九曲桥。
暮鼓晨钟香火盛，游人信客热情高。禅房听道聆仙乐，悦月赏心兴致饶。

秦淮灯市

美景良宵夜不眠，花灯竞艳彩光旋。秦淮万斛明珠涌，宛似银河落九天。

钵池山喷泉

一道水光腾玉柱，喷泉美景夺天工。飞流直上三千尺，化作纤丝映彩虹。

寻　芳

徜徉野陌去寻芳，迎着朝霞细品量。绿鬓红花解人意，隔溪含笑送幽香。

寄友人

申江萍水与君逢，相识相知度二冬。一别鱼书传几度？如烟往事忆朦胧。

中秋感赋

一轮皓魄映东天，盼得月圆家更圆。港澳归家期宝岛，金瓯一统共婵娟。

萧凤岭

萧凤岭（1941～ ），清江浦人。做过农中教师，后在淮安区水利系统工作。2008年起在淮安区老年大学诗词班学习，作品在《淮安诗苑》等专刊多有发表。

中秋节

十五冰轮转，今年分外明。合家观月魄，举国动箫笙。
台海飞机达，澎湖笑语盈。嫦娥舒广袖，天外报祥音。

上海世博会一游

申城五月行，一览百家珍。楼馆色形异，人群语貌分。
独呈稀世宝，纷展高科晶。设想未来景，环球皆绿城。

登庐山

乘车牯岭上，弯急自安然。峭壁座旁起，雾云车外漫。
满眸高树翠，一瞬细流溅。登顶接天处，琼楼星火阑。

贺全国十二届人大政协两会胜利召开

三月春光媚，京都两会开。万人同议事，举国共关怀。
宏景明明定，良规细细排。接班新领袖，圆梦展奇才。

颂中国共产党建党90周年

耋年开创史，求变继图强。推倒山三座，建成金一邦。
探寻前进路，摸索振兴方。世代镰锤举，中华龙永翔。

秋日大运河堤行

秋高天气朗，单骑运堤行。砼路游人乐，石坡河岸宁。
道旁千木茂，水上百船频。何处桂花绽？停车款步寻。

毛泽东故居

伟人故里行，再颤敬崇心。少小怀奇志，成年发大声。
山乡交挚友，草屋播清音。一代雄才出，千秋宏业兴。

“双百”人物颂

“双百”英雄谱，千秋民族魂。抛颅摧朽制，洒血御倭侵。
创业涂肝脑，忧民沥肺心。赖君前后继，赢得我华兴。

纪念辛亥革命100周年

武昌旗义举，豪气贯河山。推倒帝王制，敞开民主坛。
复兴终有望，腐朽永无还。荆路始开拓，巨人犹战酣。

韶山行

领袖像高崇，人民永世荣。中华强盛日，全赖换天功。

观三叠泉

飞瀑展三叠，陡阶垂两千。为观直下景，湿透内衣衫。

北京行四首

天安门广场

英雄碑耸立，永载万民情。华夏欢腾跃，先贤取义明。

故　宫

金瓦玉栏地，吾民接踵游。帝王千古梦，早付大江流。

奥运赛场

鸟巢堪壮美，泳馆水清清。零八祥云绕，招来四海英。

登长城

古稀充好汉，借杖上烽台。拂面秋风爽，苍山列队来。

三峡行

其　一

一坝大江横，瞿塘面目观。平湖绵白帝，神女自安然。

其　二

浩水托轻舟，群峰拥碧绸。山重疑路阻，弯转境尤幽。

农家乐

楼高观景远，院阔养花多。邀友门廊下，驱兵过楚河。

赞“神九”

神九三兄妹，蛟龙哥弟三。巡天还闹海，同奏凯歌还。

赞奥运会开幕式

击缶挥毫迎远客，恢弘长卷古来今。祥云永驻蟾宫暖，环宇同歌朋友情。

纪念周总理诞辰115周年

其　一

桃花垠畔激情浓，吾敬周公酒一盅。克己奉公尊五德，乡亲效仿蔚然风。

其　二

晚晴诗友聚桃垠，共颂诞辰歌伟人。园内海棠花谢去，芳香永沐亿民心。

颜景财

颜景财（1941～　），淮安区人，教师。

野草（柏梁体）

广袤原野草芊芊，一岁一枯一蔚然。春回大地绿平川，生机勃勃妆河山。夏日枝青叶茂繁，秋来梗节更浑圆。冬至枯黄根休眠，来年根发籽又传。倘若野草满粮田，农民兄弟个个嫌。若是世上百草残，食草动物绝人寰。生物链断天地翻，哪有人类存世间。植被破坏水土寒，处处沙漠或沙滩。大风起处尘飞湍，沙暴横行何日完？地面野草不可嫌，物种平衡万物安。

农民也领养老金

耆年翁媪欣，按月领薪金。政策倾农好，黎元感党恩。
龄高无后顾，寿大不忧贫。夕照桑榆旺，期颐更惜春。

老　宅

青瓦红墙脊镂花，十间一院对桥斜。前河流水潺声细，后树成阴风景佳。
月季牡丹香院落，丝瓜扁豆满篱笆。春欣花木秋尝果，梦里常回旧日家。

咏　花

绰约风姿情万种，千娇百媚向萧郎。姚黄魏紫群英妒，李白桃丹满树香。
秋菊凌霜存傲骨，寒梅笑雪报春光。休言一现昙花短，装点人间赖众芳。

小区清洁工

银纱罩口半遮颜，戴月披星难得闲。楼道清新无垢渍，栏杆锃亮少痕斑。
小区路净怡民迈，大院花香杂草芟。环境宜居人惬意，衣脏心洁品如兰。

浪子回头金不换

陋习千秋赌博风，技传不绝禁难穷。机关算尽钱财尽，脑汁用空房室空。
好友多年常反目，冤家数日又交锋。亲朋情义薄如纸，洗手金盆乃自聪。

廉政是好官

历史文明五千载，是非功过众心间。佞臣腐败遭人唾，贤吏清廉交口传。
官宦为民倾血汗，黎元铭腑奉神仙。苍生不问人都鄙，勤政无私即好官。

老同学聚会

暌违半纪得相逢，两手相牵不忍松。慨叹沧桑多变故，畅谈各自苦行踪。
嘘寒问暖谊情重，把酒言欢兴味浓。活虎生龙成既往，如今一色白头翁。

忆人拉犁

春始还寒耕水田，众人踩破镜中天。肩绳紧绷迎朝起，步伐整齐送暮还。
脚踏冰碴刺肌肤，体蒸热汗浸衣衫。欢歌笑语飞村外，拉着人生苦共甜。

赃官出狱后

刑满离监回故乡，奔驰迎迓好堂皇。同僚治下争先拜，铁杆哥们恐后忙。
馈宅赠车酬俸禄，感恩戴德视爹娘。正人君子长吁叹，难怪赃官抓不光。

农家也不烧草灶

环顾村庄每一天，空中难得见炊烟。沼池户户房前有，气电家家室内全。
秸秆肥田成腐质，灶堂无草少尘斑。烹调蒸饭轻松就，世代遗风竟改观。

纪念抗战胜利70周年

卢沟桥畔枪声响，九域蒸黎恨满腔。沐雨栉风驱虎豹，同仇敌忾杀豺狼。
苍生四亿齐鏖战，倭贼八年终乞降。今日神州疆土固，蚍蜉怎撼我家邦。

农村老年妇女舞蹈队

灯明场阔鸟惊巢，婶子阿姨兴致高。曲曲欢歌传旷野，翩翩起舞共良宵。
芳姿秀美神情爽，步伐轻盈体态娇。愉悦身心能益寿，还童返老乐逍遥。

陈开昶

陈开昶(1941～2016)，淮安区人。曾任贵州有机化工厂机械师、淮安盐化总厂厂长兼党委书记，中共淮安区委办公室副主任。

感悟人生

人生如寄当潇洒，紫陌红尘扰岁华。落月书灯陪幼弱，西风驿马伴身家。亦高亦低长安道，亦涌亦波宦海槎。亦密亦疏世情网，亦开亦阖人面纱。平平淡淡遣阡陌，赫赫明明誉迩遐。碌碌庸庸行坦道，铮铮佼佼走悬崖。衙门凛凛尧蓂荚，贵势炎炎木槿花。朝露团团争达曙，夕阳薄薄恋烟霞。心临钟鼎形劳役，身列朝班目睹枷。寄世浮生何所适，为人为我问蛤蟆。

翰墨愿

诗苑词坛翰墨黉，登临七十受熏蒙。唐腴宋瘦风骚异，煜婉苏豪大器同。
关首马魁蛤蜊味[①]，班香屈艳华赡风[②]。程门立雪还初愿，皓首穷经遂寸衷。

注：①指关汉卿为元代杂剧之首，马致远为“元曲四大家”之曲状元。元曲乡土气息特浓，满篇蛤蜊味。②屈：即诗人屈原，班：汉文学家班固。

无 题

日长何计转晨昏,职冗官闲昼掩身。学海书山寻复圣,残编断简觅诗魂。
窗凝帝子泪千点,楼品观音茶一樽。心远麟台怀净土,青云路阻乐天伦。

退 休

致仕扬扬宦海离,入闾冉冉数期颐。形冥案牍心宁静,体避琴殇恼懈驰。
人寂昼闲聊网友,天高夜静晤仲尼。亲朋故友临蓬室,说有谈空话旧知。

与初恋同窗40年后相会

别绪离愁四十秋,鱼沉雁杳失鸾俦。朝驰驿马长安道,夜梦寒窗白鹭洲。
无份有缘黄菊会,有心无计翠莲留。耳听袅袅青春语,目眺层层海蜃楼。

姚国玉

姚国玉(1942～),淮安区人。曾任民办教师、生产队会计、大队机电工,1982年务农经商。作品散见《中华颂》《江海诗词》《淮海诗苑》《秋风诗社》《余姚市诗社》等。

乘船去颐和园

岸柳河边掩拱桥,半空奇景笔难描。歌声好似莺声脆,舞影犹如燕影娇。
亭立岸边光闪闪,船行水面浪滔滔。人山人海如潮涌,争赏春园景色娆。

周总理故乡

骏马奔腾金凤飞,驱贫致富沐春晖。中华崛起感时雨,淮海扬鞭展翠微。
工厂如云添烂漫,公园似锦送芳菲。长街广厦连乡里,虎跃龙腾壮国威。

仲 秋

金风送爽桂香浓,硕果沉沉枫树红。临水兰花相斗艳,遍山绿竹互依葱。
青峰凝翠小溪浅,曲径深幽廊苑通。身入篱笆藤蔓处,闲听唧唧唱秋虫。

山间寻幽

胜迹峥嵘藏古林,苍松郁郁景幽深。抒情绿竹柔和景,敲韵泉声悠美琴。
故友欣逢依韵论,新诗偶得向云吟。莺啼归路游人醉,含笑山花暖我心。

湖边即景

千红万紫醉人眸，十里长堤景色幽。碧水漪涟鱼世界，银裳红顶戏清流。

乘飞机有感

飞机载我入云间，耳鼓目眩心胆寒。翅展高空多稳重，穿云破雾很平安。

赞春荣仁兄攀长城最高点

雄峰青入白云间，乱石横存峭壁寒。面对千阶君不惧，不临巅顶不回还。

黄　山

紫气东升绕碧山，层峦叠嶂彩云间。虬松展臂千姿态，银索如绳穿翠岚。

白牡丹

一园素雅绽芳华，国色天姿众口夸。粉面娇羞玉人态，问君能否娶回家。

蟹黄汤包

重阳已至菊飘香，河蟹膘肥腹满黄。精制汤包成一绝，晶莹剔透味非常。

锺锦逵

锺锦逵（1942～　），淮安区人，中共党员。1978年从部队转业到县供电系统工作。为区诗协、书协会员，晚晴诗社理事，江苏省老年书画研究会会员。

纪念毛泽东主席诞辰120周年

一代伟人毛泽东，传承马列遍寰中。三山推倒神州统，四海驱魔华夏红。
治国安邦功显赫，创军战略远谋宏。雄文五卷光辉照，领袖英明万代崇。

祝贺嫦娥二号发射成功

嫦娥二号又升空，举国欢腾喜庆中。再创航天新纪录，英雄志在更高峰。
远征宇宙豪情在，更现中华实力雄。开发月球有我位，岂容霸主占蟾宫。

初登黄鹤楼

今逢盛世展歌喉，欣喜初登黄鹤楼。三镇隔江三倍丽，一河东去一分柔。诗词字画洗心境，玉柱楹联亮眼眸。黄鹤如今何处去？神州寥廓任君游。

庆祝中国共产党建党90周年

开天辟地震乾坤，华夏沧桑不复存。北国炮隆迎马列，南湖画舫觅航程。千山万水长征路，百炼千锤铸国魂。九秩春秋宏业建，神州到处是朝暾。

春游勺湖公园

亲朋好友勺湖游，漫步曲桥登草楼。金德大钟声远去，文通倒影水中留。碑林宝字乾隆赐，水井涌泉漂母讴。我等游人兴致乐，又乘醉意竞飞舟。

忆军旅生涯

曾经军旅度炎寒，往事钩沉现眼前。踏遍皖苏千道岭，穿行湖广万重山。无私慷慨哪图报，赤胆忠心何惧难？铁打营盘兵似水，戎装脱下凯歌还。

咏吴承恩

文坛巨匠数承恩，五百年前降楚城。妙笔西游惊世界，精神财富福人神。

登文通塔

文通倒影勺湖中，遥望山丘大德钟。一片芙蓉浮碧水，七层八角耸蓝空。

颂抗倭状元沈坤

胸怀大志善筹谋，招募乡丁抗敌酋。一马当先歼海盗，功勋标史状元楼。

纪念井冈山会师80周年

南昌枪响赤旗展，湘赣刀飞敌胆寒。两股洪流井冈聚，朱毛握手定江山。

参观卢沟桥

阳春三月赴京郊，五百雄狮向我瞧。诉说当年抗日事，同仇敌忾战洋妖。

全国诗词之乡博里镇

东风吹绿众山崖，普及诗词博里家。古楚而今多喜讯，诗乡画苑两奇葩。

爱唱军歌

整齐队列歌嘹亮，挺起胸膛斗志昂。威震山河扬正气，挥刀敢斩狗豺狼。

晚霞颂

晚霞如火照西天，装饰江山分外妍。不怕当年流似水，愿将余热洒人间。

季奎元

季奎元(1942～)，淮安区人。一生务农，曾任生产队长，村治保主任多年。季桥诗社副社长。

嗜 诗

格调谨严七律难，起承转结渡重关。呕心沥血诗当伴，废寝忘食赋做餐。
功过是非都放下，钱财名利总无沾。前程此去残霞在，留点墨痕存世间。

品 诗

花艳三春里，鹊喧柳塘前。夜温平仄梦，晨起日蹲檐。

习 诗

不觉寒酸立志强，自娱爱好试无妨。水平低下出微拙，鳏汉心雄鬓已苍。

农家乐

瓜果蚕桑映碧薇，禾苗馥郁沁心扉。鸡欢鱼跃蛙敲鼓，莺唱燕喃羊豕肥。

王国公

王国公(1942～)，淮安区人，中共党员。曾任公社革委会常委，村党支部书记。中华诗词学会会员、省市诗词协会会员、博里镇诗词协会副会长、编委。著有《心声集》《尚德斋》诗词选。

纪念慈母诞辰百年

慈母心慈善，贫寒苦出身。喜帮残弱者，爱助读书人。讨要长居户，鳏孤找上门。虔诚心地好，正直话言真。风范君皆见，口碑常有闻。操劳知短浅，谋划细周深。灾荒连内战,邦乱寇强侵。赤土三千里,破家数万村。有草和糠食,无粮野菜吞。雾开迎红日,风卷散乌云。解放分田地,当家做主人。脱穷歌党德,致富颂娘恩。百寿诞辰际,诗花祭母亲。

辉煌90年

中华儿女五千年,卧虎藏龙出俊贤。热血铺浇兴国路,刀枪开辟艳阳天。
春风温暖民心聚,各族和谐社稷安。誉满全球震寰宇,繁荣昌盛指峰巅。

人民的救星

其　一

风雨如磐九十年,繁荣昌盛史无前。荒滩废地成街道,边寨山沟变乐园。
宝马车停院门口,红楼影映小河边。和谐世界财源广,关注民生福祉添。

其　二

南湖画舫定良谋,拯救危亡安九州。星火燎原天地动,长征决策蒋倭愁。
三山推倒民添喜,四海升平敌愧羞。风雨兼程经九秩,国强民富震环球。

公理何在

欧美前番攻打伊拉克,今又进攻利比亚,公然杀害萨达姆、卡扎菲两国总统,令人发指,遂感赋。

嫉强凌弱令哀悲,寻衅挑唆搬是非。逐利根除萨达姆,谋财杀死卡扎非。
震聋发聩人权喊,略地攻城炮弹飞。制约失衡生内乱,国无实力外强欺。

纪念辛亥革命百年人物颂

孙中山

混沌初开兴纪元,推翻帝制立民权。扶桑屈据运谋略,欧美募捐参赞援。
枵腹从公拯黎庶,殚精竭虑为均田。金陵梦幻成千古,两岸山河必月圆。

黄　兴

文韬武略世称雄,质朴无私秉义容。意志坚强反封建,忠心耿耿助孙公。
多战多伤不言败,敢拼敢杀带头冲。异乡殒命埋尸骨,创建共和君伟功。

孙　眉

中山胞兄支持弟革命,卖光在美国的农庄、耕牛,返乡亲自耕种。高堂染疾无钱医治,问计弟中山无援,不怨。同僚欲任眉为官中山不允,亦不悔,真伟人也!

无私奉献数孙眉,倾尽家财充战资。居美农庄全变卖,回乡种地独扶犁。
高堂染疾少钱诊,问弟无方不自悲。广阔胸襟大如海,推翻帝制立丰碑。

邹 容

胸怀大志气如虹，智盛品端人敬崇。革命军中马前卒，扫妖队里主人公。
撰文斥敌语犀利，明志维权笔有锋。卓识雄才遭嫉妒，天夭人杰少英雄。

陈天华

冲锋杀敌未拿刀，反帝拯民施绝招。怒向朝廷投箭语，气冲牛斗掷竣标。
呼天抢地齐声讨，蹈海成仁示警昭。志士忠心感天地，神州盛世忆前朝。

长征胜利70周年有感

雪山草地断人行，唯有红军任纵横。皮带充饥敢鏖战，草根果腹苦长征。
艰难险阻从容过，骁勇顽强敌寇惊。万里新开根据地，民心顺逆定输赢。

同 学

怀义同学新疆支边，一别45年，蓦然相访，两眼陌生，由此而作以示回眸。

街坊领一客人来，说是同窗要我猜。满眼生疏难识面，细心辨认是寻台。
三年灾害支边远，万里风云入壮怀。大漠孤烟归省日，举杯三百总应该！

纪念毛泽东主席逝世卅周年

村民闲聚论英雄，今古当推毛泽东。武略文韬谁敢比，光辉形象日应同。
长征创举惊天地，治国兴邦盖世功。思想红旗永高举，和谐社会树新风。

咏女飞行员

空军今日有红颜，歼十驾乘非等闲。翻滚俯冲鱼打挺，扶摇直上鸟盘旋。
穿云避雾功夫硬，变队隐形航技娴。飒爽英姿威振国，谁言女子不如男。

今非昔比

昔时穷困度年头，如履薄冰常犯愁。野菜填肠嘈胃口，糠麸充腹卡咽喉。
半斤薯片凑三顿，几两稻糈糊一周。今却减肥谋健美，日常节食控糖油。

斥奥巴马访日将钓鱼岛纳入日美安保条约

欲谋霸业跑天涯，信口雌黄素质差。睁着眼睛谈瞎话，胡编谬论诋邻家。
版图资料史为证，国际开罗据可查。口是心非搞欺诈，拉帮结派堵中华。

清 明

清明扫墓寄哀思，纪念何须花巨资。杯酒束花表心意，赋诗插柳代新仪。

文明脱俗人皆仰，观念更新誉永垂。社会和谐扬正气，与时俱进更光辉。

许“三多”（迈永）贪赃过亿判死刑

醉生梦死不知愁，珠宝金银藏几楼。囹圄门前知悔晚，断头台上泪空流。

醉　驾

醉汉开机沟里冲，嘴唇撕到耳当中。伤筋断骨半条命，医院久居经济空。

咏意杨花

春光明媚柳抽枝，正是杨花吐絮时。凭借轻佻低格调，偷闲补缝报君知。

姑苏作客过长江有感

放眼天低涛似丘，船儿驶上碧云头。长江如练串吴越，美得姑苏不胜收。

忆农忙

昔时六月正农忙，抢种忙收地当床。今日难寻旧时景，农机收割又栽秧。

咏青藏铁路通车

一条天路铺云间，西去昆仑数日还。冻土高寒难不倒，创新科技巧攻关。

孙茂荣

孙茂荣（1943～　），淮安区人。2006年学习诗词，曾两次获奖。市、区、镇诗协会员。

祖国颂

博大情怀感，心装天地人。鳞光辉日月，浩气贯乾坤。
强国不称霸，富民志向新。和平谋发展，遍地小康村。

咏诗画之乡博里镇

明媚辰光映彩霞，东来紫气接天涯。天生雨露滋人杰，地出丰腴育物华。
商贾盈街千样美，辉煌锦壁满堂佳。农民画院冠天下，相伴诗坛姐妹花。

赞博里镇

博里乡村百业强，十年巨变赶苏杭。农民画院翥华夏，雅宝诗歌绕玉梁。
百姓勾描披锦绣，蓝图绘就溢芬芳。新型古镇人文地，日月辉煌热土香。

金　秋

秋光自比春光美，瓜豆丰饶硕果肥。稻海茫茫腾细浪，田畴阵阵放金辉。
天高云淡炊烟起，气爽风轻百鸟飞。谁绘深秋华丽景，外来过客不思归。

古稀释怀

喜庆双双七十秋，斯文半篓亦风流。佳词丽句共研讨，翰墨宏章律韵柔。
百炼诗经成伙伴，千锤石劫雨同舟。盼期耄耋登荣榜，烂漫余辉芳绿洲。

淮安行

淮安发展路为先，铁道飞机美梦圆。北上京都如虎去，南驰港澳似龙旋。
天涯欲往三弹指，海角思还一念间。超越领先凭动脉，新城开放五洲连。

致老年诗友

梅开娇几度，松老发华枝。潮涌风波激，兴来百首诗。

问　寿

高龄老母体安康，做饭洗衣家务忙。欲问华庚今几许，亲儿亲女发如霜。

秋　颂

其　一

瓜果成堆鱼满塘，鸡肥鸭壮稻花香。精耕细作新科技，五谷丰登诗上墙。

其　二

喜庆丰收在眼前，金黄稻谷待开镰。一年一度秋风劲，红利又加年复年。

今日农家

其　一

住宅门前大水塘，清风送爽透心凉。瓜头现炒蒲儿菜，淡饭粗茶保健康。

其　二

绿叶红花正散香，精良美酒品芬芳。繁星密布微风爽，我伴纤云入梦乡。

诗友情

其　一

呼朋唤友送诗香，悄放心花到绿窗。破浪行舟风雨急，情丝更比雨丝长。

其　二

诗坛再现芸窗梦，描绘人间盛世新。比试擂台吟壮志，向天挥笔写风云。

习　诗

其　一

未与儿孙作彩笺，却从诗笔细耕田。辛勤捕捉万千字，句句连成壮丽篇。

其　二

子夜钻研古韵书，千辛万苦总如初。梅花妻子同相伴，只觉温馨不觉孤。

古稀生日自吟

华灯照宴庆康泰，彩炮烟花迎客亲。松鹤延年古稀寿，高朋满座语芳馨。

赞儿女情长

牛奶蜂糖醇酒香，孝心一片敬爹娘。常常问候平心境，春至秋冬茶不凉。

古松赞——赠内

针叶香枝不老松，风吹雨打更葱茏。乾坤自吸通灵气，俗垢不沾今世荣。

牛玉羊

牛玉羊（1943～　），淮安区人，一贯种田，2012年始写诗。系淮安区诗词协会会员。

国　庆

碧空如洗微风荡，旭日初升腾瑞光。健壮稻禾金浪涌，广宽砼路运输忙。
万间广厦紫烟绕，一圃鲜花馥郁香。环宇五星歌盛世，人间仙境幸福长。

松竹颂

麦儿碧绿柳鹅黄，各自随心巧扮装。更喜松竹适冷暖，廉洁奉献气轩昂。

春　雨

漂洋过海聚于云，淅沥声声下不停。春雨如能情义重，请游旱地布甘霖。

党恩浩荡

柳絮飞来轻抚肩，大田养眼远接天。如今不仅免农税，种豆种粮还补钱。

王永祥

王永祥（1943～　），淮安区人。曾任淮安印刷厂车间科室负责人、淮安区诗词协会副会长。作品多次在市、县诗词期刊上发表。

淮安美景

古楚钟灵秀，文明锦一堆。春融淮水碧，月白爽风微。
漫步花街洁，优游景点瑰。幽篁栖凤鸟，天宇翠云飞。

重阳诗会

天晴气爽雁旋归，九域山河锦一堆。怀古登高枫菊艳，临风把盏蟹鱼肥。
重阳播彩人尊老，双庆临门国耀辉。诸友含情诗唱和，白头明志晚霞飞。

半岛斋初访孙应考老会长

欣来半岛爽秋天，赏景吟诗拜大贤。铁干虬枝松柏翠，香花密叶桂兰妍。
三边绿水凭鱼跃，四野青苗入眼帘。妙也幽居真惬意，康宁福寿比神仙。

纪念周恩来总理

痛别忠魂卅二年，难忘功业比云天。漂洋求学风雷激，报国从戎道义坚。
万里挥师驱敌寇，一生为相冠时贤。才情德政延今日，华夏腾飞慰九泉。

访博里诗社

满墙彩绘满墙诗，博里文风鼎盛时。田野引吭唐宋曲，农夫点画凤凰姿。
俊才迭出春潮涌，意识超前骏马驰。同好相逢人未老，为珍瑰宝共心痴。

退休生活

应时卸任歇征程，厌看川流日转轮。偏爱腊梅高品位，笃描书法有精神。

鸡鸣起舞拳操练，时暮敲棋楚汉争。月下偕妻闲步履，抒怀吟唱乐天人。

钟馗镇邪

端午为防邪气张，钟馗画像展南墙。刚须怒目形容厉，宝剑仙葫法力强。
鬼怪生擒难免死，平民应喜得安康。但祈神话能真实，世外桃源醉满觞。

牛马可怜

力壮身强焉幸事，多劳能者累终身。拉车耕地伤筋骨，茹草卧棚难饱温。
俯首听差情尚在，谋皮市肉命无存。可怜错失魂知否，一味驯良不抗争。

宠物犬得意

自诩纯毛品种良，金铃佩挂嬉华堂。来人摇尾用心苦，见影癫疯无事忙。
玉食三餐真味美，轻裘一梦大天光。同胞护院勤何益，参透玄机福运昌。

登泰山

八千石级上天云，万众援登类蚁行。齐鲁纵横连海角，顶峰四望发豪吟。

仙人山盆景

山峦小巧玉盆中，泛绿宜人胜紫红。无意芬芳招蝶影，窗台静处沐春风。

文　竹

片影层层秀发添，一身翠绿素装鲜。清新淡雅堪时尚，红紫名模愧比肩。

铁　树

俨然凤尾叶葱茏，茎挂鱼鳞气势雄。天赋常青春意满，赏心悦目胜花红。

螃　蟹

相濡以沫见柔肠，时举双螯亦逞强。虽是横行还仗义，为人涎口一生忙。

访台儿庄

其　一

戮我黎民毁我城，重提往事咬牙根。英雄血战诛倭寇，今日祥和弥足珍。

其　二

古邑来游愧汗生，扪心何以慰忠魂。毋忘国耻非虚话，合力强军要当真。

修　身

松窗茗品涤心尘，朱紫无求守本真。冷眼缤纷花世界，埋头法帖古诗文。

晚年学诗

尘海迷茫久未文，诗词浪漫焕精神。吟风唱月随心意，笑骂由衷不附人。

除　夕

其　一

厨下时鲜烹饪香，鞭声雪地聚“猴王”。迎春杯酒添情趣，泼墨诗联韵味长。

其　二

子夜钟鸣一岁除，春风透牖激情苏。盆花喜见新芽绿，倚枕吟怀睡意无。

端午抒怀

其　一

果鲜满桌酒盈壶，祭日更怜上大夫。赤胆忠心蒙屈辱，离骚一曲恨难除。

其　二

龙舟竞泊汨罗江，供祭诗人泪满眶。爱国为民宁赴死，冰魂千古几贤良？

白娘子

其　一

西湖好事每成双，何必妖人话短长。生死疑难情爱见，不辞端午饮雄黄。

其　二

修炼千年变玉姝，情天孽海配凡夫。雷峰塔镇心无悔，唯念许郎身影孤。

中秋漫吟

异地夫妻

远隔关山各自天，情丝但靠手机牵。今朝娥女归乡急，月夜新开并蒂莲。

莘莘学子

残灯子夜未曾眠，勤读诗书苦后甜。三五良宵欣有假，得闲一梦日中天。

边防军人

边鸿声起望银蟾，忠孝如何得两全。策马嘶风家国靖，凯旋故里奉椿萱。

王文亮

王文亮(1943～),淮安区人,淮安电信局职工,退休后学习诗词。

淮安区老年大学廿年校庆

创校艰难经廿载,岁寒松柏壮繁柯。白头学子来圆梦,笑口妪翁皆入魔。青壮贤师传国粹,古稀老叟谱新歌。膏腴丰满高枝茂,桃李芬芳硕果多。摄影诗歌敲电脑,剑拳锣鼓舞婆娑。毫端龙凤春天草,纸上山川夏日荷。日顾校园群媪乐,夜温卷帙百年哦。雄心共伴晚霞艳,看我三城万景和。

贺李开古先生90寿庆

其 一

李老九旬翁可夸,一生勤勉路多花。诗书拳剑晚来趣,但教新枝焕物华。

其 二

少壮从戎驱日寇,老来解甲整田忙。一身正气亮高节,两袖清风名远扬。

杨正和

杨正和(1943～),淮安区人,退休职工。

读温家宝总理访非答记者问

故交恰似金,百炼不回色。名句记千年,良言添价值。
小人恶意藏,君子坦然立。四海栽青松,灭荆兼灭棘。

咏栀子花

三冬伴雪霜,两暑沐骄阳。放叶全身秀,开花半月香。
无心攀富贵,只愿送芬芳。携手松梅竹,同登四友堂。

到韶山

心向韶山五十载,今方称意释心怀。伟人功德千年唱,挈子携孙代代来。

白帝城怀古

白帝城中无白帝,只缘百姓未忘记。为民作主雁留声,百载千年常奠祭。

赞三峡大坝

立根宝岛花纲上，截断大江湖景壮。世界称奇屈指无，中华伟举凯歌放。

朱震国

朱震国（1944～ ），淮安区人。曾任文化站长、副乡（镇）长、县（区）政协副主席等职。1976年组织博里农民画活动，1990年建成“中国现代民间绘画画乡”；1997年组织博里镇诗教活动，2007年建成“中华诗词之乡”。著有《中国奥运冠军谱》《手读毛泽东诗词》和《抱朴斋诗钞》等。

飞天颂

中国载人火箭首航成功，喜赋十韵。

华夏千年梦，载人游太空。神舟乘伟力，寰宇庆奇功。俄美曾称霸，中华今更雄。扶摇驰圣火，霹雳掣惊风。银汉数番绝，参商几度逢。穹旻迎贵客，日月展仙宫。勇士舱舷瞰，舆图点线融。宏音传入耳，豪气发由衷。电讯播千里，荧屏凝亿瞳。擎天凭赤县，笑看五洲同。

游吴淞港登望江楼

兴来携伴游，同上望江楼。浩渺天能接，苍茫云似浮。泊轮依巨趸，飞艇逐轻鸥。心驾洪波去，神追沧海流。人生如一粟，奋迅与时侔。

秋游沈园有感

得游古越费盘桓，慕名初访沈氏园。横亘当门巨石裂，谓之断云实断缘。人去园异遗恨在，陆唐当年两相爱。母不宜妻子孝母，劳燕分飞何无奈。园中偶遇悲离索，粉墙填词叹错莫。毕竟割爱是英雄，平生夙愿九州同。爱国诗篇垂后世，斯园名永因放翁。一曲钗头承郭老，屡书警句感毛公。园池将废颓复振，盛世胜迹焕新容。奇石佳山芳径绕，驾廊叠蹬系楼腰。莺燕争鸣亭间树，惊鸿照影水上桥。双桂秋来何馥郁，池荷夏至尽妖娆。诗书联题随处镌，不见悲情见风骚。园中故事逸韵香，也留遗恨也流芳。事过境异八百载，后人游览自徜徉。但愿有情之人常来此，品味世事知抑扬。时代皆有悲喜剧，宜避其短趋其长。游罢沈园细品论，兴感盈怀寄诗文。情字终将青史贯，因情演史万古存。圣贤也有情所系，后人咏颂复后人。一阕写来情满纸，犹自不已细长吟。

琅琊台谒徐福庙感怀

秦皇晚岁求不老，妖言蛊惑君前绕。侯生卢生言未践，龙颜一怒坑伴草。却有琅琊方士徐，愿求仙药向海隅。蒙恩一奏即钦准，赐带三千童男女。琅琊台上君臣别，临别饯行酒一壶。蓬莱涛狂去不得，始皇连弩射鲛鱼。五谷百工随船行，风帆渐远入青云。从此一去踪迹渺，春夏秋冬无信音。祖龙崩殂二世立，求药使者何处寻？徐福一行随风浪，终登彼岸到扶桑。可怜岛国昧而野，结绳代文无衣裳。神州华夏昌明早，导以稼穑教绩纺。不唯教化播文明，三千男女衍众生。徐公遗泽远且长，东瀛首代称天皇。三岛到处立神祠，世代不衰受馨香。知否莘莘大和民族众黎民，多少本为炎黄根？沧桑进化二千载，明治图强行维新。羽翼丰满欲扩张，竟对中国起杀心。八年较量血与火，绞杀恶魔安四邻。欲向苍茫问徐公，当初导诲竟何用？岂非虺蛇起意吞巨象，子孙翻脸毁祖宗？尔当警谕俎豆馨香虔诚祭祀者，武士邪道寿应终！赤县扶桑文化共一脉，岂可杀伐不相容？中日友好溯源长，顺之者昌逆者亡！蠢物一撮当警醒，莫将历史付刀枪！果然徐公神威在，一衣带水相扶将。香烟永世受不尽，万代奉祀徐君房！

上海宝山国际民间艺术节开幕式感赋

锦苑华灯映晚风，人头如涌夜潮生。水波荏苒彩舟动，天幕幽深电炬明。画里弦歌醉心魄，民间舞蹈显精英。一台同献五洲艺，千曲能融万国情。雅韵仙音悠尔起，银花火树蓦然升。潜形星月凝神看，翘首鱼龙倾耳听。来日环球尽知友，今宵赤县共荧屏。浦江不老宝山美，难忘杨行东道行。

子岁咏鼠

相属阴阳别，趾成奇偶殊。首功铭创世，利齿破天隅。
不惮磨牙苦，最夸生子劬。荣枯当自警，人各念安居。

丑岁咏牛

曾不逊王侯，一犁耕九州。性和孺子戏，鞭厉啬夫抽。
负役食皆草，供人乳胜油。孜孜勤所业，尽瘁却无求。

寅岁咏虎

猛厉镇山隅，行同百兽殊。兴风能搏兕，借势却骄狐。
威在军中用，名于笔下书。谁知王者意，犹自念於菟。

卯岁咏兔

终将羿彀除，神话寄鹓扶。智者善营窟，愚氓空守株。
广寒耽寂寞，玉杵捣蟾蜍。当惜卯时贵，霞晖占日初。

辰岁咏龙

图腾拜祖宗，世代受尊崇。点睐空张壁，临窗笑叶公。
五灵称乃首，四象主其东。惠泽人间事，兴云播雨功。

巳岁咏蛇

腾蛟乘雾去，有志在天涯。行地本无足，画时何必加？
隋珠恩欲报，仙草爱难赊。共处为人友，相安别正邪。

午岁咏马

青云本可拿，万里待骝骅。蹄奋动风色，功成安国家。
委形羁厩枥，寄志骋天涯。谁具方皋眼，衡才世莫赊！

未岁咏羊

亨通天地运，开泰祝三阳。祖远人之友，风高义所藏。
孝行知跪乳，哲理寓歧亡。性本温良甚，循名赐吉祥。

申岁咏猴

与人原共祖，一揖两支流。剧戏堪魁首，童羊相类俦。
齐天称大圣，辅奘赖金眸。聪睿冠灵长，名桃更可求。

酉岁咏鸡

文武勇仁信，生而五德齐。阳精尔之化，大吉众皆徯。
志士中宵舞，平民白屋题。高亢迎旭日，何必待燃犀。

戌岁咏犬

尘音闻未休，风雨共春秋。敢赴忠诚死，不辞贫贱留。
沉沦求渥宠，进退得优游。异道虽同种，庸殊安可侔？

亥岁咏猪

宀中人豕居，家字始成书。貌丑意难足，身丰肥有余。
心思诚少费，油水最多储。未及人间事，侪伦总未如。

游绍兴东湖

大斧劈青山，清冷水一圜。桥亭楼有致，景色势相连。
空谷陶公洞，乌篷游客船。深幽闻謦咳，仰望石中天。

登岳阳楼感赋

万顷洞庭水，一尊功德楼。兴衰见清浊，忧乐伴沉浮。
大野何分界，洪波共载舟。心驰霄汉外，沧海笑横流。

赏洪泽湖晚景

大湖秋色远，万顷动风波。天地西南缺，烟尘东北多。
轻舟骑浪涌，深水蛰龙鼍。帆影斜阳外，渔榔送棹歌。

赠博里农民诗人

谁知耕者乐，今日有追求。不虑千钟粟，常评万户侯。
吟诗多质朴，下笔自风流。往往出佳作，成于田埂头。

春日感怀

春来又见陇头花，每向东风感物华。逝去涓流应有意，望中芳草正无涯。
先闻鹈鴂古贤惧，敢对崦嵫暮日斜。莫教寸阴虚度过，平生回首不须嗟。

仲夏之夜郊外散步

才上星灯困意消，兴来缘径向芳郊。随心润物雨初霁，拂面宜人风也娇。
麦菽送香知远近，蛐蛙互唱渐低高。潺潺何处听流水，路转溪头过石桥。

咏　雪

朔风彻夜五更寒，战罢玉龙鳞甲残。宿鸟惊呼银世界，初阳懒射冻河川。
农夫梦醒无多虑，学子神来未少欢。难得天公应人意，隆冬赐瑞兆丰年。

咏 马

冲腾历块起狂飙，所向苍茫天路遥。万里披榛求汗血，千金市骨召英豪。
常思辔勒安疆埸，未肯刍粮老枥槽。自古中原多慧眼，王良造父九方皋。

临《石鼓文》感赋

千年石碣土中藏，一日见天秦已唐。历雨经风露硗野，厉牛敲火遇愚氓。
苦于漶泐斑残黟，难在玄深句读详。案上临池常惋叹，百家诂释各苍黄。

看电视剧感吟《宽恕》

平安未料祸临门，险恶漩涡欲陷身。报怨非仇翻以德，施恩不意只将心。
乾坤无极成其大，江海有情容乃深。种豆种瓜皆自得，能行恕道是真人。

喜吟青藏铁路通车

昆仑自古谁能越？天路火车今日行。游客抬头呵冷月，司机伸手摘繁星。
轮声惊醒高原梦，轨道联通民族情。万里春风开绝域，藏家心系北京城。

怀念文化站小楼

小楼住我忆曾经，知足常吟陋室铭。鸟语清晨盈后院，案头静夜对孤灯。
青筠弄影非无意，虬柏成姿应有情。书画琴棋四时景，长留心底慰平生。

当年知识青年重访故地

坦然陌路一车轻，寻觅当年慰此行。旧地新颜初已叹，故人苍鬓复甚惊。
有铭肺腑情难忘，因历沧桑气渐平。将晚觥筹皆欲醉，倾谈恨不到天明。

有感于千百万农民工骑摩托车回家过年

打工归里过新年，摩托军团成壮观。冒雪迎风阵如铁，挟雷掣电势排山。
关河千里真无畏，夫妇一车尤觉安。试问由来人类史，谁曾见此大征迁？

垓下抒怀

当年楚汉鏖兵地，千载风云觅战音。王霸荣枯垂史册，江山得失在人心。
濠城卓跞名中外，垓下沧桑识古今。巨笔生花吟盛世，且将往事付瑶琴。

咏张良

博浪图秦力士椎，获书圯上帝王师。运筹谋划寸兵未，决胜攻收百计宜。
万户辞封愧天授，一侯谦守愿留为。功成勇退知机数，得免遭烹兔死时。

咏韩信

蒙羞胯下起伶仃，漂母一飧千古名。史谓将兵多益善，战凭用计巧而精。
成亡未出萧郎意，进退曾违蒯子情。兴汉功高命如犬，未央冤案待谁平？

漂母赞

枵腹贫儿无恃怙，求鱼城下钓湖滨。王孙依哺浣衣妇，刘汉招寻拜帅人。
白发青裙行大义，黄旄黑甲得真魂。寄功帝业何图报，千古流芳一饭恩。

题梁红玉祠

蛾眉按剑粉妆红，社稷当年仰建功。半壁河山腾虏焰，一江桴鼓灭凶踪。
偏师伉俪镇淮楚，苇帐菰蒲壮士戎。百代千秋身后誉，中华巾帼颂英雄。

为吴承恩诞辰500周年作

丈夫有志效鹏鲲，末世儒冠多误身。怀璧治平耽正道，立言述作伏荆门。
一支利笔刺贪虐，万里西游泣鬼神。欲与苍天评曲直，长留浩气贯乾坤。

咏关天培

风云不靖思良将，南粤英雄拒虎狼。利炮坚船攻易得，破枪残堡守难防。
横刀饮恨色犹厉，改道回师寇亦惶。少穆垂联赞忠节，关祠千古沐馨香。

参观太平天国史料陈列馆

聚众拜天非圣贤，义倾颓世发金田。搴旗拔地八千里，登极称王十四年。
乌托大同行未果，阋墙内哄妒相残。甲申殷鉴几曾远，壮烈难成岂偶然。

辛亥人物孙中山颂

曾奉岐黄解病疢，更兴革命救神州。鼓吹方略结盟党，颠沛扶桑转美欧。
辛亥一枪倾帝制，金陵三月禅袁头。共和立国公称父，来者已将宏志酬。

辛亥人物黄兴颂

少小精勤志不凡，习文修武一身兼。经纶救国风云里，戎马倾朝板荡间。首创共和功莫大，再摧专制事尤难。毋言荣辱安危仗，双耸昆仑并拄天。

辛亥人物邹容颂

自幼生成叛逆心，悼谭诗祭恨都门。撰文甘作马前卒，赍志弘言革命军。苏报查封陷缧绁，南冠唱和扫妖祲。宏图将展天偏妒，夭夺英雄百赎身。

辛亥人物陈天华颂

铁笔雄文劲鼓号，手中未握杀人刀。拒俄排满回头猛，复汉兴华逐浪高。取义留洋挽沉陆，成仁蹈海警同胞。鲁连不帝秦嬴事，未若思黄时代骄！

辛亥人物章太炎颂

身逢板荡未征鞍，辣手文章警世鞭。三次何期罹狱祸，一生不肯作卮言。勋章坠扇诟袁府，遗简雠倭护禹天。毕竟硕儒穷道奥，功成民国不为官。

辛亥人物秋瑾颂

秋风秋雨叹沉沦，赤县难容一妇人。女界牺牲自君始，男儿革命不吾分。宣言激励巾帼志，作则奋扬民族魂。寄望后来开鼎运，先将热血洗乾坤。

辛亥人物宋教仁颂

胸怀济世补天才，时不时兮究可哀。创立共和求法统，倾颠封建瘗尘埃。经纶所重唯民主，卓跞难容因独裁。一弹穿心君逝矣，倒袁巨浪八方来。

辛亥人物蔡锷颂

护国讨袁征战多，无人不道蔡松坡。推仁守土仇专制，起义挥兵兴共和。北地贼薨因复辟，南天柱折竟沉疴。当年故拟风尘事，化作知音一曲歌。

咏卢沟桥七七抗战

瞬间寇祸起苍黄，衅肇居心愧虎狼。守土须凭忠勇辈，求和应醒昧昏郎。关山沦陷几千里，党国踌躇每一枪。七七终于开抗战，卢沟飞血映残阳。

乘渔舟泛洪泽湖

二三诗友纵豪情，一棹轻舟湖上行。游子经心凌浩渺，驾娘絮语话升平。
暂忘嚣市陆离景，最爱清波欸乃声。遥望水天金切线，征帆隐隐夕阳明。

安塞腰鼓赞

民间喜庆闻腰鼓，天下无如安塞奇。秦地健儿生剽悍，关中绝技演淋漓。
腾挪踢跨飞双槌，激越铿锵震四维。突兀眼前观此景，吹之腹内愧无词。

游金鞭溪

黄狮寨下树相连，路入峻山深峡延。粗细双峰如玉笋，昂扬一柱似金鞭。
水流十里叮咚曲，木秀万株青紫烟。款步临溪桥上过，无人不是画中仙。

舟游漓江

玉簪相迭碧山秀，罗带随旋漓水清。阳朔名高江路远，桂林地美客舟轻。
映峰破碎恨船过，丛竹扶疏傍岸迎。迢递嵚崎看不足，航程百里画中行。

游漓江黄布滩

漓江山水总相宜，黄布滩头景更奇。螺髻瑶簪青翡翠，清波宝鉴碧琉璃。
嵯峨峰影映江上，欸乃渔舟入画时。不与随园较高下，客游至此岂无诗！

游芦笛岩感怀

谁是神工精细雕？千姿百态尽琼瑶。半诗截笔吟难出，双柱擎天叹可骄。
瀑幔旗帘形各异，瓜菰鸟兽状何夭。功归滴水成奇景，亿万斯年自寂寥。

登迭彩山

沉积千层复万层，山如叠锦石成纹。风来古洞摩崖美，仰止祠堂浩气存。
胜迹皆同天地寿，元戎愿作桂林人。登临明月拿云处，碧水青峰作四邻。

赏桂林杉榕湖夜景

飞红闪绿到湖边，尽享杉榕不夜天。玉树迎光娇翡翠，银花射水激潺湲。
玻璃剔透桥灯烁，日月辉煌塔影联。漾起金蛇千万道，分明河汉落人间。

赏松花江暮色

松花江上暮云飞，空阔苍茫景亦奇。北望依稀太阳岛，南瞻雄伟抗洪碑。
泳儿击浪戏何乐，游艇观光去复回。受泽母亲丰乳美，人文山水尽相宜。

再咏宏村

金风伴我访仙乡，如画古村山里藏。活水灵泉牛胃沼，青砖黛瓦马头墙。
高低磊落参差美，浓淡芳菲馥郁香。此景唯应天上有，徽家作得好文章。

漓江上又听刘三姐山歌感极而赋

船在漓江耕碧波，又听三姐唱山歌。引回采凤敛双翼，醉落痴星堕满河。
倾众应知天上少，动心未觉世间多。韶华返转青春再，情思翩然颜已酡。

偕妻游南京九华山遇雨得赏玄武湖雨景

九华风雨眺玄武，大幅淋漓山水图。云影翻腾砚方洗，波光滤漫纸三濡。
雾笼小艇隐而现，洲系长堤有若无。谁写乾坤随泼墨，画成此卷世间殊！

放歌天门山

帝阍敞在白云中，澧水之南峻岭雄。岑岫拱迎如叩首，神仙来去尽乘风。
九霄一窍穿银燕，万壑千阶惊玉骢。最是平生豪放处，倚门大笑动苍穹！

游九寨沟

碧落遗珠净绝尘，集贞钟美蕴天恩。岩如肌体峰如脊，树是霓裳水是魂。
浪语涛声应有意，神工鬼斧却无痕。游中惊问身何处，疑作超凡世外人。

兰亭朝圣感赋

偕侣山阴道上游，情追胜地尽风流。墨池佳话万人颂，书圣遗踪千古留。
水自浮觞觞自曲，客方遣兴兴方遒。修篁石径茂林外，谁弄管弦刚复柔？

晨游西湖苏堤

拂堤柳浪影婆娑，扑面桃花红晕多。白鹭翩飞随意舞，黄莺婉转醉心歌。
一泓春水映朝日，六吊画桥疏锦波。谁把西湖比西子？游人到此忆东坡。

凭吊岳王庙有感

昔日风波何处亭？岳王坟上草青青。罪名能定莫须有，国运不知何以兴？
天日昭昭明道义，人心耿耿悼英灵。乾坤幸得精忠在，不舍寻常经纬行。

游西湖断桥

名曰断桥桥不断，景招游客客多游。白公堤外秋波绿，保俶塔腰岚气稠。
神话千年传巷陌，仙蛇一伞结鸾俦。靓男倩女藏心愿，风雨同登湖上舟。

访谒西泠印社感赋

相伴相携曲径行，澄怀览圣读西泠。林泉别具仙灵气，亭阁深涵金石情。
国粹而今传印学，艺家于此仰群星。天成方寸朱砂玺，钤记西湖万丈屏。

游衢州烂柯山

石梁如纽自天成，古木葱茏岁月青。几粒未移残局子，千年竟擅烂柯名。
诗多岂为神仙作，势胜原因造化生。赖有丹霞滋圣地，寰中谁与争输赢？

咏桥山古柏

桥陵满眼柏森森，古茂沉雄遗荫深。千载盘根凝地魄，万株联势接天音。
应知青史有其志，却道环球无此群。世事沧桑堪见证，轩辕手植至而今。

咏壶口瀑布

黄河之水九天垂，跌破一壶精魄飞。浊浪千层翻巨蟒，白烟万道挟惊雷。
此时有胆尽堪赏，其势无坚不可摧。争出龙门向南去，冲腾咆哮再难回。

游蠡园

十年尝胆卧薪图，一计美人传灭吴。辅国朝臣应有志，浣纱村女幸无辜。
贤愚至矣通三昧，贵贱嗟夫向五湖。斗转星移逮今世，神州是处仰陶朱。

游太湖鼋头渚

福地洞天迎客游，太湖佳绝在鼋头。参差亭阁林中隐，日夜乾坤水上浮。
拍岸春涛摇碧树，含烟夕照跳金沤。果然此景人间有，却憾难留范蠡舟。

三游花径感赋

两游花径景空蒙，疑似含羞藏雾中。石像清高一身洁，草堂隐约几灯红。
鬻诗不避白司马，续胜应怀李拙翁。三访如琴湖水现，心诚始得览芳容。

雾中游仙人洞

曾住仙人得美称，毛公一咏更闻名。雾中仍赏从容态，石上最生豪迈情。
老子骑牛常寂寞，纯阳居洞受香馨。流连幽径怜何物，松谷如藏十万兵。

芦林湖晨景

亦桥亦坝两相连，一景豁然开眼帘。太乙山峰青似黛，芦林湖水绿如蓝。
波平镜面磨方过，云动鹅绒飘未完。身在晨光画图里，所归已忘欲成仙。

游庐山三叠泉感吟

壑深崖险费踌躇，未计传言上畏途。彳亍登阶人朗健，砰訇震耳景奇殊。
一泓飞过千层壁，三叠摔成万斛珠。戏水听泉忘情客，相逢笑语大声呼。

在世博文化中心看上海夜景

华灯十亿耀玄天，登眺凭高竟一圜。彩带如虹牵璀璨，锦波似镜映斑斓。
云旗暮拂珊瑚树，星海夜航金玉船。王母而今知不足，瑶池未可比人间。

游黄鹤楼

兴游名胜及佳期，十月江城花正肥。楼外欲寻黄鹤去，天边唯见白云飞。
旧时亭阁今何在，满壁诗文谁复题。高眺逝川情不尽，龟蛇相望两依依。

登岳阳楼

巴陵胜状梦曾游，今上岳阳天下楼。情致抑扬羁旅客，烟波浩渺洞庭秋。
耳闻歌女死生曲，心系范公朝野忧。百舸匆匆眼前过，君山隐隐似沉浮。

游张家界宿武陵源有咏

初到武陵秋已深，此间佳境胜于春。为圆异水奇山梦，尽遇南腔北调人。
荡荡广场车正满，粼粼宾馆客长新。繁荣未必工农业，天赐财源地涌金。

韶山瞻仰毛泽东故居

茅茨土舍十余间，祖代农耕几垧田。面水依山气不俗，前荷后竹势非凡。
一孩降世拯华夏，百族翻身立宇寰。故物含情如示我，伟人原自出贫寒。

游龙门石窟感赋

何时圣手凿龙门？千龛精存佛万尊。伊水中通流艺脉，香山对峙守诗魂。
书家笔重魏碑势，游客心传造像神。最是动人卢舍那，虔诚仰谒日纷纷。

壬辰岁在列车上过重阳节感赋

秋菊依依别丽江，羁身客列过重阳。远山犹带缠绵去，近水唯将缱绻藏。
鸿爪雪泥留有印，人生逆旅跋无妨。椿荣萱茂梦中景，遥寄儿心一瓣香。

游云南石林

石芽出土竟成林，天作玲珑大匠心。幽邃行行复幽邃，嶙峋在在总嶙峋。
偶逢奇境最难眼，初入迷宫欲断魂。陟降旋回看不足，忘身且作梦中人。

游滇池抒怀

高原璀璨落明珠，云白天蓝景独殊。小艇几艘冲锦浪，长堤一道入平湖。
鱼龙春去子孙健，鸥鸟秋来踪影疏。隔岸西山游不得，遥观慵睡美人图。

秋游丽江古城

接踵摩肩聚一方，金秋十月古城忙。七街八巷金银玉，万朵千丛白紫黄。
食肆华灯照饕餮，酒吧夤夜泄疯狂。欲游仙境通灵地，错入人间富贵乡。

秋游泸沽湖

小凉山下嵌明珠，处子清纯泸沽湖。跳跃波光映三岛，苍茫草海育千凫。
船行似射最愉客，水绿于蓝可数鱼。一任摩梭风物秀，走婚宴上尽觞壶。

咏嵩阳书院将军柏

草木天生亦有情，千年周柏似精灵。不缘人主错金口，何必弟兄争诰名。
阅世阴阳心有像，毁身修炼佛成形。中原无此神仙树，谁伴沧桑岁月行？

游览中国翰园感赋

中国翰园名号雄，果然绝构在其中。林泉一片风光美，碑刻三千气叓宏。
文化由来能教化，李公自愿作愚公。却生感慨重楼外，冷落谁怜此道穷？

游总统府感怀

兴亡一览复何求，迩景遐思逐水流。碧草空阶行政院，古松残照子超楼。
园林依旧华而美，花卉闲开春复秋。亡国孑遗成史鉴，庄严虚设任人游。

瞻仰梅园新村抒怀

磊落园中铁骨梅，凌霜傲雪盎然开。夜残竞绽朝阳朵，寒尽将闻动地雷。
终以干戈拯诸夏，诚因谈判老恩来。金陵逐鹿当年事，笑看王朝化陨埃。

再访延安感怀

千里黄尘未尽除，虔诚二次访红都。眼前叶落风初厉，窗外楼高景已殊。
到处繁华显生意，当年僻陋掩中枢。圣踪犹在岭坪里，大道沧桑不可无。

天安门广场瞻仰升旗仪式

天安门外晓风亲，夜聚群黎伺北宸。仪仗威严破朝雾，国歌雄壮遏行云。
红旗冉冉神州志，热血滔滔赤子心。喜沐一轮喷薄日，花香人语共清芬。

杂　感

其　一

韶光易逝每如飞，浩叹人生难几回。欲借长绳三万丈，系将红日莫西垂。

其　二

终年矻矻未稽迟，莫为蹉跎空自悲。漫道人生无际遇，春兰秋菊各逢时。

其　三

烟云过眼势滔滔，富贵功名双刃刀。我独不随流俗转，诗文书画自清高。

李明汉

李明汉（1944～　），淮安区人，中共党员，中共淮安市淮安区委宣传部原副部长、文联主席。曾任区诗协副会长。

任区诗协副会长感赋

2006年11月，经诸位老文友力荐，会长金志庚领首，鄙人被推举为淮安区诗词协会副会长，特赋七律二首以为进见之贽，并作引玉之砖。

其　一

老大年华学赋诗，阴阳平仄渐知之。真情抒发上乘作，假意呻吟下等词。
莫道旧裁无活意，须容古树有新枝。熟能生巧盎然趣，着力研磨广拜师。

其　二

老大年华学赋诗，只缘恰是畅吟时。国逢昌盛选题阔，人到欢愉得句奇。
趣至抒情酬故友，兴来即景寄新知。瑕瑜互见寻常事，贬斥恭维两笑之。

丙戌除夕贺尚云老《韵海扬帆》付梓

其　一

即辞旧岁贺新年，尚老集成容大千。借景抒情由肺腑，托诗言志薄云天。
古风近体随心用，小令长歌信手填。弄斧班门真有愧，赧颜半掩致君前。

其　二

韵海扬帆已在先，赋成皆是动人篇。如珠瑰句来心底，似火豪情付笔尖。
伏枥犹存报国志，退居时撰恤民联。争传必贵洛阳纸，故友新朋绽笑颜。

祖国辉煌60年

其　一

建国欣逢六十年，人民亿万舞翩跹。环球瞩目炎黄地，禹甸扬眉尧舜天。
舵手后先相继踵，航标一往直趋前。军威足以卫疆土，科技攀升出颖尖。

其　二

六十年来业绩连，移山填海势惊天。飞船登月殊勋创，潜艇入洋奇迹添。
港澳回归还赵璧，海台解冻释前嫌。五环大展中华貌，世博重开新盛筵。

其　三

祖国辉煌六十年，财经腾跃往峰巅。高层大厦铺村野，长列火车入旷原。
衣食住行皆大有，科文卫教备齐全。稚童嬉耍髫龄乐，耄耋欢愉晚景妍。

其　四

弹指一挥双卅年，悲怆喜悦苦连甜。江河肆虐波涛涌，山岳倾摇地貌迁。
大霸称雄计不遂，小魑分裂梦难圆。江山如此稳而固，党是钢梁拄九天。

贺《淮海诗苑》出刊百期

其　一

佳刊晋百喜称扬，廿五年来续韵章。同好吟朋争赐稿，专心编友共搜肠。
十三区县如春笋，五万诗词比盛唐。回首历程堪赞许，古城无愧作诗乡。

其　二

诗刊一册系红丝，惹得文坛人共痴。写景抒怀酬故友，陶情言志报新知。
讴歌时代夸成就，描绘蓝图展艳姿。诵读把玩难释卷，百花园内寄遐思。

其　三

百期成摞忆高贤，国粹传承后继先。燮老一呼千士应，尚公三顾万花妍。
推敲格律茶常冷，勘校词牌夜不眠。终见淮安诗遍地，热忱一片感云天。

按：淮阴市人大原副主任孙燮华发起成立淮阴市诗词协会，任会长多年。淮安市人大原副主任、市诗协会长尚云为建成全国诗词之市作出重大贡献。

与晚晴诗社诸诗友同吟奥运摘冠

晚晴诗社笑声喧，聚首同吟奥运篇。数十金牌偿夙愿，多年汗水化婵娟。
体坛亦是政坛事，国格尤居人格前。盛世躬逢歌大有，老来更得艳阳天。

酬义恒贤兄

四十五年情义真，不经此境不知心。品行相近君和我，风骨仍同昔与今。
壮志未酬有接力，大功已竣看贤昆。莫言衰老黄昏近，明月当空耀眼星。

参观淮阴区韩信故里有感

其　一

一个韩侯两地争，谁家真是古淮阴？南阳襄郡抢诸葛，只为同尊一孔明？

其　二

一个韩侯两地争，谁家真是古淮阴？当年胯下遭污辱，哪个曾思夺尔名！

关忠节公殉国170周年赋

其　一

关公殉难百多年，故里人民梦绕牵。血染虎门酬壮志，永为桑梓铸光鲜。

其　二

忠勇常由廉洁生，原来虎将属清贫。旧衣几袭彰寒朴，堕齿数枚完孝心。

注：关天培与敌战前死心已定，将仅有的几件旧衣、数枚堕齿寄回家乡。

其　三

国家衰败将难当，自毁长城自取亡。更恨蟊贼兵不发，英雄没有补天方。

其　四

中华崛起看今朝，历史当为指路标。兵备常修无后患，东方永远赤旗飘。

赠孙老步坦先生

其　一

逆耳之言第一声，孙翁缘此喊狂人。足金不过九千九，瑕不掩瑜只半分。

其　二

瑕不掩瑜只半分，齿尊德劭功夫真。三坟五典皆留意，廉吏儒臣集一身。

其　三

廉吏儒臣集一身，安东到处传嘉名。红花绿苕稻千顷，贫困县城粮满屯。

其　四

贫困县城粮满屯，后来腾跃有前因。勋劳卓著口碑永，自赋新诗自啸吟。

陈精国

陈精国（1944～　），淮安区人。曾任淮安县公安局副局长、政府接待办公室主任等职。中华诗词学会会员、江苏省诗词协会会员、淮安区诗词协会副会长，作品在全国十多家报刊杂志发表。

蒋景升先生春节赠联感赋

春风注入视屏中，短信传来乐举盅。佳节佳联音韵美，亦师亦友感情浓。
通今博古擅施教，拾句成章悦荡胸。烦恼无存离我去，校园有幸与君逢。

华侨友人寄赠油画感赋

大洋彼岸接飞鸿，异国风光载画中。油墨丹青展巧艺，情怀义感落舒胸。
洛玑山下几多梦，古运河边再度逢。景美难移强国志，天涯最念故乡龙。

重　阳

丹桂飘香入万家，山川秀丽遍中华。登高远眺云中树，伏案轻描笔底花。
白发童心圆绮梦，蓝天碧水映飞霞。茱萸插处多情趣，结伴吟哦漫品茶。

访半岛斋

友约寻诗半岛斋，缘由主雅客勤来。桂香韵美人心醉，唱咏欢声印碧苔。

贺楚光诗社成立

结社吟哦可乐群，诗情伴送万家明。儒风雅韵千枝秀，业绩腾飞品味新。

贺河下诗社成立

古镇骚坛发丽枝，群贤结社唱新词。浓浓底蕴传承志，踏遍萧湖尽是诗。

茉　莉

清纯可爱不张扬，沐浴春风也淡妆。香冠百花犹自逊，甘予世界送芬芳。

诗乡赞

曾将彩笔铸辉煌，雅韵清奇溢土香。博里乡中尽李杜，诗情画意遍村庄。

淮安三湖颂

勺　湖

一勺清波千顷浪，风推石舫过龙墙。湖光塔影钟鸣处，步入厅堂满院香。

月　湖

荷香蒲嫩蟹虾鲜，果是月中生态园。绿海烟波缥缈处，天妃宫内作诗仙。

萧　湖

潇潇洒洒自天然，坐落千年古镇边。胜迹环湖人欲醉，诗情不断涌如泉。

莲花街

莲花万朵砌成街，足踏香风乘兴来。疑入蓬莱仙岛内，游人欲去却徘徊。

重游白马湖

荷香百里引飞鸥，岸上层林掩画楼。旧貌已随时运变，湖风拂水载诗流。

登木船游古运河

轻舟更借一帆风，能破横流千万重。航向不偏兼舵稳，行来自在且从容。

马甸行

今朝马甸春风荡，书画诗文伴土香。最是乡中重国粹，引来骚客运毫忙。

赞泾口第二小学诗教

情浓韵雅溢芬芳，国粹传承志气翔。特色校园花竞秀，诗坛教苑应无双。

潘占群

潘占群（1944～ ），淮安区博里镇人，农民诗人。博里镇诗词协会会员。

祝世博会圆满成功

五月花红喜事多，又逢世博日开锣。情溶碧海水千顷，神注浦江心一颗。
焰火九重妆月夜，喷泉百丈领朝歌。包罗万象高科技，胜似狂风逐浪波。

观淮安府衙

唯有淮安一府衙，保存完整冠中华。大堂顶上悬明镜，小鬼手中持木枷。
景点新奇招旅客，游人拥挤有农家。梧桐夹道枝条老，顺借春风织锦花。

倒春寒

三月花开分外娇，忽而半夜降寒潮。一园空气凝冰冻，几点初芽抱母腰。
不见翩翩蝴蝶舞，只闻吼吼北风嚎。登梅喜鹊栖梁燕，悄语焦心议筑巢。

观淮安府衙一对石狮有感

风风雨雨露天蹲，饱受风霜死守门。面对人群开笑口，心藏地狱屈冤魂。
荒唐岁月先入土，兴盛时期重见人。我问石狮狮不语，人间共有几多春？

祝嫦娥二号上天

腾空一箭射云霄，世界华人倍自豪。月桂捎回枝嫁接，天桥废弃鹊操劳。
东坡玉宇消寒梦，李白蟾宫饮一瓢。有望时天登月日，红旗如海韵如潮。

记忆中张学福书记在博里

言传身教带头人，衣着平常百姓身。夏季船头罱日月，冬时坝底改乾坤。

办公常记锣三响,在职不贪烟一根。权系平民谋福祉,作风警示后来人。

观台湾名画楚州展

字画名家妙手裁,春秋六十楚州开。字文尝品诗人动,画墨引招蜂蝶来。
对岸民心思故土,一流学者搭平台。云开雾散看山靓,无限风光共剪裁。

五一逛街所见

十里长街十里花,枝条徐动突然哗。商家打造西洋景,顾客留连禹地瓜。
休假工人陪伴侣,偷闲妇女带孩娃。老夫夹进潮流里,白发青衣衬紫霞。

游无锡太湖

碧波荡漾太湖风,景色诱人吴味浓。金佛蹲山授香火,石鼋出水看苍穹。
调皮垂柳逗新浪,撒野荷花香老翁。划艇捕鱼开水仗,不知饥饿乐无穷。

保卫钓鱼岛

钓鱼岛上起狂澜,政府人民出重拳。武略文攻理齐备,弩张剑拔巧周旋。
中华崛起早行步,帝国难安终失眠。设法想方燃战火,烧伤自己苦难言。

祖国颂

满目疮痍走出来,飞船阔路往天开。寻常百姓参国事,亿万人民入母怀。
经济繁荣园昔梦,江山铁打拒狼豺。五星鲜艳耀天下,红日东升幸福栽。

庆祝西藏和平解放50周年

雪源地狱插红旗,红日融冰桑海移。千载农奴去枷锁,万年寺庙换容姿。
牛羊奔跑歌声响,山水欢腾日子肥。民族和谐归一统,九州同唱太平诗。

祝贺老父90诞辰

精彩人生五色弦,宫商角徵奏华年。含辛默忆壮时苦,浅唱高吟晚岁甜。
桃李争妍花艳丽,儿孙绕膝喜涟涟。相逢欣喝团圆酒,四代同堂福寿延。

芦山大地震

塌天大祸降芦山,人暖灾区拒月寒。首长莅临危险处,军民往复死生间。
水生火热真情在,地动山摇重担担。重建家园齐协力,同心翘首望平安。

秋游沙家浜

八月金秋景色华，阳澄湖畔最为佳。青虾戏草荷招手，红鲤跳船姑浣纱。
雁落芦滩栖旧地，蟹爬堤岸找黄花。采菱摸贝生横趣，再到春来细品茶。

劝日本右翼势力

钓鱼岛上又行横，应记当年二战争。一霎硝烟焦国土，无边风火毁民生。
降书倾写苍生泪，异地纷飘将士灵。教训深当悬勒马，听听万叠怒涛声。

叹红鲤之悲剧

自由自在大江河，喜跳龙门逐浪波。只怨贪婪食香饵，激流永失你穿梭。

贺台湾著名画家陈秉环女士画馆落成

少年离别老来回，游子抒怀笔墨挥。枯木逢春缘盛世，亲情一路踏歌归。

荷塘月

红花绿叶夜飘香，鱼跃珠飞萤显光。时有浮云遮不住，领星一道下荷塘。

中共一大的船灯

一艘船行恶浪中，乌云密布刮妖风。只看微弱星之火，跳跃红光划夜空。

春节喜遇瑞雪

瑞雪飘飘下不停，合家团聚倍温馨。一支竹筷当毛笔，畅表农民喜悦情。

今年两会召开正逢惊蛰因作

惊蛰时分地气升，老农聚会议春耕。雪融田野千般绿，闻得禾苗拔节声。

杨寿和

杨寿和（1944～　），淮安区人。退休后进老年大学学习诗词，作品曾多次在国、省、市、区的诗、报刊物上发表和竞赛中获奖。中华诗词学会会员，淮安区龙光诗社常务理事。

运河园林风光带

其　一

碧水蓝天堤岸长，桃红柳绿百花香。排排别墅成方阵，座座高楼横竖行。
扑蝶幼童追蝶走，钓鱼老叟取鱼忙。风光无限人陶醉，沿线运河披彩装。

其　二

运河两岸绿荫浓，莺唱枝头传碧空。溪水潺潺绕幽路，曲桥座座展芳容。
衔泥紫燕高低曲，酿蜜黄蜂花树丛。妙在夕阳西坠后，晚霞燎得满天红。

游大丰市赞生态家园

春暖花香春意盎，朝阳灿烂悦心房。苗青麦秀连天碧，云白芦高丝柳长。
壮鹿成群鸡唱曲，肥猪满圈鳖沉塘。生机一派农家乐，足够诗材船满装。

金婚感怀

形影相依五十春，峥嵘岁月倍加珍。冰清玉洁亲朋赞，品正业勤邻里尊。
久历贫寒无怨怼，几经坎坷振精神。发稀须白心尤烈，颐养天年康健身。

绣谷风光

风光旖旎气恢宏，栈道蜿蜒轻雾中。古树沧桑溪水碧，闲云舒卷晚霞红。
怪岩栩栩仙人影，幽谷深深游客踪。满目葱茏铺锦绣，不知身在画图中。

沂河风光

雾透云霞运水长，风光旖旎梦游乡。千条柳绿垂丝动，万朵桃红瑞气香。
鹅鸭成群随浪涌，牛羊结阵应鞭扬。划船戏水多情侣，妙景天成誉远方。

祖国荣昌

满目春光百业昌，炎黄故里凤鸾翔。南流北引荒原绿，西气东输火焰煌。
都市耸天罗广厦，乡村拔地起楼房。回眸方识征途远，再铸丰碑来日长。

纪念邓小平同志诞辰110周年

其　一

心系民生爱意浓，竭忠尽智甩贫穷。胸中武略笑嬴政，腹内文韬比卧龙。
三进中枢图治国，两回南下绘长虹。丹心昭日春华发，功炳千秋星月同。

其 二

春天故事似东风，扭转乾坤遍地红。改革途中频捷报，放开步伐最昌隆。
一邦两制迎新日，四海三江祛旧容。强国殷民归众望，复兴路上凯歌宏。

学诗感赋

紧锁双眉静夜思，斟词酌句选精辞。谋篇时感知偏少，提笔方惊识恁稀。
课内聆听须律己，书中疑问必询师。诗田耕作汗挥雨，布谷催春绿满枝。

赞环卫工人

人间自古赞英雄，此日我夸环卫工。酷暑汗流除热臭，严冬袖卷战寒风。
披星扫道铲污秽，戴月清街增美容。雨涌风狂脏汗累，辛劳赢得一生荣。

咏水仙

几杯清水足营生，玉立亭亭不染尘。雪白根须多洁净，碧青茎叶绝疵痕。
芳姿敢与梅妻媲，廉洁胜于莲子纯。如论品端风格美，众花群卉让三分。

雨后散步

润苗雨霁路无尘，日丽风和空气新。朵朵鲜花呈笑脸，株株绿柳挂丝纶。
繁枝树上闻啼鸟，碧草丛中观蝶腾。信步休闲溪水碧，生情触景动诗情。

白马湖风光

西山日落半天红，帆影湖光映彩虹。别墅排排田野立，通衢处处镇村通。
禾苗万顷掀波浪，荷叶千层呈碧容。鱼壮虾肥船载满，渔歌一棹透凉风。

乡村新面貌

脱贫致富震全球，巨变城乡耀眼眸。摩托替肩挑日月，轿车代步旅神州。
兴农免赋千年颂，分地承包万户讴。科学种田机械化，小康实现度春秋。

颂党员楷模杨善洲

造福系民孺子牛，心诚高洁别无求。掌权正大非私用，有利光明为众谋。
绿染岭坡呈盛旺，情牵村学育贤俦。荒山巨变生机现，党内楷模名永留。

咏月季花

晴雨湿干皆不怕，五颜六色映红霞。冰清玉洁蕴灵秀，叶茂花繁显美佳。

屋后门前妆淡雅，岸边岭上饰芳华。深秋万里谁装点，开遍神州是此花。

颂原市政法委副书记杨益昌

当时在位不停忙，转瞬离休鬓染霜。有德有才堪表率，多情多义效贤良。
光明磊落公心在，玉洁冰清业绩煌。望重品高人敬佩，桑榆不老更风光。

秋游夏庄

日丽风和游夏庄，丝条堤柳赏秋光。河中鱼跃清波漾，堆畔树摇花朵香。
六色五颜真艳丽，千姿百态斗芬芳。乡村锦绣丰登地，今岁粮棉又满仓。

咏骆马湖

雨浮绿叶柳丝垂，水接苍天白鹭飞。鱼跃波翻帆影动，风光入胜尽春晖。

沙彦兴

沙彦兴(1944～)，淮安区人，大学文化，退休教师。淮安区诗词协会会员。

赞“神八”

烈焰亮苍穹，巨龙飞太空。华人多智慧，新建广寒宫。

歌老年大学

窗明几净亮堂堂，桌椅新齐雪白墙。电脑棋牌玩不够，喜看白发读书郎。

学　诗

学诗堪比水磨功，日日吟哦不放松。滴水穿石人尽晓，吃辛受苦哪能空。

示　儿

打拼辛苦到江南，二十二年终破关。今日安家山北固，犹须世代记淮安。

古稀自勉

耄耋妪翁身体健，人生七十不稀奇。而今日子呈多福，上寿期颐莫用疑。

农家乐

其　一

路边河岸树参天，灌溉水渠清冽泉。奔突铁牛金浪里，农家做饭没炊烟。

其　二

院内亲朋谈笑言，登堂肴果品新鲜。饭香酒美夸仁政，生活和谐赛似仙。

其　三

弯弯泥路出行难，多铺石子类登山。如今宽厚水泥路，共驾长车乐笑颜。

其　四

二麦稍头日渐黄，农家备袋为收粮。子规昼夜啼难住，老少弯腰早进仓。

其　五

铁牛奔突惹尘扬，口袋一提来灌粮。又是一年丰收景，儿孙个个喜洋洋。

其　六

良田黝黑油光亮，驾驶铁牛青壮忙。不用挑来何用抱，禾苗嫩绿一行行。

丁文祥

丁文祥（1944～　），淮安区平桥镇人。诗词爱好者。平桥镇诗词协会会员。

贺平桥镇诗词协会成立

群贤集聚古平桥，李杜传人倍自豪。名镇飞歌扬盛世，诗乡旋律颂当朝。
龙亭留驻三江贾，御道迎来四海骄。商贸工农齐发展，政清民富乐陶陶。

赞玉禾米业

家住殷王志气高，玉禾米业令人豪。投资百万厂房建，日产三千荒地抛。
机械轰隆连夜转，工人操作少辛劳。收来大稻便农户，优质白粮全国销。

淮中毕业50周年同学聚会感赋

文通塔下勺湖畔，昔日悬梁刺股功。活虎生龙全校美，投桃报李满江红。
六年寒暑皆成梦，五十春秋各不同。壮志未酬头已白，满腔热血化东风。

蒋景升

蒋景升(1944～),淮安区人,中共党员。中学高级教师。江苏省教育学会会员,淮安市诗词协会常务理事,曾任淮安区诗词协会副会长、淮安区老年大学诗词教师。

洪泽游

老年大学牛,洪泽组团游。细雨摧波浪,平湖下网钩。
初临光四射,终了味常留。上帝谁能做?但吟好个秋。

咏淮安市淮扬菜美食文化节

南巡半壁作豪游,少壮乾隆过楚州。满汉全席何足道?淮扬风味自当留。
古来美食非为节,今款嘉宾好个秋。政府搭台经贸戏,内联外引向全球。

楚州区诗协历史文化研究会工作会议召开感赋

古运扬波古到今,有声之浪即哦吟。史书诗韵贵宾梦,文景金区袢鸟音。
酿得香醪宏众德,唤来春雨绿吾林。耕耘更引银河水,不信仙桃不胜琛!

致易中天教授

九州显耀易中天,更谢荧屏信息传。三国真诠播大智,万民遥感悟深玄。
剪裁百代时空客,突出群星文曲仙。又对先秦诸子品,日升银汉月恒妍。

夜景韩信路

数九嘉宾月下哦,华灯如画耀星河。山阳典籍文章久,霄汉冰轮记忆多。
赏景欣开韩信路,品茶乐奏伟人歌。玉雕总理精神足,隔水南观旺且和。

周恩来诞辰110周年

百十周年庆诞辰,古城正值物华新。破冰斗雪呈豪杰,泼墨吟诗颂伟人。
德泽常滋山水景,功勋永福万千民。桃花垠里观佳景,今日鸣雷天下春。

从板闸转移

淮安不败去争奇,板闸城隍庙转移。独睡背包连夜走,终扬绣袱上微曦。
丹心启发千明寿,黝面投抛一日知。军备灵魂被更织,九天共莫享时疑。

原注：舅父周秉谅，革命烈士，此诗写1948年牺牲前，从板闸城隍庙转移情景。

大　桥

大运河流自北京，滔滔不绝发天迎。长桥夜战飞惊起，短笛晴空唱势争。
霄汉诸闻传板闸，市喧一磬注霞城。朝东白玉朝南道，浪里云来总有衡。

王连成

王连成（1944～1987），号野人，江苏淮安区人，曾任教于博里公社王庄中心小学，后任公社兽医站会计，兼管博里公社文秘工作。擅书法，爱好古典文学与格律诗词。

护　鱼

观吏风不正，士风贪鄙，而为后来者执言。

小湾垂钓客，终日篓无鱼。借问鱼何失，三年五竭渠。虽微饕餮掠，囡仔未伸躯。长此来人怨，禁声倾力呼。

怀念黄文彬同学

多日未将音讯通，闲来更觉念黄公。才多识广招人爱，义执仁施有古风。富不骄人愿人富，贫常自赞杜陵翁。善吟谁谓无高果，万古长存浩宇中。

母忧忘炊

夏蝉岸柳叫声哀，饿极身依冷灶台。今日因何我难受，家慈忧虑泪盈腮。

悼毛泽东主席逝世

圣主曾歌西风烈，而今落叶下长安。金戈铁马江河记，继志遵言卫赤坛。

潘炳年

潘炳年（1945～　），淮安区人，建筑工程师。

南窑村

广厦中人意，应时乃发生。丰姿钢铁骨，起步入云深。邀揽能工者，细描锦绣身。唯独湖塘树，犹记古窑村。

看北京奥运会比赛

荧屏传喜报,连日不眠宵。喝彩呼声大,夺魁奋臂摇。
雄姿驰俊彩,马术呈英豪。梦里五星闪,红旗连续飘。

看北京奥运会闭幕式

盛会得完满,环球惊动容。会歌留壮阔,圣火忆恢弘。
喜悦奖牌足,狂欢情谊浓。何年再聚首?来舞鸟巢中。

居菏泽张店村

花乡张店村,一片茂林深。犬吠破沉夜,鸟鸣争暮春。
新居房院阔,曲径露珠珍。更有芳邻美,彬彬情义真。

楚州万象新

文明新楚地,机器奏欢声。梦醒更催举,时来竞发生。
简房终败退,广厦竞攀升。更写丝丝绿,瞻前瑞彩呈。

怀念周恩来总理

少小离家常记怀,借天遥看故乡来。志谋环宇求真理,手扭乾坤济世才。
唤起人民齐奋斗,几经长夜费安排。一身正气留芳去,万代高歌荣楚淮。

国庆60周年阅兵

六旬华诞贺声高,国庆阅兵掀浪潮。细柳军营成往事,雄师铁甲数今朝。
鱼雷导弹威风显,火箭飞机彩画描。三代精英航向指,国防力量技能高。

漕运博物馆

壮丽高楼接上苍,古城矗立玉皇堂。卫星俯视玲珑态,数码斜看碧翠妆。
昔日繁华枢纽旺,今朝显耀画图芳。声光电控高科技,船启长淮漕运忙。

河下古镇

其 一

民居名胜恢宏处,来往游人感叹多。老巷临湖石铺就,古街依水我描摹。
程公桥畔照灯彩,漂母祠前漾碧波。宝地流连文雅客,吟诗作画并高歌。

其　二

登高远眺绿阴浓，一片和谐图画中。红玉精神千载颂，承恩业绩万年崇。
赋坛枚派历时久，文教汪公领启蒙。美丽中华文化貌，沧桑古镇更繁荣。

秋收即景

其　一

和风拂地郁金香，沃野连天稻谷黄。未见农家勤奋苦，楼头村妇比时装。

其　二

农忙秋种未回家，田地操劳全靠她。机器抢收规划早，长途通信话桑麻。

赞古运河风光带

运河沿岸美风光，曲径小桥映丽阳。亭阁碧波花满路，游人如醉嗅清香。

晚游滨州广场公园

弯月斜悬新厦旁，丰姿倒映水中央。晚来风色清凉夜，处处花香鱼跃塘。

山东遇建筑同行论诗

广厦矗天风采扬，雄姿立地耀花乡。菏泽漫步留佳话，工匠频书盛世章。

桃花垠即景

永怀路侧柳如烟，花木相连书画轩。清澈湖光依圣地，嘉宾游客总流连。

钓　鱼

全神贯注看浮标，河上垂竿情趣高。一旦有鱼钩咬动，烦心琐事上重霄。

周锡祥

周锡祥（1945～　），淮安区人，中共党员。曾出席军区空军先进个人代表大会。转业至公安部门，曾被评为优秀共产党员。退休后参加诗词、书法学习和创作。

太空留下中国人足迹

神七酒泉霄汉升，目光十亿看龙腾。出舱缓缓星旗耀，迈步飘飘民族兴。
玉宇飞舟观月景，银河探秘作仙丁。千年壮志今圆梦，科技攻关跨远程。

利剑——大青山

青山顶上硝烟散，宇宙波声静耳听。去伪存真侦信息，精心挥臂布神兵。
炸营美帝入罗网，来使志明称铁营。疆场越南传捷报，又闻总部贺精英。

铭记前哨

大清光绪炮台旧，雾霭深深绝壁崖。世纪风云常变幻，戍边重地我重来。

纳　凉

静卧槐阴读暑天，西湖龙井泡神仙。早年邻里扇摇近，今日空调闭户坚。

淮安区老年大学新貌

一座琼楼耸碧空，东南遥望势恢宏。清风拂面人心醉，老树花开香气浓。

何永源

何永源（1945～　），淮安区人。退休后，入淮安区老年大学诗词班学习，曾在《楚霞颂歌》《淮安诗苑》等发表过作品，田园诗大赛中获得入围奖。

秋收美景

一片丰收景，连天号角声。机声鸣札札，人语乐频频。
夏熟千斤外，秋收更倍增。人民夸德政，四季有财生。

读《沁园春·长沙》感赋

当年领袖立潮头，访胜今来橘子洲。指点江山天地换，激扬文字帝王休。
枫林未染山流翠，碧浪又腾舸竞流。北去湘江应笑慰，人民做主写春秋。

南湖红船

红船解缆出湖塘，斩浪劈波奔远方。雨骤风狂无阻挡，烟弥雾罩不迷航。
万民嘱托舱中载，一国兴衰肩上扛。舟覆舟浮都是水，得人心者振家邦。

守得清贫无远忧

龌龊频生势未休，街谈巷议问缘由。因逢诱惑成朋比，立判鱼龙识慎修。
万念皆空荣显毕，六根不净愧羞留。归来反侧沉思久，守得清贫无远忧。

观　麦

麦浪排空接碧天，田头稳产汗珠圆。丰收在望千群喜，我辈开心恰似仙。

醒世篇

祸福相依

春风得意马蹄疾，须防马儿失前蹄。逆境人生休急躁，时光终会照清溪。

警钟长鸣

高官厚禄耍威风，三令五申充耳聋。口喊清廉台上叫，牢房一进变成熊。

孙耀服

孙耀服（1945～　），淮安区人。中华诗词学会会员、江苏省诗协会员，淮安市诗协理事，作品散见《淮海诗苑》《江海诗词》《诗词月刊》《中华诗词》等刊物。

应邀挚友月光院中小酌

同侪临友宅，犬吠迓宾朋。院落银光满，周遭绿木丰。
樽频移竹影，声浪失儒风。酣饮三更月，嬉形度未通。

湖上纳凉

耆年愮夏日，昼炽卧高楼。移步湖边暮，纳凉桥畔舟。
青螺禅碧水，白鹭出蘅湫。雾气和风拂，陶窗逊一筹。

桃

春风笑依旧，常惹蝶蜂旋。方怅红颜瘦，偏欣绿叶繁。
沉沉无限意，累累在枝间。虽乏傲霜骨，乡情万里牵。

农家女

谁家小女巧施妆，脚踏清风歌出庄。打草满篮青野绿，采莲一棹碧荷香。
乘凉柳陌编蝉曲，濯足溪流赏自芳。抬首回眸寻牧笛，桃唇粉面向牛郎。

咏　菊

一葩怒放斗寒秋，万种风情不胜收。霜剑飘香花冷艳，风刀傲骨意闲悠。

苏公续句黄州启，陶令荒庭翠菊留。晚节落英归厚土，香酬大地亦风流。

春 晓

疏雨晓晨天放晴，清原一片愕鲜明。淡香拌雾随风漫，初照濡霞带露腾。
杜宇啼开莺啭曲，牛铃响遍燕归程。嫩黄流韵谁无梦，新绿摇春自有情。

初春晨曲

东风未劲半轻寒，带雪梅枝花尚妍。溪水流明无怠意，晓莺啼脆有柔弦。
桃苞含露三分雨，纤柳排芽一派烟。清野牛铃响春曲，蓝图翰墨写开篇。

西安怀古

其 一

秦始皇陵气势雄，骊山古寺响晨钟。长空悬挂三秦月，青野幽吹两汉风。
天子情深随水逝，周皇权重立碑空。千秋功罪凭谁鉴，胜则为王败鬼雄。

其 二

始帝宏图二世终，留芳遗臭判西东。几声鼙鼓排兵马，八面雄师起火烽。
社稷归安圮儒简，神州同制罪坟宫。秦皇否泰千秋远，尽在时人谈笑中。

其 三

骊山烟树接苍穹，览胜凝思怅意浓。一脉清泉浴今古，几丘黄土掩蛇龙。
髻鬟魂冷残香杳，骑辇烟销威力空。林海千层无属叶，花枝有影竹含风。

谒关天培墓

世人无不敬高贤，吾谒英豪忆旧年。曾练水师躬尽瘁，犹闻烽火战尤酣。
英夷六创威风灭，坎壈孤攻血甲寒。御匾林联书气节，长青松柏立人寰。

感 赋

其 一

琼阁临波满座风，幂云啸雨压长空。游人光景难为计，搁笔诗情却到工。
枝叶遭残花不敌，江潮拍岸水长东。阴晴别聚帝王奢，凡事何如不语中。

其 二

门庭冷暖别无穷，孟母三迁遴惠风。院落难成千里骏，险峰常挺百年松。
天涯徒履方知远，枫叶经霜才染红。风雨征程多敛取，霞光织梦耀长空。

听陶琪演唱越剧《琴心》有赋

其　一

玉人举步移花影，潜听琴音俗未同。声壮枪横刀战急，音幽花落水流融。
长空雁唳高天月，小牖情倾薄暮风。怯腑半开空晓律，伯劳飞燕各西东。

其　二

一曲琴心动众容，数重思绪说玲珑。满弦凄切人心暗，彻腑忧怜客恨浓。
铁壁雄关千里隔，高山流水两心通。断肠哀婉深沉意，尽展陶君演艺功。

注：陶琪系南京市越剧院青年花旦演员。

拜读《回顾与守望》赠张老学福吟长

其　一

淮光楚水誉清音，兰芷芳香抱朴人。效古颜瓢无杂念，抚今棠政有恒温。
肩担道义青山骨，根扎黎元孺子魂。前路横斜持正道，丰碑一座立民心。

其　二

雪泥满卷沁真诚，睿达拳拳否泰平。三绝韦编痴国粹，一池春草雅诗情。
萱堂勤曳黄香扇，人世清传陆绩名。读罢沉思仰苍宇，秋光束束宛长庚。

读《秋色吟草》

秋色华笺绽墨香，十年一剑闪豪光。真情可净西山月，厚义能融北塞霜。
杨柳岸风入诗赋，大江东势出词章。仰看翠竹凌云立，挺拔葱茏对夕阳。

寄　友

其　一

否泰何询门第初，石头琢就夜明珠。也曾砥砺风凋叶，未惧艰贞雪掩途。
抱瓮穷灯留鹤梦，勾栏催志远器庐。殷勤十载磨霜剑，道道寒光耀碧虚。

其　二

一肩风雨挂帆行，进退红尘耿直评。已铸三分梅傲骨，更留一路菡芳名。
同怀义气憎蝇狗，齐斥邪魔仰俊英。有幸桑榆对床语，北窗共酌晚霞情。

其　三

不讳人间有染缸，九流三教乃寻常。应怜狷介河中蕊，当唾孱懦雨里妆。
精卫何因云霭重，子规不惧朔风狂。尘寰多少无名卉，乐在藩篱独自芳。

其　四

月挂苍穹缺复圆，相知相识结尘缘。春花秋月哲贤悟，北斗南天好恶言。

累累业评三百种，悠悠史溯五千年。喜吾所喜恨吾恨，泡谊斟情心互牵。

致诗友

休言诗赋费神功，心血常浇花自红。砂里纯金淘可得，手中宝剑砺方锋。
寻梅踏雪梅犹约，留梦安床梦绝踪。心笃何须愁戒律，戴常镣铐也轻松。

咏　物

小　河

千回百转荡清波，一路欢腾一路歌。越阻排难酬夙愿，分分秒秒不蹉跎。

春　梅

寒梅消尽春芳未，霜雪流连笑脸绯。不是此君填一空，风情无寄实堪悲。

吊　兰

一丛苍翠挂阳台，条叶葳蕤八面排。莛瀑临风青发舞，依稀犹是玉人来。

垂　柳

绿水堤旁亭倩影，和风日里弄丝缨。仰头不弃青云梦，垂首难丢大地情。

柳　絮

激情迸发附风怀，荒野堆堤任尔栽。只待片云甘霈润，扎根瘠土自成材。

梨　花

秀麦平畴一望收，风吹波涌好扬舟。春光未向梨园地，白雪依然满枝头。

花春景

花春景(1946～　)，淮安区人，中共党员。曾任乡长、党委书记，区政府办公室副主任、区卫生局党委书记等职。退休后学习和写作诗词。

乡下老宅念父母

因故回乡下，身闲住老家。门前皆落叶，眼里尽凋花。
牌局心无趣，香醇味似茶。双亲乘鹤去，难孝忆无涯。

重阳谒周恩来纪念馆

北奠丰碑满目秋，馆园纳罕景悠悠。西花厅里情难抑，纪念堂中颂未休。
俯首扪心思懿德，登台眺远忆君侯。仙鸾翀举将何往？普降甘霖万古流！

叹百年名校改制

宝塔文通傍校园，书声沁腑百多年。鲤鱼敢跃龙门界，桃李当为天下先。
物换星移民众产，私营公退土豪钱。莘莘学子囊中涩，借助闲云可问天？

春雨夜

入暮寒凉霭雾蒙，热温壶酒愈香浓。糟糠速炒三中碟，老伴欣尝八大盅。
品茗哼歌时亥尽，和衣酣睡雨声中。晓晴早起推扉看，庭院茶梅一片红。

老友抒怀

雄心越过困难梯，双鬓如霜到古稀。身体似前全硬朗，感情依旧更添奇。
敲牌酌酒皆闲趣，作对吟诗已醉迷。尽享天伦宜悦性，年延耄寿盼期颐。

高中同学毕业50周年聚会感赋

识　荆

录取通知印色红，青年五十聚淮中。寒窗初识荆州面，漫漫求知一路同。

苦　读

三更灯火五更钟，年复一年何敢松？锥股悬梁心力瘁，图强发奋为成功。

梦　碎

岁月匆匆“文革”中，激情燃起火通红。书中哪觅黄金屋？美梦难圆再返农。

寻　路

一声号令各西东，愁绪萦怀出校笼。路在何方谁报信？披荆斩棘逞英雄。

思　故

展翅鸿鹄一字飞，回看西去两分离。苍茫世界皆由取，思念故人都有谁？

聚　会

菊放莺歌夕照红，镇淮楼里聚姑翁。同窗相见情难尽，喜极泪流杯酒中。

家慈仙逝怀思

梦里依稀听母呼，醒来不见痛心殊。鸦啼花落娘何在？驾鹤西行祈坦途。

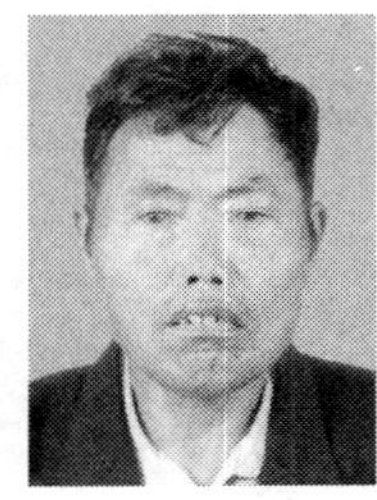

刘步云

刘步云(1946～),淮安区博里镇人,镇、区、市三级诗协会员,创作诗词百余首,在希尔盖杯诗词竞赛中获二等奖。

中国年

亿民腾笑语,万院闹声喧。烟火争妍色,银河不夜天。
年终聚游子,除夕庆团圆。四海和谐日,咸歌中国年。

看汶川巨变赞建筑工人

建筑工人意志坚,汶川面貌换新颜。三伏沐雨征炎暑,四九凌风战大寒。
再理通衢连宇宙,重修广厦入云天。千辛万苦何须计,要让灾区处处妍。

中国共产党成立90周年

国泰民安喜事多,九旬华诞忆风波。同心八载逐倭寇,协力三秋清匪窝。
万里长征斩荆棘,九州归统击铜锣。共和崛起乾坤定,强我中华再放歌。

党架金桥铺富路

博里新容日盛时,文明集镇党支持。图宏规划诗乡景,大气工程特色姿。
宜业宜居同发展,有门有路共奔驰。新城广厦谁谋策,周邓仙灵雨露滋。

弘扬国粹

墨水弘文化,田园有律诗。虽然无贡献,不废业余时。

农民拿养老金

农民拿养老,政策史无前。百姓开怀乐,洪恩大似天。

反腐倡廉

吏暗民忧国不安,官清党兴稳江山。倡廉反腐常提醒,洁地清天保政权。

喜迎十八大

笔歌墨舞农家韵,喜庆京城盛会时。只待强音新略出,辉煌再创绘雄奇。

三农政策好

中央政策暖人心，今日三农气象新。国税免除全不纳，种田喜获补贴金。

打工者

打工四海不安家，既想爹娘又想娃。两地遥遥千里远，手机谈到月西斜。

沙国华

沙国华（1947～ ），淮安区人，淮安供电公司退休职工。中华诗词学会会员、龙光诗社理事。获得第三届、第四届《中华颂》老少文学艺术大赛一等奖与金奖。在报刊发表诗作100多首。

问君得到哪一头

常见诗人卢顺贞，忙碌不已，快乐充实地传播诗词文化。

作诗填词已辛劳，立功立言德更高。培育学子心血注，高考升学赶指标。身兼诗协秘书长，须做实事常操劳。老年大学讲诗词，焚膏继晷改诗稿。家庭琐事顾不上，谁当夫人都牢骚。五花马与千金裘，问君得到哪一头？

改革开放30年

卅年改革路多长？辘辘饥肠面发黄。钱袋如今高鼓起，山珍海味也寻常。卅年改革路多长？空望洋楼守旧房。冲破樊笼常揽月，大千世界任翱翔。卅年改革路多长？茅屋土墙多漏房。浇铸水泥无土路，小楼幢幢竞辉煌。卅年改革路多长？沉闷守愚皆扫光。信息如今联四海，春雷阵阵报隆昌。卅年改革路多长？先见星光后日光。好梦成真一刹那，还童翁妪学同堂。卅年改革路多长？任尔步弓难丈量，奥运金牌居榜首，神舟载我上昊苍。

观钓鱼

钓竿划破一湖秋，挂出银鳞舞线头。贪婪误吞莫抱恨，世上香饵总藏钩。

向日葵

只拜朝阳哪拜风，丹心不易古今同。满园花卉君高拔，怒视严霜腰不弓。

鸡冠花

冠赤翠身披绿衣，昂然挺立院庭西。为吾居室多宁静，忍住终生不肯啼。

老年大学开学感赋

黉门桃李每年栽，蕙圃黄花又盛开。再植杏梅三百亩，定然馥郁笼江淮。

祭先考先妣

其　一

清明坟上草茵茵，浮现眼前先辈心。老父登仙卅载后，不知电话不通音。

其　二

也曾几度梦相会，变化惊天未诉亲。衣食住行高格调，孙男嫡侄尽成群。

许双林

许双林（1947～　），淮安区南闸镇人，大专文化，中教一级教师。中华诗词学会会员、龙光诗社理事，《家乡新貌》《祖孙》等诗获奖。著有《今世奇缘》长诗。

慰　藉

余年持雅兴，网苑涌诗情。天上风云淡，人间争斗频。
桃源多静逸，尘世少安宁。看破红尘事，何求利与名？

乡贤赞

承包百亩田，屈指过十年。出款修村路，捐资建乐园。
发家深谢党，致富细思源。政府常嘉奖，乡邻共赞贤。

听孙女弹吉他

孙女岁十三，吉他已会弹。轻灵挥巧手，淡定按丝弦。
顿感风云骤，忽觉涧水潺。虽然听几曲，欣喜夜难眠。

老农城居

离别乡野入城居，登上高楼舍老屋。清早公园学武术，黄昏广场抖空竹。
闲情逛进棋牌室，信步游玩风景区。辛苦一生今洗手，身依子女享余福。

奋战灾魔笃定赢

盛夏天公呈野性，百年难遇罕灾情。南方烈日高温酷，北域狂风暴雨兴。旱地禾苗炉里烤，涝区车马水中行。中华儿女多奇志，奋战灾魔笃定赢。

京沪路上有感

客车京沪路驰行，雅兴窗门作视屏。苏北禾田如碧海，江南工厂似繁星。一江界线枯荣划，两地民生苦乐明。政府积极出妙策，并肩携手创双赢。

清正廉洁手莫伸

漫漫仕途风瑟瑟，森森官场雾沉沉。掌权应为谋民利，执印该当谢党恩。诱惑失足千古笑，警觉回首百年身。如何避免囚囹圄，清政廉洁手莫伸。

天神之吻

"神九"吻"天宫"，相牵逛太空。世人皆瞩目，拱手赞强龙。

油菜花赏吟

阳春遍野金，乐了老农心。汗水洒油籽，千滴换几斤？

从教乐

回首平生无大彩，廉洁从教四十年。环观遍地皆桃李，满意知足露笑颜。

镇淮楼下

天天聚满妪和翁，戏战棋牌兴趣浓。国泰民安福气好，青山不老夕阳红。

中秋敬月

兔饼荷菱桌面东，举杯对月敬吴公。嫦娥还未翩翩舞，已是童孙逗醉翁。

注：兔饼：用面做成有兔子的饼，乡人将其敬月。

养　龟

湖边老汉捡只龟，每日三餐肉满堆。探问缘何长乐养，笑答约好俩同归。

春　雨

迎春喜见雨绵绵，久旱青苗萎转鲜。淳朴农夫哼小曲，今年田地又生钱。

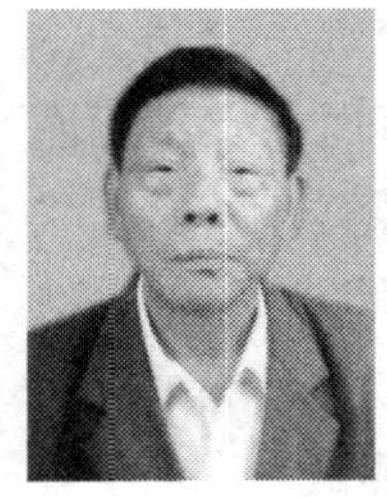

马开义

马开义(1947～),淮安区人,曾任镇农具厂厂长、党支部书记,顺河镇党委宣传委员、副镇长。2007年退休后任季桥诗社顾问。

游港澳

四月春光美,携妻游港澳。行程万里余,往返双飞早。港澳六天游,心潮澎湃闹。为何夙梦圆,开放改革妙。

孙儿马骏杰10岁生日

骏马草原腾,豪杰战场能。儿时须立志,奋斗绣前程。

张志友

张志友(1948～),号清风,淮安区人。曾任平桥、南闸人民公社党委副书记,局机关党委书记等。中华诗词学会会员,淮安区诗词楹联协会副会长、《淮安诗苑》责任编辑、龙光诗社社长。著有《清风吟草》《沧海桑田陆桥村》《古镇平桥史话》《古镇平桥话乡愁》等,多次获奖。

沈坤状元兵抗倭寇

运河堤下北辰坊,古镇也出"戚继光"。丁忧故里守母孝,适逢倭患太猖狂。漂洋而来犯淮府,奸淫杀戮民遭殃。沈祭酒,报国殊,散家财,招卒徒。练得青壮乡勇千余夫,英勇善战卷甲趋。北马逻,金牛墩,东庙湾,大战岛寇淮海隅,姚家荡里歼夷奴。埋倭墩,葬敌酋,彰显华夏不好侮。文魁武杰世代颂,有口皆碑古今殊。

关天培血溅虎门战英夷

乡民常祀忠节祠,关烈威名世界知。英帝鸦片源源入,毒害国人吸膏脂。胡儿船坚擂大鼓,碧眼鬼奴乱杀慈。少穆忙缉烟,仲因守虎门。峭壁东西峡,险要无比伦。鹿角绝归路,铁索横断魂。惜哉!琦善畏懦坐失策,群鬼叫嚣气益振。私财尽散激豪气,堕齿恭还谢母恩。将军徒手犹搏战,自言力竭必成仁。可怜裹尸无马革,义仆求骸始得成。血溅南疆惊异类,英雄忠烈震乾坤。

新旅宣传抗日走天下

行知思想达之功，新旅个个小英雄。唤起民众赴国难，宣传抗日百事通。六年行遍十四省，徒步四万五千程。一身单衣一把伞，一双草鞋日夜奔。放映设备陶公献，五十块钱度六春。宣传队、秧歌队、腰鼓队，花船莲湘 花担陪。打鼓书、黑板书、墙头书，标语口号齐声呼。快板唱、道情唱、歌剧唱，兄弟姐妹演救亡。唱怒三山并六水，激起千军万马腾。配合主力反扫荡，请缨战斗支前忙。毛周朱刘同关注，爱国光辉永远照故乡。

王元甲15岁抗日勇捐躯

淮乡也有“王二小”，新四军里小花苞。一十五岁闹抗日，泾口据点逞英豪。出身贫苦当伙计，箩柜筛面手脚敲。乳名二网子，大名王元甲。鬼子扫荡流均沟，保长派差助讨伐。政治干事程德庆，教育启发干革命。决心不当亡国奴，暗助侦察常出进。圩子里面当交通，传递情报又送信。一九四三五月红，淮宝支队宣传浓。《告敌战区人民书》，多种文告敌心攻。元甲胆大心又细，带进据点暗藏身。半夜过后暗无影，拿着标语浆糊盆。大街小巷墙上贴，白天日伪吓掉魂。明查暗访遍搜索，严令禁闭四圩门。绳捆索缚拘百姓，张家祠堂乱杀人。一名保丁吓破胆，指认二网原委陈。严刑拷打不招供，威胁利诱无真情。五月十三日清晨，枪杀二小赵舍村。倭奴残酷民愤恨，英雄事迹万古存！

八十二英烈血战大胡庄

古黄河畔茭陵乡，泣鬼惊天悼国殇。辛巳四月二十六，凌晨天黑星无光。二连驻守方入梦，划破夜空枪骤响。七百伪倭围宿地，八三子弟战豺狼。弹尽缺火力，硝烟终不息。工事被摧毁，抡起铁锹劈。流氓逞疯狂，野兽人性灭。施放燃烧弹，瓦斯毒气散。草房被烧光，土墙难逾越。人民子弟爱人民，掩护百姓往外撤。噫唏！正邪在较量，生命在搏击！七个时辰鏖战急，八二英雄洒热血。气吞江淮敌寒胆，保卫盐阜民免殃。净土一方埋铁骨，巍巍白塔耸胡庄。莫道魂归非故地，九泉之下慰忠良。

游太湖鼋头渚

鼋头浮水面，远望景悠悠。山色雄吴越，湖光映九州。
瑶台凌绝顶，玉镜映归舟。众友赏心处，春涛漾画楼。

步韵和王继志老师《喜相聚》

校园相别后，弹指夕阳年。两鬓生霜色，双眸盈泪斑。
倾心谈往昔，笑面忆翔跹。圆梦今朝醉，擎杯已半酣。

注：王继志，余大学恩师，南京大学著名中文教授，博士生导师。

游秦始皇陵

依山临水始皇陵，访古寻幽初识秦。合纵连横称霸主，征东讨北立威名。
阿房宫里探遗址，兵马俑中观阵形。统一六朝功载册，焚书坑士后人评。

谒成都杜甫草堂

浣畔草堂青竹深，铸成工部史诗魂。生前作品千篇伟，身后留芳百世尊。
白鹭上天成绝唱，秋风破屋醒贤人。闲来喜把杜文读，再拜宗师心意诚。

过三峡

舟从巴峡穿巫峡，峡峡船行非等闲。神女亭亭陪大士，夔门赫赫守雄关。
两山仰望连云顶，一水俯观临险滩。何日瑶姬还助禹？复降鳌广利人间。
注："神女""大士"指巫山12峰中的神女峰和观音峰。

隆中行

宝地隆中田二顷，苍松翠柏草庐森。躬耕陇亩卧龙志，先觉尘寰梁父吟。
三顾三分成鼎势，两朝两表铸忠心。鞠躬尽瘁死而已，一代贤丞何处寻？

游故宫

辉煌金碧帝王家，禁苑森严布局佳。三大殿中谈古事，天安门里论今华。
金银珠宝放光彩，文物奇珍开艳葩。二十四皇成过眼，神州喜看映朝霞。

再登黄鹤楼

不尽长江滚滚流，烟波浩渺戏沙鸥。登高眺远临吴蜀，忆古谈今论孔周。
崔颢一章传百世，李仙半首耀千秋。楚天壮丽三城美，满目风光不胜收。

游项王故里

赫赫英雄称霸主，应时起义反秦皇。八千子弟成王业，三载刀兵得亥亡。
谋若匹夫终败北，气能盖世亦苍凉。江东父老无颜见，高唱大风刘氏狂。

游戚继光故里

倭寇疯狂侵我疆，人临苦难国遭殃。明廷昏暗海防怠，卫所无能将士瓤。
练戚家军民振奋，创鸳鸯阵敌仓皇。槊横万里平边患，功载千秋名永扬。

谒开封包公祠

铁面开封三铡同，不私故旧只寻公。贪官污吏难逃罪，国戚皇亲休要疯。
直道谋朝存国祚，清廉治本保心忠。一身正气传千古，民颂青天贯史空。

谒海瑞祠

松竹森森海瑞祠，去思碑下我三思。清官道上论廉事，纪念林中绝谄词。
疾恶如仇留品节，爱民似子见仁慈。三番罢黜不移志，今古腐贪应愧知。

宝岛台湾纪行

游西子湾风景区

碧海蓝天西子湾，气和日丽客悠闲。椰林高耸风摇曳，浴场无垠浪打滩。
礁石珊瑚呈异景，晚霞渔火耀空间。双双情侣道情愫，夕照港都成美谈。

听阿里山传奇

阿里传奇遍世间，女仙姐妹更非凡。降龙伏虎开天地，碎骨捐躯化绿山。
异草艳花三代木，晚霞云海五奇谈。有茗鼎鼎滋心肺，潭水粼粼照影还。

注：指“鼎鼎有茗”商标的阿里山高山茶。

颂太鲁阁中横公路工程

中横公路贯西东，峡谷悬崖各不同。俯首难寻鱼钻底，抬头少见鸟飞空。
万夫千日荣民血，千凿万锤兵士功。太鲁阁中奇迹现，长春祠里悼精忠。

再读唐李绅《悯农》诗

千滴汗流千粒粮，农民辛苦有谁尝？严寒节气忙田管，酷暑天时理谷仓。
干旱灌浇无日夜，涝灾排泄少餐床。丰年须记荒年泪，囤满库盈心不慌。

题“耕读堂”夏氏九代族谱

祖先劳苦辟家园，开垦庄田数百年。远杰高风铭古世，今英亮节出乡贤。
白清二字心深印，耕读两行身力传。吾辈承前更启后，与时俱进著宏篇。

先父逝世10周年慈母80冥寿祭二律

其　一

白昼农耕夜绩麻，勤劳俭朴善持家。年年四季田留影，日日三餐桌少他。
孝老爱儿情意重，和亲睦友口碑嘉。子孙代代心怀念，传世家风质不华。

其　二

岁末春初谒墓容，情思笃笃雨蒙蒙。天灾人祸日艰困，膳淡衣粗时不穷。
甘苦亦扶邻里困，清贫仍想众亲同。儿孙今日春晖暖，热泪潸潸酬九重。

注：指1960～1963年国家三年困难时期。

思兰怀悲三律

其　一

圆公半百生玄女，童稚提婚牵两乖。嫁我身加三件服，送她发少一支钗。
菜瓜作膳填饥胃，茅叶充薪当灶柴。辛苦终生乘鹤去，而今箔纸怎营斋？

其　二

身历儿娘护几胎，校园卅载幼苗栽。精心育子芳心碎，倾力培才玉体哀。
且教且修求上进，亦研亦闯炼真才。积劳成疾无施计，临走难离三尺台。

其　三

弥留怜我单身苦，遗嘱精心挑后台。存服三年方舍尽，扃箱十载未曾开。
今朝再续为防老，明日同衾又共垓。儿女功成君莫憾，桃红李艳送春来。

高考临近励天禹玉晗二孙

癸巳仲夏偶染胃病在宁住院，遇二孙高考将近，病榻书之以鼓励。

心想功成何偶然，才疏志大怎摧坚？姜公数钓逢明主，孟母三迁育圣贤。
学海无舟勤可渡，书山有路苦能攀。齐家治国人生梦，不负青春猛着鞭。

乡村童年忆旧步韵陈振文老荀德麟公

幼时曾学扎篱笆，既用草绳还用麻。老母弯腰栽白菜，小儿钻架找黄瓜。
辛勤换得半年饱，汗水浇来两顿茶。往事如烟回首看，酸甜苦辣应教娃。

亲民总理周恩来

清明观展赞亲民，经典图文面貌新。无女无儿儿女广，有情有义义情真。
车间田地音容美，学校军营步履频。“全党楷模”昭后世，神州代代谒桃根。

清明颂

子推避赏望清明，寒食无烟胜筑茔。古代尚知廉政事，今时更盼肃贪声。
幽泉不纳千夫指，阳世难容百斛争。奉劝为官轻富贵，以民为本喜安更。

读《300年前吃喝风吃垮大明朝》有感

三百年前吃喝风，大明社会一挥空。朱门酒肉荒原臭，路口尸身百姓穷。
官政沉酣生碌碌，民情怠废性慵慵。忽喇喇似高楼垮，前事之师后世钟。

推行公务接待“禁酒令”有感

仪礼之邦酒盛行，因公接待美其名。招商引企当东道，送往迎来飨大亨。
库款开支心不痛，茅台暴涨嘴难停。人亡政息听前例，商纣池林筑葬茔。

千年古镇平桥

淮扬交界首名镇，潮涌贾商鱼米船。大肚神仙开笑口，小人集会有奇传。
大糕油菜传全国，豆腐千张誉满天。今日若来谋二顷，吴翁也做小康仙。

注：指平桥小人会，又称笑人会。吴翁指吴承恩。

平桥豆腐

同是豆家圆又黄，平桥做法技高强。功夫卤水称头等，质地绵柔凝美浆。
形似珠玑如雪玉，味呈鱼蟹有膏汤。乾隆金口夸林氏，御膳今天民喜尝。

剧组来拍电视剧

2010年新春，20集电视连续剧《村支书》剧组，选中余家乡陆桥村刘三组为外景地，于3月28日正式开机拍摄，这是陆桥历史上前所未遇的盛事。

雷动潮来刘氏组，参观拍摄《党支书》。老扶幼载看奇妙，车水人龙塞道途。
表演精优夸艺智，剧情跌宕扣心珠。文明时代歌新事，建设小康同绘图。

《古镇平桥话乡愁》《平桥史话》首发建湖老王招饮感赋

一卷书成费几年，镇情古貌有新篇。众君奉献应编册，百姓乡愁责在肩。
纵跨多朝难满足，横陈各界愧求全。湖公知己抒胸意，谊似汪伦踏步前。

注：“湖公”指平桥镇原党委书记王连忠，人称王建湖。

受命编纂《淮安诗征·淮安区分卷》感赋

丁晏诗征有续篇，余今受命纂分卷。横陈各界难求足，纵跨先朝力保全。
探宝常常餐少味，索珠往往夜无眠。七千佳律存文档，四百骚人列俊贤。

谒吴承恩故居

打铜巷尾射阳簃，柏翠松青风水奇。庭院回廊呈异彩，悟园曲径傍清溪。
书生一介编名著，家族六童传圣麾。西土取经存古貌，东方演艺献新词。

登黄山

石灵成怪立群峰，满目苍山观劲松。云海茫茫波浪涌，东方日出舞祥龙。

咏　牛

农家拉水又耕田，草料终生它哪嫌？任怨任劳无悔恨，甘为孺子不停肩。

贺“蛟龙”号入海“神九”升天

蛟龙深探显奇能，“破七”成功首现身。水底空间同祝福，上天入海世人惊。

崔　耀

崔耀（1948～　），号光天，淮安区人，大学文化，历任教职。中学一级教师，退休后力建淮安区季桥诗社，任常务副社长、区诗协理事、中华诗词学会会员。

赞粟裕将军

一代将星战略家，抗倭灭蒋绽奇葩。追随志敏兵无损，襄助仲弘绩更佳。
七胜苏中人道好，大捷淮海众夸他。游击运动结合妙，固我国防誉迩遐。

祝贺河下诗社成立1周年

立社周年业绩丰，骚人毫舞绘灵空。枚吴闻讯面增色，总理听知手握觥。
运水扬波吟赞曲，塔身握笔报新功。诗词雅韵民争阅，溢彩流芳美誉隆。

“金地杯”颁奖典礼有感

获奖诗文非等闲，平常动笔力排难。及时描景书新事，立马行文写美谈。
针砭诸门行缺点，褒扬各业品优贤。承传古代忠贞将，颂赞当今神勇连。

庆祝第28个教师节

几度春风临小楼，园丁伏案忘抬头。白发霜染呕心血，粉笔情延写夏秋。

吐尽蚕丝仍不老，燃成烛泪自然稠。勤播桃李遍天下，终见果丰盈九州。

钱从顺

钱从顺（1948～ ），淮安区河下人，中共党员。曾任区乡镇局副书记、副局长。作品先后刊载于《中国诗酒艺术》《酒和器》等。中华诗词学会会员、淮安区诗词楹联协会副会长、河下诗词协会会长。

纪念中国电影诞生100周年

看七彩缤纷银幕世界，想中国电影博深气派。观天地人间世事万象，论文韬武略誉名中外。谈人文地理社情民意，说情侣婚恋千姿百态。展人生理想坎坷浪漫，现天下奇异神魔鬼怪。演佳人才子悲欢离合，绎帝王秘史存亡兴衰。颂英雄史诗国魂精粹，记传奇人物风流将帅。忆万里疆土国风天骚，扬千年文明宏浑气概。宣仁义道德法理高悬，揭阴暗沉沦假丑恶坏。显科技兴国富民强兵，批愚昧落后国祸民害。弘民族精神英灵豪杰，赞华夏儿女真善美爱。敲人世警钟避害趋利，引社会进步优胜劣汰。记国耻莫忘落后挨打，教子孙后代永立不败。导党民团结和谐安定，励亿众一心开创未来。

注：1905年中国第一部电影《定军山》拍摄成功。

中秋月下思

醉世红尘

圆月中秋妙古今，红尘戏世醉凡心。酸甜苦乐云云梦，温热炎凉处处侵。
幸宠随藏患辱影，德仁频载福荣音。悲欢离合催人醒，宝贵光阴寸寸金。

珍惜光阴

光阴倚月弄轻舟，人醉华年又一秋。兴业昌家何许等，富民强国岂谈休。
有为龙凤翔风雨，无勇鸠鸦宿冷丘。浩志雄才凝壮举，博流追梦快筹谋。

品赏酒器集藏之乐

其 一

千瓶无酒疑常醉，厌恶平生恕未陪。数载疯迷盉卣斝，几多妙赏盏壶杯。
形奇颂尽隋唐典，色美凝夺盛世魁。古韵流香藏胜景，今骄俊彦铸丰碑。

其 二

妙形绝色人常醉，笑对华堂瓿鼎罍。国粹珠玑如伴侣，形文艺饰会星魁。
爵逢炫耀追千里，樽遇研读赏百回。废朽化奇缘趣写，酸甜苦乐美名垂。

王明政

王明政(1948～),淮安区人,大学中文系毕业。先后在淮安师范和中学工作。中华诗词论坛版主、淮安市诗词协会理事,淮楚诗词网副站长。陆续在《中华诗词》《当代诗人作品精选》等书刊上发表诗词数百首,并发表《诗律揭秘》《词律探源》等专论。

2012年元旦

梅开元旦到,老骥惜华年。浅唱增毫末,低吟积百千。
常求仁与义,不信道和禅。何日圆幽梦,珠玑缀满篇。

韩侯故里

故道淮河逐浪高,乡情难禁谒英豪。萧湖垂钓余波涌,垓下挥师剑戟嗥。
一饭常存漂母德,三齐恨恋大王袍。陈仓暗度惊天地,不识深宫吕后刀。

重 逢

梅开二度靓尘埃,造物冥冥着意裁。弄玉萧郎浮白鹤,高山流水对琴台。
桃花柳絮迎春至,明月清风拂面来。美景良辰弥足惜,相知相印两无猜。

重九日登钵池山

辛卯重阳,登钵池山,极目远眺,清河处处有新颜。

钵池顶上乐悠悠,胜境新颜一望收。水渡韩堤争艳丽,浦楼万达竞风流。
周公旧塾人咸敬,北马南船客正游。最是新区如画卷,满园春色染金秋。

贺天宫一号和神八对接成功

昨夜“东风”气势洪,盛装利箭又腾空。西方退缩中方进,芳蕊开时百蕊终。
神八三旋方变轨,天宫一吻已惊鸿。航天战略千帆竞,后起能为不世功!

痛悼慈母

母亲辞世虽已91岁高龄,然回首历历往事,仍觉痛彻心肺。

白花黑幛缀堂前,宝婺星销六月天。教子书成严父誉,相夫铸就铁心缘。
几回尘世伤离恨,一脉兰香沁后贤。驾鹤西行风正举,彩云追月踏祥莲。

淮安枚乘故里感怀

考证纷繁说短长，悠悠故里遍城乡。结邻闸口码头镇，建宅萧湖漂母坊。
涟水尚传研墨甸，清河又说卄轮郎。钟灵毓秀长淮地，一赋枚乘美誉扬。

清河中洲行

芳洲雄峙古淮东，旖旎风光造化功。斗拱飞檐迎雁阵，青堂瓦舍驻花丛。
回廊曲径桃林护，隔岸长堤柳絮蒙。欲选神怡心旷处，浦楼极顶数归鸿。

谒周恩来纪念馆

旗红八一惊天地，星陨寒冬泣鬼神。沐雨栉风图破壁，谈经夺席傲群伦。
鞠躬尽瘁垂风范，委曲求全实苦辛。灰洒江河成沃土，桃根从此树长春。

再访唐寅墓园

十年一约喜重温，遍览亭台觅粹痕。身世传奇留美誉，品行高洁冠才门。
丹青流韵吴门杰，管笔生辉华夏魂。文采风流随逝水，春华秋月伴青墩。

贺天宫一号和神八对接成功

昨夜酒泉光焰红，中华利箭又升空。西方退处东方进，赤蕊开时白蕊终。
神八三旋方变轨，天宫一吻已牵龙。航天战略千帆竞，后起能为不世功！

西湖秋夜

越女浣纱迹已渺，钱塘最美是今宵。岳坟浪偎闻水语，西泠风拂动柳梢。
诗从居易寻暖树，词仰东坡访断桥。吴钩沉处何需觅，月泻湖滨秋色娇。

石塔湖夜咏

倚肩情侣湖边坐，细语喃喃水不流。明月圆成一面镜，徐风吹透半凉秋。
清波嫩鲤新鳍鼓，绿渚沙鸥老翅收。此景此情君莫扰，亦诗亦画自悠悠。

颐和园乐寿堂

乐寿堂中叹侈奢，金迷纸醉卧高衙。女妖祸水过妲己，封建纲常胜虎蛇。
万寿山泉深有底，玉澜堂柱恨无涯。倘非礼教难光绪，西后焉能乱中华？

车上远眺新华门

遥望中南海,威严矗禁门。绵延宫阙内,巨手转乾坤。

落　叶

落叶傲苍穹,飘飞不惧风。归根君所愿,反哺是初衷。

壮哉西沙之战

汉字碑文明证在,西沙自古属中华。挥戈南海蛮夷灭,三岛当天即返家。

重上中山陵

建业龙蟠腾岭口,钟山虎踞枕江流。登临送目陵台上,尽洗胸中壑共丘。

戒浮躁

性躁情迷处事愚,不能制怒影形孤。胸无城府徒烦恼,腹有诗书绘锦图。

汨罗江畔

往岁神游玉笥坡,今朝崇敬吊汨罗。自沉屈子祠堂老,风雨声中诵九歌。

橘子洲

湘江桥上眺芳洲,犹记人轻万户侯。春水多情思旧阙,朝阳含笑沐新楼。

中南海

春耦斋中玉石偎,浓阴深处是瀛台。银花火树斑斓处,中海芙蓉出水来。

寒山寺寻诗

渔火江枫展笑颜,钟声引我到寒山。愁眠已是他年恨,今晚游船闹墅关。

《中小学诗词故事》出版感言

风骚灵性陈思骨,宋韵唐歌赤子诚。瑰丽华章来眼底,一编一页总关情。

周　庄

古镇周庄绿似烟,双桥如钥一弯连。逸飞大作今安在?且看清波送画船。

咏苦瓜

叶似清荷蕊吐香，藤丝缠绕挂前堂。垂绦奉上珍珠棒，苦尽甘生任品尝。

献母90寿

沧海桑田几苦辛，芝兰一脉沁凡尘。九旬老母堂中坐，庆寿花红满室春。

贺《清河诗声》创刊6周年

清河取水入诗泉，着意栽来已六年。谁道幼松针叶细，嫩枝他日可擎天。

清浦元旦新景

数九寒天乐两重，西元腊八巧相逢。慈云寺里人声沸，宝粥频施趣味浓。

壬辰元日

钟鸣子夜两年轮，玉兔金龙庆转巡。爆竹声声传夙愿，中华领起艳阳春。

想到22国军演

单边超霸乌云压，战略东移亘舰鸣。外患内忧当警醒，神州士庶要知兵！

竹　林

茂密湘妃一处栽，雷鸣电闪紧相偎。连天暴雨除尘去，接地狂风伴舞来。

七夕寄友人

金风玉露有情词，河汉迢迢俊逸诗。应景华章今不用，为君遥寄玉兰枝。

秋游金湖荷花荡

荡中九月晚荷姿，叶绿花红觅婉词。烟雨娉婷秋叶湿，芙蓉绝色正斯时。

白马湖环境治理即景

污水回清白马滨，画船列队国旗新。娉婷织网渔家妹，笑靥如花衬绿茵。

题易安旧居

趵突泉边漱玉琛，易安雅韵付瑶琴。清新脱俗谁能敌？独步词坛兀自吟。

登泰山

千里专程谒岱宗，南天门外步从容。流连极顶凭栏处，齐鲁风华色正浓。

再到鼋头渚

曲桥烟柳染红枫，渚畔湖滨景不同。绿水青山添秀色，萧郎已是白头翁。

陋室梅

寒冬腊月正飞花，白雪为君裹嫁纱。不羡豪门纨绔贵，于归陋室子云家。

南通狼山广教寺

广教禅房许愿潮，虔诚香客竞焚烧。状元地下摇头笑，治学何须拜木雕。

姑苏台

临风独上姑苏台，清秀江南拂面来。古刹名湖能写意，袅娜山水动吾怀。

闻日本“购岛”闹剧有感

借尸钓岛欲还魂，日寇侵华梦又温。旧恨新仇炉内火，铸成长剑定乾坤。

甲午海战双甲子祭

甲午悲鸣如在耳，行年百二恨弥深。东瀛解禁招魂急，华夏焉消雪耻心？

纪念邓小平诞辰110周年

如椽大笔谁能比？设计师为华夏魂。改革蓝图开放路，经天纬地转乾坤。

咏扫帚

一帚无名何惜身？庭除不止力千钧。腌臜弊秽连根扫，为净乾坤逐垢尘！

咏爬山虎

稚嫩青萝把手牵，攀爬向上此心坚。千回百折不停步，要织云墙锦绣篇。

咏　兰

我家几案一枝兰，淡淡馨香品貌端。富贵牡丹它不羡，唯留清韵共君欢。

瓜洲渡

蒂落江边姿袅娜，诗家词客费吟哦。借侬草长莺飞势，尽度春光到楚河。

古枚里

荷催画艇拨秋蒲，《七发》低吟过此湖。倘使枚公逢盛世，“兴淮”高唱不思吴。

刘鹗故居

《流沙坠简》钩沉迹，游记残翁挞世情。客寓刘罗皆作古，唯留毁誉后人评。

再谒周恩来故居

庭院依依柳色明，文渠水诉故人情。鸾鸣响彻钟楼月，知是南来倦鸟声。

勺湖园

蚱蜢轻舟入画图，寻周旧迹到名湖。清涟数亩钟灵秀，缘哺中华一楷模。

漂母祠

功惟一饭名天下，大爱不图报效时。旷古钓台遗迹渺，唯听楚水颂传奇。

莲　藕

亭亭净植立湖中，未染纤尘别样红。迁客骚人吟不止，出泥依旧玉玲珑！

又梦慈母

远行慈母嘱兰舟，湖畔黄鹂柳上愁。醒恨南柯残梦短，思亲热泪失声流！

梁红玉祠

带甲夫人布束鬟，须眉千载羡红颜。剑鸣犹带英雄气，鼓动方知气韵娴。

清明祭

垂云纵洒滂沱雨，怎洗儿心别恨绵？父母幽冥当挂念，堪悲无路出灵泉！

雅安地震心语

玉树川中血泪斑，又传噩耗震芦山。苍天劫数从容对，万众齐心斗敌顽！

秋日再到月湖有怀

宫失天妃宿露寒，月湖风软拂雕栏。多情春水曾留影，无语秋莲觉梦残。

纪念毛泽东百二诞辰

巨擘生辰百二年，乾坤锻造薄云天。胸襟韬略谁能敌？功过昭然鉴后贤。

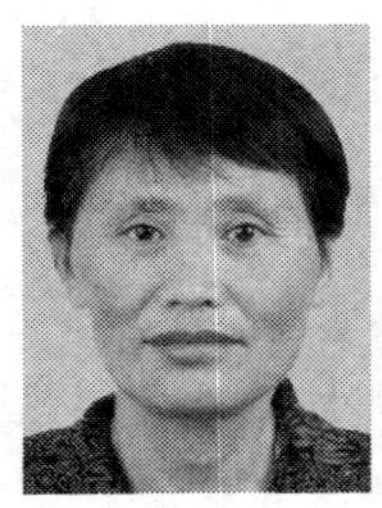

于正兰

于正兰（1949～ ），女，淮安区博里镇人，小学教师。中华诗词学会会员，省、市诗词协会会员，作品曾获淮安市巾帼诗人大赛奖。

上老年大学感怀

追寻国粹入黉门，始觉诗词知识深。韵律刚柔音乐美，诗文优雅措辞真。名师指点明章理，朋友箴言解囫囵。岁入林园寻妙境，身招粉蝶启诗魂。不求辞赋名牌校，清韵悠然我乐吟。

中秋夜

灿烂满天星，烟花耀眼明。云高生爰意，风爽送温情。
彤桂清香远，红枫艳色盈。庭前明月媚，品酒更听筝。

赞最美乡村女教师刘芝莲

发髻轻轻束，平身淡淡装。排难心比铁，办校毅如钢。
卖发添书本，捐资建食堂。芝莲美名远，赞誉已宣扬。

过新年

财门换亮装，焰火舞疏狂。衣锦时装秀，人欢笑脸扬。
相拥同学好，互勉友情长。佳节繁华逐，黄花日月芳。

读《抱朴斋诗钞》有感

抱朴斋钞功倍真，龙飞凤舞笔传神。五湖烟景群花灿，四海风光万木春。
圆润珠玑裁旧事，风流文采绘新村。情真诗雅吟人醉，高山流水忘识音。

雨后晴

雨过天晴挂彩虹，蛙声敲韵赏新容。河塘莲叶珍珠缀，堤岸野花云锦中。
峻岭云横千里路，清溪水绕半屏峰。萋萋芳草连天际，旷野斜阳一片红。

祭先父十周年

一生忙碌在田园，炽爱田禾年复年。踏露精耕禾吐秀，披星巧作土生钱。
生活节俭读书乐，处事谦恭情义牵。德厚仁慈儿谨记，琼浆和泪祭先贤。

游日月洲生态园

风曳长堤千万树，香英满甸草芳菲。环流一水波光滟，纵览千棚果实肥。
景秀奇葩呈画阁，光鲜异草入春闱。西瓜硕大葡萄坠，红绿相融尽沐晖。

敬献九秩高龄母亲大人

九秩寿安今又春，怡颜灵敏有精神。光阴荏苒催慈色，田事辛劳着澍尘。
德守清贫育儿女，心怀温暖待邻人。品高恩重亲朋敬，子孝孙贤享福伦。

纪念敬爱的周总理

披肝沥胆信朱毛，羁旅生涯特苦劳。共造江山青史壮，同描日月碧天高。
御邦苦索强军策，治国频施致富招。绮梦萦怀家国事，唯裁胜境饰今朝。

春晖颂

食丰衣锦偶忧伤，常忆儿时爹与娘。春日耕耘沐晨露，冬时缝制借星光。
炊烟时断吃糠菜，钱币常无受恐慌。教子求学苦中乐，春晖沐浴万年长。

游花果山

暮春偕友玉峰游，曲径延绵绕岭幽。峭壁高悬天上水，突岩低攀石中猴。
烟遮古寺钟声响，霞染山峦树叶稠。吴氏古楚挥巨笔，独描神话获头筹。

沙湖美

犁开波滚千帆竞，涛涌沙湖雪满天。鱼草青葭随浪摆，蓝天碧水任舟颠。
鱼翔着意来回戏，鹰击随心云雾穿。墨客凝情留画境，诗人陶醉舞蹁跹。

赞博里农民诗人

打草锄禾思韵律，荡舟河面构文章。联词作赋田间趣，佳句名篇泥土香。

赞博里诗词

楚东博里绽奇葩，作赋填词皆土家。金穗红枫滋雅兴，青禾绿草织诗花。

洪泽湖

水连天际白茫茫，镜面鸥悬翠鸟翔。风过湖田腾细浪，网收欢笑醉斜阳。

月　季

待放花苞数点红，深藏树簇绿枝中。李芳桃艳东风劲，方解青衣露美容。

戚万春

戚万春(1949～)，淮安区季桥乡人，一生务农，淮安区季桥诗社副社长。

无　题

深村僻地一夫拙，青涩年华苦难多。希望火燃胸腹暖，现时风冷背寒哆。
枯枝芽现思繁盛，朽木爬诗也上坡。千年盛世任描画，万里山河君唱说。

一位病重老师与妻语

病重亏得老伴陪，问妻何事结愁眉。硕博之士未曾见，创业英雄看到谁？
水命天生桃李润，火烛一世学生培。愿得桃李花狂放，处处水清田也肥。

春游和园

风和日丽进和园，宠辱皆无意境恬。花茂香袭王母殿，鸟音和乐众仙弹。
绿条初吻水中柳，鱼喙乍尝花瓣甜。人面桃花娇影像，双双情侣话绵延。

早　春

水中蒲菜抬头望，堤岸青芽踮脚瞧。鱼畏微寒游水暗，鸟乘新暖沐光韶。
雨梳垂柳黄金发，风浴桃花红焰袍。儿童初餐茅安草，春种稖沟沾九条。

夏游“和园”

暑热蒸人夏日炎，野田禾缀奔和园。荫荫树木驱浊汗，袅袅柳风涤意烦。
闲坐凉亭莲起舞，慢行池岸探泠泉。和园一片清凉景，政府与民并蒂莲。

中　秋

其　一

华夏中秋夜，团圆梦境神。清风千万里，晒月有亲人。

其　二

庭前悬皓月，小院溢清光。菱藕敬银魄，焚香祷梦康。

清明小景

其　一

清明时令艳阳天，游客踏青笑语喧。纸鹤随风飞五彩，荠花开在埂旁边。

其　二

白清时令景清佳，垂柳丝条戏老鸭。童稚折枝编柳帽，村姑鬓戴柳条花。

其　三

时令清明美景佳，春风遍语万千家。打工子弟遥思祖，留守妪翁忙种瓜。

其　四

坟冢清明生紫烟，神州处处祭宗先。“洋河”杯满飨先祖，冥币化灰蝶舞翩。

其　五

鸟鹊轻声不搅梦，纸葩有意蔚奇观。先人历尽人间苦，同享安康盛世天。

稻穗语

一生昂首笑天地，到老低头更显羞。穗穗含情酬百姓，金钩有意钓丰收。

孙秉中

孙秉中（1949～　），淮安区博里镇人，博里镇诗词协会会员，江苏省诗协会员，中华诗词学会会员。

淮安先贤颂

今逢总理卅年祭，古楚先贤相约来。枚氏文章修汉赋，韩侯韬略铸雄才。
承恩举笔金猴跃，红玉挥兵兀术哀。壮士魂归乡故里，天培血洒虎门台。

沈坤擎剑劈倭寇，村勇同仇猎兽豺。拯国救民成伟业，高风亮节扫阴霾。
周公功德垂千古，世界名人出我淮。历代群英齐聚首，杯杯清酒沥尘埃。

薤　白

薤白原生在野荒，似葱似韭细如秧。花开三月呈微紫，气散四方生异香。
小蒜装盆盐水渍，龙坛封口侧厢藏。医书有载入纲目，膳食无禁胜药方。
佐馔尝鲜蒸饭粥，生津开胃润饥肠。如今田垦已稀少，觅遍南园未满筐。

童年之趣

满天暑气汗淋漓，四五童儿戏水归。秫秸去皮当大轴，高粱削篾绑金龟。
甲虫六只催梁转，杆梗三根随影飞。圆框相连成眼镜，心瓤拼接做笼围。
请来蝈蛐作房客，羡得青蝗展碧衣。若说人生多乐趣，幼年生活更芳菲。

保卫钓鱼岛

日倭右翼太嚣张，全仗帮凶美国狼。购岛阴谋玩闹剧，篡名国有演双簧。
野田当局不思悔，安倍承班倍妄狂。拜鬼群魔齐出洞，跳梁小丑又撞墙。
神州早已消贫弱，祖国今犹积富强。谁敢犯吾疆海土，定驱敌寇下东洋。

看中央电视台史料片《丧钟为谁而鸣》

丧钟敲响为谁鸣，强盗东条魂魄惊。已将樊笼囚魍魉，何容恶鬼出魔瓶。
如山铁证书其罪，似剑词言斥彼行。诡计阴谋兴战乱，穷兵黩武犯和平。
东京审判还公道，倭首当诛处极刑。玩火自焚前有鉴，不容军国动刀兵。

为奥运圣火登珠峰喝彩

珠峰燃圣火，壮士向天行。极顶旌旗展，群山瑞气升。
祥云腾碧宇，奥运集精英。云路八千仞，金牌当有名。

槐树花

又到槐花怒放时，琳琅琼玉缀新枝。清香扑鼻生津气，洁白无瑕见美姿。
少有牡丹华贵态，亦无玫瑰爱情辞。此间绿野众花谢，酿蜜之源正适期。

村舍晚景

彩霞似锦织天间，染色红楼更好看。嫩柳枝头归宿鸟，农家屋顶绕炊烟。
鸡鸣晚树收工后，母问庄邻呼子还。村外暖棚灯又亮，菜蔬捆捆上车船。

夏日至流均条龙村购茨菇苗途中所见

渡罟塘河至涧河，沿途美景眼前过。秧苗吐翠染红日，嫩草飘香牧白鹅。
杨柳排排挨大道，莲荷朵朵跃清波。淮流路尽拐弯处，芦荡渔歌装满箩。

金陵台城

台城上阔八车骑，高与云齐不置疑。箭阁飞檐悬碧宇，方砖雉堞设防围。
朝朝遗迹诉今古，代代烽烟论盛衰。历尽沧桑颜未改，人间换了几回回。

忆童年夏日游泳

幼时常浴郭前池，十几村童逐浪嬉。仰泳朝天偎烈日，潜游探底戏鱼龟。
层层苇叶裹新笛，嫩细童音漾碧溪。七彩光阴存记忆，常随美梦入心扉。

登泰山十八盘

常忆泰山秋日游，中天门外有碑楼。千层石级仰天望，万壑清溪绕涧流。
十八盘前增勇气，南天门上看群舟。顿知快活其中意，但愿人生得此酬。

青藏铁路

雪域高原春盎然，巨龙腾起亿民欢。人间奇迹神州现，世界之巅铁道蟠。
遇水架桥无堑阻，逢山劈路有谁拦！中华感动留青史，万壑千峰展笑颜。

挑河工

淮河入海水道的机械化施工，质量高，速度快，节省人力、财力，令人振奋。它标志着从古到今以人力为主，车推人拉、锹挖肩挑的时代已结束，令人感慨。余曾历练数十次大小河工，深有感触，故赋诗记之。

稚嫩肩头担箢箩，寒冬腊月去挑河。晨霜染白千丝发，脚板磨平两面坡。
飞舞战旗红似火，雄浑号子响如歌。谁人治水留功德，当代愚公创业多。

见久违的喜鹊在屋后大树上建巢有感

欣闻喜鹊唱梢头，又见衔枝重建楼。往日无知伤益友，今朝有意作良俦。
生灵万众非孤客，物种亿年同一球。但愿和谐常共处，花香鸟语乐悠悠。

小院葡萄

小院葡萄屋角栽，弯弯扭扭出墙来。青花串串悬篱架，细雨丝丝洒井台。

彩蝶无心陪叶舞，新装有意倩君裁。情怡更待金秋到，珠果满园香满腮。

栽秧女

捧水轻捋黑脸庞，稍簪短发略梳妆。晨曦不露下田去，明月相随伴我忙。
醇露沾衣香沁腑，青秧出手绿成行。姑婆箪食携孙至，惊见满畦皆碧装。

淮城称娘桥

相传淮楚两同胞，隔地分居数里遥。德比王祥能尽孝，情同手足互谐调。
称娘桥上留佳话，大运河边颂美谣。自古神州多好事，文明传统永承祧。

淮安水利枢纽

淮河迤逦自天来，古楚城南十字开。苏北总渠滋万顷，京杭邗道贯三淮。
东流大海泄洪水，北调长江抗旱灾。巧夺天工齐蜀堰，青山碧水共和谐。

歼敌平型关

平型设伏壁森严，布下天罗猎坂垣。雾锁乔沟遮晓月，枪瞄鬼子射凶顽。
神兵突降刀光闪，号角齐鸣敌胆寒。国恨家仇凝血刃，不歼倭寇不回还。

说　秋

暑去秋来稻秀时，黄花遍地柿垂枝。夜凉昼热露尤重，云淡天高日渐移。
人到暮年常忆昔，情回梦里亦相思。心愁不若重寻乐，再觅童真作趣诗。

劝戒赌

大小输赢都发狂，赌钱场上耗时光。常嫌苏北太穷困，空羡江南达小康。
贫富岂由天命定，人生全靠自身强。劝君莫向迷途去，唯有勤劳万世昌。

中秋赏月遐想

广寒宫外一嫦娥，扶桂遥思愁绪多。玉兔岂能消寂寞，月神无奈叹蹉跎。
何时能见娘家客，哪日重游故里河。还我从前村女貌，红装卸去稼田禾。

写在嫦娥一号探月成功之日

今日嫦娥驰碧宇，千年梦想已成真。飞天哪有仙家药，探月岂无中国人！
科技之林扬美誉，神州儿女立乾坤。未来广袤星空里，遍布巍巍华夏村。

自画诗《老百姓爱看清官戏》

自古清官是戏魂，平民百姓盼真人。倡廉反腐历朝事，贪吏为何难绝尘？

胜棋楼随想

不恭有损君王面，虚设盛筵藏杀机。炮打功臣留一达，其中奥秘让谁知？

冒雨喜施三麦返青肥

遍野农夫著笠蓑，撒肥入土壮田禾。老天喜降及时雨，一阵春雷一曲歌。

湖上即景

其　一

雨打青荷入水无，瞬间形乱影模糊。雷声渐歇露红日，五彩如初洒满湖。

其　二

网箱出水粜虾鱼，舟载河鲜船接舻。串线浮球悬角蚌，湖中处处尽藏珠。

夏日即景

其　一

日隐云端响霹雷，天将倾霈涤尘埃。忙呼过路匆匆客，暂至吾庐避雨来。

其　二

雨倾大地顿成溪，宿鸟蜷身枝下栖。乱眼跳珠荷上滚，离群野鸭苇中啼。

其　三

霓桥飞堑架苍穹，雨霁斜阳对彩虹。绿树红楼青碧野，天光云影映江中。

夏日凭运东闸看苏北灌溉总渠

西眺总渠云雾间，千帆竞发驾轻烟。回头又见悬湖水，穿闸奔腾到海边。

路　灯

今日，门前路上安装了路灯。夜幕降临，华灯齐放。从东到西，从南到北，一眼望去，如串串夜明珠，交相辉映。男女老少，齐聚路上，在灯的海洋里，沐浴着幸福之光，享受着和城里人一样的夜生活。

其　一

路灯盏盏照农庐，镶满天穹星不疏。东海龙王心发懵，何人偷朕夜明珠。

其 二

晚霞渐隐现群星，万盏路灯分外明。串串珍珠镶大道，农家夜景美如城。

环卫工人

清除污秽美家园，日晒风吹伴暑寒。请问为谁劳与苦？人民心净我心安。

偶惊鸟巢

受惊野鸟往天飞，忽向人头啄眼眉。芦苇丛中遮蔽处，幼雏惶恐挤成堆。

天阴中秋赏月不遇

秋月含羞面罩纱，不知今夜照谁家。乌云遮宇几时散，再让光辉沐菊花。

水乡晨雾

烟村水郭遍披纱，疑是蜃楼飘海涯。早有渔人收夜网，荡开浓雾接朝霞。

喜 鹊

闻声探迹入青林，悦耳新歌谁唱吟？原是旧邻双喜鹊，携儿带女觅知音。

参观周恩来故居

故 居

总理故居游子临，肃然起敬倍欣钦。全党楷模镌照壁，鞠躬尽瘁永铭心。

周总理出生地

紫气生辉映屋斋，中华有幸降英才。苍生涂炭国危难，天赐神鸾救世来。

周总理童年读书处

油灯如炬照书台，博学群科超众侪。誓为中华重崛起，推翻旧制扫阴霾。

早 春

河边杨柳绽新芽，雨后笼烟似薄纱。收拾农机忙备种，田间已有两三家。

新春观三景

铺水泥路，造新楼，栽意杨，是今春我镇三大盛景，诗记之。

铺 路

前年转遍廿三庄，土路崎岖百里长。今日畅游新博里，水泥大道绕村乡。

造　房

青瓦白墙披彩霞，雕梁画栋又镶花。东西南北用心数，又建新楼百十家。

植　树

十边隙地小河滨，绿柳意杨栽满坪。待到春来花烂漫，静听枝上鸟争鸣。

徐文灿

徐文灿（1949～　），淮安区人，中共党员，高级政工师。曾任中学教师（教干）、乡镇干部、淮安区医院工会干部。

登魁星门

古楚东南添美景，城墙旧址复门楼。领头衔尾汽车众，接踵摩肩游客稠。
历史传承凭载体，巽关建设赖筹谋。魁星昂首傲然立，一展雄姿壮我州。

纪念毛泽东诞生120周年

东方日出满天红，喜见韶山腾巨龙。唤起黎民逐贼寇，推翻老蒋助工农。
超人伟略人钦仰，盖世雄才世敬崇。弹指一挥双甲子，千秋万代颂丰功。

赞名镇博里

高楼拔地车来往，绿树参天掩画廊。玉液百池鱼尾密，碧波千顷稻花香。
宛如梦里游仙境，恰是管中窥小康。两块招牌国家级，他乡怎比此乡强。

赞希尔盖电子

淮安本土一贤能，异域淘金事业成。立志还乡谋发展，倾心报国促飞腾。
经营有道厂盈利，奉献无私人出名。众口皆夸希尔盖，高科电子展雄风。

盼绿色食品

如今市场货纷繁，反季活鲜堪解馋。怎奈无良心计诡，谁愁百姓寿康悬。
鸡鱼肉蛋含催剂，瓜果菜蔬留药残。食品安全多困惑，提篮采购实为难。

愤观南海风云

泼皮无赖阿基诺，狐假虎威菲律宾。屡屡犯边南海域，频频骚扰我渔民。
小蛇吞象荒唐事，弱卵击磐愚蠢人。玩火自焚千古训，忍无可忍派兵临。

端　午

端午淮人吃透糖，菖蒲苦艾插门窗。龙舟竞渡齐声吼，米粽飘香众口尝。
手腕踝跟扣绒线，额头体表抹雄黄。南风吹得麦子熟，不再磨刀迎大忙。

初夏杨絮

孟夏原来景色优，讨嫌杨絮漫弥稠。空中烈日光耀眼，路上行人霜打头。
飘转附留三寸草，飞扬越过九重楼。难熬时段卅天许，细雨澄清始得休。

珍惜耕地

人口众多耕地少，资源大国系空谈。生存仅赖无他储，建设全凭有此田。
后世绵延当确保，今朝开发应前瞻。守牢红线不松懈，科学安排重把关。

叹环保

振兴经济理当然，局地贪功重眼前。可叹青山成秃岭，更愁绿水变污泉。
鸡鱼肉蛋含催剂，瓜果菜蔬留药残。食品安全何处得，市民恨不有其田。

中　秋

秋风送爽桂花黄，游子迢迢齐返乡。八月流行尝月饼，万家团聚话家常。
甜甜庭下陈瓜果，袅袅堂前供斗香。异域跟风共欢乐，中华文化远漂洋。

重　阳

秋鸿南去一行行，野菊花开遍地黄。岁月匆匆何太急，团圆才过又重阳。

张艺华

张艺华(1950～　)，淮安区人，转业军人，曾任博里镇、马甸镇司法助理。中华诗词学会、江苏省诗词协会会员，淮安区龙光诗社副社长。

桃花人面

三月桃花媚，今年去岁门。桃唇芳逗鸟，杏眼意勾人。
燕舞春来路，莺歌雪化痕。蹉跎崔护事，美梦暗藏帧。

龙卷风

方才红日照，转瞬水腾龙。倒海翻江浪，摇山撼地风。
千家门闭急，万树鸟逃匆。惊喜长虹见，顽童赤足疯。

乘　凉

唱晚渔歌热，湖风送爽凉。蝉声撩暮鸟，萤火戏斜阳。
弈者谈棋道，村姑说艳妆。鸡鸣方困倦，草地误当床。

梅　雨

何惜春去也，夏季更堪怜。地洼青蛙闹，林疏杜宇穿。
梅黄听骤雨，潮涨看悠船。梦绕晴川树，魂牵月夜莲。

紫藤花

四月春临暮，红颜换紫花。和风描壮锦，丽日绣柔纱。
瀑布从天落，龙蛇绕树爬。休言芳欲尽，赏景不思家。

烟雨江淮

甘霖细撒染重峦，笨鸟迷离撞雾帘。遍野长风催烂漫，满池春水漾缠绵。
老山捧画迎佳客，稚燕衔泥向旧檐。回首遥观细雨处，苍茫一片水天连。

夏　雨

欲雨山城骤起风，莺歌燕舞一时空。排山倒海声威壮，电闪雷鸣阵势宏。
水面千条描锦绣，山头万点写葱茏。途中窘迫观光客，可见湖边有钓翁？

春　游

莺飞草长鸟啁啾，携侣踏青旷野游。树捧仙芳迎旧友，泉弹神曲伴新俦。
寻常哪得蓬莱景，今醉熏风在岭陬。游兴犹浓嫌月早，欲将暮黛尽情收。

偶　归

少小离家老返乡，春深燕舞雀歌长。邻猫怯怯逃生客，家犬汪汪撵旧郎。
池面波光含弱柳，墙沿藤蔓附陈梁。高堂早逝柔肠断，恰有轻风拭泪行。

咏 春

东君布雨撒甘霖，天籁传声壮鸟音。弱柳新芽嘟嘴长，肥桃嫩蕊顶风吟。
一朝浪暖融残雪，二度梅香染诗痕。浅荡渔舟藏暮日，深山牧犬撵兰岑。

水仙花

本是仙媛谪下埃，亭亭玉立水中栽。凌波神韵诗行走，染露芳姿画境来。
玉色轻盈追月兔，骚魂洒落上瑶台。朝思暮想如称愿，移至银河沐浪开。

赞博里农民画

古往农民见墨愁，如今画笔舞田头。描成博里如湘绣，绘得庭园像粤楼。
稼黍丹青双悦取，风花雪月一情逑。请来巨匠高低比，莫笑乡人不入流。

楼 兰

岁月悠悠梦亦悠，楼兰古堡葬丛丘。丝绸路漫驼铃在，大漠沙狂瘦马休。
武士沉眠犹佩甲，娇娥酣睡似含羞。当年盛景何须觅？远域邻邦贾客游。

夏之恋歌

新村老树昏鸦绕，采藕归来渐黑天。子夜流星偷梦去，清晨旭日补心圆。
香荷有意迎飞蝶，碧水多情溅舸舷。但得常年全是夏，蝉声鸟语醉婵娟。

天山行

踏遍群峰欲访仙，瑶池绰约隐云天。长歌短笛驱羊曲，大漠孤烟策马鞭。
傲雪莲花披雪亮，经霜红柳裹霜妍。牧民美酒回肠烈，阿肯琴声玉兔旋。
注：阿肯，哈萨克民间歌手，经常怀抱一种叫冬不拉的琴边弹边唱。

梅雨初晴

雨后闲情付紫砂，三钱龙井一壶茶。小桥流水人家近，老树昏鸦暮日斜。
知了声声鸣翡翠，黄莺曲曲唱烟霞。偃旗息鼓青蛙退，却有蜗牛满地爬。

忆筑路岁月

秦时明月汉时关，征战从来不想还。手舞长虹成彩路，身骑月色作银鞍。
安营织女梳妆处，饮马牛郎摆渡边。解甲归田终有日，大风吟罢泪如泉。

乡　梦

不羡繁华不恋城，梦中常向故乡行。东篱墨菊西园桂，南畹斑鸠北树莺。
邀友同吟莲与草，呼朋对饮酒和茗。书声笔语飞花处，直让陶潜嫉妒生。

踏雪寻梅

雪后初晴出暖阳，寻梅揽胜向山梁。歌喉伴着泉弦细，音量全凭景色扬。
险壑惊留纤足秀，平冈喜染满身香。归来久久心难静，把酒吟诗舞状狂。

三江源

三江源远水流长，虎跃龙腾气势强。天路羚羊云里过，高原牧曲雾中扬。
昆仑古剑朝天取，青海新歌借浪狂。喜看巴颜颜不老，神州到处好风光。

春　分

莫怨风针骨缝穿，山中嫩笋早伸尖。三春总纳千般媚，一日平分两样天。
昨夜松梅争雪色，明天桃柳戏湖烟。多情红杏攀墙看，万紫千红到处鸢。

雾　凇

雨雪消停半夜风，晓星残月照朦胧。琼雕玉琢平川树，素裹银装迤岭丛。
逸致仰观山顶雾，闲情俯瞰谷中凇。休愁壮景无常日，附雅吟诗学放翁。

檐　冰

鬼斧神工四九天，冰光雪色璀峦川。千门喜挂晶莹柱，万户惊悬剔透帘。
老汉诙谐夸拄杖，青妇浪漫喻矶璇。劝君莫谓春光好，最数琼枝玉蕊妍。

雨夹雪

天公作美送甘霖，巧布奇兵片刻侵。霄汉银丝无序落，瑶池玉蝶有心沉。
难分胜负迷人眼，绵里藏针冷布衾。竹语梅言春不远，何时燕舞草臻深。

山　竹

远植荒山野岭中，含青吐翠傲苍穹。温文尔雅儒家度，飒爽英姿勇士风。
怀抱嫩芽熬雪冷，心藏暖梦待冰融。游人鸟语花香日，先点葱茏后看红。

冬 湖

懒放珠帘已暮时，悠然举笔写冬诗。聆听半夜枯桐雨，遥看清晨老树枝。
风载波光云上闪，湖浮月色水间弥。梅开始觉寒来早，雪尽方知出赏迟。

秋怀军旅情

夜雨无声涨满池，闲来有兴奋题诗。品茶静赏残荷雨，把盏沉思冷竹枝。
解甲常萦军号响，归田总忆马声嘶。寒山尽戴黄金甲，立马横刀待骋驰。

中秋明月夜

平分秋色一轮琼，海角天涯共此明。豪迈忽从云外落，朦胧顿向眼前生。
分离久久思团聚，残缺常常盼满盈。美酒香花仙舞夜，婵娟何故却无声。

菊 花

陶令东篱赋逸情，黄巢壮志恨无成。黎民百姓平常爱，墨客文人着意评。
浸酒泡茶皆润腑，吟诗作画俱牵魂。此香留待霜晨月，鸿雁传书两梦萦。

纪念抗战胜利60周年

凶残日寇忒猖狂，舞爪张牙犯吾疆。儿女同心齐斩寇，军民一体共屠狼。
东洋落得投降耻，华夏赢来胜利光。放马南山犹可训，和平更靠好刀枪。

夏夜偶成

星斗阑珊夜骤凉，月光扶我上牙床。黄鹂有爱林间唱，萤火无情草里藏。
菡萏能知人意否？芬芳沁枕入黄粱。忽来灵感抒豪迈，直向蟾宫揽桂香。

插 秧

农逢夏至倍繁忙，挂起镰刀又插秧。溪水潺潺流画意，荷花阵阵送芳香。
前观铺地千排绿，后顾连天一片洋。巧指柔心描胜景，村姑照样写诗行。

蚕 豆

芳名含两宝，是豆也称蚕。骚客闻花醉，顽童见果馋。

花 生

宝屋红罗幔，谁家媚美娘。青丝生翡翠，玉体孕奇香。

冰凌花

玉手绘无音，美梦韵画屏。娇影奇雕处，仙子入怀萦。

雨　帘

三月氤浓湿气吹，谁将画轴挂门楣。昏花老眼隔帘看，翠柳披纱鸟吐诗。

梅　香

冷雨寒霜雪搅天，冬湖无处觅呢喃。偶然梦在梅枝下，手捧芬芳唤鸟还。

枫　叶

数度经霜苦少知，峡江尽染暮秋时。相思未必吟红豆，枫叶题诗别样痴。

赵棣浩

赵棣浩（1950～　），淮安区人。淮安农机厂铸造工，曾任淮安市（县级）诗词协会常务理事、编辑。1990年以后在省内外刊物发表作品百余首。

骚人陶醉笔难收

古楚诗坛展大猷，运淮滚滚汇洪流。三城荟萃蜚新页，一塔巍峨射斗牛。国士禁烟留胜迹，丈夫屈辱仰韩侯。腾龙跃虎康庄道，揽月摘星周馆楼。无限风光描不尽，骚人陶醉笔难收。

周恩来纪念馆开馆感赋

周馆雄伟壮楚天，苍生无不梦魂牵。落成开馆朝霞紫，剪彩沉星环宇蓝。车道四方通水岛，栏杆九曲绕篷莲。桃花垠上人潮涌，纪念厅中典范瞻。叶茂青松齐肃穆，玉雕塑像更威严。星朝北斗明霄汉，枪响南昌赤帜悬。规劝张杨宽释蒋，促成联合扫倭奸。周旋虎穴轻生死，愿与民心共苦甘。建立邦交遵五项，万隆会议倡和谈。万机日理无间刻，内政外交自策鞭。两袖清风廉执政，毕生正气镇贪官。古今将相皆无匹，中外王侯亦逊颜。岁遇断肠悲一·八，骨灰飞洒壮河山。含情花草露珠动，裹素江山愁色添。旗降像存联合国，星移光耀白云天。神游桑梓英灵慰，两岸飞虹亮月圆。功盖群雄推表率，名垂青史著新篇。

游镇江金焦二山

神话美金焦，芳名史册标。双龙囚法海，一塔镇邪妖。
星月洞天照，云霞柏顶烧。红妆擂鼓处，兀术遁江潮。

欢呼世妇大会在京召开

日辉全世界，霞彩半边天。曲奏群星激，虹飞七色妍。
华文居里著，英武木兰贤。妇代京都会，史明巾帼篇。

悼南京卅万遇难同胞

淫兽践神州，山河血泪流。“三光”烧杀抢，万世咒倭猷。

刊诗答竖子

稿费几时攒？无知乱弹琴。阳春和者寡，白雪卖钱难。

咏　竹

莫谓腹中空，虚心正气浓。全身有劲节，寒著态从容。

论　诗

景新情激喜填词，正是胸怀豪放时。华夏河山无限好，醉吟不爱自由诗。

周杰作

周杰作（1950～　），淮安区博里镇人，博里镇诗词协会会员。2006年始学习格律诗词并创作，作品曾在《淮安市农民诗词选》《江海诗词》和《中华诗词》等刊物上发表。

农民写诗

酌句场头写，勘词埂上吟。诗歌千万首，出自种田人。

养猪投保险

养猪投保险，财政补金钱。秋尽千栏满，春来增富源。

颂清白

豆腐小葱齐品香，一清二白照肝肠。村民手捧家乡酒，不敬贪官敬俊良。

赞公平立法

全国人大代表选举法修改为："不分民族地区、不分城市农村，一律平等。"

民族同胞无贵贱，山乡都市等人权。公平选举顺民意，决策英明代表贤。

圣火照珠峰

火炬登峰映彩虹，光芒四射照长空。藏民万众欢呼日，达赖孤魂恶梦终。

贺博里镇被授"诗词之乡"称号

农民绘画名天下，今日诗乡誉九州。没有人民先致富，哪来博里此风流。

暮　归

暮归蜂蝶采花忙，倒影桃红映藕塘。即兴吟诗惊白鹭，蛙声和韵到村庄。

端午祭屈原

其　一

可恨奸言似暗刀，忠良流放著离骚。悲歌留世含冤去，千载端阳祭碧涛。

其　二

端午家家米粽包，菖蒲似箭挂檐梢。清晨户户燃香火，祈祷屈原去斩妖。

乡村人家

其　一

卅亩荒田地转包，青年夫妇喜眉梢。朝签协议暮规划，农事安排再夜宵。

其　二

排灌农渠畅流水，机行坦路到田边。冬春刨土整三月，铁臂夫妻老茧添。

其　三

少请帮工自插秧，顶风冒雨借星光。农田一片全栽尽，吃乳娇儿不认娘。

其　四

除草治虫追化肥，南来北去跛千回。夫妻汗水如晨露，秋谷金黄穗穗垂。

其　五

秋尽粮堆顶屋檐，随行入市换金钱。庆丰家宴鸳鸯舞，跳起秧歌颂舜天。

情系奥运人

为朱震国先生1984年为中国女排夺冠作画而作。

奥运繁花八四开，群雄拼搏夺金牌。赴京喝彩献书画，贺我中华赞女排。

田 翁

日晒风吹播又栽，精心管理抗天灾。市民抢购晶莹米，几客知翁茧并排？

村妇绣桃

绿叶千纹晨露澈，桃红个大长微毛。尺绫绣匾中堂挂，结队村邻踮脚瞧。

金志庚

金志庚（1951～ ），淮安区人。曾任淮安区政协副主席。淮安区历史文化研究会会长，诗词协会名誉会长。出版文学、戏剧作品7部，主编各类文集、诗集23部，参与创作两部电视连续剧。

甲午端午有吟

屈子赋离骚，忠贤胆气豪。问天悲浊世，颂橘树清标。
未遂三生愿，终沉万里涛。龙舟魂永系，汨水咽声高。

淮城三湖

勺 湖

王母驾云淮水上，喜投玉勺化沧浪。桥横鱼跃爱湖碧，塔指鹭飞知雾苍。
画舫骚人吟绝句，草堂俊彦论华章。沧桑千载风光在，佳话四方名远扬。

萧 湖

古运悠悠一画图，谁抛玉盏化萧湖？韩侯意窘钓风浪，漂母心慈感楷模。
长忆枚亭夸汉赋，远闻汽笛养河珠。苍松葱郁连波碧，曲径蜿蜒入幻无？

月 湖

天妃宫傍水无澜，客看蒲芽欲就餐。闹市转来湖似月，古城求得静而安。
定居高士情何尽？游览嘉宾趣未完。舟载嫦娥归我楚，广寒建此定非寒。

贺淮安区荣获“中华诗词之乡”称号

喜讯来临人尽欢，荣登国榜誉淮安。十年浇灌辛劳去，一旦丰收硕果还。

众效枚皋兴汉赋，群承赵嘏壮诗坛。竿头百尺攀高处，力展鸿猷不下鞍。

登泰山

突兀奇峰平地起，层峦叠翠显峥嵘。帝王礼拜奉神物，黎庶昂头敬圣公。
石级垒成上天路，清流滋润大夫松。凌空绝顶笑云矮，五岳独尊朝日红。

河下诗社癸巳中秋诗会

开怀击节把秋醪，短曲长吟动碧霄。伐桂吴刚忘举斧，骑鸾弄玉不吹箫。
清风入竹偕三友，明月依楼听九韶。更有露莹枫叶赤，敢将今夕比春朝。

述　怀

觅句朝忘食，忧民夜废眠。弄潮何惧累？爱月仰观天。

半岛园雅集记盛

丹桂飘香日，金风入我怀。孙翁添雅兴，诸位展诗才。

癸巳重阳

云远逗人常致远，秋高诱我又登高。诗家把酒驱俗虑，不惧风霜笮路遥。

沉痛悼念曹云富诗友

诗吟河下倾情唱，菊采萧湖落笔神。旧韵新声存此世，遗篇捧读泪沾襟。

赵庆生

赵庆生（1951～　），淮安区人。曾任淮安县塑料厂工会主席等职务。工作之余喜诗词歌赋创作，尤擅作鹧鸪天，人称“赵鹧鸪”，著有《兰圃一叶》。中华诗词学会会员、淮安区诗词楹联协会副秘书长、河下诗词协会副会长兼秘书长、龙光诗社常务副社长。

老屋古井

儿时记忆更为真，柳树旁边有草坪。庭院中心是口井，井台上面扣根绳。老屋每传欢声语，古井时闻打水声。背井离乡度岁月，老屋古井望故人！

白山黑水忆抗联

田中内阁议东方，渔夺满蒙更八荒。践踏皇姑宗祖地，侵占他国米粮仓。人心不足蛇吞象，饕餮东瀛要扩张。唯有英雄驱魔恶，醒狮岂可惧豺狼？君不见？义勇青年热血腾，白山黑水驰忠骨。猎枪杀贼恨未消，马革裹尸情更烈。三军抗敌敌胆伤，八女投江江水咽。林海雪原号角鸣，沙场惨域旌旗叠。风瑟瑟，雪瀌瀌，露透密营几重茅？雨淋淋，马萧萧，长缨短剑寒月刀。枪声疾，杀声高，兴安岭下卷狂飙。君不见？蒙江百战死，一将可为神。腹内饥无食，头悬怒目瞋。雄风靖宇内，贼寇裂胆魂。黄埔出豪杰，含冤未沉沦。珠河多战事，北满扫胡尘。甘涂一腔血，何惧雪掩坟。噫吁嚱，北国风光，地冻天寒。国家不幸，巾帼勤难。出生入死，苦度危艰。受伤被俘，饱受摧残。坚贞不屈，铁骨如山，一曼长生，光照人寰！从容喋血三江地，慷慨断魂长白山。一寸江河一寸血，几多叶草几多餐。孤悬敌后雄关外，转战林中沃土间。不缺金瓯宁玉碎，舍生忘死护家园！

观抗战胜利70周年九三大阅兵

抗日凯旋驱恶狼，沉思苦难忆时光。阵前马革同袍冷，敌后霜村孤鸟藏。号角征衣经雨雪，萧风易水踏汪洋。排山浩气洪流涌，蹈海雄师热血张。挺拔胡杨彰铁骨，铿锵玫瑰御戎装。苍鹰展翅凭空舞，猛虎啸天动地昂。战舰巡游游四海，卫星导向向千方。和平崛起创基业，科技强军固国防。镜鉴青冥还历史，标杆肇域付沧桑。东京修宪谋华夏，壁上龙泉欲试芒。

凭吊古末口

碑亭暮色里，杰构腹中囚。老树盘根节，昏鸦绕眼眸。
当今存一脉，往事越千秋。旷野夷蛮地，清平化外洲。
尧尊倾北斗，舜乐唱南州。浩浩韶风息，腾腾战马攸。
凌云争霸主，劈壤筑邗沟。涤荡长江激，漪澜泗水流。
枭雄谋大业，富户卖轻裘。末口初开埠，淮扬共泊舟。
艨艟抵楚地，甲胄略齐畴。黩武黄池会，穷兵笠泽休。
金衣映月冷，素缟纫针愁。勾践凭船艄，彭城冠冕旒。
吴戈多染血，属镂两蒙羞。法曲隋唐演，晴川济洛浏。
琼花繁几度，岸柳荫无头。堤坝围波立，帆樯博浪浮。
盐粮漕运急，舻舳经商稠。日本遣唐客，新罗舶贾辀。
明滩栖旅雁，素月逗沙鸥。弯道才拉直，官河已置陬。
泱泱成故迹，漫漫野狐咻。祈愿高楼起，重生给尔瘳。

贺孙应考老诗翁90大寿

卢沟烽火燃中国，半壁江山满目愁。浪急风高征易水，图存抗日入洪流。
坚持正义耕南亩，守候初心做楚囚。煮酒青梅涵雅量，南山一赋笑眉头。

读施向平先生长篇纪实小说《铁血淮宝》

恢宏史迹惊天地，抗日烽烟淮宝燃。野菊凌霜多血色，铁蹄着体尽皮鞭。
挥戈破敌篱笆烬，击楫扬帆草荡坚。民族精神留竹帛，度君玉尺有鸿篇。

塘下街头歌女

百里塘河榕树下，滩头酒绿映灯红。罗裙束玉身优雅，秀发披肩韵显融。
轻拨琴弦腾细指，微张樱口闪明瞳。瑶音凤曲含哀怨，流落天涯一片鸿。

游阜宁“却金亭”

盐政千年数两淮，其中不乏达贤差。庙湾煮海添新灶，平甫询亭踏土阶。
百里民风咸润送，一从惠政共和谐。却金亭上寒烟锁，大地苍茫谁共侪？

注：范鏓，明嘉靖年间两淮盐运使，时驻节阜宁，“多惠政，常巡视各(盐)场，询亭民”。离任时两袖清风，商民、灶户遂凑钱相赠，鏓却之。众人建一亭，曰“却金亭”。

谒周恩来纪念馆

流光依约是清明，风满前川雨满城。蹈海歌成济衰世，移山志遂见长庚。
桃花垠水犹千尺，公仆林阴自百顷。天下如君天下幸，不须击壤亦升平。

雨中游总理故居、纪念馆

局巷徜徉楚雨天，桃垠漫步海棠田。平民宰相奇男子，全党楷模大国贤。
立志离家图破壁，投身革命夺流年。衷肠九曲观音柳，铁血一生公仆篇。

走进中核污水处理厂

涧河重巽接龙光，国计民生话短长。城市规模咸发展，萌黎质量要沧浪。
循环利用千年责，碧水蓝天百姓昌。造福儿孙中核业，清流一脉向东方。

咏《追风》并赠王正禄先生

凌空身影疾，一跃逐云轻。两翼霄中渺，四蹄雾里腾。
风鬐飘赤帜，电目亮金星。泼墨挥神韵，金陵画马人。

出山虎

层峦多险峻，隐约兽咻咻。绝壁凌空扑，深林伏地蹂。
猿猱啼不足，熊豹欲何求？狂啸山河动，大王撼九州。

兰圃一叶

曲阿江南地，清平瑰润滨。种兰堂号远，楚水岸边新。
蕙亩无华处，馨风不染尘。冰心明月照，玉叶独占春。

初见孙应考诗翁

其　一

雪作须眉神矍铄，抑扬顿挫似洪钟。曾经报国忘生死，又见南山不老松。

其　二

叱咤风云涌，火牛入阵雄。诗词抒意趣，把酒对苍穹。

贺盐城老干部书画院建院15周年

耳畔犹闻战马鸣，眼前恰是百花荣。书坛画苑烟波起，笔下风光又一城。

剃头匠

挥刀悬腕怀神技，顶上功夫足叹奇。任尔声名能盖世，青锋之下把头低。

萧湖听雨

商霖入夏济苍生，带柳池蛙唱太平。隔岸犹闻啼杜宇，但愿今年好收成。

鲤鱼跳龙门

本是黄河三尺鲤，凌波百丈志苍穹。青天烈焰烧赪尾，一跃龙门大海东。

王庚宝

王庚宝（1951～　），淮安区人，中学教师。

百名诗人颂博里现场有感

几代诗人聚一堂，风情独领各芬芳。耄龄老汉翁声脆，缺齿髫童稚口扬。
花甲仍然吟韵久，年青正是颂情长。行行句句来心底，飞出胸腔诗绕梁。

赠倪永清、朱维岭二位老先生

二老全心为学童，千言万语意情浓。门窗操场播心语，旗杆五星飘在空。
功德镌铭心坎里，精神感动眼眸中。人间好事谁没做？怎比黉门造福翁。

敬赠孙庄小学全体师生

一进黉门喜气扬，门窗旗杆亮堂堂。风轻云淡红旗舞，几净窗明笑脸昂。
操场整平言历史，旗台挺立傲穹苍。难为二老情深厚，一片丹心苗圃忙。

山东行随感

今日夜途中，心装两座峰。泰山儒祖府，赫赫盛名同。

小康颂

皇家厨艺学，摆上庶民桌。满眼素荤肴，小康连五岳。

变　革

王侯梁上物，飞进庶民宅。巨手绘蓝图，神州在变革。

李时珍赞

本草李时珍，千秋一伟人。救民于水火，著作更传神。

说饮茶

山楂三七花，合力是奇葩。降压还除脂，延年胜羽茶。

写　实

汽车三辆绝尘飞，一股浓烟拍面归。刺鼻呛人难喘气，有啥方法出重围。

喜　雨

小雨轻轻下两天，尘埃落定欲升仙。清新万物寻常事，接福迎冬好过年。

棕榈赞

风吹棕榈手轻摇，雨落尘埃显嫩娇。万木枯零唯我绿，斗霜傲雪自飘飘。

政府发放农药有感

分来农药治虫荒，多少乡民湿眼眶。亘古未曾闻此事，买单竟是党中央。

说搓麻将

半日搓麻半日呆，烟熏气闷汗流腮。为人到老时光耗，怎比吟诗逗小孩。

退休有感

六十年轮如过午，西阳斜照花难数。青丝斑白染轻霜，无悔人生歌肺腑。

写　实

博小门前接送忙，谁言只为一炉香。千辛万苦何人惧，只盼儿孙作栋梁。

过　年

烟花朵朵似奇葩，开遍神州达海涯。岁岁新春同此景，赤心游子尽回家。

登泰山

秦皇汉武敬名山，五岳唯尊动圣颜。峻岭松青心向往，雄姿一睹勇登攀。

博里三超市

苏果商联好又多，为民造福唱心歌。扎根博里兴商业，苏北农乡出水荷。

农村一景

白发翁婆也打工，蘑菇棚里急匆匆。作完采捡瞧钟点，又喂猪鸡不落空。

读张学福先生《回顾与守望》

其　一

一腔热血写华章，又见诗翁立楫舱。为改南丁陈旧貌，披星戴月阛泥忙。

其　二

一腔热血写华章，立党求公日日忙。数载操劳为博里，难能一日返家乡。

其　三

字里行间正气多，如焚忧虑弄潮波。朝思暮想防官腐，口口声声为党歌。

其　四

为官卅载见匆忙，造福人民誉满乡。子女感情投入少，埋头工作意绵长。

其　五

耋龄作赋志顽强，刻苦钻研从未忘。多少后生谁及汝，悬梁刺股比无光。

其　六

笔底长流言志诗，高龄还似少年时。世人都学翁君样，百世流芳不算迟。

顺昌杯发奖感赋

几位吟师领进门，勤勤恳恳探乾坤。殿堂初入痴诗句，陶冶心情慰我魂。

游关天培祠

培公抗敌美名芳，楚巷尊颜见短长。一代骄郎谁可比，抗英殉国志铿锵。

苏　强

苏强（1951～　），淮安区人。中共党员，高级政工师。先后在淮安区商业局、粮食局从事文字和管理工作，退休后为淮安区龙光诗社社员。

追忆军旅岁月

男儿只手把吴钩，年少从征壮志酬。夜半军营传号角，如歌岁月淡离愁。
中条山下硝烟地，永济乡中点将楼。战友情思沉晓月，随风入晋到并州。

注：指1941年5月抗击日寇的中条山战役，本人入伍后在此集训。

古城秋韵

秋寒夜静露为霜，月冷风轻草转黄。老树枯藤高塔下，残荷败叶小轩旁。
龙光阁顶鸣飞雁，古顺河边溢酒香。一曲蓝桥何处觅，寻声入巷向前方。

注：蓝桥指淮剧常用的蓝桥调。

吴承恩故居

千年古镇育精华，万代人文出大家。敢闹天宫飞绮梦，流芳巨著笔生花。

梁红玉祠堂

塔映萧湖蒲苇青，充饥织屋抗金兵。三城旧址今犹在，梦里追思鼓角鸣。

胯下桥

胯下之羞举世嘲，寻常燕雀岂知高？淮阴市口今安在，但见千年励志桥！

清江浦石码头览古

南船北马语喧哗，万担千车货百家。夜别青楼歌一曲，盐商游子走天涯。

八一感怀

军魂铸就脊梁在，铁马金戈入梦怀。忽告东瀛刀出鞘，老兵热血报名来。

中国南海局势有感

南海无端起诡云，泼皮闹事露贪心。清源溯本诏天下，打鬼驱魔惩恶邻。

雨中西湖

细雨霏霏烟笼湖，美人款款发藏珠。三潭二塔朦胧现，恰似娇娘出浴图。

金炳麟

金炳麟（1951～ ），淮安区人。淮安化工总厂退休干部。中华诗词学会会员、淮安区老年大学书法教师、淮安区龙光诗社社员。

车桥战役回望

倭寇犯吾边，河山起瘴烟。激流凭砥柱，危厦仗宏肩。
铸剑丹心在，伏魔碧血捐。将军韬略广，壮士斩凶顽。

观秦始皇兵马俑

灞上飞驰过，骊山红日升。大秦开帝国，彩俑卫长城。
明月千年照，雄风万里征。回眸华夏史，虎啸又龙腾。

河下颂

江淮一冕旒，千载自风流。汉赋枚公韵，唐诗赵嘏讴。
中街吟古事，湖嘴系龙舟。今日群楼起，登高议善谋。

重阳酒会即兴

九月登高阁，魁星入眼帘。龙城披雨露，宝坻接云天。
金桂沁心肺，银池罩柳烟。朝餐菊韵酒，逸兴话诗坛。

癸巳除夕夜有感

声声爆竹众欢呼，岁岁新桃换旧符。今晚吟诗须纵酒，来年催马跃征途。
春风已至神州境，旭日长悬尧舜都。一曲高歌人振奋，梦圆华夏绘宏图。

从西安至延安途中

高原绿竞浓，一路疾驰风。千里康庄道，诗人赞不穷。

学书女孩

兰苑一枝花，学书笔法佳。潜心游墨海，他日绽奇葩。

中秋邀聚

癸巳仲秋月，友师同聚邀。诵吟均即席，酹酒意滔滔。

学书偶成

运河浪激砚池波，端取钵峰当墨磨。文塔巍峨持作笔，豪吟狂草楚天歌。

赠韩永宏先生

初识荆州意尽欢，深情厚谊语谦谦。诗文吟诵酬知己，雅集骚坛又一篇。

月湖漫步

青青蒲草伴莲荷，习习微风吹碧波。几只银鸥腾翅起，一声长笛伴渔歌。

观李锡贵先生书展

李公运笔笔生花，游走龙蛇气势华。写到灵魂深刻处，楚城香溢向天涯。

张桂香

张桂香（1951～　），淮安区人。曾任博里镇中心小学校长、党支部书记。中华诗词学会、江苏省诗词协会会员。

悼念敬爱的周总理

总理长眠去，阴霾聚感浓。五洲齐落泪，四海少欢容。
功绩垂千古，精神贯九重。音容如日永，全党学周公。

漓江赞

漓江溯起北猫山，汇入西江四百三。倒影奇峰萦碧水，喷泉瀑布泻深潭。
乘槎瞰濑如罗带，驾御瞻峦似玉簪。四季风光多旖旎，游人醉此不思还。

游流均镇绿草荡九龙口

夏日乘舟去九龙，荡区男女正防洪。波中芡实排无际，水下红菱叠几重。
日照苇蒲挥酷暑，云收荷叶纳清风。四周围网养鱼蟹，眷恋水乡情益浓。

观多媒体音乐话剧《周恩来与故乡》

其　一

人杰地灵多俊才，山阳古邑出恩来。少年报国凌云志，老大为人一品裁。
北上途中真若定，西花厅内细徘徊。鞠躬尽瘁万民仰，总理长眠举世哀。

其　二

自从求学去南开，难舍乡音常梦回。八婶何能丢体面，两淮岂止得钢材。
祖坟平整非民意，侄媳京迁本理该。此等无私惊世举，常人难把伟人猜。

村　变

春节回家像出差，村中变化我惊呆。水泥道路如鱼贯，红瓦楼房似雁排。
新建大桥河上跨，刚装灯杆户前埋。汽车开进农家院，此景何人不感怀。

痛悼维和英雄杜照宇

以黎冲突日逾狂，骄子维和竟惨亡。世界硝烟何不息？总因战祸起萧墙。

泥　鳅

常年居住在河塘，上下逢迎本领强。倘若一朝离水后，孰能圆滑再猖狂。

十二生肖闲趣

子　鼠

人人说我嘴巴尖，今日麻烦不断添。户户楼房何打洞？余粮美食品难沾。

丑　牛

埋头苦干本无求，耕地拉车用铁牛。转岗忙将三产搞，重操乳业解民忧。

寅　虎

百兽之中我逞王，威风凛凛守山冈。若无法律来援护，骨骼皮毛早出洋。

卯　兔

洁白如银作月仙，星稀夜冷枕难眠。嫦娥一号何时至，定在寒宫摆酒筵。

辰　龙

变化万千飞在天，鳞虫之长圣人贤。传人华夏腾骧日，国富民强世领先。

巳　蛇

老鼠青蛙是我粮，不分良莠小龙王。心犹不足敢吞象，试问农夫忘却伤？

午　马

北剿南征功不贪，千军万马战犹酣。若无伯乐来推荐，千里之名何必谈。

未　羊

性格温和又吉祥，皮毛出口作时装。一生奉献不图报，肉品当推博里香。

申　猴

腾云驾雾美猴王，捉怪降妖锐眼光。十万八千筋斗跃，如今火箭比咱强。

酉　鸡

不愁衣食不穿鞋，哪怕蚯虫土里埋。每日打鸣催早起，决心戒斗促和谐。

戌　犬

时时跟着主人跑，摇尾常常没讨好。宠物增多环境差，疫苗不打命难保。

亥　猪

天生五官不妖娆，懒得浑身尽长膘。饮食还须随市场，减肥价格定能飙。

陈定国

陈定国（1951～　），淮安区人，大专文化，退休教师。中华诗词学会会员、江苏省毛泽东诗词研究会理事、淮安市诗词协会理事、淮安区诗词楹联协会副会长、《淮安诗苑》杂志编委。

参观台湾皇达兰花园

生态花园里，娇兰满室栽。游人接踵至，香气顺风来。
蝴蝶树名品，台湾出大牌。诗词年会日，美景伴奇才。

享受小康

春浓催醒百花放，改革风和醉梓桑。别墅排排村貌美，坦途荡荡交通良。
用钱龙卡常掏出，消费网银最吃香。温饱有余奔富裕，农民心里喜洋洋。

大鸾归来

碧水桃根百卉秾，宾朋不绝谒周公。丰仪瞻仰敬奇志，美德弘扬效劲松。
惠泽家乡千曲赞，遗恩故国万民崇。又逢春暖思君日，遥盼大鸾观楚容。

赞红豆集团

多情红豆在南方，港下相逢慧眼郎。初创品牌声已远，功成嘉誉名更长。
领军行业走全国，扩展产能过大江。落户淮安呈美墅，钵池盛景永流芳。

赞古镇

大河之下郡城边，小镇繁华数百年。巨贾豪商争落籍，骚人墨客每流连。
长街石板存余韵，深巷古亭仰昔贤。寄语诸君多驻足，寻幽探胜亦悠然。

赞淮安区老年大学

龙光一笔大文章，欢聚三千耄耋郎。艺术团中观凤起，采风队里赏鹰扬。
晚晴堪比朝霞美，陈酒胜过初酿香。花放虽迟尤艳丽，童心不泯学龄长。

赞泾口第二中心小学

其　一

彩笔诵吟思路高，诗词特色育英豪。繁华茂叶多芳草，泾口蒋桥遍李桃。

其　二

诗教花繁春满园，馨香浓郁史无前。培桃育李植芳草，继往开来景倍妍。

严永年

严永年（1952～ ），淮安区人，中学语文高级教师。中华诗词学会会员、江苏省楹联研究会会员、淮安区诗词楹联协会副会长。所著《三字经·缅怀敬爱的周总理》，在多家报刊登载。著有《严永年对联选》。

月球护地球感赋

据科学家说，月球上的遍体鳞伤，使地球免受天体撞击造成灾难，我们应该感谢月球对地球的护佑。

万家赏月圆，兴会自无前。知否月功德？佑吾寰宇安。万千星体撞，身上洞痕斑。伤重犹豪迈，乐将天敌拦。地球安泰美，万物意盎然。拱手拜明月，感恩热泪潸。

端午节思屈原

家乡无汨罗，我到小河边。水浅接千里，人微思万年。
春秋感兴替，日月照前贤。遥想屈夫子，长歌在九泉。
当初浑浊地，今日舜尧天。夫子应欣慰，九州阔步前。

中秋前应邀赴孙应考老半岛斋赏桂花感赋

半岛赛桃源，树多遍地荫。桂花尤茂盛，香味沁人心。诗友应邀至，主人待上宾。主人孙应老，淮楚陶渊明。进念国家事，退怀林下情。篱旁时植树，屋后每耕耘。晨起桂花赏，黄昏佳句吟。俯观池畔草，仰看月边云。牵手儿孙闹，荷锄鸟雀惊。不知双鬓白，却感一身轻。花草有灵气，心胸无俗情。诗朋时造访，文友每光临。谈笑有鸿儒，往来无白丁。秋高天气爽，酒酣意温馨。忽见酒盅里，飘来一朵星。凝眸仔细看，丹桂化成金。快意碰杯饮，芳香口腹盈。诗词喷涌出，香气绕门庭。拱手谢孙老，使余乐此行。同仁三次聚，雅赋万篇吟。

咏屈原

万水恸扬波，屈原投汨罗。龙舟寻魄急，粽叶溢香多。
四海圣贤仰，千秋姓字播。而今何寄意，热泪汇长河。

观电影《第二次握手》有感

望穿故国门，孤寂度青春。花惹一汪泪，月牵万里魂。
情深如海阔，质丽似琼纯。遗憾终成恨，苍天不美人。

贺淮安区被命名为“中华诗词之乡”

创就国诗乡，心中喜气洋。几年挥血汗，一举捧荣光。
把酒醉今日，上楼瞻远方。更须常砥砺，万里路尤长。

登泰山有感

偕朋登泰山，感叹忘游玩。石刻凝贤哲，松涛起陡岩。
乘凉于树下，封禅在云间。十八盘虽险，明年我再攀。

咏　鹰

高天飞不停，如箭掠轻云。翼展乾坤小，目睁日月阴。
雄姿惊猛兽，利爪畏生灵。岂欲击凡鸟，唯图缚猛禽。

教师节感怀

豪情洋溢乐无涯，传道育人气自华。一片赤诚一片爱，满园希望满园花。
施肥浇水幼苗壮，沥血呕心老树斜。喜看苍穹星灿烂，英才济济报国家。

颂园丁

春蚕蜡炬赞园丁，一片赤诚一片心。力挽强弓送远箭，巧施良法炼纯金。
欲为民族播希望，愿向幼苗寄挚情。传道塑魂何懈怠，满园桃李绿成阴。

赞孙应考老半岛斋梅花

一树仙花落大家，临风弄月醉云霞。花香每向诗香沁，枝影常随蝶影斜。
游客赏玩惊运好，画师摹写叹功差。平生乐在树旁住，半岛主人气自华。

杂感　步仇凤俊韵

此生不负好时光，秋日登高春远航。邀友畅谈茶也醉，捧书细品指犹香。
若无诗酒兴何雅，因有笑谈情更长。莫道吾侪霜染鬓，盛筵才啜一匙汤 。

观庐山

千巅万壑露奇容，惊叹人间造化工。幽静深山垂巨瀑，苍茫大地托奇峰。
猿猱上下走危壁，云雾翻飞蔽太空。美景赏来心底乐，何能永驻此山中。

赠学友

一别校门音讯无，君名几度梦中呼。同窗四季共书桌，分手十年各旅途。
念急仰看天上雁，情深俯觅案头书。久怀云树心中怅，渴盼相逢醉万壶。

赠未婚妻

其　一

去年雪落起东风，今日梅开花数丛。樽酒未端心已醉，秋波频送意方浓。
诗词知我用心苦，书画怜君着意工。正是韶光无限好，双飞共作九天鹏。

其　二

翰墨从来信手挥，点横撇捺几来回。近观泰岳阴晴耸，远见巨龙上下飞。
笨手油然慕巧手，剑眉直欲愧须眉。此生不厌千回赏，心底案头常闪辉。

读朱震国先生《手读毛泽东诗词》有感

手书主席巨人诗，万水千山笔下驰。字字行行摹伟略，篇篇页页见深思。
龙飞凤舞风云乱，铁画银钩松柏奇。抱朴斋中无昼夜，一腔心血涌流时。

车桥战役

车桥战役大名扬，新四军书惊世章。粟裕从容施巧计，叶飞骁勇灭倭狼。
我军龙虎刀枪猛，日寇豺狼魂魄丧。战果辉煌人振奋，中华史册耀奇光。

杂　感

人间时事风云变，日月存胸自坦然。雨骤风狂当冷眼，柳浓花艳自欢颜。
放歌纵迹五湖外，运躄锁身一室间。壮士笑谈途坎坷，谁乘得意顺风船。

春

四时最美独春光，极目平原绿夹黄。云淡天高雏燕舞，水清池浅小鱼翔。
和风轻拂鸟儿噪，丽日微熏花朵香。酥骨怡神谁不醉，芳菲永驻我心间。

读徐悲鸿《奔马》

世人画马不乏工，最见精神数悲鸿。蹄有烟云凌泰岳，胸无草芥傲苍穹。
忧民诗圣狂狷态，骁勇霸王猛士风。我愿万金求一匹，浑身是胆敢冲锋。

纪念抗日战争胜利40周年

散尽烽烟雨雪霁，卢沟晓月照城池。东邻应共西邻友，前事当为后事师。
万里长城何巩固，千年古国永深思。繁荣强盛民心愿，宝剑高擎马疾驰。

游楚州古城墙感赋

楚州平野独无山，隆起城墙任尔攀。郁郁葱葱松更劲，啾啾舞舞鸟尤欢。
儿童结伴觅情趣，翁媪成群醉笑谈。闹市区中藏宝地，凡夫到此即神仙。

春日游勺湖公园

楚州秀美一明珠，春日游玩意兴殊。竹倚红墙松掩榭，鱼游碧水叶擎珠。
七层塔上宜横笛，九曲桥边可捧书。待到掖香酡色去，犹闻小曲醉菰蒲。

谒关天培墓有感

2011年2月26日，是民族英雄关天培血洒虎门、为国捐躯170周年纪念日。

天培墓上草青青，落日余辉映晚晴。四野禾苗怀壮士，八方民众悼英灵。
固防击虏声萦耳，卫国捐躯血溅心。今日九泉公应慰，中华强盛焕然新。

站在白下路边自家房前有感

六朝都市自繁华，楼宇群中有我家。街上车流如海浪，门前绿树似云霞。
朝闻人语静中闹，晚看霓虹忙后暇。常驻此间心眷恋，尽情陶醉乐无涯。

赴今世缘酒厂参加市诗协年会有感

今世有缘今世缘，诗朋相聚兴无前。门前巨鼎迎宾客，园里彩灯照瀑泉。
美酒香飘人尽醉，盛情笑溢月尤圆。如椽巨笔任挥写，更沃淮安诗赋田。

参观台儿庄战役纪念馆

吾侪肃立台儿庄，史迹如碑天地昂。倭寇侵华气焰盛，雄兵御敌战旗扬。
军民血肉长城固，男女刀枪浩气长。歼敌万余国大振，神州史册写华章。

淮安区创建全国诗词之乡感赋

其　一

创建诗乡万众欢，方家贵客莅淮安。运河腾浪哈达献，宝塔凌云鞭炮燃。
百里田园诗更茂，一轮日月意犹酣。全区上下同援笔，再写辉煌历史篇。

其　二

欣逢古楚创诗乡，历史名城豪气扬。万首诗词陈锦绣，千秋翰墨溢馨香。
枚乘赵嘏衷情慰，广孝承恩笑意洋。遥想天国周总理，茅台一醉顷诗囊。

贺交通诗社成立

交通局里炮鞭响，诗社挂牌喜气洋。绘就蓝图呈壮景，写成佳句溢奇香。
为民先把路铺好，敬业还须人展长。卧虎藏龙争蘸墨，歌吟时代慰心房。

贺楚光诗社成立

淮电员工豪气扬，送人温暖送光芒。电能化作诗千首，汗水凝成词万行。
架线凌空歌日月，挖槽入地播辞章。篇篇句句现佳作，月月年年放异香。

痛斥日本购买钓鱼岛

日倭自古虎狼心，侵我上邦屠我民。贼眼觊觎肥沃土，野心吞并海洋金。
欲依美国头三叩，无视中华力万钧。购岛只能成闹剧，雄狮一吼敌兢兢。

赞淮安区武术协会同仁

结队成群武术迷，染霜白发映晨曦。刚柔起伏云霞赞，虚实疾徐松柏奇。
你学我帮融赤胆，夜思日练舞雄鸡。刀枪棍剑拳生彩，体健心怡忘古稀。

悼念曹云富

相识萧湖几度秋，你来我往乐悠悠。多回谈艺到深夜，数次聊天在小楼。
每有佳音先报喜，若逢难事互排忧。而今挚友辞余后，从此吟诗泪必流。

教师节赠孙凤青

园丁喜度教师节，所感所思当不同。俊杰扬鞭催骏马，平庸得意沐金风。
须知学子皆吾子，应解生龙是国龙。民族未来肩上举，峥嵘时代建丰功。

游开封大相国寺观某女花前照相有感

金碧辉煌相国寺，姚黄魏紫斗妍媸。他方游客有佳丽，此处名花添玉枝。
千手观音千句叹，一炉香火一腔思。入观佛迹流连醉，我独为君入梦痴。

故乡人民思念周恩来

山上青松天上云，不知可见大鸾形？故乡父老常思念，泪水擦干天已明。

纪念中国共产党成立90周年

其　一

南湖浩渺一舟航，红色火苗初闪舱。镰斧劈开新世界，中华强盛立东方。

其　二

革命征途风雪狂，冲锋呐喊党旗扬。拼将鲜血染原野，嘹亮凯歌增国光。

咏昭君

宫院深深夜数星，琵琶弹尽别离情。当年向使得恩宠，千载不传王昭君。

时　雨

时雨如油润泽苗，绿了五谷红了桃。党风国策千家福，踏上金桥颂舜尧。

赞淮安中学诗教

百年名校溢诗香，生诵师吟各展长。霞蔚云蒸情醉月，再培李杜献吾乡。

赞泾口二小诗教

满园芳草满园诗，数载辛劳今始知。汗水化为风雅颂，千株桃李谢恩师。

贺河下诗社成立1周年

其　一

进士镇中龙虎藏，此星璀璨彼花香。欣闻诗社大旗下，浓墨再书华美章。

其　二

《诗林》背后是耕耘，首首诗篇见用心。汗水化为风雅颂，唯知赤子有痴情。

其　三

文才承继运河长，岁月研磨石板光。古镇系牢诗社结，百花再放艳和香。

重阳节有感

年年岁岁有重阳，每到重阳赏菊香。谁愿逢秋悲落叶，豪情不减意昂扬。

甲午年迎春诗会

寒冬数月雨无痕，久旱禾苗欲断魂。谁料立春天降雪。今年预卜好收成。

游桃花岛有感

蜂蝶飞来觅早春，游人到此尽销魂。无私最是桃花岛，尽把芳菲赠世人。

葛兆庚

葛兆庚（1952～　），淮安区平桥镇人，中共党员，曾任淮安区工商局副局长，为平桥镇诗词协会常务理事。

咏平桥

亭立龙飞故事存，涛声未改厚之坤。蜚名灵毓凭人气，乃道光华深印痕。

翻覆空晴天灿烂，腾飞运转日雄浑。东风浩荡开新宇，未歇峥嵘奋发奔。

咏勺湖

天外飞来勺样湖，流连顾影景妍姝。鸳鸯戏水移琼舫，杨柳随风逗阁庐。
亭畔轻荷花怒放，桥边细雨浪漂浮。欣情不逊瞧西子，落在淮城靓画图。

赠马长林学友

警语长萦莫酗杯，古来筵上总相违。乾坤笑傲关山越，盅盏激昂肝腑亏。
遇吉时光方尽兴，逢醅故旧应分肥。小卮轻酌春秋过，拄杖宜时可伴随。

赠张志友仁兄

先洗尘寰不自扪，朝宗筚路坎坷痕。苍茫似海怀千感，浩渺如天物万屯。
闲步文园张逸兴，重持诗笔漫销魂。依然积极陶陶日，水秀山清又一村。

马长林

马长林(1952～)，淮安区人，中共党员。退休后受聘于淮安生物工程高等学校中文教员，为平桥中学工会主席、关工委副主任。中华诗词学会会员、淮安区诗词协会常务理事、平桥镇诗词协会会长。

咏平桥

古镇当年遐迩闻，运河经此两臂伸。乾隆驻足千家幸，豆腐扬名万户醇。
北马南船行贾地，前庵后殿敬香人。星移斗转沧桑变，国泰民安富裕村。

平桥漫忆

岁月悠悠旧迹存，运河荡漾落乾坤。地灵人杰王孙气，物阜民康古韵痕。
改革开放花烂漫，勤劳致富酒雄浑。和风日丽开新宇，父老乡民奋发奔。

平桥探古

龙亭坐落运河边，皇上临巡鼓乐喧。林氏老财呈御膳，胡厨豆腐誉中原。
小人庙会春潮涌，兜土庵堂香火燃。夜半行船商旅至，茶楼酒肆歌声旋。

贺平桥诗词协会成立

风吹古镇叶流丹，一路烟花荡市寰。街上繁荣行处见，笔端烂漫醉中看。

阳春白雪堪称美，下里巴人不等闲。滚滚诗潮歌盛世，芬芳郁郁沁民间。

游勺湖

上苍馈赠一勺湖，鱼跃清波景色姝。伴侣依依乘画舫，歌声袅袅入郊庐。
风吹垂柳柔枝舞，雨打龙桥倩影浮。莫道江南山水秀，淮城处处绘琼图。

中秋抒怀

月到中秋分外明，人逢佳节倍思亲。深情姐弟成双对，恩爱夫妻结伴行。
贤媳捧来陈酿酒，宠孙叫出撒娇声。虽居异地心相印，祖上阴德泽满庭。

咏竹园庄

故里旁依八斗沟，农耕世代古风优。小桥流水庄园绕，翠柳随波竹影留。
远眺禾田千畎亩，近看灯火万家楼。炊烟袅袅今安在？常觅儿时梦境幽。

赠吴磊学兄

光阴过得太匆匆，六十年华转瞬中。常忆寒窗求学苦，难忘教界傲群雄。
乘风破浪春潮涌，弃教经商硕果丰。天道酬勤家业兴，暮年安享乐融融。

清风颂

反腐清风荡俗尘，苍蝇老虎落纷纷。休言近水鞋先湿，应戒临财手不伸。
执政当如焦裕禄，为民应像孔繁森。率身端正谁难正？耿耿群情望北宸。

步其韵答兆庚先生

青春焕发又重来，老态忘情唱戏台。扮演旦生呈往事，欣尝日月却余哀。
丝弦绕耳抒胸臆，票友开喉笑世埃。暮色将临何足叹？霞光似火耀天垓。

依韵和兆庚先生

一生能有几回醉，莫把感情当细微。古训良言须记取，尘寰悲剧岂能违。
心忧气怅人憔悴，体健神怡家富肥。秋月春风常易逝，管弦相伴永跟随。

凭吊大胡庄烈士陵园

踏进陵园步履轻，清明诗友吊英灵。杜鹃有意分流让，垂柳无言夹道迎。
血染丰碑彰铁骨，神雕群墓刻贤名。白花点缀何其静，肃立阶前泣泪盈。

师生校园重游

重游故地意联翩，往事如烟在眼前。朗朗书声萦耳畔，悠悠琴曲醉心田。
雏鹰展翅宏图绘，老骥扬蹄壮志坚。母校相逢寻旧梦，临风把酒话当年。

感　怀

琴弦作伴意葱茏，六十人生不是翁。激情洋溢唱淮剧，还我青春火样红。

赵雪芳

赵雪芳(1952～　)，女，大专学历，曾任单位主办会计、财务主管、经理助理。中华诗词学会会员、淮安区龙光诗社理事。

中国梦

上下五千年，无垠逐梦篇。山倾天沌浊，地陷海深渊。但见黎民苦，难求衣食全。红旗飘禹甸，细雨泽禾田。改革春流暖，创新兰舸翩。太空花俏丽，沙漠果新鲜。处处和谐韵，人人舞快鞭。

九九登高

拾阶登高望，苍茫彩凤秋。地坤铺瑞锦，天帔绣红球。
奋翅鸿宾远，含霜野菊遒。未知漂泊客，可记勺湖舟。

三八节礼赞

谁言女子差，文武状元花。静若三春蕙，动如千里骅。
挥毫耕墨苑，舞铲撂黄沙。敢闯嫦娥殿，豪牵九极霞。

读秦史有感

其　一

荒凉弱羽秦，四面虎狼邻。禹甸常侵扰，苍生总哭呻。
招贤推变法，运甓力维新。六国归麾下，诸侯拜北夤。

其　二

六合神州统，迷权气势嚣。坑儒违天理，重赋孕殃苗。
冥殿头颅砌，阿房血肉浇。沙丘台病毙，一代始皇消。

六月流火

天公爱稻金，流火肆情淫。玉菽惶惶卷，金蝉乐乐吟。
蜻蜓藏茂草，鸟雀逐林阴。佳丽凫清水，微词懒拨琴。

贺巧斧诗社成立

谁在班门操巧斧，原来吕总状元花。瞬时节节金枝灿，眨眼团团芍药嘉。
凿对麒麟驮御砚，雕双孔雀现文华。亦文亦武天人合，诗圣咨询是哪家？

题朱华先生画《古镇雨蒙》

斜风细雨飘馨雾，古镇朦胧意境幽。一曲廊桥飞彩练，双亭傍岸泊清流。
低旋白鹄轻轻语，黛柳含情怯怯羞。红伞佳人过石径，天街琼阁任心游。

拜访半岛翁

一壶碧水一壶天，半岛诗斋半岛仙。灼灼繁花鸣稚鸟，亭亭翠竹拨和弦。
不思五柳桃源记，却羡孙公赤胆篇。笑对人生磳磴道，期颐回望雪山莲。

农家乐

清风笑逐桂香悠，尽染苍茫壮丽秋。蘸彩棉花牵大漠，生金稻谷接炎陬。
丰收在望姑翁乐，相约远行山水游。嘉岁良辰多感慨，颙祈国盛众心猷。

春　望

回归大雁舞婆娑，荡漾长淮叠碧波。两岸青丝临水照，一双白鹭相依哦。
甘棠簇簇遮庭院，稚鸟啾啾啄绿萝。靓妹频频纤指点，春图有你可知么？

仲　春

旖旎韶风唤早春，婀娜翠柳舞柔身。夭桃笑绣三千朵，紫燕轻吹一岁尘。

贺龙光诗社成立10周年

十年一剑龙光烁，皓首翁婆踏韵波。击棹诗舟迎浪吼，声声拍岸震山坡。

陶光林

陶光林（1953～　），淮安区三堡乡人，1970年参加工作，1972年入伍，1978年底退伍，分配到淮安供电公司工作至退休。中华诗词学会会员、淮安区楚光诗社常务理事、龙光诗社副社长。

纪念红军长征胜利70周年

星火荧荧夜正沉，恰逢七秩忆长征。湘江血色湘江泪，草地黄昏草地魂。
莽莽岷山千叠雪，茫茫沼泽几多坑。于都十送吟悲曲，陕北三军奏凯声。
险恶径途播火种，艰难岁月荡红旗。而今迈步从头越，万里峥嵘万里程。

颂长征

突围撤退挽途穷，演绎传奇唱大风。草地雪山军号亮，马灯火把战旗红。
夺关勇士惊天地，浴血忠魂耀祖宗。最忆当年甘肃会，凯歌一曲寄飞鸿。

贺　春

鸡鸣数九雪飞时，燕舞阳春鸭早知。雾散晴空升旭日，人逢盛世诵佳诗。
悠扬心曲翻新页，豪放情怀将旧辞。柳绿桃红枝叶望，万花丛里逐神奇。

梦圆丝绸路

和煦春风荡不休，航轮入海尽情游。边陲劈棘开新宇，古道飞天忆远驼。
亚美非欧存共识，京门烟树可同俦。雄狮觉醒华胥梦，傲立东方啸五洲。

学诗感怀

吟诗作对近乎狂，银发多情入课堂。相辅相成同进步，互帮互学共扬长。
读书万卷增知识，下笔千言出妙章。老有所为须努力，夕阳无限好风光！

淮安三湖

三湖烟雨几多娇，潋滟清波映碧霄。翠柳轻摇惊白鹭，鱼游菡萏任逍遥。

河下游

古镇重来夕照时，楼台多少柳垂丝。游人不管兴亡事，一例洋装缓步移。

丝　瓜

珠露盈盈墙外花，蔓藤横绕到邻家。修长体态悬空挂，一著清心足可夸。

周兆平

周兆平(1954～),任村会计、镇办企业会计多年,参加诗词竞赛多次获奖,曾获“淮安市十佳田园诗人”称号。

秋　收

清秋十月凉,遍地稻花黄。昼夜忙收割,谁人不戴霜?

山芋粥

如今山芋粥,胜似八珍汤。老少皆滋补,宽肠增健康。

农民笑眼开

发展大文化,农民笑眼开。粗人拿笔杆,作出好诗来。

园中小菜

满眼绿纤纤,娇苗雨后添。棵棵肥又壮,叶叶润心田。

写诗乐

昔日无聊去打牌,如今早晚写诗来。吟诗作赋夸新事,妙笔生花显异才。

草帘机

小小机床三尺长,天天编织草帘忙。闲余老汉夫妻俩,稻草堆堆变银行。

奥运年

盛世中华奥运年,同心奉献舞翩翩。横眉冷对跳梁丑,万众齐心圣火传。

老年学诗有感

笔下荒芜难作诗,词源浅窄易离题。黄昏岁月学平仄,人静夜深犹酌词。

赞农村改革

农村改革又逢春,土地承包富众人。合作经营威力大,三农气象喜盈门。

戒　赌

小小方城坐四人，阴晴日夜陷沉沦。赢来输去无休止，费力伤心折寿辰。

春日感怀

东风细雨又逢春，紫气东来万物新。百草萌芽青满地，群花竞艳美乡村。

农民工自吟

地少人多难养家，求生无奈别爹妈。他乡异地四方跑，创业谋财踏海涯。

和为贵

千年土地百年翁，事事何须占上风。古往今来谁胜败，唐宗宋祖已成空。

品　茶

酸甜苦涩水调和，朴实无华荡绿波。健体强身多快感，延年益寿乐呵呵。

田园风光

其　一

河里鱼虾竞跳高，田间稻谷笑弯腰。乡村道路连成网，笑语声声入九霄。

其　二

清秋闲下逛农田，遍地黄金似乐园。享受辛劳丰硕果，舒心惬意在今天。

赞上海世博会

世博花开黄浦江，申城处处著新装。家门不出游中外，异国风情上海扬。

《天下第一书记》观后

沈浩精神天下扬，无私奉献铸辉煌。披星戴月谋发展，创业有成功德长。

文化兴农

文化兴农乐万家，田园新事遍中华。诗书卷卷香农舍，画笔枝枝绘彩霞。

科技强农

科技强农富万家，南疆北国笑哈哈。视频信息连中外，绿色田园烂漫花。

恭庆村邻百岁寿星

人生百岁千秋福，鹤发童颜不老松。亲友家家来祝贺，儿孙欢庆乐融融。

春日怀旧

少小常逢灾后荒，三餐主食啃麸糠。饥寒交迫枯肠断，野菜青瓜分外香。

偶 感

进身谋事靠钱财，地位悬殊少往来。患难知心世间少，权钱互惠绿灯开。

芦荡行

草荡长河夏日中，风光无限绿阴浓。顶天莲叶千层碧，出水荷花独秀容。

插 秧

一把青秧一片青，良田万顷绿茵茵。村姑巧手描新绣，燕雀飞来何处停。

乡村拆迁

零散村庄被拆除，路边选址建新居。门前道路通千里，屋后清波荡五湖。

求 学

茫茫书海觅真知，漫漫星空探史诗。学海无涯常不寐，书山辟径创新奇。

稚孙吟诗趣

启蒙教育展新姿，五岁灵童吟古诗。仄句平声循格律，中华文化续新奇。

结婚彩礼超十万有感

聘礼现金超十万，掺忧掺喜实为难。含辛茹苦谁知晓？几多欢笑几多寒！

纪念建党90周年

其 一

石库门前青史垂，南湖碧水响惊雷。红船桅塔百年颂，马列指航千古碑。

其 二

斗转星移九十秋，开天辟地竞风流。龙腾虎跃兴华夏，富国强民奔自由。

赞宋巧英先生

济世悬壶五十春，秘方接骨似传神。杏林敬业为师表，大德藏怀福满门。

登滕王阁

依城面水大江东，万里苍天一览空。王勃英名越千古，诗神翠墨绘春风。

参观青云谱八大山人纪念馆

青云谱内铸诗魂，画映梅湖昭后人。淡墨流香传万代，清空出世照乾坤。

乡间小路

乡间小路树成行，景物宜人五谷香。宁静正神空气爽，桃红柳绿胜天堂。

感悟人生

年华似水水流东，世事如云云走空。富贵荣华春日梦，人生百味笑谈中。

读朱震国会长新春贺年题词感发

妙笔奇才居楚淮，朗吟独步大胸怀。诗书并蒂传佳话，四海挥毫锦绣开。

建筑工人心声

成年累月搬砖瓦，广厦如林无我家。美化人间新世界，一身汗水献中华。

春　游

脚踏单车游四方，清风拂面沐春光。桑榆晚景若仙境，鹤发童颜笑夕阳。

重游西湖

绿波荡漾独悠然，两岸浓荫难尽边。最是苏堤明月好，湖光塔影醉婵娟。

村　姑

现代村姑风貌新，时装卷发石榴裙。手机网络连中外，揽月冲霄驾彩云。

亲民文化铸辉煌

新型文化进农家，书画诗词映彩霞。翰墨清香飘四海，莺歌燕舞越天涯。

喜庆丰收

无垠田野映朝霞，满眼黄金落万家。科技兴农盈硕果，打开网络话桑麻。

曹树春

曹树春（1955～ ），淮安区人。中华诗词学会会员，淮安区诗词楹联协会副会长，楚光诗社常务副社长兼秘书长。发表诗词作品若干首，《七律·咏淮上漕都》获“金地杯”诗词楹联大奖赛一等奖。

博里礼赞

社社兴吟唱，笔犁两两忙。荷锄描夏景，撒种绘春光。
词现四时美，歌扬五谷香。农夫师李杜，风雅是诗乡。

淮安区获“中华诗词之乡”称号

甲午京都喜讯来，山阳今又摘金牌。新淮吟苑繁花景，古楚诗城众俊才。
儒士挥毫拈雅韵，农人播种寄情怀。文峰塔上魁星照，高视欣登九丈台。

河下风物颂

两岸朱旗拥白帆，一湾碧水映蓝天。南河漕运经枚里，北巷淮盐过榷关。
御码头前泊龙舫，文昌阁下设书坛。波光柳色盈名镇，洗去铅华更展颜。

勺湖吟

红榴枝俏坠樱洲，绿柳垂堤曲径幽。墨者碑园书画卷，游人荷荡泛龙舟。
每瞧佛塔文峰峻，尤念邗沟古韵悠。淮上千秋漕运事，大河一勺水长流。

电力辉煌国运昌

十月旗红鼓乐扬，烟花火树彩霓裳。塔灯逐日弹新曲，线路追星谱典章。
送去能源兴百业，输来光亮彩千乡。纵横网架腾空起，电力辉煌国运昌。

电邀明月共团圆

仲秋桂镜耀星汉，火树烟花霓影悬。塔越太湖携玉兔，线飞五岭挽金蟾。
网巡万里一行苦，鸡唱三更半夜残。我送光明千百户，婵娟共与把杯玩。

秋访半岛斋

曲径傍溪佳院处，吾随骚客入桃源。一池秋水青盈眼，几畹金兰香满园。约友东篱谐桂韵，邀朋南亩话梅联。解鞍儒将归田里，翰墨诗书养晚年。

贺河下诗社周年庆

文昌河下植诗林，郁郁葱葱一社欣。骚客腾蛟承乐府，墨家起凤继兰亭。长街户户赏高咏，大院声声听壮吟。名镇古今多俊杰，金声玉律振霓云。

沙家浜春来茶馆

荷月阳澄访茗坊，瞻完遗迹品茶香。旧炉壶煮三江水，新嫂声迎五岳商。几出竞吟传雅韵，一场智斗亮京腔。且看芦荡风光好，当记狼烟起我邦。

盱城赞

烟雨都梁水墨乡，岭溪风雅举流觞。几丘竹木吟朝露，一叶渔舟唱夕阳。指点南山峰伟岸，逍遥淮水韵悠长。人文毓秀钟灵地，生态名州魅力强。

颂党的十八大

万众欢腾歌盛会，镰锤淬火曲雄浑。今人继往承先志，越者开来启远征。强国同营和睦世，富民共享小康春。党旗召唤精英出，接力鹏程有后昆。

鲁南行

麦春风暖艳阳天，饱览名区客相牵。一岭专尊五岳首，二公为圣三教先。摩肩接踵知山小，顶礼投缘晓圣贤。见广须行途万里，识多当读著千篇。

游惠山老街

碧水乌篷盈岸柳，红衣绿幌巷坊幽。霏霏细雨轻纱落，半掩江南幺女羞。

光明使者赞

电输华夏万条线，灯火千家一网牵。强劲能源兴百业，光华照亮九州天。

赞诗词进电网企业

诗赋光明风雅韵，我将杆线好哦吟。昨登铁塔捧星月，今诵诗词逐彩云。

贺陆春桂80华诞

陆翁耄耋正当行，春树繁花秋桂香。晓月吟诗斋翰墨，东篱楼上写华章。

好人李玉梅

其 一

名乡马甸一枝春，爱似芳菲溢社村。关助孺孤冬日暖，系情桑梓不留痕。

其 二

农社卫东名玉梅，赢来大爱树丰碑。寸心难报三春暖，尊老扶孤日月晖。

半岛园赏梅

天落琼花拥雪仙，冰凝枝干志弥坚。俏迎不屑寒霜冻，喜接群芳春满园。

邵乃富

邵乃富（1955～ ），淮安区泾口镇人，退休后任镇老龄委、关工委副主任。中华诗词学会会员，淮安区诗词楹联协会副秘书长兼办公室主任，萧湖散曲社副社长。

怀念周恩来总理

长淮蕴育济时才，一品梅花手自栽。宏愿书成惊日月，大江歌罢驭风雷。
回舟蹈海干戈止，砥柱中流勋业开。独傲清霜奇骨在，百年香气袭人来。

咏平桥镇

运水扬帆滚滚涛，沿河名镇有平桥。迎龙亭影千年事，烈士碑文万代昭。
豆腐佳肴三界响，菜花香气九州飘。吾身难得环乡走，处处莺歌胜似潮。

咏朱桥镇

清风十里过南乡，头枕淮河谱丽章。万户楼房平地起，亿吨卤气土中藏。
朱桥脚鱼甲天下，小闸朝牌誉四方。绿草红花林荫道，宜居环境赛苏杭。

注：脚鱼，鳖鱼、甲鱼、圆鱼、脚鳖为同物异名。

今世缘采风

红花翠柳舞春燕，惹动骚人挥笔椽。探觅糟坊精酝出，品尝玉液美名传。

刘伶到此无归意,苏轼经过有巨篇。今日何方寻醉趣? 国缘最是有奇缘。

禅茶诗会

文通塔畔友亲临,陆羽秋邀品茗吟。天笠金瓜迎玉佛,毛峰龙井饮观音。
黄红黑白知茶性,丝片珠砖见苦心。美味一杯诗肺润,松间竹下共听琴。

咏金湖荷花荡

接天莲叶望无涯,出水芙蕖风里斜。友谊荷开一场雪,大红袍放满湖霞。
曲桥浮水瑶琳美,亭阁凌空典故嘉。四溢香风游客醉,梦吟诗赋不停夸。

注:友谊荷、大红袍均为名贵荷藕品种。

素描淮电人

服务人民塔顶攀,城乡供电克难关。炎炎烈日何言苦,凛凛寒风不畏艰。
工厂爿爿牵手脉,渔灯盏盏系心间。甘为孺子夜连昼,热血盈腔洒宇寰。

忆古末口

河漕迁徙罢,末口自荒闲。市水今犹在,何寻柳浦湾?

涟水丰乐亭

五岛景区丰乐亭,游人到此慢前行。细观稻麦桑麻事,八载连增慕美名。

登龙光阁

凌云一阁紫烟真,碧落长河远俗尘。拾级轻轻何敢语?心忧喧扰摘星人。

端阳悼屈原

端阳节至悼先贤,米粽投江水溅天。爱国精神人敬仰,离骚一曲唱千年。

王登成

王登成(1955~),淮安区博里镇人,中学教师,中华诗词学会会员,博里镇诗协副会长兼秘书长,《博里诗词》主编,编著有《中国历史诗化读本》《韵律教学》。2011年被评为全国联教先进教育工作者。

莲 颂

开颜别样红，河野遍芳踪。欲放云霄外，情投乡景中。
亲和消暑气，廉洁洒清风。只为民生虑，从来不计功。

京藏铁路贯通有感

京藏火车鸣，豪情一路行。近观蟠巨蟒，远看掠雄鹰。
绿水横空托，青山夹道迎。须臾游万里，屈指到天庭。

上海合作组织联合军演有感

联军同反恐，外帜伴红旗。导弹穿青服，士兵迷彩衣。
硝烟遮坦克，炮火出飞机。五国齐连网，中华最准时。

碧溪新区了余情

依依情未尽，缓缓别苏州。常熟慕名到，碧溪余愿酬。
娇容心内动，美景眼前收。恍若临仙境，繁荣百业牛。

半百偶遇

久觅梦中侣，竟居清水湾。拨枝观倩影，越路见冰颜。
酒说少年趣，茶谈盛世闲。相思羞启齿，如隔万重山。

广州山乡游

信步南山下，流连忘返家。秀姑包绿果，靓妇采青茶。
笑语眼神解，情歌手势加。意诚迎过客，和善满中华。

南方山农

山洼斜地小，峰脚凿梯田。水稻见三代，雪松连九天。
连枷陪石滚，木碓伴池莲。免税衣衫整，矿泉迎远贤。

诗画之乡芳草吟

宋巧英姐古稀芳志，兼庆阙氏治骨秘方入选淮安非物质文化遗产名录。

小镇有芳草，清香远近闻。慈心倾子女，妙手抚伤人。
义助儒林雅，德施村野温。申遗秘方录，老少敬诗文。

游吴承恩故居感赋

少读西游记,流连不了情。悟空金棒重,魔怪玉瓶灵。
满纸淮安语,通篇吴氏声。全球神话重,此册树云旌。

两会重实事行节俭

纸质文章不提供,少支二百万元钱。着装平素天生美,选菜寻常自助餐。
广场清清无彩饰,议程满满没人眠。拼车上路免迎送,注重民生重自然。

贺杨顺深吟长80寿辰

出语随和贤达人,无私正直律其身。寻常乘兴司车马,独处怡情作韵文。
夭李三千成栋柱,华章十万见精神。诚吟拙赋权当礼,敬祝安康贺寿辰。

赞农民诗人

贺潘占群诗友“海峡两岸咏月”诗文大赛获奖,邀中秋台北游,兼贺古稀。

亘古史书难找寻,农夫吟咏赋诗文。省刊江海载奇句,国赛中秋得满分。
晴获犁耕千斗玉,雨收笔种万年珍。骚坛博里数良匠,定有大名潘占群。

春之韵

三月牛歌田野响,絮随曲舞顺风扬。黄鹂有意仿榆顶,绿草无声伏岸旁。
圩蚓首伸停弄土,根蝉嘴放不尝浆。细听赞颂中华美,齐慕耕夫唱富强。

李克强总理访问印度国有感

中印隔山相互敬,列朝很少动刀兵。仇情每溯恨输毒,友谊常思赞取经。
龙象之争谋合作,帐篷对峙化和平。双边贸易重中重,刻意求同天竺行。

神十载人发射成功有感

太空开发觅资源,启动神舟巡九天。培训人才明哲理,组装智器重科研。
卅年谋略靠元首,一举成功赖众贤。华夏今圆强国梦,大同不久到跟前。

飞过银川黄河金岸有吟

登机顺水赏沿途,金岸繁华信手书。南接中原文化带,北连河套产粮区。
高楼拔地新颜翥,阔路通天旧貌除。盛世迎来千业旺,走廊东面闪明珠。

游淮安关天培祠

步行小巷访关祠，瓦屋青砖护虎姿。壮岁有生难尽孝，流年无语永沉思。
从戎刀剑柳营杰，策马海疆忠勇奇。取义舍身夷寇阻，炮台万古是丰碑。

朱震国先生古稀之庆

凡事求成最认真，农村文化领头人。垦荒画苑勤浇水，垒土吟坛常卧薪。
抱朴斋中诗韵雅，冠军谱上墨痕珍。襟怀旷达无惭怍，硕果累累海内闻。

神八天宫对接成功感赋

飞离大地去长征，神八天宫携手行。与佛为邻谋福祉，安身立命益苍生。
巡逻宇宙准时去，耕种星球指日成。万古无忧亿民乐，吟诗题壁记真情。

家慈诞辰百年赋

曾言子众人多苦，求学离家嘱短长。心慕择邻倾母爱，声夸刺字育儿良。
缺粮债负春愁重，少被身尝夜气凉。驾鹤仙游恩未报，悔图富贵悔青肠。

战犯岸信介出牢当选首相有感

罪犯出牢当首相，外孙安倍祖旗扛。美方冷战桥头堡，日府多藏军国帮。
巧取冲绳成县治，豪偷钓岛扩东洋。亚弧又入共荣梦，一枕黄粱不久长。

美丽的小城镇——碧溪

访胜春游到碧溪，繁荣市景九州奇。兴工致富参加众，种地增粮投入稀。
满眼彩车行路网，怡人绿树隐楼姿。久闻企业小城镇，推进创新天下知。

祝贺落月探测器嫦娥三号发射成功

科研自主不求人，稳步延伸探月尘。乘箭嫦娥飞岁底，抱怀玉兔待凌晨。
测深测氦测冰水，防陡防空防冷温。六载征程三部曲，天田耕种喜成真。

注：防空，指能够耐受月表真空。

浙江乌镇游

乌镇玩童鸟镇咻，熙熙商铺夹清流。石阶堤岸无垂柳，木柱桥廊有系舟。
游客舱中眼神戏，娇娥店内面含羞。古街浮动日旋转，忽见鱼群脚下游。

咏博里精英朱正艾先生

相知相处十年余，心系家园大丈夫。创业新疆千里管，捐铺故土半乡衢。
乐邀砚墨百名客，诚助诗刊整部书。国级殊荣功绩比，前排指点有双朱。

参观博里工业区有感

开放神州党领头，引资落户解贫愁。农闲耕者厂房建，艺熟专家机器投。
电控多屏屏闪数，带传百货货成流。乡村就业比城市，物阜年丰何所求。

壬辰夏游沙家浜感赋

岸柳蝉鸣曲桥架，阳澄湖畔映朝霞。酬情专访春来馆，问道巧逢阿庆家。
八座桌旁听故事，七星炉上品香茶。登高远处厂林立，不见茫茫芦苇花。

观“毛泽东平常生活展”有感

天下尊崇帝位同，节衣缩食庶民风。补丁色异也中意，稀饭汤稠有笑容。
心想基层度清苦，眼观世界伐帮凶。因贪爱将令枪决，反腐倡廉旗帜红。

漕衙履痕

携同挚友访漕衙，虎镇中华此一家。隋凿运河通贾道，清屯劲卒驻骝骅。
殿留墨客狼毫迹，室见红颜琴瑟斜。醒世楹联分两柱，恍瞧督抚晃乌纱。

平生感赋

一生得意是何年？女靓儿婚享自然。党票金钱身外物，红颜官爵业中烦。
乘兴品酒消长恨，遇景吟诗溯远源。与世无争万人敬，插秧退步乃朝前。

丰收倍惜盘中餐

博里镇“顺昌杯”诗词大赛，老少数百人济济一堂，场景壮观动人，思震国公及其同仁十载负薪之苦，今得慰其衷，借赛题聊作一首以志。

笔耕十载拓诗田，锦绣华章三万篇。吟叟纵情歌盛世，垂髫刻意赞丰年。
季收佳作近千首，日炼豪言布满笺。句句如餐惜辛苦，心怀大志入云天。

丢大偷小一场空

野田右翼实荒唐，君子不当当饿狼。岛若芝麻拼命抢，伤如笆斗把它忘。
邻居用物怎能窃，朋友真情不可伤。都说大和人干练，我瞧个个是痴郎。

小处见大颂廉风

近邻昨日戽鱼塘，红鲤十条装两筐。政府扶贫酬补助，女儿转正谢帮忙。一筐敬献村书记，五尾馈赠乡食堂。双处送回时价款，老农难拒费思量。

忆　荷

夏至开颜别样红，水乡河野遍仙踪。雾中轻碰神无主，月下相依情独钟。踩藕苇边亲笑貌，洗芹溪畔赏芳容。一朝奉旨江南去，音断心连梦里逢。

免征农业税

葵花向日耀长渠，时雨春风浴万株。集镇增容群体赞，乡村免税众生娱。儿童不信捕蛇有，耄叟都云通史无。九亿农民齐致富，当今中国胜唐虞。

寄言陈水扁

台独媚洋邪气盛，无端日美是非生。弹丸小岛伪旗竖，钢铁长城警笛鸣。倚外卖宗无路走，归家敬祖有衢行。寄言宝岛当权者，孰重孰轻须认清。

当今农民

脱穷变富越从前，足食丰衣安祖先。院阔车鸣圆旧梦，楼高灯亮换cosa颜。农田免税多存款，电脑求知少用钱。新政新居新气象，胜城胜昔胜桃源。

赞西京医院换脸术

深山老岭度春风，妙手名医到寨中。无面残人心暖暖，有肢病客意融融。神经对接皮知痛，血管相连面泛红。异体植移难世界，西京医院建奇功。

扬荣弃耻社会新

建设小康除白穷，山河万物勃蓬蓬。人和更想文明久，政达还求物质丰。知耻村村丢旧习，惜荣户户树新风。和谐安乐亿民笑，华夏九州尧舜同。

周恩来纪念馆前

半百重阳古楚巡，桃花垠里倍清新。高歌革命余音绕，真理弘扬遗墨循。陈列室中呈朴素，西花厅内溢清芬。鞠躬尽瘁为华夏，伟绩丰功镇虎邻。

贺嫦娥一号发射成功

奔月嫦娥绕月飞，苍穹探测里程碑。龙庭集锦太平日，天马行空全盛时。
紫气朝阳风度曲，青山绿水雨催诗。火星开发奠基础，宇宙资源用有期。

纪念伟人周恩来

茫茫原野雪纷纷，华诞良辰忆伟人。举义南昌枪说理，和谈重庆义重申。
万隆雄辩震天地，文革周旋救众勋。宿敌乒坛呈笑脸，小球换得大球春。

祝贺奥运创辉煌

奥运中华戊子迎，赋诗高唱助精英。五环轻起旌旗动，一炬长燃号角鸣。
激越体坛圆夙梦，和谐国度抒豪情。八年磨剑雄威蓄，勇创辉煌举世惊。

师情母爱最无私

山摇地动三川毁，楼倒房倾路面移。护子舍身忙曲背，救生忘命急伸肢。
心中暗想保长寿，脑际明知撑瞬时。灾难降临仁德现，师情母爱最无私。

战旗颂

八一军旗耀碧空，青山绿水乐融融。十年反蒋弹穿破，八载驱倭血染红。
逐鹿中原卷残雪，援朝东土伴英雄。救灾抗震最前列，飘洒和谐尧舜风。

两岸直航台胞归省

台湾大陆互通航，日夜兼程回故乡。碧水条条归大海，青山座座浴斜阳。
沿河望尽两排绿，放眼收全一片黄。始信桃源世间有，民居滴翠慰衷肠。

改革开放谱新篇

计划统筹成信念，国民经济不超前。分田到户图温饱，联产计酬求俱全。
免税农村除旧貌，科研城市谱新篇。和谐发展千秋策，又现中华尧舜天。

中国人太空行走有感

欲研天体问苍穹，地外初行建伟功。穿越气层观技术，航天宇宙见英雄。
创新航服护身体，先进乘舱游太空。接轨全球基础厚，和谐互利可求同。

博中50年回顾

跃进歌中始奠基，一穷二白树红旗。天灾三载宿村舍，人祸十年批业师。初度和风还大比，连来细雨复求知。英才济济遍天下，海阔高空任驰骋。

教师节怀念曹尔锦老师

童时笑貌壮时思，惠泽贫生洒善慈。作意传文化愚昧，竭诚布道醒顽皮。欣闻锦裔前程美，喜见奎师花鸟奇。小树清名翻往昔，吟诗一首谢良师。

鸟语拾趣

漫步和谐赤县天，清晨百鸟叫林间。农田免税白翁语，细事知之紫燕言。布谷枝头国歌唱，画眉树下誓词宣。此情此景人陶醉，生态平衡乐自然。

读趣联有感

方言俚语也成文，多趣楹联稀世珍。稻草捆秧娘抱子，竹篮提笋祖驮孙。花香暗蕴万千首，酒冷明拖三二巾。盛世安康民好学，泛舟书海入黉门。

赞朱震国先生《中国奥运冠军谱》

中华奥运英雄颂，独具匠心填白空。首页金题呈大气，五环彩绘露王风。律诗粘对功夫巧，行草编排书艺通。钟吕震惊晨练客，余音心动握锄翁。

游江阴要塞有吟

夕照炮台登彩楼，江风渔火掠沙鸥。千帆竞道身前过，百舸争流眼底收。展望无余无死角，航行有矩有生舟。咽喉要塞万般险，不解金陵条约愁。

中秋思亲忆少年

中秋把酒忆中秋，草屋泥墙灯豆油。一捧芝麻锅内炒，三升米粉磨边流。双亲忙碌汗眉上，整晚操劳月树头。心急还嫌慈母慢，无知甘苦亦无忧。

五十六年回顾

苦读勤耕律少年，精忠至孝比先贤。竭诚布道人轻视，刻意传文神负虔。品位图高成海市，仕途谋进化云烟。胸怀大志田园景，退后原来是向前。

观上海世博会开幕式有感

海宝熊猫迎在前,名星政要手相牵。俯瞧江面旗双进,仰视夜空花万妍。
台上舞姿随乐展,馆中灯饰伴光旋。和谐共处地球绿,同一春城同一天。

舟曲救灾

暴风骤雨青山塌,土石成流舟曲灾。屋毁无家篷下躲,人亡忍痛水中哀。
驮伤觅路血淋湿,解困刨泥手裂开。遇难八方齐救助,军车千里及时来。

和王国公先生

风雨人生顾七旬,红尘阅遍更精神。有能壮岁助耕者,多德稀年仿圣人。
社队增收忙社队,乡村免税赞乡村。为官不做贪官事,无职常怀弥勒心。

中原逐鹿

鞭炮烟花庆未停,独裁发难动刀兵。四平小挫改方略,三役先机换视听。
天理无情惊匪梦,人间正道引君行。中原逐鹿民心助,激战三年有德赢。

贺博里镇荣获"诗词之乡"称号

妙句佳词传北京,诗乡见授获真名。笔耕十载金牌摘,小镇文明绣彩旌。

许云祥

许云祥(1955～),江苏淮安区人。大学文化,中学高级教师。中国农民书画研究会会员,中国国学研究会会员,江苏省诗词协会会员,淮安市诗词协会会员,江苏省诗教先进个人。

老兵见证南京大屠杀

滚滚乌云城欲坠,雷鸣电闪震穹苍。腥风遍野横街道,血雨成河汇海洋。
虎豹戮残哀曲诉,英豪激愤战歌昂。金陵惨案明为证,警示后昆须自强。

读《鲁西细菌战》有感

日寇凶残人道丧,卫河决口撒菌殃。千村薜荔人烟灭,万户萧疏鬼蜮猖。
疫病传播出暗箭,屠城掳掠放明枪。家仇国耻应昭雪,会聚精英斩虎狼。

绿草荡

抗日风云袭水乡，连天烽火映长江。荷蓬底下须眉露，芦苇丛中巾帼藏。
巧布玄机擒敌首，智潜虎穴救贤良。硝烟散去春光好，草荡嘉名天下扬。

田家五月

田家五月最繁忙，露宿风餐在谷场。小伙高扬金硕果，姑娘喜晒爱心粮。
耕耙压整施肥料，播撒耥耘育壮秧。昨眺银河明似镜，今瞧碧海绿成行。

三农颂

岁首中央号令详，三农决策列头章。种粮直补古今少，免税励耕中外扬。
远虑民生播爱意，深谋国计建雄邦。求真务实政风好，无限生机社稷昌。

题学生“诗书画剪纸”才艺大赛

片纸能容千载功，缤纷夺目竞峥嵘。雕龙着意翻金浪，镂凤随心化彩虹。
塞北窗花呈犷厚，江南门饰显玲珑。学童试手叠掏剪，乐趣无穷八面风。

教师节抒怀

其 一

洁身自好少传奇，无欲无求没怨词。吐尽蚕丝春未老，流干烛泪意方宜。
春风烈烈催桃艳，甘雨悠悠润李姿。对镜低言霜鬓事，丹心一片作人师。

其 二

春秋四十化绸缪，暴雨几番洗绿荷。默默耕耘燃体魄，依依探道过天河。
披肝沥胆培桃李，茂叶繁枝漾碧波。白发千根言往事，身居陋室撰新歌。

贺博里镇成立诗词协会

楚东小镇起惊雷，古韵逢春百卉开。赢誉艺坛争斗艳，再邀李杜上诗台。

庆祝建国60周年

乾坤巨变喜空前，风雨兼程六十年。展望明天真美好，繁荣富裕大团圆。

赞朱震国先生著《中国奥运冠军谱》

字蕴珠玑翰墨香，诗情画意共悠扬。中华俊杰多奇志，奥运雄风越盛唐。

好猎手必须时刻防豺狼

倭寇凶残似虎狼，屡图钓岛屡侵疆。屠城略地无人性，猎手时时要设防。

题学生科幻画——农家乐

紫气东来白鸽飞，桃林尽处有人归。乡间别墅芬芳郁，盛世农家鹅鸭肥。

咏博士故里“拓荒牛”精神

俯首耕耘勤奉献，拓荒鼎足伴星辰。情倾大地全无悔，留得精神励世人。

赞淮安民间骨科名医宋巧英

诗画之乡芳草青，杏林深处出明星。双馨德艺回春手，百世流芳颂巧英。

赞诗教进校园

画乡又绽一奇葩，诗教春风绿幼芽。学子歌甜惊百鸟，师贤韵雅入千家。

毛　峰

毛峰(1955～　)，淮安区人，中共党员。曾任淮安市仲裁委楚州分会主任等职。中华诗词学会会员、江苏省楹联研究会会员、江南诗词协会会员、勺湖诗社副社长、河下诗词协会副会长。著有《毛峰诗集》。

贺《淮安诗苑》创刊

楚城扬大纛，妙笔写春秋。艺苑添风采，文光射斗牛。
豪情奔四化，壮志展鸿猷。畅饮千盅酒，诗成月满楼。

抗旱斗争胜利喜赋

大地起尘烟，禾苗似火燃。千龙抽圣水，百里引甘泉。
夜战心头热，阳催唾液甜。胜天人力大，稻谷庆丰年。

赠张志友诗兄

知音贵似金，不觉白霜侵。慰语轻轻写，新诗娓娓吟。
虽然文墨浅，但有奋蹄心。身在平民处，喜欢道古今。

庆祝中国共产党成立90周年

红旗猎猎众心从，历越雄关九十重。斩浪劈波航舵稳，拿云拓路宇寰通。敢更旧法持真理，不向强权作苟同。反腐去污增活力，龙生云气虎生风。

庆祝建国60周年

弹指灰飞六十年，星移斗转史无前。江山锦绣添奇彩，人物风流唱锦篇。赖有中枢筹善策，方教禹甸展新颜。神仙莫羡人间变，待看金龙跃九天。

瞻仰周恩来纪念馆

楚城有馆建桃垠，总理精神育后人。两袖清风传盛世，一身正气荡氛尘。安邦定国丹心浩，反腐倡廉赤胆真。恪守和平威四海，鞠躬尽瘁献黎民。

楚州吟

楚州夜景国中魁，更爱淮城浴早晖。处处高楼平地起，层层峻阁半天飞。总渠南北稼禾美，古运东西草木肥。最喜公园风景异，游人观后乐忘归。

元日游夜市

叠绿堆红万象呈，神州无处不花城。灯明星暗人含笑，塔影楼高景有情。凤舞龙飞春意闹，香飘锦簇画图城。良宵佳节欢腾夜，捷报声连爆竹声。

春　雪

瑶池轻把玉泉排，化作琼花大地开。万树欠身催燕舞，千峰回首托云裁。两君已送残阳去，三友相迎曙色来。一俟飞鸿传讯后，家家争着踏青鞋。

游勺湖公园

古迹勺湖诚未讹，九龙桥畔赏莲荷。绿阴深处莺花乱，钟架台前文物多。茶社暑消摇竹影，画船水漾泊鸥波。名园景色何娇丽，挥笔欣然一曲歌。

赞改革者

胸怀远景气雄豪，驾驭风帆弄大潮。破雾扫霾清玉宇，劈礁斩浪架虹桥。富民有术呈科技，强国多方展略韬。带领万家奔富路，大康正把小康超。

学诗有感

其　一

才疏学浅竟心狂，敢向吟坛奉陋章。不怕君前留笑柄，只缘你我是同行。

其　二

年逾花甲涉诗坛，走笔龙蛇势必难。何故寻经通此路？借圆半角且消闲。

夏日即景

四野葱茏日渐长，风吹水面送荷香。乘车向晚归途速，一路林阴一路凉。

秋　夜

夜色苍茫景物微，田头洒满月光辉。稻香盈野蛙声闹，明月清风送我归。

王国书

王国书(1956～　)，淮安区人。大专文化，中共党员，政工师，淮安区委政法委员会退休干部。服过兵役，当过警察，做过公务员。自幼酷爱文学，在报刊书籍上发表过多篇通讯、小说、散文和诗歌。

庆贺区老年大学《龙光凤鸣》付梓

凤唳龙光阁，华章照汗青。名庠高日沐，盛世好风行。
智慧如泉涌，妪翁仍力耕。建成诗赋县，倚重众魁星。

贺南水北调江苏段试通水成功

花繁树茂草馨香，千里奔流源大江。南域帮扶浇旱地，北田滋润变粮仓。
渠头沟尾潢污降，荡内湖心水位昂。自古淮漕洪泛滥，如今神女换新装。

赞施兆喜先生

菊黄竹绿岙青松，善武能文云雾龙。名震楚州评案手，声传花苑唱诗翁。
惩凶除恶众长乐，济困扶危情益浓。逸致闲怡修晚福，儿孙绕膝寿仙公。

赞朱震国会长

曾经风雨遇朝阳，勤奋耕耘岁月长。书画名乡举旗手，诗词强镇领头羊。
亲教两课技能妙，馈赠三书翰墨香。淮楚文坛朱伯乐，高歌慷慨策良骧。

忆军旅生涯

投笔从戎离故乡，浩然慷慨渡长江。钟山横阻攀登过，白水波澜振翮翔。
练武磨盘壮筋骨，习文滁县获荣光。金戈挥舞金陵月，铁马奔驰万里疆。

赞扬好家风

传媒央视论家风，百姓黎民热议中。勤俭持家还本色，顽强奋斗出蛟龙。
孝亲尊长人伦守，诚实有为佳誉红。淳正家风众和睦，繁荣华夏傲苍穹。

甲午初春感赋

甲午风云已缥缈，中华耻辱刻铭牢。疯狂倭寇世人愤，美好山河野火烧。
抗战八年驱鬼魅，复兴一梦壮天骄。艳阳高照三春暖，昌盛神州正气昭。

咏　怀

其　一

未临六秩身先退，陶醉吟哦志不丢。回顾峥嵘攀险路，拓铺荣耀渡河流。
凝眉注视鼠标指，俯首静听孺子牛。廉洁英雄穷困命，强吾华夏富神州。

其　二

归棚老骥鞍难卸，回首长途忆未休。显智巧擒偷库鼠，蓄能敢做拓荒牛。
从戎热胆尽忠练，事警丹心为义修。社稷殿堂基础石，方舆图里载骅骝。

剩　女

蓬门培植菊兰香，花放无媒独自伤。只爱冰清高格调，怎怜红火艳梳妆？
敢将纤指行文美，不把娥眉描画长。苦恨玉壶人未识，祈君金线系佳郎。

吴锦波

吴锦波（1957～ ），淮安区人，中共党员，任职于淮安区博里镇法律服务所。2008年起开始诗词创作，淮安市诗词协会会员。有多篇作品在《中华诗词》《江海诗词》等刊物上发表。

收集文字资料有感

深思熟虑引题空，格式条文享韵通。学海无边知识广，收藏创作智无穷。

赞信访镇长蒋兆银

排忧调解体民心，委曲求全情意真。上访答询齐到位，身先士卒众人钦。

秋　雨

入秋无雨夜难眠，禾稻枯黄人怨天。昨日鸣雷风雨急，农田得救始心安。

博里赞

博里诗词天下知，农民书画美名驰。尚荣羊肉销欧美，建设康庄志不移。

赞范南村

五谷丰登藕满塘，意杨掩映小南庄。楼高路阔村民富，淮博当先达小康。

赞朱正艾老板

正艾捐钱为故乡，修桥铺路美名扬。为民造福送温暖，农户提前达小康。

赞南京长江大桥

横跨长江南北连，任劳任怨未曾闲。千年天堑变通道，万里征程一日还。

赞农民诗人潘占群

阅罢诗廊满面羞，羡公佳作古难求。问询出自谁人手，原是博东潘老头。

颂清官

其　一

中央决策最英明，唯有清廉国太平。造福人民求奉献，光明磊落永安宁。

其　二

层层下访得民心，有理鸣冤皆酌斟。社会和谐倡平等，青天期盼降深恩。

送贪官

其　一

为民办事想钱财，出卖资源笑口开。黑白通商无所事，身斜露影座空台。

其　二

祸国殃民危害深，谋权夺位搏乾坤。贪污受贿良心失，违法双规毁自身。

赞王安村干部为民办实事

齐心拼搏战严寒，办事为民无怨言。娱乐中心刚建好，路桥铺设半年间。

观晨练有感

常年晨练可强身，甩膀摇头大步奔。运动迎来心境好，都城好事进农村。

仇永成

仇永成（1958～ ），淮安区博里镇人。中共党员，退休教师，博里镇诗协会员。

北大荒之秋

如洗天空飘彩云，小河见底水粼粼。非凡原野高声唱，锦绣山河低语吟。
红脸高粱昂首舞，黄萁大豆挺胸伸。眼前一片琳琅景，五彩斑斓献宝金。

贺我国第一艘航母试航成功

大海新添一叶舟，醒狮怒吼震蛮仇。南洋护卫惊天地，北海巡逻撼五洲。
岂许魔王伸黑手，不容恶鬼露鳌头。长眠先祖得安慰，兴国强军争一流。

夜　雪

梦眼睁来天不高，惊闻窗外北风号。轻挪窗幔窥遥野，隐见茫茫大雪飘。

赞　柳

欢笑和风长乳芽，周身朴素便无华。垂枝俏丽春裁剪，飞絮随风似雪花。

春　雨

飘飘洒洒似轻纱，滋润禾苗柳吐芽。唤醒冬眠沉睡物，江河落入养鱼虾。

开学第一天

家长师生聚满堂，报名注册领书忙。校园最是风光美，俱望成才作栋梁。

郑　宇

郑宇(1958～　),大专学历,小学高级教师、校长,长期借用在博里镇组织办公室工作,爱好诗词。

纪念红军长征胜利80周年

八十风雨载,记忆荡无踪。偶想长征事,时常泪满胸。
衣衫人褴褛,革命者贞忠。信念如生命,精神世代荣。

英雄纪检监察人

其　一

人民嘱咐记心中,守护清廉重任同。演绎担当磨意志,铺陈肩负炼英雄。
胸存正道风清色,怀有公平气顺声。风口浪尖无怨悔,纪察勇士铸安宁。

其　二

铁血柔情纪检人,从容矫健履职遵。冰山感化非凡智,礁岛严防是特勤。
厌恶贪图仇腐败,喜欢安逸友清纯。风霜苦雨终无悔,勇往直前事业奔。

农家乐

秋星晖月下,窗口响琴声。好似风催爽,阑珊意兴升。

吃龙虾

盱眙吃法炒烧蒸,去爪拉肠腹尾扔。嫩火姜椒油料放,留仁蘸醋味鲜增。

信　仰

其　一

面对国徽炽热心,身揉碎片愿跟您。细胞劲舞皆融入,血液芬芳报党恩。

其　二

面对国旗承诺言,心灵深处法槌虔。一生捍卫职责系,华夏一统盛会欢。

其　三

面对党旗身影正,警钟回响为民先。防贪拒腐修根本,永固江山百姓安。

其　四

面对人民夙夜公,心中撑起托盘同。无私砝码能量正,表里如一信仰忠。

李正祥

李正祥(1958～),淮安区淮城镇人,本科学历,淮安区美协副主席。在金融系统退休。喜绘画,主攻山水,兼习花卉,15岁学诗,多为古体。

镇淮楼

千古名郡,一楼维扬。人杰地灵,淮水安泱。壮哉斯楼,踞城中央。疏窗四巡,金城瞰仰。始建宝庆,千载沧桑。时事浩荡,兴废炎凉。梯台建宇,雕栋画梁。飞檐翼展,斗拱兰镶。古设谯警,铜壶漏浆。廿四气牌,十二辰纲。南北枢机,漕运通畅。曾为书馆,秘籍典藏。博物陈列,关公刀枪。欣逢盛世,改革开放。天澈云衢,招徕客商。人民幸福,生活安康。琼楼耸碧,启瑞迎祥。楼下对弈,楼上弦响。群贤毕至,咸集少长。春气融融,松柏苍苍。梅李吐艳,兰馥桂香。鹊欢凤吟,又谱新章。歌乎壮乎,楼在我乡!

半百闻雨

半百闻春雨,欣欣复惊惊。幼无安居处,逢雨即愁心。老屋三百岁,补丁复补丁。草腐栋梁朽,墙危漏痕新。朝雨入校舍,暮雨待水停。夜来淅沥声,双亲立院淋。此景永难忘,愁绪贯平生。今虽居广厦,欣欣还惊惊!

登镇淮楼

独上古楼梯,夕阳淮水西。樯林矗野雾,柳影披霞衣。松绿龙光岗,桃红弯勺堤。文塔钟声远,文渠住户嘻。压压黛瓦乱,隐隐巷陌齐。暮沉香风烈,燕轻炊烟细。观景情难抑,飞思云天际。改变故城色,舍我谁与济?

军中梦儿时春节

堂上春色好,迎春朵朵笑。新衣身上著,口含甜年糕。一拜天地神,再拜爷娘笑。三拜爆竹响,青松照天烧。姊弟面皆南,当歌吃元宵。客来姨爱妹,衣色如火好。似雪桃花下,亭亭立玉娇。兄妹携手走,全凭一声叫。长街游人多,凉风袭人少。三层古楼上,人人逞英豪。侪辈多聪颖,楼外诗意飘。人声似水沸,树动若海涛。淮河碧水远,直上九重霄。忽闻一处乐,惊心是军号。醒来床头看,一片是诗稿。

收《张仃焦墨山水集》复纲领君

桂花树下收君笺,张翁山色墨犹鲜。妙哉礼好情更重,古淮西京两思牵。遥忆邛海清照夜,水天双月对笑圆。曾说西山白云重,劝君更上东山尖。东山之东青山远,萋萋草长百花妍。责沉任重两兄弟，共勉人生一百年。同担家国千秋事，描绘山水新景田。相念未约相见期，信有佳音到案前。

画　梅

沉心画梅用笔工，轻描重写意难松。常恨人俗少造化，才知年高多白功。
案头淡墨池盏倒，纸面湿痕俏神通。原来大化胜兢兢，计小每使笑人疯。

云台山行

云台步步景不同，嵯峨峰峰各从容。登临愈高泉愈细，流烟低处云更浓。
唐王试剑龙凤壁，绿林惊猴啸如风。一线天下步仙桥，情人不老龟背弓。

丁巳余月孤棚述怀

百鸟欢歌万千花，柳竹青青春又发。我独离乡为异客，恨别亲人自成家。
雨透身冷无人问，风摧孤棚势欲垮。前途何处是归途？草色隐隐在天涯。

丙辰初春淮中校园

梅花将放时，桃萼满长枝。东风拂校圃，一树一春诗。

过大李庄

大李庄原大片桃林毁于“文革”，今枯木野草，人鸟共哀。

大李无桃李，萋萋野草青。枯木栖苦鸟，哀哀忆旧林。

蜀中生日对景偶吟

五月天地暗，终日雨涔涔。举首寻群岭，白云埋青山。

蜀山秋

苍茫霜降后，斑斓炫青黄。谁道悲风冷，万里著华芳。

邛海风月

清风拂柳莛，拨动水底云。冰轮如玉碎，真身在天心。

盐河夜问

明月晃晃照穹苍，清风徐徐入怀凉。试问泊泊东渠水，何时滔滔向海洋？

送　报

长堤遥遥接青天，禾苗茵茵万顷田。墨燕翻飞前村树，捷音如缕入晨烟。

丁巳孟冬过杨庙摆渡回盐河

悲风萧萧万木零，孤影踽踽随漂萍。河头隐隐浮云重，惊鸿哀哀摆渡亭。

蜀山雨季月霁

日日溟朦日日风，云沉树重山重重。忽然一夜浓云开，明月独游碧湖中。

自题墨石

出身渺渺几世风，金木水火土相容。铁骨自是生来有，不与另类争圆通。

闻钟瑞文师仙逝感吟

流年如水水如镜，百岁人生一潭平。月影徘徊游云动，澄怀静照知天心。

游黄山偶吟

天都玉屏莲花开，日照光明倚松怀。梦笔插上飞来石，排云万里连心来。

题《逍遥山居图》

溪上独行看秋山，不闻飞鸟喧高寒。拾阶自知家不远，玉泉源头白雪滩。

画　梅

凛凛直梢一枝伸，兢兢无语任冰嗔。寒窗独见清如雪，作者痴心满不春。

桃花垠夜色

其　一

暝色渐浓灯渐明，桃花垠水照晴氛。倚堤老柳顾自影，水天对笑两冰轮。

其　二

岸柳隐隐嵯峨峰，待渡亭畔灯双红。玉鉴清波游人醉，水天双月各当空。

题《高士眠山图》

松风鸣泉伴鸟喧，翠岭丹崖接天烟。一醉独眠幽涧侧，鼾雷不受世人嫌。

夜梦逝母

未曾相约见如生，慈颜殷殷语如闻。但恨梦醒全虚有，眼角遗泪却是真。

瓶　梅

深寒浸骨梅先放，任折俏枝上台妆。纵知花落归枯朽，犹吐芳蕊播馨香。

观李锡贵师画兰

玉轮清照紫竹影，古曲挥毫墨兰新。斗室书香嘉苑北，雅集细品画中馨。

题　梅

忍寒斗雪劲未输，德行坚定品节古。花发浓淡由天命，不管春风来或无。

题《玉兰图》

秋风叶落得身轻，凛凛铁枝任霜停。雨雪同欺志坚毅，横心抗命更无吟。

题墨菊

其　一

几经霜打几枝俏，乱点墨汁花色妙。自古悲秋非豪客，雅情何惧煞风扫？

其　二

金风瑟瑟百花凋，菊影重重黄华好。轻描重写三千笔，多少悲情在毫梢。

壬辰初秋立桃花垠畔

七月初三杨柳青，殷殷暮色照湖平。百年松柏听莺啭，鸥鹭一飞上浮云。

赵子友

赵子友（1961～　），中学教师，市诗协、镇诗协会员，部分诗词作品在刊物发表。

游镇江北固山

双楼雄踞顶，北固遂生辉。墨客留佳话，古城妆彩衣。
幽阶童子乐，浓荫翠莺啼。是处风情动，怡心人醉迷。

设立节水日有感

浪费资源第一羞，至时告竭使人愁。苍天累月骄阳晒，赤地成年沙土流。植物萎蔫青色落，生灵涂炭外乡投。子孙得继是何物，细水长流绕绿洲。

颂警官

投身警伍树廉风，为仆秉公飘彩虹。正气弘扬悬利剑，歪风严治慑贪虫。千年大厦年年靓，万代江山代代红。钢铁长城存浩气，防微杜渐不轻松。

春满博里百家咏

东风雨露赐神州，博里峥嵘不胜收。街道繁华添画意，村边热闹亮歌喉。农民画苑宾朋赏，正艾高楼墨客酬。和赋丹香并蒂放，百家命笔写春秋。

“两会”有感

猎猎红旗列会堂，浓浓盛景泛春光。参谋助国兴宏业，议事为民奔小康。圣手热情描美景，雄心壮志谱华章。精英引领康庄路，展望前程更富强。

赞博中老教师

虔诚布道乐陶陶，鹤发童颜品质高。正本耕书传国粹，浚源引水育新苗。芝兰茁壮春光美，果实丰盈秋景娇。不倒小车停不住，一支椽笔写风骚。

癸巳新年即兴

兴至赋诗吟小康，一年更比一年强。左邻子女车三辆，右舍城乡两幢房。节日团圆聚酒店，闲时结伴逛苏杭。民丰物阜全球赞，免税耕夫幸福长。

街头健美操一瞥

一落夕阳音乐响，时歌舞嫂路人评。雅情原是城中事，今日农村也盛行。

拜　年

初一拜年年味浓，亲朋好友又相逢。众人见面话财路，满面春风溢笑容。

观茅盾故居

坐北朝南砖木房，童年督读尺犹藏。文坛不负孩儿苦，勋显而今见祖堂。

秋 思

轻盈落叶半空旋，褪色风光秋意绵。唯有相思常入梦，当年一别却无言。

秋 感

一层秋雨一层凉，岁月风霜刻意藏。消逝时光留不住，人生如梦意惆怅。

日本购岛风波

其 一

窃来领土拿来卖，事实面前呈丑态。全仗美邦撑后腰，人前背后耍无赖。

其 二

搬起石头伤自己，飞蛾扑火在寻死。悬崖勒马不嫌迟，应给后人谋福祉。

龙年除夕夜有感

焰火满天除夕夜，炮声合奏大年鞭。阖家酹酒鸡豚宴，父子畅谈桑梓钱。

观校园诗画墙感赋

校园墙壁诗和画，宋韵唐音满目呈。陶冶情操仁德现，谆谆教诲细无声。

赞博里中学诗画长廊

满墙诗画满墙春，靓丽风光底蕴真。全校师生齐动笔，甘当国粹继承人。

难得糊涂

两袖清风笔墨操，一生书海漫游遨。炎凉世态寻常待，难得糊涂品自高。

中国共产党诞辰90周年

沐雨栉风九十年，伸张正义亿民缘。扫除世上不平事，换得人间伊甸园。

游中山陵

放眼钟山陵墓高，人流往返涌如潮。千秋大业汗青里，后继有人华夏娇。

又是一年好光景

鱼肥布网泛轻舟，果满车箱跑一洲。笑看农庄风景美，稻花香里说丰收。

朱立恒

朱立恒(1962～),中共党员,小学高级教师,历任小学教务主任、校长等职,博里镇诗词协会会员,多篇作品发表或获奖。

张桂香校长退休留念

红烛闪亮四十载,织锦抽丝夙愿酬。万缕和风沐桃李,一腔热血写春秋。
教学经验传博里,治校良方汇楚州。欣看夕阳无限好,彩霞尽染杏枝头。

黄花深处

风拂垂柳舞,紫燕绕梁飞。蝶起黄花处,儿童屏气追。

赞名医宋巧英

悬壶济世一奇葩,细雨和风沐万家。茹苦含辛兼昼夜,杏林春满誉天涯。

喜吟秋收

翠柳秋来绿叶黄,轻风拂面不知凉。谷涛金浪阳光媚,一曲丰收天际扬。

荷塘漫步

一泓菡萏溢清凉,玉叶田田泛碧光。小曲轻吟流五彩,蜻蜓曼舞沐馨香。

诗　情

冰融雪化鸟儿鸣,草长花开溪水清。竹影婆娑风自舞,人间美好有诗情。

有感于特长拓展

特长拓展奇葩绽,有益身心视野宽。劳逸结合风景好,潜移默化润心田。

观影片《彭雪枫》有感

雪中枫叶红如火,一路征尘立战功。热血沸腾杀日寇,丹心一片照青松。

品乔家白酒感赋

酒饮乔家过半酣,徜徉月下野菊间。绵醇玉液香千里,酌后逍遥尽若仙。

日本挑衅我钓鱼岛有感

钓鱼自古属中华，日本疯狂买卖它。狼子野心凶相露，炎黄义正卫国家。

邵忠祥

邵忠祥(1962～)，淮安区博里镇人，中学高级教师。中华诗词学会会员，省、市诗词协会会员，淮安区诗词协会副会长，博里镇诗词协会常务副会长。曾在市"挝春鼓"诗词竞赛中获一等奖，在中央电视台楹联竞赛中获优秀奖，市"十佳青年诗人"。

苏州河观灯

羞月何时隐，苏河灯火盈。弄姿千种色，作态万般情。
急走追飞瀑，忽停听断筝。痴瞧听故事，不觉又新程。

秋日垂钓

初阳方上树，持竿作渔翁。绿柳偶摇影，翠禽时破风。
心随碧波乐，情伴晚霞红。日落迟迟返，呼朋备酒盅。

游河下古镇

心欲周庄去，盎然游北辰。枕河思欸乃，敲石入氤氲。
吴院观梅劲，魁星来此频。流连因故事，斟酌几沉吟。

岁　末

虽冬似春暖，万物欲扶疏。长野麦苗秀，渔滨花鸭凫。
晚曦恋街舞，羁旅竞归途。一岁又将去，油然思的卢。

春　雪

应是春归却未归，遮天着意舞芳菲。作花径去缀河柳，化蝶犹思沾客衣。
琼盖青原驰蜡象，冰封长路识湘妃。尤期明日日喷薄，尽看浓妆惹燕飞。

元　宵

车隘通衢人竞靓，狂欢再写上元时。满街星落接云汉，到处歌来催柳枝。
梅喜彩烟韵斟酌，月怜春讯色流离。斯情恨短一年始，细品汤圆生别词。

游吴承恩故居

日斜竹影深庭院，曲径寻踪苔未侵。时按宏著将骥索，复傍圣像欲诗吟。
几冬寂寞磨金棒，数夏清贫传玉音。一曲猴哥楚天外，可曾安得取经心？

初春小雨

自厌烟霾久未消，缠绵尽日意潇潇。时催河柳翠欲出，尤看红梅清似雕。
田降甘霖千亩秀，莺鸣长野一声娇。最怜农汉惜天意，青垄作琴弦早调。

故里青野行

偶得清闲归故里，慢行田埂自心驰。送宾画鸟歌一曲，迎客夭桃花两枝。
羞态亦无向天唱，童心忽复与鱼嬉。最怜绿绿无名草，漫舞芬芳作彩旗。

读朱震国先生《抱朴斋诗抄》

秃毫三万非闲等，且看诗花纸上开。一瓣情思生茉莉，十分雅意蕴玫瑰。
雪来词共农家乐，腐去情同菡萏栽。但得光阴诚抱朴，人生何虑不蓬莱。

春日与淮城两同学相聚

韶光卅载成弹指，岁月有情眉上裁。但笑琴心陪逝水，未嘲壮志入尘埃。
唯怜挚语满一室，不觉旧醅过百杯。南北不知言没醉，犹将斜歪责红梅。

登镇淮楼

风流自可追前宋，曾把山阳一望收。壮志难休怀偃月，痴情总是盼金秋。
笑凭丹桂醉来客，静听淮河泽古州。大厦成帷海天远，斯心尤在更高楼。

游铁山寺森林公园

难怪将军钟铁山，谁人游过欲家还？天泉有色来天上，佛道寻源知佛关。
竹海寻幽心静静，森林探秘意闲闲。将归且把索桥晃，倍晓氧吧非一般。

游勺湖公园

神仙钟爱留天勺，引得风流古楚西。一塔含情请云住，双亭有意惹莺飞。
路通曲径自生佛，舟荡清波应忘机。时值阳春游正好，几多潋滟入芳菲。

游盱眙第一山

山称第一名符实，今日空蒙客亦寻。偶见清泉迷叠嶂，时听飞鸟悦层林。
匆辞壁刻陡生怅，复览青荷足慰心。提笔欲词尤放下，苏黄米蔡有高吟。

游钵池山公园

慧眼应夸公子乔，修来仙子楚天妖。风来鉴放云千媚，雨过树开花百娇。
方赏元章影当驻，复吟太白句难雕。渔歌一曲谁唱晚？引得游人登板桥。

游古黄河风光带

淮楚人家自多福，居于城市有山林。一河作枕似听晚，千柳弄姿如拂琴。
桃子藏浮忆人面，高堤远近惹游心。痴迷忽醒囊羞涩，唯把作邻空自吟。

吟韩侯祠

重檐画栋金身塑，闹市之中神一尊。灭楚兴刘智谋广，怀恩忍辱性情真。
本来伴主如伴虎，何况善兵难善人。西子荡舟风景美，至今尘世敬财神。

再游河下古镇

偎依大运千年秀，说是扬州言自衷。画栋流香言故事，清河映竹恋飞鸿。
诗追陈迹歌当劲，春撵长街画自工。时韵犹敲红玉鼓，但看古镇驾良骢。

吟诗乡博里

风光应赋淮东景，种玉蓝田第一乡。偶憩花间吟李杜，常忙灯下辨宫商。
但逢世俗敢亮剑，傲立潮头时击骧。尤爱拓荒牛步紧，一犁放去满诗行。

夏日偶得

熟麦吐金归老屋，新秧转绿漾田畴。槿花初艳蝶梦远，柳幕已成蝉语稠。
多意丝瓜缠翠竹，绽红青豆盼金秋。莫言物色与时竞，昔日渔滨童不游。

相　聚

昔日少年今作翁，相逢良夜自融融。细盘银发话新变，轻点眉痕寻旧踪。
未叹鹏心逐波去，唯安春梦化秋丰。千言应绽三春树，更把斯情作百盅。

祭 扫

又是清明物竞新，复临荒冢却伤春。野花争艳连绵去，黄雀传音空自频。
每忆慈恩面羞涩，更添新土意嶙峋。斯魂欲断谁能解，痴看青烟作世尘。

秋日骑自行车去亲戚家

走亲何必用宝马，老汉今驱风火轮。稻野迎宾浪滚滚，清河送客水粼粼。
北风助兴腰尤挺，银鹭有情歌尽陈。百里行程忽然去，清茶一碗倍知醇。

游周恩来纪念馆

建馆昂然非本意，天光入水幸晨昏。武侯竭虑国终立，晏子殚精范尽存。
燕子年年唤归客，樱花艳艳忆清魂。森森翠柏荫来路，我逐相思寻至尊。

忆儿时渔滨河

童年清澈母亲河，入梦时飞歌一箩。船笛两声凝望眼，红梅千影惹雏鹅。
父呼不返欲钓月，友唤急奔同戏波。畅想因何笑难止，鱼儿正把脚心呵。

游惠山古镇

坐倚惠山河作伴，长街老屋自勾魂。画廊曲径水天色，细瓦粉墙唐宋痕。
世道沧桑可留迹，先贤道义任寻根。欲详景物难随意，笑面泥娃买一尊。

游沙家浜

其 一

心仪胜地夏终临，过目缤纷皆觉亲。芦苇遮天可迷鬼，大湖击浪自消尘。
青荷蓬勃蕾方吐，白鹭殷勤姿尽陈。刚坐凉亭将歇脚，京腔一片出氤氲。

其 二

因听佳剧欲寻景，观景今天当起筝。常见我为无影客，时看寇是没头兵。
岂因芦苇能拦敌，本是民心可作城。尤看禹田龙凤起，和谐共唱一家情。

游长城

梦图万世役黎庶，不晓民心最是城。边塞何曾响胡马，中原到处起云风。
国亡应悟尧阶尺，墙塌犹闻姜女声。追古高台怀往事，笑瞧龙地起征程。

游颐和园

幽幽竹树绕泉石，四季如春今信真。画廊曲折总留步，雕阁巍峨可摘云。
登顶且为天上客，荡舟更作画中人。清荷摇曳暗香至，客立斜阳听远禽。

观日全食未得

早闻今日日全食，备镜观时欲赏佳。怎奈老天不知景，偏将厚袄用为纱。
无由心地生烦绪，犹幸荧屏传各家。再等光阴年五百，不观美景不天涯。

感　怀

沉迷竟日无诗句，提笔语穷空自忧。心有千愁逐风去，世生万象伴江流。
绿田将唱词难得，青卷欲攻心未收。是物皆呈个中趣，多情却为有情留。

偶　感

又逢评选自忙碌，收拾零星天欲阴。育李但欣有红李，著文唯叹缺宏文。
若能求实存真意，何必谋虚费苦心。展望前程路尤远，不辞劳苦向风尘。

吟青海玉树地震

汶川每忆肝肠断，玉树又哀花失形。赴难尚欣能举国，救灾尤喜共融冰。
几回梦醒惊残骨，数度心伤问宇晴。空言未可催山绿，且解涩囊添一青。

咏学生春游

校门一出脱笼去，急得东风时曳衣。轻片掠波鱼疾跃，呼声越野鸟忙飞。
圈枝作帽闹青垄，折苇为舟向夕晖。丽色留人谁肯返？连连拍照带春归。

偶感烧秸秆

本是清明应见日，何来四处冒狼烟？心伤非是雾熏眼，情痛自因人蹦天。
不笑愚顽绿山毁，应嘲肉食壁头观。唯愿天枢降良策，澄清玉宇不藏奸。

兰　花

与梅同骨为君子，玉托晶莹入赋章。居室而今敢称雅，荒芜原本自流香。
怀愁屈子堪为佩，入梦郑姬何识芳？我逐清风晓幽放，更邀晚夕伴心王。

雨 夜

龙王海上因何怒？雨骤风狂欲毁房。辗转病妻逾觉痛，呻吟田麦更遭殃。
坐听梧叶苦长雨，卧看诗书失味肠。睡眼朦胧忽惊鸟，推门小院感初阳。

端 午

匆匆新岁又端阳，榴艳尤催麦泛黄。多意艾符向天宇，嬉戏雏子比香囊。
龙舟一响更争首，角粽千形倍醉肠。可爱繁华未遮眼，耳边时响楚文章。

春日逢雨

适逢放学从天降，心恼绵稠难返家。忽见麦苗流碧翠，更瞧杨柳发新芽。
儿童急走唱春雨，稚子徐行逗水花。自愧羞吟范公句，当修忧乐在天涯。

五月游英台墓有感

森森翠柏天流火，久伫游人起远思。攻读扮男已惊世，求真化蝶更称奇。
昔时愚昧空余恨，今日开明何有悲？遐想茫茫无所系，悠悠梁祝越青枝。

抗 洪

雨布苍茫未断痕，何能蜗室享馨温。排洪不缺胜天志，抢险犹多赤子心。
笑捉蛟龙求众悯，欣扶新绿展颜亲。更期公仆定长策，沟畅渠通泽万民。

为 师

许身杏苑解迷蒙，一片痴情布慧聪。润物无私春日霈，育材有道杏坛风。
但欣心曲化童曲，更喜花红映叶红。对镜笑言霜鬓事，身居蜗室赋秋丰。

夜 思

吾儿邵恺参加考试后，未及回家，手机久呼未应，心生焦虑而作。

千呼万唤总无应，怎免心中起念情。身有千愁成辗侧，心生双翼乱飞行。
妻因焦虑怨遥夜，我故宽松责远星。无奈闭眸盼甜梦，迷糊忽醒未天明。

清明忆父

恍惚年轮经廿五，阴阳两隔未茫茫。育儿倍嚼慈心暖，为事愈知亲意长。
有志当年恨微力，存心今日愧高堂。流云落影对谁怅，默数坟前树几行。

南京大屠杀祭

陋食当年作何事？忍凭倭寇恶难休。哀传天宇日无色，尸塞长江水断流。
怎把凶残责禽兽，莫将安泰托貔貅。紫金花绽犹凝血，拜鬼人家蠢蠢谋。

五十回顾

光阴五十岂驹隙，毕竟青丝尽作霜。投斧堪嘲成旧梦，钓鳌自笑作黄粱。
文因半豹诗羞涩，情失蜗居心踉跄。可爱南风时习习，当裁一缕不彷徨。

参加博里吟春诗社活动

秋阳高照地铺金，会友今天诗作飧。丹桂轻吟醉来客，平畴相和起清芬。
情催江海任横纵，心起风云凭吐吞。何虑农家无李杜，满堂尽是苦吟人。

卢沟桥

卢沟晓月本成景，每忆当年带血吟。七十春秋倚天铸，红旗指处看谁侵。

南京大屠杀

每忆当年更磨剑，犹闻沧海起魔音。秦淮水畔钟声急，催醒雄狮滴血心。

看街舞

斜晖不肯舍归鸟，更点华灯欲弄喉。散步若询向何处，好歌拽我镇西头。

咏　马

其　一

扬蹄便可追云电，昂首谁能争一鸣？伏枥唯忧成市骨，何求诗里画中名。

其　二

关山千里识归路，驰骋疆场追战旗。纵使此身系槽厩，一闻战鼓便扬蹄。

秋日送女儿入学过长江偶得

雾轻雨细淡江色，恰似牵肠浅浅愁。一啸惊天云驻足，苍鹰击浪上琼楼。

回家遇雨

清凉沾面何须伞，一路轻歌铺到家。且把心灵沾点雨，催开旧梦发新花。

偶 得

其 一

蜗居偶尔苦风雨,顾影空怜谁解怀。不识富贫小黄雀,天天催梦到窗台。

其 二

一周又去驹过隙,白纸依然如买新。若道清闲尤觉累,未瞧一刻得安心。

其 三

桃花时节又逢雪,感冒几多因着单。信息一条瞩儿女,出门休忘倒春寒。

其 四

少年狂妄时欺酒,此日瞧杯难敬亲。先哲之言今信解,己如不欲勿施人。

其 五

昔年有志弹长铗,今日终知一梦虚。苦笑人间好龙事,欲言岂是怕鱿鱼。

其 六

诗成百首少佳句,书教廿年无力篇。有志难为愧精鸟,叹时欲进缺长鞭。

其 七

空见阴霾遮一隅,谁担道义起征途。独行月下品孤影,收拾心思向铁炉。

其 八

心存所动苦难言,倍悟取经途险艰。一梦但求能见佛,心魔斩去不缠绵。

其 九

世道炎凉难品味,人情阅尽叹沧桑。青松不老凭心热,独立云巅亦自强。

其 十

虽经半百未沉着,处事油然凭自心。种菊难寻半分土,时将惶恐问孤琴。

连日雨偶感

昨日雨来今日雨,老天何必太官僚。西南地裂旱如碗,应遣龙王走一遭。

七夕偶思

金风玉露怜一度,咀嚼秦词尤觉殊。但使皆能解其意,儿童多少不称孤?

偶尔扫地趣记

晨起忽瞧地未净,扫帚一拿清洁工。惊得老婆瞪眼戏:“今天我要被雷轰。”

叹雾霾

长车坐叹关山远,百鸟齐喑柳面枯。何日师从孙大圣,金睛练就看何如?

观　梅

力绽缤纷偏向冬，其心应与李桃同。可能借我一分色，暖却冰心似火红？

落　叶

芳菲已展未虚度，秋至何须泪湿衣。不恋浮云作飞雪，更将春梦寄红泥。

叹烧秸秆

迎风唯觉烟熏眼，行路倍知空气糊。应晓女娲今不在，天如烧破尽荒芜。

吟金鱼

方格蜗居不愁食，摇头摆尾自悠闲。自因偷得三分色，不入餐盘作物玩。

吟　竹

与梅为友本非俗，一片清幽招客怜。自是虚心求向上，方能拔节问青天。

登泰山顶

览尽风光未言险，衣襟任舞好天风。白云踩定犹相问：今日谁为第一峰？

中　秋

素娥有约今朝是，不解风情天雨多。信息频频鞭炮响，心中有月自婆娑。

漫步西湖

观完花港参灵隐，日照雷峰点点祥。西子不知人腿苦，苏堤锦绣万千长。

垂钓拾趣

其　一

静心凝视看沉浮，诱饵虽香动静无。若是从今真信佛，理应捎话告知吾。

其　二

提钩突觉钩头重，忽北忽南池闹春。莫道平时鱼尽小，机缘未予有心人。

其　三

凝眸水面神专注，是恼是欢沉与浮。陶冶心情嘴边挂，多为作态一言虚。

其　四

如月清池绿野中，红尘暂却访鱼踪。抬头昨日田边树，不是桃花是晚枫。

盼 归

连绵秋雨夜间急,心本无声化有声。君在江南应解意,秋山尽染是归情。

深夜惊车

不祈此身能化蝶,只求卧铺一黄粱。迷糊似见终南雪,脊汗原非鹿笛长。

寻 梅

莺飞草长三春艳,踏步寻梅欲遣闲。不识花开先翠叶,却追绿树索红颜。

行 船

晨霭随风逐浪轻,鸟鸣深树有佳声。征帆不羡飞车急,自领风光向远程。

抗 洪

立天暴雨写苍茫,固坝防洪万众忙。水退田畴话新绿,春花怎及稻花香。

有感于校园路积水成河

积雨作河因大厦,黉途当路竟行船。休言世事黑颠白,千里为官只姓钱。

观南头大桥施工

敢把豪情化流火,青山低首水听从。畅通从此再无碍,北雪南花转瞬中。

游河下

飞檐画栋流清韵,古巷幽深客觅踪。曲水凉亭方欲醉,闻思寺里一声钟。

吟吴承恩故居

青竹幽幽细水长,寻踪轻步悟芬香。一腔热血千钧棒,助梦人间万载芳。

晨 步

无梦清晨独行早,霭中百物态横呈。倾心犹候百园里,谁领朝阳第一声。

韩永宏

韩永宏(1962～),淮安区人。作品收入《中国当代诗人作品》等多部文集。被香港

《新文学》月刊录入当代当红诗人榜。中华诗词学会会员，淮安区诗词楹联协会理事，《运河桨声》编委。

乡村夏夜

柳动鱼塘静，青蛙对月鸣。微风驱热浪，淡露润花茎。
萤火逐溪水，繁星戏董卿。乡民酣梦早，呓语绕梁行。

雪天吟

西风萧瑟紧，万里月皑皑。北国银蛇舞，南疆玉树开。
天寒松显翠，地冻孕梅胎。汽笛声声里，浓浓思念来。

雅安地震感赋

三月倒春寒，心疼系雅安。山崩房屋毁，地裂体肢残。
四面伸援手，八方来义团。多灾邦岂幸，百姓更无欢。

诗词之乡感赋

后生有幸承文脉，金榜诗乡著美名。东岳听经经蓄道，龙光赏月月常盈。
楚风阵阵香飘远，淮水滔滔浪涌轻。皓首妇孺吟四季，弘扬国粹树旗旌。

卢沟桥事变纪念日感怀

军阀乱邦金鼎裂，夷锋冷向九州磨。东瀛界窄野心大，华夏疆平义士多。
浴血八年诗著史，飞魂千万写悲歌。兵强国富民生乐，欲罢战争须枕戈。

中华盛世若金汤

南昌起义立宏纲，唤醒工农驱列强。四海归心成一统，军民团结太平乡。
兵营气浊刀枪绣，豺狗充狮昼夜狂。整肃腐贪勤砺剑，中华盛世若金汤。

纪念车桥战役70周年

七十年前赴国殇，英雄壮举不曾忘。敌军坚守奸邪鬼，粟裕筹谋智慧彰。
夜袭车桥枪炮响，昼潜苏北寇神慌。贼人已去贼心在，旧事犹新固海疆。

赞中国电力

情思缕缕上蓝天，撩拨素琴三四弦。地角飞歌机器动，九霄流响白云迁。
长江水电无穷尽，秦岭核能皆史前。服务真诚谋划远，国人梦美我行先。

学诗偶得

其 一

热血沧桑赴,胸怀与世昭。梦乡追绝唱,求索路迢迢。

其 二

凉风频舞墨,秋雨烛含章。雅韵承先哲,潇湘梦远航。

其 三

众里求佳字,千锤得妙篇。片言明百意,坐视水云迁。

其 四

三百民间起,风骚半万年。山河常比兴,赋意步前贤。

贺淮安区供电公司楚光诗社成立

其 一

企业崇文化,诗歌搭艺桥。用心争奉献,雅韵入云霄。

其 二

楚城骚客聚,光照万家明。诗稿盈天地,社兴华夏鸣。

开罗宣言70周年感怀

其 一

屠城偷掠地,二战死魂多。甲子风云里,倭人鬼复歌。

其 二

甲午中华耻,家贫总受凌。速圆强国梦,大汉展其能。

菩提一善牵——题一幅众人冰上救人的新闻图片

冰破命危悬,菩提一善牵。德修何用远,伸手即为仙。

淮安区获省“诗词之乡”殊荣

其 一

祥云淮楚绕,艺苑爆佳音。巷陌多吟者,长歌炽热心。

其 二

人到诗乡里,歌吟肺腑甜。醉于祥瑞地,墨客韵文添。

有感于秸秆禁烧

狼烟荷月起,野火复燎原。官吏禁难绝,乡民满肚冤。

紫砂茶壶

尊紫名天下，浓茶隔夜香。壶微容量大，一品不思乡。

火　鹤

红唇吻一茎，此物最深情。火鹤翩翩舞，亲亲与共鸣。

农村春节感言

年到村中火，春来屋舍空。安居乐业梦，种在旅途中。

植　树

植树图红利，谁期福后人。年年栋梁去，岁岁岭头新。

致马航失联客机上的同胞

千寻数十天，亲在蜃楼边。凡界风光美，诸君莫念仙。

甲午端午吟

其　一

求索路难行，水浑焉独清。哀民长掩涕，神鬼枉图征。

其　二

九州烽火起，王室惜金钗。荆楚江风冷，三闾恨满涯。

感动淮安教育十大人物之一李玉梅

其　一

东村闻美玉，冰冻雪梅香。男子逊巾帼，君仁誉八方。

其　二

夫戍边陲常励志，家乡老少问寒人。风风雨雨仁尤厚，荏苒光阴德更新。

孔明灯

其　一

智慧凝成飘夜空，穷兵愚昧鬼神工。非因此举留名气，为报隆中知遇功。

其　二

腹中热火熊熊烧，地上无根夜幕飘。但愿松油燃不尽，风高追月乐逍遥。

再过江阴长江大桥

江水茫茫接远天，客行忘恼即神仙。几朝兴替伤心事，但听滔滔海易田。

鹧鸪声里柳如烟

飞鸿一字又蹁跹，正是人间四月天。南国依然花草盛，鹧鸪声里柳如烟。

淮安府署感怀

廉政楹联堂上立，窦娥冤屈级前扬。铁浇府署风过吏，几个心中大众装。

吴承恩故居感怀

人妖莫辨愚三藏，居士书房万里天。一部西游来劝世，是非明白半成仙。

韩侯祠感赋

运筹帷幄胜千里，灭楚兴刘立大功。天下善谋家不虑，万年长叹恶西宫。

咏关天培祠

虎门鸦片良臣禁，贼寇趋银铁舰来。滋圃响炮身率卒，忠心赫赫亮神台。

咏河下古镇石板街

石板沉沉铺竹简，文人市井著春秋。盐商冷笑船夫泪，几度沧桑古韵流。

咏大运河

邗沟一拓达京杭，炀帝几随津沫亡。樯橹经年仓廪足，双堤击水话沧桑。

唐学前

唐学前(1962～)，淮安市淮安区人。文学爱好者，中华诗词学会会员、淮安区黑土文学社成员。

纪念抗日战争车桥战役胜利70周年

小小倭夷性太狂，敢侵华夏自遭殃。出门处处都挨打，闭户常常亦命伤。
杀敌全民齐奋起，保家万众战东洋。英雄含笑黄泉下，青史留名百世芳。

春登盱眙第一山

盱眙第一无虚说，风景千般各有形。曲曲弯弯山上走，来来去去水边停。
百花香里花开艳，万木丛中草味馨。极目登高望远处，心怡神旷若仙庭。

写在母亲逝世1周年

长歌当哭怀亡母，往事回眸梦忆稠。未到坟前心已碎，别离故土念无休。
勤勤恳恳持家业，苦苦辛辛把爱投。年过古稀人却去，不思儿女入仙游。

芦山抗震救灾

芦山遍地抗灾忙，救死扶伤是战场。海角天涯几处客，齐心协力一群强。
困难险阻皆无惧，众志成城士气扬。莫道世人多冷漠，从来大爱腹中装。

永远的思念——纪念周恩来诞辰115周年

从来故者知多少，灰骨无存水上消。任劳任怨公仆做，大无大有为民骄。
忠心赤胆闻天下，磊落光明日月昭。治国安邦功盖世，千秋万代美名飘。

秋　色

叶落飞庭院，花开屋里香。漫天秋色景，恰是画多张。

雾中行

茫茫浩宇挂帘纱，日出东方难放华。人到眼前皆不识，相逢咫尺若天涯。

秋

叶落花黄水瘦身，凄风冷雨又伤人。眼前尽是无情物，梦里依稀总恋春。

无　题

为写诗篇寻快感，黑天朦月夜阑珊。词穷意尽无思路，学浅才疏腹耽干。

超度亡母

为报亲娘养育恩，周年忌日度亡魂。满堂皆是经文事，一缕清词祭母尊。

春

早春二月雨潇潇，柳绿花红在暮朝。提笔欣然书美景，诗篇未作已逍遥。

李成飞

李成飞(1962～),淮安区博里镇法律服务所所长。2003年起从事诗词创作,诗篇在《中华诗词》《江海诗词》等刊物上多有发表。

河畔人家

家住小河边,养鱼又种田。杏桃红两岸,菱藕碧连天。
春夏耕陇亩,秋冬编草帘。税蠲衣食足,自在似神仙。

踏　青

绿草萋萋晨露浓,踏青观景过桥东。千畦麦浪连天碧,十里桃林夹岸红。
竹柳葱茏迎晓日,菜花馥郁舞春风。径深衣湿无寒意,时值乡村三月中。

博里街的早晨

晨风拂面日初上,博里长街生意隆。东市楼群添异彩,西郊牛塑抖英雄。
商联酒美服装靓,苏果茶香电器丰。北往南来流水客,舒心信步乐轻松。

春　晨

晨梦醒来早,床头听鸟声。田间初雨后,农户已春耕。

佳日所见

紫燕迎风舞,晨晖煜柳花。长河沉落日,碧水泛春华。

问　蜂

门前桃李艳,屋后菜花黄。试问飞来客,因谁采蜜忙?

栖　愁

草舍更华宇,独怜紫燕愁。旧巢浑不见,何以度春秋?

荷塘夏夜

蝉唱池边树,临渊夜雾凉。清风莲影曳,明璧入荷塘。

农家春晓

雄鸡唱晓醒村民，洒扫庭除院落新。水暖鹅鸭鸡上树，高粱小米喂雏禽。

竹叶茗

茶树临霜叶自衰，吟诗赏月倚楼台。正愁水淡无茶趣，绿竹凭栏挤上来。

拜　年

元日千门相祝福，一声恭喜百眉舒。人逢盛世无愁绪，醉卧春风不释壶。

晨　景

掠面不寒三月风，桃花杏雨寄春浓。谁将翡翠池边挂，轻扭蛮腰似碧弓。

清明祭魏二洋烈士

少闻英烈殒边关，今会寒节恸冢前。野店空萧无祭物，聊编蒲柳作花环。

农家稻麦香

万顷良田百姓庄，河渠排灌又通航。人人羡慕天堂美，怎比农家稻麦香？

春　园

春来小院杏花开，燕子衔泥去复来。乘兴开坛偷把盏，门前犬入故人怀。

芒种时节

风引蝉声五月天，麦收入库又插田。村姑巧绘乡村景，万顷烟波碧浪牵。

追　蜂

园里花开野外香，蜜蜂展翅两头忙。红丝附尾追踪去，幸赐任由甜蜜尝。

甜　思

三月菜花香满川，群蜂遍野采撷欢。若非万众千番苦，哪有世间春蜜甜。

楚城晚景

千楼万店百街宽，初上华灯客又还。夜市繁荣人尽美，楚城晚景赛江南。

与妻游金湖闵桥荷花荡

秋赴闵桥鱼米乡，荷花荡畔共徜徉。菱鲜藕嫩游人醉，唇齿留香记忆长。

伤韩信

长才冠世展雄风，兴汉开基汗马功。魂断皆缘威震主，何须埋怨未央宫。

还 乡

数载含辛两鬓霜，思亲废寝走斜阳。心欢脚快寒风暖，大运河东是我乡。

田园歌声

二月清明耕种早，俚歌一片绕田园。农民欢乐虽常有，怎比今朝免税年。

法网漏鲨

十网擒鲨九网空，但惊无险仍从容。贪官自有过人处，否则何来不倒翁？

春日习诗感悟

春意盎然诗处处，偏吾不佞仗一樽。欲寻灵感何须酒，明月清风也醉人。

观洪泽湖大堤

湖岸长城气势豪，大堤百里锁狂潮。任凭洪水倾淮下，笑傲惊涛不动摇。

除夕思乡

除夕思乡情倍深，楚东游子暗伤魂。不知故土新年夜，可有缺衣挨饿人？

柳絮情

又是一年寒食到，几家祭祖几家悲？哀思最数风前柳，遍地扬花似雪飞。

春 风

小雨如酥润草花，农田直补励桑麻。惠农政策顺民意，恰似春风吹万家。

夏 忙

五月中旬小麦黄，一家收割百家忙。自劳自得苦中乐，未及偷闲又插秧。

秋 忙

遍野秋风稻谷黄，农人远返抢收忙。三朝了却田间事，连夜赶奔苏锡常。

牧羊图

村北河滩草色青，春光一片鸟虫鸣。羊姑歌处牧鞭响，万朵白云坡上生。

农家乐趣

禾苗万顷麦千箩，菱藕满塘羊满坡。近水农家多乐趣，一河鹅鸭一河歌。

朱广联

朱广联（1962～ ），笔名朱江南，淮安区人。1982年参加中国人民解放军，2004年夏赴青藏高原工作，2010年至今在上海工作。中华诗词学会会员、江苏省诗词协会会员、淮安市诗词协会理事，《诗刊》社子曰诗社社员、龙社社员、淳社社员。

冬 兴

冬来自恨夜何长，无计御寒寻酒坊。云冻天欺星宿黯，花飞地衬彩旗狂。
有涯黄土埋秦俑，不老青山待阮郎。难得登楼成一醉，梦醒时雪带梅香。

煮 石

一从九极或仙胎，谪此栖情亦快哉。海上潮分青玉起，峰巅袖荡白云开。
阴晴自可观星宿，天象何须问府台。闲坐轩斋聊煮石，敲冰研墨把诗裁。

春游萧湖感吟

长淮风物世间稀，寻胜萧湖登钓矶。雾散隋堤销旧梦，气凝楚苑孕生机。
新知未敢怠骚客，故友无由试布衣。只道人情今逊古，一城柳色近丰颀。

感 时

一从上界谪凡尘，阅尽关河几度春。塞雪纷纷雁飞没，江风阵阵雨来频。
俊眉曾入抚门第，老鬓终还自在身。未有赓歌酬圣主，但凭花月慰佳人。

夜雨惊起

谁叹喧喧误此身？修心不用避红尘。灵山梦断归时事，史海神游授古人。
穷尽云泥难挽臂，多余风月易为邻。衣单未苦幽窗雨，夜半偕潮万木春。

客　居

怅看逝水复东迁，阅尽浮华五十年。只为身闲询种菊，未因春老怨啼鹃。
岐山路塞千重壑，海市楼高一寸烟。占卜始知云梦远，轩斋打坐欲听禅。

丙申年上元逢雨

上元夜下倚层楼，为惜春心忆旧游。镜里月明灯待放，窗前雨急意难休。
身居客舍疏华盖，时学狂生当锦裘。天眼乍开凭一醉，老夫还笑杞人忧。

客滞寄故人

长淮北望阻归舟，频梦江南画里游。世有高楼纵安枕，杯余浊酒更生忧。
青山踏遍人将老，白石烧成质未酬。数尺门庭君若驻，同珍客舍论风流。

寻　春

寻幽独上最高台，二月江南冰渐开。旅雁欲随春意去，飞绵尚借冷锋回。
纵将清墨遗凉世，不信浊流怜楚才。时恨浮云能蔽日，谁期好雨洗天来？

乙未冬至拾得

阴阳脉脉各相催，梦里风光眼底来。无数飞花缀冬至，一丛枯草唤春回。
虬中水软时浮柳，陇上云寒欲绽梅。物外大千非我力，万端分定待谁裁？

归乡偶赋

万里归来夕照斜，寒枝远处有平沙。路歧梦冷难沽酒，岁暮星稀试煮茶。
婴泣缘传紫阳第，鹤鸣谁识故人家。流光几度物华易，墙内频看腊月花。

过金陵

其　一

六朝寻梦客重归，脂粉消融土未肥。万里秋波随雁至，一江风月逐帆飞。
摩崖墨迹犹能辨，古寺钟声久已违。昔日登台凝泪处，今谁可共赋山薇？

其 二

莫道青春犹可追，且将画笔润余晖。时人有意学陶隐，谁者凌云伴鹤飞？
漫卷诗书携好梦，长吟松竹共忘机。钟山试看雪融处，一洗前朝万事非！

其 三

傲骨何须假紫衣，禅心未许纵天机。常怀寂寞共诗隐，难改风流伴月归。
十万霓灯随世俗，几多善念散周围。寻幽重踏金陵地，即挂云帆破浪飞。

其 四

犹忆当年卸甲衣，几多恨事了元机。痴心纵可填千海，寒夜何能掩一扉。
阅尽江山身未老，频经聚散命难违。而今脱却沙滩去，时傍祥云作远飞。

其 五

拟把长吟绊落晖，只缘客久露沾衣。一江秋水千帆尽，万里霜天数雁归。
塞外风沙空寂寂，秦淮烟雨自霏霏。东南若说多王气，休借钟山媚紫微。

其 六

东南王气世犹稀，六代仓皇作帝畿。难纵金波资白下，但藏青墨隐珠玑。
半生游历绝卿相，万里归来一布衣。我不登台玉箫引，云天谁伴凤凰飞？

咏 菊

未因秋尽感多伤，解识东篱有晚香。休妒孤根偏傲物，只缘百卉不禁霜。
清魂宁可枝头抱，高节何须蜂蝶傍。一自陶公归去后，独吾携酒赋重阳。

清 明

时近清明怨不晴，晚风带雨客心惊。疏循史海谈兴废，拟借卦台论死生。
梦寄华胥樽渐冷，事关民瘼胆犹横。流年未把诗魂弃，待向前贤报太平。

立春感吟

江海飘零何处家？犹思春近泊天涯。珠玑尚被尘埃掩，草木无妨雨雪加。
堪笑布衣忧世事，可哀铜镜负年华。纵然未得惊人举，且待茅庐漫煮茶。

镇北台怀古

秋韵长天一色裁，壮思乘酒复登台。青山横断白云去，碧水还从大漠来。
弓挽城头胡马远，恩施海内禹疆开。残垣无语任凭吊，千古兴亡何用猜！

大漠遣怀

策马阴山落日遥，许君对饮远相邀。无边枯草共春发，百尺寒冰待夏销。

已溯燕然怜汉月，哪堪大漠猎天骄。儒冠绝断封侯梦，拟作游龙上九霄！

客 思

客下江南欲断魂，闲来独自对清樽。香风入骨花千树，霁月盈窗玉满盆。
已托吴笺随绮梦，时凭黛墨暖蓬门。纵然身隔关山远，未敢相忘一寸恩。

故地重游兼怀小喻

江南何事又重回？西域寻踪觅楚才。燕羽尚怜孤客远，诗心切念只身来。
高原寂历山无恙，大漠惊魂沙欲催。今日拾阶长岭上，桃花遍野为谁开？

甲午感事

甲午烟灰百二年，马关一字恨难填！大洋饮血鱼无缺，老木伤根土不全。
壮士长怀精卫梦，水师可备郑和船？恰逢钓岛云霾起，莫仗东风去靖边！

寻 梅

岁值身前草木哀，披衣把酒独登台。间无粉蝶惊魂断，应有霜禽偷眼来。
笔下一池催作画，心中千古恨难裁。诗情莫问同谁醉，直待斜枝伴雪开。

钱塘江观潮

怒涌钱塘千百回，狂涛裂岸挟奔雷。排空直共青云卷，覆海欲将山岳摧。
潮底已埋勾践骨，风中不尽子胥哀。几人解得天公意，多为传闻向此来。

日月山怀古

原上临风作一观，等闲西海动微澜。文成已去昆仑远，日月空余镜泊寒。
笑里莺声赊塞外，眉心雁阵向长安。乡关有路随幽梦，生死茫茫恨两难。

漫游感怀

书香半卷解风流，熏染河山意未休。放纵诗心寻旧梦，壮飞逸兴扫闲愁。
长天倾尽三江水，古冢空怜万户侯。船泊枫桥情切事，还教揽月上高楼。

读史杂感

惯看史海起云烟，一语经年难解玄。石冢已酥夫子骨，书坑未腐始皇鞭。
宫墙恰似朱颜易，老树几同光景鲜。除却朱门无好梦，平居莫羡玉阶缘。

过洪泽湖

一湖平出势惊魂，千里东奔夺海门。诗赋百篇骚客远，风流万代墨香存。
恨摧古泗尤生畏，念哺新淮倍感恩。堤固须防群蚁蛀，铁牛不足镇乾坤。

岱　岳

红门破雾向南天，直上云梯十八旋。未掩阴阳资鲁赋，犹催雨露润齐田。
高擎一柱千秋仰，独领三山五岳先。揽月西峰非是梦，雄浑引日夜东迁。

丁酉中秋寄远

云卷秋情雁又飞，十年漂泊感今归。东篱寒雨黄花瘦，边塞故人红叶稀。
堪叹鬓华终易老，可怜心事每相违。登高犹念征途远，夜半挑灯缝战衣。

读史感吟

国祚相承千百年，人间风物各依然。时雄自命江山主，谁为苍生解倒悬？

寄友人

华胥莫向梦中寻，万里巡游作苦吟。长岭多情留不住，只缘海上有知音。

客　意

敢欺斗米作闲游，不捧莲心逐下流。只是当初多少恨，一丝一缕绊归舟。

饮　者

雁带秋声夜寂寥，吴笺费墨不堪描。但逢天外黑风起，把酒江楼听怒潮。

姚炳龙

姚炳龙（1963～　），共产党员，大专学历，小学高级教师，现任博里镇中心小学副校长，博里镇诗词协会会员。多次获镇先进工作者和优秀教育干部，2004年获博里镇“博爱杯”诗词大赛优秀奖。

我的庄园梦

十亩庄园绿树墙，玲珑小墅坐中央。游鱼蹦鸟映竹美，宝马出门赏景光。

立　冬

跨进立冬天地寒，大衣棉裤套头衫。小河田土结冰冻，勿忘养生祛病缠。

霜　降

秋天已去始冬来，万物葱茏色渐衰。霜降田园河冷冻，树头会有棉花开。

三月三

又到一年三月三，蜻蜓孔雀手中牵。摇摇直上空中摆，奔跑迎风笑在天。

过　年

大年初几礼单忙，酒肉叠加害胃肠。好友嫡亲邀走动，乡来邻往扯家常。

在淮安论坛开博两周年

开博两载乐心胸，踩踏小屋好轻松。点点鼠标结友谊，学文赏画趣无穷。

杨宝华

杨宝华（1963～　），淮安区河下人。曾任淮安市第三织布厂人秘科科长。现为河下诗词协会副会长。

春游淮安森林公园

天人共一功，野阔木葱茏。杨柳萋萋绿，桃花灼灼红。
清流云漾影，曲径草临风。闹市喧嚣远，飞鸢上碧空。

过莲花街

水托莲花石，今朝不复寻。渔舟迷野渡，芦雁落荒林。
隐约枚皋宅，依稀长笛音。柳蒲时尚绿，难解故人心。

惊蛰偶成

万物沉沉一梦遥，蛰雷震震透云霄。片红残染梅花瓣，点绿初簪杨柳梢。
归雁匆匆梳旧羽，娇莺恰恰啭新谣。欣看麦野渐渐秀，层层碧浪荡春潮。

咏淮安森林公园

一泓玉液泻天池，桃靥飞红羞不支。斜柳也依垂钓样，柔条入水作鱼丝。

颜士干

颜士干(1963～　)，淮安区人，本科学历，中共党员，中学语文高级教师，博里中学副校长。中华诗词学会、江苏省诗词协会会员，淮安市师德先进个人，淮安区优秀教师、区十大师德之星。

送　别

人人各自忙，事业放心上。好运时时有，前途处处光。
不求多富有，只愿你安康。相距虽遥远，友情天地长。

怒斥安倍拜鬼行径

今闻日本首相安倍晋三公然参拜靖国神社，怒而斥之。

安倍太猖狂，公然拜鬼忙。和平蒙雾霾，正义诛流氓。
倭寇野心大，国人斗志昂。上天除恶佞，早日见阎王。

池塘赋

清风开丽日，万物沐朝晖。垂柳池边笑，彩霞水面飞。
鸭鹅凫水乐，虾蟹觅食肥。五月芳菲织，游人不思归。

长征颂

万里长征泣鬼神，忠心耿耿铸军魂。斩关夺隘敌人怕，斗恶除邪百姓亲。
战北征南迎旭日，欢声动地颂红军。当年播下星星火，已化朝霞耀子孙。

红旗赋

旭日东升斗志昂，红旗猎猎谱华章。峥嵘岁月枪林密，浩荡乾坤弹雨狂。
砸烂三山开伟业，建成四化走康庄。继承先烈鸿鹄志，何惧征途万里长。

喜迎春

乍暖还寒初放晴，春回万物赛晶莹。禾苗茂盛鸟声脆，路道纵横河水明。
艳日融融芳草绿，和风缕缕柳芽青。神州锦绣东风绘，姹紫嫣红唱百灵。

纪念改革开放30周年兼贺党的十七届三中全会胜利召开

开放已临而立年，改革硕果谱新篇。鸟巢洗雪病夫耻，学子称雄好梦圆。
经济翻番吹号角，太空烙印笑开颜。三中全会指航向，沧海横流扬远帆。

读书吟——写在博中第二届读书节之时

书开万卷始成才，名著经籍尽释怀。天上人间观起落，古今中外看兴衰。
红楼梦里悲哀去，金字塔前真谛来。年少苦读航向辨，无需白首再徘徊。

庆祝中国共产党建党90周年

万里晴空喜气连，九州同庆乐争先。锤镰旗帜指航向，特色中国开笑颜。
一派春光华夏好，三个代表党风廉。科学发展和谐美，继往开来新纪元。

庆祝建党90周年

九十寿诞几沧桑，独领风骚天地长。嘉兴湖边传火种，井冈山顶映霞光。
锤镰高举龙腾跃，旭日东升帆远航。华夏风发多笑语，国强民富谱新章。

春　晖

拂面东风开丽日，春回万物沐朝晖。青青垂柳池边舞，猎猎云霞水面飞。
免税耕桑逢盛世，扶农政策醉心扉。巨龙腾跃多磨砺，华夏儿孙喜上眉。

赞孙中山先生

年少求学帆远航，志高气盛换新装。驱除鞑虏树旗帜，创建同盟斗列强。
东渡扶桑逢义士，西经欧美涉重洋。武昌起义炮声响，腐朽朝纲暴攻亡。

庆“嫦娥三号”登月成功

神舟环宇展新容，着落虹湾气势弘。玉兔巡游传喜讯，嫦娥舒袖入蟾宫。
瑶池王母绮窗乐，天外星球草木荣。华夏高歌强国梦，领先科技战旗红。

咏博里

昔日村庄茅草房，如今广厦焕容光。三横六纵水泥路，四海五湖生意郎。
商贸农工行业旺，诗词书画远名扬。同心协力谋发展，快马加鞭奔小康。

怒斥日本当局

倭寇不断惹出钓岛事端，愤而声讨之。

安倍政权狼子心，摩擦钓岛头脑昏。歪曲历史忙修宪，侵扰近邻急扩军。
螳臂挡车犹可笑，巴蛇吞象岂能飧。泱泱华夏一声吼，誓使东瀛灾难临。

创建节水型学校

节约用水不嫌烦，用罢龙头随手关。淘米之余能洗菜，浣衣过后可浇园。
青山不老清泉乐，绿水长新绿野欢。珍爱资源无浪费，子孙万代笑开颜。

初三中考百日冲刺抒怀

书山跋涉几窗寒，学不成名誓不还。苦战百天酬壮志，驰骋千里闯雄关。
长风破浪帆行远，考场扬眉歌凯旋。红紫芳菲迎六月，今年花好胜从前。

绘　春

拂面又春风，柳枝露笑容。斜阳添丽色，桃李满园红。

贺女排再圆冠军梦

2003年11月15日，第九届女排世界杯在大阪落幕，中国队以11场全胜的成绩，再圆阔别17年的冠军梦。

千锤百炼功，举国贺殊荣。大阪群雄逐，旌旗别样红。

为农民画配诗

扬　米

秋高气爽党恩浓，稻米飘香五谷丰。大匾簸箕飞碎玉，开心农妇笑东风。

套　圈

笑语欢声游艺场，套圈斗趣志高昂。童心未泯猫儿乐，美满家庭喜气扬。

母亲生日贺诗

古稀华诞喜连天，美酒佳肴寿宴欢。笑祝家慈延百岁，举杯同贺咏诗篇。

三峡与友人夜饮游船

一钩新月美如镰，对饮三壶小醉仙。谈笑欢娱尽兴去，峭崖倩影罩游船。

中秋情思

秋意撩人月色清，亲朋挚友总关情。声声问候人长久，千里婵娟分外明。

贺嫦娥二号发射成功

国庆佳节喜讯传，太空探索谱新篇。蟾宫折桂惊寰宇，奔月嫦娥露笑颜。

建党90周年访南湖画舫

南湖画舫九十年，雨打风吹不变迁。万里河山星火闪，一轮红日艳阳天。

咏　春

小鸟依人歌动听，春风桃李岂无情。婀娜杨柳青烟醉，戏水鸳鸯结伴行。

舞　龙

喧天锣鼓喜洋洋，戏演农家国事昌。敢叫龙王歌盛世，翩然起舞奔康庄。

农村新貌

昔日村庄茅草房，今朝广厦焕容光。三横六纵交通网，大路条条奔小康。

注：三横六纵，即博里境内九条水泥马路

农家四季

阳春三月麦苗长，烈日锄禾汗湿裳。金色秋天收硕果，寒冬腊月上肥忙。

张志国

张志国（1963～　），中共党员。本科学历，中学高级教师。中华诗词学会会员，江苏省、淮安市、淮安区、博里镇诗词协会会员。

月明中秋夜

中秋敬月仙，庭院夜难眠。遥祝严慈泰，近叮儿女安。
人思常聚合，月喜庆团圆。但愿人长久，共居尧舜天。

反腐倡廉宜久行

反腐倡廉宜久行，欲安长治莫收兵。火烧难尽荒原草，霖润浇开沃野英。

正气由来兴社稷，良风自古保和平。群雄共创辉煌业，松柏不凋千古荣。

观 棋

离休老友喜相逢，谈笑风生对弈中。帅老运筹惊宇宙，将军决策震苍穹。
马车飞越威风大，兵卒驰奔气势雄。象仕中心谋本职，一声炮响报长虹。

读《说岳全传》

精忠报国自情多，未遇明君莫奈何。鏖战几番摧敌寇，欲迎二圣渡黄河。
奇功盖世堪称最，冤狱风波确是苛。若有游魂趋地府，必惩奸佞谏阎罗。

登好友梁君新开茶楼有感

雅菜名醇盏盏香，天南地北侃家常。商家东阁谈商旺，寿宴西廊祝寿长。
张叔喜尝蒸嫩笋，李姨爱吃鲫鱼汤。肥浓甘脆随君便，人走如今茶不凉。

叹唐明皇杨贵妃

其 一

天子风流皇后美，春游秋狩两相随。长生殿里盟山誓，高阙宫中恩爱垂。
官场谋权鼙鼓动，闺房争醋祸帏施。马嵬坡下留冤冢，千载白云依旧飞。

其 二

旧址新亭景色非，牡丹桥畔白花稀。曲江水塞无鱼跃，上苑林疏绝鸟飞。
卧地绿茵陈细软，踏阶红叶落轻微。芙蓉垂柳今犹在，不见唐皇与贵妃。

观奥运会开幕式

其 一

火树银花不夜天，百年梦想鸟巢圆。五洲政要同来聚，天落祥云伴炬燃。

其 二

缶声阵阵撼胸怀，日晷迎来盛会开。画卷轻舒歌历史，天人合一现和谐。

其 三

文房四宝诉从前，脚印凌空印九天。怒放礼花情愫涌，文明华夏醉心田。

刘洪权

刘洪权(1963～),中华诗词学会会员,淮安区诗词楹联协会理事,龙光诗社、楚光诗社常务理事。现供职于淮安区供电公司。

夜游萧湖

水映霓虹七彩鲜,悠扬乐曲拨心弦。相偎情侣堤边语,雀跃顽童灯下穿。
白发翁歌声朗朗,彩衣媪舞步翩翩。古城今日添新景,月上湖边不夜天。

赞海军护航编队

舰行万里挂云帆,日月相随绕宇寰。望角护航为贾稳,西洋冒火撤侨艰。
船坚炮利不称霸,浪激波翻视若闲。猎猎军旗迎桅展,保家卫国系心间。

强军颂

血沃军旗壮,春雷又一声。纵横八十载,转战万千程。
巡海呈威武,航天促太平。东方龙跃舞,遍地耀红星。

雨后春晨

久旱遇甘霖,园林雨后新。明珠挂小草,道路喜行人。
鸟雀鸣高树,朝阳照壁金。花香飘四野,万里净无尘。

游河下古镇

长河堤下舞,古巷客行中。问道闻思寺,悠然见梵风。

运河杨柳

大运河流渺若烟,欣欣两岸绿遮天。当年炀帝施一善,占得风光千万年。

张士剑

张士剑(1964～),本科文化,中学教师,淮安区博里镇诗词协会会员。

咏博里

地处淮东一僻乡，扬长避短铸辉煌。人文发展夯基础，画院谋筹见曙光。
工业尼龙销四海，品牌羊肉誉三江。规模集镇冠淮楚，富裕人民奔小康。

“三农”抒怀

辞旧迎新盛会开，田家生活上台阶。回眸过去饥寒去，展望将来幸福来。
筑路安居谐众意，架桥改水顺民怀。农民种地不交税，岁月如花似锦裁。

贺博里诗协成立

阳春三月立诗社，小镇万民相与传。省市文豪临博里，乡村新秀骋诗坛。
讴歌祖国繁荣事，赞颂山河壮丽篇。盛会东风增后劲，繁荣文化史空前。

赞博里集镇建设

昔日村庄今变样，层楼栉比泛霞光。通衢广阔车流急，集市繁华贸易忙。
犁地耕夫谋创业，理桑农妇学经商。身临博里催人进，现代文明硕果香。

有感于神七勇士飞天成功

勇士太空三日游，成功举措世间留。去来坎坷路遥远，进出从容技运筹。
自古飞天常做梦，如今奔月似登楼。创新探秘攻难点，华夏宇航显风流。

史玉霞

史玉霞（1964～ ），女，本科文化，中学教师，淮安区博里镇诗词协会会员。

咏　梅

严寒花信少，独有此花娇。不只把春报，尤因立品高。
凌风犹挺立，傲雪不弯腰。芳格世人赞，幽香处处飘。

咏农村新貌

改革春雷响四方，乡村处处换新装。高楼座座风光美，公路条条气势强。
居室空调宽带上，出门面的轿车忙。无人不说农家乐，岁月欢愉自品尝。

农家小院

农家小院好风光，竹菊梅兰四季香。白发栽瓜锄豆地，垂髫绘画诵文章。
厅前犬仔迎宾吠，廊下鹦哥送客腔。花放鸟鸣人自醉，诗情画意满心房。

怀念周恩来总理

周公豪气贯长虹，崛起中华立巨功。正气一身千古颂，经纶满腹万邦崇。
建军建党回天策，为国为民济世穷。简朴清廉垂典范，伟人望重耀星空。

咏北京奥运盛会

熊熊圣火映苍穹，八月京华气象雄。碧树巢中舞鸾凤，水晶馆里戏蛟龙。
鸢飞鱼跃展神技，虎啸龙腾建巨功。同此环球同一梦，人间正道正无穷。

赞清洁工

朝霞作伴到街坊，清扫推拉分外忙。美化市容无怨恨，整齐巷道焕春光。

游花果山

花果山中别有天，悬泉飞瀑水成帘。茫茫云海欣收尽，游客飘然若逸仙。

颂“嫦娥”车登月

嫦娥登月电波传，举国欢腾尽展颜。以后太空谁作主？中华儿女敢当先。

钓鱼岛事件有感

扶桑首相逆潮流，钓岛争端仍不休。何日挥师驱虎豹，海天一统雪前羞。

张久荣

张久荣(1964～)，笔名清泉，中共党员，淮安区人，中华诗词学会会员。诗词入选多部诗词作品集，百度、腾讯等数十家网络媒体，曾以《一位热心教育事业的现实派诗人》为题，做过专题报道。

中国梦

百感交融望大川，雄鹰亮翅向苍玄。曾经纵览三千册，几度空弹五十弦。
喜遇今朝开泰日，难寻往昔锁眉年。全民聚力鸿途迈，为梦成真我竞先。

学诗感怀

守护诗田笔下耕，只图充实不图名。虽无丽句源源出，但有深情款款倾。擦亮寒灯寻亮点，革新遐念启新程。夜阑推醒窗前月，好送心涛拍岸声。

锁定真诚

打理闲愁又一春，几多感慨洗心尘。既欣细雨休撑伞，因喜长风莫避身。入盏新茶融旧事，凌空旧月照新人。平生若使情常在，锁定丹诚锁定真。

遣　怀

岁月匆匆如水逝，谁堪万事预先知。秋寒总恨花衰早，夏热频愁雪落迟。把酒苍天云浅处，解忧明月梦深时。今生未了宏图愿，聊慰芬芳腹底诗。

农乡春色

暖心丽日描乡景，牵手春风作点评。紫燕巡天天更俏，白云入水水尤清。依亭柳色花前舞，觅食家鸡草上行。最喜幼童追彩蝶，一旁玉犬两三声。

清明节感怀

清明节里祭先人，一路风尘一路真。燕舞碑前香火密，花呈墓上泪珠频。苍天有眼恩遂愿，碧水融情爱沐春。生命如舟当进取，回眸不枉共昏晨。

暮春野望

挽住春光暖意围，情融旷野怎思归？纤云弄雪清溪载，布谷传歌白絮飞。风绕田园铺雅韵，道连楼宇接明晖。请君莫为落红叹，转瞬秋诗处处肥。

端午感怀

时逢五月景常看，节遇端阳思绪盘。昔日临屏传喜悦，如今见友道平安。深希艾草门庭守，细煮风情角粽餐。谁捧离骚向天问，汨罗江水几时寒？

荷塘月色

离愁送我出幽庭，再访荷塘若画屏。潋滟金波摇朗月，葱茏玉叶戏娇萤。莲香阵阵携风舞，蛙鼓声声锁梦听。但使君心同此夜，虽居两地也忘形。

梧桐雨

凭栏月色锁人心，往事如烟梦里寻。昔日山盟与君立，而今海誓向谁吟？
无情总被痴情扰，有意常遭别意擒。夜半惊风梧叶落，萧萧似雨诉秋深。

咏　梅

枝头腊染莫需惊，傲骨凌寒不为名。雪舞能观疏影靓，风梳更觉暗香轻。
甘依翠竹呈高洁，愿伴青松表挚诚。纵使凋零未曾叹，迎春已绽最先声。

咏　醋

佳肴每遇总垂涎，休忘功劳醋为先。滴滴依唇难弃舍，丝丝入腹易缠绵。
养颜开胃三高遁，活血强身百寿牵。最忆太宗怜宰相，平添一段美谈延。

怀念周总理

一诺萦怀济世穷，十年面壁表情衷。昆仑策马妖魔颤，沧海飞舟胆略雄。
既系黎民安广厦，尤挑日月亮高风。英灵莫问今何在，放眼棠花万里红。

寻垓下遗址有感

探寻遗址谒心诚，不见碑茔百感生。问鼎当怜兵血洒，别姬尤叹剑锋横。
无须饮恨悲流水，莫使承欢笑落英。楚汉如今何处觅？饭余棋上论输赢。

观大汉雄风雕像

青铜铸像念其功，威武英姿气势雄。头顶云天手持剑，眼观尘海脚生风。
斩蛇犹记人心聚，争霸难忘胆略融。一代帝王铭汉史，谁怜血泪大江东？

播种诗田

三分薄地笔锄开，一担阳光种进来。呵护精诚因有寄，诗情几许任卦猜。

回乡偶书

九转功成返故乡，亲朋喜聚话家常。幼童笑我青丝少，我笑杯中酒最香。

纪念南京大屠杀

当年日寇太狂颠，意欲吞华战火延。看我神州今筑梦，岂容小鬼再翻天。

边防战士

热血甘倾苦为先，人民重托刻胸前。钢枪握在安危上，别绪储存梦里边。

骑马有寄

一跨今朝似梦真，提缰走马特精神。心头倍感雄鹰在，唤守边关靓我身。

李　白

仗剑云游访众山，盛唐拌酒化鸿篇。身拖白发三千丈，月色盈怀照故园。

下　棋

偷闲未觉日偏西，对弈风亭早入迷。落子时逢惊险处，耳边赚尽鸟声低。

烟　囱

独守初心数十年，经风历雨撼云巅。一朝被弃成灰土，昔日情怀孰最牵？

春　情

丽日轻摇碧柳风，莺声尽染小桃红。无边秀色盛壶里，但等朋来饮几盅。

油菜花

长成丽质许何方？蝶绕蜂缠祈未央。偏遇黄鹂行好事，频频劝嫁卖油郎。

夏　情

烈阳走过小桥东，柳绿蝉声去岁同。我有诗情无意卖，溪亭独守待来风。

咏辣椒

色红味辣莫需惊，刚烈能驱数万兵。曾伴毛公定华夏，谁人不念个中情？

观桂花有感

人间万物有分工，得失从来总不同。你赞桂花无艳色，我言香气漫西东。

重阳寄怀

独上层楼为酒香，一壶秋色尽由尝。离情熟透斜阳里，但等飞鸿寄远方。

雪中有感

冬姑撒雪漫无边，欲改山河世界连。但使硝烟从此去，我今白首也心翩。

卢顺贞

卢顺贞（1964～ ），淮安市淮安区人。语文高级教师，淮安区首批高中语文学科带头人。中国民主同盟盟员、淮安区政协委员。中华诗词学会会员，淮安市诗词协会常务理事，淮安区诗词协会常务副会长兼秘书长，《淮安诗苑》副主编。淮安市首届十佳青年诗人（第一名），淮安区十大文化名人。著有《东海钓鳌客诗词联选》。

搦三寸管建不世勋

人生一世，天地公心。人各有志，志各有因。人各有时，时到成金。人各有才，才不让银。才当尽用，木可成林。无大无小，贵贱无分。不索何获，人生贵勤。其心不死，其业可存。时不虚度，不枉为人。时不浪掷，有功于民。居九五尊，有明有昏。任一品官，有清有浑。犁三亩地，逢满目春。仗三尺剑，拨万里云。搦三寸管，建不世勋。酬我壮志，扬我清芬。

运河之都淮安

天地悠悠，运河泱泱。雪浪千里，云樯八方。浩荡无匹，奔流最长。北起京津，南抵苏杭。淮安居中，称都封王。运河河床，富矿矿床。历史老人，见证沧桑。筚路蓝缕，开挖土方。黄金水道，财富康庄。漕运有功，青史流芳。运河两岸，富饶粮仓。四时流碧，五谷飘香。文化长廊，宝琛蕴藏。精神不老，堪称乳娘。"天下至美"，枚乘褒扬。正宗烹艺，淮扬菜乡。选料严格，制作精良。火工独到，炖焖擅长。清淡可口，色香俱强。物华天宝，大放金光！

纪念辛亥革命淮安周实阮式二烈士殉国100周年

霏霏淫雨日，义士挺身时。救国风云画，拯民水火诗。
苌弘存碧血，关羽有忠祠。光复扫余孽，自当泉下知。

沉痛悼念尚云会长

讣告惊淮楚，尚公归道山。官场播美誉，诗界仰高贤。
大手一挥后，众心齐向前。提携恩不忘，风范驻人间。

愿驰南海上岂坐北山中

西夷几欲疯，卢某誓从戎。卫国当人杰，保家作鬼雄。
愿驰南海上，岂坐北山中？最羡戚元敬，建成不世功！

古河下遐想

煮盐沧海曲，种稻运河边。灯影筝声缓，歌楼客栈连。
青旗沽酒舫，红板卖渔船。市不夜中歇，犹疑都市廛。

欢庆中国共产党成立90周年

忆昔母邦风雨狂，倒悬谁解万民殃？井冈播下星星火，遵义射来熠熠光。
东劈倭狼西打虎，内赢美誉外流芳。坚强堡垒牢基石，镰斧红旗代代扬！

改革开放30周年颂

高瞻远瞩运筹功，总设计师才略雄。思想诚须真解放，贫穷焉是最光荣？
国门开际涌洪浪，科教兴时唱大风。滚滚春潮遮不住，环球艳羡亚洲东！

喜迎奥运

圣火熊熊映太空，和平友谊耀寰中。众人声似冲天犼，选手形如出海龙。
达显俗凡无界限，病残老幼表怀衷。心齐泰岱可移走，挥舞红旗上珠峰！

贺侄女卢艺、侄女婿姚鸣新婚

姚卢配是天仙配，鸣艺缘为金玉缘。商界精英财滚滚，家庭孝子福绵绵。
才高霄汉情深海，体比金刚美胜仙。永浴爱河生贵子，呈祥龙凤蜜甘甜！

恭贺淮阴师院成立50周年

桂香气爽醉秋光，校友嘉宾贺八方。风雨征程才济济，峥嵘岁月气昂昂。
名播宇内传霄汉，人立潮头跨海疆。李白桃红歌悦耳，栋梁挥笔续华章！

咏区政协会议

重托双肩聚一堂，心怀国是竭诚商。“三百”活动开新局，结对帮扶达小康。
“进位争先”工业旺，扩容扮靓旅游强。扬帆搏浪重洋渡，骏马骁腾众志钢！

戏赠赵庆生、杨宝华二君

又临秋肃意萧条，未面二君声叹高。底事西征来汉口，缘何南狩到江皋？
马超多勇终归顺，友谅寡谋难遁逃。銮驾回京空巷接，壶浆箪食慰其劳。

沉痛悼念曹云富社长

淋漓秋雨泼吾头，吟出佳篇谁可谋？人爱端方正直性，诗尊婉约自然流。
平生笔墨一朝弃，遐迩声名百代留。怡石轩中椽笔冷，清新斋主志初酬。

50岁生日感怀

曾靡仓粟迄于今，形寄人间忽五旬。梦里高声呼打假，醉中低语叹求真。
苦行僧事何辞败，弼马温心甘受辛。幸有微吟可相狎，神州处处觅知音。

执教淮安区老年大学诗词班感赋

其　一

余生也晚恨无才，谬托诗家上讲台。何德何能评杜志，诚惶诚恐话苏才。
暂凭满架书长啸，且喜中天学不衰。白发红心丰阅历，天人助我骋胸怀。

其　二

“老学庵”中意兴饶，敲金戛玉叹书巢。月移花影文辞美，国计民生识见高。
曾教青莲磨细杵，或随翼德舞长矛。为师斟酌何辞苦，又见翻江倒海蛟！

注：老学庵、书巢：均指陆游的书房，此处借指老年大学。

恭贺义子卢成云先生　潘维莹小姐新婚

喜气高升瑞气飘，时维八月搭莹桥。相亲相爱最甜蜜，宜室宜家堪自豪。
妙手仁心人尽羡，黄金明镜我常骄。顺风顺水“卢潘”号，就熟驾轻难触礁！

注：新郎是一名中医，新娘是某眼镜店老板，故云。

读苏轼《红梅》步韵效颦

未计功名开放迟，疏篱瘠地不趋时。颇呈接福迎春貌，尽展傲霜欺雪姿。
喜见精英钦玉骨，怒闻污垢染冰肌。化身千亿娶梅子，咏韵赏花钟爱枝。

恭贺淮安市诗词协会巾帼诗人分会成立

一面吟旌猎猎飘，淮安巾帼大名标。 豪情万丈竞雄韵，杰作千秋清照操。
馥气似兰称道韫，细心如发羡班昭。琼瑶致电遥相贺，诗会首家尽薛涛。

讴歌革命先行者孙中山

天下为公金石声,公为天下敢牺牲。皇家大厦轰然倒,革命潮流浩荡腾。
挺起铁肩担道义,不辞热血拯民生。肃然起敬谒陵后,只觉日升明月恒。

辛卯中秋叹

岁岁中秋今又秋,桂香气爽我偏忧。楼堂馆所长高胖,田树路桥成瘦羞。
留守儿童思月下,打工父母泣床头。薄云遮后玉容黯,骚客仰天无意讴。

家父辞世20周年坟前写怀

大运河堤高捍卫,烟波淡淡跃金光。双亲碑碣向天耸,四子身心来此伤。
供桌一张含泪祭,纸灰数片借风扬。夜来梦里忽相见,稍慰小儿思念长。

敬谢朱震国先生赠自撰并书《抱朴斋诗钞》

探骊剖璞得真谛,抱朴守真吟杰篇。瑰丽雄奇来眼底,清新畅达到心田。
优游文气直如电,峻拔书风堪比仙。若许从兹闲有日,学诗习字两欢然。

纪念中国南极科学考察30年

踏冰碾雪上征程,南极仙翁双目瞠。处女扬鞭催骏马,奇男缚虎举长缨。
和平利用千秋业,高效科研万里声。大国称雄今日现,长城内外喜飞觥。

游盱眙第一山

邀约骚朋乘兴游,盱城长夏景清幽。淮河滚滚飞腾马,高岭堂堂不系舟。
石刻问谁贻好卷,鸟鸣催我上芳洲。争挥大笔诉心曲:第一山诚第一流!

佛山两岁女童小悦悦惨遭碾死18名路人漠视

物也伤其类,狐悲兔死时。佛山人十八,冷血失良知。

遥想明清河下街容

街衢巷陌双繁密,麇集盐商骈至漕。会馆如林多寺观,连云第宅坦途遥。

遥想盐商程嗣立菰蒲曲园中雪后召集观赏传奇《双簪记》

雪霁谁招明月出?张灯树木看传奇。繁弦急管竞相奏,胜集何如此处宜?

康熙第五次南巡过板闸

焚香迎驾何辞远？七座高亭宴万民。御赐“旌劳”恩浩荡，十场假戏信其真。

河下人文蔚起

人文蔚起科名尚，数百年间令誉标。三鼎甲齐遐迩播，江南众镇不如高。

吴玉搢

博物洽闻吴玉搢，国中奇士不虚言。指陈得失审同异，竟委穷原朴学仙。

阎若璩

国学大师阎若璩，乾嘉一派发先驱。九经疏注尽谙习，精邃高深考《尚书》。

吴承恩

群书淹贯早聪慧，髫岁即封“淮郡冠”。敢说“吴碑半天下”，西游奇记刺权奸。

沈　坤

高树大旗焉可轻，散资募练状元兵。才兼经略偏遭忌，功在御倭平浪鲸。

梁红玉

佐夫击鼓息凶焰，今日金山余有音。故里深铭豪杰女，崇祠俎豆像传神。

吴鞠通

“从医镇”出大医生，著作跻身经典层。骨性清刚襟朗畅，山阳一派有奇能。

邱心如

小镇女儿洵异葩，弹词长卷《笔生花》。独擎一帜向高处，才艺桐园胜汉槎。

汪廷珍

自律清操不入时，性情严毅蓄真知。为人为义唯求是，风采当然属帝师。

韩信三题

其　一

南郑东门大校场，一军无不色惊惶。只因丞相三番荐，大将原为治粟郎。

其　二

明修栈道暗陈仓，诈术灵神势岂当？霸主雍王无见识，小看当日执戈郎。

其　三

解衣推食当年事，用计听言为自身。力尽筋疲功震主，屠刀高举向牛人。

学诗之路

吟诗堪说吾家事，三绝韦编若许年。大道青天余必出，长途幸会众高贤。

注：此诗2006年获淮安市首届十佳诗人现场诗作评比第一名。

咏楚州中学高考大捷焰火晚会

一声呼啸惊心后，五彩缤纷眩目时。我寄心花于焰火，年年喜事报天知！

咏楚州中学第九届青春之歌演唱会

歌喉甜美舞姿妙，琴艺高超情意长。最是满堂争喝彩，感人小品久回肠！

区首届“十佳藏书家”获奖感言

书若购观不论金，囊萤映雪见痴心。史经子集香熏我，攻读一生求一真。

诗协与历史文化研究会联席会议感赋

其　一

不薄古人扬国粹，诗词文史振民魂。好风吹送青云上，爱我淮安励后昆。

其　二

文景金而新夹旧，风流人物壮三城。长征接力看吾辈，淮运滔滔万古情。

注：古语：淮安三城新夹旧——新城、夹城、旧城。

读白居易《养竹记》有感

立根牢固不忧风，坚直未偏专始终。寒暑岂能渝汝色？最为难得是心空。

注：白居易《养竹记》说：竹子有四性：“本固，性直，心空，节贞。”

读苏轼《三槐堂铭》咏青松

千岁四时能不改，厄牛羊更困蓬蒿。 孤贞从不羡桃李，独立霜风终后凋。

神七问天喜赋

神七神奇神气兮，太空漫步步如夷。心雄志壮惊天外，华夏而今谁敢欺？

淮安区老年大学入驻新校舍

窗明几净设施良，马壮兵强士气昂。新殿堂中天地大，钓鱼有渭得祺祥。

游乌镇

水大舟轻过小桥，布庄药肆召人潮。文豪遗迹见风采，古韵悠悠折我腰。

游舟山群岛跨海大桥

车行似箭疾如风，下有吞天巨浪凶。东海金梁圆美梦，八仙叹羡我神通。

游北岳恒山悬空寺

拔葱旱地半山腰，招惹惊呼声浪高。上近天庭下远俗，修行道义自逍遥。

游平遥古城

夯土城墙环抱君，三千古宅皱纹深。晋商彪炳煌煌史，北国明珠中外珍。

登泰山

一座奇山冠五岳，无穷贤者颂千词。高下可分寒与暑，纵横能壮鲁和齐。

赞季桥镇小岗村

“双潭映月”嵌村中，耀眼明珠醉在胸。红瓦白墙携手立，绿蔬金穗并肩荣。

赞茭陵乡大胡村

血沃大胡肥劲草，义浇热土发春华。小康有腿进千户，告慰英魂敬酒茶。

赞大胡村河塘整治工程

当年味臭面容黑，水里浮萍繁殖狂。此日香樟围四面，意杨倒影入池塘。

赞顺河镇双井村

先祖打成双口井，甘棠遗爱最清甜。后生一饮添神采，出外居家两不凡。

贺蒋景昇诗翁得孙坤一

其　一

锦城喜讯楚城传，桂子月中香九天。起凤腾蛟兰桂秀，日升月恒景最妍。

其　二

淮安喜讯楚城传，宝树谢家添宝珠。天府秋光藏伟略，锦江春色起宏图。

悼卢长生妻女亦即卢玮母女

其　一

苍天不识人间爱，妒杀红颜妒杀才。反哺君亲皆未得，夜夜清凉望乡台。

其　二

青丝才女赴仙官，半百爱妻飞九重。笃信阎王应善抚，只缘阳寿未当终。

反腐惩贪赞歌

其　一

反腐惩贪号角吹，城狐社鼠梦难回。人心所向国魂系，弊绝风清更咏梅！

其　二

反腐惩贪利剑挥，迅雷滚滚伟钟馗。护航改革国基固，十亿民心不可违！

严惩危害公共食品安全的不法之徒

以食为天抛一边，直将人命作草菅。捉来李鬼破其产，十字坡前挥铁拳。

兔儿爷三叹

普通百姓上学难，就医难，购房难。兔岁岁首，以兔说事，兔莫怪也！

上学难

惯眯双目作书痴，竖耳聆听尊老师。学费奇高徒自叹，围墙之外总游移。

就医难

眼红何日连根治，尾短谁人接续长？药费奇高徒自叹，心寒身冷四茫茫！

购房难

无人不晓兔三窟，狡辈经营坏众名。房价奇高徒自叹，有心事业力难行！

2012年12月20日传“世界末日”前夜亦惊亦喜

其　一

事业荒唐愧薄财，欲吟佳作恨无才。惊闻末日明朝至，哀叹咸鱼翻不来。

其　二

曾恨贪官聚敛财，也嫌南郭假充才。喜闻末日明朝至，同下汤锅不必哀。

赏油菜花

一张绿毯麦苗织，四面金边油菜镶。进退无争翻出彩，瘠肥不计更生光。

醉中作

仗剑远游癫复癫，酒酣一跃上青天。游龙戏凤摘星斗，醉卧云端自在仙。

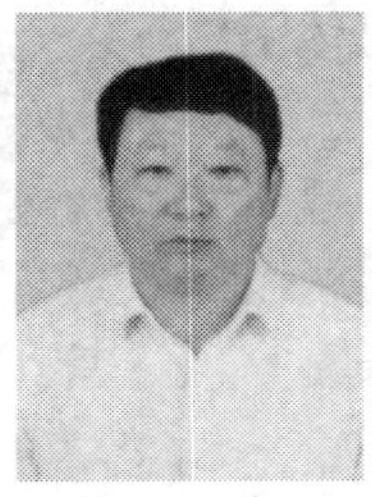

骆建山

骆建山（1964～ ），笔名乐见杉，淮安区人，大专毕业，农科站农业技术员，任职于淮安开发区社队服务办公室。

2014中秋情思

2014年7月23日所在范集镇划入市盐化新区，联想去开发性区域可以多挣一点辛苦钱，故有此作。

又迎一载中秋月，离楚来淮今喜别！俗子凡夫图“利”字，贤经圣道企难及。
恋生弃义诗中写，累月长年觥里吸。飞鸟投林真自在！佳节可冷可离戚。

植保业歌

谁说浮生无所事，一年四季伴黎农。冬查腐杆藏蛾蛹，夏调白枯叶病脓。
日找稻虱虫蹦跳，夜捉棉害月朦胧。病虫草鼠全消灭，秋后丰仓大库容。

悲朱介飞英年早逝

悲情莫过家残弑，朱棣戈操打进京。介入九尊皇帝史，飞来卑下庶民心。
英雄有力难招架，年岁无垠易换君。早暮允炆何处走？逝君长去史呻吟。

喜过端午

五月五虽毒日辰，奈何今日室中人。不愁艾草插无处，但喜毒虫进不成。
彩色绒丝不用系，神医妙手可回春。雄黄枣粽穿肠过，更配补滋山药羹。

贪腐是如何利用屈原“路漫漫其修远兮吾将上下而求索”的

“路漫漫其修远兮”，真是千古好文章。下级哪里索谋取，司管这边行赂赃。
获取仕途途久远，经营财路路绵长。屈翁语录是真理，一手好书挂在墙。

2014年足球世界杯意乌生死战观后

足球玩转到南美，强旅争夺大力神。昨夜意乌生死战，今天你我短长呈。
意军后卫常击肘，乌队前锋竟咬人。捧腹咱们合又仰，千奇百怪足球生！

苦旅叹歌（寄吾子）

一朝坠地户平凡，来此红尘入路难。季小入读初受苦，郑中学重断童玩。
长白山下风萧瑟，黄浦江边雨贪婪。年少就得如是苦，何年何月可休闲！

盼2014年上海亚信峰会成功

山姆计频频，东方总不宁。亚邦谈亚信，可否有真情？

颜廷步

颜廷步（1965～ ），中共党员，中学高级教师，区优秀教育工作者、江苏省诗词协会会员。

农历八月十四日赴苏嘴偶遇

乌云似墨阳光隐，卷地狂风袭古城。顾后瞻前寻避所，呼朋引伴赶行程。巨雷力劈开天宇，骤雨倾临泽坝坪。淳朴农家邀陌客，娇柔村妇奉香茗。询长问短人情暖，说古谈今政策明。足食丰衣民乐业，延年益寿享太平。

神八与天宫对接有感

奇迹中华出，神舟玉宇游。天宫欣对接，神八巧相投。
经济谋双向，科研争一流。齐心担责任，信誉满全球。

雨花台凭吊革命英烈

修竹高风亮，青松气节存。秀山埋铁骨，碧水系忠魂。
曲径连幽远，雨花香洁纯。英灵长已矣，后继有仁人。

人　生

人生情苦短，虚度实成悲。享乐徒愉悦，辛劳出俊奇。
平凡藏美德，伟岸溢芳菲。创造添光彩，求新增国威。

节 水

节水合民意，龙头随手关。资源防浪费，环境杜伤残。
沐浴忧泉竭，浣衣忌井干。循环多利用，清洁省能源。

雾中情思

离家一片茫，浓雾小村藏。枯草铺田地，严霜饰水乡。
晶莹呈剔透，刚毅显坚强。励志宏图展，群英斗志昂。

庆元日

钟声敲响新年到，祝福诗词雪片飘。美酒咖啡亲友品，流星月影丽人邀。
健康结伴精神爽，福泽相随品格高。愿望如偿花锦簇，琴音宛转乐逍遥。

晚 行

朦胧夜色如帷幕，树影婆娑入眼帘。佳偶相随情意达，良师作伴德才兼。
霓虹闪烁琴音脆，星月含羞舞技娴。享受人生恩福泽，心存感激想根源。

报 春

如丝细雨潇潇下，润物无声湿楚城。村落轻烟长笼罩，淮河薄雾慢升腾。
禾苗久旱甘霖遇，冰雪初融枯草惺。汲取精华祥瑞吐，生机勃发闹春庭。

学雷锋

雷锋事迹光辉闪，照亮心田暖万民。济困扶贫谋福祉，移风易俗话耕耘。
报酬不计言恩德，得失何谈论戴勋。立足人间须互助，和谐构建社情淳。

笑日本

张狂日寇企图现，诡计强施购钓鱼。挑衅中方伤友善，投诚美帝讨欢愉。
长崎遗恨家园毁，广岛亡灵地府嘘。引火烧身遭唾弃，冥顽不化害无辜。

观秦陵兵马俑

临潼古迹始皇塑，气势雄浑后世无。齐整阵容军列现，逼真雕像艺人摹。
雄才大略山河统，重赋繁徭社稷芜。向背民心真谛践，人间正道主沉浮。

纪念辛亥革命100周年

推翻专制求民主，争取自由清帝权。摆脱昏沉枷锁破，扫除障碍激流湔。
共和观念人心入，博爱精神世代传。救国图强谋独立，神州处处颂先贤。

劝学示儿

时光易逝青春短，虚度年华实可怜。学业荒芜知识少，前程凄苦雪霜全。
争分夺秒模才俊，刺股悬梁效古贤。理想坚持磨意志，自强不息莫迟延。

中秋夜行

月光皎洁神思涌，步履从容境界宽。树影婆娑蛙鼓远，桂香飘溢笛声欢。
清音袅袅池波漾，紫气腾腾屋宇旋。悦目怡情寻胜地，蓬莱殿阁现云巅。

雨中村景

和风细雨润新苗，生意盎然扬碧涛。如画田园迷墨客，丹青妙笔展风骚。

赵书环

赵书环（1965～　），淮安区人，中共党员。中国农民书画研究会创作研究员，江苏省诗词协会会员，博里镇诗词协会理事。曾获淮安市“十佳田园诗人”称号，多篇（幅）作品获奖，并在《中华诗词》《淮海诗苑》等刊物发表。

秋　思

夏日盼秋风，今朝枫树红。萧萧落叶后，又近一年终。

思乡曲

故园虽近不常回，曲径幽幽翠柳围。黛瓦白墙老宅外，八旬慈母盼儿归。

过周恩来纪念馆偶得

拂面春风杨柳岸，一湖碧水映青天。桃花垠畔游人过，不尽哀思仰圣贤。

喜闻我镇荣获中华诗词之乡美誉

京都九月传佳讯，美誉无瑕值万金。待到明年春草绿，满田应是种诗人。

农家新事

太平盛世出新奇,八十吟诗不算迟。白发老农来赛场,锄头种出万行诗。

读朱震国老师《中国奥运冠军谱》有感

一吼雄狮世界惊,百金洗去病夫名。扬眉吐气天为纸,挥笔行书奥运星。

田 野

垄垄良田四角方,村夫播种又开墒。新苗长出斑斓色,却似农民画一张。

农忙雅兴作诗篇

面朝黄土背朝天,割麦栽秧烈日煎。科技兴农机器响,农忙雅兴作诗篇。

淮楚诗词网开通感赋

诗家常叹母生迟,唐宋写完无好词。方便交流诗网建,却怜李杜不逢时。

春晖颂

中央良策似春光,改革风吹华夏昌。经济腾飞欧美妒,富民强国享安康。

赠宋巧英先生

杏林淮楚有奇葩,绝技单传独一家。研学改良求药效,仁心仁术玉无瑕。

题敬老院

春风拂面柳丝扬,鸟语花香草木芳。颐养天年仙境里,耕耘幸福晚晴堂。

珍 惜

盛世和平六十年,国强民富尽欢颜。居安当必思危殆,倍惜盘中幸福餐。

农忙感赋

机器隆隆新麦储,喝油铁手插秧姑。闲观特发来灵感,画幅收金铺玉图。

夏 日

万顷秧苗泛绿光,森森碧树隐村庄。骄阳似火寻凉处,最是舍东清水塘。

广场舞

其　一

天蓝云淡绕红楼，碧水戏鱼随曲流。树撼鸟鸣歌伴舞，媪翁健体乐悠悠。

其　二

眨眼星星含笑月，华灯初上舞婆娑。媪翁美体存诗韵，流水荷塘蛙鼓歌。

桥

初踏征途求智忙，聪愚好似隔长江。吾师辛苦彩虹架，才得前程走四方。

博里吟

博士十三故里同，扶犁茧手画繁荣。自成雅韵吟桑梓，羊肉香飘入九重。

注：据统计，现有博里籍博士十三位。

自题农民画《数九寒天下大雪》

德政人和瑞雪飘，丰衣足食乐逍遥。飞针绣美中国梦，妙笔尽情歌舜尧。

赠朱正艾先生

茧手扶犁境界高，勤劳创富领风骚。乐施博爱平生梦，待客余香飘九霄。

丰　收

溢仓菽粟玉铺田，菜绿花红果满园。琢韵赛诗今折桂，欢歌唱透半边天。

喜迎西藏和平解放60周年

春夏秋冬寒暑易，昏天朗日怎相同。艳阳普照六十载，昔日睡狮成猛龙。

新农家

西式洋楼粉壁墙，树荫底下好乘凉。赤橙黄绿青蓝紫，瓜果满园凭你尝。

三农政策暖心田

三农政策暖心田，服务桑麻清且廉。赋税免除还补贴，欢声缭绕彩云边。

农家五月

五月辞春麦未黄，农闲无事旅游忙。皇冠自驾去何处？世博园区苏锡常。

没有共产党就没有新中国

外患内忧无日光，工农建党启新航。除魔驱寇廿八载，照遍神州红太阳。

欣闻陈艳青在亚运会举重比赛中连破三项世界记录

中华巾帼逞英豪，力举千斤身不娇。连破三元环宇震，风流人物看今朝。

梁寿海

梁寿海（1966～ ），淮安区人，中共党员。诗词多篇获奖。中华诗词学会会员，淮安区龙光诗社副秘书长。

读许双林《今世奇缘》

本乡出大贤，椽笔作宏篇。叠韵起潮浪，动情感地天。一轮圆缺月，两眼泪如泉。七夕谁吟曲，苦寒咒逝川。好人逢好事，良马配良鞯。比翼双飞鸟，连枝独缠绵。新风易旧俗，故事换新颜。天意怜芳草，人间重善源。行端标杆立，表正慰流年。好风当好发，风正好扬帆。

悼念氢弹之父于敏

大旱期甘露，神州倚栋梁。荒城腾汗马，利器镇天狼。
英气扬戈壁，长风浩梓桑。先生乘鹤去，星斗暗无光。

评项羽之死

爱恨两迷茫，败成一目张。追魂逢韩信，索命遇张良。
即使江东去，曲终也散亡。莫如悲壮死，何必蹋闾乡。

秋夜喜雨

夜雨落诗声，秋华满楚城。半帘幽梦影，一剪素梅贞。
举酒邀星汉，醉觞飞玉琼。不将衰腐去，何以待春生。

山村守望

皎月悬空照舍檐，微蛩泣露叹寒州。一家企盼天伦续，两地离居稻粟谋。
贤妇难排心内苦，丁香枉作雾中愁。忽闻惠政施民本，不觉心头热泪流。

八行僧吟

也种福田也种诗，朝除稗草晚植枝。悲怀每向黎民悯，善念常随月色移。
闲看虫鱼寻雅趣，静观山水会天机。拂石醉卧君何笑，古往行僧总禀痴。

咏王维

诗中有画画生诗，山水田园举大旗。铁笔华章惊泰岳，金科玉律喜南箕。
千年老树抽新绿，万里彤云舞异姿。生面别开鲜耳目，古今中外仰先知。

喜看今日新沙滩

干群携手治沙滩，数载辛劳见大观。杨柳堆烟村舍美，田园入画路桥宽。
和谐社会春光暖，吉庆人家笑语喧。且抚琴弦歌盛世，初心未改再登攀。

登龙光阁

义路承天远，礼门垂范长。弦歌追日月，逐梦上龙光。

注：明崇祯九年(1636)漕运总督朱大典在淮安府山阳县城南护城岗上建龙光阁，西北与文通塔遥对。曾设义路植矩、礼门悬规等景观。

漫步河堤

漫步河堤临晚照，青山着墨水生光。扁舟飞逝渔歌远，云锦飘来意韵香。

咏　竹

欲学青筠留浩气，躬身须向谷天寻。虚怀亮节风云里，何患浮尘染肺心。

王志洋

王志洋(1967～　)，淮安区博里镇人，1987年8月参加工作。本科学历，中共党员，中学语文高级教师。中华诗词学会和省、市、区诗词协会会员，2006年获淮安市首届“十佳青年诗人”称号。

中秋怀旧

深庭明月静，把酒向嫦娥。点点桂花酿，盈盈广袖歌。
凭栏心醉日，望雁泪成河。欲问相思处，谁知客几何。

思念屈原

屈子投身殒，楚天皆动容。力摧朝上客，欲醒世间龙。
未雪生前恨，方愁死后踪。湘江东逝水，空自照千峰。

重阳客居有感

双九是重阳，天高野菊香。三年逢此日，独影在他乡。
树老枝条瘦，秋来雁阵长。今朝思父母，最断旅人肠。

夏日布肥

热盛鸟声喑，无风暑更淫。艳阳燃灼灼，蔽体湿淋淋。
滴滴身中汗，殷殷秋后金。新知劳作苦，犹自悯农吟。

咏古稀诗翁

邻家屡聚古稀翁，弄曲吟诗兴趣同。合律须求平仄稳，成联又感内容空。
引经据典多明志，炼字斟词苦用工。老迈痴情风雅颂，人间最美夕阳红。

贺诗协成立

博里文园果实丰，骚人雅客兴无穷。今朝社定春般绿，明日花开火样红。
汉赋唐诗添秀色，宋词元曲唱长风。扬清激浊与时进，笔底云烟济世功。

赞青藏铁路工人

抛妻别子走他乡，漫道雄关阔步量。大漠钢肩挑日月，青山铁轨写文章。
云端路卧峰千尺，塞上秋思雁几行。喜看苍龙腾绝顶，江东无愧好儿郎。

友至偶感

金秋九月谷飘香，友至寒檐喜若狂。野蔌心诚迎贵客，清茶意蕴赛琼浆。
持觥击节歌催舞，把酒吟诗韵绕梁。日暮长亭君别去，多情不觉泪成行。

贺朱公《奥运冠军谱》问世

奥运英雄史册芳，著书致贺颂辉煌。开扉但觉吟情涌，掩卷长留翰墨香。
笔走游龙抒壮志，文行古韵就华章。丹心化作冠军谱，享誉诗坛第一枪。

端　午

每逢端午自多情，追忆屈公叹不平。懒挂艾枝随世俗，喜斟蒲酒唱繁荣。
英雄赴死湘江恸，天地同辉日月明。千古忠奸归一路，几人遗臭几留名。

赞　歌

搏浪南湖首启航，豪歌从此震疆场。长征万里雄师建，久战八年倭寇亡。
信仰迎来新世界，锤镰击破旧强梁。丹心尽染红旗艳，谱写神州不朽章。

情人节前夜异地感怀

受命支边已半年，情人节至不成眠。问心遥敬一樽酒，对月长吟两地篇。
未恨他乡风更冷，却闻微信爱堪怜。依稀梦里鹊桥渡，琴瑟和鸣凤舞天。

岁末感怀

一岁无为一岁休，半生异客半生愁。曾期业兴心中累，竭虑家装囊底羞。
欲觅良谋多废寝，常思妙句苦凝眸。闲来学作玄真子，亦钓烟波亦泛舟。

妇女节忆母

支边赴任茭陵去，白发鱼纹泪眼枯。早晚无缘长孝敬，病痾有子亦虚无。
儿行已觉淮涟远，母虑何辞寝食芜。跪乳羔羊知反哺，春晖寸草毕生图。

甲午春节守岁感怀

钟声响毕福门开，短信纷繁送旺财。辞旧小龙腾瑞去，迎新骏马报春来。
苇桃在户驱邪怪，椒柏称觞赏璧台。鼓角长吟讴盛世，无边胜景纵情裁。

清明扫墓

人间四月正清明，扶老将雏陌上行。浊酒三杯酬逝者，鲜花几束供先茔。
焚香好寄相思意，稽首长传孝悌情。箔纸随风飞蝶舞，松涛阵阵哺鸦鸣。

岁末友至有感

久别重逢兴致高，嘘寒问暖乐陶陶。抚琴已悟期牙恨，弄曲方知李杜骚。
步韵堂前闻雀语，吟诗石上入松涛。秦腔汉调余音在，半醉文章半醉醪。

祭扫大胡庄烈士墓

翠柏青松映碧穹，陵园扫墓慰贤雄。白花朵朵忠魂祭，哀乐声声泪眼朦。言誓碑前温旧梦，凝心任上建新功。后生有志成遗愿，万里河山代代红。

夜雨偶感

岁月峥嵘去未回，三年异客盛名衰。刘陵夜雨思乡泪，楚水秋风望月台。自许高才期运济，谁知横祸塌天来。斯文不敌昏昏者，拄杖悲歌酒一杯。

闻马航“终结”说辞有感

终结言辞最断肠，死生未卜讯茫茫。一人无影千人痛，廿日揪心万日伤。岂料至亲分陌路，难平骨肉殒汪洋。空垂泪眼苍天问，有否鹃声向故乡。

读屈原《渔父》而作

诗人独醒赏孤芳，举世昏昏醉梦长。宁赴湘流填鳖腹，不同奸佞共朝堂。江潭走肉心尤碎，泽畔行吟志未央。荡荡沧波东去水，千年空自说存亡。

游桃花坞

桃林三月竞芳菲，遍野红云映翠薇。粉蕊枝枝盈蛱蝶，清香阵阵透心扉。春深似海千峰秀，客至如潮百鸟飞。最爱溪东花锦簇，斜风细雨不思归。

游淮城勺湖公园

王母痴情闺帕遗，仙风古韵楚城奇。双亭一塔湖光映，十景重门香客痴。阮顾祠前思学养，观音阁里识悲慈。樱洲放眼诗心动，日暮闻钟归不迟。

忆如易

莫言相识迟，执手两离离。欲问思君日，巴南夜雨时。

中秋有感

落魄异乡流，愁长忆旧游。孤身千里外，不忍过中秋。

叹包公祠铁铡蒙尘

百姓敬如神，缘因斩佞人。贤臣常不在，可恨铡蒙尘。

田庄所见

骚人结伴赏田庄，碧水廊桥柳岸长。满目茵茵春意动，诗香缕缕胜花香。

赞青藏铁路通车

昆仑顶上笛声鸣，首列开通举世惊。决策方圆天路梦，满车欢笑满车情。

悬湖夕照

天连水阔水连天，夕照悬湖生紫烟。细浪摇金惊翠鸟，渔舟唱晚几诗仙。

赞农民诗人

美景无边信手裁，农家儿女纵文才。韵心常作三春梦，借得东风日日来。

叹淫官寻欢丧命

酒后寻欢色火烧，丢官害命臭名昭。千金换得淫人笑，谁惜平民血玉娇。

感怀退休老人

退休居隐远浮华，种菜观鱼学养花。理秽归来研韵律，半为农匠半诗家。

乡村晚钓

日笼青烟柳影斜，归林鹊鸟闹枝丫。金钩弄皱春池水，白练新开万朵花。

春　感

春来秀色满瑶池，李白桃红斗艳奇。悦目繁花千万朵，赏心不过两三支。

江上远景

千峰万壑笼青烟，碧水东流接远天。遥望船行波起处，一帆一浪尽诗篇。

秋　月

碧落清霜悬玉轮，嫦娥桂殿忆冬春。无情最是中秋月，不尽离愁照别人。

夜　思

寒光如洗透窗纱，露白无声湿桂花。夜半难眠空对月，不知离恨落谁家。

重阳怀友

西风瑟瑟正秋凉,院角孤丛紫菊香。借问茱萸君健否?愁思两地过重阳。

友　聚

楚东一日不虚行,老友新知共月明。笑问芦滩千亩水,能融吾辈挚交情?

端午杂感

屈子含悲赴水渊,亡魂一去未思还。谁知后世稀来者,不学忠诚学佞奸。

枫桥寻踪

古寺寒山夜半钟,霜天月落客相逢。江枫渔火愁眠对,城外行船觅旧踪。

游白帝城有感

千古贤名白帝留,夔门日出数春秋。英雄霸业今何在,唯见长江空自流。

口占一绝

故交来电问新诗,满面红云愧缴迟。且放金樽和美味,长吟已忘腹中饥。

寒　食

介推言避火焚身,举国光烟祭一人。寒食千年方自在,文公霸业几秋春。

寒食祭扫

穹碑森立满尘埃,乱草萋萋岸柳哀。岁复伤人寒食到,几家坟上子孙来。

遥祭马航死难同胞

无烟无酒过清明,泪眼空垂恸未平。君若有知归故里,化身鹃鸟向东鸣。

咏　鞋

1991年冬结婚时岳母亲做一双棉鞋,至今珍藏,口占一绝以咏之。

一对棉鞋廿载存,底帮虽破尚余温。至今未敢轻言弃,缘惜外姑针线痕。

客居咏杨花

羽翼丰盈即弃家,随风万里走天涯。临波片片浮萍碎,不是杨花是泪花。

注：语出宋苏轼《水龙吟·咏杨花》。

咏柳絮

柳絮温瑜满树丫，红云不占少秾华。东君未解离人意，早把相思散作花。

注：唐吴融《杨花》“不斗秾华不占红”。

端午感怀

其　一

悬蒲挂艾习陈风，一曲离骚唱屈公。可恨当今朝上客，谁知有几学贤雄。

其　二

年年午日泛陈词，总把离忧写满诗。可叹直臣身死后，湘江未见有沉尸。

成建东

成建东（1967～　），淮安区人，淮安区有线网络分公司施河营业厅主管。中华诗词学会会员，施河镇诗词协会秘书长。作品曾在2015年“中华情”全国诗歌散文联赛中获特等奖。

施河街心花园小景

煦煦阳光惹鸽飞，晴空万里白云依。春田细柳何曾睡，一片清淳绿映晖。

春　溪

三月清溪碧透盈，纱纱柳影小舟横。东风随意吹芦笛，牵出悠扬婉转声。

王在勺

王在勺（1968～　），淮安区人，本科学历，中学教师，博里镇诗词协会会员，酷爱古典诗词，曾获博里镇诗词竞赛一、二、三等奖。

观电视剧《冼星海》

巴黎学艺自非凡　报国归来酬志难。含愤忍羞奔武汉，投明弃暗赴延安。
凝心聚力军威壮，拉朽摧枯敌胆寒。抗日战歌威力大，献身华夏后人瞻。

适逢市民艺术节游扬州荷花池公园

扬州五月不寻常,节日市民欢欲狂。髦叟泛舟莲叶荡,儿童戏水气球藏。
时装闪闪舞姿美,劲鼓隆隆气势昂。游客如梭交口赞,荷花初绽满城香。

防洪抢险

防洪抢险夜巡堤,暗涌狂喷发现迟。水手匆匆寻漏洞,村民屡屡献良宜。
激流险把健儿卷,恶浪常将勇士欺。幸有渔翁来指点,泥浆探洞最神奇。

雪 融

银装素裹好风光,赏雪凭楼沐太阳。满树咸鱼腥味尽,一绳腊肉散清香。
春光明媚长浮梦,大雨滂沱尽作慌。庭院未潮方醒悟,雪融屋面水帘长。

中秋赏月

鞭炮连声响,中秋赏月忙。银辉铺满地,十里稻花香。

秋 景

晚霞临夜紫,晓日照窗红。秋雁横空过,清溪水向东。

纪念周恩来总理诞辰110周年

军事篇

南昌起义运筹妙,遵义尊毛立场坚。领导特科驱虎豹,沉着机智挽狂澜。

统战篇

舌战群儒堪典范,西安事变促和谈。八年统战披肝胆,千载谁堪伯仲间。

建设篇

五项原则传世界,关心群众重人才。淮河治理泽千载,伟业丰功永缅怀。

悯 农

夜静更深难入眠,狂风暴雨叩心田。不知今夏丰收否,麦子扬花阴雨绵。

读小说《父母的心》有感

从来弃子伤心事,谁料贻儿又索回。莫道人穷无信用,只缘割爱最难为。

观雪中新建水泥路

白雪皑皑红日映，条条玉带雪中伸。马龙车水交通便，笑语欢歌赞党恩。

咏爬山虎

走壁飞檐本领强，丹青技艺不寻常。不同桃李争春色，但愿人间绿满墙。

赞母性有感于四川地震

地动山摇一瞬间，楼坍屋圮改容颜。四肢跪地护亲子，母性光辉照宇寰。

抗击雪灾感赋

南方暴雪空前降，旅客滞留难返乡。莫道人间无至爱，雪中送炭绿丝扬。

注："绿丝"是一个志愿救灾组织的标志。

抗震献爱迎奥运

磨难犹如双刃剑，如潮大爱励人心。明朝奥运君需看，华夏健儿勇夺金。

庆祝神七航天飞行圆满成功

神舟七号问苍穹，首次出舱巡太空。天上人间不是梦，举国欢庆赞英雄。

赞家电下乡

东庄彩电忙调试，西舍冰箱搬运勤。试问农夫何事喜，下乡家电暖人心。

赴宴太白楼

昨天赴宴太白楼，海味山珍美酒酬。莫笑残羹家里带，农夫汗水染白头。

梦巡钓鱼岛

昨夜梦巡东海边，挺胸航母钓鱼前。金戈铁马驱倭寇，捍卫主权千万年。

贺乃梅

贺乃梅(1968～),女,淮安区人,教师,曾获淮安市巾帼诗人大赛“十杰诗人”称号。中华诗词学会会员。

清　明

荒郊凄草路,野岭蹒跚步。扫墓祭亡人,圆坟铲旧土。风擦泪雨潸,蝶化纸灰舞。飘散向天飞,浮沉逝水去。鲜花难表情,浊酒敬君苦。不尽杜鹃啼,血滴溪流处。

红豆词

春种一颗相思豆,秋撷万缕盈怀愁。回时雁字书心痛,梦里月词写满楼。四季墨浓舞心事,几度旧梦难回首。残杯冷觯独邀月,瑟瑟芦花染白头。饮尽乡思寂寞酒,心随明月一起走。夜凉寒冷锦衾透,慰有暗香常盈袖。莫道美景不消魂,奈何紧锁眉头皱。三千繁华落尽去,只因过往那一候。情深意切多烦忧,烈烈西风惹人瘦。地老天荒无多求,海枯石烂语未休。月圆月缺又中秋,可否欣然品温柔。日里梦中常牵手,千年痴恋亦不朽。誓死刻就共拥有,红豆今生不推后。美墅一诺心依旧,三生共有温馨求。

春　晨

翠柳荡波开,银鸥踏浪来。千峰萦薄雾,万树拥高台。
莺啭江堤醉,燕吟楼宇呆。风中谁曼舞?玉女唱情怀。

清　明

香融荒野柳成烟,祭扫亡灵送纸钱。泪雨梨花风逝去,灰飞蝴蝶梦旋天。
日落寒鸦眠冷冢,夜归孤枕泣幽娟。清茶浊酒今敬奉,人间天上一牵连。

夜吟人

青灯孤影夜吟人,烛泪滂沱弯月沉。多少柔情无寄处,一帘幽梦忆倾城。
几疑山客同欹枕,快意君言正暖身。料得今宵衾又冷,箫音凄韵到更深。

心　曲

心花一朵为谁开?默默心思任尔猜。对岸夭桃春满面,隔河颜玉粉羞腮。
芬芳含笑香盈手,浓郁迎风心醉怀。淡淡华光终逝去,红裙不再染尘埃。

梅

斗寒吐艳花枝俏,迎雪披红百树娇。气正风清怀淡雅,情凝铁骨品行高。

兰

坚贞劲健兰亭谱,淡雅优柔掩蕙芳。心似美人忧国事,貌似小草出潇湘。

竹

气冲黄土无私念,昂首碧空不染尘。虚谷情怀高品洁,为人重节见精神。

菊

无争秋色胜春韵,独占东篱绽彩英。点玉浮金凝雨露,诗贤李杜励吾人。

咏梅诗一组

问　梅

横斜疏影曳春归,青帝洒香下翠微。试问梅花醺几许?一身傲骨沐霞晖。

梦　梅

梅花山上梅花多,不到梅山又若何?幸得昨宵仙子顾,与梅同伫在山坡。

惜　梅

疏点梅花胜似金,幽香暗送悦君心。初来怕见霜蹂躏,别后犹祈雪莫侵。

插　梅

寒水一瓶梅几枝,清香不减小溪时。案头倚看春红俏,雪煮淡茶又孕诗。

折　梅

飒飒西风摇破天,冰姿玉貌小桥边。归人踏雪门前过,抱得冷香呆案前。

恋　梅

槛外疏枝西曳东,凌空仙子羽衣红。春寒料峭冷风里,浣月迎香入诗中。

赏　梅

兰亭浅醉玉玲珑,枝上银妆点点红。欲问幽香何处至,罗裙吻蕊笑寒风。

寻　梅

踏入梅山冷蕊芳,降香仙子雪梳妆。红尘了却情所愿,撷得冰心入潇湘。

醉　梅

落梅煮酒请君贤,醉里观花意境鲜。冷蕊散香霜雪弄,人得管弦醉神仙。

梅花语

一池疏影寒梅落,絮咏梅花快乐多。把盏邀君吟一曲,陶然雅韵入弦歌。

题半岛园

其　一

松涛竹影合为诗，几敞吟怀成最痴。半岛园中仙客遇，一池疏影白梅枝。

其　二

鱼游清水绿枝娇，梅影松涛兰韵邀。半岛仙人孙老寿，仙风道骨仰弥高。

颜廷禹

颜廷禹（1969～　），淮安区人，1989年毕业于博里中学。曾任村干部，打工创业。

改革开放华彩飞扬

改掉从前旧主张，革新时代放光芒。开天辟地人民伟，放眼未来华夏强。
赤县山河歌盛世，彩云碧宇舞吉祥。飞书港澳归来喜，扬我中华国运昌。

看电视有感四川某灾区灾后重建

灾后蓝天彩锦扬，排排别墅赛天堂。青山绿水柏油路，古刹老藤木板墙。
民众生活皆稳定，军人劳动更繁忙。五年计划三年竣，千载深恩党运昌。

建党90周年献礼

风雨满神州，贤良日夜愁。苍生危难日，我党诞湖舟。

读苏东坡《水调歌头》有感

华夏五千年，诗词百万篇。东坡问明月，一语意空前。

神兵降魔

恐匪昆明车站狂，无端杀戮道沦伤。人间正气邪魔镇，特警神兵保庶良。

春游巴中农家感怀

云中蔬菜老潭虾，野味山珍崖底瓜。酒饮葡萄泉水饭，巴中九寨醉槐花。

读莫言小说《生死疲劳》有感

天道轮回巧构思，如刀入木刻新奇。疲劳生死悲欢事，巨匠文坛独树旗。

赞宋巧英医师

祖传绝技历沧桑，接骨疗伤万世芳。济困扶贫怜弱者，捐资诗教美名扬。

闲歌吟

独步闲庭赏牡丹，一壶龙井润红颜。洁身自爱东篱隐，种菜秧瓜侃大山。

牢记历史

万家灯火万家仇，牢记秦淮血泪州。倭寇凶残狼虎性，屠城血证诉贼头。

农家春趣

春到农家计满墒，无垠新绿替枯黄。流溪作响鱼禽悦，高树营巢喜鹊忙。

沉 浮

人情冷暖几浮沉，荣辱不惊憎爱分。路转峰回行坦道，晨耕暮作远俗尘。

勺湖情

八月勺湖游客多，菊黄柳瘦谱新歌。俊男靓女浓荫处，笑语一船荡碧波。

春游洪泽湖

洪泽湖畔醉春烟，燕剪残红落日前。一叶渔舟摇桨去，几番梦里驻流连。

早春晨雨

烟雨蒙蒙暖意增，杜鹃啼晓唤春耕。新枝绿叶珍珠滚，簌簌风传拔节声。

葛 勇

葛勇，网名天许，20世纪70年代初出生，淮安市淮安区人，已入籍重庆。重庆文史馆诗词研究院副院长，湘天华诗社副社长，维社秘书长。曾获丙申年足荣杯好诗词大奖，全国咏巢湖大赛特等奖，曝书亭杯全国诗词大赛一等奖，大国工匠杯二等奖，第三届海岳杯诗部第三名等奖项。

小区门口有卖枇杷者

晨曦来远山，越过川与陌。光照繁华市，花园小区侧。门旁有翁媪，并坐但默默。身前小竹篮,枇杷为新摘。二人分一饼,持之作朝食。但有客过时,抬望何急迫。但期有客顾,凝神忘咀嚼。为其枇杷小,问者百无十。待我暮时归,尚余三之一。老媪倦不支,倚翁作小憩。晚风一时吹,满头发如雪。此景入我眼,忽焉起自责。其生何乃艰,其果不值百。竟为此区区,晨坐至天黑。我虽非富者,稻粱仗劳役。然曾为享乐,挥金充豪客。感此翁媪苦,岂不愧心魄。上前购其果,焉顾余果劣。翁媪喜不胜,声竟带战栗。二人相扶去,没于长街末。我立街灯下,中心犹恻恻。

别汕尾严野夫林祯辉彭梓燕王燕兼呈同游诸友

半世受恩多,直如沼沚蘩。常以鸥鹭质,为伍鹏与鲲。今日过潮汕,诸君宴海门。庶羞堆玉盘,海错复鸡豚。日暮饮雪浪,晨觞共朝暾。暂忘失路久,坐看白羽翻。转眼又将别,焉不动心魂。驰我管城子,草草成此言。但期表寸意,聊记雪泥痕。昔有杜工部,不忘一饭恩。

别双亲

千里归故乡,来作四日客。四日何匆匆,转瞬又离别。吾母色愈苦,吾父发愈白。几上所余果,归时二老择。我已得饱啖,逐日还增益。食时感亲恩,忽焉起自责。少时溺荒嘻,何曾顾朝夕。中岁困稻粱,欲飞天地窄。今年得人助,始识长天碧。远别故乡去,不得暖亲席。反遗双亲忧,送别泪眼赤。眼泪犹强忍,温言相慰藉:努力报人恩,有担莫轻释。父母身尚健,此去儿自惜。用度无太悭,但以得自适。无怀漂泊感,长记家有宅。家中百事安,媳孙视拱璧。叮咛犹未已,何乃汽笛迫。趁之登车去,早无掩泪策。待得泪眼干,已然千山隔。

祝傻姑生日快乐

去岁汝生日,我陪汝在家。今日汝生日,我身羁长沙。不复为烹煮,不复赠鲜花。感汝良不易,夫婿无光华。劳汝多苦辛,淡饭继清茶。幸蒙不相弃,廿年未曾嗟。尝言为夫妇,相守意便嘉。孰知竟别离,遥隔天一涯。长令天际月,分照孤影斜。差喜凭微信,面晤未算奢。今逢汝芳诞,赋诗投木瓜。诗成桌为鼓,临屏为汝挝。

二妹江漫过羊城旋别

前日汝来时,天际晴霞现。阿兄候街头,忽听汝声唤。恍回少年时,迷藏身忽现。当时何天真,笑容何烂漫。转瞬皆长成,行舟各寻岸。幸汝帆无恙,稳泊嘉陵畔。阿兄逆水行,流落天涯贱。感汝不相弃,勉力备薄宴。欢言骨肉亲,相忘世氛乱。可怜未尽意,两日逝如电。又到别离时,长街木棉绚。树树红如火,风吹花影涣。风吹人潮涌,风吹汝不见。阿兄立树下,风吹涕如霰。

见网易新闻有对越作战烈士母亲
因贫30余年后始得赴云南为儿扫墓

一块碑，一座坟。一抔土，一个人。土中之人知是谁，寡母卅年梦中儿。儿身已化黄泉土，倚门犹有念儿母。犹记送儿细柳营，匝地风起吹落英。持儿之手不忍放，双眼难禁泪纵横。儿自出生未离母，无母呵护儿何苦。儿影终没村前山，风中母犹泪如雨。儿去家贫母独撑，思儿时罢陇上耕。花开花落近三载，计儿整装上归程。忽地南疆起烽烟，儿随汉将一马先。可怜血已洒异国，阿母犹在盼儿旋。日日黄昏倚门望，如血残阳落千嶂。忽闻乌鸦声凄厉，一纸书来报儿丧。晴天霹雳不敢信，纸上分明公家印。颜色赤红如鲜血，化着刺母心上刃。里胥慰语何其轻，说儿万古留英名。五百抚恤一牛值，谁怜阿母天已倾。更痛儿死魂难返，坟墓遥隔千里远。欲悼无奈家贫甚，母泪难洒过叠巘。岁月流逝年复年，鹧鸪啼罢啼杜鹃。阿母渐如枝上露，身枯发白近黄泉。夜里依然常梦儿，时在怀里时膝前。可怜梦里雾重重，儿之眉目看不全。有时还梦荒山上，儿墓孤零笼暮烟。梦觉蟋蟀月在户，家徒四壁蛛网悬。何幸悲戚感上苍，有客闻之为解囊。三十余年祭儿愿，今日得偿票一张。渐行渐近心潮翻，拄杖巍巍上陵园。寻得一碑园之角，儿名赫然碑上存。阿母抚碑无言哭，哭声不起唯呜咽。儿死何其早，阿母来何迟。阿母何其愧，阿母心欲碎。儿身已化泉下土，阿母始来一洒泪。愿儿谅母贫，祭儿无所备。故乡一袋土，覆坟作儿被。阿母身老不再来，此土护儿异乡睡。呜呼，我闻此事痛欲死，援笔至此泪不止。泪滴书案如一镜，镜中歌舞升平正盛世。

红河女儿行

红河女儿好歌喉，十年唱遍红河州。高唱能令流云歇，低吟还让黄莺羞。可怜一身染痼疾，难上富家碧玉楼。走卒贩夫听者众，悭于解囊付缠头。缠头不足苦稻粮，歌余满城还拾荒。盛夏破帽顶烈日，严冬薄履践冰霜。有时宿雨无去处，终日默坐头倚窗。阿爷伴之亦无语，阿爷最解女儿伤。女儿女儿命何苦，甫降世间无人哺。因疾遭弃闹市中，阿爷拾之怜作怙。阿爷本已极苦贫，日日拾荒勉能存。陈留刀工腐儒诗，此中艰难唯自知。转眼女儿已长成，一身雪白另眼随。（有白化病）女儿焉能无察焉，过街但将白头垂。最是三月桃李新，偌个女儿不怀春。可怜枝上温柔风，不吹人间畸零人。每见情侣挽手过，遥遥相避自侧身。忍却心头绝望意，犹歌红尘爱情真。此事无奈犹可说，阿爷渐老生计拙。爷老家贫尚可过，一朝女儿病床卧。巨额药金何处筹，阿爷垂泪破屋坐。白头徒抚女儿床，襟上补丁浊泪流。天地春风自去来，黄昏木槿纷纷堕。

卖柑行

有叟突病进病房，药金逾万筹无方。家中余粮变买尽，可怜犹差一千强。贫儿自愧已无力，抱头抽泣泪成行。老媪抚背慰其子，“所幸园中桔已黄”。清晨入园衣带露，有鸠振翼飞远冈。左采右摘皆饱满，顷刻不觉已盈筐。是时破雾旭日出，多情照人破衣裳。筐中柑桔金灿灿，隔皮亦觉透甜香。贫儿挑担媪持秤，满怀希望奔市镇。小憩长街汗未揩，已有众人上前问。但求救急速售空，自降价格何其迅。忽有小车从东来，车载城管如虎豺。阳光亦避云层里，长街漠漠起风霾。老媪贫子避不及，束手呆立皆战栗。急向大人苦陈情，望怜小民贫无计。众人闻之亦惶惶，城管大人那得听，踢翻果筐复践踏，灭此朝食焉肯停。来如急风去若电，空余母子面觑面。忽然齐声嚎啕哭，刺穿人心如利箭。

沪上诗人陈兴兄旅日多年归国过羊城招饮歌

羊城炎暑细雨收，有客相邀上酒楼。先馈枪鱼与黑啤，还唤吉他弹清秋。吉他琵琶音不类，一段沦落皆可寄。君曾去国我旅粤，相逢自合同一醉。况乃结缘为古诗，神交五载见已迟。今朝万事暂抛却，借君美酒酬相知。相知不易聚更难，高谈哪管夜将残。满城灯火光欲湿，酒波潋滟杯犹宽。君今归国不复去，垂天云翼正高举。佳妇娇儿享天伦，顾影愧杀老天许。两鬓斑斑犹飘蓬，差可一慰心尚雄。不信身坠藩溷地，要借风上紫霄宫。言罢尽倾杯中酒，客中送客各分手。相约异日沪上聚，君且先行我随后。

诗友馨香君惠赠红枣一箱

安期仙枣大若瓜，君家红枣灿如霞。或疑一脉仙家种，初尝已觉爽齿牙。我之前身亦是仙，口腹之欲嗜肥鲜。天机浅忘日落归，困顿尘世四十年。风霜两鬓白何速，鸡虫升斗失仙骨。今食君枣感前生，忽忆天姥山下鹿。白鹿已随太白老，青崖寂寂生野草。我欲重乘昆仑云，且先饱啖君家枣。

羊城与张青云兄初晤

岂有大江困峡中，冲波挟浪直向东。瞿塘潋滟堪一笑，太白东坡千载雄。忆君昔年辞故土，万里长风云帆鼓。当时襆被或萧条，而今名震春申浦。我守巴山展君书，意气相通情不疏。学鸠惜难追鲲鹏，悭缘一面叹何如。年来还为生计迫，别家来做南粤客。何幸异乡得相逢，城头十五秋月白。人生聚散本无定，且对美酒欢今夕。明日白头来送君，山重水远长天碧。

徐睿君寄赠大乌叶雪片

岭南三月梅雨天，终日衣润费炉烟。故人知我长不乐，远寄新茶助开颜。启封已觉香透鼻，更看茶沿带微紫。珍品真意两难得，转忧陋室无好水。便欲直上昆仑顶，瑶宫采得冰雪冷。还向仙人借玉壶，归来身带梅花影。以桂为薪煮银铛，松风直泻玉瓯青。兰香已令神思飞，南窗报曙天亦晴。

闻玄空兄酿桑落酒有寄

梧州二月遍熏风，枝头桑葚已乌红。鸱鸮革响唤人采，皓腕如雪纤指葱。采采歌起何悠扬，声传粤海东复东。是时天许正枯卧，闻歌猛然忆玄空。此子素爱桑落酒，年年自酿一万锺。晨昏坐饮书窗下，巨觥倒影南山松。陶然而醉入梦乡，奇乐竟与蓬莱通。蓬莱仙人万万岁，身与天地相始终。年来我困尘世里，坎止随人逊衰翁。忽思踏海驭长鲸，更欲翻云驾六龙。寄语故人留一瓮，待我狂饮气如虹。

长荣堂饮茶歌

东坡当日赞子由，学舍欠伸屋打头。纵然窗雨湿人面，却置六凿作天游。弹指之间过千载，我亦飘零文字海。旅舍容身厌蟠曲，难效前贤气不改。四壁围困非乐事，诗思无力发壮彩。何幸做客长荣堂，重楼跨空无屋梁。大椅先容长身坐，佳茗更令神飞扬。似此或惹庄周笑，夔蚿皆为足行者。我自开颜无所愧，天地阴晴皆有假。今日借君华堂坐，别时檐竹已出瓦。

诗友潭伯渠先生退休后回乡下开荒
自耕今日黄昏进城赠天许果蔬若干

客从乡下至，馈我果和蔬。芹荠明如玉，葡萄润似珠。
功劳无一点，二字是多余。来岁开春际，争君带雨锄。

乡下亲戚赠新米一袋

乡人情意重，馈我米如珠。开袋阳光出，下锅香气腴。
今年犹得食，明岁或难图。官府已颁令，收田扩市衢。

七夕汪博士赐假返家途中寄傻姑

自愧拙生计，离卿走海涯。空留七夕月，高照一人家。
云鬓清辉冷，客心归路遐。此情天眷顾，荷戴上星槎。

陪傻姑挽星购买衣物忽有所感

半生回首看，风雨送青春。梦想多成幻，壮心都是尘。
幸凭双手力，渐改一家贫。身畔妻儿笑，何须说苦辛。

挽星高考结束夜

深宵难入寐，望月倚阳台。凉觉夜风过，香知栀子开。

不愁吾背井，但盼女成才。唯是云来去，阴晴未可猜。

忽　晴

连天阴雨住，仿似遇佳辰。浮翳才过眼，阳光已满身。
四围花影动，何处鸟啼频。独上城楼去，飘然竟忘贫。

书房闻蟋蟀

危楼高百尺，问尔自何来。草野霜寒甚，人家灯暖哉。
凄凄应有述，耿耿未能猜。我境略相似，捐书忽感哀。

山居一首寄傻姑

此间虽寂寞，岁月尚从容。晨起看山雾，夜来听草虫。
闲书长不读，秋叶渐翻红。毕竟中秋近，相思感露浓。

游小山寺

古寺云峰上，松门日半开。粉墙新画佛，石径早生苔。
借座听闲磬，无心乞妄财。诸僧皆不语，知我看山来。

理　发

此头曾是少年头，鬓角于今已染秋。早不轻谈家国事，只因久困稻粱谋。
疾风过后花委地，旧梦醒时月满楼。对镜期君施妙技，并刀一快剪吾愁。

办公室外有青松几株

长松百尺近栏杆，伴我晨昏相与欢。直干嶙峋寒士骨，高标磊落古人冠。
坐观晴日分青影，想象深宵宿彩鸾。最爱文思枯涩际，涛声助笔起波澜。

佳欣君赠枇杷

朝朝伏案忘年月，谁采枇杷色似金。几颗争尝甘若蜜，一春将逝感于心。
可能野陌花犹艳，到底清游力不任。谢子分鲜慰贫老，故将新句作长吟。

与莫大寤堂往轩诸兄夜话

云垂四野夜冥冥，谈笑煎茶共一庭。大雪渐深窗愈白，诸君尚健眼长青。
不愁岁暮故乡远，且喜天寒梅蕊馨。最是巍然南岳近，相携明日拜山灵。

返家前夕寄傻姑

高楼眺望意迟迟，云滞他乡岁暮时。冰雪梅花劳梦想，飘零心事问谁知。
漫天霾雾终难散，如此江山不值诗。襆被明朝收拾起，飘然归去为看伊。

有　寄

坐看长河过雁群，轻寒逼枕近秋分。敲窗瑟瑟唯枯叶，驻岭沉沉犹断云。
握笔常呼新世界，违时渐少旧知闻。孤怀独对无边夜，只有芜词可寄君。

下班公交车上

疲惫归途落日斜，同车有女捧鲜花。青枝犹带三分露，繁蕊如开一抱霞。
香不能分兰与麝，笑无法掩孰予她。倚栏忽念少年事，瞥见玻窗两鬓华。

春雨一首寄傻姑

独禁一天春雨凉，双飞燕子远山长。小园花落红兼白，短句诗成过即忘。
入夜西窗添淅沥，经年旧梦剩微茫。唯卿叮嘱犹堪忆，珍重微躯在异乡。

与深南寤堂老猫道法自然诸兄长沙夜吟

旧友新朋聚一堂，彩灯入盏溢流光。倾醪狂啖红椒子，消渴偏宜绿笋汤。
奇士三分归蜀汉，诗人泰半出湖湘。夜阑同看城头月，不觉长风吟袖凉。

孟鑫小弟至羊城某出版社就职置薄酒为其洗尘

何因相见即相亲，同是离乡寻梦人。急雨争驱满城暑，薄醪盼洗一身尘。
频搔白发羞樗栎，转对青袍识凤麟。刘向注疏闲暇际，岭南山水许分匀。

过黄花岗七十二烈士墓

巍峨台殿护英灵，漠漠云天海气青。古木春深栖鹤羽，默池风冷挟龙腥。
华夷今日犹难辨，烽火他年或再经。百载共和真草草，有人无语过碑亭。
按：墓道有默池，建拱桥其上，人过必低首，如默哀状。池中喷泉冲天，终年不歇。

读西湖游览志余韩世忠免官就第

潇潇细雨湿柴门，清冷长宵仗酒樽。铁马横行还旧梦，晨鸡乱喔醒孤村。
莫须有者英雄劫，归去来兮圣主恩。剩得西湖葬武穆，年年碧草接波痕。

清明日近归家不得遥祭祖父

其　一

塘湾松径草萋萋，一抹荒烟野月低。近日梦中常化鹤，归飞岭上绕坟啼。

其　二

春来杨柳发新枝，遥寄清明一首诗。自我中年归教化，已非当日败名儿。

原注：祖父十余孙儿，唯余当年乖劣，为祖父痛斥为败坏家风者。今日思之，尤感深耻，惜祖父未得见余之自新矣。

岁末寄傻姑

壮年早已付风沙，立德言功愿更赊。唯有赋诗千百首，谢卿相伴似梅花。

军功章

天恩浩荡赐荣光，难抵贫寒岁月长。乡野老兵头已白，街头无奈卖勋章。

当年血染的风采唱遍大江南北

颂歌今日已沉沉，往事依稀也不真。谁记万千村落里，白头犹有未亡人。

公园有女拍婚纱照

洁白婚纱最可人，酒窝浅浅小樱唇。侧身却挽垂杨树，不嫁檀郎欲嫁春。

阳升观小坐

自礼三清自诵经，山门久坐到忘形。空余万古青天上，风马云车来不停。

周乃军

周乃军（1970～　），淮安区人，江苏省诗词协会会员，研诗30年，2006年曾获淮安市“十佳青年诗人”称号。博里中学副校长，博里镇诗词协会副会长，《博里诗词》编辑。

贺博里诗协成立二十韵

农家明正学，古楚写华章。邑里成诗协，淮东有画乡。
咏词肝胆现，入墨惠风长。蕙馥前程路，韵来庠序墙。
临池三日味，面壁十年霜。化境庸愚少，休闲笔力张。

堂堂天地阔，灼灼杜陵狂。得句清虚度，超群雅俗忘。
嘉禾存壑野，佳作比厅堂。症弊常书发，虞唐最唱扬。
相传齐景仰，互阅更铿锵。蹭蹬惭慵懒，殷勤见栋梁。
先生曾激烈，古道未湮殇。老少皆骚客，宫商绕紫篁。
西泠金石气，东晋禊流觞。发轫惊尘世，长行树楫樯。
何须嘘胜劣，切勿羡雌黄。磊落高风露，恢弘斗志昂。
余音随旦暮，道德颂金汤。快慰生平事，沉吟第一行。

劝　学

萤窗万卷学方储，初读三冬破五车。砥德砺才求正谨，明荣知耻要谦虚。
胸无坑坎多图志，品莫轻狂少羡鱼。仙桂题名年纪小，郝隆庭下晒诗书。

游崂山

数峰碧落不争春，一树横溪总渡人。密密繁枝藏巨木，清清深涧少浮萍。
苍苔老径后山后，古寺白云尘外尘。谁扫仙踪闲不住，微风常拂与禅邻。

游恭王府感怀

一座普通王府第，何知后世倍关怀。和珅也肃贪赃事，凡界能登受禅台？
自古钱权生富贵，至今福禄嚣尘埃。怪来怪去谁人怪，总把心情化不开。

题水仙

清清水养水仙花，窈窕风姿透碧芽。倒有露晶分寂寞，还催光景到人家。
嫩黄吐破生机发，幽气微飞秉质嘉。不是根深难放弃，能将青白委尘沙。

咏芦柴（次韵和成都诗王）

根本蒹葭敢谓才，济身江海近蓬莱。千年霜雪常磨砺，万里风光任剪裁。
逐浪弄潮身段软，修心养性笛音开。人间粽子大夫泪，莫种苇蒲楚望台。

过张壁

远浦牛羊入落霞，新开檐角一枝花。古香古色深痕辙，青石青砖旧铺茶。
百代千年遗事在，三椁两栋炕墙斜。江南莫说淳情好，原始风尘在泊葭。

题钱塘潮

临海城观一线潮，直留壮丽到今朝。水墙两出天空阔，涛势三排海面遥。

直逼防台惊骇世，又推古坝起狂飙。不行风雨行风浪，老驾龙翁怕寂寥。

南宁一游

半城绿树半城楼，世外桃源在邕州。杨美古风听水色，德天瀑布嗅春柔。
天池生过瑶池雾，青秀藏来明秀秋。百越山歌传布远，南湖常作凤凰游。

偶访王谢古宅

等闲不识古时隅，迈进深檐旧径途。宅院千年觞水淌，鹅池一点墨痕殊。
金陵霸气诚充足，王谢权谋恁若无。隐蔽高堂多找看，不飞燕雀剩枯榆。

反 劝

你是流氓你怕谁，过期作废莫迟疑。贪婪阴毒为常理，正派仁慈乃白痴。
好坏亲疏凭感觉，奖惩对错看投资。清贫太守三知少，落魄千年笑破皮。

姜公钓

呼来黄鹤出苍青，嘹亮声鸣绕紫庭。因有贤名行大器，独持曲蘖醉刘伶。
要扶甘陕西岐国，直钓长河北斗星。八十始成图国是，鲁齐廪地鼎钟铭。

被评为市化学学科带头人有感

三千弟子谋书匠，愧作黉门带路人。济世功名成幻梦，醉心教育付青春。
未修旁道憎邪气，翻把谦诚累自身。大笑钱奴羞媚骨，人间正义勉同仁。

60年握手连战访大陆

明月东南夕照西，夜阑听尽几更鼙。同侪同路远蜂虿，异梦异心生棘藜。
转眼沧桑逢乙酉，盼归干旱望云霓。相逢一笑呜嚆矢，国共三携辟径蹊。

癸巳怀旧

其 一

雨烟如梦掠城墙，草长莺飞诗几行。且饮多情梅子酒，桃花古渡未风狂。

其 二

锦瑟年华一段狂，多情总在舞檀香。三千心怯随流水，绕过芭蕉挽月光。

其 三

一川烟陌远迷茫，微雨黄昏暮色苍。春意无知春草软，茅芽有味在鹅黄。

其　四

得一人心终不弃，青峰明月老婵娟。阑珊灯火无言处，心夜耘诗入梦田。

其　五

那日和风吹万里，少时豪语值千金。人情纵似枯荣草，二十年前教育心。

其　六

沈园无语两人心，却去雷峰塔上寻。莫怪余杭多误事，无情无意好光阴。

其　七

有心欲种南山竹，古寺残垣草木深。十万修行幽篁里，红尘隐处是禅林。

其　八

桃花又怕三春远，飞絮捎香随处行。追逐东风形色乱，西城杨柳悔多情。

其　九

心似丁香犹百结，人情练达自抒怀。家山原在千山外，一日动车已到淮。

其　十

陌外蛩声休密语，幼时乔木待成才。来年俯视乱生草，懒误时光不应该。

其十一

少年爱唱流行曲，敢驾东风战鼓擂。但愿人心多记忆，盟言犹在总关怀。

其十二

烟暖花香一望遥，田畴万里碧云霄。清风野外闲来惯，拂过春潮拂水潮。

过瓜洲渡

春风十里未回头，贪看江南草木稠。寂寞闲山无甚事，拦潮忆古说瓜州。

镇江古炮台

当年古炮在山中，敢击长风破敌戎。少稚未曾通大事，翻疑锈铁不英雄。

冬　眺

远村夕照残烟暮，绿尽近畴知木凋。且待春雷万钧力，抽枝生叶不萧条。

过故地

湖旷风轻心意远，月晖影处漏虫声。当年天德金音在，多少空虚问故城。

太湖仙岛老子像前吟

九天楼阁掩云沉，百炼金经道德深。近水洞明尘蠹物，老君事事不关心。

成山头观日出

万里海疆遥望处，我心辽阔忘情收。初阳红遍秦朝远，出道莫言天尽头。

登玉皇顶

千仞高峰吾到处，阶前万客仰头观。泰山漫有行人道，自去攀登十八盘。

皖西山行

其　一

夹道榆钱难沽酒，楚材无用岂天生。欲行溪泽三山水，尽著新潮涤旧城。

其　二

长坡烂漫黄花道，山野春深牧去迟。无数烟波流带远，三千静寂有谁知。

过淮河入海水道立交桥

长河一路到天遥，夕照鹭鸶非寂寥。自在清塘惊不动，管谁经过立交桥。

山中幽景

其　一

重重叠叠堆青黛，几度春潮又涌增。相约溪声风里过，婺源好景一层层。

其　二

青青垒破山岚色，峰外闲云自奉台。天壑幽然游客少，叶声惊动晓风来。

端　午

三闾放逐难消怨，谁忆同僚更忌才。粽叶菖蒲颜色绿，雄黄彩线醉红孩。

日　出

只把江山多照映，东升旭日不朝参。鸿光一出群星散，扫尽青天是湛蓝。

山　行

其　一

萧然古道鸣蝉少，独坐苍苔几处寻。应是采薇僧已老，青山犹寄白云深。

其　二

苍松已老悠然客，几处涛声伴磬音。山径白云多不去，千年相看到如今。

其 三

风雨来时春未老，少年意志易消磨。秋来一梦三千里，山野光阴怠慢多。

其 四

一山溪水一山春，又入白云层外尘。明月相随非伴旅，蛩声不懂问僧人。

晚行闻村人唤孩归随感

明月清风遗忘处，遥闻村外唤归时。娘心亲切多年后，欲报关怀恨太迟。

步行遇尘风

当年蔓草才生少，惹得流风起浊尘。大树栋梁成长后，秋来唤作扫庭人。

柳

谁把垂条羡故渠，欣荣杨柳更扶疏。只缘冬日知音少，早向三春试夏初。

牛自嘲

耕天耘地山川秀，道德元生最上层。举世庸庸何所有，唯吾心性慢腾腾。

西安探古

大慈恩寺大雁塔

虹梁藻井炫禅门，奉寄疚寒求发髡。年少百忙关不到，空怀陟屺报慈恩。

曲江寒窖

人间大爱多磨难，古井冰心十八春。宰相未曾撑腹渡，曲江寒窖见坚贞。

户县重阳宫

甘水仙源开正派，不和外族惑三秦。祖庭心死知何意，成道宫中识本真。

荐福寺小雁塔

雁塔晨钟翻译处，三经离合说虔虔。罄音千载谁听懂，献福之人未悟禅。

题阅江楼

碧水千山收眼底，人心澎湃变汪洋。邀风同往云天外，万里诗行题昊苍。

西安华清池怀古

其 一

不到华清不谙愁，长生盟誓说轻浮。飞霜重色谁伤国，未洗芙蓉泡沫柔。

其 二

不到华清不谙愁，慈禧去稷国知秋。西安事变张杨泪，褒姒何曾戏列侯？

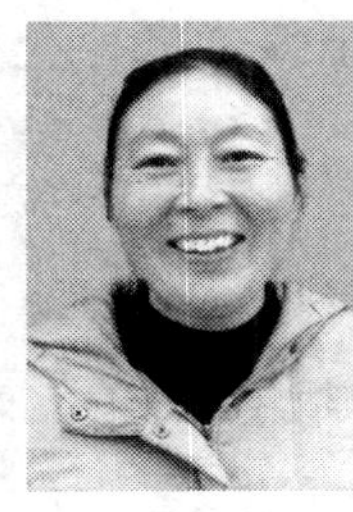

宋新梅

宋新梅(1970～)，女，淮安博里镇人。中共党员，本科学历，中学语文教师。中国现代文学学会会员，江苏省、淮安市及博里镇诗词协会会员，作品发表在《诗词世界》等杂志上。

无 题

坎坷人生路，回眸忆惘然。委名孙子后，落魄故人前。
黄卷重来读，青灯不许眠。江河流日夜，苦罄自神仙。

国庆抒怀

旖旎神州遍地芳，峥嵘岁月谱华章。黄河滚滚荡灾难，五岳巍巍展富强。
月阙嫦娥神话续，人文奥运国威扬。同胞共饮金秋蜜，环宇和谐话盛昌。

参观包公祠

仰慕英名访圣贤，轻声慢步踏青砖。才思敏捷万民敬，公正严明百姓安。
刑具犹陈惩腐败，公堂似现树威严。生平细阅灵魂憾，正直无私美誉传。

夏 天

聒噪蝉鸣荫翳间，青蛙叫嚷小溪边。莲花洁白星空绽，月亮晶莹夜幕怜。
地面霓裳铺五彩，裙边梦幻舞歌旋。时时跃动青春俏，习习南风绘巨篇。

读书感赋

青灯黄卷夜深深，袅袅书香细细吟。如饮醍醐尝美味，似承雨露沐甘霖。
伟人授课古今事，名著传经天地心。知理知情知万物，家门不出有佳音。

读海伦·凯勒《假如给我三天光明》有感

厄运来临难预测，花明鸟语俱无缘。良师教海灵魂唤，益友陪同岁月穿。
笃学鲲鹏冲万里，遍攻困苦越千岚。哑聋弱女辉煌著，一盏明灯举世传。

观央视第11届歌曲大奖赛

放歌五月喜开怀，荟萃群英登赛台。潇洒引吭呈底蕴，从容答卷显雄才。
新人新作峥嵘露，公正公平群众裁。网络多媒焦点聚，缤纷五彩耀金牌。

秋　收

飒爽秋风吹大地，平畴万亩蕴金黄。清晨早起披星去，傍晚迟归戴月忙。
力竭精疲争昼夜，欢歌笑语积粮仓。常思耕种逢时节，生活安康亦自强。

第27个教师节感怀

回眸八载杏坛路，甘苦尽尝情结浓。晨起邀星迎旭日，夜阑戴月度寒冬。
春风化雨心田润，雏凤飞天羽翼丰。翰墨清香藏雅趣，披荆斩棘勇攀峰。

国庆抒怀

放眼神州遍地芳，峥嵘岁月谱华章。锤镰开劈翻身路，韬略谋求富国方。
奥运赢来寰宇赞，天宫惹得列强慌。韶华九秩正蓬勃，百业腾飞国盛昌。

赞金湖荷花荡

万条垂柳护池塘，碧绿绵缠天际茫。荷梗亭亭舒嫩蕊，莲香阵阵沁心房。
流连戏蝶翩跹舞，慕访游人留念忙。粉白红黄争绽放，冰清玉洁自芬芳。

读朱自清散文有感

一代宗师美誉传，文章妙手铸名篇。忍饥不受嗟来食，铁骨铮铮岁月穿。

贺博里镇获诗词之乡美誉

丹桂飘香上九重，画乡又获一殊荣。文明小镇诗潮涌，彩笔赋成千载功。

夜眺校园

夜眺校园灯火灿，清清月色朔风寒。群星瑟瑟银河畔，学子攻书兴未残。

劝　学

青春年少几多时?跃马扬鞭朝暮驰。莫教光阴轻逝水，白头搔短悔方迟。

兔年新春

红梅映雪新春至，玉兔临风送吉祥。鸟语花香迎旭日，翻飞紫燕舞霓裳。

献给建党90周年

风雨飘摇多屈辱，南湖浪涌响春雷。天翻地覆新颜换，华夏繁荣世叹奇。

致街道清洁工

孤身只影伴晨星，手扫车推杂物清。满脸尘埃成汗滴，街容洁净接黎明。

春到农家

春潮涌动柳抽芽，布谷啼鸣醒物华。阵阵机声田垄绕，存菁除莠扫朝霞。

中秋夜

金风玉露醉幽香，桂影婆娑悄吐芳。翠柏苍松邀朗月，世间胜景且徜徉。

诗香校园

诗词园圃吐新芽，雨润娇禾遍万家。泼墨挥毫描胜景，清香四溢满园花。

贺天宫一号发射成功

其　一

寥廓夜空星璀璨，欢呼振臂展娇颜。茫茫宇宙添新客，科技征程绘彩环。

其　二

大漠深秋寒气罩，明眸凝注漾豪情。天宫开启新航道，神八追随争气兵。

虎年新春即景

漫天飞雪伴春来，玉树琼枝一色裁。环卫工人挥汗水，行人车辆乐开怀。

参观曹操点将台

石阶斑驳诉沧桑，络绎游人访古忙。丞相雄风今不见，经声一片耳边扬。

春日偶成

金黄嫩蕊溢清香，蜂蝶嗡嗡采蜜忙。桃柳争荣酬大地，莺歌燕舞醉春光。

赞校园艺术节

其　一

红紫芳菲四月天，缤纷艺术绽娇妍。琴棋歌赋齐开展，舞出青春别样年。

其　二

莘莘学子竞登台，曼舞轻歌显俊才。适度张弛文武道，怡情益智润心怀。

为新农保而作

黎庶扬眉笑语稠，又闻农保为民谋。孟公亦羡今朝景，颐养天年乐白头。

观电视剧《江姐》感赋

抛家别子着戎装，身陷牢笼受重创。意志弥坚斗强敌，世间绝唱永流芳。

田原秋景

碧波涌动泛微黄，沐雨栉风精气昂。粒粒胸膛齐饱满，迎风颔首换新装。

迎春花

柔枝摇曳立寒风，傲雪凌霜度酷冬。嫩蕊幽香春使者，百花绽放隐丛中。

农家春景

绿杨掩映红楼露，幽径篱笆绕小桥。万顷田畴翻碧浪，风光绮丽更妖娆。

晨游天安门

飞甍碧瓦透玲珑，拂面轻纱展俏容。蕴育沧桑存古韵，当年呐喊入心中。

读朱震国先生《中国奥运冠军谱》感怀

诗词书画逸清香，情系体坛凝丽章。谱写冠军佳句涌，弘扬正气永留芳。

带领学生参加拔河比赛有感

摩拳擦掌赴操场，虎斗龙争对峙中。聚力凝心齐搏击，欢呼雀跃彩旗风。

踢毽比赛

缤纷五彩毽飞扬，矫健身姿旋转忙。力竭精疲不言弃，攀登峰顶览风光。

观秦兵马俑

俑坑阵列势恢宏，形态音容各不同。策马操戈齐抖擞，东征西讨一朝终。

秋　韵

旖旎风光景色娇，长空雁阵路迢迢。层林尽染枫含笑，稻谷金黄情影摇。

游嘉兴南湖有感

绿水青山群鸟集，朦胧烟雨锁南湖。红船画舫精神记，开拓中华盛世途。

曹云富

曹云富（1971～2014），字清馨，号无为、怡石，淮安河下镇人，祖籍安徽泾县。中国国画家协会会员、新加坡狮城书法篆刻研究会会员、河下书画院院长、河下诗社社长。书画篆刻作品屡获国内外大奖。2007年8月，安徽电视台曾播出其个人专题片《墨韵履痕》。著有《清馨诗草》等。

悠然书院感怀

睽违数载未相逢，学院耕耘弟子恭。昔日星辉呈异象，而今月色显神功。
文章传世情辞美，道德修身法理通。涵养熏陶饶兴味，乡人福泽看飞鸿。

注：悠然书院由故友、中国策划专家指导委员会副秘书长龚崎现先生创立。

欣慰友人之女成长

友人去世多年，遗一女，家境贫寒，今南京医科大学毕业走上工作岗位，倍感欣慰，赋诗二首为贺。

其　一

峥嵘岁月水流湍，感叹千般世道难。破茧初飞丰嫩羽，征途方迈步医坛。
幼年失爱三餐冷，成长尤知百味寒。书案荧光笼孑影，如今荒谷见幽兰。

其　二

玉洁尖荷出水霖，天资聪慧小精音。三更冷月侵书案，十载寒霜调素琴。
校外风光初入眼，怀中德术更专心。深情大爱凭天使，甘雨丝丝滙杏林。

满浦晨曦

长淮古渡发新芽，栋宇宏规游客夸。桥畔彩旒遮绿柳，舟中仙乐漾青葭。

耆留疏影行操处，雾戏晨钟起看霞。和畅惠风清景在，复兴继往好生涯。

墨　道

砚边甘苦勇攀嵩，古往今来谈笑中。艺苑耕耘遵法道，书林探索建勋功。狂风巨浪案头笔，烈日严霜岗上枫。桑梓情浓频雅集，龙蛇飞动竞称雄！

蹉跎岁月

人生在世几度秋，劳碌奔波何所求？而立方知心遇冷，四旬谁料体遭忧。偏逢屋漏连天雨，竟遇船沉作楚囚。毁誉浮云终有散，笑辞阴影向风流。

感　遇

每逢松懈小儿多，舌灿莲花似唱歌。叹息忍声低调过，衔冤负屈受刀戈。焚琴煮鹤勒奔马，尝胆卧薪嗤梦柯。旗鼓重开诗苑里，香浓果硕泪婆娑。

扫　怨

钟鸣漏尽枕边空，曲巷蛰居惊冷风。休怨身残心寂寞，人生勿学水流东。

放　言

输诚直语魏徵相，纳谏忠言唐殿皇。当下人情钟溢美，何须揭短怕同乡？

不惑感怀

齐家创业绩无多，过半人生如梦柯。但愿天公能眷顾，未来岁月不蹉跎。

赠诗词道友

水光潋滟古淮波，朝暮临屏涕泗多。昔有短琴埋已久，为君拂拭发新歌。

张红军

张红军（1971～　），淮安区人，大学文化，中共党员。江苏省新长征突击手，中学高级教师，淮安区小学数学学科带头人，淮安区专职督学。多篇诗词作品在市级以上评比中获奖。

读洪昭光《健康快车》有感

夏思凉爽秋思月，宁静伴随身健康。一亩良田悦情性，三餐淡食赛琼浆。

感恩社会胸怀广，关爱他人品格香。潇洒人生无所寄，如棋世事莫鸡肠。

张国勇

张国勇（1972～ ），淮安区人，本科学历，马桥小学副校长，镇先进工作者。有100多首诗在《博里诗词》上发表。

大 雪

寒风卷雪来，遍野盖棉胎。银镀村头路，梨花万树开。

竹

尖叶周身似利刀，重重叠叠更坚牢。破泥直上撑天柱，一节难关一节高。

羡 燕

琐事纷纷乱似麻，旧伤未好又添痂。不如户外双双燕，赏尽春光绿草花。

母亲颂

回家见母鬓霜斑，谁解心中苦与酸。几十年来如一日，乡邻夸赞一方天。

夏 夜

寥落天边几点星，荷香阵阵绕河行。悠悠往事不堪道，只有虫儿草地鸣。

赠老师

默默耕耘三尺台，犹怜花色更亲栽。一朝紫气催春至，万树芬芳扑面来。

品毛泽东书法

纵横满纸意飞扬，笔力千钧气势强。主次实虚皆入化，参差错落总成章。

咏农妇

夫君南下打工去，妻室农桑哪有闲？孝敬公婆疼幼子，持家勤俭美名传。

夜 雨

时已三更好梦惊，倾盆雷雨下难停。污泥随水池塘内，一洗松竹绿又青。

读《水浒》有感

官逼民反上梁山，劫富济贫杀蠹奸。却赴南方讨方腊，英雄就怕受招安。

读《三国》有感

群雄逐鹿起中原，烽火连天六十年。一统终归司马晋，莫凭胜败论前贤。

赞彭德怀元帅

立马横刀一战神，国防统领有经纶。援朝抗美国威震，正气凛然求至真。

杨学禹

杨学禹（1973～ ），淮安区人，从医。2006年获得淮安市首届“十大优秀青年诗人”（第一名）称号。作品散见于《新文学》杂志、《淮安区报》等。

春　竹

骄阳似火暖西东，蝶戏繁花入画中。 独爱清风翻绿竹，春来几笔暗香浓。

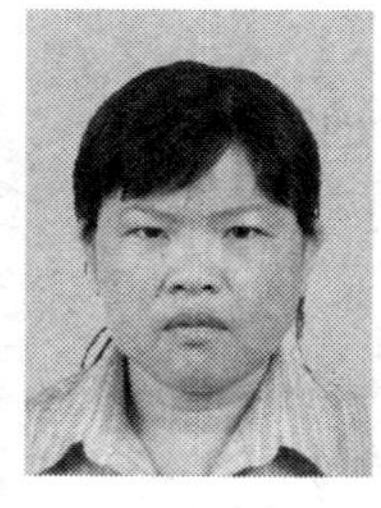

张　娣

张娣（1973～ ），女，淮安区人，南京师范大学毕业，淮安市博里镇中心小学副校长，曾任区人大代表。在淮安市诗词创作大赛中获奖，被评为淮安市优秀巾帼诗人。

赞李桂林陆建芬夫妇

林芬主动去支教，清苦至极山地贫。一架天梯悬峭壁，数张歪凳立石荫。
几番秋雨洗浊泪，四度春风化圣魂。十九无言播硕果，忠诚感动满乾坤。

恸汶川大地震

惊天噩耗巴山起，生命伤亡泣鬼神。寸寸酸肠凝众志，杯杯醴酒祭英魂。
军民数万迎难上，哀痛三分示爱存。我辈不应空悲切，小诗一首表诚心。

老人闹市行乞有感

衣衫褴褛令人怜，颤跪街头浊泪含。地上几行歪扭字，手中一把皱巴钱。
路人欲问家何在？群众皆帮子岂嫌。细看方知原委在，救儿重疾盼支援。

思　母

呱呱啼叫儿出世，嫌弃女娃独母欢。地里忙完教话语，家中扫毕动蹒跚。
勤学奋进慰亲苦，顶日操劳攒费难。欲报慈恩亲不在，思娘唯有泪涟涟。

农妇情

皎洁明月当空挂，辗转难眠思绪长。欣慰夫君别后健，祈求父母眼前康。
疼儿教女持家苦，戴月披星割稻忙。孤寂疲劳全不怨，深情无语自馨香。

教授《负荆请罪》一课有感

恃强欺弱秦争霸，和璧易城谋士生。屡建奇功王者赞，频招嫉语将军抨。
吞声忍气爱国切，请罪背荆致歉诚。将相同心成美誉，疆防如铁看谁凌？

教授《碧螺春》一课有感

一杯绿水溢香浓，片片新茶费万功。炒烤揉烘无数遍，青霜炼就赤炉中。

贺朱震国先生《中国奥运冠军谱》出版

英贤志士才思敏，满腹经纶韵味长。笔走龙蛇歌奥运，卷开锦绣溢清香。

观陈燮霞夺奥运首金有感

杠铃如鼎当空举，绚丽霞光照满天。敬叹巾帼功盖世，豪情激励必争先。

贺寿烟花燃草垛有感

其　一

烟花璀璨乾坤艳，贺寿连连声震天。孰料星飞燃草垛，成群救火亦徒然。

其　二

焉知祸降在门前，子女团圆也欠欢。转瞬辛劳漂水去，劝君过细莫添烦。

读《十大名妓》有感

名姬乱世非凡女，聪慧冰肌疾恶仇。义胆骂权身陷狱，秦淮亮丽傲庸流。

惠民政策好

高楼替代土砖房，盛夏空调室内凉。穿戴金银人自信，惠民政策沐东方。

有感于贪官落网

无情利剑警钟鸣，受贿官员战颤惊。慨叹仕途多险峻，劝君碧水树清名。

清明祭哀思

清明祭扫心胸闷，母逝九春思念深。焚纸念叨祈佑护，雾烟袅袅寄思亲。

家乡春晓

金鸡报晓炊烟缈，绿野丛花吐蕊香。豆裂浪翻金穗笑，机鸣民乐在田旁。

颂恩师

秋月黄花菊满枝，沁芳醉饮报春时。一年一度华光曲，敬颂恩师一首诗。

登黄山

轻风拂面北坡上，满眼台阶路万重。举步维艰嫌脚短，相搀互励到巅峰。

刘小平

刘小平（1974～ ），淮安区施河镇人，本科学历。周恩来红军小学教师，中华诗词学会会员、淮安市诗协常务理事、区诗协副秘书长、绿草荡诗社社长、《淮安诗苑》执行主编。淮安市第二届“优秀青年诗人”。

查济古村图

青山藏古道，绿水绕村庄。万幢徽房妙，千家竹酒香。
小桥连石路，深巷隐祠堂。君喜乌镇美，吾言查济强。

悯　农

久雨稻芽生，风吹秸秆横。阿爹田五亩，收获少三成。

夜行苦

枝上多残雪，夜深人迹稀。北风寒一路，冷月照吾归。

农家琐事

清风许无意，吹折两枝花。邻母不知故，责其三岁娃。

静　夜

明月高空挂，寒光洗画屏。晚风飒飒过，落叶触窗棂。

八月乡村

鸡鸣犬吠农家曲，清水荷塘白鹭飞。日食鱼虾两三顿，乡村久住不思归。

过河下估衣街

碧瓦青砖呈古貌，街心石板一条条。东风好客拽吾袖，几处酒旗檐下摇。

农　忙

庭前蜂蝶已无影，唯见豆秸堆数堆。日落院门依旧闭，主人忙碌未归来。

中秋即景

月饼香浓酒亦醇，欢声笑语满乾坤。儿童墙外敲盆鼓，唯恐玉盘天狗吞。

梅雨季节

几日故乡连降雨，炎炎夏季宛如秋。岔溪河水又看涨，白浪滔滔天上流。

过兵马寺巷

狭窄小桥连两岸，民房林立路弯弯。何时拥有马良笔？手臂长挥改旧颜。

论　诗

字里行间皆有意，时常斟酌苦耕耘。人生悟得百佳句，无事何须乱作文？

乡村居所

院里庭前一片黄，风中夹着菜花香。栅栏难阻飞蜂蝶，又让青藤爬上墙。

吴志勇

吴志勇(1975～),淮安区人。本科学历,中华诗词学会会员、江苏省诗词学会会员、淮安市诗词协会常务理事、淮安区诗词协会副会长,任职于淮安区政府办公室。作品在《江海诗词》《上海诗词》等刊物上发表,2006年获"淮安市首届十佳青年诗人"称号。

白头吟

而立方年壮,秋霜频白头。几根兄弟痛,半缕稻粱谋。创业风遮路,持家债满楼。人情水中月,世事梦乡舟。 读史辛酸泪,听歌次第流。多情吟汉赋,无意问吴钩。欲舍偏难舍,当留却不留。寻梅知骨傲,听竹忽心羞。天地中升日,江湖未到秋。呼妻同坐饮,一笑有何愁?

2010年春步鲁家用《春夜听雨》原韵

忆起伤心事,唤明床上灯。芭蕉窗外雨,忐忑梦中情。
未揽星和月,徒留名与声。会当鞭在手,快马出淮城。

农家春色

其 一

春来绿毯连天碧,秋到黄金铺满田。笑看楼前农院里:崭新奥迪去年钱。

其 二

小院农家春色多,繁花次第竞婀娜。长征尚有白头在,也学儿孙开轿车。

教 师

当年多少凌云志,化作东风一片情。三尺讲台谈国事,一囊诗句悟人生。
教鞭当剑山河护,黑板为琴天地听。妙手点燃千户梦,爱心成就几人名。

周恩来总理诞辰110周年有寄

其 一

岂忍当初乘鹤去?应闻痛哭满神州。泪淹驸马深深巷,人倚长安叠叠楼。
淮水三天千尺涨,楚城一夜百花收。多情还是清明雨,岁岁年年下不休。

其 二

常恨此生多别离,吾来君去见无期。每从影视寻英貌,也向诗书觅献辞。

数次长征荐人处，几回文革痛心时。桃花垠里一湖水，三十余年涨满堤。

其　三

一日为官千日镜，讲台三尺最相知。教书先立读书志，面壁须吟破壁诗。
权重当思家并国，人贤不计食和衣。海棠花落又纷发，朵朵向阳开满枝。

2005年新春感怀

白酒半壶送酉鸡，黄花几朵报春辞。香醇未必出陈酿，意远何须开满枝。
从小枉生七剑梦，至今犹作一书痴。将别而立向不惑，念此心湖风起时。

洪泽盱眙行

教书数载陀螺般，诗教表彰两日闲。洪泽悬湖追落日，铁山古寺坐听禅。
粼粼碧水心如洗，缕缕青钟魂欲仙。戴月归来不言累，浮尘去尽守田园。

重登镇淮楼

春到淮安花满城，蝶蜂引我再攀登。站高亦吐英雄气，望远尽抛儿女情。
忠节祠中山柏翠，桃花垠里海棠红。曾经楼上乡贤众，散作天空日月星。

淮安河下诗社成立1周年有感

文朋结社一周年，雅韵高吟五百篇。大院书香藏史韵，长街石老续诗缘。
千年古镇繁华景，半卷新词羞涩谈。壮丽东南春浪涌，淮安梦舰正扬帆。

春日田野所见

抛开俗务到村旁，淡淡轻愁淡淡香。麦叶乘风翻作浪，菜头向日化为黄。
无名小草应时绿，好色野花随地芳。笑对枯荣远人事，田园深处有春光。

见环卫工人日日为城市美容有感

谁家小女妙龄中，有母天天巧美容。燕尾银梳添妩媚，竹枝眉笔扫平庸。
总留黑发民族色，亦绣红裙世界风。多少权门富家少，慕名而至觅芳踪。

春日贺博里镇诗词协会成立

一夜东风遍地花，斜飞燕子向天涯。笑迎三月犹含泪，露宿数年终有家。
“双百”构思思亦巧，“二为”入韵韵尤佳。新型小镇田畴美，长画栽诗种豆瓜。

博里镇铺建四支路有感

其　一

我家住在四支旁，渠路中分博里乡。北接复兴向盐阜，南连泾口望苏常。
无风扫地灰尘起，有客登门桌凳脏。集日人多堵前道，雨天水积满长廊。
常闻载重货车陷，时见投资奥迪伤。好友远来散筋骨，几欲搬迁重购房。

其　二

我家住在四支旁，闻路将铺喜欲狂。村干筹资辞闹市，省厅拨款到穷乡。
旧新机械运输急，大小技工操作忙。吾亦有心却无力，泡壶热水放前窗。

其　三

我家住在四支旁，一路铺宽平又长。奥迪晚归打工客，奔驰朝送引资商。
公交微笑写诗去，面的含羞学画忙。物质精神同上道，提前十载达康庄。

2006年夏参加抗洪排涝作

暴雨连天白满园，秧梢不见惹人怜。心疼泪水不能落，生怕多淹一寸田。

岁末感怀

长谈不辩秦唐事，苦对方知才学疏。 欲借前窗风一缕，春秋冬夏总翻书。

买房有感

欲买新房奈若何，高楼满目不能赊。去年才少八千块，今岁竟差十万多。

梦祖母

祖母仙逝两载，近数夜梦之，醒而成吟。

男儿莫恨泪痕多，夜夜伤心奈若何！尘事空将孝心误，亲情唯向梦中赊。

登崂山有感

欲穷山水作攀登，抖落诗囊拾鸟鸣。莫恨乱花遮望眼，只因未到最高层。

农村留守妇女儿童空巢老人渐多有感

相别时难见更难，犹闻孤雁叫声残。无情最数中秋月，偏在离人去后圆。

春日有寄

去年结伴看山茶，我抚长琴君弄琶。今日孤游何忍看，满山都是去年花。

秋日校友聚会

故友重逢酒兴浓，真情多少问丹枫。秋虫亦懂聚不易，鸣唱声声花草中。

诗词培训有感

空腹匆匆为早行，春风种韵总痴情。诗心常似天边月，今夜自当分外明。

标语横幅被老百姓拆下围园护菜有感

凌空昨日作高谈，卧地今朝护菜园。笑对鸡鹅有无恨？沉浮自若是儿男。

无　题

白日教书夜写诗，酸甜苦乐有谁知？无鱼野水偏垂钓，多少行人笑我痴。

荧火虫

自由自在小昆虫，常为行人照影踪。莫怨荧光没灯亮，世间能力不相同。

鹅卵石

商周风采汉唐韵，涧水长流鹅卵成。莫道今天太圆滑，当年记忆有边棱。

稻　穗

晨风染出黄金色，夜露凝成粒万颗。无限风光在高处，时时低首觅蛙歌。

秋　菊

作风拖沓愧花丛，亦有清香亦有容。因恨多情春不发，只留妩媚向秋风。

灰飞虱

碧水清风剩几何，田园尽染小虫多。酒楼老板可相问：此味野生能食么？

百日红

百日花开百日红，初经春雨复秋风。人间冷暖伤心事，都在轻轻一舞中。

燕　子

其　一

比翼双飞绕故梁，唧唧声里柳丝长。春来秋去路千里，可爱南国爱北疆？

其　二

只为送春过大江,剪出新绿剪花香。秋声赋里匆匆去,塞北江南两故乡。

棕　榈

其　一

家园污染起烟尘,多少离奇不忍闻。如网棕衣厚如许,年年可否守纯真?

其　二

一袭青衫四季春,风霜不改对晨昏。丹心亦有世人误:不识天时理念陈!

谷晓银

谷晓银(1975～　),淮安区人,本科学历。淮安师范毕业后任城东乡教师,2010年借调城东乡人民政府工作。

夏日勺湖园晚韵

向晚凉亭暮色生,湖光塔影水云横。林归宿鸟鸣深翠,藻隐游鱼戏浅清。
露润红荷盘滚玉,烟凝绿柳碧摇璎。松风竹韵留人赏,明月无声照客行。

胯下桥怀韩侯

胯下忍无能,千金酬大恩。至今犹赞颂,立德忆王孙。

咏文通塔

千年佛塔号文通,八角金身峙碧空。绿水青天长作伴,世人万古仰高风。

赞故里文缘

潮生潮涨岂无缘,故里运河多俊贤。论赋谈文终不倦,诗情逐浪到云边。

陈　飞

陈飞(1976～　),淮安区人,中共党员,中学一级教师,博里诗词协会成员,博里《清荷》校刊主编,获"全国少年儿童文学写作名师"荣誉称号。

希尔盖杯诗词大赛有感

中央号令九州传,建设新村希尔添。手脚放开春讯激,农工联合路途宽。
勤培沃土田生彩,喜建琼楼人变仙。似锦宏图同绘就,但凭实干绣山川。

赞博里农村建设

牛羊自在乐春风,遥指牧童偕老翁。小院鲜花红似火,大棚蔬菜绿如葱。
新楼栋栋齐齐整,硬路条条处处通。春色无边图画里,农家小镇愿相同。

清　明

天蓝水碧鸟鸣涧,草嫩风轻飞纸鸢。访故踏青春季里,小诗一首刻书笺。

思　春

全球气候变无常,冷雨寒风日渐长。柳绿桃红无限景,炎黄儿女乐春忙。

贺新春

对联雅韵集诗文,恭贺新春祝语频。年货家家齐备足,檀香摆毕供财神。

赞宋氏医德

丹心妙手保康健,奇药推拿治病人。义举比肩红十字,施仁常学白求恩。

思　荷

致富亲朋乐四方,荷花对月藕留香。庭中散步忆前事,好友佳年归故乡。

辛亥革命有感

软弱清朝外患加,列强八国掠中华。武昌城内烽烟起,帝制推翻万古夸。

张树利

张树利(1977～　),淮安区人,小学高级教师。曾获淮城镇“先进工作者”和“优秀共产党员”等光荣称号。

端午抒怀

又是一年端午到,家家户户忙热闹。艾叶香蒲沁心脾,咸蛋粽子好味道。千帆竞发鼓声响，龙船头上人欢笑。借言怀古念屈原，只为世人乐逍遥。

冬夜偶书

今日大风寒，庭树叶蹁跹。孤鸿若有意，捎得锦书还。

秋　思

其　一

秋风萧瑟草木折，蹁跹落叶纷飞蝶。香山丹枫红似火，都是离人眼中血！

其　二

秋雨缠绵秋夜长，萧萧梧桐枯叶黄。鸿雁锦书梦中至，相思依旧断人肠。

其　三

沥沥冷雨不见晴，孤灯残照盼天明。纵使青鸟肯传意，难寄相思一片情。

其　四

凄风冷雨结伴还，故人远游在江南。寄言归鸿代相问，可有锦衾御秋寒？

咏残荷

红销香断徒凋零，空留残荷伴雪影。世人只爱花开艳，我羡淤泥不染情！

中秋感怀

其　一

明月皎皎山河苍，梦回桑梓泪两行。神州万里共婵娟，离人依然尽望乡！

其　二

孤枕难眠怨夜长，遥想双亲在高堂。恍然入梦乐天伦，醒来依旧是他乡。

夜读红楼

孤灯残影梦红楼，闺阁裙衩正豆蔻。群芳凋零随尘去，怎不教人赋新愁？

咏探春

才自精明气自华，理财治家比凤丫。只缘庶出受人轻，莫怨东风别远嫁。

春访蜡梅

暮春三月访蜡梅，花褪残黄绿叶肥。一年一度寒霜劲，笑看东风知为谁？

观《教育实践大家谈》有感

其 一

平凡岗位不平凡，无私奉献似春蚕。群众冷暖心头记，百姓爱戴传美谈。

其 二

心系桑梓情意长，服务百姓爱无疆。荣辱得失不计较，唯愿民富国亦强。

李为义

李为义(1977～)，淮安区人，教师，汉语言文学本科毕业，江苏省诗词协会会员。

夏日多雨有感

阴阴长夏至，云霭卷田畴。易阻东西路，难辞风雨楼。
有书伏案卧，无剑问天酬。值此心如日，扶摇万里游。

雪

不是奇寒至，怎得洁玉身？邀梅同昼夜，舍月饰乾坤。
六角玲珑意，一心和煦春。暖风刀子软，无悔遍施恩。

过长江有感

一水中分南与北，如烟江事几撩情。洞庭黄鹤高飞急，赤壁周郎鏖战迎。
桥影横陈千辆过，坝身回激万方兴。波霞千古共天际，不息洪流泽纵横。

冰

河中二月水难流，不胜清寒人欲愁。莫道冰心坚似铁，只因未到蕙风柔。

垂 柳

一片依依如梦幻，风情万种群芳叹。细丝犹愧沐春光，俯首水旁常自鉴。

雨

烟村三月眼迷蒙，柳色愈加翠意浓。试问窗前檐上雨，孰为第一化春红？

万年青

膏雨惠风何处至？幽居默默质如兰。从来不赖阳光照，独自青青一万年。

雨花石

遐思朵朵碧天扬，怎晓征途却漫长。庶众莫夸如玉润，几多磨炼耐风霜。

竹之自叹

杆直叶翠根坚固，千古骚人吟不休。何必时移人事变，一般脸色送春秋。

镜　子

一览无余常喜鉴，眸中万物是非明。面洁光耀悬高处，可解自身为甚形。

张　清

张清(1979～　)，女，淮安区人，小学教师，本科学历。中华诗词学会会员，市、区、博里镇诗词协会会员。

中秋月抒怀

生来有幸居天宇，惯看风云变幻频。曾睹秦皇威四海，亦闻汉武震昆仑。
太白影下饮醇酒，清照花前赋美文。冷眼旁观千载事，英雄墨客尽飞尘。

登泰山

其　一

峻岭连绵翻作浪，绝峰暗隐九天重。如牛气喘三十里，似蟹横行八百嵩。
汗伴浮尘抛脑后，心随古刻沐贤风。玉皇顶望群山小，自此方真解杜公。

其　二

叠嶂为屏天作顶，云蒸雾绕是仙家。东掬大海滔滔浪，西漉黄河滚滚沙。
红日喷薄光万里，苍松劲长翠千崖。站成亘古凭基稳，笑看兴亡伴落花。

春晖颂

南湖画舫明星现，慈母擎天见晓光。锤举沉沉砸旧岁，镰开闪闪拓新荒。
民强画卷妆华夏，国富诗篇耀四方。九秩悠悠风雨路，春晖一片沐炎黄。

小镇新歌

淮楚东南落凤凰，风流韵致羡八方。琼楼傲立苍天下，玉带穿行阡陌旁。
彩墨凝香飘野趣，诗词蕴妙溢芬芳。蓝图锦绣勤铺就，博里腾飞向小康。

游崂山

曲径接天通日月，凉风拂面草花香。群峰傲指重霄外，九水柔栖翠壁旁。
羡煞浮云常止步，惊得玉月亦徜徉。山中一览凡尘忘，愿枕琴台宿此乡。

农家新歌

和风沐浴惊雷动，草木葱茏绿九州。千亩良田生碧玉，万家陋室变琼楼。
条条大道车嬉戏，户户华庭网漫游。锦绣前程勤绘就，高歌一曲唱春秋。

纪念建国60周年

祖国华诞江山艳，回首行程起巨澜。南海轻弹民富曲，首都力绘统一绢。
百年奥运今朝遂，千载飞天几梦圆。后继炎黄多努力，朝朝敢教换新天。

新居赋

清风常拜访，明月亦相亲。备下一壶酒，诚邀天外宾。

叹 春

羡树能常绿，怜花可再开。少年流水去，何日复回来。

游圆明园

天良丧尽道沉沦，一片辉煌烈火焚。寸寸残垣皆泪眼，时时刻刻望今人。

雨花石

珠圆玉润色缤纷，灿赛繁星志比人。身陷泥沙心似玉，纤身宁碎不融尘。

登长城有感

巨龙腾跃群山碧，尾扫平川头九重。千载曾经多少事，唯余皓月照长城。

教师节赞教师

一寸丹心两袖风，清癯粉笔四时中。痴心俱在功名外，桃李三千一片红。

哀地震中失去孩子的父母

笑靥如花永远丧，双亲捶地泪千行。残垣怎可隔生死，日日思儿痛断肠。

雪　花

似絮如花空漫舞，盈盈轻洒惹谁怜。纤身化水终无悔，玉质冰心净九天。

清明瞻仰总理纪念馆

三月东风醉海棠，樱花满树溢芳香。多情最是长淮水，总将追思送远方。

张小芹

张小芹（1979～　），女，淮安区人，本科学历，高级教师。爱好诗词，作品常在区、镇诗刊发表。

除　夕

火树银花笑，娇儿兴致高。喜说今岁美，共守到明朝。

秋　景

南雁张飞翼，山枫万点红。秋风催叶落，丹桂赋新声。

神六飞天

戈壁神舟刺破天，苍穹闪亮耇新贤。飞天梦想重如愿，再显国威欢语甜。

柳　絮

数里河堤景色娇，柔枝临镜比妖娆。暖风吹遍岸边柳，飞絮随心似雪飘。

怜春燕

微风唤醒青山碧，鸟捡闲枝自在啼。春日最怜飞燕子，千辛万苦啄新泥。

雾霾天气

雾霾笼罩遮天日，处处蒙尘满是灰。莫怨天灾来肆虐，自斟苦酒自干杯。

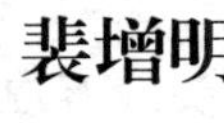

裴增明

裴增明(1979～),祖籍盐城阜宁,成长于淮安,小学教师。

读《孟子》

上古贤人众,余心爱孟轲。一身行道义,百语止干戈。屦破不称苦,唇焦未厌多。碌碌风尘走,劳劳樽俎摩。归来兵燹在,老去瘦腰驼。幸有万章子,残编得网罗。流传天下久,难免鲁鱼讹。当日崇争霸,诸侯恨细苛。嗣王兴字狱,民重受君呵。以此雌黄聚,文词受斧柯。金渠皇室本,卒读叹言何。几代儒门士,耽思理臼窠。差强成七卷,白发尽皤皤。因晓前贤志,生来颠与簸。慨然观宇宙,冥冥喜蹉跎。

镇江焦山

丹阳胜境是焦山,巨象吸水意未阑。中有西天小世界,一花一寺不惮烦。舍筏来看瘗鹤字,古人洒脱半参禅。从来相传山裹寺,未知无寺亦无山。高僧课罢写贝叶,鸟在枝头呖声圆。日晚长江无波浪,鱼龙夜夜得安眠。

燕市行

千秋万代圣明世,岁在壬辰二月初。燕市疾驰法拉利,卷蓬带沙如狂驹。忽听一声惊雷响,宝骑碎裂溅血污。衙役来时无可挽,拽出一男与二姝。男不蔽体女皆裸,路人方知共云巫。或称此是谁氏子,当殿贵人要津居。一语未了人被逐,十万羽林来封途。铁棒挥舞呵斥急,不及走者投囹圄。小报大媒不得载,慎勿语涉相龃龉。执政颇闻其本末,乃集内阁诸宿耆。皆言白日交牝牡,风纪人伦实堪羞。子不名誉父护短,人议纷纷满路衢。执政令下御史出,兰台交章弹劾书。家本晋产好屯储,黄白阿物半京都。兄弟子侄虽无职,交游满眼紫与朱。拍案执政瞋目怒,黼黻立时已褫除。金谷旧日珊瑚树,委顿地上泥不如。燕市老者隔墙住,为我诉说几嗟吁。府邸往日闹如市,大官小官如群凫。屏气低首不敢语,伺候颜色似家奴。如今白昼无人过,夜半窸窸走鬼狐。富贵盈余忘缩手,一朝失路空呜呜。

秋　思

萧萧已遣炎龙去,万里重阴叶落天。多酒菊肥宜可傍,少钱人瘦只应蜷。
长安才子吟风月,洛下朱门被管弦。车马劳劳嗝气满,闻说一局以千捐。

河 下

山阳右席北辰洲，偷取瑶池古末头。万户悬灯星汉坠，一桥傍舸橹林留。
遣心神怪观音露，应症岐黄司马谋。皆语魁元多此土，何人不悔觅封侯？

俄美角力中东感怀

谁非谁是霸王裁，入室登堂座次排。且借他邦台下斗，漫拿民命草中埋。
人亡多带池鱼累，国破常因流弹乖。莫哭西方魔界乱，强梁指尔作诙谐。

参观合肥李鸿章故居有感

訾怨纷纷举世人，大泽未探枉说真。龙当狞轭空垂泪，龟效驹行只舞尘。
唾骂非单三纸字，伤心岂余万死身？他年都下能重过，应悔高高坐火薪。

过金陵

六朝迷梦旧楼台，谁信登临可遣哀？满地弦歌千户簇，一江哽咽半城偎。
丽华姿色安忍弃，孔范斯文应愧猜。莫道银屏三万里，无边豪杰老蒿莱。

题扬州大明寺

丛林杳杳不飞尘，一塔巍巍接日曛。花草露浓空自堕，钟磬散淡呗如云。

王加生

王加生（1980～ ），淮安区人，就职于京沪高速公路有限公司。自幼爱好古典文学，2000年开始系统学习格律诗词，追求“以唐人格调，写当今百事”。

精 卫

如乌负日，衔石海垠。精卫有父，贵不可言。
如乌带月，衔木海涯。精卫所往，遥不可窥。

关山月

关山月朔，遥夜无光。思我家园，忧我行藏。
关山月满，如雪如霜。思我良人，煎我中肠。
关山月相，圆缺有常。思我明日，葬我何方。

闲 居

我生乡野中，草莱革寒暑。一夕别故园，烟尘吹逆旅。几度照琼花，浮杯荐清醑。此日客金陵，居然安其所。驿道拥回塘，征车遵皋渚。雪鳞泛斜阳，青蔬漫田墅。偶然事蓑笠，独钓梅黄雨。数亩试为锄，得豆聊堪煮。本非七步才，自足闲情绪。时鸟未知名，隔窗思一举。

楚州怀古

车过胯下桥，心绪纷起伏。忆昔淮阴侯，包羞如在目。啸咤凭壮心，秦人失其鹿。易辙归汉营，良禽择其木。约法献三章，时势初翻覆。垓下闻楚歌，天下息角逐。国士称无双，声名扬海陆。后事胡不明，功成乃身戮。婉娩东山薇，悠然南山菊。少伯思烟波，子房知辟谷。万古留思量，登坛疑祸福。生儿如平平，安得祸三族。遗祠近钓台，始往终来复。陋巷悲回风，如闻兵车速。我来拜三杰，热泪忽盈掬。下相遥百里，千年各幽独。

听竹引(并序)

申城王奇吟长，号鹿坡人家，初为府吏，后效陶朱公。其性洒脱，其诗清丽，少悲咤之气，而工欢娱之辞，殊为难得。闻驾鹤归去，欲挽其事，然力有不逮。甲午春末，旅次申城，听竹雨声声，勉力为之。

落花时节沪江行，南竹青青听雨声。龙仗已归仙客府，葛陂空待故人情。初生嶰谷伶伦识，空窍厚钧足音色。钟吕欲成鸣凤奇，咸池初奏由天得。朱门日久觉秋深，绿野塘边鹿在林。淑景宁无苏子食，芳樽还忆阮公琴。北都有寺名童子，平日无间报生死。渺渺飞鸿凶讯来，萧萧落木秋风起。子猷独往访名园，吴地饱看招旅魂。如彼千株皆不是，无君一日欲何言。时传天竺曾相见，归倚僧家千佛殿。法相枯荣白石间，禅心寂灭红尘恋。或云幽谷伴佳人，觅得仙源好避秦。泉水叮叮时可饮，兰芳郁郁久为邻。天师莫卜湘妃庙，寒野那堪残月照。身后焉留斑驳痕，生前尤恶凄凉调。不劳屈子问青冥，应似孤标贯日星。何虑金风吹浊世，尚抽玉笋到柯亭。

朝过古运河

长道轻车促，东方半未明。草枯霜更白，雾薄日初橙。
天远寒流细，林疏荒野平。隔窗孤鸟度，同出不同行。

枣林湾送方刚之扬州

吾兄古君子，坦荡见初心。故垒俱何处，长河独至今。
东行明月静，北顾楚云深。此去琼花近，归来香满襟。

与宏明

逍遥翔一鹤，清梦在梅边。蜡屐娱真性，霜毫齐物篇。
高情无漫与，朗抱不虚传。待得云开后，来看剑里天。

夜　直

冲衢抱地倾，远接石头城。夜寂莲灯冷，秋深斗野清。
风尘长在眼，烟月自关情。识得车流去，往来时一鸣。

赠别林成

淮南秋叶下，清馥发心莲。并悉三年境，同看百里天。
生涯云涉水，客计月流川。芳草离离尽，轻车走暮烟。

旅　居

旅居石城北，幽僻隔嚣氛。远道林间没，灵乌窗外闻。
门无三径菊，食有一瓯芹。少许尘心在，吟怀入夕曛。

雪候鸟

有鸟抛朋侣，时行且任之。风尘非所愿，气序岂相宜。
雪岭聊三宿，冰河得一窥。可怜歌乐在，踪迹少人知。

丙申初雪

暮气何萧索，迷蒙尽欲遮。絮舞灯初静，花堆玉半斜。
江干方驳落，海内已纷拿。素抱澄清夜，新晴应更加。

龙须草

昔人云此草，味淡可安神。入谱得龙字，立锥随马尘。
星辰长在目，风露自关身。鸥鸟虽深识，相猜野水滨。

牙　刷

掌中执如意，口齿着营生。未许留香事，独怜漱玉情。
谋身从进退，发愿在澄清。器小非无用，迩来悭盛名。

松 涛

一枕听残夜，山深耳更聪。风威时撼月，声浪欲排空。
秋到涧窗外，潮生沤梦中。秦封羁已久，长啸与谁同。

春 雨

真成风有脚，连夕涨前川。沧海曾为水，青云独在天。
千家垂玉幕，一径笼寒烟。莫道知时节，桃花红未然。

雷

紫宙垂潜曜，喧阗复一过。石中曾舞燕，壁上独飞梭。
既与天根近，当容世梦多。连年空击鼓，何处荡群魔。

瀑

九曲穿林尽，危崖势欲成。云中遥汉落，壁上大河倾。
直以千钧力，喧其 十里声。出山时未浊，何事乐征行。

马

夜草肥名久，何甘伏枥眠。猎围同犬效，驱耒共牛传。
昔市千金骨，谁持七宝鞭。孙阳空有术，不解识途贤。

甲午岁末感怀

远山停落日，车纵大江湄。清野春期近，丹霄云路歧。
石城碑堕泪，凤阙道殊时。风卷绛幡处，飘然傲雪姿。

甲午岁末感怀用从山韵

百字鼎间书，彼其公祭欤。可怜逢虎豹，何计辨龙猪。
海阔哀精卫，夜阑闻鹈鹕。扶桑犹抱日，万象影纷挐。

斯阳兄招饮分韵得花字

胜日逢嘉宴，深杯意自赊。此生虽半矣，吾道不孤耶。
更度琼林曲，来浮碧海槎。高情犹未极，落景欲西斜。

甲午春日金陵别诸兄

临别更多绪,长街百景悬。驱车三月雨,回首六朝烟。
驿道连辽海,江云隔楚天。燃犀深有意,不负此灯传。

宁扬道中

流光明灭外,回首顾青冥。夹道悬灯冷,临江函气腥。
鱼龙犹自舞,杨柳不堪听。春草无人记,又侵长短亭。

绛　宫

绛宫不啻落埃尘,更摄须弥入座新。能有悬鱼堪五日,岂无成虎止三人。
英雄论只来青眼,贤者名多出白身。梁父纵然吟到死,无妨自尔享清贫。

箕　山

曾隐巢由几十春,千年蚁附起游尘。若非天意终难测,岂是民心最可驯。
氏性论成幼安老,知言谓在巨源贫。但教赤子存方寸,何惧名耽并介人。

病中作

深恩已赴奈何天,终久良缘是孽缘。掌上情纹终此日,眼前光景似当年。
蟾丝昔正牵君袖,蝶瓣今犹过我肩。莫道诗情多烂漫,每逢永夜扣心弦。

自　寿

徒增马齿坐终朝,细数芳尘春渐销。石应同声长掷地,花因择木始凌霄。
江天寥落云中雁,淮水迢遥月下桡。红蓼汀头风更阐,白萍好趁夜生潮。

无　题

掬指流光不可追,秋风又上远山眉。月曾共钓清如许,莲若初尝苦未知。
疏以青蚨来地位,漫从黄菊下天资。东君他日归何处,劫后桃花岁岁迟。

途中次秋兴

其　一

鸟没霜空投远林,云弥四野莽森森。抱城襟带垂天际,卧水虹霓出树阴。
寂寞鱼龙千里夜,从容江海十年心。琴河依旧窥明镜,多少兴亡记楚砧。

其 二

钟山偃卧月西斜，依约东方见曙华。草木深秋悲玉露，星辰昨夜近仙槎。
一时人物孰为主，万里关河俱入笳。闻道长风生萍末，待谁看取满城花。

其 三

车水如萤驰浅晖，危楼鳞次影微微。但看城市蜂巢聚，那得人家燕子飞。
南度衣冠何足道，东来气脉早相违。高秋不与阳春似，瘦尽千红绿未肥。

其 四

九州风雨若枰棋，陈迹长留客子悲。演阵三军威此日，行文百字祭前时。
可怜海内鱼龙辨，不改云中乌兔驰。得鼠毋须分黑白，青天还待杞人思。

无 题

劫尘只道了无凭，隔水相猜断不能。雁阵能排初浅字，莲心谁解最深层。
家山梦底缘终有，烟雨眉间说未曾。百里京华成故巷，梅花香合十年冰。

古文游台

百尺高台尚可攀，故人一笑未曾还。千年寂寞湖中塔，万里风流云外山。
芳草自生青石畔，斜阳半落碧原间。坡仙不作寻常醉，壁上明珠窥管斑。

咏 雪

玉满人间袖手看，谁将厚土作冰盘。心中无恨苍山老，眼底多情紫宙宽。
万里茫茫分巨壑，一宵寂寂被长峦。何从留得晶莹在，白日初回未觉寒。

元旦感怀

一窗梅着旧生涯，那更霜华遣岁华。海市遥闻天落宝，壑舟几见浪淘沙。
非时白鹿情何极，枉道红羊事可嗟。欲尽隆寒春序近，不劳雪意再相遮。

宴 坐

海内纷纭万里尘，烟花三月广陵春。江湖舟远缘初志，风雨杯深忆故人。
百尺楼台天未近，十年灯火影尤新。今朝相守宁扬道，唯有车声入梦频。

北固楼

一抱重山横水边，高楼驻足近云巅。纵无交道南天下，自有襟怀北固前。
海日初临千里客，江春又入六朝烟。游人西指昆仑外，龙气如梭石未穿。

学诗偶感

岁近中年学未迟，长将天赋猎新奇。玉非成器推何重，石在他山愧不知。
自有精神通脉络，不须刀斧塑毛皮。春蚕丝是心头血，独爱深杯入夜时。

宁扬途次寄怀

长衢荒署故城来，三载纷纭意未灰。夹道莲灯分晓月，临江车阵起轻雷。
风尘北顾家何在，蓬梗东流水不回。恍若稽斋惊一梦，当时驰志久停杯。

甲午岁末寄内

相宾时友复何求，最喜今生夙分投。行志平时家自顾，寄情深处语难休。
乡关百里长同梦，风雨八年如在眸。早授寒衣千鸟格，知吾老气已横秋。

甲午冬至日闲赋

江湖城市两相忘，只借征衣作戏场。玉陨昆冈天火碧，珠遗赤水野云黄。
文书暂远惊华发，诗卷闲开坐夕阳。莫道天根何处是，当从此日日初长。

丙申重阳家用兄约同赋青韵

时世往来缘一屏，秋声传与故人听。南山不见篱间菊，东野遥闻石上铭。
刹海尘心空寂寞，勺湖玉树半凋零。登临古意谁能尽，只有天涯入眼青。

烟　火

五云千里夜，明月十年身。可笑苍穹上，花开不是春。

芒草吟

芒草都如剑，折风成夜歌。八荒多猛士，月下几萧何。

暮　雨

苍莽归蒙昧，玉花开满城。室喧人不静，只道雨无声。

从军行

北风长凛冽，江海有余涛。此日淮阴市，男儿不带刀。

大明寺

山晴高塔白,林暮古泉清。十里扬州路,松风拥半城。

高楼寓目

星破青罗幕,光寒白玉渠。云间行雁字,苍穹谁一书。

次彭城

水隔千年夕,山穷九里秋。当年谁放鹤,此日我登楼。

铅　笔

不惧荒唐语,能描绰约姿。削消能几度,黑得腹中奇。

夜过古运河

风落青屏静,星垂玉带斜。年年开醉眼,只是旧天涯。

闻成波退学咏竹寄之

抱节成龙骨,青衫亘未黄。柯亭风已浅,不宿蔡中郎。

周　郎

羽扇尤难护,徒彰赤壁名。江东深顾曲,已破五胡兵。

闻竹雨君陨咏雁悼之

生来行有序,至死尚风尘。月朗空流字,潭清未记人。

梅　妃

香魂依约在梅边,独傲长门霜雪天。可奈春风吹落后,依依杨柳舞君前。

老照片

泛黄留影又经年,记得别时微雨天。当日青衫谁未改,聊凭冷暖一相牵。

咏　针

百炼精金自古稀,漫成利器一身微。纵然素手频拈得,又为何人做嫁衣。

李　广

千古芳留桃李辞，漠南沙雪误雄姿。狼居胥上初封日，太史犹叹不遇时。

夜阑听歌

风雨声中坐不眠，故人歌调记当年。夜深久惯循单曲，漫把相思点在烟。

古运河

百年淮府着痕多，惯语人前古运河。往事不知谁记得，连年有水灌城过。

逢故人作

少时意气此心顽，野草青青绕指弯。十五年来云水隔，已成川字落眉间。

油豆腐

寻常块垒未为珍，守得清欢有几人。不信白衣能做主，黄袍从此已加身。

客中遇雪

四野茫茫入望收，琼枝玉树忆同游。一拳顽石中宵立，欲与何人共白头。

五老峰

雾锁峰峦事不谐，眼中所见一时乖。临风独立苍茫外，万里秋声脚下埋。

如琴湖

桃花四月久知名，长作庐山第一程。行得当年花径在，水声何处似琴声。

三叠泉

九叠谷中三叠泉，千阶石磴隔人烟。著身何必登高处，绝境依然有洞天。

庐山行

闻得飞流万马声，峰回路转见峥嵘。三千尺是苍天泪，不信劫波从此生。

与家用兄

江淮久别一身安，梦笔初描枕上看。但有登临胸次在，碧天无际大风宽。

闲 居

平湖秋水野鱼肥，一钓清风趁夕辉。白鹭相猜有何意，才闻草动便惊飞。

戏作与清音兄

闻君依旧客京华，着眼烟云付一嗟。二十四番风过尽，不知几月到梅花。

致狼王加内特

狼顾森林十二年，生涯终逐霸图偏。可怜万里封侯日，唯有绿衫成宿缘。

晚晴远眺

登临便觉昔年非，碧海遥看驿路微。独有前川闲不得，要随秋雨出重围。

道祥来电询问前事咏折叠刀寄之

合无用处侧身藏，相照犹能耿夜光。莫问向人前后事，一生未改是锋芒。

戏题美杜莎

曾经沧海覆难收，神女生涯有尽头。终是不移磐石好，已无人可入双眸。

金陵台城

六朝风雨动吟肩，城壁空余珠泪悬。唯有多情城下柳，百年依旧罥湖烟。

寄 影

音容咫尺况难全，画地囚于方寸天。莫道相随时不见，一生从未倦周旋。

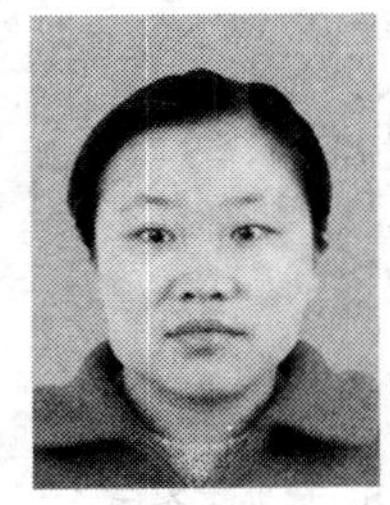

孙 静

孙静（1981～ ），女，淮安区人，大学本科学历，博里中心小学教师。

冬

朦胧寒入室，枯草满霜花。梅盛红如火，雪融绿满丫。

谈节水

灾难横行万物残，云霓盼望露愁颜。节约用水人人动，处处清泉涌世间。

秋果满山

百丈崖前古木连，峰衔落日石门关。沿坡栗果笑青岭，残照吟蝉秋满山。

夏日随感

池水醇醇无夜昼，清风细细散忧愁。炎炎烈日当空照，陪伴足球冲亚洲。

燕　子

喃喃细语紧相依，微雨斜飞错落啼。千里放奔回故土，为谁辛苦取新泥？

秋至折桂

点点金花缀满枝，浓浓淡淡沁心脾。每至中秋翘首盼，折来一束寄相思。

江　南

小桥流水绕人家，微雨燕飞吟杏花。画里江南游客早，青山隐隐觅芳华。

元宵佳节

流光溢彩绕星空，韵雾飘香醉月宫。朵朵繁花圆旧梦，声声巨响唤春风。

观窗前盆景

高低错落立盆中，缕缕阳光来碧空。嫩蕊绽红枝缀绿，一旁蝴蝶舞春风。

春到农家小院

忽起东风万象新，嫣红姹紫色缤纷。农家小院春多少，一夜花香梦更沉。

下　雪

银装素裹九天来，落地翩翩荡俗埃。不作长留尘世客，梅前静卧梦瑶台。

吴苏蓉

吴苏蓉（1981～　），女，淮安区人。淮阴师范学院中文系毕业，文学学士学位，2005年7月参加工作，就职于淮安市淮安区文联。读大学期间开始诗词写作。

游博里

因君思旧故，随往餍风光。欲晓诗情重，方知画卷长。
目积霾气盛，桌满块垒香。频谢勾留意，依依各奔忙。

寻句漫成

带水遮山锁九霄，楼台晚雨远烟遥。苍江此去倾明霰，滥水还逐化雪潮。
唱罢幽峰凉入夜，望尽孤影冷出桥。千家帘幕千家院，断续钟声破寂寥。

四季诗

临　春

复暖清风赖晚空，半藏半显远烟中。枝抬雪尽飞迷色，船俯云低减素容。
两岸箫声随夜近，一地月影与谁逢。休为绚烂逐尘去，千古亭台绿正浓。

入　夏

熏风帘外懒而娇，绿影深浓渐次高。田麦青黄香入骨，流云复往厌停梢。
雨来息瞬天如水，人走仓皇舟似潮。灯引楼前蝉又起，此栏倦倚举红袍。

望　秋

谁抚琉璃醒玉容，葡萄架下果玲珑。层林吸尽森然翠，残叶铺陈映日红。
峻岭丰神湮雾气，草堂消减蕴秋风。凭他嫣姹从容去，且自山间觅远钟。

肃　冬

此絮晚成羽渐旋，江梅最是惜清怜。柴扉瑟琐松千户，泥径萧条雪万檐。
朔朔燕胡风不尽，涓涓吴越笠难干。横车辘辘西行去，寒入衣衾冷入山。

腊　梅

素手拈来满院香，仙家故里玉生凉。纤云浥露横枝桠，暗影争缠梦羽光。
月下孤标藏客泪，阶前绚烂映袖黄。两般景物一般色，清韵何须断人肠。

月　湖

月半石桥衔夜冷，冰薄却喜蕴残根。栏前绿水经冬至，槛外银枝待春分。
逾夏荷萍香渐老，将秋蒲苇叶初陈。久知湖小呈风致，楚榭闲闲度此生。

文　渠

山无在此水来兮，幕落流金滟窄溪。雨后推香清矮院，篱边吐绿淡腥泥。
石桥丈许缩长路，细柳千条系远堤。晚踏湿阶淘净去，归途渐被暖风迷。

雨

撕光裂影应迢迢，欲倾天河慰寂寥。纵气横声巡楚地，飞毫扬絮润吴郊。
枝折草劲新蕉唱，被冷茶凉苦梦消。吟罢危词寒不尽，梧桐碎响剪清宵。

草

吴宫秦苑寻常见，叶卷东风镇日闲。蝶倦蜂追春色里，雨涤露净短亭前。
何需流香应红紫，曾经繁芜便惜怜。若待西君催欲老，更行更远惹残烟。

季学飞

季学飞（1981～ ），中共党员，淮安区人，博里镇诗词协会会员，中学一级教师。

暮色独步

信步篱门出，晚风摇柳枝。平桥衔碧水，暮色吻荷池。
倦鸟难飞早，冰轮羞上迟。烟花何处起，五彩引遐思。

秋夜思

静院梧桐听叶响，星空遥邃已深秋。晚风落寞花前过，孤客难眠月下留。
常作纵横沙场想，总能恣意五湖游。人生几度真情事，夜色悠悠梦里求。

写诗杂感

青梅煮酒论豪志，搜尽枯肠勉作诗。苦觅两联搔首对，恨差三昧咬牙思。
情多梦少谁能寄？才浅文深怎样施？忽得东风迷雾散，豁然开朗乐滋滋。

送　行

昨夜星辰昨夜风，嫦娥羞涩隐云中。举杯只道霜寒重，换盏方知情义浓。
来日仁兄千里远，今朝愚弟十杯空。人生几度离别事，策马前程自向荣。

夜静思

欣然踏入育桃门，步履匆匆五度春。矢志杏坛播雨露，栖身教海聚心神。
幽幽月色推南斗，淡淡清风抚北辰。笑看年轮轻碾过，丹心一片铸师魂。

雨中即景

细雨如烟起,长空罩薄纱。何人疏柳下,无语洗铅华?

无　题

红壶煮酒烈肝肠,醉里豪情化杜康。客老终南山外雨,人生零落意彷徨。

夜读《长恨歌》

芙蓉一舞大唐春,自此君王怠己身。窗外清风花弄影,谁人坡上悼香魂?

雪花吟

玉骨冰肌剔透身,九天直落恋风尘。迎风一舞山河丽,素裹丰年北国春。

田园晚归

晚风拂柳荷锄归,野径斜阳恋几回。一曲村笛谁解语?花间常伴酒常随。

秋日偶成

漫步长堤何所求,浮云半日意悠悠。金风款款逐波去,高树蝉声唱晚秋。

春日抒怀

其　一

东风拂过小园香,绿水透迤日渐长。妙笔田园谁画就,蝶蜂轻舞自飞扬。

其　二

伊人往事尽随风,月下杏花依旧红。香霭有心熏岸柳,春思一点已情浓。

其　三

炊烟袅袅故园情,小径蜿蜒难远行。寂寞长亭依旧在,花红雨落已清明。

春　日

一泓池水绿来时,数朵桃花先我知。待到藤萝花一片,千言难尽此春思。

清　秋

如烟往事数风流,多少欢声多少忧。独守轩窗遥望月,相思深处已清秋。

品 棋

楚河汉界万鸦啼，八卦九宫排正奇。铁马金戈方寸地，江山指点意淋漓。

月下飞花

月下飞花窗外舞，不知何故几徘徊。风情别有香浮动，那夜秋思沁满怀。

刺 秦

一曲高歌易水寒，衣冠尽雪羽声残。咸阳殿上英雄烈，血洒长空报燕丹。

周 鹏

周鹏（1981～ ），淮安区人，本科学历。平时同良书为伴，与诗词结友。

七夕寄怀

幸逢七夕女儿节，骏马奔驰知路遥。挂月亭中星灿灿，穿衣巷里话滔滔。
人何无计相思了，天尚生情破镜销。滚滚红尘存至爱，同怀景仰伴良宵。

有所思

教坛步入十余年，回首行程夜不安。千日无声空逝去，一朝有意寄书言。
也随前辈佛灯借，唯向程门立雪缘。霜重灵台须亮剑，层林尽染杏花天。

无 题

韶华易逝趋而立，风雨红尘入梦痕。已予娇娃千样宠，未偿慈母半分恩。
彷徨几度感歧路，寂寞一灯思右军。皓月当空园漫步，志存高远要思勤。

登 高

登高俯视心潮涌，送爽金风四海游。魔鬼无情心险恶，枕戈待旦几时休？
叶已枯黄花也坠，金风何必作频摧。愿君有意如春雨，不作霜刀花自开。

盛世感赋

回宫玉兔进辉煌，四海高歌赞富强。政策破冰传捷报，方针引路溢馨芳。
百年奥运驱权霸，神七飞天展国昌。最喜春风吹宇内，埋头奋进著新章。

秋 景

秋风劲扫黄金叶，起舞飞飘入路限。碧水鱼鳞纹荡漾，田林硕果味浓醅。
斜阳恋射白云染，晚色难留鸿雁催。笑看儿孙嬉戏乐，丰年美景且传杯。

对 弈

一轮明月悬高照，兄弟屋中相对时。已是隆冬寒彻骨，那知深夜暖呈眉。
轻哼小曲缘招妙，紧锁眉头因势危。最爱杀拼为快乐，身心酣畅决雄雌。

参加诗词培训有感

昨日喜闻开讲座，今晨众友俱来齐。前期诗稿作评价，下月词章点雾迷。
珠字玑言传学子，诗规词法得真知。勤研学养渐深厚，佳作连篇感遇时。

秋 韵

一池绿水伴清风，田野金黄稻浪冲。悦耳鸣虫若琴瑟，垂头红柿似灯笼。
皓空桂树悬明月，野菊云霞织彩虹。枫叶闲庭作词曲，我言此景胜春浓。

雾霾有感

暮秋枝叶渐寥落，旭日害羞纱里藏。家至眼前依恍若，友临对面也迷茫。
溪泉汩汩恨污毒，百姓声声道雾殇。我盼东风霾气扫，天蓝水绿共飞觞。

三农抒怀

喜逢瑞雪又丰年，舜日尧天百景妍。减赋方针利耕植，惠农政策泽黎元。
龙腾虎跃筑新路，燕舞莺歌改旧颜。田垄芳菲明日月，神州处处艳阳天。

春日偶成

当春微雨润泥肥，风动竹摇闻鸟啼。丝柳无声抽碧绿，桃花有意透芳菲。
地虫苏醒依居动，云雀翱翔任自飞。掩卷方知春意满，一园明媚入窗帏。

连宋访大陆有感

鱼入江河本自然，九州心愿是团圆。连公率众寻宗本，宋氏偕亲听福泉。
骨肉同胞情切切，炎黄后代意绵绵。认同共识再携手，经贸加强两岸连。

抗战胜利60周年有感

枪响卢沟战火燃，漫天浩劫降人寰。金陵碧血成河海，晋冀村庄绝火烟。
浴血八年垂史册，疮痍十世记胸间。东瀛军国梦依旧，雪耻图强铸伟篇。

贺博里镇成为“中华诗词之乡”

骄阳似火如烧烤，喜讯传来心爽凉。数载耕耘收硕果，三秋汗水溢花香。
丹青彩笔绘乡野，骚客轻吟赋乐章。继往开来承国粹，诗情画意向康庄。

赞建筑工人

春风吹遍中华地，栉比高楼耸太空。瑟瑟寒风无畏惧，炎炎烈日自从容。
愿同桃李献春日，甘作菊梅凌朔风。俯首一心谋创业，终成矢志向苍穹。

李　芳

李芳(1983～　)，女，淮安区人，中学教师。江苏省诗词协会会员，淮安市巾帼诗社理事。淮安市首届十佳青年诗人，江苏省优秀女诗人。作品散见于《当代中华诗词集粹》《淮海诗苑》《江海诗词》等诗词刊物。

惜　春

春塘生细柳，院内杏枝横。昨见新芽绿，今闻旧燕声。
流莺争啭树，布谷竞催耕。转瞬时光逝，韶华掷莫轻。

偶　成

银河似带月如钩，一派风光眼底收。案尾吟笺诗味重，床头草稿墨香幽。
抛开脑内烦忧事，了却心中怅惘愁。敢上青天揽明月，词林韵海任遨游。

书

生来一副不凡相，锦绣文章腹内藏。巨著宏篇千载颂，佳言妙句万年扬。
开宗浅探明功过，闭卷沉思论短长。恰似幽兰深谷隐，高橱贮锁尚留香。

咏　春

临风尚有轻寒意，紫燕呢喃故地回。院内红桃藏嫩脸，陌头绿柳画新眉。
池中锦鲤双双戏，花下痴蝶对对飞。香气浮芳醺欲醉，游园不忍把家归。

观北京奥运会开幕式有感

共聚鸟巢观盛举，缶声击罢卷轴出。纸间绘就山川画，笔下描成日月图。雕版司南全场赞，昆腔京曲满堂呼。激情圣火空中舞，世界当惊华夏殊。

改革开放30年感怀

千秋功绩谋发展，碧海扬帆任我航。两制宏图求大统，改革方略为兴邦。城乡跨步民安乐，百业腾飞国富强。科技枝头结硕果，德泽后世永其昌。

咏 秋

其 一

莫道秋无景，霜天雁阵排。西风连四野，枫赤与荻白。

其 二

野旷秋阳坠，流霞水面浮。枫红菊色艳，诗笔绘佳图。

小镇春光

小镇风光美，菜花阡陌黄。漫天飞絮舞，紫燕剪春长。

端午日祭屈原

飘香角黍又端阳，一卷离骚屈子殇。锣鼓喧声舟竞渡，汨罗忠魄永铭扬。

寒 梅

肃杀百卉蝶蜂隐，独崭奇葩傲雪霜，正是经得寒彻骨，蕊纤靥瘦亦幽香。

野 游

丽日当空雅趣高，悠然野去远尘嚣。连声啸起惊群雀，兴尽归来月影摇。

轻雨荷塘

风戏彩蝶惊绮梦，荷裙袅袅翠湿香。轻移叶盖遮山雨，伞下鸳鸯交颈双。

除夕烟火

艳若绮霞星褪色，福梅报喜向遥天。九霄花散忽惊起，曼舞残红伴雪眠。

寻　春

春寒料峭寻幽处，未遇丹红见雪花。他夜东君摇玉屑，一枝破晓绽新芽。

读书感怀

其　一

墨色千秋留雅气，文华万代溢清香。友朋远至何须酒，唐宋佳肴任品尝。

其　二

犬吠夜阑人不寐，诗书漫卷好文章。惠风如沐心舒畅，拂晓眠书梦倍香。

晚　唱

炊烟袅袅日西沉，耳畔依稀暮鼓声。百鸟还林栖碧树，欢鸣唱晚和春风。

中秋之夜

宴散宾欢夜渐沉，纤云弄月伴孤灯。解衣欲睡临窗立，耳畔疑闻捣药声。

中秋夜寄嫦娥

共赏清辉遥对月，佳人伴影广寒居。冷宫定羡齐欢聚，倚桂茫然悔日初。

牛年话牛

朝迎晨露沐夕阳，汗洒田间日垦荒。野草充饥能果腹，躬行只为获金黄。

雨中看母燕捉虫喂雏

燕语呢喃回故地，新巢衔就未停闲。檐间带雨频飞过，只为雏儿待哺还。

李　珂

李珂（1985～　），淮安区人。获俄罗斯国立师范大学雕塑硕士学位。在南京艺术学院学习期间始学写诗，之后偶有所吟，不计格律。

春　枝

回首望春枝，枝头花正红。红艳惊鸟语，语慰栽花翁。

古林公园雪景速写

素描天地新,人物各游心。宿鸟惊春雪,飞鸣出古林。

少女肖像速写

淡然双目平,沉静本由心。线面有真谛,画家无假情。

泥塑人像

本是泥胎身,火中得精神。沉沙万古寂,得气便成人。

月夜画云

寂夜风啸万顷云,孤轮迢遥忽暗明。砚湖净水迷雾动,天上人间一纸情。

赠导师列得涅夫

繁华笔彩造型功,点矶不与常人同。一言教益百世醒,意境原来中西通。

注:列得涅夫,俄罗斯人民艺术家。

李大钊肖像雕塑

一脸赤诚自红泥,画家手法抒怀机。浩然如山园中立,古今中外几人及?

圣彼得堡观云岭

崔嵬云岭映钟亭,洪古松林倦鸟鸣。眼前海棠花已落,鸥鹭飞过不愿停。

颜廷剑

颜廷剑(1992～),淮安博里人。大学英文专业毕业,在上海工作。喜读经史,尤喜秦汉文学,擅诗词古文。

乙未饯春

客路妨空阔,龙伸蠖屈先。吾生长汲汲,猛志固渊渊。
扪北惭无术,图南恐踣鸢。余杯覆堂坳,所以得忘筌。

乙未岁末

其　一

輘輷车响感宵征，契阔天涯第几程。云树寒封霜月老，空江远叠舳舻横。世情翻覆销奇气，逆旅栖迟惭聚萍。材不材间思抱瓮，漫嗟蝼蚁制鳣鲸。

其　二

黄云漠漠压高台，肯放登临醉眼开。日月居诸真往矣，江湖行迈复来哉。谷神犹秉丹砂说，庙祭唯余樗栎材。安得龙泉欧冶造，愁山先自决崔嵬。

无　题

怪雨盲风薄萼华，蜂媒蝶使镇咨嗟。裂缯情苦人悭笑，折齿恩深怨益加。灯补春前烧绛蜡，珠留梦底赖灵蛇。可能重访支机石，横绝沧波再鼓槎。

感　遇

云轺飞锡待何年，舜代阿谁供一廛。风雨殿春成劫后，阴阳驭日感花前。范滂揽辔心偏壮，宋玉诛茅志已捐。劳费陈王嗟美女，千金换赋是囊钱。

自题目成集

蛮笺锦帛托鸿鳞，病里曾谁赋采薪。汉水秋星躔毕昴，醯鸡世界省昏晨。迢迢紫府求仙客，落落金蝉未化身。应是梦兰前事定，年涯莫遣付因循。

酬沈纯昀并用其韵

噀雨喷烟云色殷，仙班人世岂相闻。感时夷甫虚垂涕，射策兰成妙著文。谁悔求鱼缘木错，竟成骑虎治丝棼。徒烦宣室谈经济，墨渖先书白练裙。

归　乡

谁复汉阴思灌畦，奔流灌汭失鲸鲵。及窗新夜昏成海，似此寒心温待犀。磨剑十年终倥偬，衣霜九壤益凄迷。我今旋别山阳县，黄叶秋风吹大堤。

甲午岁末寄沈纯昀

怀雪弹冰岁晏时，汲流旧献负心期。家林思断青灯在，文卷披余黄月驰。涧壑有人皆袖手，帝京颁法又言丝。喜君同是盟鸥客，未管烟波节序移。

秋　荷

其　一

瘽骨病肌秋后殊，御风波袜近看无。阴阳剥复成灰死，人世相忘抵煦濡。
洒泪多零承露掌，照衣曾曜赠侯珠。江妃矆睒云軿去，莽莽天风荡具区。

其　二

羲和鞭日税征轺，野泽苍茫号怪鸮。精鸟抟砂堆暗垒，潜龙怀宝溯虚潮。
秋天楼宇灵旗动，薤露歌诗鬼雨飘。此夕江湖沉艳骨，离魂落落未能招。

别沪上

执别匆匆立市廛，飘零客袂落秋筵。新醅绿蚁斟罍斝，旧雨青衫分皛肩。
风夜殊乡非昨日，江关此地下寒烟。可堪穷陌淡芜老，坐视天光沉大川。

端　午

灵风梦雨怪凄其，此日湘累有所思。渐起藩屏能固护，将残黍稷咏支离。
浮沉海陆终关我，陨越乾坤复待谁。帝室皇居长寂阻，冲尘是处响軿辎。

记　事

黄叶高飞寒水秋，更无残菊荐金瓯。长闻六十年间事，不作寻常花底愁。
执戟灵幡招毅魄，吹潮鬼雨是神州。东流永忆沉戈甲，惯恃钩陈新有谋。

啬　园

荒碑雨蚀陆离文，先业煌煌余此坟。可惜苍苍松与柏，卜来闲地占斜曛。

落　花

支离瘦骨愧高台，强占残春亦可哀。一寸芳心红未死，沧波扬尽见蓬莱。

绝　句

其　一

鹑居鷇食旧相闻，元是桑阴三宿身。却借麻姑搔背手，春前指点海扬尘。

其　二

枯枰缩手计前非，白社青门俱已违。萍聚江南此分散，哀成皓首负同归。

其　三

蚕缚烛煎难寄诗，黄昏最是忆君时。岁残前日轻抛撇，翻怕春来先有期。